复旦大学中文系"双一流"学科建设经费支持

史料与阐释：
邵洵美·黄逸梵·郁达夫

主　　编：陈思和　王德威

执行副主编：段怀清　康　凌

主　　办：复旦大学中文系
　　　　　　复旦大学左翼文艺研究中心

复旦大学出版社

卷头语

《史料与阐释：邵洵美·黄逸梵·郁达夫》的"专辑"部分，收入四组专题史料。"邵洵美英文佚文专辑"辑录邵洵美英文作品六篇，为认识这位现代诗人提供了新材料，同时提示我们现代中国文学中双语写作的广阔研究前景，我们也将持续关注这一方向上的工作。"张爱玲母亲黄逸梵晚年生活钩沉"不仅收录黄逸梵重要书信以及相关考释，更记录了研究者寻访资料的奇妙旅程，读来令人感慨。"郁达夫研究专辑"和"文化生活出版社专辑"是李杭春与吴念圣二位学者长期用力的领域，其成果也将有益于推进相关话题的讨论。

本书"文献"部分继续连载晓风女士辑校的《胡风日记》，至此，《胡风日记》第一部分（1937年8月13日—1948年11月29日）已经全部登完。同时，我们配发许俊雅教授的考证长文。文章不仅对日记本身有细密考据，同时提供了许多新的发现，堪为史料研究的精彩示范。

本书"年谱"部分则推出夏寅的《许地山编年事辑（北京时期）》和金传胜的《刘延陵作品年表（1913—1938）》《〈苏雪林年谱长编〉补正》三文，在为三位重要作家的生平状况提供材料的同时，也为本刊上期刊登的"苏雪林专辑"做一补充。

本书还推出徐南铁纪念罗飞先生的新文章，和陈沛先生纪念彭小莲的文章。彭小莲女士在导演工作之外，长期为保存与包括她的父亲在内的胡风案受害者相关的记忆与材料而奔走。《史料与阐释总第三期》也曾收录她所撰写的《书橱里的父亲》以及整理的彭柏山《中国现代小说研究（卡片）》。斯人已逝，今特辟出"悼念"部分，表达对彭小莲女士的追悼。

最后，本书开辟"捐赠与特藏"部分，由复旦大学图书馆主持，以宣传馆藏，分享文献史料，收录姜红伟先生所捐藏品目录及相关研究，请读者注意。

目 录

【专辑·邵洵美英文佚文】

编辑说明   康　凌(002)
Preface of *Green Jade and Green Jade*   E. H. (003)
关于"Preface of *Green Jade and Green Jade*"作者的说明   邵绡红(007)
Poetry Chronicle   Zau Sinmay(邵洵美)　邵绡红　注释(009)
Poetry Chroncle   Zau Sinmay(邵洵美)(015)
Confucius on Poetry — Some Notes   Zau Sinmay(邵洵美)　王京芳　注释(018)
The Guerrilla's Part in the War   Big Brother(邵洵美)(029)
游击队的成功   邵洵美(033)
A Song of the Chinese Guerrilla Unit   邵洵美(036)
游击歌   邵洵美(038)
邵洵美的新诗理论述评   邵绡红(040)

【专辑·张爱玲母亲黄逸梵晚年生活钩沉】

写在前面   余　云(056)
黄逸梵书信五封   黄逸梵(058)
于千万人中相遇   林方伟(064)
张爱玲母亲黄逸梵晚年在伦敦   石曙萍(072)

【专辑·郁达夫研究】

编者按   李杭春(100)
在"青春的骚动——郁达夫与名古屋"学术讲座上的发言   郁峻峰(101)
郁达夫的北大岁月   李杭春(104)
郁达夫安徽省立大学任教时间索隐   李杭春(112)
郁达夫佚诗《游桐君山口占》考释   李杭春　郁峻峰(117)
关于郁达夫1936年在福州青年会的演讲报道   宋新亚(121)
戎马间关为国谋,南登太姥北徐州
　　——郁达夫三大战区劳军事略   李杭春(127)

【专辑·文化生活出版社】

文化生活出版社《现代日本文学丛刊》
  ——细读1936年10月4日《申报》广告   吴念圣(136)

文化生活出版社解放初期出版的五本日本文学译著
  ——兼谈与周作人的关系、民主新闻社   吴念圣(141)

【文献】

胡风日记(1937.8.13—1937.9.30)   晓风 辑校(148)

《胡风日记》(1937.8.13—1937.9.30)阅读札记
  ——若干史实的补充与订正   许俊雅(164)

胡风日记(1941.4.30—1948.11.29)   晓风 辑校(217)

【年谱】

许地山编年事辑(北京时期)   夏寅(334)

刘延陵作品年表(1913—1938)   金传胜(427)

《苏雪林年谱长编》补正   金传胜(435)

【捐赠与特藏】

编者按   陈思和(448)

1977级、1978级大学生文学创作编年表(1978—1982)   姜红伟(449)

"林海孤岛上的精神王国"
  ——姜红伟先生所藏诗歌资料访查介绍   曹珊(467)

在这里"看见"整个中国新诗史
  ——复旦大学诗歌资料收藏中心的缘起、现状与愿景   肖水(471)

【悼念】

罗飞先生的佚作《关键词:"自信力"》   徐南铁(476)

因为有你在
  ——小莲清明祭   陈沛(478)

专辑·邵洵美英文佚文

康　凌

编辑说明

作为横跨中国现代文学史、艺术史、诗歌史、翻译史、出版史的重要人物,邵洵美的写作实践及其意义已广为人们所知。然而,在中文创作之外,邵洵美还留下了大量英文作品,内容从中国古典、当代诗歌到时局评点,范围之广,用力之勤,均殊为可观。对于这批作品的打捞与阐释,不仅可补"中文邵洵美"研究之缺,同时也为现代中国文学中的双语写作与跨语际转译等问题提供新鲜且重要的材料。

本专辑辑录邵洵美英文作品六篇。"Preface of *Green Jade and Green Jade*"一文为邵洵美与项美丽为沈从文的《边城》英译本所作序言。关于此文的写作背景,邵洵美的女儿邵绡红女士撰写了专文介绍,附在文后以供参考。两篇题为"Poetry Chronicle"的文章,均发表在《天下》月刊(*T'ien Hsia monthly*),内容为邵洵美对当代中文诗坛的介绍与评论。"Confucius on Poetry"同样发表在《天下》月刊,其中,邵洵美以比较诗学的方式,对孔子在《论语》中关于《诗经》的评述进行了分析。"The Guerrilla's Part in the War"一文,论及中日战事中的游击队,原刊《公正评论》(*Candid Comment*)。《游击队的成功》是邵洵美对此文的自译,放在一起以供参阅。"A Song of the Chinese Guerrilla Unit"取自 W.H. Auden 与 Christopher Isherwood 于 1939 年出版的 *Journey to a War*,《游击歌》为邵洵美对此诗的自译。

在编辑过程中,邵绡红女士不辞辛劳,不仅为我们提供了大量文献材料上的帮助,更为文章的具体出处与背景撰写了详细的注释,对此我们深怀谢意。本辑文章以邵洵美的诗歌创作与研究为主,为此,我们附上了邵绡红女士撰写的《邵洵美的新诗理论述评》一文作为导引,希望为理解这些文献提供一个基本的背景。此文成稿后得到了张业松教授的细致编校,特此致谢。此外,王京芳博士、苏文瑜教授、刘群博士均为本辑的编纂提供了各种帮助,在此一并谢过。

E. H.

Preface of *Green Jade and Green Jade*

Shen Ch'ung-wen is unique among modern Chinese novelists, first by reason of his style and second because of his history. As for the style, I cannot claim to have reproduced it; you must take the word of my collaborator that it is simple, lucid and musical. In "Pien Chen," (边城), so I am told, Shen has written a perfect little pastoral, sustaining an unusual form throughout sixty thousand words and managing to conceal his art so well that the tale is told as if it was done in the only natural manner. Perhaps he actually wrote "Pien Chen" as easily as it seems to have been done, and that is why he underrates it, for we are seldom proud of those things we do without effort. It was no effort for Mr. Shen to describe Chatung, because he was born in just such a little town and grew up among just such people.

Chatung is near his own town, Chengkan, in Hunan Province. Chengkan is so far from the big cities that urban Chinese call it primitive. Shen Ch'ung-wen did not see a newspaper until he was about sixteen years old. This does not mean that he was uneducated. He tells us in his autobiography, which he published last year at the age of thirty-one, that he was a precocious boy. He was quick to learn, but he hated school and escaped whenever he could, and his parents were grieved by his wicked behaviour and entertained scant hopes for him. His father was a corporal in the army. The family was not rich even at the best of times, and when the regiment was transferred, they had to dispose of their land, which was their only property, so that they lost what steady income they had and Ch'ung-wen at the age of twelve was sent to work in the army camp. He earned only his food and lodging.

The army was constantly engaged in civil war which was then raging in Szechuen. During the next sixteen months Ch'ung-wen saw seven hundred people killed. He never joined the regiment in active service, for his special talents were discovered in time to save him. Already he could read and write, and now he made a friend, a lieutenant's secretary, who possessed two books which Shen read voraciously. One was an encyclopedia. He was delighted and amazed that one book could hold so much information, and he set to work to master the whole volume. In time he was promoted; no longer need he wash dishes and carry wood. He became a copyist and received a salary of twelve thousand cash a month, which in Szechuen amounts to two dollars, or about eighty cents gold. A distant relative who worked with him was ardently interested in the art of poetry, so Ch'ung-wen turned his attention to this pursuit. Chinese classical poetry is a hard taskmaster, Ch'ung-wen copied hundreds of poems and studied them diligently, and as a result he began to know something of calligraphy. His kinsman bought a large assortment of books from Shanghai; among them were various translations of Dickens — not direct translations, but adaptations in classic style. The boy began to study the form of the novel.

By the time the army moved to Hunan, Shen's reputation as a copyist was widespread. He was given the post of secretary to an important officer and his salary was enormously increased — nine dollars a month, to be exact. He lived in the officer's house — "on a mountain top", as he says — and set to work classifying the library and arranging many treasures that belonged to his employer, who rather fancied himself as a scholar. There were chests of ancient paintings from the Sung to the Ch'ing Dynasty; there were bronzes and porcelains; there were more than ten cases of books and tablets, and a complete series of the classics. He read everything, and when the officer set him to research into the lives of ancient painters he learned the history of China as well as that of Art. From the study of inscriptions on bronzes he picked up a thorough knowledge of ancient calligraphy.

In those days the army officers collected district revenue. They also controlled its expenditure, and some of the money went into road-building and schools. Teachers and engineers therefore came from Changsha, the capital of Hunan, so that there was an unusual concentration of educated men in this out-of-the-way place, and they decided to start a newspaper. A press was bought and set up and Shen entered the office as editor. It was here that he saw his first newspaper, published in Shanghai. He studied the vernacular, wrestled with new problems of publishing, and as a result of this work he finally went to Peking, determined to earn his living by writing. He produced stories and articles by the dozen, which he sent out regularly and just as regularly got back with rejection slips.

At last he made the acquaintance of Hsu T'se-mo, beloved in the memory of all young Chinese writers. Hsu was then editor of the *Peking Morning News*. He bought a story from Shen and published it. Luck changed. Ch'ung-wen's writings began to sell. His rise was rapid: in a short time he was known as one of the most promising young authors. With Hu Yei-ping, who was later to come to grief because of his political activities, and Hu's wife, Ting Ling, he went to Shanghai to found a publishing house and a magazine. They invested their savings in this enterprise; for eight months they published a periodical called "Red and Black", a rather leftist paper, upon which they lost all their money and had to go back to free-lancing.

Before he was twenty-five Shen Ch'ung-wen had written fifteen books. Four years ago he went North again to edit the Literary Supplement of *Ta Kung Pao* in Tientsin, which post he holds to-day, though his other output is still large. His works are popular throughout China, yet he cannot be compared with our cheap facile writers; he is in a different class altogether: there is a fine quality in his writing, which is sensitive and sincere. In fact, he has done more than any other modern writer in China to build a new school of popular literature.

The history of the novel in China is complicated. A modern work of fiction here is a strangely hybrid product, which has but recently won the right to call itself respectable. For at least two hundred years novels were written and published and widely read and enjoyed, but they were not considered Literature. Scholars would read essays and poetry and discuss them, but if they read novels they did not mention them. Then in 1770 the "Dream of the Red Chamber" was pronounced a classic, in 1918 it was even admitted as serious literature, and the ban was lifted.

Students returned from the western world to report that foreigner actually took their fiction soberly and respectably. Such books as "San Kuo (Three Kingdoms)" and "Sui Hu" (called by Mrs. Buck, "All Men Are Brothers") had a second vogue. These books were written in loose, rambling style, collections of incidents held together by a central moral rather than by a plot with development and climax.

Later the Western classics made their appearance in translation — Dickens, Scott, Dumas, and now of course all the novelists are read in China. So the new Chinese novel might be called the result of a careful disregard of *all* the classics, Chinese and foreign together. That is to say that though there is no exact counterpart in English to "Green Jade and Green Jade," yet Mr. Shen had to be familiar with all the classics before he had the right to ignore them!

Regarding this translation, we offer it in fear and trembling. There has never been an English translation of a Chinese book which did not call down upon itself a flood of criticism. Chinese and English are so far apart that there are a hundred possibilities in the translation of every sentence. Almost we plead that it is a matter of whether or not you like this version. We have taken a great liberty with the title, which should be "The Border Town" or "The Outlying Village." We changed it because we feel that these titles sound much more Wild West or North of England than Szechuen. Mr. Shen does not care for this book as he does for others of his own, so he will not mind. In a country where "The Fierce Horse with the Red Mane" can suffer a sea-change into "Lady Precious Stream" without undue protest, we dared do what we have done.

Much has been said about translation, and much more was said by us during the process of putting "Green Jade and Green Jade" into English. After our work was finished we found comfort and a certain verification in George Moore's "Confessions of a Young Man," wherein he offers his opinions as follow:

"French translation is the only translation; in England you still continue to translate poetry into poetry, instead of into prose. We used to do the same, but we have along ago renounced such follies. Either of two things — if the translator is a good poet, he substitutes his verse for that of the original — I don't want his verse, I want the original — if he is a bad poet, he gives us bad verse, which is intolerable ... The rhythm of the original can be suggested in prose judiciously used; even if it isn't, your mind is at least free, whereas the English rhythm must destroy the sensation of something foreign. There is no translation except a word-for-word translation ... All the proper names, no matter how unpronounceable, must be rigidly adhered to; you must never transpose versts into kilometres, or roubles into francs; I don't know what a verst is or a rouble is, but when I see the words I am in Russia. Every proverb must be rendered literally, even if it doesn't make very good sense: if it doesn't make sense at all, it must be explained in a note. For example, there is a proverb in German: '*Quand le cheval est sellé il faut le monter*'; in French there is a proverb: '*Quand le vin est tiré il faut le boire.*'

Well, a translator who would translate *quand le cheval*, etc., by *quand le vin*, etc., is an ass, and does not know his business. In translation only a strictly classical language should be used; no word of slang, or even word of modern origin should be employed; the translator's aim should be never to dissipate the illusion of an exotic."

Well, perhaps. I agree with much of this, though I have suffered beyond telling at the popular delusion that all African natives, for example, speak the English of the King James Bible and decorate everyday conversation with deeply philosophical proverbs out of the Koran, all in the most complicated syntax. I disagree, too, with Moore's stipulation about footnotes. Nothing is more irritating, in my estimation, than to be snapped off in the middle of a sentence and told to turn to the bottom of the page or to the back of the book. To avoid this irritation, therefore, we have once or twice done something even less conventional than our treatment of the title. When we encountered a custom or object in the text which is familiar to Chinese but not to foreigners, we have incorporated the explanation *in the text*. This is not so bad as it sounds, for Mr. Shen's style is characterized by a wealth of such explanation and he has supplied so many of his own that our three insertions do not stand out. The examples are to be found, one in the description of the game "Yao Hui," one in the conversation of the old ferryman with the Second Master when he speaks of "wind and water," and one where the ferryman and Ts'ui Ts'ui are presented with rice-puddings "in the shape of little feet." Both these things need no explanation to Ts'ui Ts'ui's compatriots, but we others are not so wise, and why need we follow the officious directions of a little number sitting in the margin, before we may find out?

Enough of this shadow-boxing. Our anticipated adversaries may demand why we trouble to translate at all, or to claim that we do. We find the book charming, so charming that we wish to share it even though we must lose the original prose cadence, for we believe that a good deal yet remains of "Pien Chen," even in our English.

We thank Mr. Zau Sinmay for his invaluable aid and advice.

刊于《天下》1936年1月第2卷第1期

邵绡红

关于"Preface of *Green Jade and Green Jade*"作者的说明

沈从文的《边城》翻译成英文，连载在1936年英文的学术性刊物《天下》(*T'ien Hsia*)月刊，这是首次面世的英译版。译者由项美丽和辛墨雷具名。辛墨雷是邵洵美的笔名，曾用于1935年他和项美丽合作出版的中英双语刊物《声色画报》(*Vox*)。那时她来华不久。

这篇《前言》由项美丽署名。然而，我可以断言，是译者二人合作撰写，甚至可以说，其初稿是邵洵美写就。理由如下：

项美丽不识中文，她可能只会说几句礼貌性应酬的中国话、开玩笑的上海话，不可能想象她能够看中文书刊，何况是文艺作品，其中的字眼文句，对她来说，几乎是天书。

对于沈从文的成长经历，1934年9月邵洵美在其第一出版社出版的《自传丛书》第一本就是《从文自传》。后来沈从文如何通过投稿结识《晨报》的徐志摩，后来如何走上文学道路，属于"新月"一班人，邵洵美与他们共事，当然了然于心。

沈从文与胡也频、丁玲办《红与黑》杂志的故事，邵洵美也熟悉。他不但为徐志摩续写小说《珰女士》，实际上，他帮助丁玲寻找到被枪杀的失踪的胡也频，还资助丁玲回乡的旅费。

谈到将书名《边城》改为《翠翠》(书里女主人翁的名字)，顺便提到京剧《红鬃烈马》改成《王宝钏》上演的事。那是轰动20世纪30年代上海滩的一次文艺活动，由弗丽茨夫人主办的万国艺术剧院策划，由上海名媛唐瑛主演，全剧没有唱腔，只是话剧般的说词，京剧乐器的伴奏。也许项美丽看过这场《王宝钏》，可她绝对不会知道什么《红鬃烈马》。

至于乔治·摩尔的 *The Confession of A Young Man*，是作者1926年赠给邵洵美的一本书。邵洵美必然精读。在1936年他写的《我的生活与恋爱》里专门引述。他可以随手拾来作为这篇前言的理论性总结。显而易见，这《前言》最后的两段出自项美丽。最后，她俏皮地来一句："感谢邵洵美先生。"

这本小说的翻译二人署名。可以料想，他们不可能如戴乃迭与杨宪益那样的合作。戴乃迭可是牛津大学中文学士，精通中文的。那么是不是可能类似她对隐居在她家翻译毛泽东著作的杨刚那般？1995年我赴美，在曼哈顿她府上小住时候，问及有没有帮助杨刚翻译毛泽东的《论持久战》？她回答："洵美的英文好，他们不时讨论，我只是在语法上顺顺，润饰润饰而已。"那不是合译，只是指点。邵洵美那时的英文确实好，1934年是"杂志年"，他在施蛰存主编的《现代》杂志发表的《现代美国诗坛概观》，读了大量美诗，对比英诗，进行分类分析介绍。没有好的英文功底是不可能写得出的。

那么会不会像他们合作创作短篇小说 *Mr. Pan* 那般——邵洵美眉飞色舞讲故事,任由项美丽妙笔生花?我想不会,因为这是翻译,不能脱离原作。他们合作的方式很可能是:邵洵美熟读《边城》,用英文译了一段段讲(或写),然后两人反复讨论,加工。最后由项美丽整理润饰。

邵洵美十分器重沈从文,此译文发表之前,在他主编的《人言周刊》一连刊出两篇文章,《不朽的故事》与《小说与故事》。在前一篇里他称"那不朽的中篇《边城》,是中国近代文学里第一篇纯粹的故事"。后一篇里,他提到"《红楼梦》《水浒传》《三国志》等的所以不朽,便是因为有着故事。……伟大的作品因他们的故事而深入民间,因深入民间而不朽。伟大的作品,每每是雅俗共赏的"。可见邵洵美对沈从文的作品不断琢磨过。我哥哥祖丞告诉我:"有一段时间,父亲的枕边一直放着那本《边城》。"那时,他八九岁。

Zau Sinmay（邵洵美）　邵绡红　注释

Poetry Chronicle

Our modern poetry movement, like our revolution, won its battle but did not succeed in clearing away the mob. Not that we did not try, but we could not; for we fought with foreign armies, and demobilization might mean another riot. Taking away all foreign influences would leave modern Chinese poetry like a skeleton without bones; there would be simply nothing left. Even the most original of our modern poets has one or more alien gods, whom he takes as his model. In the beginning, there was Dr. Hu Shih（胡适）, who found much of his inspiration in Browning, also possibly in Wordsworth. Besides being the father of the Chinese Renaissance Movement,① Dr. Hu in recent years has become known also as one of the most influential political pamphleteers in this country.

Among the younger poets, Hsu Tsemou（徐志摩）undoubtedly deserves the laurel. He proved not only that modern poems can be different from the old, but also that they can be great in themselves. He broke completely away from tradition. The settings in his poems were no longer mere pieces of flat scenery like Chinese paintings; and as to his characters, they sometimes even talked like foreign men and women. Foreign yes, but Tsemou was not at all ashamed of it. He liked to be foreign and he wanted to be foreign. For he believed that China had a lot to learn from foreign literature: by mixing the blood of the East and West, a new race would be created. This result he might almost have succeeded in accomplishing, had his belief not been taken as an excuse for plagiarism by a number of his contemporaries, who brazenly looked upon foreign poetry, the more obscure the better, as their chief source of supply. Such being the case, therefore, we were not surprised when Mr. Harold Acton told us that he recognized many familiar faces in strange costumes, when he made his translations for *Modern Chinese Poetry*（Duckworth, 1936）.② Be that as it may, Tsemou was, and will always be considered, a doughty pioneer in modern Chinese poetry. He is dead and gone, yet one likes to think that he is now among the immortals.

It was a sad day for modern Chinese poetry when Tsemou was killed in an aeroplane crash near Tsinanfu③ in 1931. The *Poetry Magazine*（诗刊）he edited（of which my humble self

---

① 指中国的五四运动。
② 《中国现代诗歌选》。
③ 济南府。

happened to be the publisher) was discontinued after the publication of one more number after his death: the last number was but a collection of the contributed poems chosen and left over by Tsemou himself. With Tsemou's death, we have lost not only our most promising and beloved poet, but also our best critic, whose encouragement we all valued.

The four years that went by since 1931 were very dull indeed. Once in a while, little poems of no significance would appear in obscure corners of various magazines not necessarily literary, but they were looked upon only as fillers. Passionate pessimists proclaimed the death of Modern Poetry; and they were even ready to return to the T'ang and Sung poets instead of wishing for a renaissance or a revival.

Humiliated by their fellow writers, and jealous of essayists, whose works were greatly in demand, modern poets become suspicious of their own art and scornful of all publishers, who were then busily engaged in putting out humorous magazines and reprinting popular classics in scandalously cheap editions. The result of it was, the poets had to be their own publishers. Chu Wei-chi (朱维基) produced an expensive edition of his luxuriously decorative verse and thereafter promptly declared himself bankrupt; while Chen Meng-chia (陈梦家) could only afford to print his long poem, *Old Days*,① in parts. Clever was Tai Wang-shu (戴望舒), who succeeded in persuading the Hsien-tai Book Co.② to have his collected poems published along with some books of essays and short stories by many popular authors; but he too was unfortunate, for the book company was forced by the depression to close down, before his poems had even a chance to reach the public.

Only towards the beginning of this year was a book of Pien Chihlin's (卞之琳) poems at last properly published and properly advertised; but then it was by a new press. Luck was with him, the young and humble poet, and no sooner had his poems been published than the public hailed him as a "New Voice".

> *On the way home*
> Like an astronomer turning from his telescope,
> Amid the noise I hear my own slow steps.
> Is it beyond the sphere outside my own sphere?
> The road through dusk is like some grey despair.③

The above translation was made by Mr. Acton, and is almost as quiet and simple as the original. Pien Chih-lin could always "hear his own slow steps" amid the noises of this busy

---

① 《往日》。
② 现代书局。
③ 《归》刊于《鱼目集》第1集,上海文化出版社出版,1935年。原文为:
　　像一个天文家离开了望远镜,
　　从热闹中出来闻自己的足音;
　　莫非在自己圈子外的圈子外?
　　伸向黄昏去的路像一段灰心。

卞之琳给我来信指出: *Modern Chinese Poetry* 是当时在北京大学任教的艾克顿(Harold Acton)及其学生陈世骧合译。艾克顿翻译此诗的第2行开头 Amid the noise 中的 Amid 为错译。

world. "He wished to create a new mood in modern Chinese poetry, garnering images from objects close to his intimate life, keeping his sentiments pure and personal, little affected by those of other's" — this passage describes well the spirit of Pien's poetry. He is an ardent translator himself; therefore, his poems, though original in endeavour, are not entirely free from foreign influences. The withering passion of Rilke and the sensual purity of Baudelaire are to be found everywhere within the covers of his book. And the use of an unfamiliar vocabulary and of incoherent and strange images, does that not remind us of Mallarmé and the French symbolists?

Exoticism is most significant among some of the poets in the "New Poetic Treasury" (新诗库) series, published by the Modern Press.① If a proud editor may say so, the publication of the Treasury itself marks a new departure in the book publishing world. Poetry is a treacherous business which no other publisher dares to dip his finger into. Nevertheless, ten poets were published in the first series of the Treasury and every versifier was thereby given a chance.

Fang Wei-teh's (方玮德) *Poem and Prose* (玮德诗文集) came first. He died a year ago, and the forty odd poems in the book were all that he left. From the obituary essay by this aunt Miss Fang Lng-ju (方令儒), a poet herself, which was reprinted as an introduction, we learn that Wei-teh was the direct descendant of the famous Tung-chen scholar,② Fang Pao (方苞). He was taught to read and write poems in the traditional style from the time he was five years old. He entered the Central University③ at about twenty and studied foreign literature under Hsu Tsemou, who, with his famous smile, induced him to join the Crescent Moon Group,④ the only modern poetry society in existence then, and to start writing poems in *pai-hua*.⑤ His celebrated ancestor was well known for his rich diction and fine style, and in Masefield⑥ Wei-teh found the Western counterpart of his great grandfather. Traces of the English Poet-Laureate are visible everywhere. One of his last poems, "I love the Equator I," for instance, reminds one very much of the "Cargoes" of Masefield.

The second volume in the same series is a collection of translations from Goethe, Shelley, Baudelaire, Nietzsche, Verlaine, and Rilke, by Liang Chung-tai (梁宗岱). The poet has modestly made the apology in the introduction that "They are but the exercises of a poetry-lovers"; he says, "as to the technique, they are more or less literary translations, with a few exceptions, I have not only translated them line by line, but word by word. I have even tried to imitate the original rhythm and rhymes. This is perhaps very stupid; but I have a sort of ambiguous belief, or superstition you might even call it, that the order of words arranged by

---

① 邵洵美在他的时代图书公司出版的《新诗库》丛书第一集共十种：有方玮德的《玮德诗文集》，梁宗岱翻译的《一切的峰顶》，陈梦家的《梦家存诗》，金克木的《蝙蝠集》，邵洵美的《诗二十五首》，朱湘的《永言集》，罗念生的《龙涎》，侯汝华的《海上谣》，徐迟的《二十岁人》。第十种没有找到，广告先后不同：孙洵侯的《太湖集》，戴望舒的《望舒诗》，朱维基的《传金洞》。

② 桐城派。

③ 中央大学。

④ 新月社。

⑤ 白话。

⑥ 约翰·梅斯菲尔德(John Masefield, 1878—1967)，英国诗人、小说家和剧作家。1930年被授予英国第22届"桂冠诗人"。

great poets is the best order, and must not be altered".

More poems of Meng-chia（梦家存诗）and *Immortal Words*（永言集）are new books by two other formalists: Chen Meng-chia and the late Chu Hsiang（朱湘）. The former studied under Hsu Tsemou, and the latter was once a most productive poet, who published three thick volumes of poetry in five years, and drowned himself before he could celebrate the birth of his fourth offspring. Offsprings they are, for it was with great labour not unlike that of childbirth that he brought them forth into a world which he loved dearer than himself and which he yet despised. The reveuge is great, for his death means the flourishing of free-verse and the invasion of American Imagism. Tai Wang-shu took the lead, and the result was *Bats*（蝙蝠）by Chin K'ê-mu（金克木）and *Songs on the Sea*（海上谣）by Hou Ju-hwa（侯汝华）. A poem from the first book:

>*Life*
>Life is a little white grain,
>In a dark and desolate corner,
>It develops mysteriously into a cloud.
>
>Life is the mist on the lake,
>In a rocking tiny boat.
>
>Life is a breath tightly-compressed,
>A yawm accompanying the weeping of a reed.
>
>Life is now on the butt-end of a cigarette,
>It leans against smoke.
>
>Life is the song of crickets in the Ninth Moon;
>Thread by thread, it follows the west wind and disappears.①

---

① 《生命》
生命是一粒白点儿，
在悠悠碧落里
神秘地展成云片了。

生命是在湖的烟波里，
在飘摇的小艇中。

生命是低气压的太息，
是伴着芦苇啜泣的呵欠。

生命是在被擎着的纸烟尾上了。
依着袅袅升去的青烟。

生命是九月里的蟋蟀声，
一丝丝，一丝丝地随着西风消逝去。

and another poem from the second:

Song on the Sea
The wind comes to the sea,
The cloud comes to the sea,
Smoke from the roofs
Comes to the sea.

The spectrum of twilight
Imprints itself on young shoulders
That loiter in the street;
Sea-passion has bloomed into a flower.

Sea-water has a bitter heart,
Which sailors give away
As a friendly gift, and the sea
Is now the cradle for dreams.

Sea of a thousand stars …
Hall brilliantly lit with lamps;
Cabaret for seafarers floats on
At night of intoxicant spring.

The wind comes to the sea,
The cloud comes to the sea,
Smile of taxi-dancers
Comes to the sea.①

---

① 《海上谣》
风来海上,
云来海上,
人家屋的炊烟
也来到了海上。

夕照的七棱色
渲染着在街上踯躅的
少年的肩,海的
恋情开着美丽的榴花。

海水有一颗苦的心,
鲛人将以为投赠
友好的礼物而泛滥的波涛
便为梦的摇床了。

繁星的海……
闪耀的灯的厅(转下页)

will be sufficient to convince readers of their antecedents.

One might say that Imagism had its origin in the Orient. But so had the compass and movable types. It is the American Imagists who put new souls into our dead bodies; and little concrete images come back to us all alive. The young poets are much too innocent to have recognized their half-brothers and sisters; they fall immediately in love with them, and regard Tai Wang-shu as their benefactor for this new revelation. But Tai Wang-shu is a poet with an ambition and an aim. Overwhelmed by the admiration of his followers, ashamed for being a mere imitator, he has now decided to do something worthwhile, and is now planning to publish a poetry monthly and, if possible, to start a new movement.

Much opposed by the free-verse writers and the Chinese Imagists is an intimate of Chu Hsiang, a classical scholar by the name of Lo Nien-sheng（罗念生）who is now teaching Greek Literature in Peking National University. He also experiments in regular foreign forms, and his *Drangon's Saliva*（龙涎集）is an exhibition of "Sonnets, Blank Verse, Tetametre Couplets, Pentametre Coupets, Spenserian Stanzas, Ballads and Ottava Rimas."①

A foreigner may flatter us with what James Huneker once said about Russian poetry, drama, and fiction:

"That vast land of promise and disillusionment is become a trying-out place for the theories and speculations of western Europe; no other nation responds so sensitively to the vibrations of the Time-Spirit, no other literature reflects with such clearness the fluctuations of contemporary thought and sensibility."

This may all be true, but is seems to me that modern Chinese poetry, though full of promising sings, has still a long way to go before it reaches its final goal. In the meanwhile, we can only hope and learn.

刊于《天下》月刊 1936 年第 3 卷第 3 期
邵绚红注释

（接上页）
水手的酒场浮在
醉的春天的晚上。

凤来海上，
云来海上，
舞女们的笑意
也来到了海上。

① 十四行诗、无韵诗、四韵对句、五韵对句、斯宾塞诗节、民谣和八行体(意大利的一种诗体)。

Zau Sinmay(邵洵美)

Poetry Chroncle

The war crashed upon us just when the artificial flowers of our poetry were again in bloom: for they were not created from natural desire, or poetic inspiration, but rather out of anxiety and ambition for a career. We wanted to *make* our poet, so that new confession of this age's experience could be sung. A year has elapsed since I wrote my last chronicle; but thes twelve months have proved the great possibilities in the future of our poetry, which, though as an art it has developed very little, yet as a harvest is big with results. More than ten poetry magazines have been published, and not less than twenty volumes of verse have seen the light.

Tai Wang-shu(戴望舒)played a great part in garnering this harvest. He published not only *New Poetry*(新诗), which had run to its seventh number when it was forced to stop publication because of the present hostilities in Shanghai, but also three volumes of poems by three new poets and the translation of *The Waste Land*, the first long modern English poem done into Chinese.

New Poetry is a monthly magazine devoted to poetry and criticism. Its circulation is not large, yet it is recgnized as the best of its sort. Its success, we believe, owes more to the articles it publishes than to its poems. "New Ways fo New Poetry", by Ko K'(柯可), for example, has already become known as one of the best essays on modern verse in China. Herein Chinese versification of today is classifed for the reader's convenience into three "main currents": intellectual, emotional and expressionistic. Such a classification is, of course, suffciently thorough for our purpose.

Following the above classfication we have *Garden of Han*(汉园集) by Ho Chi'-fang(何其芳), Li Kuang-t'ien(李广田) and Pien Chih-lin(卞之琳), as an example of the first type. This is a collection of poems in three parts, each under a different title by three different poets, each contributing one division. The poems have much in common, though that of the last name is done in a style more complicated and solid than those of the others. All of them, however, have the same refined diction, the same story to tell. The friends were formerly all students of Peking National University, and they are of the same age; they lived together in one room. They were, of course, themselves conscious of their similarities, and they have exploited these in a pleasant way.

As for the second type, the best illustration must be taken from the "Leftist Poets". That our leftist poems should be conspicuous for emotion is to be expected. *Self-portrait*(自己的写照)

by Chuang K'e-chia (臧克家) is a poem of a thousand lines long, retailing the story of his life. A poem of a thousand lines is by itself remarkable in that it is the longest work of the sort ever published in China.

Why do we have only short poems? There are many answers, but the best answer given being by Ko K'o. Concerning his discussion of Epics in the above mentioned article, he says: "Hitherto we have somehow neglected one important point, namely, the definitions *we* have given of Poetry and Prose are not those of the West. Should we compare without prejudice some of the Epics of West with a selection of Chinese stories, we would find that we always wrote a certain type of material in prose, whereas the western troubadours sang it as verse. Possibly the Chinese of old were more rational (for instance, western philosophers used to be poets while most of the Chinese poets were philosophers), but it is certainly true that we did give differrent definitions to Poetry and Prose."

Self-Portrait, however, is not an Epic, but only an autobiography in the from of verse. "You may call it an Epic, if you like, but I didn't purposely mean to go in that direction," thus states the poet himself apologetically in his Introdction.

Ta-yen River (大堰河) by Ai Ch'ing (艾青) is even more autobiographical and self-revelatory. Chuang's poem merely tells a story, whereas this book really shows us the man who has written it. Actually it is a collection of poems — the one which gives the book its name being a story of his wet-nurse, who was named after the river on whose banks she was born. She loved this boy though she had five children of her own, and she loved only him. Her husband was a gambler who beat her whenever he got drunk, and her children grew up to be robbers. She died as a maid-servant in his family, leaving a deep impression upon him — leaving him in doubt, leavng him forgetful of himself. It is the story of her life; it is also a confession of *his* life, the conflict of his two souls, nature and idea, tradition and hope.

Man of Twenty (二十岁人) by Hsu Shi (徐迟) is of the third type, though some of the poems appeal more to the emotions than to the senses. Most of them, it happens, are impossible to read in any language but their own, for typogtaphy plays a large part in their effect. Poems printed zigzag; poems arranged like human figures. Word-pictures they may well be called, but does the "poem" still exist after one has discounted all the trouble of printing and deciphering? People will ask such questions, but there it is. Hsu Shi is a talented young man and he does everything well. He composes music, designs costumes for the ballet, reviews concerts; and the latest news we have of him is that he has just written a poetic drama.

Ko K'o also recommends poetic drama, or dramatic poetry, what you will, as one of the possiblie forms for our modern poetry. Yeh Kung-ch'ao (叶公超) is another critic who passionately advocates poetic drama; indeed, he quotes all that T.S. Eliot has already said on this subject in one of his articles in the *Literary Magazine* (文学杂志), published by the Commercial Press. (He does not go so far as to credit his source, but the compliment and his sincerity implicit.)

All of this, however, happened while there was yet peace in North and South China. All these magazines have now stopped, or have changed their shape or nature since the Japanese went amoke. Nowadays there is much talk of war literature. *New Poetry* has ceased publication; *Literature*（文学）*has been reduced to one sixth of its usual bulk*; *and so far we have heard nothing about the Literary Magazine*, though the other periodicals published by the same press have returned to normal. Instead, we have a new lot of little magazines to take their place. Bonfire（烽火）is the most successful, though you would not expect much good stuff from it; nor, to do it justice, does it pretend to be more than its name implies. "A warlike, various and tragical age is best to write of, but worst to write in." Cowley is right.

A daily paper is being published by the Federation of Cultural Associations（文化界救亡协会）, and it is called *Salvation*. The first page is devoted to war news, the fourth to rapportage, while the secound and third are covered by "feature stories", poetry, and songs. So it is practically a literary paper. Writers like Kuo Mo-jo（郭沫若）, Tseng Chen-to（郑振铎）, Yao su-feng（姚苏凤）, and T'ien Han（田汉）are among its editors, and all of them contribute with fervour. The poems they write are, of course, war poems: not a line of them is without some comment upon the heroic deeds of our soldiers, or the beastliness of the Japanese army, or cruelties that have been inflicted upon our helpless civilians. But does not prose go with this subject better than poetry? To read their poems in this daily paper seems to me like watching grandpapas jumping hurdles. They run all right, but there is a sort of childishness in them that we don't find in younger men or boys. Overacting? Or understatement? I don't know. But I can tell you one thing I do know: they sound *unreal*. And this is the worst one can say of a paper meant for propaganda.

刊于《天下》月刊 1937 年第 5 卷第 4 期

Zau Sinmay（邵洵美） 王京芳 注释

Confucius on Poetry

— Some Notes

One would think Confucius through all the centuries had received every possible mark of respect, but there yet remains one tribute unpaid. Scholars of all nationalities have approached him from various angles: philosophy, religion, politics, education; and many eminent professors such as Irving Babbitt, Lowes Dickinson, and Reginald F. Johnston have not hesitated to compare him with Plato and Aristotle, as these sages all attached so much importance to music in its relation to the welfare of a well-governed and civilized country. What surprises me is that for all their rich knowledge and exhaustive study, they have neglected the significant position poetry has in the teaching of Confucius. For Confucius, unlike Plato, is the only philosopher in history who not only admits poets into his Utopia, but also makes poetry the chief means for self-realizaton and attainment of the perfect state. His comments on poetry are treasured by critics as examples of our earliest literary criticism; and it is to him that we owe our best anthology of ancient poems.

Confucius lived in the time when the China of the Chow Dynasty, an old and vulnerable empire, was declining, and there had arisen a group of little kingdoms that fought with each other for leadership: traditional rites were ignored, laws were not respected, and authority no longer existed. As a philosopher, he was distressed to see his country thus divided; and, in an effort to rebuild an almost lost civilization, he sought, among such ancient poems as were still popular with people, references to tradition and records of great deeds and great personalities of the past. But this by no means proves that Confucius looked upon poetry only as a medium for virtue; for elsewhere in the Sacred Books we find him an excellent judge of poetry as an end in itself; and the poems that are known to have been his own composition, though few, are delightful symbols of taste and technique. And who else but Confucius could have given us an anthology like *Shih Ching* — a truthful expression of a generation as well as a perfect display of craftsmanship?

Like some of our modern critics, Confucius regarded poetry as the vessel of a past civilization and the confession of the poet's personality, and it is from poems that he desired us to glean all knowledge necessary for a good and useful man. When outlining a plan for the functioning of a perfect state, he even suggested as a first essential the study of poetry. "In *Lun-yu*, or the *Analects*, Poetry is the subject Confucius has commented on twelve times", said Tsung Chao in

*Tung Chih*①, an encyclopedia, in his Introduction to the section on insects, tree and plants. Unfortunately his space was limited and he could say nothing more than this.

Confucius discussed poetry on various occasions with his disciples and with his son, and he never let pass an opportunity to use a poem for illustration of his prnciples — a most effective method of teaching, which has been imitated by most of his disciples and contemporaries: there has even been a tendency shown by less competent scholars to misuse this method. Of all that Confucius has said of poetry, the comments quoted in the *Analects* are the most significant and authentic, and are undoubtedly the best exposition of his prnciples. A whole book ought to be written on these comments, but such endeavour I must leave to someone much more learned than myself: for the present, I hope the notes appearing below will be of some interest and may perhaps inspire others to pursue their studies in the direction indicated.

I use Soothill's translation of the Analects,② explaining, correcting and modifying as I go. If readers should wonder why I have used this translation, since I seem so dissatisfied with it, I would reply that it is, nevertheless, the best English version available. My corrections are made merely to show easily even the best scholar can fall into error over the shade of a word, the turn of a smallest phrase. Also, my own thoughts and interpretations express themselves the more clearly for having a previous version to knock over, as it were, and replace. I must apologize to the translator for my seeming discourtesty. The errors referred to stand out merely in contrast with the rest of the work, most of which is as good as it can possibly be.

 1. Tzu Hsia asked: "What is the meaning of the passage:

'As she artfully smiles

What dimples appear!

Her bewitched eyes

Show their colours so clear.

Ground spotless and candid

For trancery splendid!'?"

"The painting comes after the ground work," answered the Master.

"Then manners are secondary?" said Tzu Hsia.

"'Tis Shang who unfolds my meaning," replied the Master. "Now indeed, I can begin to discuss poets with him."③

People who are not well acquainted with the *Analects* may be puzzled by the name "Shang", which is the personal name of Tzu Hsia. It will be clearer if the translation of the last sentence be made as addressed to the second person as in the original: "Shang, you have unfolded my

---

 ① 指郑樵《通志·昆虫草木略》

 ② 苏熙洵(苏慧廉)Soothill William Edward (1861—1935),英国循道公会(时称偕吾会)教士。1882年来华,在浙江温州、宁波传教。1907年,任山西大学西斋总教习。1914—1918年,在欧洲做青年会宗教工作。1925年被英国政府派为中英庚款委员会委员,次年来中国调查。回国后任牛津大学汉文教授。译著《〈论语〉：孔子与其弟子及其他人的谈话》(*The Analects of Confucius*),牛津大学出版社1910；1937；1941；纽约：1968。

 ③ 原文整节为：子夏问曰："'巧笑倩兮,美目盼兮,素以为绚兮。'何谓也?"子曰："绘事后素。"曰："礼后乎?"子曰："起予者商也! 始可与言诗已矣。"(《论语·八佾》)

meaning. Now indeed I can begin to discuss poetry with you." The sentence: "Then manners are secondary?" by which Tzu Hsia meant that one should be virtuous or educated first before learning manners, may also sound obscure. This is a good example of Confucius' method of interpreting poems, or of using poems to illustrate his teaching, and there is a similar example in the *Analects*, in connection with a dialogue between the Master and his disciple Tzu Kung. This method was imitated and became very popular among Confucius' contemporaries and his disciples. Chuang Tzu and Hsun Kuan all quoted poems in their articles and conversations; and Hsun Kuan even went so far as to misinterpret the meaning of poems to meet his own purpose. Tzu Szǔ, Confucius' grandson, quoted a poem at the end of each chapter of his famous masterpiece, *Chung Yung*.① As was to be expected, the practise lost much of its effectiveness through being overdone. Even Mencius was not blameless in this respect, but he was conscious of the danger resulting from careless and prejudiced interpretation, and found it necessary to give warning. He said in one of his dialogues: "To interpret a poem, you must not let the words (rhetorics) overshadow the meaning; or the meaning overshadow the purpose: you must appreciate a poem thoroughly and interpret it with its purpose on your mind; then you'll be able to get at something."

2. The Master said: "Though the Odes number three hundred, one phrase can cover them all, namely, 'With purpose undiverted'."②

The last three words can be translated literally as "Never think wrong", which is more adequate. The passage makes it prefectly obvious that the Master was talking about the Odes. Then does it not sound rather unreasonable to say that poets can write poems with purpose undiverted? What otherwise could one expect of them? In the original, the word szū means "think" or "meditates", but never "purpose". Surely, readers must become aware of the moral tone in "Never think wrong", and might supect that poems, according to Confucius, should always be didactic. But among the three hundred Odes there are poems on adultery, elopement and lovemaking, themes most unlikely to be approved by moralists. Confucius was anything but snobbish; if he talked about ceremonial and politeness and manners, it was the order and the uniformity of the country that was in his mind. And he couldn't have forgotten his principle when he lectured on poetry. His principle, as he said, was "one and all-pervading"; and, according to his disciple Tseng Tzu, it was nothing else than sincerity and sympathy: The Master said, "Shang! my teaching contains one all-pervading principle." "Yes," replied Tseng Tzu. When the Master had left the room the disciples asked, "What did he mean?" Tseng Tzu replied, "Our Master's teaching is simply this: Conscientiousness within and consideration for others." This principle may also be applied to poetry: a poet should be sincere in his endeavour and sympathetic with his subjects; never partial or prejudiced. "I hate the way in which purple robs red of its lustre"; for to be partial and to exaggerate is to disguise

---

① 《中庸》里引用的诗,既有"子曰",也有"诗云"。这里的"诗"应该是对引用经典的统称。
② 原文整节为:子曰:"诗三百,一言以蔽之,曰'思无邪'。"(《论语·为政》)

the truth, and such a disguise is decidedly wrong, according to our Master.

But any notes on this passage would not be complete without mention of "thinking" or "meditation" in learning, though, in the latter case, the term has more to do with the reader than with the writer. The Master has said elsewhere in the *Analects* that "Learning without thinking is useless; thinking without learning is dangerous." He never believed in intuition or love at first sight: only by careful thinking and meditation can you arrive at the truth.

3. The Master said: "The *Kuan Chu* Ode is passionate without being sensual, is plaintive without being morbid."①

Another interpretation for "right" and "wrong", according to Confucius, is that the right is always impartial whereas the wrong is partial. One should keep to the middle path rather than go to extremes. The same may be said in reference to all human sentiments, and the above sentence serves as a complement to the comment that appeared before. For *Kuan Chu* is the first of the three hundred Odes: it describes a courting scence. Love is the most divine of all sentiments, and it is the most *right*. We can see the meaning more clearly if we render the above sentence thus: "The *Kuan Chu* Ode is happy without being sensual, sentimental without being sad."

In praising *Kuan Chu*, Confucius had in mind good manners; and good manners exist only where they are not overacted. When asked if one should think thrice before doing anything, he answered that to think twice is already sufficient. It is by being human and practical, and by being harmonious with all worldly traditions and inhibitions, that one has good manners, keeping to the middle path means harmony. And *harmony* is the right word to use in praise of the sentiment described in *Kuan Chun*.

4. The Master said: "Let the character be formed by the poets established by the laws of right behaviour: and perfected by music."②

More illuminating is Legge's version of the same passage: "Poetry is what gives the first Stimulus to the character; Ceremonial is what gives it stability; Music is what brings it to full development." This is, as I have said before, the plan that Confucius prescribed for the functioning of the perfect state. With the natural order that comes with a poem, with the record of great deeds that happened and great personalities that existed in the past, with the genuine sentiments that are expressed in the poems, one's taste may be cultivated; one's soul may be elevated; one's mind may be clarified; one's knowledge may be widened; and man may be fit for good manners, which are outward physical expressions of an exquisite race. Ceremonials are the public exhibition of good manners; there would be more formality and more standardization: which is Order. As soon as Order is established, Music will be used as one of the essentials of social reform, for only to the accompaniment of Music can order at last achieve sublimity; and with rhythm and tunes, the masses will be united into a great whole; and with keys and notes, the exquisite race will live until Eternity.

---

① 原文整节为：子曰："《关雎》，乐而不淫，哀而不伤。"(《论语·八佾》)
② 原文整节为：子曰："兴于诗，立于礼，成于乐。"(《论语·泰伯》)

5. The Master said: "A man may be able to recite the three hundred Odes, but if, when given a post in the administration he proves to be without practical ability, or if, when sent anywhere on a mission, he is unable himself to answer a question, although his knowledge is extensive, of what use is it?"①

Poetry is supposed to be the expression of genuine sentiment, therefore, having read the Poems, you are expected to know everything about human nature. Since it is also supposed to be the expression of the minds of people in generations, you should be well-informed as to the people's likes and dislikes; what they can give and what they will take. Those who are well-read in poetry should not noly be great administrators but clever diplomats as well. For poetry, as all Confucius' disciples will agree, can have a direct influence and a significant bearing upon a people taught to appreciate its poems. The Master has been quoted as saying: "Entering a kingdom, you can tell immediately how its people have been educated: if they are gentle and sincere, it's with *Shih Ching* or the *Book of Poetry*; if they are appreciative and far-sighted, it's with *Shu Ching* or the *Book of History*; if they are well-learned and good, it's with *Yueh Chi* or the *Book of Music*; if they are quiet and profound, it's with *Yih Ching* or the *Book of Changes*; if they are humble and polite, it's with *Li Chi* or the *Book of Ceremonial*, and if they are talkative and experienced, it's with *Ch'um Chiu* or the *Spring and Autumn Annals*. But they all have disadvantages; *Poetry* will make you stupid; *History* will make you untruthful; *Music* extravagant; *Yih Ching* mercenary; *Li Chi* boring; and *Ch'um Chiu* belligerent."②

If these observations are all true, how can anyone fail to be a great administrator and a clever diplomat? However reasonable these statements may be, they do not sound to me like the authentic voice of the Master. One thing is true, though; after having read three hundred poems, you have certainly learned a great deal about people's secrets, and you know what may please their ears and what may be expected from their lips when they are engaged in certain conversations, under certain circumstances. On another occasion, Confucius advised his son Po Yu: "If you do not study the Odes, you will not know how to express yourself." So poetry teaches you to express yourself, and to express yourself well.

6. The Master said to his son Po Yu: "Have you studied the *Chou Nan* and *Chao Nan*? Is not the man who does not study *Chou Nan* and *Chao nan* Odes like one who stands with his face against a wall?"③

Chou Nan and *Chan Nan* are two sections of poems in *Shih Ching*, and most of them are

---

① 原文整节为：子曰："诵诗三百，授之以政，不达；使于四方，不能专对；虽多，亦奚以为？"（《论语·子路》）
② 原文整节为：孔子曰："入其国，其教可知也。其为人也，温柔敦厚，《诗》教也；疏通知远，《书》教也；广博易良，《乐》教也；絜静精微，《易》教也；恭俭庄敬，《礼》教也；属辞比事，《春秋》教也。故《诗》之失，愚；《书》之失，诬；《乐》之失，奢。《易》之失，贼；《礼》之失，烦；《春秋》之失，乱。其为人也，温柔敦厚而不愚，则深于《诗》者也；疏通知远而不诬，则深于《书》者也；广博易良而不奢，则深于《乐》者也；絜静精微而不贼，则深于《易》者也；恭俭庄敬而不烦，则深于《礼》者也，属辞比事而不乱，则深于《春秋》者也。"（《礼记·经解》）引自杨天宇撰：《礼记译注》（下），上海：上海古籍出版社，2004年。
③ 原文整节为：子谓伯鱼曰："女为《周南》《召南》矣乎？人而不为《周南》《召南》，其犹正墙面而立也与？"（《论语·阳货》）

love poems. Why should Confucius have picked out these two sections for his son to read; and why did he warn him that "the man who does not study them is like one who stands with his face hard against the wall"? And what did he mean by it? The commentators have never agreed on any one explanation, though they all admit that "to stand with your face hard against the wall" means ignorance.

Now, an interpretation of Confucius' principle was, briefly: that first of all Order should be established within a nation. When his disciple Tze Lu asked him: "The Prince of Wei is awaiting you, Sir, to take control of his administration — what will you undertake first?" the Master replied: "The one thing needed is the correction of terms." For, as he said afterwards: "If terms be incorrect, then statements do not accord with facts; and when statements and facts are not in accord with facts, then business is not properly executed; when business is not properly executed, order and harmony do not flourish; when order and harmony do not flourish, then justice becomes arbitrary; and when justice becomes arbitrary, the people do not know how to move hand or foot …"①

Chou Nan and *Chao Nan* are love poems or marital songs, which describe the relations between man and woman, husband and wife. Confucius never forgot Order, one may very well presume that to advise his son to study poetry, he would certainly have come upon these two sections, which tell us of the beginning of human relations and the foundation of society. A first lesson in Order! Surely it is ridiculous to say, like our old scholars, that Confucius gave them to his son to read a few days after the boy's wedding day, to teach him about the relationship between husband and wife! And to say that "a man who stands with his face against the wall", is it not just the same as saying that "the people do not know how to move hand or foot"?

  7. The Master said: "My sons, my disciples, why do you not study the poets? Poetry is able to stimuluate the mind, it can train to observation, it can encourage social intercourse, it can modify the vexations of life; from it the student learns to fulfill his more immediate duty to his parents, and his remote duty to his prince, and in it he may become widely acquainted with the names of birds and beasts, plants and trees."②

I have not arranged these extracts but have written them in the order in which they appear in the *Analects*. Yet, somehow, I have managed to put this one at the end. It may serve as a summary to all the comments, for it sums up all the uses of poetry. Similar statements about poetry are found in the writings of Ben Jonson: "The study of it (if we will trust Aristotle) offers to mankind a certain rule, and pattern of living well, and happily; disposing us to all civil offices of society. If we will believe Tully, it nourisheth and instructeth our youth; delights our

---

  ① 原文整节为：子路曰："卫君待子而为政，子将奚先？"子曰："必也正名乎！"子路曰："有是哉，子之迂也，奚其正？"子曰："野哉，由也！君子于其所不知，盖阙如也。名不正则言不顺，言不顺则事不成，事不成则礼乐不兴，礼乐不兴则刑罚不中，刑罚不中则民无所错手足。故君子名之必可言也，言之必可行也。君子于其言，无所苟而已矣。"(《论语·子路》)

  ② 原文整节为：子曰："小子！何莫学夫诗？诗，可以兴，可以观，可以群，可以怨。迩之事父，远之事君。多识于鸟兽草木之名。"(《论语·阳货》)

age; adorns our prosperity; comforts our adversity; entertains us at home; keeps us company abroad; travels with us; watches, divides the time of our earnest and sports; shares in our country recesses and recreations; insomuch as the wisest and best learned have thought her the absolute mistress of manners, and nearest of kin to virtue."①

The difference between these two passages is that Confucius tells us what we *have* found in Poetry; whereas Jonson tells us what we *should* find in poetry. Confucius' statement, is to say what you know already, if you have felt poetry and thought about your feeling; while Jonson's is no more convincing than a patent medicine circular: a list of the merits of poetry the poet promises his readers. This comparison, I suppose, distinguishes Ben Jonson as a poet and Confucius as a philosopher. Both the poet and the philosopher agree that poetry can be very nearly omnipotent. It embraces all knowledge, and is expressed in the "best words in best order". If anything can influence anybody, certainly poetry can. And even in ancient Greece, men held opinions similar to these. "To the Greek in his best days good poetry meant, above all, poetry that bred good men. The Muses were daughters of Omniscience. The God of Poetry was the God also of Prophecy and of Healing, the divine voice that sopke at the Delphic center of the earth. How to plough, how to fight, how to live, how to die — the poets taught all these." So says F. L. Lucas; in *The Decline and Fall of the Romantic Ideal*.

Confucius, therefore, is not the only man who has confidence in the use of poetry, but he is the only man who actually took poetry for a practical purpose and gave it such a peculiarly important place in his social reform. He sincerely believed that poetry, as a symbol of order, can create order for any country of civilized mankind.

As we know, the above quotations from the *Analects* are not the only comments Confucius made on poetry; but if he has made casual remarks in other places more comprehensive or intimate, they are far the less systematic and conclusive. By reading these comments, the part that poetry plays in Confucius' plan for social reform is quite obvious. It is the stimulant, the basis; it stirs people to learn, to know, and to love all knowledge. It is the first stage of the plan; without it, the second stage, the ceremonial, would be only formal and superficial. The perfect state can only be realized when individuals have been refined and are in harmony with each other, by means of poetry, ceremonial and music.

Now, let us find out what Confucius really meant by "poetry". In all instances except one or two, when he mentioned poetry he was certainly referring to some special poems (or to all the poems) in *Shih Ching*, the Anthology of Odes. The question has been raised as to whether he thus expressed himself before or after he edited or revised the anthology, for it was not until he had been completely disappointed in his political life that he retired from the world with his disciples, and spent his last days writing the History and revising the Odes. Should this be true, then the authors of the *Analects* must be quoting what he said after his political career was over; for the original anthology had more than three thousand poems in it. As it is said in the Introduction to the anthology:

---

① 本·琼森(Benjamin Jonson, 1572—1637),英国演员、作家。

The country was then in disorder. Confucius lived at that time; disappointed with politics, he retired and revised the anthology, omitting the duplicates and re-arranging the order. He also took out those poems which could be used neither as models of virtue nor as warnings against evil; he simplified the divisions and rendered them immortal ... so that the readers may learn from it how to be gentlemen, and how to form a perfect state.[①]

Be this as it may, we are nor discussing in these pages at what time Confucius made all the comments. But one thing is clear: he was referring to the Odes, when he talked about poetry; and the Odes numbered three hundred, and were divided into sections. They are classified according to their themes or nature, lyrical or descriptive, eulogistic or elegiac, ceremonial or religious, etc. They are, of course, poems collected from various sources; therefore, although they are for educational purposes, yet they are not at all didactic in treatment, for Confucius was a great teacher and a poetry-lover, and knew everything about poetry — he knew that good poems communicate, inspire, call forth feeling; they set models for virtue, and stand as warnings to evil.

But why must all this task be restricted to poetry? Cannot prose attain the same object? For an answer to these questions we must turn to the pages of the history of Chinese literature. Like that of all countries, the earliest form of literature in China was in rhythm and rhyme. Imperial commands or declarations in prose belonging to this period have been discovered and were admitted to be authentic, but they are of small literary value. *Shu Ching* and *Yih Ching* were supposedly written before Confucius' time, but as a result of the awakened interest of many prominent scholars, year by year, little by little, the most part of them have been proved to be false. Besides, strictly speaking, they are not exactly literature. The Odes, then, were the only copies of literature that existed in Confucius' time, and we may therefore say that when Confucius spoke of "poetry" he referred to literature as a whole. On some occasions he actually substituted for the word "poetry" the character *wen*, which may be translated as "literature" or "letters". It was quoted in the *Analects*: " Widen your culture in *wen*, restrain it with ceremonial, and may you thus be safe from evil!" Is not this the same as saying, "Let the character be formed by poetry, and established by the laws of right behavior ..."? In another instance, poetry has even become synonymous with culture or education: a poetic culture or education. It is doubtless true to say that such is the best of all culture and education, for poetry, like experience, is knowledge at firsthand — an understanding untainted by prejudice or rationalization — and, like experience, it is common-sense — the fundamental requirement of a gentleman. Confucius' plan for social reform, as mentioned earlier, is, first of all, to make

---

① 引文或出自朱熹《诗集传序》：" 降自昭穆而后，寖以陵夷。至於东迁，而遂废不讲矣。孔子生于其时，既不得位，无以行劝黜陟之政。于是特举其籍而讨论之，去其重复，正其纷乱，而其善之不足以为法、恶之不足以为戒者，则亦刊而去之，以从简约、示久远，使夫学者即是而有以考其得失，善者师之而恶者改焉。"（——编者注）。另参考司马迁《史记·孔子世家》夫子删《诗》之说："其说曰：古者诗三千余篇，及至孔子，去其重，取可施于礼义，上采契、后稷，中述殷、周之盛，至幽厉之缺，始于衽席，故曰：'关雎之乱以为风始，鹿鸣为小雅始，文王为大雅始，清庙为颂始。'三百五篇，孔子皆弦歌之，以求合韶武雅颂之音。礼乐自此，可得而述，以备王道，成六艺。"〔汉〕司马迁《史记》卷四十七，北京：中华书局，1982年，第 6 册，第 1936—1937 页。

every man a gentleman — a *chün tzŭ*. It is fundamental. Now and then he would remind his disciple of its consequences: "A man who is not virtuous, what has he to do with ceremnial? A man who is not virtuous, what has he to do with music?"

Those who neglect this feature of Confucius' teaching cannot adhere fully to his principles, and more often than not they mistake the end for the means, or the means for the end. Poetry, ceremonial, and music are the means; while sincerity and sympathy of mankind, order and harmony in society and the nation, are the end. Suffice it to say that Confucianism has flourished for thousands of years, yet his plans or schemes have hardly ever been completely interpreted. Kings and leaders have professed themselves believers of Confucian principles, but they have always either sat and waited for the ideal state to appear by itself or they have advocated an incomplete system and have never arrived at anything concrete. Chao Pu,① a prime-minister in the Sung Dynasty, was reputed to have told the emperor that he could help him to govern the world with half a volume of the *Analects*. It is now a familiar topic of after-dinner gossip as to how he did it; and which half of the text was chosen? Nobody can tell. But some scholars preferred to believe that he had followed Confucius' advice on the relationship Between kings and their people. To him, the *Analects* would have been just like Machiavelli's *Prince*,② a book that teaches you the art of controlling your inferiors; befriending your equals; and utilizing your superiors. And to Chao Pu, Confucius was no sage or philosopher, but an adviser on state affairs and a loyal servant to kings and emperors. There were other scholars who would have liked to think that it was the manners and ceremonials taught in the *Analects* that had made him beloved by his people; and his rivals stayed away from him out of fear and respect. It is quite clear that none of them has given the right answer. For an appreciative disciple, one single paragraph in the *Analects* is sufficient to develop all his theories from; and to say that you need half of the text is a remark stupid enough to betray your superficiality. We have come before upon the fundamentals of Confucius' Principles: poetry, ceremonials and music; poetry is the gate to all knowledge, while manners are the expressions of its eloquence. Manners are the end, and knowledge the means: the end without the means is like a flower without root, it dies in no time. If Chao Pu did govern the world by following the advice in the *Analects*, he did not govern by manners alone. Instances like this are easy to find: some of them are not without some small measure of success; but none of them has adopted Confucius' system in its entirety, and, in the end, they were all bound to fail.

Confucius' teaching has often been argued as a religion. But the facts prove that those who oppose this argument have no better reasons than those who proclaim it. So far as I can see, their discussions rest too much on the man himself: some say he has been, and if not, that he should be, deified; while the opponents deny all this. Is Confucius a God? Is his principle a religion? Surely he is not at God, nor are his principles a religion. T. S. Eliot, though his

---

① 赵普(922—992),字则平。北宋宰相,辅佐宋太祖赵匡胤。
② 马基雅弗利(Machiavelli, 1469—1527),意大利政治思想家、历史学家、作家;主张君主专制和意大利的统一,认为为达政治目的可以不择手段,即"马基雅弗利主义",他著有《君主论》、《佛罗伦萨史》、喜剧《曼陀罗花》等。

knowledge of China is limited, has nevertheless made a most satisfactory comment on this problem. In an essay called *The Humunism of Irving Babbitt*, he said: "Confucianism endured by fitting in with popular religion, and Buddhism endured by becoming as distinctly a religion as Christianity — recognizing a dependence of the human upon the divine." Confucius is the last person to recognize the dependence of the human upon the divine. His hope for man ends when he becomes a gentleman, a chùn tzǔ. He never promised reincarnation or the elevation of the soul. He never talked about paradise or hell. Anyway he would never admit that a man could become a God. When his disciple asked him how to serve the dead and what was death, he replied: "If you have not learned how to fulfil your duties to living men, how can you hope to fulfil those you owe to the dead? If you do not know about life, what can you know about death?"① Confucius taught us the art of being a man, or the way of life. He starts in man and ends in man.

However, it did not prevent him from referring to "Heaven" as an absolute power: "To have offended Heaven leaves nothing to pray for."② He also said that a *chü tzǔ* should have three things to fear or to respect; and the first was "Will of Heaven." But to him, the "Will of Heaven" was "Nature"; and by "Nature", he probably meant the nature of the world, or the "Truth".③ One also may say that while rituals and ceremonies play such an important role in Confucius' teaching, they are nothing but religious practices. Of course, there is abundant evidence that the Master is not at all an agnostic; but to him, rituals and ceremonies serve an entirely different purpose than as mere forms of supperstition. This I have already explained.

One can always look at Confuicus' principles from a different angle, and will not deny their religious significance, especially when Poetry is considered. Speaking of religious practices, Aldous Huxley④ has said in his newest book, *Ends and Means*: "Religion is, among many other things, a system of education, by means of which human beings may train themselves, first, to make desirable changes in their own personalities and, at one move, in society, and, in second places, to heighten consciousness and so establish more adequate relations between themselves and the universe of which they are parts." Can we not say the same things about Poetry, in the sense Confucius would want us to understand it? Moreover, religion is, above all, mental consolation, a substitute or a promise of fulfilment to all human desires; and a spiritual cure for all disabilities and worries. With the act of penance in the confessionals of the Catholic churches, one can even be purified of his sins, and share his pains — what a relief to mortal mind! Poetry, too, can perform miracles.

To bring this essay to a close, let me again quote a few passages from *Ends and Means*.

---

① 原文整节为：季路问事鬼神。子曰："未能事人，焉能事鬼?"曰："敢问死。"曰："未知生，焉知死?"(《论语·先进》)

② 原文整节为：王孙贾问曰："'与其媚于奥，宁媚于灶'，何谓也?"子曰："不然。获罪于天，无所祷也。"(《论语·八佾》)

③ 原文整节为："君子有三畏：畏天命，畏大人，畏圣人之言。小人不知天命而不畏也，狎大人，侮圣人之言。"(《论语·季氏》)

④ 阿道司·赫胥黎(Aldous Huxley, 1894—1962)生物学家赫胥黎的孙子，一位多产的英国作家。最著名的作品是"反乌托邦"长篇小说《美丽新世界》(1932)，描绘了以科学方式组织的理想社会的恐怖情景。

From the chapter on Religious Practices: "Rites and ceremonials are essentially social activities. They provide, among other things, a mechanism by means of which people having a common emotional concern which can give cohesion to great masses of people."

And from the chapter on Education: "A good deal of attention has been paid in recent years to the education of the emotions through the arts. In many schools and colleges, music, 'dramatics', poetry and the visual arts are used more or less systematically as a device for widening consciousness and imparting to the flow of emotion a desirable direction."

These ideas are exactly what Confucius, three thousand years ago, tried to persuade kings and dukes to put into practice. Poetry, Ceremonials and Music: the high order of education; the making of *chü tzǔ*; and, eventually, the realization of the perfect state.

刊于《天下》月刊 1938 年第 7 卷第 2 期
王京芳注释

Big Brother（邵洵美）

The Guerrilla's Part in the War

Once more Japan is promising the world and especially her people a big push into southwest China; and, as usual, it will be the final battle; and a quick victory which will lead to an immediate peace. I suppose one is wiser by this time than to believe her again. As a matter of fact the feat is simply impossible either in theory or in practice. If she will ever be stupid enough to stage this fight as she promises, the result can be foretold by anybody who has any memory; for history will repeat itself. She has made exactly the same promises before whenever she launched an attack on a new city: she has never disappointed us by not leading people to hope that each fight will be the last, only in the end to prove that she has told another lie. The same fate will meet this one, and with worse effect too.

Whatever might be the outcome of this much-postponed and much-talked-about big push, her wish will not be realized. And the risk is great. She is going to put all her strength into this attempt. If she fails, she will never be able to stand on her feet again, and she can but wait for China to liquidate her remaining forces which are left in the rear, in those places she is supposed to have occupied, in a limit of time. Even if she succeeds, it can't mean anything more than another retreat on the Chinese side, which will be further into the interior, and Japan will have to send thousands and thousands more troops to look after those spaces left over by the Chinese which will be immediately filled up by the guerrillas, and she has to wait for another longer period of time before she can be ready to try again.

Japan is wrong to think that Chiang Kai-shek is the only Chinese man that holds on. She has so far sent almost a million soldiers just to fight with this one man; she knows she does not really believe this fable. It is the guerrillas who keep the Japanese from utilizing the areas from which the Chinese forces have retreated. This is a guerrilla war.

Guerrillas in China have won universal fame. Foreign strategists have gone to the front to study their technique; and international correspondents have made the guerrilla quarters the source of their inexhaustible comment.

Those who have been there come back with loads of materials for articles and books and speeches. Only those who have never gone have different opinions towards the guerrillas. Now, nothing in this world can be called perfect; everything has its drawbacks. But the weapons with which people attack the guerrillas are often mistakenly applied.

They have said that (1) some of the guerrillas are not guerrillas at all, but bandits in a new form; (2) some of the real guerrillas don't always do the work that is expected of them, such as destroying the enemies' communications, etc.

We wouldn't defend the first question. For we can't clear this world of its opportunists; but if we look at the statistics we'll find that their number is small, and moreover they are now gradually being cleared out. At the same time, we mustn't forget that the enemy has also disguised Chinese traitors as guerrillas in order to cure the inhabitants of their confidence in the real guerrillas; there are proofs of this in the newspapers, and also in Vespa's book describing his life as a Japanese spy. As to the second question, it is necessary to know the nature of guerrillas in China. Although they are called "guerrillas" by foreigners, yet they are not supposed to be guerrillas in the Spanish sense. For, in China, this guerrilla warfare is called "Yu-chi-tsuan", which is something more like the "Partisan Warfare" which is a form of Soviet strategy. The troops are more or less organized by or from the people; and their work is not just disturbance and destruction at the enemies' rear; at the same time, they are responsible for educating and organizing the ignorant. They are political as well as military; which is entirely different from the guerrilla warfare with which the Spanish overthrew Napoleon. Moreover, we don't expect them to fight any decisive battles; they are only supposed to diminish the enemies' strength; the more important action has to be taken care of by the proper army. This is why sometimes people find them inactive. For there is a reason.

Instances of their activities can be found in every foreign or Chinese newspaper. The last we have read is an article which appeared in the *Manchester Guardian*, signed BY A CORRESPONDENT. It describes the guerillas in North China, which is already famous as the most successful band of all. Talking about the recent situation, he says:

> What is more, towns which were held with forty men in January now require two thousand. Another change has been the restoration of legal Chinese civil government over considerable areas; in particular, the sixty hsien under the control of the Border Government of Shansi, Hopei, and Chahar.
>
> This new Administration was born out of a conference held at Fuping, Shansi, in January; it has what is probably the first democratically elected provincial committee in China. Its civil administration represents a genuine united front of all parties, but its military activities are guided mainly by the 8th Route Army. It is these military activities which constitute the third important change — that is, the development of a political and economic base for the organization of guerrilla warfare.
>
> The guerrillas, in less than six months, have been successful in driving the invader back to the railways, securing from him the arms necessary to do this, extending their range of action from the Ping Han to the Tsin P'u railways, and even up to Jehol and Shanhaikuan, and in destroying Japanese puppet Administrations, reviving Chinese moral, and in enforcing virtual economic blockade of the occupied zones.

The guerrillas in the South, who have been organized ever since the capture of Canton, have blockaded the south and west gate against the enemy. They have even made counter-attacks which are so strong that the enemy has more than once given up the area which he first occupied. Moreover, the enemy has to send for reinforcement to keep him from being driven out of Canton altogether; and again thousands of troops are tied up.

Both the guerrillas in the North and south can afford to ignore any criticism; they have accomplished miracles. Only these in central China may sometimes be found unsatisfactory. There are many groups, and it is difficult for us to tell which is genuine and which is fake; or who is active and who is idle. We have more than these four groups:

1. The Loyal Salvation Army; from Kiangying to Nanking; some in Pootung.

2. The New Fourth Route Army; (mentioned in Jack Belden's articles in the *Evening Post*); they are stationed along the Anhwei borders.

3. The Guerrillas of the Military Affairs Commission; from Quinsan to Kiangying.

4. And the army proper, under the direct control of General Koo Cho-tung; in the "third military area": that is, everywhere in the Kiangsu and Chekiang areas.

Aside from these, there are bandits masquerading as guerrillas in the villages closely attached to the occupied cities. Their number is diminishing since the Loyal Salvation Army has made its appearance. There are also fake guerrillas, traitor Chinese sent out by the enemy along the railway lines to discredit the real ones. Nothing can be done to rid the countryside of these people, since the inhabitants of the houses near the railways are not the original people of the countryside. Rather they are camp-followers who sell food, etc., to the invading army.

The number of the guerrillas that are active in Central China, or the 3rd Military Area, can be given approximately:

In Pootung and around Shanghai 15,000–20,000.

In the Taiho Lake 15,000.

Along the Shanghai-Nanking Railway 10,000.

Along the Shanghai-Hangchow railway 25,000.

From Soochow to Nanking, occupying all the small towns and villages 60,000.

They are, of course, proper guerrillas. They are not more than 150,000, yet since their connection with the people is so close, it can grow, within limits, according to the need. Though they do not fight battles every day, yet they never miss a chance in case the enemy is in sight. The Japanese never come out of the city if they can help it. They used to come into the country to search for poultry or pigs and cattle, for they are surely not very satisfied with the meals served in the army. But instead of catching any victims, they often make sacrifices of themselves. They are trapped by the guerrillas while they are busy with their hunting. Now, they wouldn't dare do anything like that without having gathered a big army behind them. As for the guerrillas, they have not only won the confidence of the inhabitants, but their collaboration as well. You see, the guerrillas don't always get their supplies from the government directly owing to failures in communication or other arrangements. Therefore, their daily exercise includes spying along the railways and highways after trucks or even trains of supplies. More often than not, if they find something, that will be a day that they have a good feast and both their cellar and armory will be enriched. This used to be one of the reasons that they didn't destroy all the bridges that they could get at; for the bridges and roads were their chief source of supply.

This war has now come into its second stage, as was declared by the government recently. And in this stage, the Chinese will divide their forces into three parts. The first part will be active at the enemy's rear, or join the guerrillas that are already there; the second part will defend the fronts; and the third part will wait in the rear as reserves and reinforcements. In other words, the whole Chinese army has adopted guerrilla tactics as the principal way to meet the Japanese from now on: even the proper armies are trained to fight with guerrilla methods. A political adviser is attached to each group as means to cooperate. All of them are now properly organized and controlled. And when the time comes, they will all work side by side with the proper armies or join them outright.

刊于《直言评论》(Candid Comment)1939年2月9日第6期

邵洵美

游击队的成功

日本又再度向世界,尤其向她的人民立诺言,要向中国西南大举进攻;而且和往常一样,这次将是最后的决战;而且会得到即可造成和平的速胜。我料想这次大家总会比较更聪明些,不再去相信她。事实上,这番事业无论在理论上或行事上都是不可能的。倘若她是十足的愚蠢,要照着她所立的诺言发动此战,任何人凡稍有记忆力的,都能预道其结果,因为历史是要重演的。每当她进攻一新城市以前,她都会立过恰恰同样的诺言:她从不使我们失望。每次总使她的人民希望这是最后的一次战役,而归根结果却证明又说了一次谎。这一次也将遭遇同样的命运,而且有更坏的结果。

这次稽延已久、谈论已多的大进攻,结果无论怎样,她的愿望总不会实现。而危险则殊为巨大。她将竭其全力于此一举。倘若她失败,她将永远不能再立足,只有等候中国解决她留在后方、留在自命为在短时间内所占领的区域的残余部队。纵令她能成功,也不过是华方再作一次退却,也就是再更深入内地一些,日本将不得不再多派几万到几十万军队去防守华军新放弃的地方,而这些地方马上便会充满了游击队,日本得再等过一个更长久的时期,继能再举。

日本怀了一种错误的思想,以为蒋介石是中国唯一要继续抗战的人,她截至现在,派了将近一百万兵就只为攻打这一个人,她并不认真相信这种寓言(即认蒋介石为唯一与日本作对的人),使日本不得利用撤退区域的乃是游击队。这是一场游击战争。

中国的游击业已驰誉于世界。外国军事家会往前方去考察他们的战术;各国的访员已把游击区做了他们无穷尽的文章的来源。

曾到过那些地方去的人,载了大量材料归来撰文,著书,作演讲。只是未曾去过的对于游击队保持异论。须知世界上无一事是可称为尽善尽美的,每一件事都有其缺点。但是人们用来攻击游击队的武器却往往用得不当。

他们说(一)有些游击队并不是游击队,而是变相的土匪;(二)一部分真的游击队并不一定做盼望他们去做的事情,如破坏敌人交通等等。

我们不愿为第一个问题辩护,因为我们清除不了这些世界上的投机者;但是我们一观统计,便知此辈为数甚少,况且现在正逐渐加以清除。同时,我们不应忘记敌人也用汉奸冒充游击队,以消灭人民对真游击队的信心,曾被日本特务机关逼充间谍的意大利人范士柏在他所著的《日本的间谍》一书中有实在证据提出。至于第二个问题,却有知道中国游击队性质的必要。他们虽被外人称作"游击队",他们却与西班牙的游击队不同,因为"游击队"(Guerilla Warfare)在中文的意义是有"各自为战"(Partisan Warfare)的意思,这是一种苏联的战略。部队多少是有组织的,或是来自民间;他们的工作并不单是扰乱并破坏敌人后方;同时,他们负有教育并组织愚民的责任。他们兼具政治性和军事性;这是与西班牙人推倒拿破仑的游击战争截然两样的。更有一层,我们并不盼望他们打决胜负的仗;只是他们用他们去灭掉敌人的实力;比较重要的行动还是要正规军来干的。有时候人们觉得他们活动不力,其原因即在于此。

他们的活动可以在所有的中西文报纸上找出事例来。最近我们所见到的一篇是发表于《曼彻斯特卫报》,署名者为一个访员。该文叙述华北的游击队,这一部分是最有成绩的,已经出了名。论及最近情形,他说:

> 还有,一月里用四十人(日军)防守的,现在却需两千。又一项变革就是有广大区域也已恢复了合法的中国政府,特别是晋察冀边区政府管下的六十县。
>
> 新政府是一月间在山西富平举行会议产生的;有着大概是中国第一个民选的省政府委员会。其行政代表了各党派真正的联合阵线,而军事活动则大抵由第八陆军司令指导。这些军事活动就构成了第三项变革——这就是说,为游击战争开辟了一种政治的经济的根据地。
>
> 游击队在不到六个月内,也已把寇军击退至铁路线,进攻他们的军火,就是从寇军手里夺来的,他们的行动范围,伸张到平汉津浦两路,甚至远至山海关和热河,摧毁了日本傀儡政府,振作了中国的士气,并实行了对占领区域施经济封锁。

华南的游击队,是在广州失陷后续组织的,已封锁了西南的门户。他们甚至曾举行反攻,其力绝猛,使敌人放弃先曾占过的城市,也已不止一次。更有进者,敌人不得不加派援军,以免被完全逐出广州,因是又困住军队若干万。

华北与华南的游击队已可不畏任何责难:他们是已经演出足迹了。只有华中的一部分有时或未尽能令人满意。此方面的游击队名目众杂,难以分别谁真谁伪;或谁勤谁惰。据我们所知,共有四种以上:

一、忠义救国军:自江阴至南京一带,一部分在浦东。
二、新四军:(贝恩德在发表于大美晚报的文内所述的)驻防安徽边区。
三、军事委员会行动委员会别动队江浙支队:昆山至江阴一带。
四、正规军,归第三战区司令长官顾祝同直接指挥者:遍布浙赣全境。

除此而外,在沦陷城市附近乡村内尚有土匪冒充游击队,自忠义救国军出现后,其数已见减少。亦有伪游击队,乃敌人派往沿铁路线的汉奸,用以损伤真游击队的信誉者。对于此辈,无法加以清除,因为铁路附近房屋的住户,皆非原来的乡民,而是随军向敌军售卖食物货品的。

华中(即第三战区)游击队,约数如下:

浦东及上海附近	一五零零零至二零零零零
太湖区域	一五零零零
京沪路沿线	二五零零零
沪杭路沿线	二五零零零
苏州南京间,据有个小村镇	六零零零零

这些当然都是正式的游击队。他们为数不过十五万,但是他们与人民有密切联络,且能依其需要而在一定限度内发荣滋长。他们虽不每天作战,而每见敌人,必不肯错过机会。日军如能不须出城,便从不出城门一步。他们常入乡间搜求鸡猪牛羊,因为他们

对于军中饭食一定是食不甘味的,但是他们不特捉不到牺牲品,往往还自己做了牺牲。他们忙于猎取食物时,往往中了游击队的计策。游击队则不但得了居民的信心,且还得他们协力合作。须知因交通梗阻,或接洽不周,游击队是不一定得到政府接济的。所以他们日常的操演便包括着沿铁路公路侦查运输军实给养的卡车甚至火车。倘有发现,他们便准得饱餐一顿,服装也会鲜丽起来。他们之所以不去破坏能以破坏的桥梁,就是为此;因为桥梁与道路也是他们给养的来源。

照政府最近宣布的,抗战现已进入第二阶段,在这一阶段中,中国军队将分为三部分:一部分将在敌人后方活动,或加入原有的游击队;一部分将防御前线;另一部分则为后备队。换句话说,整个中国军队业已采取游击战术为今后应付日军的主要方法:即在正规军中,亦施游击教练。每一个游击部队都设有政治训练员,以兹合作。他们全已有了适当的组织,时机一到,他们将与正规军并肩抗战,或径编入正规军。

刊于《自由谭》1939年2月号

邵绡红注释:《自由谭》和它的英文姐妹版 *Candid Comment*(《直言评论》,另译为《公正评论》)是1937年八一三日本侵占上海后邵洵美在美国朋友《大美晚报》馆主任 C·V·Starr 的资助下,和 *New Yorker* 记者 Emily Hahn(项美丽)合作在上海租界秘密出版的抗日杂志。中文版是邵洵美编辑,从1938年9月到1939年3月共出7期。英文版是项美丽编辑,邵洵美助编,从1938年9月到1939年5月共出8期。在其1939年2月9日出版的第6期的 Pro & Con(赞同或反对)的栏目里,正方 Big brother(邵洵美的化名)发表 *The Guerrilla's Part in the War* 一文;反方由 Peter Taylor(台勒)作文 *Nonsense About Guerrillas*。而在1939年2月1日出版的《自由谭》月刊刊出了题为"游击队的论辩"的这两篇的译文:逸名(邵洵美的笔名)的《游击队的成功》与台勒的《游击队在现代战争中的有效性》(耀五译)。从两刊出版的时间上看是中文版在前。但《自由谭》的"编辑谈话"中读到两文在英文版发表的缘由,可见《游击队的成功》原创是英文的,只是英文版因某种原因没有按期出版。

邵洵美

A Song of the Chinese Guerrilla Unit

When the season changed, so changed the strategy,
We took off our uniforms and put on the old cotton clothes.
Let the enemies fire their guns in vain and be happy for nothing;
They will capture an empty city like a new coffin.

Our heroes will put out their wits and tricks,
To entertain enemies like fathers;
When they ask for wine we'll give them "Great Carving Flowers",
When they ask for dishes we'll give them "Shrimps and Eggs".

When they get greedy for happiness they become afraid of death,
They won't listen to the orders of their superior officials;
They'll insist that the others should go in front when they go to the front,
A handful of tears and a handful of snot.

The enemies will be bewitched to their end,
Aeroplanes won't dare to go into the sky;
Tell them to attack and they'll retreat,
Tell them to fire and they will let out their wind.

A shout of "kill" and we'll fight back,
Rakes and spades will be mobilized;
This time our army will come out from the fields,
They will be like storms and hurricanes.

Tens of years of insults, we now have our revenge;
Tens of years of shame, we now have washed clean;
Those who scolded us, we now will flay their skins,
Those who hit us, we now will pull out their veins.

Those who boasted now will be like dumbs,
Eating aloes and galls;
Those who killed and never minded fishy smell,
They will today become mince meat themselves.

Those who burned our houses,
Will now have nowhere to bury their bodies,
Those who raped our girls,
Will now have their wives as widows.

Widely opened are the eyes of our God,
What you did to others will now be done to you.
Let's wait for the certain day of the certain month,
When we will have both the principal and interest back without discount.

收入 W.H. Auden & Christopher Isherwood, *Journey to a War*
(Random House, 1939)。

邵绡红注：本诗收入 W. H. Auden & Christopher Isherwood 1939 年出版的 *Journey to a War*。第 204—205 页写道：

"I may as well insert here another song which we heard later in Shanghai. It is a song of the Chinese guerrilla unit which operated behind the Japanese line. This is Mr. Sinmay Zau's translation."

奥登他们真的相信那首诗歌是邵洵美"译"的。其实是 1938 年 6 月在他们来访时，邵洵美临时的即兴创作，他在 1938 年《中美日报》发表的《两个青年诗人》一文道出了真相。他后来一直暗喜着这一个小小的"外交胜利"。这一文坛佳话直到后来还鲜为人知。1938 年 9 月，邵洵美办了一份抗日宣传杂志《自由谭》，在第一期有一首"逸名"作的诗歌《游击歌》。那就是邵洵美为奥登所"译"的英文诗歌的中文翻版。在他用中文重新写的时候，增加了第四节的四句，表现出游击队员必胜的信心。

邵洵美

游击歌

时季一变阵图改,
军装全换老布衫:
让他们空放炮弹空欢喜,
钻进了一个空城像口新棺材。

英雄好汉拿出手段来,
冤家当作爷看待,
他要酒来我给他大花雕;
他要菜来我给他虾仁炒蛋。

一贪快活就怕死,
长官命令不肯依;
看他们你推我让上前线,
一把眼泪,一把鼻涕。

熟门熟路割青草,
看见一个斩一刀;
我们走一步矮子要跳两跳,
四处埋伏不要想逃。

冤家着迷着到底,
飞艇不肯上天飞;
叫他们进攻他们偏退兵;
叫他们开炮他们放急屁。

一声喊杀齐反攻,
锄头铁铲全发动:
这一次大军忽从田里起,
又像暴雨,又像狂风。

几十年侮辱今天翻本,
几十年羞耻今天洗净:
从前骂我的今天我剥他的皮,
从前打我的今天我抽他的筋。

看他们从前吹牛不要脸,
今朝哑子吃黄连;
从前杀人不怕血腥气,
今朝自己做肉片;

从前放火真开心,
今朝尸首没有坟;
从前强奸真开心,
今朝他们的国里只剩女人。

眼目晶亮天老老,
真叫一报还一报:
但看某月某日某时辰,
连本搭利不能少!

刊于《自由谭》1938年9月号

邵绡红

邵洵美的新诗理论述评

提起邵洵美,人们总以为他是和徐志摩一起,在20世纪30年代写新诗的诗人,殊不知,他在新诗的理论研究方面下过很多功夫,文章竟有四十余篇。2005年出版的《我的爸爸邵洵美》一书里没有就此作全面的介绍。现摘其要点并将学习心得提供读者和研究者参考。

1931年,徐志摩不幸空难,《诗刊》从此销声匿迹,加上战争的阴霾笼罩,诗坛沉闷了一时。邵洵美自己也难有心思写诗。然而,在随后的几十年,无论他身处何种环境,他一直关注着新诗的发展,关心着国内外诗友的成绩;依旧试图推动中国新诗的进步;他埋头于研究新诗理论,在《人言周刊》的"艺文闲话",在《论语》半月刊的"忙蜂室诗话"等,在《现代》杂志,在英文的学术性杂志《天下》(T'ien Hsia monthly),以及他那洋洋万字的"备忘录"——《一个人的谈话》和诗集《诗二十五首》的"自序"里,还有"八一三"后,上海孤岛期间,他在《中美日报》,一连发表三十一篇的"金曜诗话",多有所述及。

一、新诗发展与环境

1934年到1936年间,他感喟地说:

> 时局是那么的不安定,对内不得绝对的解决,对外交涉的结果总是退让;妥协代替了公道,中庸被认为真理。经济不景气,各业濒于破产。有智识的人要求着急救之方,没智识的人只要饭吃。我们要的是"迅速的解决",而不是"深刻的启示";所以不只是诗,一般的文学都难得到一般人的欢迎。目前的环境中不是没有诗人,而是没有看诗的人;不是没有看诗的人,而是没有机会看诗。但是,他们在可能的范围内,还是设法去领略诗的感化。①

为了让人们在这种落寞的环境里有机会看诗,他和朱维基在1933年曾合作办了份新的诗刊——《诗篇》月刊。他们想兴起对于纯粹诗的趣味,除了登载创作的诗以外,还介绍西洋最最好的诗歌。② 然而,《诗篇》大约只出了四期。邵洵美对这个失败作过总结:

> 一首诗能被一切人欣赏,当然也是诗人的愉快;正像是一个创痛可以由人家代替你去忍受一样。有许多诗人曾经为了要满足这一个奢望,转过种种的念头,他们相信只有"纯粹诗"可以达到这个目的:纯粹诗绝对摒除主观的成份,一切的情趣既

---

① 浩文《诗坛并不沉寂》,《人言周刊》1934年第1卷(1),第11页。
② 朱维基《二十二年的诗》,《十日谈》旬刊1934年(16),第16页。

然不限于某种独特的人类,被人欣赏的可能性自然扩大。但是诗究竟不能有任何种的限制,诗人除写诗以外也不应该有任何种的企图;所以纯粹诗的结果,只是遗下给我们几点珍贵的心血。①

1936年,他出版了一套《新诗库》。他自傲地说:

诗歌是一种变幻莫测的行当,没有别的出版商敢于染指;尽管如此,《新诗库》的第一辑还是出版了十位诗人的作品,给每位诗人一个机会。②

出齐这一辑很不容易,其间计划几度变更。他原想出版几辑的,未能如愿。

1937年到1938年间,他遗憾:

战争摧毁了我们正在再度盛开的诗的花朵。当中国从北到南不再和平,所有的杂志都停刊了。现在更多的是战争文学。③

可是他坚信:

每一个变动的时代,总有它的诗人。④

这时,邵洵美终于认识到诗是不应当脱离现实的。他说:

诗既是人类的艺术之一种,它既存在于人世间,那么,它当然会受到政治的影响,同时也会影响政治;在另一方面讲,那么,它可以让政治来利用或利用政治,也可以不让政治来利用或不利用政治。它是绝对有它自身的地位的。

他介绍英国诗人奥登的话:"诗的工作并不是去教大家做什么,而是把他们对于善恶的知识供人利用。"⑤

也正如他早年的一首诗里写的:

诗人的使命是叫人家自己造个天堂,自己毁这地狱。⑥

在这抗战中,诗的确是可以深入人心的宣传工具。发生宣传效用的诗便是好诗。英国诗人考莱说过"一个战争或紊乱的时代,是极好的诗歌题材,但是最坏的写诗的环境"。目前只是产生发生宣传效力的好诗的机会。⑦

关于"新诗与宣传",邵洵美专门写了篇文章,提道:凡是编过文学刊物的都会说,平时外来的投稿,十分之五以上是新诗。但是大半的刊物,给予新诗的篇幅是极少的,而投稿者却依旧源源不绝地寄来。

他们爱护新诗的热诚可想而知了。据说外国的文坛上,也有这同样的现象。还有一个统计:十分之八的文学爱好者,他们初步的认识,都是正当他们情窦初开的时

---

① 邵洵美《一个人的谈话》,《人言周刊》1934年第1卷(16),第327页。
② 邵洵美"Poetry Chronicle(1)" *T'ien Hsia* Monthly(《天下》月刊)1936年第3卷(3),第266页。
③ 邵洵美"Poetry Chronicle(2)", *T'ien Hsia* Monthly(《天下》月刊) 1937年第5卷(4),第400、402页。
④ 浩文《诗坛并不沉寂》,《人言周刊》1934年第1卷(1),第11页。
⑤ 邵洵美《诗与政治》,《中美日报》1938年12月30日。
⑥ 邵洵美《诗人与耶稣》,《天堂与五月》,上海光华书局,1927年,第97页。
⑦ 邵洵美《抗战中的诗与诗人》,《中美日报》1938年11月25日。

候,而且都是受了情诗的影响。那么,对青年宣传,新诗应当是最好的工具。

关于新诗的范围,他以为还应当包括歌曲和诗剧等:

> 新歌曲在中国的流行,我们不能忘记黎锦晖与梁得所。前者采集各地民歌的调子,来谱新的歌曲。后者曾把英美流行新的歌词译成中文,让大家吟唱,据说有几百种。在中国,现在各处的青年男女,很多对唱歌有热狂的爱好;甚至在内地的乡村里,我们也时常可以听到西洋的歌调了。大家既然有过这种的训练;宣传工作便得到极大的帮助;新编的爱国抗战歌曲早已传遍万户了。①

收笔了多年的邵洵美,这时期发表了一首新诗,一首宣传抗日,鼓舞游击队士气的诗"游击歌",1938 年刊于《自由谭》第一期。它的原创是英文的,被奥登(W.H. Auden)录入他与奚雪腕(Christopher Isherwood)合写的书 Journey to a War,1939 年纽约兰登书屋出版。邵洵美在《自由谭》将此书名译为《到战争去的行程》。

1957 年,臧克家手持新出版的《诗刊》第一期来访邵洵美。邵洵美高兴非凡,新诗显然被提到议事日程上来了。这证实了他以前的话,"历史上每有一次大革命,文学艺术总要挨受一次寂寞;等到革命成功,社会状态复原,大家便又旧情复燃,群起拥护"②。他肯定了近一二十年来新诗有了显著的成绩和丰富的收获,然而他又指出:如今新诗发展的幅员是如此广阔,大家对新诗的要求又是如此迫切,可是新诗人到现在为止所尽的力量是不够的。他们的作品在质和量上都远远落后于时代和现实,也远远落后于时代和现实所给予他们的机会。他认为现阶段的新诗,究竟不过是株幼芽,它总共不到五十年的历史。这需要大家的力量使它成长和发展。他强调说:

> 许多年老的新诗人更不应当以为自己的作品已经随着自己的年岁的增长而变成了"老树",它们同样还是"幼芽"。不过因为长时期的疏忽或荒废,没有好好灌溉,可能已经干萎甚至枯死了。这需要自己继续的努力和大家热情的鼓励,使那些曾经一度被遗弃的"幼芽"可以复活,重新赋予一种新的生命。③

二、怎样写新诗

在《一个人的谈话》中,他谈到自己的诗的行程。他说:

> 我第一次读诗是七岁,先生教我《诗经》,我只喜欢《关雎》一章,因为只有这一章最容易背诵;到后来越读越难读了,连生字都记不清楚。十一岁读《唐诗三百首》,我觉得每一首都好,因为每一首只要读几遍便背得出。先生开始教我写诗,我的希望便大了,我希望将来有一本三百另一首的诗选。十五岁进了学校,中文教授是一位浸沉于艳体诗的才子。《古乐府》便变了我的圣经。同时,我开始受亚美利亚教育,知道了西半球有一位诗人叫做郎佛罗。这时候新诗革命很热闹,我也学做了许多首,投到报上都被退了回来。十七岁在罗马听到了但丁与莎菲的名字。在伦敦有一位无名的爱尔兰诗人把史文朋的诗歌第一卷介绍了给我。从史文朋,我发现了先

---

① 邵洵美《新诗与宣传》,《中美日报》1939 年 2 月 10 日。
② 邵洵美《诗与诗论》,《人言周刊》1936 年第 3 卷(2)第 37 页。
③ 邵洵美《读了毛主席关于诗的一封信》,《上海文艺月刊》1957 年 7 月"诗歌专号",第 87—88 页。

拉斐尔派的一群。我又读了法兰西的印象派诗,我的上帝便多了。想为他们寻些中国朋友,于是找到了王维、温飞卿。莎士比亚是自己逼着自己读的。弥尔顿是我归国道中的旅伴,睡不着时才去找他。一切现代诗人的作品,还是最近五年里面才认识的。我希望我现在已跨进了爱里奥特所说的第三个时期,也就是成长的时期,脱离了束缚,批评的本能苏醒了。它会寻出每一位诗人的特点,和他所学不像的地方。这时候,他便能辨别出诗的伟大的地方了。哪一天,你的趣味长成了,哪一天你便会有真正自己的作品。①

他承认自己和每一个写诗人一样,经过他们所必然要经受的试探:

> 因为我们第一次被诗感动,每每是为了一两行浅薄的哲学,或是缠绵的情话,或是肉欲的歌颂。第一次写诗便一定是一种厚颜的模仿。再进一步是词藻的诱惑;再进一步是声调的沉醉。

他当时所认为金科玉律的诗论便是史文朋所说的"我不用格律来决定诗的形式,我用耳朵来决定",以及摩理斯所说的"我不相信有什么灵感,我只知道有技巧"。所以他那时期(指1931年前)的诗,大都是雕琢得最精致的东西,除了给人眼睛及耳朵的满足以外,便只有字面上所露示的意义。②

1927年,他第一本诗集《天堂与五月》一出版,就遭到朋友赵景深的批评。其实他在10月20日《申报》"艺术界"已发表过"《天堂与五月》作者的供状",文中他坦呈,自己对这本诗集并不满意,但滕固说:"第一本诗集不过是为孩童时代的过去留些痕迹的,何必选择。"次年他删去了一半,加上新作,出版第二本诗集《花一般的罪恶》。而后的几年里,他和新诗人接触较多,与徐志摩成了莫逆之交。徐志摩带领他和孙大雨、陈梦家等创办《诗刊》,组织中国诗坛,从中他学到很多,诗作有了很多改进。到1936年,他把自己十年里写的诗筛选一遍,挑出"可以勉强见得来人"的二十五首,出版了第三本诗集《诗二十五首》。(《新诗库》的第五种。)

至于怎样写新诗,他写过好些文章。综合说来,一是要有诗兴;二是要有修养。

(一) 诗兴——灵感与题材

> 诗人写诗,务必有真实的情致,完美的题材,更要有强烈的灵感:到那时,千言万语一气呵成,完全是心底里唱出来的声音,绝对没有一些虚伪的痕迹。③

他说,诗兴便是诗的灵感。写诗的人要有诗兴的积聚,它们积聚在心灵里的感觉创造出一种境界,一切的声音,色彩,尺寸,分量便由你自己去揣摩。④

> 浪漫派诗人认为一首诗的产生,灵感是最重要的因素。灵感来时,他会不由自主地写出千古的绝响。但丁的《神曲》、弥尔顿的《失乐园》都是如此写成的,他们简直把自己的成就认为神助。

他同意一个朋友的见解,灵感很像中国词里的所谓"触机":

---

① 邵洵美《一个人的谈话》,《人言周刊》1934年第1卷(26),第541页。
② 邵洵美《自序》,《诗二十五首》,上海时代图书公司,1936年,第7—8页。
③ 邵洵美《一首诗的产生》,《中美日报》1938年12月23日。
④ 邵洵美《没有诗兴的诗》,《中美日报》1939年3月3日。

> 假使灵感和触机是一样的,那么,一首诗的产生绝不是外来的力量;诗人的心里早有了准备,好比悬帆的小艇,灵感便像是一阵清风,可以把它送行千里。
>
> 中国以往的新诗人,大半都受浪漫派的影响,而没有外国浪漫派诗人所必备的修养,于是写出来的东西,很多浅薄到肉麻。新诗在二十年中,便无时无刻不受着人家的怀疑与指摘。

他注意到最近新诗人格外注重题材。从这条路出发,新诗的内容才会坚实,说话便不至于再像以前那样空虚。进一步,为了要使那应用的题材得到满足的表现,他们自会注重到技巧上去,新诗人便会感到有修养的必要。[①]

(二)修养——格律,押韵与"肌理"

(1)格律

他始终承认柯勒立治的话,"诗是最好的字眼在最好的秩序里"。他觉得一个真正的诗人一定有他自己"最好的秩序":

> 固定的格律不会给他帮助,也不会给他妨碍。所以,我们与其说格律是给写诗的人一种规范,不如说是给读诗的人一种指点。

初期的新诗要求形式自由,或是说废弃格律,目的也不过是在解脱羁绊,缺乏建设性。后来,新诗人逐渐感觉到,绝对自由了太嫌散漫:一首诗不能没有相当的秩序,但是这格律是要自由的,不是固定的。每一个诗人依了他自己的个性,与诗的内容,随时发现适当的格律。这个格律包括字句的排列与音韵的布置;使一首诗的形式与内容完全和谐,在这一方面,每一个诗人有他自己的根据。

> 闻一多与朱湘比较注重字数;徐志摩与陈梦家比较注重顿挫;孙大雨则依了顿挫更给予一种规定,这和英国诗人霍浦金创造的"跳跃节奏"是相同的。臧克家自己得意的自然音节,事实上不过是对于徐志摩的不经意的模仿,我相信他自己也会承认,他是受着徐志摩的影响的。戴望舒的诗,形式上似乎极自由,却也经过了多少次的推敲和斟酌。他一大半凭了耳朵与眼睛,始终还是走不出徐志摩的圈子。所以说到新诗的格律,简括地说明起来是:字句的排列由音节来支配;而音节的支配看内容的意义。

他补充说,我们要求的格律乃是"自然的格律"。格律绝对不应当固定,固定了,和时代便不再会发生关系,便不再会有生命。[②] 他发现近年来世界各国的现代诗人也都有十分注意格律的趋向。

(2)押韵

诗人以音节的技巧来支配读者的感想;运用押韵的变化来使全诗的空气紧张或宽舒。不过新诗押韵的规则已不像旧诗那般严厉。他说,我们已不再把《诗韵合璧》为唯一的典范了。研究起来,新诗的脚韵有许多种变化,如:诗韵、古韵、同音字、方言韵、同尾音字、同起音字、半音字、双声韵。还有押在字句中间的"腰韵"。[③] 押脚韵和文字本身有极大的关系。旧诗文言的辞句来得简洁,在句末押韵,一则使辞句更有力量,二则使句断更

---

① 邵洵美《一首诗的产生》,《中美日报》1938年12月23日。
② 邵洵美《自然的格律》,《中美日报》1939年3月10日。
③ 邵洵美《新诗与押韵》,《中美日报》1939年6月2日。

显明。但是新诗的分行,与废弃旧有的格律,主要目的是在适应语言的条件以及使意义伸长;押了正式的脚韵会破坏全部的气氛。他认为:韵可以押,不过应当有更多的变化。

> 有人读徐志摩的诗,惯常讥笑他的押韵,可见根本没有了解他。志摩诗里所押的脚韵是有意义的,不是光为了"句末",或是为了"好听"。——押韵的作用有技巧的,也有心理的。每一个诗人还有他自己独特的作用,押韵也各人有各人的心裁。

他谈到新诗最先是打倒格律和押韵,现在反而比以前更复杂。① 新诗的字句的排列与音韵的布置和旧诗的平仄,字数与脚韵一样,都是为了便利别人去欣赏。分行与音尺是外国来的新技巧。旧诗的平仄乃是真正的链锁,所以我们废除了。他说,

> 每一个时代有每一个时代的韵节。新诗已不再是由文言诗译成白话诗,也不再是分行写的散文,我们只要一看孙大雨、卞之琳等的近作便可以确信。②

他特别说到"诗与音乐",提出一个特殊的想法:

> 诗里面音乐的作用,在声音的盈虚与轻重的支配以外,还有音调与字义所包含的原始的关系。便是说,我们造字,在"六书"以外,还有根据原始人的发音而制成的。我们在无意中对同样性质的字有同样的发音;而正因为这种发音是自然的趋势,我们听到了便能意会到某种事物上去。这种感应便几乎是在音乐以外的了。大家没有注意,便把它归入音乐的作用里。我始终觉得它和诗的关系太重要了,所以在没有彻底去研究以前,便贸然提供出来给新诗人参考;同时,我更希望语言学专家能对它发生相当的兴趣,而给予我一个确当的解答。

他无意中发现:合了嘴唇发音的,通常是一种腻性的字——蜜,密,迷,闷,妙……合了嘴唇而又分开了发音的,通常是一种敌性的字——骗,怕,跑,泼,破……卷了舌头发音的,通常是活性的字——玲珑,轮,浪,潦,落……舌头点在牙齿上发音的,通常是凶性的字——死,丧,少,散,损……牙齿息在嘴唇上发音的,通常是动性的字——风,翻,飞,浮,放……他说:

> 假使我的疑问可以有人证实了,那么,诗里面有许多使我们感动的音节都能用这种发音关系来解释。正像音乐里某种音调管束着某种感情,我们写诗的便也能得到同样的便利了。③

(3) 肌理

英国女诗人 Edith Sitwell(雪特惠儿)把炼字上的技巧称作 Texture,钱锺书先生把它译作"肌理"。并特别说明这和王渔洋所谓的"神韵"、翁方纲的"肌理"有程度上的差异。邵洵美说:须先得承认"字"的生理上的条件;

> 它是有历史背景的;它是有形状、颜色、声音、软硬、轻重和冷热的。④ 现代英美诗人对于"肌理"上,都是意识地十二分用工夫。旧时的一首诗一首词可以使读者感到冷,感到热,感到快乐与悲伤,除了内容的意义使他了解外,他一定是领悟与享受

---

① 邵洵美《押韵的解放》,《中美日报》1939 年 6 月 10 日。
② 邵洵美《自序》,《诗二十五首》,第 7—8 页。
③ 邵洵美《诗与音乐》,《中美日报》1939 年 6 月 24 日。
④ 邵洵美《谈肌理[上]》,《中美日报》1939 年 1 月 20 日。

了"肌理"而不自觉。我们常听人说:"某某诗豪放","某某诗潇洒";他们只是知其然而不知其所以然罢了。

李太白的《乐府》诗一百四十九首,受人颂扬的许多首都是"肌理"最精妙的。譬如"将进酒",开始便是一长联三句,十七个字:

"君不见,黄河之水天上来,奔流到海不复回?"

这气势的浩大,正像泛滥的狂涛在天心直滚下来。像这样的绝妙佳句,怎不叫读者击节叹赏,悠然神往呢?①

邵洵美自己1933年在《诗篇》月刊上发表的就是他尝试在肌理上用工夫的几首,如:《女人》《声音》等。

三、新诗与旧诗

(一) 看不懂新诗

他描述林语堂总是带着"不会心的微笑"说看不懂新诗。胡适之与梁实秋都曾再三说新诗应当要明白清楚。他以为:

诗是根本不会明白清楚的,一首诗到了真正明显的时候,它便走进了散文的领域。②

以"看不懂"三字想来抹杀新诗的,显见是没有对旧诗下过一些工夫的人。假使诗人有意造出古怪的语言,这是亵渎神圣的举动。中国人和诗本来有极密切的关系,在《论语》里孔子讲别的东西不过一两次,讲诗却有十二次。他讲了又讲,讲诗的功用和性情,始终没有一句提到过格调。要知诗的重要部分,本不在乎形式:用白话写自由诗可以,用文言写律诗也可以;现在人对新诗有成见,多半因为看不惯它的形式,我劝他应当去读《论语》。③

邵洵美特地埋头重读《论语》,用英文写了篇 Confucius on Poetry(《孔子论诗》),④此文引述了孔子对诗的论述,同时针对英国牧师苏慧廉(Soothill William Edward)所译的《论语》版本 The Analects of Confucius 提出一些翻译上的意见。

他不赞成把诗分成"明显的"与"曲折的"。认为那时中国大部分新诗的成绩是极其幼稚的,根本还谈不到明显与曲折。他认为:

我们要对付的并不是"曲折的诗",真正的诗;而是一般"假曲折的诗",一般不会造句或者故弄玄虚的幼稚与拙劣的作品。⑤

卞之琳指出"这在今日的形势下也还可以视为谠论"⑥。

1934年,邵洵美谈到他自己怎样写诗:

---

① 邵洵美《新诗与"肌理"》,《人言周刊》1935年第2卷(41)第810页。
② 邵洵美《自序》,《诗二十五首》,第7—8页。
③ 邵洵美《一个人的谈话》,《人言周刊》1934年第1卷(16),第327页。
④ 邵洵美"Confucius On Poetry"(《孔子论诗》),T'ien Hsia Monthly(《天下》月刊)1938年第七卷(2)。
⑤ 邵洵美《自序》,《诗二十五首》,第7—8页。
⑥ 卞之琳《追忆邵洵美和一场文学小论争》,《新文学史料》1989年(3),第66页。

>它的来像是天上的云：有时是一块洁白的结晶，不动，准许你神往地伫视；有时是一群琐碎的粉片，你要捉的快，一秒钟它会变幻几十百种形象；有时是一层透明的薄翳，在你灵魂里轻微地荡漾；有时是一大堆的昏暗，夹着风，又夹着雨，你不敢抬头望，但是你心底里震动着它的威严。我服从，我接受，我表现，但是，我从没有想到人家看懂，或是看不懂！写诗是诗人的事情，看诗是读者的事情，他们之间不必有相互的代谋。①

"八一三"后，他的认识有了明显改变。他说到文学史上，无论古今中外的作者，都有他一个假定的对象：

>即以我国来说，唐代文化发达，帝王显宦，平常百姓，都有欣赏诗歌的雅兴，所以李白杜甫的诗的题材，便十分广大；到后来文化发达到了极点，时代反趋于颓废，宋词便变成了特殊阶级酒红灯绿的灵魂；元曲是外力侵入后，一般人苟安偷生、粉饰太平的点缀；到了明代，于是爱国及反抗心理在此中表现；清代的诗词简直是名利场中的装饰品了。所以诗里面可以看出时代的精神。

他指出，凡是看不懂的诗，毛病在于作者所认定的对象，而不在于他表现的方法：

>譬如目前我国诗坛上有一种"象征诗"，它曾受到过各方的指摘。我以为应指摘的，不是象征诗本身，而是它产生的原因。象征诗在欧洲的确有它存在的根据，在我国却缺少了它生理上的基础。②

他说在这抗战期间，诗就是向大众宣传抗战的工具。在抗战时间的诗，已不能与太平时间的诗相提并论了，况且也不必相提并论的。

>诗人们在这个时候，假使他的目的在于对群众发生宣传的效用，他的工作是简单的；假使他的目的是在写一首太平时期所谓的好诗，这是他私人的工作。现在我们都是供使遣的时候，而不是争王称霸的时候，所以标新立奇会受到大家的指斥。目前只是产生发生宣传效力的好诗的机会。③

（二）新诗与旧诗

对此，邵洵美作过不少研究，他说，新诗有新诗的好处，旧诗有旧诗的好处。在旧时代我们要旧诗，在新时代我们当要新诗。④ 现代人读旧诗而得到的感应和前代人决计不同。譬如旧诗里的字眼，物事，动作等，在前代人是身历其境的，在现代人便只有在书本上去经历了。他说：

>环境不同，思想当然两样，感觉也当然各异。这是说现代人读旧诗的情形。那么，现代人写旧诗犹如何呢？

他谈到诗的应用，旧诗有写来酬应的，有写来自荐的，有写来给妓女唱的，有写来歌功颂德的。况且，当时诗的对象是几个个人；而现代诗的对象可能是广大的群众。譬如说，古时的诗手抄已够支配，而现代的作品却有印刷术和出版机关来为他流传。再讲到新的题

---

① 邵洵美《一个人的谈话》，《人言周刊》1934 年第 1 卷（16），第 327 页。
② 邵洵美《诗人和他的读者》，《中美日报》1938 年 12 月 16 日。
③ 邵洵美《诗人与耶稣》，《天堂与五月》，上海光华书局，1927 年，第 97 页。
④ 邵洵美《新诗与旧诗（上）》，《中美日报》1939 年 4 月 14 日。

材,新的效率,是否是旧诗可以应付?①

> 我们应当把新诗看作是旧诗的进化。时代的思想与环境等更换了,诗歌形式与内容当然会变易,所以新诗的存在自有它生理学上的条件。我始终以为诗不在乎形式。说句笑话,我们尽不妨用白话写律诗,或是用文言写自由诗。不过,耳朵清楚与眼睛明亮的人,自会感到新的内容一定要有新的形式。

所以,他的见解是,新诗的敌体,不是旧诗:

> 新诗的敌体,正和旧诗的敌体一般,是散文。②

(三) **诗与散文**

他说,其实诗与散文的对立或分野也还是近代的事。我们在无论哪一国的文学史里去看,开始有诗的时代是没有散文的。在一个很长的时期,著书立说,发号传令,都用诗的体裁。在当时,只有诗才是"文";和它对立的则是"白话"。而所谓诗,是有一定的格律与规则的,到后来,把这种格律与规则解除了,于是便有了散文:

> 在有诗而没有散文的时期,无论什么东西,什么都用诗来表现,在中国不必说,在西洋,柏拉图的政治与哲学等论文都有着固定的诗的格律。所以到后来,便要考究到什么是真的"诗"——便是说,真的诗并不存在于格律里面。我们便又有了所谓韵文 Verse Poetry 的分别。在封建时代,诗或韵文是代表着高雅的文,而散文则代表鄙俗的文。在当时中国的剧曲里,在西洋如莎士比亚的戏剧里,上等人(也即是高雅的人)说话用诗或韵文;下等人(也即是鄙俗的人)说话便用散文。

> 诗与散文的分别,越到现代越含糊。中国古文里有许多散文,在内容上说,简直完全是诗。在外国也有同样的现象。我们于是有了所谓"散文诗"与"有击拍的散文"。诗与散文的分别便尤其弄不清了。

他提及《文心雕龙》里说过"有韵之文谓之文,无韵之文谓之笔"。又讲起梵乐希的《诗》里引用"马来勃把散文比做走路,把诗歌比作跳舞"。走路,和散文一样,常有一定的目标;跳舞则不然。它的目的是在其本身以内。它若有目的,也纯粹是一个理想的——就是一刻的欢欣,一刹那的愉快。③

(四) **新诗要百花齐放,百家争鸣;旧诗要取其精华,弃其糟粕**

1957年,毛泽东在《诗刊》第一期发表了一封信,说到"诗当然以新诗为主体,旧诗可以写一些,但是不宜在青年中提倡,因为这种体裁束缚思想,又不易学。"

邵洵美这时又一次谈新诗与旧诗:

> 新诗是用白话写的,白话是人民大众所熟悉的语言,是人民大众日常运用着的语言,是第一手的语言,是不断在发展着的语言,是活的语言。我们的文艺首先是为工农兵服务,诗当然必须以新诗为主体。

> 我们的新诗到目前还没有什么一致公认的形式或技巧,可是我们并不需要有定型的限制。新诗也应该"百花齐放"和"百家争鸣"。我们决不要让某几个人凭着个

---

① 邵洵美《新诗与旧诗(下)》,《中美日报》1939年4月21日。
② 邵洵美《再谈新诗与旧诗》,《中美日报》1939年4月28日。
③ 邵洵美《诗与散文》,《中美日报》1939年5月5日。

人的主观来订出许多清规戒律,这同新诗的精神是根本不相符合的。我们可以创造许多种新的格律,但是决不要认为是金科玉律,强迫大家接受。

对于旧诗之束缚思想与不易学,究其原因是词藻极为麻烦,简直同搬运典故一般地费周折,几乎每个字汇都要有些来历,非有相当功夫的不敢任意改动或配搭:因为旧诗旧词好像不是用"单字"来制作,而是用"成语"来缀合的。对于旧诗的欣赏、观摩、研究、学习,当然是另一回事。旧诗所留传给我们的丰富宝贵的文化遗产,是一个取之不竭的泉源;我们应当从里面吸取些什么精华,扬弃些什么糟粕,乃是一个非常艰难的课题。我们必须对它有充分的认识,非得虚心学习和深刻研究不可。他提道:

> 就一般对旧诗有修养的人说来,这是他们所已经熟练的技巧,这是他们表现他们"诗意"的最适宜的工具,他们可以用这种形式写新事物,也可以用这种形式写旧事物,要是能多写些文情并茂的好诗来,同样也值得鼓励。①

他在《文学的过渡时代》一文中曾说过:

> 新文学的出路是一方面深入民间去发现活辞句及新字汇;一方面又得去研究旧文学,以欣赏他们的技巧,神趣及工具。我们要补足新文学运动者所跳越过的一段工作:我们要造一个"文学的过渡时代"。②

在《论语》"忙蜂室诗话"里,邵洵美说:

> 我读诗毫无成见,新诗读旧诗也读,中国诗读西洋诗也读。说也奇怪,我读西洋诗选本《金库诗选》,不时感到它已陈旧,调子熟而且俗;但是中国《唐诗三百首》却真使我百读不厌,读一次有一次新的发现。③

我们可以看到邵洵美写过一些旧体诗。每当他感触良深的时候,他便会以旧诗述怀,特别是在他晚年重病中写的那些没有发表的旧体诗,虽然痼疾缠身,但依旧字斟句酌,甚而引经据典,读了既感受其意境,又能感受言外之意。

四、新诗的病根

是什么阻碍新诗的发展?不同的时期,邵洵美都曾撰文分析,并提出办法。

(一) 没有读诗人

1939年,他说:

> "我们只有写新诗的人,而没有读新诗的人",是一种畸形的现象,也便是新诗的病根所在。

他曾经到过几个小城市,查到《诗刊》订阅人的姓名地址,又向当地书店打听得买他们新诗的主顾;结果总发现那六七位新诗读者,非特自己都在写新诗,而且他们之中还组织着一个或一个以上的新诗团体。④ 那几年,他也了解到,有几处小学里也在教小学生做新

---

① 邵洵美《诗与诗论》,《人言周刊》1936年第3卷(2),第37页。
② 邵洵美《文学的过渡时代》,《人言周刊》1936年第3卷(3),第16页。
③ 忙蜂《忙蜂室诗话》,《论语》半月刊1937年(115),第870页。Francis Turner Palgrave, *The Golden Treasury*,英国牛津大学出版社,1929年。
④ 邵洵美《新诗的病根》,《中美日报》1939年1月13日。

诗。他分析说:

> 问题只是在"新诗人"不多出现。同时,新诗的议论文学也少在刊物上发表。——那么,对于诗的技巧缺乏修养的,便永远不会懂得新诗在形式方面的改革与长进;于是霸占新诗坛的便始终是以前那些对外国诗有研究的人。①

他也提到人们不了解新诗人的工作:

> 我们一向说,中国文学革命,要推新诗最澈底。形式和内容完全改换了。新诗是时代的产物。它的诞生的确是象征着整个文化的大变动。这是一种适应时代要求的创造。你也可以取笑它仅仅是模仿着西洋诗。就像民国纪元以来的中国国民,发辫剪了,旧的制服礼服都废弃了,作揖磕头等礼貌逐渐变成笑话,鞠躬拉手被认为当然。大家的思想显明地比封建时代来得自由,受过现代文明洗礼的,更有了科学的头脑。这是中国典型的新国民。他们原是时代的产物。但当你要取笑他时,你也可以指他们是西洋的模仿。②
>
> 新诗的技巧是借重外国诗的技巧的,大家不能否认。徐志摩曾经尝试过许多种外国诗的形式。柳无忌与罗念生一般人,简直用外国诗形式来写中国诗。林庚则为了他的新七言诗而被人指摘。孙大雨则发现他平常自己所运用的韵节,和英国诗人霍浦金的"跳跃节奏"完全相同。朱湘的整齐的形式则被人讥诮为脚带。这些都是新诗人在技巧方面的努力,但为一般人所忽略;我们也没有一篇正式的文章报告给一般人知道。③

(二) 新诗与批评

新诗的诞生既是时代的要求,它象征着中国的新文化和新人民,为什么到今天它好像依旧只是几个青年人的玩意,而得不到普遍的承认?他说,这个责任,既不在新诗身上,也不在读者身上,而是在"新诗的中间人"身上,目前,便是那般新诗的批评者。因为他们是负起一种把新诗来解释及介绍的责任的。然而,他指出:到今天为止,他们充其量只做到了新诗或新诗人的辩护人。为了赞美新作品,他们简直说出了连诗人自己也没有梦想到的好处;即使是个错字,他们也会供给一种最妙的理由;即使是个没有完全的句子,他们也会代表去伸长那"未尽之意"。结果,读者脱离了他的介绍文,便完全看不懂诗;诗人有了这样的辩护人与说明人,从此写诗便更不顾人家看不看懂,甚至连自己隔了相当的时期也看不懂了。

> 希望有一般真正的"中间人",把新诗介绍给读者,不必代任何一方说话,只要说出一首诗的好处与坏处,以及这一首是否是新诗。他的责任是先使大家"认识"新诗,然后大家会"承认",会欣赏,会爱好或是憎恶:这样,新诗便可以普遍了。④

说到批评,一种是指对于形式与内容的要求,由批评家代表了说出来;一种是有了作品然后会有批评。他说:

---

① 邵洵美《新诗的现状与进展》,《中美日报》1939 年 2 月 17 日。
② 邵洵美《新诗的中间人》,《中美日报》1939 年 6 月 17 日。
③ 邵洵美《新诗的现状与进展》,《中美日报》1939 年 2 月 17 日。
④ 邵洵美《新诗的中间人》,《中美日报》1939 年 6 月 17 日。

> 胡适之等在《新青年》上的文章以及良友公司出版的《新文学大系》里的文学论争是前一种;而后来的报章杂志上发表的对于诗集的研究与讨论是后一种。但后一种难得看到,大半又是意气的作用多于意见。
>
> 老实说,现代中国的文坛上,新诗是被人运用得最多的一种体裁。在理,它的进步应当超过任何其他一种体裁,但是,我们都知道,小说与戏剧的成功却更其来得显明。这种现象时常使一般对新诗执着成见的归罪于新诗的本身。平心静气而讲,缺乏批评不能不说是最大的原因。我们既缺乏有修养的,可以代表一般人说明要求的前一种批评家;我们又短少有识见的,有鉴赏力的,有高尚风趣的,后一种批评家。①

他强调,新的批评家只要知道"比较"与"分析",不必做判决的工作;只要把事实放在大家面前,让大家去裁定。新的批评家需要对多种学问下过工夫,包括生理学、人类学、史学、语言学,同时,对于各种科学,他都应有相当的研究,特别是心理学、哲学。② 他在五年前就曾说过:

> 在一个新时代里,批评家最大的责任是整理;给紊乱的状态一个秩序。我时常说,编文选和诗选的人是最聪明的批评家,他们用作品来代替他们说不出的话。③

(三) 新诗缺乏公认标准

1948年,他在《论语》的编辑随笔里写道:

> 我是写新诗的,新诗始终没有一个公认的标准。我相信,新诗到现在,依旧好像在暗中摸索,没有批评的标准也是一个原因。诗人见到了一个使他永久会记在心头的印象,用最好的字眼,最好的音节,最好的形式把它写下来,让大家读了也会把这个印象永远记在心头,这便是好诗。

1957年,他读了《诗刊》第一期里毛泽东那首"长征",觉得它恰巧完备了这样的条件。可是同一期里大部分新诗倒是诗味不多,读了不易把那些印象永远记在心头。缺少新诗的理论文字是一个很大的因素。新的诗和新的批评是分不开的。正像一个展览会上,有了优良的产品,还是需要有详细的说明和介绍,分析和批评。这可以给生产者去参考,也可以使观众了解它们的价值。

他想发展新诗有好的办法,一是:

> 根据我们所已拥有的许多具体例子——许多新诗集、新诗选和散见在各报刊的成功的作品——加以分析与批评;可能的话,让诗人自己来解释和说明,叙述他们本人的经验,提供他们对新诗有建设性的意见,从而发现出几条康庄大道来,使大家有所遵循和选择。我们更应从历史的发展方面去着眼。我们的诗歌,从最早的时代起,中间也经过了多少次的改革,每一次的改革究竟从它前期的旧诗里继承了些什么,扬弃了些什么,我们也应当作一些详细的分析和研究;进一步再在里面发掘,看看有多少东西可以被我们的新诗来接受和发展。有一天,我们能具体地指出哪些新诗是"谬种"的时候,新诗便也站定了脚跟。④

---

① 邵洵美《新诗与批评》,《中美日报》1939年3月17日。
② 邵洵美《新的诗评与诗评家》,《中美日报》1939年3月24日。
③ 邵洵美《一个人的他话》,《人言周刊》1934年第1卷(27),第571页。
④ 邵洵美《诗与诗论》,《人言周刊》1936年第3卷(2),第37页。

二是新字汇与方言。他以为新诗进展中最重要的倒是新字汇的采用,这是胡适之等所未完成的工作。一向也没有人提起过。要知道,我们用白话文最大的原因是为了"文言文是死文字,白话文是活文字"。文言文所以死了,是因为字眼已缀成了句子,而应用的句子,又极有限;一方面许多字眼因搁置起来了,连它们的解释都已模糊。一方面句子的应用已使每个句子代表的意义狭隘起来。旧句子难以使人有新感觉,所以是死了的。

> 但是现在的白话文正因为普遍的应用也有了死滞的现象。不过我们新的字汇,不应当自己创造。自己创造,除了自己便没有人懂得。每个字都有它历史的根据和意义。"方言"是新字汇的财源,是真正的白话,是真正的活文学。从方言里去采集新字汇是最合汇集的方法,这便是胡适之等所未完成的工作。①

五、中国与美国的诗坛

(一) 诗派在中国

他说,文学的进化有一定的路程与步骤,但中国现代的作家非特有些"抄近路",简直都应用着"缩地之方"。翻开外国的文学史,可以见到他们从古典派到浪漫派,到象征派,直到现在的新象征派,都好像有着固定的程序,是一种必然的合乎逻辑的变迁。甚至中国的旧文学史,我们也可以用同样的方法来分门别类:

> 但是中国的新文学史,却大有一日千里之势,人家须经过几十年或几百年,我们却只要几年几月或几天。人家从古典派到浪漫派,是因为古典到了极端便太严谨了,于是来个解放;我们却为了几位情感比较热烈的作家,凑巧读到了外国浪漫派的作品而做了些介绍的功夫。人家从浪漫派到象征派,是因为浪漫到了极端太没有限制了,于是离去了个人的发泄,而从宇宙间去求永久的题材;我们却为了几位聪明的作家要标新立异,而在外国近代名著里去觅得这个不同的格调。人家从一派到一派,中间要经过多少成功与失败,赞同与反对;我们却全凭着几位了解外国文学的作者偶然的兴趣或故意的改变。
>
> 因此,在中国,唯美文学与普罗文学会在几乎是同一个时期介绍到中国来。我记得很清楚,当创造社一般人还没有张起红色的旗帜;我的一个朋友却已在同一个星期里,编了部唯美文学史,又译了两篇卡尔佛登的普罗文学论文。在近几年中,即普罗文学最热闹的时期,我们却又几乎是在同一个时期,有了梁实秋的古典派;梁宗岱的象征派;《现代》杂志的意象派;水沫书店的新感觉派;北平几位青年诗人的新象征派。他们有的只介绍了理论,有的只介绍了作品;他们的影响未必走出了他们自己所有关系的刊物或作品。而普罗文学的热闹,也不过是因为主动者方法高明,从另一方面得到了许多青年的同情。人家的普罗文学是社会现象的产物,我们的却是几个"先知先觉"的努力。

他说到只有这一次因抗战而兴起的所谓"抗战文学",倒是一种社会现象与大众意识的要求,虽然不能成为一种学派。

> 抗战文学的确不是一种学派,而是一种文学的题材。我们必须辨别清楚。不

---

① 邵洵美《新诗的现状与进展》,《中美日报》1939年2月17日。

过,这种文学题材的普遍的运用,却已使文学和政治发生了一个过去所未有的接近;而同时,竟恰巧和现代英国新诗人在努力尝试的新诗派,走着好像是同一条路。

他介绍,现代英国新诗人中有三位是这一个新诗派的领导。他们都有完全的古典文学修养,又都感应着普罗文学的影响与力量;他们提倡文学不应当成为少数人的鉴赏物,而应当变作大众的娱乐。他们反对传统的文学见解,又修改着"文学即宣传"那番议论。他们的作品几乎都是政治性的诗歌。他们这一派已经公认存在了。其中两位已到过中国:便是奥登与奚雪腕,还有一位是路易士:

> 我谨以此希望中国抗战新诗人也有同样伟大的成就。①

(二) 现代美国诗坛概观

邵洵美也关注美国的诗坛。许多人认为:惠特曼(W. Whitman)是他们的诗父、先知、前驱、革命的英雄,和灵魂的解放者。邵洵美却用另一种眼光来看,他以为,一般人所取笑的那个美国诗的模仿时期,却正是他们走向最后光荣的正当过程。美国的历史是这样短,他们没有什么"文学遗产"可以继承,于是这一般诚恳的祖宗,凭他们多少年的经验与学问,一方面尽力把英国诗的精华选择与模仿,俾能得到一部酷肖的副本;一方面又尽量把古典名著移译与重述,以充实这一个完美的宝藏。另外一般诗人如台勒(Taylor)及吕德(Read)等便在技巧上用功夫:完备了新诗创造的一切工具。所以惠特曼也不是偶然的产物。《诗》杂志出版以来,陆续发现了许多新的诗人。他们虽然同样地采取自由或比较自由的格调,但是各人有各人描写的对象;各人有各人走向的目标;同时,各人也有各人对于时代的反应。他把美国诗歌分成六种来讲:

[1]乡村诗(田园诗也可叫作平民诗)[2]城市诗[3]抒情诗[4]意象派诗[5]现代主义的诗[6]世界主义的诗。

他的结论是:美国的一切是在高速度地进展,美国人的知识便走着一种跳跃的步骤。暴富的事实常有,破产的机会很多;一切都在不停地变化,社会的不安定是一种显著的现象。信任已不能在人与人中间存在,一切东西都要拿目的作标准。无论什么都可以商业化,灵魂真的有了代价,诗集便竟然能和通俗小说去竞争。其结果,美国的诗坛分成了两条路。诗人便有所谓"向外的"与"向内的"。鲁宾孙(Robinson)与爱里特(T.S. Eliot)以及后期的威廉·卡洛斯·威廉谟斯(William Carlos Williams)便代表了这两种诗人。所以前者的作品出版,有时候可以销到几十万本;而后者的作品则几乎有使一般人不能了解的情形。前者是去迎合一般人的趣味,而后者则是去表现他自己的人格。前者是时髦的,而后者则是现代的。前者是在现代文化中生存的方法,而后者则是在现代文化中生存的态度。前者是暂时的,而后者是永久的。

大战也给予现代美国诗一个极大的影响:不是战壕里的经验,而是战后的那种破碎的状态。所以他们没有像英国的沙生(Siegfried Sassoon)及白罗克(Rupert Brook)的战争记载;而只有像爱里特一般人那种幻灭的叙述。太容易的死亡,使他们对现实生活绝望;于是进而推求事物的永久性质:所以像爱里特的作品,我们可以说是对过去的历史,可以说是对现在的记录,也可以说是对将来的预言。但是一个工商业发达的美国,暴发户众多;他们为要挤列进知识社会以增加自己的地位,于是不得不把一切的知识来生吞活咽;

---

① 邵洵美《诗派在中国》,《中美日报》1939年1月6日。

出版界便尽多一种常识的书籍,后期的鲁宾孙便是这些暴发户所崇拜的诗人;浅明而容易背诵的诗句,生动而浪漫的题材,这是一种现代美国人的高尚装饰。他说:

  我以为艺术品的成功,虽不一定要完全商业化,但是一种经济的鼓励是需要的。翡冷翠的成为"西方的雅典",不能不归功于米地西(Medici)一家人:结果的种子,是他们对金钱的爱好与对艺术的爱好。艺术有了"人趣"它才会在人类里生长。

  现在的美国诗坛已有了它富裕的赞助者,和努力表现自己的趣味和人格的诗人:桂冠从此将为西半球的荣耀了。①

          本文部分资料承王京芳博士协助寻获,谨在此致谢!

---

① 邵洵美《现代美国诗坛概观》,《现代》杂志1934年第5卷(6),第874—890页。

专辑·张爱玲母亲
黄逸梵晚年生活钩沉

余 云

写在前面

　　2019年4月号的《上海文学》刊登了特稿《急景凋年烟花冷——张爱玲母亲黄逸梵晚景钩沉》，随着最新的挖掘和解读，发表在这里的5万余字，包含了追踪黄逸梵暮年岁月的第二批文字。

　　自从2018年中，我们在茫茫人海中寻觅到黄逸梵好友邢广生的踪影，2019年1月底，我和《联合早报》记者林方伟及亚洲周刊记者共同在槟城访问了邢广生，四周朋友兴奋之外，也有一种声音萦绕不去：黄逸梵真那么值得关注和书写吗？

　　其实，母亲对张爱玲人生和创作的影响之深巨，从张爱玲早年的《我的天才梦》和《童言无忌》《私语》等散文，从她文学、电影作品中浓郁的南洋情结，及至去世前不久完成的《对照记》，都可见到。2009年首次出版的张爱玲半自传小说《小团圆》，对母女复杂关系的揭示和描述，更是震慑人心。排除那些充满谬误、胡乱想象的，作为张学研究不可或缺的部分，黄逸梵真实身世的钩沉和解析，至今寥若晨星，不是书写过度，而是有太多空白需要填补。还有一点是我们的共识：即便黄逸梵只是受五四新思潮影响而出走的"中国第一代娜拉"之一，将她作为非虚构文学的写作对象，也自有意义。

　　在《上海文学》的特稿首次披露和解读了黄逸梵与生前好友邢广生之间的五封书信。邢广生，黄逸梵唯一尚在人间的忘年交，黄逸梵晚年漂泊人生的第一"人证"。1948年的马来亚，23岁的邢广生与五十一二岁的黄逸梵如何相识并结成闺蜜；从吉隆坡到伦敦，两人的九年情谊里有哪些故事；在邢广生眼睛里，黄逸梵是一个怎样的人……这里发表的新加坡资深记者林方伟与邢广生几次采访、交谈的记述，是迄今为止最完整的版本，包含丰富的第一手信息。

　　除了最重要的邢广生，五封信还牵出了黄逸梵晚景的第二、第三、第四……更多"人证"：在伦敦和黄逸梵来往密切的王赓武母亲丁俨、给黄逸梵送过衣物的时年26岁的王赓武；在那里陪伴过黄逸梵，和她一起喝过药材鸡汤或用一盆热水洗过澡的两位马来亚女生，如今90岁的黄兼博与80多岁的何容芬；何容芬也是参与黄逸梵火化仪式，最后在墓园送她一程的两人之一，亦是唯一在世的黄逸梵最后时刻见证人。

　　继邢广生之后，林方伟锲而不舍，在新马两地追踪采访了所有能找到的"人证"，写成《于千万人中相遇》。五位证人"忆当年"的各种细节，历经六七十年的世事变迁仍鲜活如昨，让黄逸梵的暮年岁月有了质地和色彩，不再缥缈虚无。

　　《张爱玲母亲黄逸梵晚年在伦敦》，则是一封短讯引出的意外成果。我发微信请住在伦敦的复旦大学文学博士石曙萍帮忙寻找和拍摄与黄逸梵有关的几处房子——地址来自邢广生提供的黄逸梵书信信封，不料由此引发一场大追踪。

第一阶段,石曙萍化身"文学福尔摩斯",引领大家回到黄逸梵最后的生活现场,她走过的街道、住过的房子、交过的朋友、投过信的邮筒……在英国档案馆躺了那么多年无人问津的黄逸梵入籍证书、死亡证书、去世前10天所立遗嘱,也被一一搜索出来仔细研究。梳理了许多个"为什么"之后,她慧眼独具,将黄逸梵的独立谋生流浪至死,总结为"娜拉出走"的第三条道路——超越鲁迅预言"回家或堕落"的第三种结局。

第二阶段,石曙萍的进一步追索又有重要发现:几经曲折,黄逸梵临终时住的医院被确定了,指定的遗嘱执行人"究竟是谁"之谜,也部分解开;迷雾层层褪去,安息着黄逸梵魂魄的伦敦古老墓地花园,陈列于墙的那方寂寞了六十二年的纪念石碑,豁然显现——这趟英国寻访之旅的高峰时刻,终于到来。

黄逸梵的骨灰没有以墓穴形式安葬,而是撒在了墓园里的一片花园,和许多逝者一同安眠。这不知是她本人生前意愿,还是遗嘱执行人依其经济情况的选择。很是凑巧,差不多在石曙萍报告消息的同一时间,我在母校上海戏剧学院的熊佛西楼,见到了当年在张爱玲治丧小组担当重责的张错老师,观看了他赠送给上戏收藏的张爱玲海葬纪实影像。

目睹灰白色的张爱玲骨灰瞬间倾泻太平洋,被西半球的阳光镀上一层迷蒙的浅金,那感觉难以言喻。1995年仲秋,伴随灵灰的红白两色玫瑰花瓣在太平洋上飘浮,已安息于伦敦古老墓地玫瑰花园许多年的黄逸梵,可有感知?张爱玲的遗嘱是将骨灰"撒向任何广漠无人之处",母女两人的归宿何其相似,骨灰都没有留存,这也是巧合,抑或该归结于母女血液里拥有某种共同的性格基因。

在墓园寻找黄逸梵的资料时曙萍发现,首次购买安放石碑的期限是二十五年,黄逸梵去世六十二年,此碑早已逾期,无人付款更新,随时可能被移除。这一方小小石碑留存至今,纯属侥幸。我们忽然焦虑起来。当曙萍向墓园工作人员表示我们三人要为黄逸梵缴费续留石碑,工作人员好奇地问:"你们是这位女士的家人吗?"

黄逸梵的墓园档案里从此留下了我们三个人的名字。我们决定,有生之年都要为她"续碑"。

槟城访邢之后,一切都在这半年内发生,半年很短,却因丰盈而觉漫长。虽然黄逸梵晚年在南洋和伦敦的拼图还缺失很多,远不够完整,但这是谁也没有料到的——和黄逸梵素昧平生的我们,一路追寻至此,竟把自己也写进了她的故事……

2019年9月

黄逸梵

黄逸梵书信五封

* 第一封信

黄逸梵致邢广生，1957年3月6日
寄自黄逸梵伦敦住家：11A, Upper Addison Gardens, London W.14

广生，

　　谢谢你二十一号的信，昨天收到了。我仔仔细细的读了两次，想象你写信时感想，所以我决定 Lunch time 赶快先给你写几个字。1. 你们图书馆最重要的人物温先生已经见着了。他的信是上星期四收到的。我当晚给他打电话约了第二天拜五散工后就去拜访。他问我有没有收到你的信，我说还没有，他告诉我你很惦念我在这的生活，如果我愿意回马的话，住处是没有问题，不但有朋友，同时教员的待遇也增高了很多。我说有这样□□□的朋友处处为我作想，真是使我说不出的感激，只□□□（注：信一角撕去，不见了三行字）现在想到□□□（注：遗失一行）了，同时工作 □□□（注：遗失一行）在就更不能 □□□（注：遗失一行）得不成话了，不但在家起居饮食一概的任性，就连做工多是一点不对立刻就不做，另换一家。如果回到马来亚，那工作的范围，就不能任性的换了。犹其是如果不当心得罪了上师，恐怕另找事都不是容易的事，那只有唯一的方法是忍耐着，自己同时得应酬一切与工作有关的大人物，不然前途是不堪设想的，犹其我是真正的一文都没有的人，到那时起不是要累坏了我的朋友了。虽然我认识人不少，但是只有你和陈玉华两个人，你们都是自己辛苦教读节省下一点钱。我明知道我自己的坏皮气，怎能够忍心来累你们。并且陈有沙先生同住，我要是回马只是唯一的累你了。你现在虽然钱宽一点，但是你的孩子小，一天比一天的长，你的钱也一天比一天的花得多了。这是人生做父母的责任，你想我决不能来添你的麻烦。你要知道这不是一天一时的事，不能和五二年同日而语，我找你帮忙，把你的几天假期都白白的为我忙过了。并且我最希望的是你碰到一位志同道合的人，如果有我这样一个朋友住在一起，那多难死人。我无钱走不了，你又决不肯丢开我，那时真急死我了。现在我得速短了写，不是这信决寄不出了。王太太说我说要你眼界不要太高，你不用问我只要闭上眼睛想想这口气是谁的就得了。你记得我给你写过一封信劝你别想着为婉华着想就抱独身主义，如果有合适的人和你同志，爱你的才，不是爱财，那就千万别怕人言，还是结婚的好，不要像我太自傲了。那时我是不愁经济的，决没想到今天来做工。但是王太太他们觉得做工是很失面子的。我自己可一点不是这样想,完全相反的和已前的自傲性是一无分口。我新年时和容芬说王太太一定把我的生世说得像故事一样了。我告诉她我没和朋友说过这些事,为着怕人谈,所以自己都骗自己的不去想它了。有一天她问我有没有你的信,我说有。我就告诉她我希望你别像我,只要志同道合的人,我劝你决不要怕人言,还是结婚的好。那也许对婉华的将来是有益的。意义是没多大分别,不过到另一个人的口里,口气就不同了。记得去年你最后的一封信叫我见着王先生时问问他是听谁说的,说你和人开店了。我问了他,是说听一个客(家)人还是一个潮州人说的。我现在记不清了。可是一两个月后我见着他们,不知王太太说了什么,王先生说不要说了,不要又给广生写信又出是非来。我听了真有些不痛快。我说王先生上次问你听谁说广生开店,那是广生写信来要我问的,并且我到今天多还没给她写回信,替她问的话,都还没答复她呢。口时我是和别人两样的,爱朋友从来不写信告诉她是非,是怕更使她生气,因为写信不能像说话,常常不当心用字就会把意义失之千里去了。后来我就接二连三的事烦得要死,又是做工处出麻烦,我就决定不去了。容芬来了又为她忙了好多天,同时另一个老朋友她的儿子来英读书,写信要我 put him up for weekend(周末接待他)。已后就忙着找工作一直换事,到今年一月中才又找到工作。中国新年才匆匆的写了容坤姐妹的信和你的信,陈先生的信到今天还没写,你一定觉得荒唐吧。实在就是每天只赶着做必等着的事,别的一概都是一天天的推下去。这信已经写了一个星期。有两天工作太赶忙,中午没得闲,只写了两晚,所以温先生的电话我没打。那天他来吃便饭,他说你要他写信告诉你我的情形。想必他的信你早收到了,我就不再写了。你说我以前留下的一些杂乱的东西请关先生代卖。我记得多是不值钱的东西。我是说送给她阿姨,如果她有用的话。虽然你帮朋友的深情,全部的代图书馆买下了,但是哪里值得那多钱?我是问心不能收那多钱的。我这几晚连想到我有一部《故宫周刊》。四七年回上海时,在故宫做事的老朋友告诉我可以卖出很多钱,因为战事时版烧坏了。我要留着它不愿卖。如果你图书馆没有的话,将来我割爱卖给你,免得将来送给英国。等几天请温先生看看。你大概听他告诉你我想将来开中国 cafe。慢慢将来再谈。我只知道你在大会堂做事。王先生题过一句图书馆,后来容芬说邢先生的图书馆有张爱玲的书,但是别的一点都不知道。这次听温先生详细的说给我听才明白详情,但是容芬给我的长信一字没题。容坤已快一年没通信了。将来再谈,话太长。现在再说你布置房子的事。那是非常容易的事,只要颜色相合,如果你还没买好一切的话,先你得说你墙的颜色。我猜想一定是灰色,那你把窗帘也多半不相冲相合的色;三就是灯要好点。4,买那种竹子的大椅子三张、小桌子,如果房大的话,再加一两张小椅子和花架子或是一张同样竹子的书柜,大概矮矮长长的椅子要做麻布的垫子,最好一色。5,地上应当买那种马来亚做的草毡子,然后墙上挂一点东西,那客堂就成了。吃饭房不用太华丽点,要颜色爽越简单清净为上。如果你还没搬的话写信我立刻答你。我要劝你一句话自己房子是值得花点钱,但是不要因为币值跌价就把钱都用掉了,你可以买英镑存在外国汇丰银行里作婉华将来的教育费。现在先慢慢的代她存起来,她的钱也同时和她一块慢慢的长起来。你心里也变得安定点。她一来聪明,就是你要有空在家时多多的和她说话不要完全由老妈子带她,早一点送她去幼儿园。

容芬不住在 London,不常见听说吴的事我非常可怜她,不敢想她的结局。

至于说爱玲的话,我是很喜欢她结了婚,又免了我一件心愿。如果说希望她负责我的生活,不要说她一时无力,就是将来我也决不要。你要知道现在是 20 世纪,做父母只有责任,没有别的。将来再谈先谢谢你。二十六号拜二寄给我年糕还没到。

　　祝你母女好。梵上。

* 第二、三封信:

黄逸梵致邢广生(由邢广生学生黄兼伦在英国受训的姐姐黄兼博代写,寄自黄兼博寄宿处),1957年7月29日,

地址:K.P. Wong
44, Bryanston Square, London W.1

邢先生:

　　您的信到伦敦时,我仍在威尔斯及苏格兰,直到上周我回伦敦来才收到。连忙赶到医院去看黄一梵先生。她要我代她写信给您,我就在她床边草了后面这几个字,匆忙中未及修词,尚请您原谅。

　　黄一梵先生目前尚很衰弱,幸得其友人巴登夫人照料,请勿忧念。我是因为常常离开伦敦,未能遵嘱亲自照料黄先生,真是抱歉,但我会尽可能多去看她。病倒异乡是人生最苦事,不必您嘱咐,我也会尽晚辈之谊,常去致候。

　　我在九月尾或十月初就回隆届时定亲自拜访畅谈。

　　即询。

女弟
黄兼博敬上

30/7/57 London

广生:

　　对不起得很,一直没给您写信,兹趁兼博来看我,托她代我写几个字给您。您寄来的二十磅,在我入院后第二天由银行转寄来,那张支票仍在我处。我住医院一切免费,请别担心。我在两周前已施手术,但效果不大好,后又再施一次手术,之后人仍很不舒服,但这两天已经好多了,可以下床慢慢行走,大约两天后可以出院,先住在一位友人家(地址会写在后面),食物等可得她照料,比住在 Nursing Home(疗养院)好。我曾给您写过许多封未完的信,等我精神略好,定给您写长信。我在此间结识一位蓝太太(Mrs. Lankaster),她将在八月中到吉隆坡,我曾嘱她打电话给您,她会告诉您我在此间情形。对您的深情,我说不出的感激。请您别惦记我。兹将我朋友的地址写下:Mrs. Margaret Barton, 8 Eliot Park, Lewisham, S.E. 13。再谈。

逸梵上
一九五七.七.二十九

(兼博)又及：贺先生及容坤等前语,代为道歉,未能写信与她们。

* **第四封信：**

黄逸梵致邢广生,1957年8月29日。
由邢广生在英国的学生何容芬代写,寄自黄逸梵友人泰勒太太(Mrs. Taylor)住家。
地址：Miss Y. Whang.
℅ Mrs. Taylor
34 Dorville Crescent, Hammersmith, London, W.6.

广生：

　　你八月二十一号的信我收到了,谢谢你。看了婉华的小照,使我有无限的感慨,真是又喜欢又难过。我这几星期好好歹歹,有时好,有时坏,有时发烧,有时吐,晚上就肚子疼、泻,总是不清的闹。这两天稍微好一点,请你不要惦记。我这毛病大好是不会的了,医生早就告诉我了,不过就是迟早不知道,不知到底要拖到哪一天。所难的地方就是活又不活,死又不死。明天我再去医院,也许得留院住几天,我希望能回到自己的房子去。就是我得先找到佣人来看顾我,能回家,我就安心了,就是死了也痛快。等到我搬回了家,我再给你写信。谢谢你给我的二十镑,我已经提出来了。现在我就是想到要卖几本书,虽然并没有了不得的价值,但二次大战版都烧了,所以想你往港方打听,现在的价钱。书名是《故宫周刊》黄宓丈(注：代笔人笔误,应是王宓文,下改)先生曾见过,本来我预备给温先生看的,但他没有回来过。还有几件散的《鸠衣图》,还有几件,但一时想不起名字,不过我想这种东西对你们图书馆都有点价值。还有一本弹词小说是我儿时看的,叫《梦姻缘》(注：应是《梦影缘》)是1800年印的东西,是用中国纸印的,我很喜欢书中的插画,所以我一直把它带在身边,虽然故事很荒唐,同时书已被虫咬了,但我想放在图书馆里是非常有价值的。我曾和黄先生(注：应是王宓文先生)说过想死后这些东西就贱价卖给英国的博物院,但此地能欣赏这种东西的人非常少,现在听温先生说你们那儿有图书馆的组织会员那么多,我想别说卖就是送给你们也比留在英国有价值。那些虽不是古董也不是新书,所以我想进口是没有问题的。如果你以为适合,等我回了家,我就找一个人来帮忙把所有的中国书找出来,连同我儿时看的小说、诗词等一起寄给你,钱多少都不要紧,只要够付邮费就成了。这些东西是从一个在故宫博物院做事的朋友那儿定来的,据他说版都没有了,所以只要我肯卖,可以卖得很高的价钱。如你以为有用的话,来信告诉我,我就请一个中国朋友先把题目抄了,用挂号空邮寄给你看。现在容芬特意从她的学院下来看我,我就请她先代我写这信,以后我好点再给你信吧！

　　上次蓝太太回马时(八月四号),我因为昏昏沉沉,不能写信,托她带了几样小东西给婉华做纪念,我想她到了就会给你打电话的。等我回到家我就找两件小照给婉华,一件是我年青的,一件是新近的,使她有机会见见干娘。王宓文的少爷上星期三赶来看我,送了一件棉被、一件皮大衣,还有一瓶麻油给我。他们八月二十三号已经下船了,本来黄太太答应送我中国锅那些东西的,不想他们却送了这种东西来,我又用不着。不过人快死了,中国锅等东西也是没有大用处了。

　　现在我想不写了,希望你自己当心自己。人生就是这么回事,及时行乐吧！喜欢看电影就多看点,希望进教堂,就常去听听教,用心教导婉华,使她成个有用的人,你千万当心自己,因为婉华需要你的地方很多,不是一天一时的,她所需要的是你的心血,等到我能自己写信时,再给你信吧。现在我祝你们母女平安,快乐,健康。梵 八月二十九。
(来信请寄信封上的地址)

　　邢先生:我心很乱,同时在病床前,没桌子,匆忙之间字很草,或许词不达意,希望你多多原谅。黄先生的病情等一下回到宿舍我会详细的写信告诉二姐,你问她好了。
　　遥祝你与婉华快乐,容芬 八月二十九日1957

＊第五封信:

邢广生致黄逸梵,1957年9月1日。
不知何故,这封信未从吉隆坡寄出。

亲爱的逸梵:

(寄上罐头每样一个共七个,喜欢吃那种,请来信告知。)

　　八月二十九日的信收到。你说的话太使人伤心,我虽在办公室,仍然是克制不住的流起眼泪来。你的那些画,那些书等等,请用挂号寄来。前几年我们曾派人到香港专门搜集绝版线装书。你的这些东西应该是我们用得着的。价钱方面,数目大的,我不能作主,不过我会尽我的力量。要是我们不能全部买下,我会设法找人介绍给马来亚大学或南洋大学。如果还有剩下卖不出的,我会寄回给你。你的东西寄到了,我权力范围内做得到的必先买下一两样,而且尽快请管钱的人赶快把钱寄给你。
　　一个病人往往心理方面软弱,比较消极。你现在是病人,所以不能例外。你这一生都是不断的在激励自己,鼓舞自己。这一次的病不要气馁,希望你如以往一样的振作。病痛是人生免不了的,尤其你在医学这样发达的英国,只要好好休息,必定会康复如昔何时你厌倦工作,要退休的话,请你想起我。我的门永远为你开着。我们可以苦在一起。
　　前两天,我已与蓝太太会过面。那些东西都收到。带的话也带到。你在病中还有这样的深情,我永铭不忘,只是以后千万再别为这些事劳动了。
　　容芬写信回家说她打电话给你。你的朋友接电话,问她是不是爱玲。这样说来,爱玲是已动身来看你了。她是个很有天分的人,想来也应该感情很丰富。她写了不少的书,又编电影剧本,经济情形应该过得去。我还是从前的老想法,希望你跟她们在一起。照我们中国人的习惯,这是很应当的。她的美国先生做了中国人的女婿,应当多少迁就一些中国人的习俗。再说,现在大家无家可归,情形与平常不同,尤其你现在又有病。父母子女之爱是天性,你不要对自己的骨肉矜持、骄傲、要强。你去体贴她,请给机会她尽一点孝道。你的许多事情,我都没机会知道,只是胡乱猜想,现在只是胡乱说,说错了请千万原谅。
　　听容芬说你很想吃中国罐头。今天我回家就到街上找。明天寄出。但这不一定是你要吃的。你想吃什么,来信告知。不然寄的是你不要吃的,岂不冤枉。我们浮萍似的漂泊在外，彼此不要拘礼客气。

陈玉华先生很关心你。她叫我问候你。

我想请问贵省湖南叫干娘叫什么？上次寄婉华照片不知如何写法。婉华长得很高，说话比她年龄大。资质不致于顶愚蠢。所苦的是，我整天工作，没什么时间和她在一起。

八月三十一日独立大典我有入场券。三点爬起来，五点多去到会场。大雨不停，典礼延迟了一小时，弄得个个精疲力尽。晚上公园放烟花。街上灯火如画，比英女王加冕还要热闹。我住的远，连的士（出租车）也叫不到。婉华眼巴巴的看着邻家的孩子出去看灯。小孩子那种失望的情形使我大有感触。所以怎么穷，也要想法买辆车。

容龄公主最近在南洋商报上载有她的清宫琐记，还有她的照片，穿的是人民装，不伦不类的。当年她哪里会料到有今天呢？

你好生保重。我希望我有一天来英国看你。

祝康乐 请代候容芬好。

广生上
九月一日

林方伟

于千万人中相遇

黄逸梵信里出现的几个名字,都是她晚年生活的重要"人证"。所幸,大部分关键证人尚健在,我联系上他们,请他们现身说法,自己的人生怎么在伦敦与黄逸梵交会。

"兼博来看我,托她代我写几个字给您"
人证1:黄兼博

90岁的黄兼博是马来西亚中文广播的先驱人物。二战后,马来亚百业待兴,英国殖民政府复办政府电台,开始招请英、中、马来与印度文四种语言的广播员。黄兼博在丽的呼声电台服务了两年后,在1952年6月成功被政府中文电台录取,从基础播报员做起。五年后,1957年,她获得到英国BBC(英国广播公司)受训半年的机会。因为这个千载难逢的良机,黄兼博的人生道路与张爱玲的母亲黄逸梵连上了。

黄兼博的妹妹黄兼伦是邢广生的学生。1957年7月30日,黄兼博到伦敦医院探望黄逸梵,代她写信给邢广生。近六十二年后,我因这封信找到了她。可惜她对这封信和这件事已毫无记忆。然而有些事,即使隔了六十几年,仍一辈子都忘不了。黄兼博说,她首次造访黄逸梵,一抵达她伦敦的住所时,就看出她在异乡的晚景凄凉,留下"很清晰的第一印象,至今无法抹灭"。

黄兼博在吉隆坡相熟的朋友何容珍,九年前在坤成女中被黄逸梵教过手工课,在她到英国受训时给黄逸梵带去一包中药材。1957年4月,黄兼博在伦敦安顿下来后,就提着那包中药材,按着地址:11A, Upper Addison Gardens,给黄逸梵送去。虽与黄逸梵素未谋面,但当黄兼博见到黄逸梵住的是basement(地下室,作者注:是比地面层矮的一种半地下室,而非真正埋入地底暗无天日的地下室)时,内心感到难过。她说:"地下室的租金比较便宜,一般上都是学生租来住的,里面比较阴冷和潮湿。可想而知,黄老师的经济状况并不宽裕。这么一个有才华的艺术家,偏偏要当女工来过活,我为她觉得委屈。听说她当年是为了英国福利制度好才过去的,但我跟她见面时,并不觉得她有享受到什么特别的福利。"

她形容黄逸梵住的单位很小,陈设简陋,屋内阴暗:"有些地下室单位,若有后院还好一些,打开后门让阳光照进来就亮一点。"黄逸梵的11a单位虽面向街道,但只有一半露出地面,采光仍不足,更让居所显得阴冷潮湿。我一直很好奇黄逸梵的画作是怎样的,黄兼博表示对黄逸梵家里有无挂画没印象。

问起她对黄逸梵的第一印象,她说:"她看起来不太健康,虽有病容,但人还是非常清秀。我去看她的时候她虽然面容憔悴,但还有能力工作,没有请病假。"身为广播员,黄兼博对人的声音特别敏感,我问她黄逸梵说话的声音是怎样的,有没有特殊的口音。她说:"她的声音很动听。"黄兼博一说,就笑了,仿佛黄逸梵当年的声音就在耳际:"她说话温温柔柔,慢条斯理,斯斯文文的。总之,我听来觉得舒服就是了,并不记得她有什么特别的口音。"黄逸梵裹过小脚,走路真如邢广生说的那么难看吗?黄说:"我并不觉得她走路有什么不寻常,她 managed(应付)很好。"

她穿什么衣服?

"很普通的一件洋装。"

梳着怎样的发型?

"应该是长发,但没有放下来,而是扎起来,在后面绑一个结。我在英国也学她梳这个发型,因为头发长了没去打理嘛,所以我会有这个印象。"

首次见面,黄逸梵留她聊天,走前还跟她要了电话号码,说煮药材汤时再邀她来共享。黄逸梵说到做到,用华人的中药材炖了英国的鸡,请黄兼博第二次去她的家,一碗中药材鸡汤在异乡暖着两个女子的胃。黄兼博记得:"黄老师炖的鸡汤滋味甘甜,叫人难忘,至今想起仍觉得很温馨。"

我好奇黄兼博为什么称黄逸梵为艺术家(她死亡证书的职业栏也如此称她)。她说:"她在坤成女中是美术老师①,所以我会有这个印象。我也听闻她不满丈夫荒唐的生活,在外面有姨太太,而争取独立,到国外自修美术。她在那个年代有这样的勇气让我肃然起敬,又知道她教的是美术,所以更带着一种崇敬的心态去拜访她。"见到她的时候,黄兼博已知道她是张爱玲的母亲:"我们都知道的,张爱玲的妈妈在我们那里教过美术,后来去了伦敦。但我只是很尊敬地跟她吃饭,并没有跟她聊起张爱玲。"

回想起当时的情景,黄兼博说:"张爱玲是闻名的才女,作品风靡了东方文坛,给人感觉是很遥远的。但她的母亲居然可以跟我一起喝汤,真是很不可思议。"

我将她代黄逸梵写给邢广生的信念给她听,试图唤起她到医院探访黄逸梵的记忆,念到"兹趁兼博来看我,托她代我写几个字给您……在我入院后第二天",黄兼博悲从中来,我停下来忙着找纸巾给她拭泪。我后来才知道,她的丈夫患病,痛苦地拖了五年,十天前刚过世。知道我特地从新加坡北上吉隆坡见她,她在守丧期仍守约,让我十分感动。

面对生死,她这时的心情特别脆弱,六十几年前的往事又追了上来,但偏偏又看不真切,让她百感交集。怎么完全不记得帮她写过信?写了信,知道她患病还不常去探望?这一切让她深感内疚,低叹自己"真的没有尽到责任……"

其实她无需愧疚和自责,对于一位萍水相逢的长者,她已经尽了最大的努力。第三次见黄逸梵时,黄兼博的受训已进入最忙碌的时期,常被派到 BBC 在英国各地的分台实习,而不常在伦敦。她甚至在代写的信上向邢广生解释,邢广生的信到伦敦时,"我仍在威尔斯及苏格兰,直到上周我回伦敦来才收到。连忙赶到医院去看黄逸梵先生"。回复了心情后,黄兼博对我说:"那时在英国受训时一直赶来赶去,实在是太匆忙了。"

张爱玲的《雷峰塔》和《易经》翻译出版后,台湾逢甲大学中文系教授张瑞芳写了一篇文章分析:"一般人以为父亲和胡兰成是张爱玲一生的痛点,看完上述两书后,才发现

---

① 作者按:黄兼博未被黄逸梵教过,把她当作艺术家或许是一种由尊敬而生的浪漫印象。据跟黄逸梵共事过的邢广生透露,黄因没一纸文凭,无法注册教美术,只能在坤成女中教手工课。

伤害她更深的,其实是母亲。"即使这只是一篇文学评论,黄兼博读后内心仍禁不住为黄逸梵叫屈:"我不能接受。连对我这个素未谋面的后辈,她都是那么温暖、亲切,又怎么可能做出伤害女儿的事?"顿了顿,她说:"可是,母女感情的事,外人又怎会知道呢?有句名言道:年轻的时候,不要为难生我的人;年老的时候,不要为难我生的人。一个是女儿,一个是母亲,算是世上最亲的人了,试问有什么事能让母女的关系变得如此冷漠?"

我跟黄兼博分享,黄逸梵在1957年3月6日亲笔写给邢广生的信里就说过跟这句名言很相似的话:"如果说希望她(爱玲)负责我的生活,不要说她一时无力,就是将来我也决不要。你要知道现在是20世纪,做父母只有责任,没有别的。"

那一刻,空气变得沉默,我们似乎同时感受和理解了黄逸梵晚年的孤独。

"王宓文的少爷……赶来看我"
人证2:王赓武

黄逸梵1957年10月11日患癌去世之前,在8月29日写给邢广生的最后一封信里提道:"王宓文的少爷上星期三赶来看我,送了一件棉被、一件皮大衣,还有一瓶麻油给我。他们八月二十三号已经下船了。本来王太太答应送我中国锅那些东西的,不想他们却送了这种东西来,我又用不着。不过人快死了,中国锅等东西也是没有大用处了。"

这位王家少爷就是旅居新加坡的历史学者、新加坡国立大学东亚研究所前主席、香港大学前校长王赓武教授。这一封"出土"书信六十二年后将他一家与张爱玲母女再次联结。

1957年8月,当年26岁的王赓武在英国获取伦敦大学博士学位后,正准备和太太林娉婷携子乘船回返马来亚。他在上船前遵照母亲的吩咐给黄逸梵送东西去。现已88岁的王教授透露他父母在伦敦时与黄逸梵时有来往。1957年,王氏夫妇已回马来亚,但仍关照着黄逸梵:"我的母亲很同情黄逸梵晚年的处境,写信来嘱咐我家里有什么她适用的就给她送去。我们那时已将行李打包好,就从打算留下的物件中选了棉被、我太太的皮草大衣和一瓶麻油给她送去。皮草大衣是我岳母给我太太的,我们回马来亚后也用不到了,把它送给她。家里还有一瓶麻油,就顺便带过去。我们那时住在伦敦Shepherd's Bush一带,离黄逸梵寄住的汉默史密斯(Hammersmith)很近,独自前往,匆匆送去,对她最后一面未留下特别的印象,当时都不知道她病重。"王赓武一家三口在8月23日搭船返马,那匆匆一别,竟成永诀。

严格来说,王赓武认为他并非黄逸梵晚年的人证。在他眼里,黄逸梵是一位常来拜访他父母的长辈,与他并无关系,真正与她有交情的是他的父母。

1955至1956年,王赓武当联邦华文总视学官的父亲王宓文退休后在研究文字学,所以夫妇俩也来伦敦住了一年:"父亲看中了大英博物馆的图书馆有着丰富的藏书,对他的学问有帮助才来伦敦。我年轻时在吉隆坡常见到邢广生,她跟我的母亲十分谈得来,交情很好。1958年,坤成女中一位老师病了,我父亲还去代课几个月。黄逸梵是我父母到伦敦后,透过邢广生介绍才认识的朋友。那时,父母租下伦敦维多利亚火车站附近的公寓,我随获奖学金深造的妻子住在剑桥,到伦敦父母家探望时见过黄逸梵五六次。"

王教授闭上眼睛,试图回望六十几年的时空,但仍想不起黄逸梵的面容,只记得她是一位"瘦瘦小小,不怎么高大"的老太太。大人在饭桌上说话,晚辈王赓武静静旁听,很少直接跟黄逸梵说话。他记得黄逸梵总是坐着说话,因此也没见过邢广生所说的,让她走路不好看的小脚。

在王赓武叙述的那刻,我突然想象黄逸梵回过头来,人是有了轮廓,但脸孔却是空白的,让我想起张爱玲《金锁记》里,童世舫初次见到曹七巧的形容:"门口背着光立着一个小身材老太太,脸看不清楚……门外日色昏黄。"1955—1956年,黄逸梵的人生还有一两年,不久,她也将"一级一级……通入没有光的所在"。

王赓武说:"坦白说,我当时不知道她是张爱玲的母亲。我母亲也没跟我谈到这个事情。毕竟那个时候我还没看过张爱玲的书。50年代,我身边知道张爱玲的人不多。我是在60年代看了夏志清由耶鲁大学出版的《中国现代小说史》,他将张爱玲评为当今中国最优秀最重要的作家,才注意到她的小说。我研究的是学术不是文学,所以之前跟我讲黄逸梵是张爱玲的母亲,我大概也听不进去。"

"住定不久我等拜访一位黄女士。"
人证3:丁俨

王赓武透露,母亲虽与黄逸梵相识仅一年,但回忆录里留下了她俩相知的记载。

王赓武2018年出版的回忆录《非吾家》(Home is not Here)里,提到他母亲丁俨1993年去世后留给他一叠用钢笔小楷书写,记载她从20世纪30年代到1980年的"半世纪的回忆录"——《略述我五十年之回忆》。他节选了数页译成英文,收录在书里,透过母亲的声音叙述他还未降临人世,以及当他年纪尚小时的家事。王赓武写:"母亲说,她的人生有好多的事要跟我讲。但我们母子从没机会好好坐下让她对我细说从头。我带着忧伤的心情读着她写给我的回忆录。我因无法面对面倾听她的故事,而错过了她人生许多的片段。"

访谈后,我斗胆电邮王教授,要求看看那段有关黄逸梵的记录。两个星期后,王赓武大方寄来两页稿纸的图像。这原本不让外人过目的私家笔录,显现在我的手机屏幕上,变成黄逸梵伦敦晚年活生生的物证,把我震撼得久久说不出话来。

丁俨用半文言书写,端丽的钢笔小楷像工整的铅字,循着她的字迹,这次我们清晰地望穿六十几年前的时间之涯,顷刻间穿越到20世纪50年代的伦敦,看到了黄逸梵的面容:

> 住定不久我等拜访一位黄女士。本素未谋面,经邢女士用书面介绍而认识。以昔时眼光观之,两家均甚显赫。渠祖父系水师提督,其夫为李鸿章之外孙、张伯伦(张佩纶)之子,结婚时均甚年轻,生子女各一。其夫乃一花花公子,夫妇感情不甚融洽。适其夫妹欲赴英求学,渠愿同往作陪,在英约有两年,虽羡慕西方文化,惜未学一技之长,回国后即要求离婚。在民国初年风气尚未开,而两人均系臣家子女,一经提出令人以为奇闻,故经三年诉讼始能如愿,子女由其夫教养。俟上海战事发生即往外逃,其他经过未谈,以后再到英国。多年来将积蓄用尽,为生活计学制大衣成一劳工,每周所得七英镑余,可以自给。因我等时有往来,在随便谈话中得悉一切。汝等回马时拟将所余各物送渠应用,不料渠因病已赴乡间友人家住,汝居然按址前往拜访,使渠甚为感动,以后始知张爱玲小说家即其爱女,因经济不宽,多年来母女未能见面,如此遭遇令人十分同情,闻不久即已谢世,此一动人故事亦已告终也。(标点符号为作者所加)

邢广生说，黄逸梵晚年在伦敦的岁月很穷很苦，从她们的书信得知邢广生还曾寄20英镑给她。具体有多苦，我们从丁俨透露她一周只赚七英镑才一目了然。王母记录，她与王父"抵英时已近九月下旬，住上次在英时所住之公寓。已谈妥常住每周房租连早餐打扫在内计共五英镑。房间不大，略有家具大床一桌椅各一，将衣箱零碎东西放下则地方所余无多……"一间小房间的租金都要五英镑了，黄逸梵每周的七英镑扣除她位于11A Upper Addison Gardens 的公寓租金和伙食，肯定所剩无几。

先是邢广生和黄兼博，现在连王母回忆半生的家书里也如是载录：所有人的眼里，黄逸梵在伦敦的晚年是苦的。唯有她自己不觉得苦，至少她从未说出口。看她3月6日尚未患病前写给邢广生的信，仍看出她人生飞扬的一面，不但一点都不自哀自怜，还对未来充满了憧憬，不愧是民国第一代出走旧式婚姻与社会的娜拉，到了晚年仍是如此。每次想到这点，就禁不住对她肃然起敬，既心疼她又打从心底敬爱她。我想她周遭的人也是欣赏她的傲骨与温柔的顽强，所以她虽孤身在伦敦，却不孤单，除了邢广生从吉隆坡为她拉起的南洋华人朋友圈以外，她还有自己的当地朋友。她在英国有各阶层的友人雪中送炭，很愿意照顾她，甚至为她处理身后事。黄逸梵的生活当然是苦的，冷暖自知不说出口，只对邢广生道她一生"自傲"惯了，像个倔强的苦笑。不自傲还能怎样？日子总得过。被生活压着，她选择昂首不低头。

当时61岁的她仍自食其力，打工维生，不但不觉卑微，还有一腔义无反顾的热血，"做工多是一点不对立刻就不做，另换一家"。这"老娘不高兴就不干"的打工和人生态度很符合读者心目中把自由摆第一的黄逸梵。她在信里提到开咖啡馆的梦想，但一周才赚七英镑，开"中国cafe"的资本从何来？《张爱玲与赖雅》作者司马新说，"她主要的收入来源是靠变卖她从中国带出来的几口衣箱中的古董"。但带在身边的古董在英国极难找到门路销售出去，唯有靠闺蜜在南洋和香港代寻买家。

黄逸梵在1957年3月6日和8月29日临死前写给邢广生的信都请她帮忙找人买下她的旧书，其中包括一套北京故宫博物院成立4周年时创刊、1936年停刊、共出了510期的绝版《故宫周刊》。信写周刊："二次大战版都烧了……可以卖得很高的价钱。"此外，她手上值钱的旧书还包括《鸠衣图》和用"中国纸印的"弹词小说《梦影缘》等。"自傲""任性"字句背后藏着经济上真实的忧虑——黄逸梵在伦敦无亲无故，必须自力更生，手一停，房租、三餐就没着落了。读到王赓武送去旧物的那段，我第一个反应是：怎么这个黄逸梵如此不礼貌，一点感激心都没有？促使她说这话或许又是伴随她一生的自傲心。但当我从字里行间看到了她的苦与窘境后，反而对她责怪不起来了。黄逸梵特别期待王家留下中国锅给她，或许是因为这些年没什么钱，她一直都将就用着西洋锅具煮菜，身在异乡难免思家，想烧几道湖南菜，唯用中国锅具味道才够道地。或许，她也在为计划开的"中国cafe"盘算，希望能继承个二手中国锅节省一点经费。然后念头一转：自己都快死了，这些盘算计划都快成空了。

丁俨说黄逸梵"虽羡慕西方文化，惜未学一技之长"，或非她个人的判断，该是和黄逸梵"在随便谈话中得悉"。这让我想起张爱玲在《对照记》里对母亲个性的分析："我看茅盾的小说《虹》中三个成年的女性入学读书就想起她，不过在她纯是梦想和羡慕别人。后来在欧洲进美术学校，太自由散漫不算……"在女儿眼中是"自由散漫"，不是"自由浪漫"，在她自己口里则是"自傲"和"任性"。就因为这点"自由散漫"，她年轻时在欧洲忙着过"自由浪漫"的生活，美术学校也估计没念完，所以1948年到了吉隆坡坤成女中也只能教些美工课,不算是正式的美术教师,后来到了英国也只能到工厂"制大衣成一劳工"。

王赓武虽自认是不深刻的人证,但他对母亲人生的了解,让他能补充和注解母亲的记录,使母亲也成了有力的"人证",加入这有关于黄逸梵的对话。

对于黄逸梵出自名门,却沦落异乡,丁俨是怜悯和心疼的。王赓武说:"母亲知道张爱玲是作家,但不知她多有名。她那个年代的人更清楚黄逸梵的家世。她出自这么不得了的大家庭,怎么会落到如此可怜的下场? 母亲当时跟我谈起她的身世都很不舒服。她很少说人可怜,会这么对我说是因为她没见过这样凄凉的故事,对黄逸梵的遭遇感受很深。"

黄逸梵在1957年3月6日的信,私底下对邢广生说:"王太太他们觉得做工是很失面子的。我自己可一点不是这样想……"经王赓武解释母亲的思维后,或许就更能明白她的出发点了:"我母亲50岁的时候把我叫去,说:'我现在50岁了,我已经老了。'我的祖母和外祖母都是在50岁去世的,她以为到了50岁,时候也差不多到了。我的母亲后来活到88岁。但她认识黄逸梵的时候已经50岁了,黄逸梵大她将近10岁,所以母亲觉得她这么老了是不应该出来做工的。"

50岁就老了,似乎是那个年代普遍的认知,连毛姆收录在《阿金》里的《丛林中的脚印》也写:"(东方)这儿让人过早衰老。一个人年满五十就成了一名老人,到了五十五岁,就什么都干不了,成了废物。"

离开英国以后,王家不太谈起黄逸梵的事,王赓武说:"若不是你这篇报道(指新加坡《联合早报》2月22日发表的《传奇的传奇——张爱玲母亲黄逸梵闺蜜邢广生忆述张母最后的南洋岁月》),我都忘了这件事。"

然而,王赓武认为黄逸梵的人生不单是她个人的传奇,也折射出那个新旧交替的时代,包括他母亲在内的一整代中国女性的遭遇和命运。他说:"读了报道,才发现她是多么大胆、勇敢的女子。在那个时代离婚很不简单。民国以后到30年代那个新旧交替的时期,对中国妇女是很重要的一个转捩点。

"女性那时候开始接受新思想,可以自由通婚,逃避封建风俗习惯,对旧式大家庭反感得很。你看巴金笔下的小说,这些五四文学与新思潮对那个时代的妇女的影响真的很大。我母亲本身对旧式家庭也很反感。她是南方镇江人,她自己的母亲,我的外祖母本来不愿意她嫁给我父亲,因为外祖母以为王家是北方人,家里规矩很大,男人势力大,妇女在家里的地位就很低,不好过。后来她发现我父亲的王家虽是北方人,但他的母亲,我的祖母本身也是镇江人,基本上还是南方人。"

在那个时代,丁俨也差点像黄逸梵一样,难逃缠脚的命运。王赓武说:"民国初年,母亲才五六岁,刚好要开始缠脚了。她缠了一年多,很辛苦。佣人在地下哭,母亲也替她哭,但是照老规则一定要她缠。后来辛亥革命了,解放了,也放了她的脚。她运气好,没有影响到她的脚。"

王赓武在1986年至1995年担任香港大学校长。无独有偶,张爱玲也曾在1939年至1942年在港大念过书,日军入侵后炸断了她学业的发展,回到上海后,孤岛时期却成就了她的写作传奇。王赓武说:"我在港大十年,学生、校友、同事常提起张爱玲是我们的校友,有几个同事和校友对她兴趣很浓。我跟查良镛(金庸)吃饭时,他也谈起张爱玲,欣赏她的才气。"

这次黄逸梵的一封出土书信让王赓武与父母的名字和这对母女连上,有何感想? 他以爽朗的笑声回答,或许这也是一个奇妙的传奇吧。

"容芬说邢先生的图书馆有张爱玲的书……"
"容芬特意从她的学院下来看我……"
证人4：何容芬

何容芬不只是这五封信中最后一封来自黄逸梵的书信代笔人；她还是当今世上唯一见过黄逸梵最后一面的人。

单是这一点，就让我很想找到她，亲耳听她忆述是如何陪黄逸梵走完人世的最后一程。然而笔者数次透过不同的管道联系长住澳洲墨尔本的她约谈，都被断然拒绝。

所幸这道门并没有完全关上。

我首先透过邢广生找何容芬，但何容芬在20世纪80年代末至90年代初移居墨尔本后，两人便已失联。不过邢广生找上了何容芬的闺蜜李秋群代她联系，请她将所记得的事写下寄来。李秋群是吉隆坡日间师训学院第六届（1962—1964）的毕业生，是邢广生的学生。她虽没见过黄逸梵，但她跟何容芬交情十分好，跟邢广生更是亦师亦友，看在尊师份上，李秋群好心充当中间人，问出了一些事。我北上吉隆坡访问黄兼博后，在咖啡馆约见了李秋群，即便李女士只是转述何容芬的话，仍为黄逸梵最后的人生提供了惊人又揪心的第一手资料。

何容芬家中五姐妹都读过坤成女中，她的姐姐容珍和容坤或许还曾上过黄逸梵的美工课。我访问黄兼博时问她当时知不知道容芬在英国，她想了想，点了点头，依稀记得容芬是以海外英文老师的身份被派去英国学院受训。这也从黄逸梵信中提到的"容芬特意从她的学院下来看我……"得到证实。

黄逸梵1957年10月11日逝世。何容芬向李秋群透露，黄逸梵去世后，有个英国女人打电话请她去参加葬礼。她搭了火车到伦敦，葬礼现场冷冷清清，只有两个人，除了容芬，另一位便是执行黄逸梵遗嘱的Cecilia Hodgkinson女士。根据石曙萍的调查，Cecilia现已过世，也就是说，何容芬是现今唯一见到黄逸梵最后一面的友人，必有见证黄逸梵的火化仪式，目送她最后一程，甚至连黄逸梵的骨灰撒在花园时，她或许也在现场参与。

何容芬还说，黄逸梵病重时曾叫她煮面给她吃，可是煮好后却不吃。可能那时已病入末期，黄逸梵甚至一度无法说中英文，只对着何容芬说她听不懂的湖南话。黄逸梵这时几乎快走到人生的尽头了，连基本的沟通语言都被病毒给侵蚀掉了，只剩下童年在家乡学会的、最初的母语。

我初次在槟城访问邢广生时，她透露何容芬某次到伦敦探访黄逸梵时在她家留宿，想必是黄逸梵生活拮据，须节省能源，冬天很冷，两人还得共用一缸热洗澡水："洗一次热水澡很不容易……大概黄先洗，学生才洗，两人都穷，非常落魄。"邢广生记得，何容芬还请黄逸梵陪她逛伦敦购物圣地牛津街（Oxford Street）。一条牛津街长1.9公里，沿街时尚新鲜货品琳琅满目，黄逸梵踩着小脚边走边看，累不堪言。"后来黄逸梵写信来跟我说，她小脚不能走远路，把她走得累死了。"

透过种种的转述，可知何容芬与黄逸梵在伦敦并非像王赓武那样匆匆一面，也不像黄兼博那样送一包中药材、喝一碗鸡汤、到医院探访代写信，而是有着更密切的互动。何容芬肯定能说出更多黄逸梵在伦敦的故事。

何容芬的名字首次出现，是在黄逸梵同年3月6日未发病前，写给邢广生的信中：

"我只知道你在大会堂做事。王先生题(提)过一句图书馆,后来容芬说邢先生的图书馆有张爱玲的书,但是别的一点都不知道。这次听温先生详细地说给我听才明白详情,但是容芬给我的长信一字没题。容坤已快一年没通信了。"由此可见,何容芬跟黄逸梵在这之前已建立起交情。邢广生9月1日写给黄逸梵的信提道:"容芬写信回家说她打电话给你。你的朋友接电话,问她是不是爱玲。"这封信是邢广生回复黄逸梵写给她的最后一封信。信由何容芬1957年8月29日在黄逸梵病床旁代写。对比这封与之前黄兼博代写的,后者语气较为拘谨,这封则真情无保留(当然也因为黄、邢、何三女有师生关系,而黄兼博只是学生的姐姐),几乎看不出是请人代写的,也看得出何容芬跟黄逸梵的交情密切到黄逸梵能毫无保留地对何说出心底话。何容芬在信末给邢简单的一段交代,"我心很乱",看得出黄逸梵的病情对她的心理造成巨大的撼动。算算时间点:黄逸梵在3月给邢广生的信仍神采飞扬;黄兼博4月抵英,见到黄逸梵时她虽有病容,但仍能煮汤、到工厂做工,可见那时还未发病;直到7月29日,黄兼博到医院探病代写信,得知黄逸梵两周前动过手术,实际发病日期不得而知,但可以肯定的是黄逸梵从诊断患上卵巢癌、发病到死亡前后不到五六个月,快得叫人措手不及。或许跟黄逸梵较亲近的何容芬正巧目睹了黄逸梵的病情急速恶化:之前还陪她逛牛津街,8月末就在病床见她"等死",还代她写下遥寄南洋闺蜜的"遗言",然后一个半月后就冷冰冰地一动也不动,一把火化为灰烬撒在墓地花园。在异乡面临长辈突如其来的病亡,对才20出头的她有否造成创伤,以至她六十二年后不愿再去重开记忆那扇门,既然已忘记就不要唤醒它?

在未正式访到何容芬之前,一切都是谜。

倘若有天她肯受访,相信会是黄逸梵最后的岁月极珍贵的第一手资料。

期待她尽早回心转意,提供自己的说法。

石曙萍

张爱玲母亲黄逸梵晚年在伦敦

黄逸梵：1899年2月4日—1957年10月11日
（照片说明：黄逸梵年轻时期所拍摄的沙龙照，赠予闺蜜邢广生存念。由邢广生提供，林方伟翻拍）

"生在这世上，没有一样感情不是千疮百孔的"，张爱玲在小说《留情》中这样写道，"然而敦凤与米先生在回家的路上还是相爱着"。这句话，用于张爱玲母女间的感情，也正合适。张母黄逸梵，是20世纪20年代最早留洋的先驱女性之一。她出身名门，优雅美丽，社交广泛，又敢于走出封建婚姻，远赴英伦。她到巴黎学画，与徐悲鸿、常玉为友；虽是三寸金莲，却在阿尔卑斯山滑雪，滑得比天足的小姑还要好；又在马来亚侨校教过书，在印度做过尼赫鲁两个姐姐的翻译，"都很过瘾"。她的一生，过得比张爱玲更为精彩。

张爱玲从小以一种仰望的姿态深爱着母亲；但母女相处中诸多琐碎的难堪，犹如华丽睡袍上的蚤子，令她一生不曾释怀。

  1957年，黄逸梵在伦敦病故，身边无一至亲。六十二年过去了，张家或黄家，从未有人去伦敦的墓地寻找或探望过她。曾经她那些英伦的友人，交情或深或浅，皆早已零落散去，不知所踪。黄逸梵静静地，栖身在伦敦一座古老的墓园里，一直无人问津。

  几经周折，我终于在不久前找到了黄逸梵的墓地，前去拜访这位被遗忘了半个多世纪的传奇女子。正是人间四月天，黄昏的暖阳落在墓园前马路边的法国梧桐树上，恍惚是黄逸梵年轻时住过的上海法租界。我来到墓园最深处的玫瑰花园，在刻有黄逸梵名字的小小的石碑前默然良久。这位独立而勇敢的传奇女子，一个人在这里，这么多年了。她应该不曾想到，会有人穿过时光的尘埃寻觅她的芳踪。我把带来的一束白玫瑰，轻轻献上。若她泉下有知，或能有一丝丝安慰。

  《联合早报》专栏作家余云与记者林方伟，十几年来一直追寻黄逸梵在南洋的踪迹，终于在2019年1月找到了黄逸梵生前在马来亚教书时结识的闺蜜邢广生老师，并从邢老师保存的书信中得知黄逸梵在伦敦的住址。我因受余云之托，得缘走访黄逸梵生前居处，后来也寻获了黄逸梵的入籍证书、死亡证书、遗嘱，并找到了黄逸梵长眠的墓地。张爱玲母亲晚年在伦敦生活的踪迹，一点点出土重现。

一、入籍证书："女工张逸梵"

  黄逸梵曾前后三次赴英，在英生活了近十三年，最后在伦敦病故。

  1924年黄逸梵陪小姑张茂渊赴欧。"她终于藉口我姑姑出国留学需要女伴监护，同去英国，一去四年"，1928年由英国返回上海。《对照记》图六张爱玲这样写道："我们抱着从英国寄来的玩具。他带着给他买的草帽。"文中没有注明年份，但张爱玲姐弟的样子，看起来不过三四岁，应该就是1924年黄逸梵赴欧不久后的事。《对照记》中图十三是黄逸梵，张爱玲在下面注明说："一九二六年在伦敦。"可见，黄逸梵第一次出国应该是英国。期间可能也去了法国旅行，《对照记》图十一的文字又提到她去过瑞士滑雪。

  1932年，黄逸梵只身到法国。1933年徐悲鸿夫妇第二次到法国时，与黄逸梵同住在巴黎第十五区的一幢楼。双方是早前在南京相识的故友。蒋碧薇在《我与悲鸿》中回忆，自己曾在夫妻闹矛盾无处可去时，在黄逸梵屋中过了一夜。此次到法后，黄逸梵到过英国的线索目前所知只有一次。2019年1月4日的《每日头条》的《"先驱之路"留法艺术家你还能记起几位》一文显示：1936年春，黄逸梵曾以中国留法艺术学会会员的身份，参加"巴黎中国留法艺术学会英伦中国艺术展览会参观团"，到伦敦逗留过六天。除了中国艺术展览会之外，黄逸梵还和其他会员一起，参观了多家博物馆、画廊、私人藏家以及英国皇家美术学会。同年底，黄逸梵从法国绕道埃及与东南亚回国。

  1948年，黄逸梵到吉隆坡。据邢广生回忆，黄逸梵于当年年底离开马来亚。2021年初，机缘巧合，笔者结识了武汉一位热心张爱玲家族史料研究的陈万华先生。陈万华先生于1995年毕业于武汉大学中文系，目前在中国葛洲坝集团有限公司任职。根据他找到的航船记录，黄逸梵于1949年9月再度入境英国。航程辗转9个月有些令人费解，或许邢广生记忆有误。黄逸梵重返英国的原因之一是英国有良好的福利制度。这次抵英后，从陈万华找到的资料可知，除了1952年黄逸梵曾回新加坡小住了三个月，此外的时间黄逸梵应是长居伦敦，直到1957年离世。

黄逸梵在英国的生活一向鲜为人知。我从英国的国家档案馆开始查找。最先找到的，是黄逸梵的英国入籍证书。我惊讶地发现，上面有很多令人费解之处：首先，黄逸梵入籍的名字是 Yvonne Chang（张逸梵）。其次，上面写黄逸梵的出生年份竟然是 1905 年。再者，黄逸梵填写的父母名字并非完全属实。最后，入籍证显示她的职业为 machinist（机械女工），住址却是伦敦肯辛顿区一处高尚住宅区。这都是为什么？一张入籍证书，疑团重重。

黄逸梵于 1956 年 8 月 27 日加入英国国籍。在英国国家档案馆收藏的入籍证书上，她的姓名一栏写着：Yvonne Chang（张逸梵），曾用名 Yvonne Whang（黄逸梵）。当时，距离 1930 年与张爱玲父亲张志沂离婚已过去整整二十六年了，她却还在官方文件里自称 Yvonne Chang（张逸梵）。在 1930 年的上海，女方主动提出离婚，并果断地请了英租界的洋人律师办理，是非常大胆而前卫的事。《小团圆》中的九莉，颇有张爱玲自传色彩，她在书中说："家里有人离婚，跟家里出了个科学家一样现代化。"当然，这与黄逸梵有足够的陪嫁和分得的大批古董有关，更与她超出同时代人的先锋意识有关。但这样一位现代娜拉，为何拖拖拉拉二十六年，仍对张太太的名分恋恋不舍？

保留夫姓，是因为内心对前夫一直余情未了么？我们在《对照记》图三的文字中得知，张爱玲后来收到的遗物中，有一张黄逸梵收存的前夫照片，大约是张志沂在直奉战争时寄去给首次出国的妻子的。张志沂并不想离婚。在张爱玲的回忆中，父亲始终对前妻怀着柔情。黄逸梵也并不那么绝情，离婚前帮丈夫戒了毒瘾，把他从死亡的边缘救了回来。离婚后也是相当通达大方，告诉张爱玲不要恨父亲。记者林方伟在《传奇的传奇——五封信解码张爱玲之母异乡晚景》中提到，黄逸梵曾这样劝说邢广生："如果有合适的人和你同志，爱你的才，不是爱财，那就千万别怕人言，还是结婚的好，不要像我，太自傲了。"这样看来，晚年的黄逸梵还是向往婚姻和家庭的。但言辞之间，并无对当年离婚的悔意，只透露出因"自傲"而曾错过姻缘。若是这样，她也没有理由一直保留着"张太太"的身份。

这个费解之谜或有一个解释：张爱玲在《小团圆》里写蕊秋到香港的一所教会学校看望寄宿的盛九莉："亨利嬷嬷知道她父母离了婚的，但是天主教不承认离婚，所以不称盛太太，也不称小姐，没有称呼。"天主教徒不能离婚，因此身在英国的黄逸梵沿用夫姓，或以此缓解与周围人交往时的尴尬？

另一个谜团是她的出生年月。中国国内很多资料显示黄逸梵出生于 1896 年。但英国国家档案馆保存的黄逸梵入籍证书上，出生年月一栏却写着：1905 年 2 月 4 日。相应地，她的死亡证书显示去世年龄为：52 岁。我先收到档案馆发来的死亡证书，以为年龄被算错了，后来看到她的入籍证书才明白缘由。

1905 年 2 月 4 日若是黄逸梵出生的真实年月，照这样推算，黄逸梵在 15 岁时就生下了张爱玲。张爱玲的祖母 23 岁才定亲，若母亲 14 岁就嫁人育子，为何张爱玲从未在文字中提及？再则，1924 年时黄逸梵如果是以 19 岁之龄做小姑出国的监护人，似乎也显得勉强。

《联合早报》记者访问邢广生时得知，黄逸梵在马来亚时，大家都知道她的年龄："黄逸梵 1948 年从上海重返新加坡，经南洋女中校长刘韵仙引荐，到吉隆坡坤成女中教书。……两女结识时，邢广生 23 岁，黄逸梵 51 岁"。"……黄看起来消瘦、憔悴、疲累，黄在吉隆坡的邻居叫她（old lady）'老太婆'，气死爱美的黄逸梵。"按照年份计算，1948 年黄逸梵应该是52岁。可能邢老师记忆有误，但可能与实际出入不大。而张子静在《我的姐姐张爱玲》中也提到母亲是19岁时结的婚："张御史的少爷，黄军门的小姐，十九岁结婚时是一对人人称羡的金童玉女……一九二四年夏天，我母亲二十八岁，已有两个孩子。"这样看来，黄逸梵很可能是第三次到英国之后，才修改了自己的出生年份。那么，为什么黄逸梵要刻意为自己"减龄"？

武汉的陈万华先生在黄庆达修的长沙江夏堂木活字本《黄氏族谱》卷五中找到黄定柱的记录："宗炎之子，绪斌，字定柱，……生于光绪二十四年戊戌十二月二十四日戌时。"光绪二十四年，即公历1898年。农历十二月二十四日戌时，也就是1899年阳历2月4日晚上7点到9点之间。黄逸梵与黄定柱是双胞胎，所以生日相同。张子静与邢广生的回忆均不准确。

陈万华先生还找到了另外一个证据：民国二十六年（1937）李国杰撰写的《蠖楼吟草一卷》（上海图书馆有收藏铅印本及油印本），书中收录了张廷重39岁生日时相赠的一首五律。李国杰乃李鸿章儿子李经述之子；张廷重乃李鸿章女儿李菊耦之子。两者为表兄弟。这首诗写道："今又重三月，年将届四旬。"其中提到"重三月"，是指闰三月，写诗当年是1936年正好是闰三月，而张廷重出生若是在闰三月的年份，就是1898年。根据张子静回忆父母同年，也就是说黄逸梵亦出生在1898年，只是与张廷重不同月份。

根据陈万华先生的考证，上述这首诗及《黄氏族谱》中的记录，结合张佩纶家藏信札、李鸿章通信等，都可以印证，黄逸梵出生于农历戊戌年，公历1899年，而不是很多资料上一直将错就错的1896年。

1949年6月再度入境英国时，离她上次涉足英国已十三年了。黄逸梵不再年轻貌美，经济情况也大不如前。难道，她特意修改出生年份，是为方便申请工作及成为公民？本来东方人就比西洋人显得年轻，五十岁说成四十三岁，也不难让人接受。而黄逸梵如何修改护照上的出生日期，又是一桩悬案。

入籍证书上父母一栏，黄逸梵填写的是"Shih Sheng and Shih Chang"（盛氏及张氏）。这相当令人困惑。黄逸梵父亲姓"黄"，"张"是前夫父亲的姓。为什么她不填写生父的姓？而她前夫母亲姓李；自己生母姓氏不详，难道姓"盛"？张爱玲《小团圆》里的女主角九莉也姓"盛"，莫非两者有什么关联？显然，这入籍证书上的父母姓氏有被乱点鸳鸯谱的嫌疑。在如此重要的文件上，黄逸梵"乱凑"了一对父母给自己，很是有些顽皮。

入籍证书是黄逸梵在1956年8月27日签署的。英国的移民法令显示，当时在英国住满五年就可申请国籍。黄逸梵却在居住了七年后的1956年才成为公民，原因不详。

档案馆同时寄来的，还有一份入籍宣誓书。当时英国法律规定，拿到入籍证后的一个月内必须向女王宣誓效忠，否则入籍证书就无效。于是，1956年9月5日，黄逸梵在离家不远的18 Shepherds Bush Green宣誓效忠，宣誓内容如下："我，张逸梵Yvonne Chang，曾用名黄逸梵Yvonne Whang，对着万能的上帝发誓，将对伊丽莎白二世女王以及她的后代及继承者忠诚不渝。"宣誓处距离她Upper Addison Gardens的住址步行约五分钟，大概是当时这个街区的地方政府部门所在地。英国内务部遂于1956年9月21日在宣誓书上敲章，黄逸梵这才算正式注册为英国公民了。此时，离她告别人世，仅剩最后一年光阴。

1956年，张爱玲36岁，是她赴美后的第二年；也是黄逸梵1949年抵英后的第七年。当时黄逸梵身体尚可，还未被诊断出癌症晚期。8月14日，张爱玲与赖雅领取了结婚证。两周后，远在大洋彼岸的张母黄逸梵拿到了英国入籍证。

黄逸梵的入籍证上还透露了另外两个重要信息：

首先是职业。入籍证书注明黄逸梵的职业为machinist，意为机械师或者技术工人。以黄逸梵当时的年龄及体格，操作机器怕是无法胜任，最有可能的是在工厂流水线做制作工人。这并非为了体验生活，也与时尚设计相去甚远。黄逸梵的遗嘱显示，她晚年曾举债度日。20世纪50年代的英国刚从战争阴影中走出来，出生率下降，战后劳动力缺乏，生活的贫困促使大量女性包括已婚主妇走进工厂。在这样的时代背景中，黄逸梵，这位出生名门的贵族小姐，因为生计，也和很多英国本地女性一样，进工厂做了一名普通女工。

《对照记》图十一，是黄逸梵少女时代手执纱扇和婢女的一张合影，下面是一双三寸金莲。配图文字这样写道："珍珠港事变后她从新加坡逃难到印度，曾经做过尼赫鲁的两个姐姐的秘书。一九五一年在英国又一度下厂做女工制皮包。"我们因此大约可知，黄逸梵在1951年曾去工厂做工。可见，1949年抵英后，黄逸梵很快就经济困窘，第三年就出去工作了。从她跟邢广生老师的通信中可知，黄逸梵在不同的工厂上过班，时有停停歇歇。

黄逸梵有很强的动手能力，早年学过洋裁、车衣。在新马时她专门搜罗了一些珍贵的蛇皮，打算自己设计皮包。《对照记》图十一里张爱玲这样写："她信上说想学会制裁皮革，自己做手袋销售。早在一九三六年她绕道埃及与东南亚回国，就在马来亚买了一洋铁箱碧绿的蛇皮，预备做皮包皮鞋。上海成了孤岛后她去新加坡，丢下没带走……她战后回国才又带走了。"而1948年，黄逸梵从新加坡到吉隆坡，在坤成女中教书时，所教的课程就是手工——虽说因学历资格限制，但也可见她的长处所在。因此在英做工时，选择去皮包厂，后来也去过制衣厂，而不是其他行业，也可能和她的兴趣相关。

当时年老体弱的黄逸梵，面对这份工作，似乎也胜任有余。在1957年3月6日致邢广生的信里，她透露了很多信息。比如午餐时间还可以有精力写信，放工后也还有力气去见朋友。如果做得不愉快，还可以炒了老板鱿鱼。虽然是底层的工人，黄逸梵还是有着一定的自由与尊严。这大概是除了福利好，西方现代文明的又一个好处了。

张爱玲母女，都是非常坚强独立的新时代女性。挟着满箱古董的黄逸梵，在出走后的世界里，一度潇洒逍遥。到了晚年落魄，亦能淡定，自己煮饭洗衣、找房子、搬家、找工作。张爱玲也是在出国后发现了自己的生活能力。从香港赴美的旅程中，张爱玲在写给邝文美的信中，这样描述中途在神户下船时的经历："一个人乱闯，我想迷了路可以叫的士。但是不知道怎么忽然能干起来，竟会坐了电车满城跑，逛了一下午只花了美金几角钱，还吃咖啡等等，真便宜到极点。"之后在美国，张爱玲这位在上海时连路都不认得的大小姐，更是亲自动手油漆房子、做衣服、煮饭、杀蚁虫，甚至后来长期照顾大小便失禁的赖雅，很有顽强的毅力。只是，与母亲不同，张爱玲从来不曾轻松惬意过，肩膀上总扛着生计的重担，后来为了养家糊口，眼睛出血还在写稿子。偶然看电影、逛橱窗、自己动手做衣服，就是娱乐了。在感情方面，与母亲的情人众多不同，张爱玲很是单纯。夏志清在《张爱玲在美国——婚姻与晚年》一书的序言中，充满了怜惜地写道："……在爱情这方面，张自己从来不采取主动，人家找上门来，她就被感动了。……跟定了一个男人，也就不想变更主意。假如丈夫病了，她就一人咬紧牙关奋斗下去。"

黄逸梵相对更为幸运，不需如张爱玲般背着沉重的经济负担。面对情感问题，看似柔弱的黄逸梵也从不曾依附于男人。在寻找灵魂伴侣的征途中，她总是屡败屡战。每次跌倒惨败，都会重振翅膀。直到有一天，她停止了对爱情的追逐，专心过一个人的生活，始终不曾丢失了自己。

黄逸梵的入籍证书上显示的第二个重要因素是住址：11A Upper Addison Gardens, Kensington, London W14 8AL。1957年3月6日黄逸梵致邢广生的信，就写于此处。

邢广生回忆说黄逸梵晚景凄凉。她曾拜托在伦敦读书的学生前去探望，学生回来汇报说：黄逸梵住在地下室。"地下室"，给人印象通常是黑暗阴冷，逼仄狭小。但若正是这处11A Upper Addison Gardens居所的话，那么黄逸梵的生活很可能并没有那么潦倒。这一处房产是相当高级的住宅。即使是地下室，也与我们通常想象中暗无天日的那种有所不同。

从英国大都会档案馆的资料可以查到，Upper Addison Gardens, Kensington这一整条街，都是在维多利亚时期由一个大家族购建的高级私人公寓。建造时间在19世纪中期。无论地理位置还是房子结构，这条街的房子都相当上乘。此处在环境优雅的肯辛顿，属于伦敦的第二区，距离肯辛顿王宫只有1.5英里，步行约半小时。而现今全英最大的室内购物中心Westfield就在这条街的背后，步行四五分钟就可以达到。旁边就是开通于1900年Central Line地铁的Shepherd's Bush地铁站，交通十分便利。

这条街完好地保留着一百多年前的建筑面貌。整幢房子有三层，外加一层地下室。每一层有两个卧室。11A是地下室正对着主要街道的一个房间。这样的地下室，往往是旧时大家庭佣人的卧室，或是食品、煤炭及杂物的储存室。也有人家把地下室整理后出租的。黄逸梵大约就是这样的租客之一。

当我循着地址到访时，看到隔壁12A号的房子正在装修。装修工人告诉我，20世纪50年代，大都用火炉取暖。地面层进口处过道，旧时有一个添送煤炭的小洞，通往地窖。20世纪七八十年，随着电暖以及煤气的普及，不再需要煤炭，洞口也就都封上了。而储存煤炭的地窖，就在地下室。也就是说，黄逸梵住的房间隔壁，就是储存煤炭的地方。她的房间应该不是很干净舒适。

11A处在街道平面之下，因房前有专门设计的下沉空间，11A的窗户还是有充足的采光。而且卧室有两个大窗户，面积约三四平方米，和其他楼层的窗一样宽大。门口还有小小的天井。黄逸梵在遗嘱里提到该处时用的词语是"flat"，也就是说，她当时还可能有独立的厨房及卫生间。另外，地下室有独立的进户门，提供了很好的隐私性和便利。虽然这间地下室并非暗无天日，但因地势低，几乎没有阳光直射的时间，夏天清凉，但冬天会很阴冷。当时伦敦还是雾都，冬季烧煤取暖。但为了节约开支，当时很多人家，都只是在主楼的起居室取暖，楼上房间还是很冷，更何况是下人住的地下室。

黄逸梵第一次在英国是1924年至1928年。几乎同时，老舍也在英国，他1924年秋抵英到伦敦大学亚非学院任教，直到1929年夏离英到新加坡。根据这段生活经历，老舍写了小说《二马》："在伦敦的中国人，大概可以分作两等：工人和学生。工人多半是住在东伦敦，最给中国人丢脸的中国城。……稍微大一点的旅馆就不租中国人，更不用说讲体面的人家了。只有大英博物院后面一带的房子和小旅馆，还可以租给中国人。"

1929年《二马》开始在《小说月报》上连载。黄逸梵当时正好在上海。张爱玲在《私语》里这样写道："我母亲坐在抽水马桶上看，一面笑，一面读出来，我靠在门框上笑。"多年后，张爱玲以老舍为原型，放入小说《小团圆》，即是蕊秋的英国教员朋友马寿。而黄逸梵当年在伦敦与老舍是相识。武汉的陈万华先生提醒我可以读一读郑振铎的《欧游日记》。

1927年因国内时局变化，郑振铎放下文学研究会事务，并将《小说月报》交给叶圣陶接手主编,乘船赴欧洲避难及游学。他在伦敦时结识了不少留英的文化界人士。在1934年出版的这本日记里,郑振铎三次提到了张太太小姐(黄逸梵与张茂渊)。1927年农历十二月二十七日:"……傍晚到上海楼,傅请客。遇二张女士及刘锴君。"此处傅乃是傅尚霖,偶遇的二张女士就是张氏姑嫂。隔天,黄逸梵在上海楼请郑振铎吃饭,至晚上十点半才结束。当天可能谈到约同在伦敦的老舍等其他友人一起吃饭。次日,郑振铎在日记中写道:"写了两封信给吴南如,舒舍予,请他们明天吃饭。"农历新年后的正月初三,郑振铎和傅尚霖专程到上海楼为次日(初四)的聚会定菜。出席初四这天上海楼晚宴的共九人,当中就有傅尚霖、吴南如、郦堃厚、刘锴,以及张氏姑嫂和老舍。

《新中华》1935年第20期,晶清的《说吃》一文提到当时伦敦出名的高档中餐馆,除了南京楼、顺东楼,就是开在希腊街的上海楼:"阔少们、腰缠颇富的寓公和商人、大使馆的大小外交官,他们才是这几家饭馆的主顾。"上海楼的老板是中国人,娶了英国太太,后来由中英混血的女儿打理。饭店菜肴价格不菲,但环境特别清幽,中国菜也做得非常地道。难怪黄逸梵等人三天两头在此出没。

当天出席晚宴的个个都是不凡的人物:傅尚霖是在伦敦的广州籍留学生,回国后成为中国知名的社会学家和教育家;吴南如是中国驻英国使馆一等秘书,曾留学华盛顿大学修读法律,在使馆工作之余,当时还在伦敦大学进修;郦堃厚则刚从美国取得科学硕士,正在英国皇家学院深造。刘锴更是风度翩翩,就读于牛津大学,后来成为出色的外交官,或正是《小团圆》中"简炜"人物原型。这几位当时都年龄相仿,不仅颜如玉,且才华横溢。可想而知,黄逸梵的这段英伦岁月充满了色彩与光亮。老舍的《二马》叙述的只是一个非常简单的故事。但对黄逸梵来说,那背后有她热闹锦绣的好年华。

当年中国人被歧视,不容易在伦敦租到像样的房。小说《二马》中写为了帮中国人租房,伊牧师对温都太太赔足了笑脸,房租也比市场价给得高。1924年老舍在亚非学院任教的薪水是每年250镑,后来才提高到300镑,每周约5.7镑。亚非学院离大英博物馆只有五分钟的步行距离,但老舍没住附近,而是与一位洋同事在肯辛顿区的31 St. James Garden合租了一间房。一人出房租费,一人出伙食费,这才在经济上得以勉强应付。

不知道1924年至1928年期间,黄逸梵住在伦敦的哪一个区。但以她的家境和性格,应该不会和学生去扎堆住在脏乱差的唐人街,也不会去大英博物馆后面的小房子,和嫌弃中国人的房东挤在一起。黄逸梵向来讲究房子地段和结构,在上海时她住的爱丁顿公寓、白尔登公寓,都是地处法租界的高级西式公寓。因此也不难理解,1949年黄逸梵重返伦敦时,会在肯辛顿区租房。而奇妙的是,黄逸梵11A Upper Addison Gardens的房子,与老舍当年在伦敦的住处只隔了一条街,步行只需10分钟。

南洋学者王宓文夫妇曾在伦敦与黄逸梵私交甚密。王先生的儿子王赓武,当时在伦敦大学亚非学院读博士,后成为知名的历史学家,曾任香港大学校长及新加坡国立大学东亚研究所所长。记者林方伟曾采访过他。王赓武在访谈中回忆50年代中期父母在伦敦的房租是每周5英镑。而当时黄逸梵周薪7镑,虽比1924年时老舍的薪水要高很多,但若房租5镑,她每周仅剩2英镑做生活费和交通费,经济应很是拮据。

最初租房时,黄逸梵可能经济尚可,因此讲究房子地段与隐私等。1951年黄逸梵开始下工厂谋生,想来当时的经济已经困窘。根据陈万华先生找到的1952年4月9日从伦敦乘船到新加坡的客轮记录,黄逸梵当时在伦敦的住址就是11A Upper Addison Gardens。她大可搬家到更便宜些的区,但她显然宁愿借债,也不愿更屈就。贫穷的生活,并没让黄逸梵自怜自艾，相反，她的内心依然怀着梦想，充满了生命力。1957年黄逸梵已经举债度日了，但在给邢广生的信里，她竟提到想要在伦敦开一间中国咖啡馆。这与《小团圆》里的蕊秋甚为相似。一无所依的蕊秋曾对九莉说："悲观者称半杯水为半空，乐观者称半杯水为半满，我享受现在半满的生活。"大概是从小良好的家境，或如她所说，血液里湖南人的勇敢，给了她这份行到水穷处，依然自内而外的从容平和吧。

我前后去了11A Upper Addison Gardens 六次，都未遇见屋主。四月时又去了一次。六十多年前的那位黄小姐依然不在家，街道两边的樱花正开得热闹，一树树是嫣然的春。风吹过来，落英缤纷，满地是失落的往事。隔壁12号的房子，爬满了紫藤花，是当年黄逸梵从11A出门，一上台阶举头就见的风景。

这套房子正在英国知名的房产交易网站挂牌出售，里面有两个卧室、一个客厅、一个卫生间及厨房。目前这个套房的估价是75.8万英镑，租金是每月2 000镑。我从门上狭小的投信口张望，看得见门后是走道，左边应该是卧室，也就是11A当年卧室所在地。右边是洗手间和厨房，尽头是客厅。客厅非常明亮，整面墙都是落地玻璃窗，看得到前院修长的竹子。当年黄逸梵租用的，应该是11A的一个房间，客厅是原来11B的卧室，如今打通了成为客厅，看起来宽敞舒适。

门后走廊的墙上挂满了照片，是一个可爱的西洋小女孩。当年黄逸梵住在这里时，不知墙上是否挂着张爱玲侧颜浅笑的那帧照片。上海康定东路87号的张家老宅，如今已变成一个社区文化中心，保存着一个纪念张爱玲的书房，墙上就挂着那帧照片，是黄逸梵出国前挑选带走的。张爱玲说"大概母亲觉得这张最像她心目中女儿的样子"。

张爱玲在《私语》里写道，八岁那年，母亲从英国回来，全家搬到一所花园洋房。母亲家里"蓝椅套配着旧的玫瑰红地毯"，在张爱玲心里成为美的顶巅。因为爱母亲，所以连带着爱母亲住过的英国："英格兰三个字使我想起蓝天下的小红房子。"蓝天红房，成了张爱玲潜意识里的一个情结。

"我要比林语堂还出风头，我要穿最别致的衣服，周游世界，在上海有自己的房子，过一种干脆利落的生活"，张爱玲曾这样表达自己年少时的野心。从父亲家逃离投奔母亲后，她就永远地告别了大房子，开始了公寓生活。很显然，有自己的房子，是张爱玲在经历了各种寄人篱下、居无定所后，梦想里极为重要的一部分。然而，她一辈子都没能实现。《小团圆》的结尾，九莉做了一个甜蜜的梦，"青山上红棕色的小木屋，映着碧蓝的天"。蓝天下缥缈的红房子前，是在梦中快乐很久很久的九莉，和在内心伤痛很久很久的张爱玲。

不知九莉梦中的蓝天红房，背景是否在英国。因为母亲，张爱玲从小就与英国有着千丝万缕的关系，还两次都差点赴英读书。一次是中学毕业考上伦敦大学，却因欧战爆发转到香港大学读书。另一次是港大快要毕业，以她优异的成绩本可保送到牛津大学免费深造，又因香港沦陷而告吹。但当年，若张爱玲真到英国，也未必能住到英国乡间带花园的红房子里。黄逸梵第二次到英国，已是经济窘迫，不要说买房子，就是租房子，也只是一间地下室而已。

黄逸梵对住处的布置一向讲究，虽然11A Upper Addison Gardens, Kensington 是租住的房子，但在遗嘱上，我们知道房间的窗户、墙壁、天花板、床上都有装饰，应该是黄逸梵投入金钱及心思购置装扮的，所以最后不舍得丢弃或留给房东，而是郑重地作为遗产留给了一位朋友。

离 11A 两三百米远的街道一端，有一个红色的邮筒，在那里已经一百多年了。黄逸梵写给远在马来亚的闺蜜邢广生，及在美国的女儿张爱玲的很多信件，应该都是从这里寄出的。

自知不久于人世，黄逸梵曾发电报希望能见女儿最后一面。在司马新《张爱玲与美国——婚姻与晚年》中这样写道："（1957年）八月中旬，张爱玲从伦敦得到消息，说她的母亲病得很重，必须做手术。张写了一封信去并附上了一百美元的支票。"很多人认为，彼时张爱玲依然对母亲有猜疑，以为是借口要钱。其实不然。母亲病重，张爱玲显然知情。宋以朗在《张爱玲私语录》的序言中引用了张爱玲于 1957 年 10 月 24 日致邝文美的一段信件原文："她（张爱玲母亲）进医院后曾经叫我到英国去一趟，我没法去，只能多写信，寄了点钱去，把你与《文学杂志》上的关于我的文章都寄了去，希望她看了或者得到一星星安慰。后来她有个朋友来信说她看了很快乐。"

《小团圆》里有一段描写，九莉编剧的电影正式上演，楚娣、九莉陪着蕊秋一同去看，蕊秋竟很满意。九莉心里纳罕："她也变得跟一般父母一样，对子女的成就很容易满足。"母亲病重，张爱玲能够做的，是"只能多写信"，并且寄了别人评论自己及作品的文章给母亲阅读。尽管张爱玲不一定情愿承认，这份带着许多苦涩的"炫耀"里，其实有着她给已走到生命终点的母亲，难得的一份深情。

当时的张爱玲，刚到美国不久，正设法尝试用英文写作打开新局面，却几经挫折，陷入困顿。司马新在《张爱玲与美国——婚姻与晚年》中说："五月张爱玲从司克利卜纳获悉，公司不准备选用她的第二部小说，即《粉泪》。这个消息对她当然是个不小的打击。她觉得沮丧，终于病倒而卧床数天。后来她注射了几针维生素 B，到 6 月初才康复。"幸好有香港的宋淇帮忙，张爱玲开始为电懋写电影剧本，以维持生计。而新婚不久的夫婿赖雅，那时也才从再次中风里渐渐好转。应是凡此种种，张爱玲才说"我没法去"，终于不曾前往伦敦。

如果当年张爱玲来了伦敦，应该就会住在 11A Upper Addison Gardens 照顾母亲，黄逸梵也不用寄居友人处。母女俩说不定可以冰释前嫌，不仅《小团圆》会写得很不相同，连张爱玲的整个后半生都可能会有别样的故事了。只是，无论如何，在张爱玲内心最深处，母亲带给她的创伤，都从未消退过。她在给邝文美的信里曾尖锐地写道："朋友是自己要的，母亲是不由自己拣的。从前人即使这样想也不肯承认，这一代的人才敢说出来。"母亲似乎从来也不是她人生里第一要紧的事。母女之间的感情，也没有足够强大的力量，令她抛下一切，甚至设法借钱买机票，飞赴伦敦。

多年后的 1995 年，张爱玲在洛杉矶的寓所悄然离世，同样孑然一身。相较于母亲，临终前曾希望再见她一面，张爱玲是真正的孤零零。她没有人可以见，或根本不想见。她或许，也在最后的日子里，想起过当年的母亲。但和当初狠心不去伦敦一样，张爱玲大概早就凛然地准备好面对绝世孤独。"……我只要你答应我一件事，不要把你自己关起来。"这是《小团圆》里，蕊秋对遭遇情伤后的九莉说的话。如果这不是黄逸梵因太了解女儿而提出过的劝诫，那么就该是张爱玲借蕊秋之口对自己后半生的预言。张爱玲从未于童年时代的伤痕中自我修复。她一生的自我禁锢，或是一场对抗母亲的自我放逐。

二、英国友人：珍贵的情谊

在 1957 年 7 月 29 日托人代笔写给邢广生的信里，黄逸梵提到出院后会住到朋友家。信末注明这位朋友是巴登夫人：Mrs. Margaret Barton，地址是 8 Eliot Park, London,

SE13。这封信也提到,黄逸梵当时病中身体衰弱,幸亏巴登夫人在旁照顾。

黄逸梵出院后,是否去了巴登夫人家,我们不得而知。1957年8月底,黄逸梵就住在34 Dorville Crescent 了。照这样推算,若黄逸梵曾去巴登夫人家修养,时间最多不超过三个礼拜。

从谷歌地图上查看 8 Eliot Park, London, SE13,显示的是格林威治区一幢普通三层楼房,看起来像是二战后的风格。与 11A Upper Addison Gardens 相比,显得很寒酸。从汉默史密斯站(Hammersmith)坐地铁 District line 到 Cannon Street,再换乘火车,需要一个多小时才到 Lewisham 车站。我碰巧下错车到了伦敦桥站(London Bridge),从这里有向东的高速火车,总共四十几分钟就到了 Lewisham 车站。从这里步行,上一个小山坡,走五六分钟就到 8 Eliot Park。格林威治乡村比肯辛顿区要幽静许多,沿路的房子大都是独立的 house,不是伦敦市中心比如肯辛顿区或汉默史密斯区连栋而造的 terrace 房子。转入 Eliot Park,右手边就是和谷歌地图显示的一样的房子,门上有号码 8,却没有路名。没人应门,我在门口拍了张照,转身打算走了,回首却蓦然发现,马路对面房子墙上有 Barton House 的字样。

Barton House?我脑中马上跳出了黄逸梵信中提到的友人名字:Margaret Barton。如此巧合,我简直不能相信自己的眼睛。经过再三确认,房子门牌号,甚至房子前的垃圾筒上,都清清楚楚地写着"8 Eliot Park",这才恍然:原来,这才是我要找的 8 Eliot Park。

和 11A Upper Addison Gardens 的排屋不同,这是一幢豪华的独立小洋房。房子是典型的维多利亚风格:棕色砖墙、上下开的框格大玻璃窗,外墙上还有简洁的希腊风格装饰。房子主楼三层,加一层地下室。左右各有侧翼。房后有宽敞的花园,地面层和地下层都是落地长窗,看起来很是气派。抱着试试看的心情,我按响了门铃。四五分钟后都没人来应门。我就四处拍了几张照片,正打算走,门却开了,是一位儒雅的中年男士。我开口就问他是否是巴登家的后人,他笑着告诉我他们去年才刚买了这幢楼。在得知我的来意后,他补充说,这栋房子是国家保护级建筑,任何外观上的改动都须事先申请才可进行,而一般来说很难得到批准。也就是说,如果1957年9月初黄逸梵出院后曾来此小住,那么当时房子的外部情形和现在我所见的,几乎一样。

当然,里面的装修随着屋主更换而各异了,但外观及基本结构,自1860年至今都不曾变过。之前房子从内部装修隔成两个单元分别出售,但现任屋主买下了整幢楼,打通了两个单元,重新恢复成最初的内部结构。从现在新屋主半开的门,能看见里面富丽堂皇的大厅、白色水晶吊灯,以及厅中盘旋而上的楼梯。这里显然比之前黄逸梵住的两个住处都要宽敞舒适得多。六十多年前的巴登夫人,家道殷实,是这幢洋房的女主人。

在1957年7月29日托人写给邢广生的信里,黄逸梵这样写道:"……大约两天后可以出院,先住在一位友人家(地址会写在后面),食物等可得她照料,比住在 Nursing Home(疗养院)好……"那时她刚动过第二次手术,有些恢复,能够慢慢行走了。信中所指的友人家就是此处巴登夫人的家。在这里,黄逸梵特别地强调了"比住在 Nursing Home(疗养院)好"。

英国的 Nursing Home,是给贫病孤老者居住的地方,包括二战中重伤残疾的单身老兵。我的邻居 Keith 现在已经近八十多岁了,独自一人生活。50年代中后期,他就在伦敦切尔西的一间 Nursing Home 当护士,离后来黄逸梵住的 Nursing Home 不远。如今的他退休在家,患有帕金森综合征,发病时浑身震颤,甚至神志模糊。我有一次去串门时,正好他突然发病,他很努力地用颤抖的手关掉正在煮饭的煤气,凭着最后的意志力踉跄着跌落到沙发。他不愿和儿女一起住,可是为什么不去政府的疗养院呢?Keith 慢慢恢复平静后,含着泪告诉我,他曾在 Nursing Home 工作了十八年。他看到那里的病人,白天就只是在同一个房间里,坐在沿墙排成四方的椅子,从清晨到黄昏,沉默无语,木然干坐。房间前方,放着一个小电视机。这些人每天就悄无声息地坐着,盯着电视机,其实根本不关心是什么节目,只是空耗着,等待死亡的来临。这样的景象,Keith 看了十八年,心理上极为抗拒。在他心目中,Nursing Home 意味着等待死亡。他害怕那样一起枯坐等死的一天又一天。所以到了晚年,无论多么糟糕,他都坚决不肯去疗养院,宁可一个人住在政府的福利房里。黄逸梵如果去了疗养院,想必也是如此的情形。在未到绝境时,她当然选择去朋友巴登夫人的家,多少还有点生机与热闹。

不知道黄逸梵是如何与这位巴登夫人相识的,可能是在教堂或者画廊认识的朋友?我也曾查询很多资料,找到一份 1925 年女方主动要求离婚的法庭文件,年份上大体合适,但最终才发现只是同名同姓,终究不是这一位巴登夫人。

黄逸梵很幸运地收获了很多英国友人真挚的友谊,包括这位家境优渥的巴登夫人。不知黄逸梵是如何与这些英国人相识的。1933 年陪徐悲鸿在伦敦小住的蒋碧薇曾这样回忆:"英国人绝对不像法国人那样,对我这个不常见的东方女性投以好奇的眼光,同时他们不轻易与人交;但如结交了朋友,则又非常地重视友谊,不像法国人。"显然,黄逸梵的这些英国朋友,都很用心与她交往。

巴登夫人无疑来自当时社会的中上层阶级,会跟一个社会底层的女工做朋友,很是匪夷所思。而从信中我们也得知,巴登夫人曾去医院照顾病重的黄逸梵;等黄逸梵出院,她也慷慨地带回家加以照料,真是雪中送炭的深情。当时的黄逸梵,虽是一代名媛,但落魄已久。难得她并未妄自菲薄,也并不封闭自己。她应是有着非凡的人格魅力,才会在落难时,依然拥有并坦然接受许多朋友的真情。就这一点而言,黄逸梵比张爱玲活得温暖多了。

1957 年 8 月 29 日,黄逸梵再次住院,托前来探望的友人代笔,写信给邢广生,说自己住在朋友泰勒夫人家,回信地址是:Miss Y, Whang, c/o Mrs Taylor, 34 Dorville Crescent, Hammersmith, London W6。这是黄逸梵生前给邢广生寄的最后一封信。此时她寄住在泰勒夫人家。从这个留下的通信方式来看,很显然信件需要 Mrs Taylor 转交,可见黄逸梵并不是这里的正式住户。原因可能是如她信中所提到的,在 11A Upper Addison Garden 住处无人可照顾她。而 Mrs Taylor 可能是她的另一位朋友,接替巴登夫人照顾她。

当时王赓武刚好结束在伦敦的博士学习,临回国前受父母嘱咐,前去看望黄逸梵,就是在此处。黄逸梵在 1957 年 8 月 29 日的这封信里这样口述:"黄宓文的少爷上星期三赶来看我,送了一张棉被,一件皮上衣,还有一瓶麻油给我。"信中的"黄"皆为"王"的笔误。当时,黄逸梵就卧病在泰勒夫人家。原本王太太是答应黄逸梵送她中国锅的,黄逸梵在信里说:"不想他们送了这种东西来,我又用不着。不过人快死了,中国锅等东西,也是没太大用处了。"王赓武教授在受访时,也确认当初去汉默史密斯见了黄逸梵匆匆一面,回忆与黄逸梵信中所述完全相符。

那时候的黄逸梵大概买不到或者买不起中国锅,而她又想念家乡口味,曾写信托邢广生买中国罐头寄来。在患病之前,黄逸梵还渴望有中国锅可煮家乡小菜,但就是这般卑微的希望都无法满足。此时,医生应该很明确地告知了她病情实况。她也已明白自己

"人快死了"。

  Dorville Crescent 这条街的房子是连栋而造的，墙是红砖，两层加一个阁楼及地下室，窗户和门也小很多，墙是红砖。这是维多利亚时代政府为工薪阶层建造的房子，一眼看去就能发现比 11A Upper Addison Gardens 简陋得多，更没法跟 8 Eliot Park 的讲究相提并论。当年住在这条街上的老人告诉我们，尽管 Hammersmith 地处伦敦第二区，当年该区并不是一个令人愉快的居处。

  34 号的房子在街道的尽头，门铃的号码显示房子被拆分成三个单元。农历新年 2019 年正月初一中午，天正阴冷，我和朋友前去拜访。按遍了所有单元住户的门铃，等了差不多半分钟左右，都没有回音。正在灰心之际，门竟然开了，探出来一位三十几岁的英国女子的脸，金黄的长卷发散落在肩头。她是一单元的住户 Katrin。说明来意后，她露出为难的神色，并没有让我们进门的意思，说她正在剪头发，现在不方便接待。但是我们可以隔天或当晚 6 点后再来。看起来她并不像是在敷衍，我不愿意错过机会，当即说好傍晚再来。

  黄昏 6 点多时，我们顶着寒风再次去拜访。这一次 Katrin 热情地领我们进了门，她正在给一岁的宝宝洗澡。另外两个三岁和四岁的孩子，在邻居家晚餐后刚回来。我送给他们一盒巧克力，三个孩子乖巧道谢后，在一旁玩耍。Katrin 则跟我们在客厅喝茶。她出生于中产阶级家庭，之前的职业背景是剧场管理，这些年在照顾孩子之余一直致力于慈善工作。2011 年她受到一个关于孩子自主学习的 TED Talk 启发，创立了一家叫 Hello Hub 的慈善组织，为偏远贫穷区域的孩子提供网络自主学习的设施，以解决缺少学校及师资的难题。八年后的今天，她的慈善组织已经在尼日利亚、乌干达、尼泊尔三个国家建立了上百个可 24 小时使用的学习点。

  Katrin 告诉我们因为先生工作调动，他们正要搬家，此处房子目前正在出售中。而楼上另外两个单元，一家住户不在家，另一家不很愿意与人来往。我们还是很幸运，可以遇到 Katrin。她非常大方地带我们参观房子。地面层相当宽敞，现在用作客厅和厨房，与维多利亚时代布局相似。客厅完整地保留着旧时的火炉。当时没有取暖器，人们就用煤炭和木头在火炉取暖。热气通过管道从烟囱冒出去。但因为现在房子被分隔成三套，用旧时取暖的火炉易有火灾隐患，所以只是用做摆设。除此之外，起居室屋顶的一个灯座，也是维多利亚时期的原物。那时候没有壁灯，光源通过这个从分散的小孔洒落。

  最让我有所触动的，是客厅的一面墙。Katrin 说四年前做装修时，这扇墙前有大约 50 公分的隔层。一层一层剥去，竟可看到不同时代的装饰变迁：从近些年的涂料和隔板，到 20 世纪 90 年代、70 年代的壁纸，最后竟是维多利亚时期的墙壁：粗糙的红砖加上白色的混凝土。这原始粗粝的墙，和圣马丁教堂地下室的墙壁类似，光秃秃，冷冰冰，让我一下子感受到了黄逸梵当年居住时的温度。

  黄逸梵当时 61 岁，病入膏肓，已无法自理饮食起居，只好寄居在此，仰仗泰勒夫人的照顾。8 月的这封信里，她说道："我希望能回到自己的房子去……能回家，我就安心了，就是死了也痛快。"这里的"家"，就是黄逸梵在 Upper Addison Gardens 租住的地下室 11A，与泰勒夫人家相距才 1.2 英里，步行不过 20 分钟，可谓近在咫尺，却有家难归。几天后，黄逸梵被送入了离此处不远的临终医院，一个多月后过世。

  当 Katrin 得知我们怀疑黄逸梵在此可能住地下室时，她就带我们下楼参观。34 号的地下室已经过大改，屋前屋后的花园都往下深挖了数尺，使原本没有窗户的地窖有了空间采光。这里的地窖阴冷得很,通常只用做储藏室。热心的 Katrin 还帮我打听到了同一条街的 16 号有位 87 岁的邻居 Cyril,住在这里已经六十多年了,而且他的房子从未做过大的改动。

我们应约去拜访 Cyril,虽然已经 87 岁,老人依然思路清晰,腿脚利索。他的房子完好地保留着七八十年前的老样子。地下室是两个约二三十平方米的地窖,里面没窗,只有三十平方厘米大小的采光口。厕所下水道、煤炭供应入口也在地下室里。无论采光、通风或者防火条件,完全不适合做卧室。政府也通常会保证住户基本的安全与舒适。因此,1957 年在 34 Dorville Crescent 期间,黄逸梵住在地下室的可能性微乎其微。Cyril 也在闲聊中谈起了相敬如宾的妻子,60 年代不幸得了胃癌去世。当时她就在离此处不远的查令十字医院 Charing Cross Hospital 就医,那是当时的癌症专科医院。

黄逸梵在 1957 年 7 月 29 日住院后,决定到照顾她的巴登夫人家养病,大概因为居住环境和饮食都会比较好。但两三周后,黄逸梵病情可能恶化,需要多次进出医院。巴登夫人的家地处东伦敦的格林威治,离市中心有 10 多英里,相当远,估计去医院不是最方便。而 34 Dorville Crescent 距当时伦敦治疗癌症最好的查令十字医院(Charing Cross Hospital),以及之后去的圣卢克临终关怀医院,都仅有一两英里。可能出于就医的方便,黄逸梵在 8 月下旬离开了巴登夫人家,而住到了泰勒夫人家。

我们访问 Cyril 时,这条街上另一位 76 岁的老人也刚好来串门。两位老人回忆,1957 年的伦敦依然是雾都,冬天尤其阴冷潮湿,通常只有起居室里才会生火取暖,楼上的卧室里也很冷。地下室就尤其冷了。50 年代的伦敦,已有抽水马桶,但没有很好的淋浴设施,需要煮水洗澡。很多人也并不经常沐浴。邢广生当时派去探望在 11A Upper Addison Gardens 黄逸梵的学生所说的,两人曾先后用一盆热水擦身洗澡。留客过夜,睡前煮水简单擦洗,这可能并非是黄逸梵特别穷困,而是同时代英国平民的日常生活。

那天在告别 Katrin 之前,她特地告诉我们,门口的邮筒已经在那里一个多世纪了,黄逸梵生前最后一封托人写给邢广生的信应该就是从这里投递的。而房子对面的酒吧,从 1840 年开始营业至今,说不定我们可以去那里找找其他的相关线索。

Katrin 说的这家酒吧,名叫 The Anglesea Arms,正对着 34 Dorville Crescent。推门进去,仿佛一下穿越到了一百多年前。维多利亚时代的粗砖墙,赭石色的方砖上面是斑驳的粗泥,店里摆放的是木头桌椅。墙角古老的火炉正烧得旺旺的,给春寒料峭的夜晔啪出很多暖意。酒吧里很热闹,人们在用餐,也有少数在喝酒。我去吧台搭讪,调酒小哥告诉我,70 多岁的旧主人两年前去世,新的店主则很少来酒吧。他们年轻一代不了解以前的事,只知道早年这间酒吧以生蚝出名。我点了杯当时女士喜爱的杜松子酒在窗口坐下来,看得到对面 34 号的房子。50 年代中期,战后年轻一代都在追求叛逆和新潮的热情中,酒吧里应该播放着当时风靡的摇滚乐。我一厢情愿地想象着,在最后一封信让友人邢广生要"及时行乐"的黄逸梵,在六十二年前是否也曾推门进来,喝杯杜松子酒听听音乐消遣怡情? 只是那时,暮年的黄逸梵,贫病交加,正饱受苦痛,实在不可能来这酒吧。她或者会从卧室窗口看到这里的灯红酒绿,不知是否会徒增了浮生若梦的伤痛?

三、死亡证书:"画家黄逸梵"

黄逸梵当年入籍英国的资料,在档案馆的资料库可见:姓名 Yvonne Chang(张逸梵),入籍时间 1956 年。关于她确切的去世日期,国内外各种资料都没有记录。我想当然地用 Yvonne Chang 这个名字搜寻,无论如何都找不到线索。一筹莫展之际,突然想起,为何不用黄逸梵的原名试试,在搜寻栏里输入"Yvonne Whang",电脑马上显示:"黄逸梵(Yvonne Whang),单身女性,……1957 年 10 月 11 日逝世于伦敦帕丁顿圣卢克医院……"

搜寻显示的信息并不完整,我于是申请了一份死亡证书的拷贝,15 个工作日后就收到了。这是一份在帕丁顿区登记注册的死亡证书,证书编号为 DYE349505,死亡时间为 1957 年 10 月 11 日。证书上显示,黄逸梵是在帕丁顿圣卢克医院(St. Luke's Hospital)去世的。

死亡证书上显示黄逸梵的年龄:52 岁。如果按 1896 年出生来看,这个年龄是错误的。但联系前面找到的黄逸梵入籍证书就顺理成章了。这一年的 3 月,黄逸梵还在工厂上班。

证书还显示了前往申报黄逸梵死亡的,就是遗嘱执行人 Cecilia Hodgkinson。黄逸梵在伦敦也还有其他交情不错的朋友,比如上文提到的巴登夫人。但她偏偏指定远在东萨塞克斯乡下的 Cecilia 料理后事,是因彼此交情更深,或因她更年轻能干? 原因未知。

非常有意思的是,在死亡证书的职业一栏里,注明的是"An Artist(Painter)"(画家)。是黄逸梵自己交代的,或 Cecilia 认识的黄逸梵就是一位画家? 1932 年到 1936 年的四年间,黄逸梵在法国曾学画,且是留法艺术学会的会员。1948 年她曾在吉隆坡坤成女中教手工。如今住在马来西亚槟城的忘年闺蜜邢广生,还保留着当年黄逸梵设计的梳妆台和旗袍,一看就不由得让人赞叹其构思之精巧。旗袍选用的是黄逸梵最钟爱的蓝绿色布料,东方式的短袖旗袍融入了现代因素,非常简约大方,并以改良的西式外套代替传统中式披肩,用大开领凸显出里面旗袍的立领和斜隐扣。在林方伟《张爱玲母女皆爱一抹蓝绿》一文中,有黄逸梵设计的梳妆台的照片。试衣镜与梳妆柜极有创意地融为一体。照及全身的长镜子可自由调节角度,下方是富有东方风情的雕花设计,打破了通常镜子的单调。底座是左右分格的储物小抽屉,中间用别致的弧线设计连接,实用且巧妙。虽然至今为止,我们还未曾找到任何黄逸梵的画作。但从两件作品来看,黄逸梵的艺术天分极高。1949 年到英国两年后,黄逸梵就下厂做工了。期间不知她是否也曾一度重拾画笔。但做女工,显然是不得已的谋生。做画家,才是她本性所在。

而最让人讶异的,是在死亡证书上的名字竟然是 Yvonne Whang,而不是入籍时的 Yvonne Chang。她 1957 年 10 月 11 日去世。在 10 月 1 日她签署的遗嘱上,也清清楚楚用了 Yvonne Whang 的名字。这距离她使用张逸梵(Yvonne Chang)入籍英国,才只有短短一年时间。

在生命最后的日子里,黄逸梵可能终于大彻大悟:家庭也好,丈夫也好,孩子也好,都是外在的,都和自己无关了。她不是张太太,也不是别人的母亲,她只是她自己,如此而已。于是,她又决然地"离"了一次"婚":在遗嘱上抛弃了前夫的姓,签下了 Yvonne Whang(黄逸梵)。连死亡证书,她都交代好了用 Yvonne Whang,这个代表了自由与梦想的名字。这一次,她是真正的离婚了,把用了多年的张太太的身份彻底抛下。从此,她和张家没有关联,也不再受生计的羁绊。一生爱自由的黄逸梵,临终时终于完整地做回了自己。

出生时,她叫黄素琼;结婚后,她叫张素琼;出国后,她叫张逸梵;告别人世时,她叫黄逸梵。姓,是她少女时代的本姓。名,是她自己取的,来自英文 Yvonne。Yvonne 是 1900 年代西方最受欢迎排名第七的女孩名字。最初来源于法语 Yves(iv),指一种用来制造弓的红豆杉木 Yew。能屈能伸,柔韧独立,如同红杉树一般,大概这就是黄逸梵钟爱这个名字的原因所在吧。

黄逸梵真是一个谜一样的女人。和入籍证书一样,这份死亡证书也迷雾笼罩。上面显示她的死因是 La. Carcinoma of Ovary,也就是通常所说的卵巢上皮细胞癌。邢广生老师在采访中回忆说黄逸梵患的是胃癌。难道是邢老师记错了?又或是黄逸梵在刻意隐瞒?

卵巢癌,又被称为"沉默的杀手"。这种病在早期一般觉察不出来,除了腹部肿大、食欲不振,没有明显症状,通常会被误认为是肠胃不舒服。等确诊往往就已晚期。也难怪1957年3月6日的信中,黄逸梵还没有提到任何病症。或是因早期还未确诊,黄逸梵告诉邢老师是胃病,等到确诊后也不曾更正。

黄逸梵的私生活,我们所知甚少,或许能在《小团圆》的蕊秋身上,看到些影子:蕊秋身边从不缺男友,从教唱歌的意大利人、到初恋情人简炜,到英国律师、英国医生、法国军官、法国的牙医……书里与蕊秋关系密切的情人远远不止十个。但悲哀的是,他们对她的兴趣大都只是性。

《小团圆》里还有一个令人震撼的细节:母亲为了患伤寒而住院的女儿的医药费,竟牺牲自己,违心地去陪主治的德国医生睡觉。"楚娣便又悄悄地笑道:'那范斯坦医生倒是为了你。'九莉很震动。原来她那次生伤寒症,那德国医生是替她白看的!"当时九莉十七岁,蕊秋的钱也用得差不多了。为女儿而委身他人,小说中写蕊秋是不情愿的,她对病床上的九莉咒骂,说应该让她"自生自灭"。而张爱玲在《天才梦》里,写到自己16岁那年,母亲从法国回来,对她说"我懊悔从前小心看护你的伤寒症"。很显然,张爱玲是在幼年时得过伤寒。她把伤寒的故事搬来放在小说的这个情境中,显然加上了虚构。张爱玲是有意要表达母亲的牺牲。类似的,《小团圆》中还写到蕊秋从法国回上海后,时常给在法国的漂亮男友菲力写情书,双方感情甚好。菲力是法科学生,大概也在等着蕊秋回去。但当时九莉与父亲闹翻后投奔蕊秋,蕊秋或因此无法回法国,经济负担也大增,言语间竟提到要给九莉介绍男友。"九莉想着蕊秋这样对她是因为菲力,因为不能回去,会失去他。是她拆散了一对恋人?"聪明而敏感的张爱玲,可以为了考试得最高分而猜测教授出题的心思;同样,她与母亲相处,也是过得小心翼翼,时时猜度母亲的感受,想象自己可能给母亲造成的任何负担,不仅在金钱及身体上,还有母亲的恋情上。虽是母女,张爱玲从未觉得母爱是理所当然的,而是带着疏离和不甘心的。她总感觉自己是母亲的负担,总想着要还清亏欠。

蕊秋不仅周旋在一个又一个的男友之间,还打过很多次胎。《小团圆》中的楚娣说:"二婶不知道打过多少胎。……疼得很。"当时打胎都不是去正规医院的,每一次都性命攸关。张爱玲自己也曾打过一次胎,与《小团圆》里九莉的遭遇相似。很多次打胎,真是令人惊悚的经历。蕊秋在两性关系中付出的代价也未免太惨烈了。这些小说里的情节,多多少少夹杂着黄逸梵真实的私生活。为了自由和爱情,勇敢的黄逸梵,走出了封建婚姻的禁锢,却走不出作为女性的身体困扰。她最终因卵巢癌而离世,像是一种女性宿命的暗喻,给其传奇人生更添了一抹悲剧色彩。

死亡证书显示黄逸梵在圣卢克医院过世。我搜查资料,发现当时伦敦有三所圣卢克医院(St Luke's Hospital)。

St Luke's Hospital for Lunatics,创立于1751年,二百多年来一直都是疯人院,里面都是无法治愈的精神病患者,都来自社会最底层。19世纪中后期开始,除了精神病患者,医院也开始收留平民及中产阶级的肺结核及癌症末期病人。但从1930年开始,这所医院就搬到离帕丁顿大约 11 英里的 Woodside。而当时死亡登记,往往按距离就近申报。如此看来,黄逸梵并非在此病故。

另一所圣卢克医院是创立于 1800 年的 St Luke's Hospital for the Clergy,位于伦敦的 Fitzroy Square,距离帕丁顿只有 1.8 英里。但这是一个专门为教堂神职人员及家属提供服务的疗养院。2014 年后转售给私人医院,现在是伦敦顶尖的整容医院之一 MYA St Luke's Hospital 的所在地。但黄逸梵并非传教士或神父的家属,来此的可能性很小。

伦敦卫生与热带医学院(London School of Hygiene and Tropical Medicine)的 Nick Black 教授,是研究英国医疗及健康服务的专家。我发现他关于伦敦已消失医院的研究资料,谈到现已消失的伦敦圣卢克医院,于是写信向他求助,很快就收到了回复。根据我提供的线索和资料,他很肯定地告知,黄逸梵临终的圣卢克医院应该是在摄政公园(Regents Park)附近的 St. Luke's House。死亡证书上所说 Hospital(医院),更确切地说应是 Hospice(临终关怀医院)。

这所圣卢克医院全称叫 St Luke's House(home for the Dying Poor),也曾叫 St Luke's Hospital for the Dying Poor。医院成立于 1893 年。创办人是一位叫做 Howard Barrett 的医生。这是英国第一个由医生开设的临终关怀医院。当时只有四个病房十六张床位。病房布置得很整齐美观,像中产阶级家庭的卧室。房间里有盆栽、摇椅、图画和书本,窗前种有雏菊和天竺葵。房子后的小院子被改造成一个花园,环境舒适干净。病人在此可得到悉心照顾,温馨而有尊严地度过生命中最后的几十天时间。

19 世纪末时该医院隶属于 Barrett 医生曾工作过的西伦敦的卫斯理教会,但收取的病人并不局限于教徒,所有贫苦者都可以申请。这里只收仅剩三四个月生存期的临终病人,而且只有人品值得尊敬的(respectable)才会被接受,一切护理和照顾都免费。当时来这里的临终病人,通常是上层的工薪阶层,以及低层的中产阶级。他们的职业通常是:公司职员、警察、工匠、机械师、印刷工人,也有律师、会计师、牧师。女性病患的职业多是家庭教师、裁缝、洗衣工、护士及家庭女佣。

后来,再次查阅 20 世纪 60 年代的伦敦地图时,我发现 St Luke's Garden 对面,还有一所 St Luke's Hospital,地处 Sydney Street 和 Britten Street 交汇处,而且与当时女性专科医院 Women's Hospital 比邻而居。如今该处是 Royal Brompton & Harefield Hospital,是心脏和肺部的专科医院。我再次去请教伦敦卫生与热带医学院的布莱克教授 Nick Black。他很肯定地回复说,这家医院地处切尔西,不太可能被划分到帕丁顿。黄逸梵过世的那家圣卢克医院,应该就是之前在摄政公园旁边的圣卢克临终关怀医院。

20 世纪 20 年代初,圣卢克临终关怀医院搬迁到赫里福德路(Hereford Road),并且在二战的轰炸中幸存。二战后医院重新开放,延续了之前的宗旨,并成为国民医疗服务体系的组成机构。医院并不大,当时只有四十八张病床,大部分都是癌症末期的病人。1957 年 9 月的某一天,机械女工张逸梵被送到这里,度过了她人生最后一个多月。

由于是慈善医院,护理免费,但病人入院时需交付 10 先令的押金。若康复出院,则退还费用;若亡故,则用于处理相关身后事。当时 1 镑等于 20 先令。黄逸梵那时做工的周薪 7 英镑,10 先令实在不会是一个负担。

这所医院于 1985 年关闭。两幢医院旧楼被推到后,重建的住宅楼叫 Evesham House,有 25 套两个或三个房间的公寓。当时医院若仅有四十几个床位,空间该是很充裕。病房应该也是像 50 Osnaburgh Street 旧址一样,布置得像中产阶级家庭的卧室,有花有草,温馨舒适。黄逸梵看中英国的福利制度,才在1948年底重回英国,那时她52岁。邢广生回忆1948年的黄逸梵,"虽然放了脚,走起路来还真不好看,我猜这是她拒绝别人追求的原因之一"。重看这句话,我不禁猜测,黄逸梵可能从那时起就不曾再恋爱。决定赴英度晚年后,是独身到老。即使老来一文不名,英国免费的医疗以及人性化的临终关怀,也可以保障她有尊严地死去。从离家出走到告别人世,黄逸梵的每一步都安排得细致周全。

Black 教授告诉我,这所圣卢克医院没有自己的墓地。火化及安葬事宜,皆由病人的亲朋自行安排。黄逸梵过世后,友人 Cecilia 把她安葬在不远处的墓园里。

四、遗嘱:"永远流浪的犹太人"

黄逸梵出国带了十几箱子古董。张爱玲最后收到的是一大箱子遗物。除了邢广生在采访中提到,黄逸梵的一部分古董在巴黎被战火炸毁了,其他的古董去了哪里呢?

英国政府部门的网站非常完善,可以查询到各种文件,包括遗嘱。知道黄逸梵临死用的姓是 Whang 以后,很快我就找到了她的遗嘱。政府部门办事虽然速度慢,但很可靠。10个工作日后,我就收到了遗嘱复印稿。这是一份律师手写的遗嘱,字迹非常潦草。我费了很多精神,才终于厘清了遗嘱的大致内容。

黄逸梵的遗嘱是1957年10月1日在律师见证下立的。这应该是她在9月被送到圣卢克医院后不久的事。10天后的10月11日,黄逸梵去世。Cecilia Hodgkinson 是遗嘱执行人,也是她去申报了死亡证书,办理了遗体火化及安葬。当时 Cecilia 已婚,居住在东萨塞克斯。

黄逸梵虽被张爱玲形容为生性"自由散漫",处事却自有其人生智慧,身后事安排得井井有条。在遗嘱里,她这样交代遗产的分配:

首先是给一位叫做 W. William Wagstaff 的朋友五件古董,用来抵偿曾经的借贷。这五件古董为:一个白釉大瓷瓶、一大两小雕花盒子、一个中式柜子。

黄逸梵在给邢广生的信件里曾提到自己一文不名。从遗嘱可知果真如此。虽医疗免费,但薪水不足以维持生活,她也很可能没有领取社会福利,需要举债度日。用五样家传古董来偿还的债务,应该也是相当可观的一笔数目了。欠债还钱,黄逸梵临终首先惦记的是这笔债务,可见为人相当有信用。

第二条,是关于 11A Upper Addison Gardens 家中的物件。黄逸梵交代得非常细致,把该住处的窗户、墙壁、天花板、地板上的装饰物,包括家具、窗帘、挂饰,以及煤气灶、热水器、吸尘器,都留赠给一位叫 Louisa Lilliam Engel 的朋友。

黄逸梵选择远在东萨塞克斯的 Cecilia 为遗嘱执行人,家里的日常物件则全给了 Louisa。她大概认为 Louisa 可能用得上这些物件,亦会爱惜这些遗物。Louisa 和 Cecilia 住在东萨塞克斯郡的圣雷奥纳多(St. Leonard's on Sea)小镇。两人同在教堂路(Church road),一个住27号,另一个27A。她们之间是什么关系?我百思不得其解。于是花了很多时间去寻找相关资料。

终于,我找到了两人的遗嘱和死亡证书。由此得知,Louisa 生于1884年,与黄逸梵年纪相仿。1970年她86岁时死于心肌梗死,生前是一位房产经营者,去世时住址仍是27 Church Road。从遗嘱上看,Louisa 生活小康,在伦敦和乡下各有一处永久地产,有定期来工作的园丁和日常护工,还留下两万多英镑的现金遗产。其名字准确拼法是 Louisa Lilian Engel,黄逸梵在遗嘱中把 Lillian 中的 n 错写为 m 了。

我也惊喜地从 Louisa 的遗嘱里发现,原来她和 Cecilia 竟是一对母女。Cecilia 婚后从夫姓,所以从姓氏上看不出两者关系。Louisa 寡居多年,有两个女儿。或许大女儿 Mollie 的经济状况不甚佳,母亲在遗嘱里把两处房产、信托基金及大量现金都给了她及其子女。小女儿 Cecilia 很可能是为了方便照顾母亲,而搬来同住,在一楼 27A。Cecilia 经济上很宽裕,曾拿出 600 英镑,帮母亲的房子安装了全新的取暖系统。母亲在遗嘱里特地交待还给 Cecilia 这笔钱,并吩咐大女儿,若 Cecilia 喜欢,可在 27A 继续居住。但母亲过世后,Cecilia 就搬到 1.2 英里外的 86 Filsham Road,大概是自己原来的家,那是一幢都铎王朝风格的漂亮别墅。

除了和姐姐共同继承母亲的汽车,Cecilia 只分到 600 英镑。但 Cecilia 显然毫不介意。她是一位经营五金的业主,善于投资和经营,事业非常成功。她的丈夫早逝,两人没有孩子。1997 年 Cecilia 去世,留下非常可观的财产,包括 8 万多英镑现金,及圣雷奥纳多小镇上的四处房产,法院估价近 120 万英镑。这在当时是一笔巨额资产。Cecilia 在遗嘱里,除了给员工、友人、慈善机构的捐赠,大部分财产都留给了姐姐及其七个子女。她周到而细致的遗嘱里,充满了对姐姐一家人的温情。这和张爱玲对弟弟张子静的不闻不问,有天壤之别。

Louisa 和 Cecilia 彼此的付出与回报,温润而平和,是母女之间应该有的样子。类似的金钱往来,在张爱玲母女之间,却充满刺痛与冷漠。张爱玲总想着要还清母亲的牺牲。母女关系,亲仇交加。《小团圆》中的九莉攒了二两金子要还给母亲,蕊秋心里仿佛中了一剑:女儿不是要还钱,是要一刀两断各不相欠。1957 年黄逸梵病重,拍电报望见女儿最后一面时,张爱玲说"无法去"。1955 年张爱玲入境美国时,就有了绿卡,她并非因出入境的限制而无法去。没钱、没时间,这些理由在母女之情的天平上,未免显得太轻太轻。

对待母亲及弟弟,张爱玲未免显得不近情理地冷漠。而 Cecilia 对家人却极其温暖体贴。黄逸梵与 Louisa 母女相交往时,一定也知晓她们和睦有爱的家庭关系。不知那时她内心是否隐隐作痛?

Cecilia 在遗嘱里希望把遗体捐给医学机构做研究,或把骨灰撒在纪念花园,就像当年黄逸梵一样。可见,不设墓穴,并不一定是穷人的选择。我去查询过,Cecilia 的骨灰撒在 Hasting 当地的纪念花园了,和黄逸梵一样化尘伴落英。

圣莱奥纳多(St. Leonard's on Sea)是 19 世纪初有钱人的度假胜地,距伦敦一个多小时车程。我曾坐火车去寻找线索。如果 Louisa 的后人还在的话,说不定还能看到黄逸梵的遗物。小镇在一个缓和的山坡上依势而建,与法国隔海相望。如今镇上很少有度假客,非常寥落寂寞,居民大都是上了年纪的老人。Cecelia 和 Louisa 曾住的教堂路(Church Road),一片破败黯淡。这条街都是两三层楼的简单排屋,典型的战后风格。我上下坡来回走了十几遍,唯独找不到 27A、27 号。25 号对面 Cherry Tree Close 路转角,是一幢颓败却依稀可见昔日荣光的别墅,在这片简陋的房子中显得鹤立鸡群。我前去敲门。里面住着一家阿拉伯人,不会说英文。一眼望进去,房子里杂乱而阴森。他们比画着,过分热情地拉我进去吃东西,我赶紧告辞。

在回伦敦的火车上,我快快倚着窗,看着乡村早春光秃秃的树丛,一簇簇向后快速退去,暗淡的夕阳掠过树枝、掠过牧场,在高高低低的电线上忽隐忽现,又在远处的丘陵暗处苍白下去。六十多年前临危受命的 Cecilia,应该也坐火车去伦敦的。她比黄逸梵年轻十几岁,1957年时她48岁,是既有社会阅历又有办事能力的年纪。当英格兰南部的原野划过车窗时,不知她回想起了哪些前尘往事。

27 Church Road 如何会神奇消失？我写信到小镇理事会查问。主管房屋建设的官员很快回复,并寄来了1938年的小镇地图。根据记录,27 Church Road 那时是一家叫 Priory Hotel 的酒店。显然 Louisa 就是老板。Louisa 去世后不久,酒店就被拆除了。重建后的房子,就是那家阿拉伯人住着的破旧大别墅。

Louisa 在遗嘱里,提到她在伦敦的房产 3 Mill Hill Grove Acton。这幢房子在伦敦第三区,距黄逸梵 11A Upper Addison Garden 的住处只有 2.6 英里,很可能也是酒店或供出租的公寓。黄逸梵或曾是其房客,双方因而结成了朋友,后或为找更便宜的住处才搬离。抑或 Louisa 母女当时就住在伦敦,与黄逸梵相识。后来 Louisa 回到海滨小镇,Cecilia 也跟着回乡与母同住。不管如何,难得的是,此后多年,黄逸梵与这对母女都保持着亲密的友情。

黄逸梵去借贷的这位 W. William Wagstaff,遗嘱上显示其住址是在 Hodsoll Street near Wrotham Kent,位于伦敦东南部与肯特郡之间的一个区域。武汉的陈万华先生在英国 ancestry 网站查到,1949年9月黄逸梵搭乘槟城出发的半岛蒸汽航船公司客轮抵英,入境卡地址一栏填写的是：c/o Stubble Down, Hodsoll Street, Wrotham,正是遗嘱上这位威廉先生的地址。上海历史博物馆的刘华在《上海地方志》上发表过一篇文章《物是人非：雕塑家魏达生平述略》,提到威廉早年毕业于英国皇家艺术学院,是一位造诣颇高的雕刻艺术家,还是一位极具商业天分的企业家。1920年,他就到杭州艺术专科学校任雕塑教授。张子静曾提到母亲年轻时就在上海跟人学雕塑。很有可能黄逸梵当时就是师从威廉。威廉后来在上海创立魏达洋行,并扩展到香港（由长子唐纳德负责打理）和新加坡（由次子亚历克负责经营）等地,专业提供铜像翻铸服务。上海苏州河边四川路桥畔的邮政总局大楼群雕像就出自其手。

林方伟通过考察追溯,发现这位威廉曾是黄逸梵的旧交。在2021年2月21日联合早报《张爱玲母亲的新加坡情人》一文中,林方伟考证到1941年黄逸梵在新加坡期间,就住在位于林肯路35号的魏达父子洋行（W.W.Wagstaff & Sons）。根据张子静回忆,黄逸梵当时的情人名叫维葛斯托夫,正与威廉父子的姓氏魏达 Wagstaff 相符,但至今没有证据显示是父子三人中的哪一位。大约不是父亲威廉（William Wagstaff）。林方伟的文章推测是次子亚历克（Alec Wagstaff）。但黄逸梵比其年长十几岁。从年龄上来看,似乎是长子唐纳德（Donald Wagstaff）更相近。或许这也是黄逸梵最后一次恋爱。但无疑,黄逸梵与威廉一家的交情匪浅,在困顿时也曾借贷周转。

根据林方伟的查考,威廉的女儿远嫁澳大利亚,时任香港海军志愿后备队上尉的大儿子唐纳德于1941年在香港死于二战的炮火,小儿子亚历克在新加坡沦陷后,于1942年被日军作为战俘送到泰缅修建铁路,1943年殁命时仅36岁。威廉大约在此后就回到英国,但境况大不如前。从档案馆的资料来看,他似乎不曾继续经营在远东发展起来的家庭生意。黄逸梵1949年到1957年在英生活期间,老威廉还是在此居住。60年代初老威廉卖了 Stubble Down 的房子,搬到苏格兰去生活了。大约因为靠近他家族的其他亲人,也或因北部房价及生活费用都更为便宜。

谷歌地图上显示,Stubble Down 是一幢非常漂亮的独立洋房,前后都有很大的花园。一看就是很殷实的人家。2021年2月,伦敦卫生与热带医学院的布兰克教授（Nick

Black)建议我,不妨写信去问问现在的屋主,说不定能有什么收获。我按照地址寄了一封信去碰运气。新屋主很快就回信了,他名叫June Dinmore,是在五年前买下的房子。前一任屋主1961年买下的屋子,当时是"shell",经过彻底翻新整修才有了今天的模样。June非常抱歉说无法提供更详细的资料,因为前任屋主不曾对之提及老威廉。"shell"是什么?布兰克教授告知说,shell是非常破败的屋子,只是残留的墙壁和屋顶。大约是老威廉在卖房之前,早就搬去北方,而此处已荒废经年,年久失修。根据档案资料,1963年老威廉去世,临终时遗产是830英镑,与黄逸梵的遗产数额差不多,看起来经济状况也极为一般。之前他借贷给黄逸梵,想必也是真情援助。

在当时的英国,要变卖中国古董可能也并不容易。所以黄逸梵最后还有不少古董留下来。大概一方面懂行的人少,相应地得"善价"机会很少,另一方面黄逸梵亦舍不得廉价出售。邢广生在1957年9月1日那封没有寄出的信里写道:"……金钱方面我不能做主。不过我会尽我的力量。要是我们不能全部买下,我会设法找人介绍给马来亚大学或者南洋大学……而且尽快请管钱的人赶快把钱给你。"黄逸梵在7月30日的信里说住院一切免费,又托邢广生代为出售自己收藏的线装书和字画,不知是否为了偿还上面W. William Wagstaff处的借款。

遗嘱的第三条和张爱玲有关。黄逸梵交代说其余剩下的一切物件和财产,都归于居住在美国彼得堡帕尔尼大街(25 Pine Street, Peterborough N.H., United States of America)的女儿赖雅·爱玲。

关于黄逸梵给张爱玲的遗产,《小团圆》里这样描写:"(蕊秋)故后在一个世界闻名的拍卖行拍卖遗物清了债务,清单给九莉寄了来,只有一对玉瓶值钱。这些古董蕊秋出国向来都带着的,随时预备'待善价而沽之',尽管从来没卖掉什么。"

黄逸梵的遗嘱是在11月4日经英国高等法院认证的,显示黄逸梵遗物的毛价值为1 085英镑12先令6便士。应该是黄逸梵留下的古董及其他值钱物件的估值或拍卖所得。而根据《小团圆》里的"清了债务"这句话,或许可以推测,除了上面说到的借贷,黄逸梵可能还有别的欠债。又或者是留给W. William Wagstaff的五件古董不足够抵债,以至于拍卖了古董后又一次扣除了剩余的债务?或者是扣除了遗产税?无论如何,黄逸梵最后遗产净值在遗嘱上显示为776英镑14便士。而在当时,大约是一个普通工人两年多的薪水,并不是一笔巨款。根据英国国家统计局的通货膨胀率及综合价格指数计算,776英镑相当于今天的18 554英镑。

我们无从得知,张爱玲是否收到过从英国寄去的现金。张惠苑编写的《张爱玲年谱》上提到,张爱玲在1958年2月27日才得知母亲去世的消息,并收到从英国寄来的大箱子,里面的遗物中包括古董。而这些古董,张爱玲一共变卖了620美元。难道是说,当时黄逸梵遗留的古董并未拍卖?法院估值后,扣除一些债务和丧葬开销,Cecilia就把价值776镑的遗产未经拍卖就全部寄给了张爱玲?或者只是拍卖了一部分?赖雅日记提到收到英国寄来的两百八十美元,在黄逸梵的遗嘱里却看不到相关线索,不知从何而来。

《小团圆》里接着写道:"但是她(九莉)从来没看见过什么玉瓶。见了拍卖行开的单子,不禁唇边泛起一丝苦笑,想到:也没让我开开眼。我们上一代真是对我们防贼似的,'财不露白'。"尽管这部小说带着作家极强的自传色彩,但张爱玲笔下对人物还是作了很多处理,而且她一向不在小说中掺入作家的感情,而喜欢"让故事自身去说明"。在上述文字里,蕊秋过世,面对遗物的九莉,显出对蕊秋的猜忌与隔阂,却没有任何丧母之痛。

而现实生活中,收到母亲遗物的张爱玲打开箱子,屋子里弥漫着一股悲伤的气息,她忍不住失声痛哭。司马新在《张爱玲在美国——婚姻与晚年》一书中这样描写:"因为张太太早早离婚,又出国旅行,与张爱玲相聚时期不长,但她是张爱玲在海外唯一的家人,而国内亲人又不能有联络,因此闻讯后她很伤心。"

在得知母亲病重的1957年8月,张爱玲开始用英文创作《雷峰塔》和《易经》,花了近六年的时间才完成,笔墨着重在琵琶的母亲杨露身上。1975年6月左右,张爱玲开始写《小团圆》,一年后写完,几乎是重写《雷峰塔》和《易经》中关于母亲的全部故事,连各种细节都几乎一模一样。"志清看了《张看》自序,来了封长信建议我写我祖父母与母亲的事,好在现在小说与传记不明分。我回信说,'你定做的小说就是《小团圆》'"。张爱玲在1976年4月4日致宋淇夫妇的信里这样说。但其实《小团圆》写她祖父母的故事就那么寥寥几句,着墨最多的人物,除了有张爱玲自身影子的九莉、影射胡兰成的之雍,就是她母亲黄逸梵的化身蕊秋。

台北皇冠出版社在2010年9月推出了张爱玲的《易经》《雷峰塔》的中文版,译者是赵丕慧。知名学者张瑞芬在前言《童女的路途》中,这样写道:"一般人总以为父亲和胡兰成是张爱玲一生的痛点,看完《雷峰塔》与《易经》,你才发觉伤害她更深的,其实是母亲。"

早期张爱玲笔下的母亲形象,大都心理扭曲。在张爱玲笔下,与母亲形象交织在一起的,是金钱和性这两个非常刺激的主题。张爱玲发挥过人的写作天才,把金钱和性对于人性的腐蚀,变幻出了各种姿态,让笔下每个母亲形象,呈现出各不相同的复杂内涵。

早期,作为配角而出场的那些母亲形象,比如《花凋》里的郑太太、《倾城之恋》里的老太太、《十八春》里的顾太太、《琉璃瓦》中的姚太太、《封锁》中吴翠远的母亲,虽然都只有寥寥几笔,但张爱玲让我们窥见,因金钱利益而显得冷漠残忍的母亲形象。《沉香屑·第二炉香》中的蜜秋儿太太,是因畸形性教育观念而断送女儿幸福的一种极端。《沉香屑·第一炉香》中姑母梁太太,被张爱玲写出了更大的破坏力,她腐蚀年轻的葛薇龙,使之自甘堕落沦为娼妓。可这些,都还远远不够。张爱玲让母亲形象作为主角,隆重登场了一次,那就是深得夏志清赞赏的小说《金锁记》。故事里的七巧,在金钱和性的双重折磨下,变成了一个极度变态的母亲。黄金变成了枷锁,而长年累月对性的渴望,转化成剧毒的母爱:七巧向儿子长白打听儿子媳妇床笫之欢的细节,逼死媳妇;又千方百计阻挠女儿长安的恋爱,亲手断送长安的幸福。张爱玲把因为性和金钱而导致的人性扭曲写到了极致。

而当我们读到《小团圆》的蕊秋时,会低声惊呼何其似曾相识。在蕊秋身上,我们找得到张爱玲以往所有小说中母亲形象的根源。或许,《小团圆》之前的创作,张爱玲都只是在拿蕊秋的某一个侧面,一次一次再创作。而母亲黄逸梵,或正是张爱玲创作这些母亲形象的灵感来源。

小说中写第二次回国的蕊秋,表面上看起来依然光鲜亮丽,内心已经开始扭曲了:安竹斯教授救济了九莉八百块奖学金,她不免怀疑九莉是用上床去换来的;而和九莉常在一起的比比,蕊秋怀疑是和女儿在同性恋;蕊秋也会闯进浴室,偷窥九莉的裸体;即使作风新派,蕊秋却极为暧昧,忌讳用"快活""碰""干""坏""高大"等可以有性联想的词语。最为变态的,是蕊秋把女儿当成潜在的情敌,直到觉得没有竞争风险了才假装提起要给九莉说媒。这与七巧千方百计阻挠长安恋爱的变态,简直一脉相承。原来,《金锁记》里的曹七巧,有一部分竟是从蕊秋身上脱胎而来的。

张爱玲幼时，应和普通孩子无异，天真活泼。母亲虽缺席，但有爱护她的奶妈和佣人。长大后，眼见了大家族的衰亡，及繁华生活里的勾心斗角，并在香港沦陷的战火中亲历生死，她的心逐渐变得冷漠。胡兰成在《今生今世》里说"她从来不悲天悯人，不同情谁，慈悲布施全无"。令张爱玲变冷漠，最早该是幼时被父亲毒打监禁的经历，那家里"楼板上蓝色的月光，那静静的杀机"。她在《私语》里写道，"等我放出来的时候已经不是我了。数星期内我已经老了许多年"。逃到母亲家后，弟弟带着白球鞋也来投奔，母亲无法收留他，弟弟只好哭着回去，张爱玲说当时有"咳呛下泪"的感觉。她当然是爱弟弟的。

如果说张爱玲对母亲有很多恨的话，有相当一部分或是为了弟弟。《小团圆》中写到蕊秋才生下九莉不久，就与教唱歌的意大利人有暧昧，有了私生子九林。但蕊秋对九林并不用心，只指望着丈夫乃德会养育。可惜乃德并不曾用心栽培这唯一的男嗣，连营养不良或生病也不关心，有时还往死里打，迟迟不送他去学堂读书，长大后甚至没有给他娶亲。《小团圆》里写九莉把蕊秋给的一撮不起眼的宝石交给九林，"他脸上突然有狂喜的神情。那只能是因为从来没有人提起过他的婚事。九莉不禁心中一阵伤惨"。如同张子静是张家最不被爱的人一样，九林才是整部《小团圆》里最可怜的人。张爱玲在《易经》和《雷峰塔》里写了陵的肺结核，虚构了弟弟的早逝。不知是否在说，弟弟庸碌地活着，与夭折了无异，而故事背后，潜藏着深深的谴责：或正是母亲的自私，造成了弟弟一生的悲剧。

《易经》与《雷峰塔》最初是以英文写成的。张爱玲素来对人物名字十分讲究，而从英文版"陵"的名字"Pillar"，我们更容易看到张爱玲的用意。Pillar，是房屋的顶梁柱，是整个家族甚至国家的支撑。这个名字里是中国传统文化对男性寄托的家国重任。幼年的琵琶早早就意识到男女之间的强烈不平等。《易经》里的每个故事都在反复渲染张爱玲心中女性在旧时的社会处境，无论是家中的佣人，或是看似尊贵的小姐太太，都无一幸免地被贴上无足轻重的标签。"陵"本应成为中流砥柱，却体弱多病，且反讽地在因着旧时代盛行的肺结核而夭折。不能不说张爱玲是由此来表达某一种态度。而在这样一个几乎令人窒息的封建传统文化的背景里，杨露（或《小团圆》中的蕊秋）及现实中的黄逸梵，她们的出走和自我追寻就更显得非同寻常。

张爱玲用参差的笔法，一次次重构着她笔下的母亲形象，不曾手下留情，也没有全部抹黑。到塑造杨露（或《小团圆》中的蕊秋）时，张爱玲笔下的母亲形象对金钱的态度有了很大的不同。蕊秋出生富贵。童年时代良好的家境，让她的心里充满善意，长大后也不会像穷出身的七巧，把黄金变成枷锁。至中年落魄时，她并不穷凶极恶，或唯利是图，不然她大可收下九莉的二两金子。即使为钱所困，她也并不轻易找个男人当长期饭票，而始终是一个爱情的理想主义者。或许，母亲的过世，使张爱玲内走向了平和，给读者还原了一个比较真实的黄逸梵。

生活中的黄逸梵，对张爱玲在金钱上并未吝啬过。1936年，黄逸梵从法国回到上海。1937年，张爱玲从父亲家逃离，投奔母亲"去后我家里笑她'自扳砖头自压脚'，代背上了重担"。当时经济已不怎么宽裕的黄逸梵，不仅收留了张爱玲，更是花重金请英国考官做私人教师，帮张爱玲备考英国的大学，并且打算好了要负责女儿出国的费用。一方面是对女儿教育的大笔支出，一方面是自己无法负担在国外的开销而被迫回国，黄逸梵内心的焦灼感，总会时不时在言辞中掩饰不住，想来也是很正常。但年少敏感的张爱玲受到了极大的刺激，甚至在心理上形成了某种障碍。到了晚年，即使在宋淇夫妇处存的版税达三十多万美元,张爱玲也仍保持着极其简陋的生活,家徒四壁。

五四运动倡导自由与个性解放,当时大多数中国女性,且不论底层,连有些身份教养的,也大都习惯性地在男性本位的传统思想下毫无自我意识地生存。要按照自己的意志自由生活,从来都不是件容易的事。有觉悟、有条件、有勇气出走的是极少数。个性自由的前提,首先是思想独立,其次是经济独立。这两者像一个魔咒,在一百年后的今天,依然同样煎熬着无数当代女性。黄逸梵对自我的执着追寻,让她有超越时代的先锋意识。而陪嫁的古董和财产,让她幸运地有了行动的自由,使她在一百年前就大胆地走出了婚姻,也悲怆地挣脱了几千年来传统文化对母职的道德束缚。

虽无力违抗家族安排的婚事,亲生父母早逝的黄逸梵,一身孤勇,无所顾忌,不屑所谓的身份名誉,爱上南京一个年轻外交官,并果断请了洋人律师办了离婚,在20世纪20年代这"跟家里出了科学家一样现代化"。但对方为了仕途娶了个年轻的女大学生。此后,黄逸梵有过好几任外国男友,虽皆无果,生活却并不随便。她一生追寻爱情,只是再未步入婚姻。

放弃为人母的日常陪伴,是黄逸梵出走的第二部分。可贵的是,她非常坚定地关注了女儿的教育问题。在子女教育问题上的选择,黄逸梵显然带着女性主义倾向,对同为女儿身的张爱玲更为用心,而将儿子的培育寄托在为父者身上。1928年从英回沪后,黄逸梵不顾丈夫极力反对,将女儿送入当时美国人创办的黄氏小学插班入读六年级。1931年,她又作主将张爱玲送入上海最好的贵族学校之一圣玛丽女中。张爱玲在此全寄宿读书七年,"得到自由发展,自信心日益增强";1936年黄逸梵从巴黎回国后,高价请英国老师帮张爱玲补课备考,并最终送女儿去了香港大学读书。正是黄逸梵在教育上的远见与坚持,成就了日后的张爱玲。但在谋生与谋爱双重压力下的黄逸梵,未能将自己妥善置放在母亲的角色里,在与女儿的短暂相处中,缺少平和稳定的情绪,这对张爱玲一生的性格、情感和创作都产生了巨大的影响。而没落中的夫家疏于培养子嗣,未曾送张子静进学堂,也不关心其婚配,致使张子静平庸一生,孤独穷老。这一双子女遭遇的伤痛,是黄逸梵追求自我付出的惨重代价。

晚年的黄逸梵,虽举债度日,但依然慷慨、有情有义。据萧依钊编辑的《杏坛芳草:永远的老师邢广生》里记录,邢广生怀孕没多久,就收到黄逸梵"捎来的包裹,是给她女儿的洋娃娃。包裹里边还有一块布,包了些'礼轻情意重'的小东小西,是原本镶在首饰上面像米粒般大小的玉石,估计黄逸梵迫于环境窘困而拿着首饰去变卖前拆下的。她不留着自己周转,反将之赠给邢广生……"去世前一个多月,黄逸梵在1957年8月29日的信里写道:"等我回到家我就找两张小照给婉华,一张是我年轻的,一张是新近的,使她有机会见见干娘……"这是黄逸梵写给邢广生的最后一封信。里面对于干女儿婉华,充满了浓浓的母爱。而同时,亲生女儿终究未曾前来面见。但尽管如此,黄逸梵还是在遗嘱里,把遗产悉数留给了张爱玲。

黄逸梵第一次出洋,带着巨大的悲伤。张爱玲在《私语》中写道:"上船的那天她伏在竹床上痛哭,绿衣绿裙上面钉有抽搐发光的小片子……绿色的小薄片,然后有海洋的无穷尽的颠波悲恸。"黄逸梵抛下的,不仅是不如意的包办婚姻,还有年幼的一双儿女,及舒适的生活。而她要面对的,则是一个全然未知的陌生环境。即便如此,她也还是走了。第二次出洋前,黄逸梵坚定地离了婚。在种种争吵后,她抛下丈夫儿女,只身前往巴黎学油画。在最早走出家门、走出国门的先驱女性中,黄逸梵无疑充满了反抗封建婚姻、追求自我价值的勇气,在当时具有划时代的意义。同时,她的勇气和反抗,是建立在祖传古董的经济基础之上的,带着从旧时代子宫里来的软弱和局限。

到最后一次回国时,黄逸梵的出洋大概变成了逼不得已。《小团圆》里写到第三次出国,蕊秋钱财散尽,国外生活费用高昂,国内亲戚朋友的态度已显冷淡,上海虽然是故乡,却住不下去了:"这次回来的时候是否预备住下来,不得而知,但是当然也是给她气走的。事实是无法留在上海,另外住也不成话。……一向总是说:'我回来总要有个落脚的地方',但是这次楚娣把这公寓的顶费还了她一半,大概不预备再回国了。"楚娣笑着对九莉说:"倒像那'流浪的犹太人'——被罚永远流浪不得休息的神话人物。"

鲁迅曾预言娜拉出走后的结局:要么堕落,要么回来。幸亏,黄逸梵有许多的古董,可以说走就走;她也够独立,在千金散尽后能泰然地去做工谋生。她没有堕落,也没有回来,演绎出了鲁迅不曾料到的第三种结局:流浪。和蕊秋一样,黄逸梵像被下了咒语,一辈子无家可归。出走后的黄逸梵,并没有找到想要的爱情,可能找到了自由。但这放逐般的流浪,恐怕也并非是黄逸梵所苦苦追寻的自由吧。

五、墓地:"藏着泪珠撒手人间"

黄逸梵的墓地,一直不为人知。几个月来,我阅读了大量档案资料,查访了许多教堂、医院和其他机构,始终都没有线索。我请教了几位做历史学研究的学者,得到的经验是英国人往往就近埋葬在教堂墓地。他们曾寻找一个在晚清中国担任驻华领事的英国爵士 Robert Hart 的墓地,在仅知大致区域的情况下,一家家教堂挨个查询,花了整整一年多的时间才终于找到。

实在没有其他的线索,因此我从伦敦帕丁顿附近的教堂开始搜寻。花了一个多月的时间,终是一无所获。于是,寻找墓地这件事,就一直搁置下来了。四月的一天深夜,我睡不着,起来继续查阅资料。可能是上天眷顾,我竟然发现了黄逸梵的火化信息,显示她安葬在肯萨尔绿色公墓及西伦敦火葬场(Kensal Green Cemetery & West London Crematorium),所葬位置是在爱德华八世国王雕像前。一刹那,我十分感慨:被遗忘了太久的黄逸梵,终于找到了。

次日正是复活节,墓园关门四天。后又琐事缠身,直到4月25日我才有时间去探访墓园。25日上午,应伦敦读书会之邀,我在唐人街的查宁阁作了《张爱玲笔下的母亲形象以及现实中的黄逸梵》的讲座。原以为伦敦不会有很多听众对黄逸梵感兴趣,结果反响出乎意料地热烈。听众多是为人父母的中年人,对黄逸梵与张爱玲的母女关系深有感触。讲座的交流一直持续到午餐的饭桌上。从唐人街到墓地,大约要四五十分钟,饭后我匆忙出发,赶在墓园办公室关门之前到达。

肯萨尔绿色公墓及西伦敦火葬场建立于1833年,是伦敦最早的商业公墓,至今已有近两百年的历史。当时由于伦敦人口增多,教堂墓地不能满足所需,于是就建造了这个大型独立墓园。当时还发起了墓园的建筑设计比赛。由于墓园商业公司的主席喜欢新古典主义风格,因此没有采用比赛得奖的设计,而是另请了当时知名设计师 John Griffith,按了他所设计的希腊复兴风格来建造。无论亡者是否信教,都可申请在园中指定区域入葬。

整个墓园占地72英亩,有超过6.5万个墓穴,大约25万个逝者在此安息。若无人指引,直接闯入墓园逐个查找,要找到黄逸梵的墓地几乎不可能。我决定先去墓园办公室查询。因为有之前找到的火化记录,心里充满信心,想着先去买一束鲜花,到时可供奉在黄逸梵的墓前。到最近的花店步行需要十几分钟,我风风火火地赶去。没有黄逸梵最喜欢的蓝绿色,我就选了一束素雅的纯白玫瑰配碧绿冬青,直奔墓地办公室。

墓园的大门建于1905年,大理石的拱门静穆庄严,两侧上方是希腊式的雕塑。办公室就在门口。我走得浑身大汗,抱着鲜花闯进办公室,按响了桌上的铃铛,工作人员闻声出来。我笃定地拿出资料,告知要寻找这位女士的墓穴。片刻后,去查询的工作人员回来,告知电脑系统里没有相关的具体记录。我的心咯噔一下,满怀热切的期待顿时变得冰凉。正感失落之际,另一位资深工作人员走过来,说根据我提供的火化记录,黄逸梵应是安葬在墓园西南角的火葬场,她的骨灰撒在那里的纪念花园(Gardens of Remembrance)。由于园中种满了玫瑰花,也叫玫瑰花园。若足够幸运的话,我或许还能找到刻着她名字的石碑。但六十二年过去了,石碑不一定还存在,要试试运气。

西伦敦火葬场的入口,在墓园的另一端。当时是下午4点一刻,离墓园关门还有15分钟。从此处到墓园西入口有两站路,步行需20分钟。我道谢后拿起墓园地图,抱着花束一路飞奔。幸运得很,正好有一辆黑色的士开过。我拦车跳上,五分钟后就到了墓园西门。一下车,四月的夕阳依然炫目明艳,一阵风吹来,我浑身的汗顿时变成一阵寒意。

教堂旁的墓园大铁门敞开着,望进去一片葱郁,林深不知归处。和巴黎拉雪兹神父公墓一样,伦敦的肯萨尔绿色公墓也是新古典主义风格,有引人注目的希腊复兴风格的教堂及廊柱。教堂采用古希腊建筑中的多利克(Doric)柱子来代表英国国教,而用带涡卷的爱奥尼亚(Ionic)柱子来代表非教徒。墓园中种满了常青树及各种灌木和花卉。很多考究的墓穴上有宗教主题的漂亮雕塑,也有很多简单平实的墓穴,上面只竖着一方十字架,或什么都没有。这里埋葬着王子、将军、公爵、勋爵、政治家、艺术家等众多贵族及名人,也安息着传教士、间谍、仆人,及许许多多普通人的灵魂。

园中的主干道很宽敞,容得下旧时的两辆马车并行。黄逸梵安息的纪念花园应该在墓园西南最深处。园中人烟稀少,我凭感觉辨着方向往里疾走。虽与黄逸梵非亲非故,却总有一种莫名的情愫在牵引着我。若以年龄而论,黄逸梵是我的曾曾祖母一辈。在我心里,她却永远是那位在海船上凭栏远眺的窈窕少妇。那是一位牵挂儿女而踏上归程的母亲,也是一位说着流利英语勇敢追梦的现代新女性。近一百年后的今天,无数女性依然经历着同样的纠结:苟全在无爱的婚姻里,还是为未知的爱情去冒险?是要为儿女牺牲做无私的母亲,还是潇洒肆意地去做自己?黄逸梵早在20世纪20年代,就艰难地作了她的选择。

1948年在吉隆坡时,黄逸梵曾送了几帧照片给闺蜜邢广生作留念。其中一帧:黄逸梵穿着立领滚边的旧式锦袄,缀着珠饰,一身豪门千金的贵气。看年纪约莫其结婚前后。按传统,未出阁的闺秀应梳辫子;为人妻者梳髻。但照片上的黄逸梵却一改旧俗,剪着五四时代清爽的学生头,但精致地烫了刘海戴了珠花。再若细看,伊人朱唇艳丽,但双眸忧伤。这张照片写满了各种剧烈的冲突:传统与现代、中国与西洋、守旧与革新、美丽与哀愁,恰似百年前追求个性解放的一代女性先驱的写照。黄逸梵一生都处在这些矛盾中,一次次出走与归来。一端是故国,是为人母的天性、血脉传统的根基;另一端是他乡,是寻找自我的各种探索,是西方现代文明。她那份超越时代的出走,是自由,也是放逐;是自我的追寻,也是内心的割裂。

这位民国时代勇敢出走的娜拉,显示出了与男性同样强大的选择能力和自由意志。

黄逸梵令人敬佩的地方,并不在于有钱时的任性,或韶华中的飞扬;而是一贫如洗时的泰然,是芳华不再时的自强。她可以下工厂做粗活自食其力,可以在举债度日时还怀着开咖啡店的梦想,在走到绝境时依然写下自己是一位画家。作为五四一代最早寻求自我价值的女性先驱,黄逸梵身上的独立与冒险精神,对爱情、自由与美的追求,彰显着每一位女性所能期待的最闪亮的生命之光。

西伦敦火葬场现在依然在使用中,但看不到烟囱。一楼的教堂有人在做祷告,我就没有进去,而是从侧面绕道,竟走到了背后的纪念花园,又恰好停步在两堵刻着20世纪50年代末去世者名单的石碑墙前。这清冷的墙上,密密麻麻排列着几百个逝者的名字。1958,1957,我的眼睛快速地扫过,这么接近的年份,让我心里充满了期待。从左墙的右半部分开始,大约上百块石碑,从左到右,从上到下,我睁大眼睛仔仔细细检查了两遍,确认没有看到 Yvonne Whang,这才把目光移到左半部分。

或许是黄逸梵在冥冥之中引领着我,这次我竟然一眼就发现了她的名字。那是一方小小的朴素石头,上面简简单单地刻着:In loving memory of Yvonne Whang, Died 11th October 1957。哦,原来你在这里。我的心不禁一阵欣喜。墙面"冷而粗糙,是死的颜色",让人想起地老天荒的那堵浅水湾的墙来。

被遗忘了半个多世纪的黄逸梵,应该不曾想到,会有人穿过时光的尘埃寻觅她的芳踪。这么多年了,这位民国时代就勇敢出走的新女性,形单影只,栖身在这大西洋的岛国,这一方古老墓园的林深处。但细想之下,黄逸梵一直都像林中的玫瑰,花开花落,径自芬芳,何必在意是否有人知晓。

墙面是波特兰石(Portland stone),分成密密的几百个石碑。每个石碑面积只有4×10英寸,相当于16开纸一半的大小,无法刻太多字。这里的碑文刻写是大体统一的格式。但黄逸梵的是最简单的一种,没有落款、称呼,也没有多余的词语。前后左右,也有少数和她一样;更多却是充满温情的,比如"in loving memory of my dear husband","in memory of a loving husband and father","in loving memory of our dear mother",相较之下,黄逸梵的碑文显出一种不被珍爱的悲怆。若当年张爱玲来了伦敦,碑文上是否也会添上"my dear mother"的字样?又或者晚年黄逸梵有一位真心爱她的伴侣呢?

黄逸梵在去世后的第四天被送到此处火葬场。那是1957年10月15日。出席葬礼的,只有两人:一位是Cecilia,另一位是当时在英进修的马来亚女生何容芬。她是邢广生的学生的妹妹。何容芬目前尚健在,居住在澳大利亚。林方伟曾多次尝试联络,希望能够采访她,但都被她拒绝了。她似乎有难言的伤痛,非常不愿回首当年的往事。在她们两位的见证下,墓园工作人员把黄逸梵的骨灰,轻撒在纪念花园的绿草间。

黄逸梵辞世在十月,夏花正凋零。我去拜访时是阳春四月,纪念花园里玫瑰绽放、绿草青翠,落目皆是春,仿佛生命的永远盛开。我轻轻徘徊在草间小径,生怕吵醒了脚下千万个沉睡的灵魂。风吹来,遍地青草摇曳,每一株都仿佛娉婷着那位傲然独立的东方女子。

不知是无奈还是绝情,张爱玲未曾去伦敦见母亲最后一面。但她于8月22日得知母亲病重,就开始用英文创作《易经》。该书一开篇就是讲母亲:"琵琶没见过千叶菜。她母亲是在法国喜欢上的,回国之后偶尔在西摩路市场买过一次,上海就这个市场有得卖。她会自己下厨,再把它放在面前。美丽的女人坐看着最喜欢的仙人掌属植物,一瓣一瓣摘下来,往嘴里送,略吮一下,再放到盘边上……"在母亲临死之际回忆她的一生,张爱玲脑海中闪现的,是一位能下厨、也能诗意怀旧的"美丽的女人"。这种千叶菜,如含苞的荷花呈心形,药用时可做催情剂。杨露爱吃,大概心里藏着对法国恋人的思念。"有巴黎的味道,可是她回不去了"。《易经》的母亲杨露是因为负担不起在法国的生活费而回国的。在这些表述的背后,有怀念,有欣赏,也有感激和自责,是张爱玲对母亲极为复杂的感情。

在9月5日写给邝文美的信里,张爱玲说快要写完《易经》第二章了。10月15日那天,她应该也是在写关于母亲的故事吧,不知是第三章"母亲节到了……"或是第四章"有天晚上她跟着母亲与姑姑去看表舅妈……"?

皇冠新近出版了张爱玲的书信集,在《纸短情长》中我们得以窥见张爱玲对母亲的温情:"一向'心绪不宁',也是因为我母亲来信说患癌症入院开刀,不幸开刀失败……"并提到"那女巫作家在三个月就曾经预言这一切,灵验得可怕"。也就是说1957年7月初时张爱玲就知道了母亲将遭的劫数,那时大洋彼岸的黄逸梵正约刚入院不久,而此后张爱玲一直心神不定。何尝不是母女连心?1957年8月,张爱玲收到母亲病重的来信,随后便着手用英文创作《易经》。1975年又开始用中文写《小团圆》。都是有关母亲黄逸梵的故事。张爱玲用其余生的二十几年,以自己的方式,在文字里与母亲一次次重逢与告别。

黄逸梵虽生于名门,但出世前父亲就死了,母亲也只活到二十几岁,由嫡母抚养长大。她可能从未品尝过亲密的父母之爱。女儿张爱玲,从小由奶妈带大,且因自幼过继给大伯,对母亲只是以"婶婶"相称,亦无太多肢体上的接触。东方人的亲情可能大都如此,与骨肉至亲在身体上都保持着距离。黄逸梵在欧洲多年后,应对洋人见面拥吻的习俗很熟悉,不知为何,回国后也依然跟女儿疏远着。很难想象她每天会拥抱一下女儿,像洋人家长般说"我爱你"。《小团圆》里描写有一次蕊秋抓着九莉过马路,双方都感觉古怪,九莉"没想到她手指这么瘦,像一把竹管横七竖八夹在自己手上,心里也很乱",是母女间令人心痛的陌生和疏离。尽管心里彼此爱着,但双方都端着矜持,从未放下,因而生出各种互相的猜忌和恨来。如今,母女双双都已"藏着泪珠撒手人间",不知是否会在天堂深情相拥?

伦敦旧时墓园,有两种出租方式:一种是墓穴,可以安葬,租期八十年;另一种是只有简单刻字的石碑,没有存放骨灰的空间,租期二十五年。到期之后,若有人要购买这个空间,到期的墓穴就会被平整;若是石碑,亡者的名字就会被抹去。

黄逸梵的石碑,当年是友人Cecilia支付的费用,租期二十五年。之后,不曾有人给她续交过租金。何其幸运,六十二年过去了,黄逸梵的石碑依然还在,静静地,留着她在人间的最后一丝痕迹。

若要续租,墓园可继续保留黄逸梵的石碑十年。十年后,若再要续就再办理。我联系了余云和林方伟,大家当下决定一起出钱为黄逸梵续租。十年的租金是234英镑。我在第一时间去了墓园办理。墓园工作人员把我们的名字录入他们的电脑系统,非常好奇地问:"你们是这位女士的家人吗?"我告知了前因后果,她们大为感动。虽无血缘关系,但我们与黄逸梵有缘。开始寻找黄逸梵晚年踪迹时,并不曾料想到,我们三人竟会以这样一种奇异的方式,在黄逸梵的人生记录里留下痕迹。

十年之后,我们会继续为黄逸梵续租。我们活多久,就为她续多久。黄逸梵和女儿张爱玲,她们的传奇,将一直静静地躺在许多人的记忆里。

2019年9月初稿,
2021年9月16日修改于伦敦

专辑·郁达夫研究

李杭春

编者按

　　这里是一组郁达夫史料专辑，收录近期发现的郁氏佚文考证和佚事索隐多则。

　　随着各平台对民国文献数字化工作的持续投入，近现代作家的佚文佚事也从尘封的报刊中步入人们的视野。2017年秋，浙江省第二期文化研究工程启动，《郁达夫年谱》被列入浙籍现代作家年谱项目，忽忽四载，及今告成。感喟于前辈们倾心搜集编定郁氏简谱（王自力、陈子善）、年谱（陈其强）和长编（郭文友）的艰辛努力和展拓之功，今天的我们赶上了年谱编修的好时代，无声的史料，诉说着一代文人际遇的坎坷和传奇，以及那种自带光芒的可贵人格。

　　本专辑里，除了宋新亚博士关于郁达夫福建演讲的考证，郁谱作者李杭春、郁峻峰对郁达夫佚文《两夜巢》、佚诗《游桐君山口占》的考证，以及郁达夫北大、安大任教，徐州、皖南劳军的几篇考索，无不是郁谱修订的额外收成，也是与一个真实灵魂对话的结果——的确，他不仅仅是一个作家。

郁峻峰

在"青春的骚动——郁达夫与名古屋"学术讲座上的发言

大家都知道,郁达夫的《沉沦》作为中国现代文学史上第一部白话小说集,具有很高的文学史意义,该小说集包含《银灰色的死》《沉沦》和《南迁》三篇小说。其中《银灰色的死》在收入集中以前是在《时事新报》发表过的,时间是1921年7月。而小说集《沉沦》直到1921年10月15日才由上海泰东书局出版。因此,郁达夫最早公开发表的小说,应该是《银灰色的死》。

据于听先生《说郁达夫的自传》所言,郁达夫自进入名古屋八高,特别是改医科为文法科后,因大量阅读西洋文学而创作欲望空前强烈,于听先生曾在他的《郁达夫风雨说》中说到,郁达夫在日记中有多篇小说的构思,如《樱花日志》《东都旧忆》《相思树》《还乡记》《紫荆花》《夕照湖闲居记》《哭诉》《金丝雀》《病中岁月》《两夜巢》等等,还有日文小说"三川"·变形。其中,《两夜巢》的文本,已收入国内浙江大学出版社2006年10月版《郁达夫全集》。据于听先生对《两夜巢》的判断,"那已是一篇故事相当完整的白话小说,大概离《沉沦》的出世也就不远了"。今天,我主要谈的是该小说(姑且称之为郁达夫的早期试作,因为毕竟在收入《全集》以前没有正式发表)与名古屋的关系。

一、《两夜巢》的创作时间

先说一下该小说的发现过程。2005—2006年,我受浙江大学出版社委托,主编《郁达夫全集》日记卷与书信卷,期间征得同意,查阅一直由家族保存的郁达夫早年日记。在郁氏1919年日记本中,赫然发现自2月18日至20日,完整记录了《两夜巢》的文字。其中,18日日记前端有《两夜巢》(断片)的原文,此日最后则写有"待续"字样;19日日记中间有"两夜巢稿待续",后又同日续写,最后又有"待续"字样;20日终于写完,且有"两夜巢完"的记录。正好,本人正在编撰《郁达夫年谱》,当于2021年7月出版,现将《年谱》中有关日期的郁氏行踪选摘如下:

2月15日 夜接东京信,浙江省教育视察团于明日10时到名古屋。

16日 与同乡三人迎视察团于离亭,宿大松旅舍。

17日 与视察团参观名古屋市内小学校,"倦极愤极"。

18日 作旧诗《赠梅儿》。当日开始创作早期小说试作《两夜巢》。

19日 作旧诗《别隆儿》。

20日 《两夜巢》完稿。该小说手稿创作于郁达夫1919年日记本上,一直由郁达夫原配夫人孙荃珍藏于富阳老宅。2006年由郁达夫长媳陆费澄女士誊清提供。

6月13日　学校停课,以便学生复习准备毕业考试。
14日　毕业考试第一日,考试科目为修身历史。
16日　考日本古文及汉文。
17日　考德文及法学通论。
18日　考德文及德文诗说。
19日　考英文。
20日　为毕业考试最后一天,考德文。
25日　作旧诗《别戴某》。
26日　晚九时,高等学校毕业生姓氏发表,郁达夫顺利得以毕业。
27日　赴弥富访服部担风,与之辞行。
7月1日　赴东京。晚十一时到达。

很明确,郁达夫于6月14日参加毕业考试,26日学校发表毕业生姓氏,郁"及第",7月1日离开名古屋前往东京。由此可见,该小说的创作,无疑是在郁达夫八高求学时期。

二、《两夜巢》的创作背景

小说讲述的是主人公发种种的少年和同乡同学阳明学者、乳白色的半开化人一起,接待来自祖国家乡的教育代表团,入住大松旅馆二晚,期间主人公与侍女梅浓之间发生的故事。查郁达夫1919年2月16日日记,记有"夜接东京信,识浙江教育视察团于十时到此间,与同乡三人往迎之于离亭,遂宿大松旅社",17日记有"与视察团观市内小学校,倦极愤极"。虽然这两天的日记极其简要,但为小说创作的背景提供了可靠的依据。

为此,笔者查阅了有关浙江省教育史的记载,据浙江教育会大事记(1907.9—1926.11),1918年1月,寒假期间,省教育会发起寒假旅行日本教育视察团,人数32人。分三团,分别考察普通教育、实业教育社会教育,2月5日,由上海出发,经长崎、下关、神户、东京,历箱根、名古屋、西京、大阪、门司到朝鲜,由朝鲜回国。"是行所至,遍受欢迎"。对照上面的日记,时间上差了一年,但创作背景应该是不会错的。

那么会不会是第二年浙江教育又派团来了呢?带着这样的疑问,笔者又查阅了1918年有关资料。果然,在1918年3月8日致孙荃(明信片)中提及"适浙江省教育会员来日本视察,为作舌人,忙碌数日,刻已返回中国"。

由此,我们可以基本论定事实确实像推测的一样,1918年、1919年,郁达夫都接待了来自浙江的教育代表团,并以此为背景,创作了小说《两夜巢》。

三、小说中的主要人物

据笔者达夫日记,2月16、17日两天,郁达夫确实入住在大松旅馆,这一点与小说一致。而除主人公外,小说中最主要人物,那个"十七八岁的少女",也确有其人。理由如下:1919年2月至5月间,郁达夫有三首诗是赠予"梅儿"这一日本少女的,分别是《赠梅儿》《留别梅儿》《留别梅浓》。

赠　梅　儿

淡云微月恼方回,花雾层层障不开。好事春风沉醉夜,半楼帘影锁寒梅。

1919年2月18日　日本

留 别 梅 儿
淡云微月旧时盟,犹忆南楼昨夜筝。侬未成名君未嫁,伤心苦语感罗生。
1919 年 2 月 20 日　日本

留 别 梅 浓
莫对菱花怨老奴,老奴情岂负罗敷。一春燕燕花间泣,几夜真真梦里呼。
苏武此身原属汉,阿蛮无计更离胡。金钗合有重逢日,留取冰心镇玉壶。
1919 年 5 月 4 日　日本

其中的《赠梅儿》诗后作者自记:"今晨书欲以之赠梅儿,梅儿不受。梅儿姓篠(当年于听《说郁达夫的〈自传〉》作 DIE)田名梅野,歧阜产也。鼻下有黑痣,貌清楚可怜,年十八矣。"这一点,与小说中表述的"她本来叫梅浓,先在××县,去年九月才到这旅馆来的"也基本一致。

在其日记中也发现了关于梅儿的简短记载:1919 年 3 月 21 日归遇隆儿、梅儿于途,为之自失者久之。

综上所述,郁达夫的早期试作《两夜巢》基本上是以发生在名古屋大松旅馆的真实事件为背景创作的短篇小说,这一点应该是可以确定的。

李杭春

郁达夫的北大岁月

1923年10月至1925年2月,郁达夫在北大任教;1929年7月至1931年4月,郁达夫又屡有北上教书之念。相对来讲,北大岁月是郁达夫研究中的一个盲点。他在北大三个学期,任课多少、是否兼职、如何交游;后来系念北大,又有怎样一个曲折经过,似乎都还存在不少的模糊和空白,给认知和了解郁达夫这个阶段的创作和人生轨迹带来困难。借编修《郁达夫年谱》的契机,我们通过查阅当年档案、报刊以及诗人同事、朋友的日记、书信,尝试将这段往事的叙事线索略作一些织补。

一、郁达夫的北大任课表

(一) 众所周知的统计学讲师

郁达夫的北大教职是东京帝大校友陈启修推荐的,因其将往苏联作"俄情考察",邀请郁达夫接任其统计学课:

> 这是在《创造日》创刊后不久的事。北大教授陈豹隐要赴苏联,他所担任的统计学,一星期有两个钟点,他打电报来请达夫去担任,充北大的讲师。[①]

其时,陈启修是北大法学院政治系主任。1923年10月,陈启修先赴欧洲德国、法国、比利时等国考察各国政治经济情况,后进入苏联东方大学进修,调查俄国情形,1925年下半年从苏联回国。

> 那年夏天,北京大学教授陈启修要去苏俄,电促郁达夫接任,教的是统计学等。那时候,他们的创造社正因为要在"季刊""周报"之外更出"创造日"而忙得不可开交。接到这个电报后郭沫若是劝他不要去,理由之一为北方门户之见甚深,门户之势已成,难以发展;二为撑天柱一走,创造社无人维持。成仿吾却是赞成郁去的,理由是好朋友应向各处去开辟新天地,采取散兵线的战术。郁自己呢,表示得尤其坚决,大有非去不可之意。[②]

郁达夫东京帝大经济科毕业,讲授统计学尚称专业对口;加之北大作为第一高等学府,有一个不同于上海的"红顶学人"圈子,其对文人郁达夫的吸引力自不待言,因此尽管郭沫若提醒再三,屡为其"大才小用"不值[③],郁达夫本人也有心理预期,但仍有"非去不可"之坚决。

---

① 郭沫若《再谈郁达夫》,《书报精华》1948年5月第41期。
② 吴一心《战时教育文化人员殉难志略:郁达夫》,《中华教育界》1947年复刊第一卷第3期。
③ 郭沫若《创造十年续编》,《革命春秋》(《沫若自传》第二卷),海燕书店1949年7月刊行,第199页。

上北京来本来是一条死路,北京空气的如何腐劣,都城人士的如何险恶,我本来是知道的。不过当时同死水似的一天一天腐烂下去的我,老住在上海,任我的精神肉体,同时崩溃,也不是道理。所以两个月前我下了决心,决定离开了本来不应该分散而实际上不分散也没有办法的你们,而独自一个人跑到这风雪弥漫的死都中来。当时决定起行的时候,我心里本来也没有什么远大的希望,但是在无望之中,漠然的我总觉得有一个"转换转换空气,振作振作精神"的念头。①

1923年10月1日,北京大学向郁达夫发出北大讲师聘书。② 10月8日,陈启修与法律系主任何基鸿一同启程,"首途赴欧"③,第二天郁达夫即抵北京。10月18日,郁达夫开始为经济、政治、史学三系学生上统计学课。④ 这是一门为三系二年级学生开设的专业基础课,每周二学时,最初安排在周四,但第二周(10月24日)就有注册部公告称,"郁达夫先生所授政治系、经济系、史学系统计学,原在星期四下午三时至四时,现改在星期二上午九至十时"⑤。所以郁达夫第二次开课,应该是10月30日那个周二了。

"我到京之第二日,剃了数月来未曾梳理的长发短胡,换了一件新制的夹衣,捧了讲义,欣欣然上学校去和我教的那班学生相见。"⑥这里所叙述的到京第二日就去与学生相见的时间不一定准确,因为同一封信里,郁达夫又有这样的描述:"到北京之后的第二个礼拜天的晚上,正当我这种苦闷情怀头次起来的时候,我把颜面伏在桌子上动也不动地坐了一点多钟。后来我偶尔把头抬起,向桌上摆着的一面蛋形镜子一照,只见镜子里映出了一个瘦黄奇丑的面形,和倒覆在额上的许多三寸余长、乱蓬蓬的黑发来"⑦,显然这里有自相矛盾的地方,但是无论如何,初任北大,诗人充满希望和兴奋的状态和心情还是可见一斑。

统计学课的上课地点在北大第三院。"当时位于北京北沿河的北京大学第三院主要是政治、经济、法律三系学生上课的地方",冯至于10月18日下午准时走进一座可容八九十人的课室:

里面坐满了经济系的同学,我混在他们中间。……上课钟响了,郁达夫走上了讲台,如今我还记得他在课堂上讲的两段话。他先说:"我们学文科和法科的一般都对数字不感兴趣,可是统计学离不开数字。"他继而说:"陈启修先生的老师也是我的老师,我们讲的是从同一个老师那里得来的,所以讲的内容不会有什么不同。"⑧

但这第一讲"刚过了半个钟头,他就提前下课了,许多听讲者的脸上显露出失望的神情"⑨。到了这年冬天,郁达夫向旧友陈翔鹤直言不讳,"谁高兴上课,马马胡胡的。你以

---

① 郁达夫《一封信》,《郁达夫全集》第三卷(散文),杭州:浙江大学出版社,2007年,第73—74页。
② 《北京大学日刊》第1313号。
③ 《北京大学日刊》第1311号。
④ 《北京大学日刊》第1312—1315号。
⑤ 《北京大学日刊》第1322、1323号。
⑥ 郁达夫《一封信》,《郁达夫全集》第三卷(散文),第74页。
⑦ 同上书,第76—77页。
⑧ 冯至《相濡与相忘——忆郁达夫在北京》,陈子善、王自立编《回忆郁达夫》,长沙:湖南文艺出版社,1986年,第62页。
⑨ 同上书,第63页。

为我教的是文学吗？不是的，'统计'。统什么计，真正的无聊之极！"①其实，统计还是那个统计，只是郁达夫已不再是那个郁达夫了。

> 本来从他的声望、地位、资历、成就等等方面来看，他在北京是不应该只得到一个讲师职称的。由于当时都城文化教育界派系林立，壁垒森严，他和各派都并无恩怨，便在他们的相互排挤倾轧中成了三明治。②

之前在安庆法政专门学校，作为东京帝大学生的郁达夫薪资 200 元，当已被给予教授待遇；而此时在北大，身为炙手可热的新文学作家，郁达夫却屈居一介讲师，薪资亦只 100 余元，还常常被拖欠，"实际上拿得到的只有三十三四块"③。这年 11 月 9 日，因政府欠薪 9 个月，北大教职员曾赴前京畿道美术专门学校参加八校教职员全体大会，④不知这支队伍里会不会有郁达夫。

当然更痛彻的悔悟应该是在体会到种种"门户之见"以后。郁达夫初入北大时的热情和期待渐渐消失，"振作振作精神"的初心也未能得逞。尽管努力合作、主动靠拢，尽管小说畅销、文名日盛，他在北大这个"精英"丛林里仍是可有可无。从《北京大学日刊》观察，北大各种研究会、教授会、委员会甚至同乡会，名目繁多，活动频仍，梁漱溟、胡适、陈独秀、李大钊、顾孟余、王世杰、周鲠生、皮宗石、周作人、朱希祖、马夷初、沈尹默们走马灯一样闪耀在各个显豁的舞台，晃人眼目，而哪个机构、哪个舞台都不会青睐作为"讲师"的郁达夫，他感受到了真真切切的"冷遇"。

> 你说我在这北京过度的这半年余的生活，究竟是痛苦呢还是安乐？具体的话我不说了，这首都里的俊杰如何的欺凌我，生长在这乐土中的异性者，如何的冷遇我等等，你是过来人，大约总能猜测吧！⑤

许峨提供的一个观察很耐人寻味。离京一年多后的 1926 年 10 月，郁达夫赴广州途中船泊汕头港，访留日同学彭湃不遇，与一女革命者吴文兰接谈，"郁掏出名片，顺手拿过毛笔，将名片右上角'北京大学讲师'字样涂掉，一面说：'彭湃最讨厌这些衔头。'"⑥其实，这个"讲师"头衔是彭湃讨厌还是郁达夫本人介意，应该是不言自明的。

而从另一个角度讲，郁达夫本人也并不擅长课堂教学。这在他安庆法政学校时期就已经有所流露，此间给郭沫若的信中表达得更是直白：

> 现在我名义上总算已经得了一个职业，若要拼命干去，这几点钟学校的讲义也尽够我日夜的工作了。但我一拿到讲义稿，或看到第二天不得不去上课的时间表的时候，胸里忽而会咽上一口气来，正如酒醉的人，打转饱嗝来的样子。我的职业，觉得完全没有一点吸收我心意的魔力，对此我怎么也感不出趣味来。讲到职业的问题，我倒觉得不如从前失业时候的自在了。⑦

---

① 陈翔鹤《郁达夫回忆琐记》，《文艺春秋副刊》1947 年 1 月第一卷第 1 期。
② 孙席珍《怀念郁达夫》，《回忆郁达夫》，第 75 页。
③ 郁达夫《给一个文学青年的公开状》，《郁达夫全集》第三卷（散文），第 104 页。
④ 参《北京大学日刊》第 1336 号。
⑤ 郁达夫《给沫若》，《郁达夫全集》第三卷（散文），第 89 页。
⑥ 许峨《郁达夫到汕头》，《回忆郁达夫》，第 167 页。
⑦ 郁达夫《一封信》，《郁达夫全集》第三卷（散文），第 75 页。

加之所开课程亦非自己心仪和热爱的文学,讲台上的统计学时间自然比较煎熬。据现有史料,郁达夫的统计学课大约坚持了一个学年。说"大约",是因为1924年4月15日,《日刊》刊有郁达夫在统计学课堂作临时测验的公告一则:

> 郁达夫先生所授统计学定于四月十五日(星期二)上午八至十时即原授课时间在原教室举行临时试验一次。①

临时测验后不久,1924年5月初,郁达夫即南下上海并返富阳,前后十余天。② 这两周时间的课是临时调整了,还是测验并非"临时",而就是结束课程的考试?目前没有找到其他材料加以佐证。不过,这至少可以表明,郁达夫教统计学,延续到了第二个学期。

1923年12月初,刘光一自美回国,这位后来的《现代评论》社成员甫一抵京,即担任北大西洋经济史、财政学总论、经济学选读等课,1924年9月起,担任政治学系第三年级统计学课。③ 或与此同时,郁达夫的统计学课被全面接手。

(二) 鲜为人知的北大英文系教员

一直以来,人们对郁达夫北大岁月的认知大多停留在"教统计学"。郁达夫曾在写给郭沫若与成仿吾的信中表示:"大约我在北京只打算住到六月,暑假以后,我怎么也要设法回浙江去实行我的乡居的宿愿。"④当然,这个"宿愿"并未实行。那一年暑假,他自称"什么文章也不做,什么话也不讲,只是关门坐在家里"⑤。从《日刊》发布的各院系课程指导书看,新学年开学后,郁达夫摆脱了让他头大的"统计",改任北大英文系教员。

10月7日的《北京大学日刊》公布有这学年("十三至十四年度",即1924—1925年度)的《英文学系课程指导书》。在该指导书上,郁达夫名下列有两门课,一是与毕善功、徐宝璜、潘家洵合上的一、二年级公共英文课,"专为便利他系学生继续研究英文而设,读物不求深奥,意义务期明晰":第一年英文,选修者须一年之内读所列小说、戏曲各一种,此外每月须作文一次;第二年英文,则侧重修读散文。另一门课是为英文系第一年级和他系学生选习英文者开设的《戏剧》课。⑥ 他的中学同学徐志摩同在北大英文系,担任的课程是《文学评衡》。

> 我在第一天上郁先生教的《少奶奶的扇子》一出戏剧时,我凝神的注视他:看他的蓬松的头发,面孔现着一副尖利而和爱的样子;等到听□他的声音时,觉到他声音里面时藏有讥刺与不平的声调。⑦

这一学年,北大9月11日开学,本科生22日起开始上课。⑧ 上述授课场景,应该发生在22日开课后第一周的课堂上。

但后来课程指导书公布的同时,注册部公告称这门戏剧课被换作美国人毕善功担任了:

> 英文系一年级戏剧原系两小时现改为三小时,并改由毕善功先生担任,星期三

---

① 《北京大学日刊》第1445号。
② 参郁达夫《给沫若》,《郁达夫全集》第三卷(散文),第89—93页。
③ 《北京大学日刊》第1525号。
④ 郁达夫《北国的微音》,《郁达夫全集》第三卷(散文),第83页。
⑤ 郁达夫《读上海一百三十一号的〈文学〉而作》,《郁达夫全集》第三卷(散文),第87页。
⑥ 参《北京大学日刊》第1536号。
⑦ 基相《读了郁达夫先生底〈给一位文学青年的公开状〉以后》,《晨报副镌》1924年11月20日第277号。
⑧ 《北京大学日刊》第1507号。

五两日时间教室均仍旧,所加一小时在星期一上午第四时授课。①

课程指导书和课程改任信息几乎同步发布,分别是1924年10月6日和7日。也就是发布课程指导书的同时,也公布了毕善功的接替一年级戏剧。虽然公告并未指明被接替教师名姓,只宣布"改由毕善功先生担任",但从指导书看,一年级戏剧课只列有郁达夫一位教员,所以这里应该不会有什么歧义。这个时间,距北大开始上课仅短短两周。

对郁达夫来讲,英文系的这几门课都与他擅长和喜爱的文学相关。戏剧是他一直关注并钟情的一种文艺形式。从1913年在天蟾大舞台第一次接触让他心动的舞台表演开始,后来在上海,在北京,在广州,在新加坡,郁达夫都毫不掩饰对舞台艺术的偏爱;小说更是他阅读最多又多有实践的文学体裁。至南下武昌师范,郁达夫所开课程中亦有戏剧和小说,其授课讲义还被演绎成专书《戏剧论》《小说论》。但《戏剧》课因何原因被接替,是两个年级的公共英文任务太重,还是《戏剧》要改成3课时安排不过来?遗憾的是,就目前掌握资料,这尚是一个无解的未知数。

据《吴虞日记》,1925年2月4日,在出席了几次相当隆重的、由朋友和官方分别操办的饯行宴后,郁达夫辞别北大,南下武昌。② 这年旧历新年早,2月4日已是正月十二,新学期开学在即。北大这年关于寒假放假的"校长布告"是1月8日签发的:"本年寒假照章放二十一日,自一月十九日至二月八日,自九日起照常上课。"③武昌师大应该也相差不远。

不过让人疑惑的是,北大注册部关于郁达夫的辞职布告,却迟至1925年4月13日才由《日刊》公布:"英文系教员郁达夫先生辞职,所授本科第一外国语英文及小说,本星期起均由刘贻燕先生暂代,时间教室照旧。"④这个布告至少包含两个信息:一是此学期(1925年春),郁达夫名下仍有本科公共英文和小说两门课,公共英文是学年课,或由前一学期自然延续,而"小说"是否另开新课,不得而知;二是似乎在"本星期"以前,这两门课仍由郁达夫担任。而事实上这学期郁达夫早已身在武昌,北大开学也已逾俩月。是开学以后郁达夫还曾武昌、北京两头跑,还是《日刊》布告发晚了?晚发布告的原因是什么,两头跑的可能性又有多大?这些线索至今还没能发现更多史料。

据现有史料,郁达夫北大任课表大致复原如下:

表1:郁达夫北大任课表

序号	课程名称	授课对象	授课时间	课时	备 注
1	统计学	政治、经济、法律二年级生	1923.10—1924.6	2	1925.4.15临时测验一次
2	第一年英文	外系一年级生	1924.9—1925.1	不详	与徐宝璜、毕善功、潘家洵共同担任
3	第二年英文	外系二年级生	1924.9—1925.1	不详	与徐宝璜、毕善功共同担任
4	戏剧(英)	英文系一年级和外系学生	1924.9—10	2	两周后被毕善功接任
5	小说(英)	不详	不详	不详	仅见于辞职公告

---

① 《北京大学日刊》第1536、1537号。
② 参中国革命历史博物馆整理《吴虞日记》(下册)第237页,成都:四川人民出版社,1986年,第237页。
③ 《北京大学日刊》第1610号。
④ 《北京大学日刊》第1667号。

二、郁达夫的北大情结

郁达夫的北大体验远谈不上愉快,更多时候,郁达夫讲北京是空气腐劣人心险恶①的,是"万恶贯盈"、让人绝无半点依恋的②:

> 自从去年十月从上海到北京以后,只觉得生趣萧条,麻木性的忧郁症,日甚一日,近来除了和几个知心的朋友,讲几句不相干的笑话时,脸上的筋肉,有些宽弛紧张的变化外,什么感情也没有,什么思想也没有。③

这样沉痛阴郁的文字不禁让人联想郁达夫在北京感受到的不平和伤害,他携《沉沦》《茑萝集》和当红作家的名望兴冲冲前往这个新文学圣地,却不意被冷藏和被边缘化,巨大的心理落差让他陷入到了"欲言又止、欲说还休"的状态。

所以,北大任课一学期后诞生《零余者》,全不偶然。其通过随笔直接表达"袋里无钱,心头多恨"的知识分子尽忠无门、尽孝不能的孤苦无助和内心焦虑,与郁达夫创作中时常虚构的孤独、感伤的"零余者"形象形成了沉甸甸的呼应。因为此时的郁达夫,正身处让他自我认知最低落的人生低谷。

1924年8月创作《薄奠》,正是郁达夫结束统计学课程而转去英文系的那个暑假。小说里那位勤勉、善良的人力车夫和"渺焉一身"的"我"的同时"被社会虐待",不能不让人联想郁达夫耿耿于怀的北大体验。诗人对于底层劳苦民众的"社会主义"的关怀,自通过车夫一家无处寄托的哀伤传递出来,而借以抒发的,无疑是知识分子"同是天涯沦落人"的落寞与愤懑。在这一点上,底层知识分子和底层劳动者一样,都曾在被虐待、被歧视的境遇里挣扎、反抗,闷受"抑郁不平之气",而最终难以逃脱被淹没、被吞噬的命运。

作于1925年1月的短文《一位骸骨迷恋者的独语》也颇值得注意。这是郁达夫离京前写下的最后一篇文字。他在文中称自己为"时代错误者",他像迷恋骸骨一样,迷恋着陈旧而不无快乐美好、单纯自在的过去时代,以忘掉"现实的悲苦";但又每每"自家骂自家",跟不上"同时代的人的忙碌",跟不上剧烈变动的时代节奏,把一种自伤自悼、自责自悔的心理,刻画得入情入理——这算是郁达夫对自己北大岁月的人生总结和经验独白吧。

这一年余间,郁达夫同时任教于德胜门内石虎胡同平民大学,被北京美术专门学校聘为"艺术概论"教员,讲述东西方艺术,此外,他还可能在朝阳大学任教,在燕京大学演讲,可谓非常活跃和努力,也间接证明了自己的实力。

但郁达夫显然有一个力图伸雪"北大讲师"之屈的北大情结。1929—1931年间,郁达夫一度计划再接北大教职,并有移居北平之说,虽为疾病、教职和其他杂事所阻,但其北望之心屡有跃动。

1929年7月12日,郁达夫致函翟永坤,言及将应周作人之召去北大教书。

这是郁达夫关于重返北大的第一次公开宣称。此时,郁达夫已与王映霞定居上海,脱离创造社后,郁达夫除辑编文集以纳版税外,或更期以教职谋生。其时已在上海法科和中华艺术大学兼课。9月14日,汪静之送来建设大学文学系主任聘书;9月17日,又接

---

① 郁达夫《一封信》,《郁达夫全集》第三卷(散文),第73页。
② 郁达夫《给沫若》,《郁达夫全集》第三卷(散文),第89页。
③ 郁达夫《读上海一百三十一号的〈文学〉而作》,《郁达夫全集》第三卷(散文),第84页。

省立安徽大学来电,聘其为文学教授,月薪340元。因薪水可人,遂复电安徽大学答应往教半年。9月19日,郁达夫复函周作人,澄清被谣传将去燕京大学任文学系主任等事,并称将动身去安庆安徽大学。

9月29日午前11时,郁达夫抵达安庆,"本校新聘教授郁达夫先生,业于九月二十九日由沪到校。"①至此,北大行程暂被省立安徽大学横刀夺爱。

其时,北大这边已经做好了准备。红楼门口张贴布告,登记郁达夫所开课程的听课学生:

> 1930年(疑为1929年)秋天,在海滩的北大红楼门口的教务处布告栏上贴了一张布告,大意是说本学期邀请郁达夫先生来校授课,希望听课的同学来登记云云。布告张贴出去后,要求听课的同学蜂拥而至,甚至外校的学生也来要增求旁听。由此足见郁先生的影响之大了,可惜不知为什么他没有北来,使许多青年同学大失所望。②

9月30日晚,北大催促北行的电报从上海转来安庆。郁达夫除请校方打电报加以说明外,又作一书致北大代理校长陈百年,称:

> 顷接由上海转来沁电,敬悉先生招我去北平膺讲席,感激之至。但王星拱先生因安大接手过迟,找不到人教书,硬拉我来此相助。北平电报来时,已在我到安庆之后,所以今年年内,无论如何,是已经不能上北平来了。敢请给假半年,使得在这半年之中稍事准备,一到明年春期始业,定当奉命北上,与先生等共处。此事前已与启明先生谈及,大约此信到日,启明先生总已将鄙意转达。好在北平教书者多,缺席半年,谅亦无大碍耳。③

1930年2月20日,新学期开始后,北大即应约来电,催郁达夫动身赴教;24日,又接周作人来函,催去北大,郁达夫即电复北大校长,允往北大任教。2月26日,北大国文系在《北京大学日刊》刊出通告,称:

> 顷校长得郁达夫先生二十四日复电,已允本学期来校授课。其上课日期及时间俟郁先生莅平后再行宣布。④

而据北大中文系课程指导书,这学期北大给郁达夫排的课是《小说论》,每周2课时。⑤

不幸这段时间郁达夫为痔漏所困,动身不得。3月7日,北大中文系主任马幼渔来信促速去北大,郁达夫复信,仍称将于3月底去北平;3月10日,因知所患为结核性痔漏,"医治颇费时日,或许致命,也很可能",决定不去北平,并托李小峰和陶晶孙作信通知周作人;17日,于第一次割治之后,剧痛稍减,故再专门作书,致函周作人,称:

> 前函发后,已决定北行,但于启行之前,忽又发生了结核性痔漏,现在正在医治,北平是不能来了。已托李小峰和陶晶孙两兄写信通知,大约总已接到了罢?……幼

---

① 《本校教授陆续到校》,《安徽大学校刊》第2期(1929年10月4日),安徽师范大学档案馆编《安徽师范大学馆藏〈安徽大学校刊〉专辑》第3页。
② 张白山《我所知道的郁达夫》,《回忆郁达夫》,第346页。时间当系为1929年秋。
③ 《郁达夫先生致陈代校长函》,《北大日刊》1929年10月14日第2254号。
④ 《国文学系通告》,《北大日刊》1930年2月27日—3月1日第2349—2351号。
⑤ 参《北平各大学的状况》第22页,为"新展丛书之一"。出版信息不详。

渔先生处,乞代告。①

3月27日,《北京大学日刊》正式刊载《国文学系教授会通告》:"郁达夫先生原定本学期到校授课,3月7日曾由沪致马幼渔先生,函定由海北上,约本月底抵平,不料临行之前郁先生忽然患病,暂时中止来平。"②

至此,这节由周作人邀请、马幼渔主持、陈百年招揽的北大教职告一段落。

但郁达夫北大故事并未结束。1931年4月,郁达夫有过一次与家人不辞而别但却在北大学生中间事先张扬的北行。

据1931年3月23日上海《文艺新闻》第2号"每日笔记",郁达夫于1931年3月12日北上北平,或为参与徐志摩邀请之笔会。3月27日晨,周作人得王映霞电,问达夫已到平否。因此前对此事毫无所知,周作人即覆一电,据实相告;次日又去信王女士,询问详情。4月2日,因见《北大日刊》载《国文学会全体大会记录》,会上有临时动议一件,即"郁达夫先生是否能来请函询本系主任"③,特致函翟永坤转告郁达夫之来平,"惟截至今日不见达夫到来,不知何故。大约达夫已离沪,或声言来北平,至于何以未到则是疑问,亦稍令人忧虑也。大约一星期后王女士回信可到,或可知其详情"④。4月5日,周作人再函翟永坤,称已得达夫来信,知曾暂离上海,现已回去。关于功课事亦曾说及,云"暑假之后决计北上,以教书为活,大约暑假前后当有详信奉告"云云。⑤

回沪后,4月7日午后,郁达夫来到上海《文艺新闻》社,"告记者说是为取书籍从北平来,明日有船即再北去。并谓上海各书局现状如此,生活很难,决暂移居北平"。《文艺新闻》还拟了一个《郁达夫移居北平,下年在北大教课》的标题。⑥

当然,小报信息未必十足可靠,郁达夫对报社也未必实言相告,而且看起来更像是随意跑了趟火车,因暑假之后,郁达夫并未有北大之行,但至少,郁达夫对北大的念之系之,当是深藏在其意识深处的。而据4月24日日记:"匆匆二十天中,内忧外患,一时俱集,曾几次的想谋自杀,终于不能决行……"似乎颇能让人揣测郁达夫此一行程的复杂心境。

---

① 参《国文学系教授会通告》,1930年3月27日《北大日刊》2372号。
② 同上。
③ 《国文学会全体大会记录》,《北大日刊》1931年4月2日第2597号。
④ 参《翟永坤启事》,1931年4月4日《北大日刊》2599号。
⑤ 参《翟永坤启事》,1931年4月10日《北大日刊》第2601号。
⑥ 参《郁达夫移居北平,下年在北大教课》,1931年4月13日上海《文艺新闻》第5号。

李杭春

郁达夫安徽省立大学任教时间索隐

一

现在我们能读到的郁达夫1929年9、10月间"断篇日记"到10月6日即戛然而止,这天,郁达夫"从安庆坐下水船赴沪,行李衣箱皆不带,真是一次仓皇的出走",其后俩月未见日记披露;与此相关的,鲁迅也在11月8日致章廷谦的信中称,"达夫……上月往安徽去教书,不到两星期,因为战事,又逃回来了",这无形中给郁达夫的安徽大学任教经历下了一个固定时限,即9月29日到校,10月6日离开,连头带尾不到10天。

传说,郁达夫的"仓皇的出走",盖因不满当局罢免校长刘文典,而招致安徽省教育厅长程天放的攻击,甚至被列入"赤化分子"名单,图谋加害,幸得友人邓仲纯事前通知,得离安庆回沪。时安徽怀宁人洪传经有诗《郁达夫先生授书安大,闻有通缉之令,匆促出奔,诗以送之》相赠:"一书竟报逐高贤,行色仓皇尽室捐。鸱嚇狼贪何日了,与公再结未来缘。"

郁达夫本人称此为"安庆之难"。他在《青岛杂事诗》(第五首注)中记:"遇邓君仲纯,十年前北京邻舍也。安庆之难,蒙君事前告知,得脱。"《避暑地日记》(1934年8月3日)再记:"因去青岛在即,又做了几首对人的打油诗:'京尘回首十年馀,尺五城南隔巷居,记否皖公山下别,故人张禄入关初。'系赠邓仲纯者。与仲纯本为北京邻居,安庆之难,曾蒙救助。"

总之,走得及时。至于这个"难"究竟是"通缉"(洪传经语)还是"战事"(鲁迅语),一时难以证实,本文在此亦存而不议;本文关注的是,这学期郁达夫是否真的不再重返安庆,而能在寒假以后密集索薪并得成功。

我的答案是,郁达夫曾于当年11月、至迟12月重返安庆,继续执教安徽大学至阳历年底。

二

1929年11月2日,郁达夫致函史济行:

> 我于上月因事来沪,不日就要再去安徽教书,大约就在七八天内,一定动身。你若有空,可以前来谈谈。

这通与其他5通书信一起以《达夫书翰》为题,被编入1936年3月16日汉口《人间世》创刊号的短简,或并未引起足够的重视,在普遍认为郁达夫的安徽大学任教经历只有"不到十天"的情况下,人们会认为这里的"再去安徽教书"只是郁达夫对一位文学青年的戏说。

但种种迹象表明,此或非戏说,史济行不仅来访面谈,而且还曾随郁达夫同往安庆。

史济行主编的汉口《人间世》半月刊"在汉口完全独立出版,与上海前所出者,丝毫无关",该刊作者中有周作人、郭沫若、丰子恺、许钦文、李劼人、徐訏、张天翼、宗白华、朱光潜、叶绍钧等,目测队伍相当整齐。而第一期编发的《达夫书翰》与天行(史济行)《梵岛一周记》、鲁彦《紫竹林小札》(王鲁彦致史济行函)诸文,均涉及郁达夫1929年7月的普陀之行,应该都由史济行提供。史济行虽在"窃稿"一事上颇被人微词,但看起来代搜文稿、替人投稿一向是其个人偏好。

比如他的擅自窃取《没落》原稿并替郁达夫刊发,在当年是不大不小的一桩公案。1930年6月14日,郁达夫《没落》开首部分断片刊登在上海《草野》周刊第二卷第11期"中国现代名家作品专号"上,署名"郁达夫",6月21日第12期再刊一部分,两期文末均注"未完"。编者王铁华《前提》中介绍称,该专号"因为稿子多,所以分了上下两期出版":

> 达夫先生是好久不见到他底作品,现在竟能在我们小小草野上读到他底长篇《没落》,或许会出人意外,至于他的内容,是不须我再来介绍了。①

> 编排既竣,我还要郑重申说几句:这两期的稿子,大半是由我们的老友史济行供给,因为他和达夫鲁彦等诸先生都属很要好的知交。②

6月15日晚上,内山完造招饮于"觉林",郁达夫和鲁迅、郑伯奇以及日本新闻工作者室伏高信、太田宇之助,日本中国文学研究者山县初男、藤井元一、高久攀等一同出席晚宴,席上,郁达夫发现被盗窃了《没落》原稿头上的几页。

因为完全不知情,郁达夫颇感气愤。6月17日,郁达夫以未完之创作稿《没落》原稿数页佚失,登《申报》三日重酬找寻,题《私窃创作原稿者赐鉴》,迄能将该稿送还,或报知北新书局编辑所。③ 或在此期间,郁达夫得知"窃稿"者史济行也。23日,在写给周作人的信中即告知文学青年史济行窃稿、行骗情节,并吐槽下半年"也想不再上北平来了,横竖在南在北,要被打倒是一样的",他原是努力着北上教书的。

巧的是,这桩公案与郁达夫的安庆之行有直接关系。后来的《读书月刊》曾有过一则消息:

> 郁达夫自从安徽大学回来后,忽然失去未完成的原稿《没落》一篇,后来忽然相继在上海及宁波的刊物上登出,所以先由北新书局代等(登)广告,代达夫追寻原稿,后来达夫自己在《北新》半月刊登一启事,语多牢骚感慨,闻其底细,在因达夫去年至安庆时,曾与某君同去,回来时,达夫之行李书籍均由某君带回,某君乃并未取得达夫同意,私将其原稿取出发表,以致有些误会云。④

再晚一些,《文艺新闻》也有过报道《偷窃原稿乎?》,基本将史济行视为文稿偷窃者,叙事上似有了不实的倾向:

---

① 王铁华《前提》,1930年6月14日《草野》二卷11号。
② 王铁华《前提(二)》,1930年6月21日《草野》二卷12号。
③ 郁达夫《私窃创作原稿者赐鉴》,《申报》1930年6月17、18、19日连刊三天。
④ 《郁达夫失窃原稿》,1930年11月1日《读书月刊》创刊号"国内文坛消息"。

>　　郁达夫从安徽来沪时史济行与他同行,并为他照料行李。遗失了一篇未写完的小说名《没落》的原稿,后在《草野》上竟发现一篇小说与《没落》完全相同,著者则是史济行。郁以面情关系,亦未追究。①

两段文字细节上有些出入,但一个信息是明确的,即史济行曾与郁达夫同往安庆,并在将郁达夫行李书籍从安庆带回上海途中,擅自取得手稿。这与郁达夫11月2日致史济行函中称七八天内将赴安徽教书的信息是呼应的。

那么是否有可能是9月29日—10月6日那次往返呢?

否定这一猜测的是曾朴的《病夫日记》,10月5日日记中称:

>　　虚白告诉我,今天史济行来,曾谈起见郁达夫的几句谈话。②

曾朴记录的史济行与其子曾虚白的谈话内容不重要,是关于曾朴小说《鲁男子》和《孽海花》的;但时间很重要。

郁达夫与史济行谈论曾朴,查郁达夫日记,很可能在史济行与楼适夷同访郁达夫的1929年9月7日。郁达夫9月8日日记中有记:

>　　昨天楼建南、史济行自宁波来,和他们谈到了夜。

史济行向曾虚白转达郁达夫评点是在10月5日,郁达夫"仓皇出走"的前一日。因此很显然,这天还在上海的史济行不可能次日即从安庆返回上海,其与郁达夫同往安庆或同回上海必定另有时间,或即在郁函中所称的这年11月后。

对此提供辅证的是郁云《郁达夫传》中的一段文字:

>　　郁达夫在安徽大学任教期间,王映霞于一九二九年十一月生下第一个男孩。产前,郁达夫自安庆来上海,到十一月底再回安庆。因为这时正值农历十月小阳春,所以郁达夫就用"阳春"作为男孩的乳名,又借用南宋忠勇名将岳飞的名字,取名郁飞。鲁迅夫妇为他俩得子曾赠送绒衫和围领。③

郁云这里叙述的信息应该来自王映霞。尽管这年王映霞产下的是女儿静子而不是男孩阳春,但作为一位母亲,王映霞对其生产期间郁达夫往来安庆这件事的记忆应该不会有大的出入。当然,郁云所持"得友人邓仲存暗中告知,才得于一九三〇年一月初'逃回'上海"这一观点,时间上或稍欠精准,因1930年1月1日,郁达夫日记里即有中午约邓铁、王老来喝酒和晚上与林语堂同赴大夏大学观看大夏剧团排演林语堂话剧《子见南子》的记录。

现在披露的郁达夫本人日记断章也提供了一些蛛丝马迹。比如称王映霞从安庆带回的书中"只缺少了十几本,大约是被学生们借去的",如果只是开学前那10天,"学生们"借书的情形怕是不容易发生;而书籍行李的留在安庆,次年2月底才命王映霞前往收取,则除了可以因为出走"仓皇",更可能有开年仍回安大执教的计划——1930年2月21日《安徽大学校刊》刊有《预科课程暨教员一览》,列郁达夫名下课程列文预科选修课《文学概论》一门,周2课时。④

---

① 《偷窃原稿乎?》,1931年4月13日《文艺新闻》第3版。
② 参苗怀明主编《曾朴全集》第十卷,扬州:广陵书社,2018年,第250页。
③ 郁云《郁达夫传》,福州:福建人民出版社,1984年,第103页。
④ 《安徽大学校刊》第24期,安徽师范大学档案馆编《安徽师范大学馆藏〈安徽大学校刊〉专辑》第47页。

三

综合各方信息,本文倾向于认为,尽管1929年10月6日从安庆仓皇出走,郁达夫仍有再往安徽大学执教的经历,至迟12月底回沪。至于往返时间和频次,可以参考鲁迅日记,这年10月以后郁达夫往访鲁迅的记载有10月10、15、29日,和11月15、17、26日六次,故郁达夫重返安庆的完整时间或在11月底,此前有穿插往返也不是不可能。

唯此,1930年1月后,郁达夫向安徽大学密集索薪之举才有合理情由。以下是郁达夫日记中关于索薪的记录,看起来应该是理直气壮的,同时也记下了其与安徽大学最终离断的一个过程。

1月7日,今天发电报一,去安徽索薪水。

1月15日,午膳后发快信一封去安庆催款。

1月18日,去安庆的屠孝寔已回来到了上海。午后去看他,晓得了安徽大学的一切情形,气愤之至,我又被杨亮工卖了。

1月29日(旧历除夕),去访一位新自安徽来的人,安徽大学只给了我一百元过年。气愤之至,但有口也说不出来。

1月31日,想起安徽的事情,恼恨到了万分。傍晚发快信一封,大约明后日总有回信来,我可以决定是否再去再不去了。

2月1日,午后有安徽大学的代理人来访,说明该大学之所以待我苛刻者,实在因为负责无人之故,并约我去吃了一餐晚饭,真感到了万分的不快。

2月18日,晨去北四川路,打听安徽的消息,并发电报一通,去问究竟。

2月19日,傍晚接安庆来电,谓上期薪金照给,并嘱我约林语堂去暂代。去访林氏,氏亦有去意。

2月21日,早晨又打了一个电报去安庆,系催发薪水者,大约三四日后,总有回电到来。约林语堂去代理的事情,大约是不成功了。

2月28日,晚上命映霞去安庆搬取书籍,送她上船。

3月6日,傍晚接安庆来电,谓钱已汇出,准今明日动身返沪云。

这里的"恼恨""气愤"和"不快",因当事人在日记中语焉不详,今天只能靠猜,比如除了薪水拖欠,可能的原因或不外校方对教授重视不够、安顿不周、承诺不能兑现,以及郁本人与校方谈判不成等因素。1930年前后,安徽省府安庆堪称是非之地,省府高层变动频繁,校方也不时"负责无人",加之兵变不断,战火硝烟连绵不绝,混乱无序是可以想见的。

索薪月余,2月28日才送王映霞远道安庆取书和提薪,则或与郁达夫2月24日电复北大校长允年后赴北大授课①有关。其实,早在赴安大前的7月12日,郁达夫即在致翟永坤函中,言及将应周作人之召去北大教书;两个月后的9月17日,安徽省立大学聘其为文学教授,月薪340元,薪水可人,并且第二天就电汇来薪水340元。郁达夫很快从了安大教职,答应往教半年,并于当月26日启程。怎奈后来安大经历让人不快,北大重伸橄

---

① 参《国文学系通告》,《北京大学日刊》1930年2月27日第2349期。

榄枝,郁达夫自是颇多感慨。据《北京大学中文系课程指导书》,北大这学期给郁达夫排的课,是每周2课时的《小说论》。[①] 北大尘埃落定,重任北大指日可待,在郁达夫当然是更好的选择,安庆自此可以不必纠结"再去再不去"。遗憾的是,后来因为突发结核性痔漏,郁达夫北大之愿未能得偿。

---

① 参《北平各大学的状况》第22页,为"新晨丛书之一"。出版信息不详。

李杭春 郁峻峰

郁达夫佚诗《游桐君山口占》考释

1934年10月22日,郁达夫完成《桐君山的再到》,此前两天的10月20日,他与一位"一年多不见的老友"同游富春、桐庐,两人还定下半月间闲游天台、雁荡的计划。《南行日记》有记:

> 十月二十二日……午后陪文伯游湖一转,且坚约于明晨侵早渡江,作天台、雁荡之游。返家刚过5时,急为上海生生美术公司预定出版之月刊草一随笔,名《桐君山的再到》,成二千字;所记的当然是前天和文伯去富阳去桐庐一带所见和所感的种种。但文伯不喜将名氏见于经传,故不书其名,而只写作我的老友来杭,陪去桐庐。在桐君山上写的那一首歪诗亦不抄入,因语意平淡,无留存的价值。

想必这首不被《桐君山的再到》抄入而失传的"歪诗",一直都是许多读者的遗憾。

尽管郁达夫以"诗第一"蜚声文坛,而且诗词创作贯穿其文学生命之始终,诗人又热衷以诗会友,借诗寄情,但自编有七卷《达夫全集》和各类文集的诗人却不曾为自己的诗词编集,主动发表的诗作也有限。虽部分诗词被记录在日记、书信、散文、游记和各类题诗里得以留存,也有一些通过友人回忆文字发布和流传,但可以想见,包括文中提及的这首"歪诗"在内,散佚民间或流离失传的郁诗应该还有许多。

一个偶然的机会,我们在上海小报《金钢钻》1934年11月2日的副刊《小金钢钻》"珊瑚新网"栏,读到了署名郁达夫的一首怀古七律《游桐君山口占》:

> 三面青山一面云,秋风江上吊桐君。
> 鲈呈頳尾刚盈寸,霜染枫林未十分。
> 德祐宫中歌浩荡,谢翱襟上泪纷纭。
> 凭栏目送归鸿去,酒意浓时日正曛。

《金钢钻》与《晶报》《福尔摩斯》《罗宾汉》并称为近代上海四大小报,其副刊《小金钢钻》专门"请了不少文坛圣手轮流编辑与撰稿"。这期《小金钢钻》的编辑者是陈蝶衣。陈蝶衣本名陈蘅,字积勋,"既擅长填词作诗,又能撰文编剧"[1],被目为一代才子,与沪上文学、音乐、电影、美术界均有交谊。在陈蝶衣应允就任《小金刚钻》编辑时,小报发行人老衲[2]专门撰文《迎陈蝶衣》:

---

[1] 方宽烈《多才多艺陈蝶衣》,《书城》2007年第11期。
[2] 老衲当为当年被周瘦鹃以"济公"相称的小报发行人施济群的自称,参梦甦生《让老衲》,《金钢钻》1935年9月1日第2版。

117

> 逸梅辞意既决,老衲为之踌躇不怡者竟日……会陈君蝶衣顾我庐,衲大喜,即以踌躇不能决者语之,陈君慨然允诺,并以三事为约,一、版式宜错综变化,不宜呆滞拘泥;二、广告有一定畛域,不宜喧宾夺主;三、应广征文坛巨子精心惬意之作,以餍读者……夫以陈君之年少劬学,治事勤奋,整理我钻报,绰绰有余裕焉。①

可见这是一位颇得发行人激赏,极用心于提升小报内在质量的编辑,"广征文坛巨子精心惬意之作"或许是他力行的编辑行为。

但这首诗会是郁达夫遗弃的那首"歪诗"吗?

几天以后,一篇介绍郁达夫桐庐之游的短文《郁达夫秋风江上吊桐君》在汉口出现了,短文将这首律诗完整嵌录,先是刊载在1934年11月8日汉口《大同日报》之"大同副刊"第802号"文坛的是是非非"栏,又全文登载于1934年11月12日汉口《每周评论》第142期的"文坛杂俎"栏。全文迻录如下:

郁达夫秋风江上吊桐君

> 郁达夫于前月二十日晨偕夫人王映霞女士游桐庐。抵桐君山时,郁诗兴勃发,口占七律一首:
>
> > 三面青山一面云,秋风江上吊桐君。
> > 鲈呈頬尾刚盈寸,霜染枫林未十分。
> > 德祐宫中歌浩荡,谢翱襟上泪纷纭。
> > 凭栏目送归鸿去,酒意浓时日正曛。
>
> 王映霞(即穷不通窝主所称为"郁飞的老太太"其人)为郁在桐君庙里求得"上上"签,末二句云"旧事已成新事遂,看看一跳入蓬瀛"。
>
> 她笑谓其夫曰:"只要'旧事已成新事遂'就够了,我不希望你再'跳'到日本去!"

撇开报刊常有的吸引眼球的行文模式,文中"前月20日""游桐庐"之说,正是这年10月20日的富春、桐庐之游,与《桐君山的再到》《南游日记》所记载的游历信息完全吻合,故《游桐君山口占》直是那首"歪诗"无疑。而诗作首发时间距郁达夫口占成诗不足2周,在车船都慢、书信往来的当年,这个节奏也算是"第一时间"了,造假怕是不容易的。

至于这首诗的流传,以郁达夫本人11月3日补记《南行日记》时仍明确表示"不抄入",诗却已在此前一天被公开和传播,所以首先可以明确的是,该诗应该不是郁氏本人主动投送。

而据汉口《大同日报》和《每周评论》所刊同一底本的《郁达夫秋风江上吊桐君》,王映霞桐君庙里求签一事,似有较强的现场感,如果不是小报记者自由发挥,则事主本人(王映霞)或同游人(王文伯)主动报料的可能性更大一些。可惜两处刊载均未署名,这给确定作者、回溯流传路径增加了难度。

若以文中"穷不通窝主"之戏称王映霞为"郁飞的老太太"一节考量,叙述这一事件的口吻和风格倒像是与达夫夫妇相熟又"有趣"(胡适语)的王文伯。当时,《大同日报》和《每周评论》都是汉口官方媒体,《每周评论》并由国民党湖北执委编印,这一背景也让我们联想长期任职国民政府财政部、铁道部的王文伯与他们的关联。那么,会是这位老友记下这首诗和故事传至上海或汉口吗?

---

① 老衲《迎陈蝶衣》,《金钢钻》1934年6月3日第2版。

而参照郁氏夫妇经常的合作模式,桐君山游记或经王映霞之手寄给《生生月刊》。这个过程中,王映霞抑或有将那首"歪诗"一并发送的可能,而被正属意于在海上"网罗"名家力作的陈蝶衣敏锐捕捉——以上都是猜测,均未发现确切线索,具体流传细节待考。

这首七律,首联起笔平实,破题立意;颔联写景沉着,亦点明时节;颈联化用典故,怀古明旨;尾联再以景寄情,表达追慕古人、见贤思齐之情志。全诗颔、颈两联对仗工整,用典妥帖蕴藉而意味深长,且与《钱唐汪水云的诗词》《桐君山的再到》《南游日记》等文字形成互文,彼此呼应。

10月23日《南游日记》提及汪水云和德祐宫之叹:

> 登车驶至江边,七点的轮渡未开。行人满载了三四船之外,还有兵士,亦载得两船,候轮船来拖渡过江,因想起汪水云诗:"三日钱塘潮不至,千军万马渡江来!"的两句。原诗不知是否如此,但古来战略,似乎都系由隔岸驻重兵,涉江来袭取杭州的。三国孙吴,五代钱武肃王的军事策略,都是如此。伯颜灭南宋,师次皋亭,江的两岸亦驻重兵,故德祐宫中有"三日钱塘潮不至"之叹。

汪水云,即汪元量(1241—1317后),字大有,号水云,浙江钱塘(今杭州)人,宋末诗人,以善琴供奉掖庭。"德祐之变"后,诗作多有眷怀故国之孤寂忧伤,史称"宋亡诗史"。尝慰文天祥于囚所,与相唱和,文天祥死后,汪元量去为道士,放浪江湖以终。郁达夫曾从《水云集》所附之《钱塘县志文苑传》《南宋书》《诗序》上面"综合排列,抄录补缀",在《钱唐汪水云的诗词》一文中,对汪氏生平作过比较细致的考证:

> 钱唐汪大有,字元量,善鼓琴,以琴受知绍陵(即南宋度宗,在位十年,年号咸淳。咸淳元年乙丑,为元世祖至元二年,西历1265年。咸淳十年为至元十一年,西历1274年),出入宫掖。恭帝德祐二年丙子(元至元十三年,西历1276年),元丞相伯颜入临安,南宋亡,执帝后及太后与嫔御北,水云从之。入燕,留燕数年。时故宫人王清惠,张琼英辈皆善诗,相见,辄涕泣唱和。又文丞相文山被执在狱,水云至银铛所,勉丞相必以忠孝白天下。作拘幽十操,文山倚歌和之。元世祖闻其名,召入,命鼓琴……南归后,往来匡庐彭蠡间,若飘风行云,莫能测其去留之迹,自号水云子。

郁诗"德祐宫中歌浩荡"之句,应该是典出这位"长身玉立""音若洪钟"的宫中乐师了。

需要指出的是,查汪元量《水云词》《湖山类稿》,并无"三日钱塘潮不至,千军万马渡江来"两句,与之相近者,有"三日钱塘海不波""铁马渡江功赫奕"之句。若果汪诗不是另有流传,那么,这"不知是否如此"的汪元量"原诗",其原创版权可能也在郁达夫。

而关于谢翱皋羽,除曾在钱唐汪水云一文提及外,诗人在《桐君山的再到》里也留下了线索:

> ……那一条停船上山去的路,我想总还得略为开辟一下才好;虽不必使高跟鞋者,亦得拾级而登,不过至少至少总也该使谢皋羽的泪眼,也辨得出路径来。

谢翱(1249—1295),字皋羽,福建长溪人,南宋末年散文家、诗人。与汪元量有往来。谢翱逝于桐庐,后被葬在富春江边严子陵钓台西台之南白云源,墓前并修"许剑亭"以纪念。其诗《西台哭所思》和文《登西台恸哭记》,均以登西台哭祭文天祥一事为由,表达对文天祥的知己之感以及强烈的爱国热忱。德祐二年(1276)文天祥起兵后,谢翱曾率兵投效;文天祥被俘遇难,谢翱始哭公于姑苏望夫差之台,继哭于会稽越台,再哭于严陵西台,悲恸难以抑制,故郁文中有"谢皋羽的泪眼"之说,诗中则作"谢翱襟上泪纷纭"一句。

面对"本乡本土的名区风景",郁达夫曾将《钓台题壁》嵌入《钓台的春昼》,借怀古而喻今;而此时,诗人秋风江上凭吊的"桐君",亦已不再只是那位悬壶济世的老药师,而更让人联想到汪、谢二氏所崇仰的以文天祥为代表的抗击侵略的民族英雄,诗人借以表达的胸臆自然得到了升华。

另外,此诗之改成语"鲂鱼赪尾"为"鲈呈赪尾",或亦可一提。鲂尾本白,劳甚而赪(赤),故以"鲂鱼赪尾"形容"困苦劳累、负担过重"。郁达夫此处化用为"鲈呈赪尾",或既与钱塘江出产相关,语义上抑或自然消解了劳苦之意,而还原为与"霜染枫林"相对的一个描述自然景象的语词。

郁达夫本人自称此诗"语义平淡",并作"歪诗"看待,这不奇怪,达夫对自己的诗作一向都是如此"鄙夷"和"不屑"的。那些被记在游记、日记、随笔里的诗,《钓台题壁》《兰溪栖真寺题壁》《凤凰山怀汤显祖》等,几乎都被诗人自己批为"歪诗""陈屁""狗尾",甚至"猪头似的一团墨迹",几无一能免。其实,这样罔顾事实的自黑,正是诗人对自己诗作高度自信的表现。通常,人只有在不自信的时候,才需要自吹自擂,自欺欺人。

宋新亚

关于郁达夫1936年在福州青年会的演讲报道①

  1936年2月15日，郁达夫应邀在福州青年会做公开演讲，关于这次演讲，他自己在日记中写道"至三时，去影戏院讲演《中国新文学的展望》；来听的男女，约有千余人，挤得讲堂上水泄不通。讲完一小时，下台后，来求写字签名者，又有廿四五人，应付至晚上始毕。晚饭后，又有电政局的江苏糜文开先生来谈，坐至十一点前始去"②，糜文开曾在后来的回忆中提及郁达夫的演讲"正确地指出今后新文学的趋向，将以中国民族解放为中心，而写作的方法，仍旧继承着普罗文学运动中所提出的写实主义"③，因为一直缺少郁达夫此次演讲的原稿，因此糜文开的这篇文章成为后来研究者所常引之文。近年来，在陈松溪、金传胜等学者的努力下，关于此次演讲的相关中文报道史料已经浮出水面④，但因郁达夫在其1936年3月27日的日记中记有"午后去省府，又上图书馆查叶观国《绿筠书屋诗钞》及孟超然《瓶庵居士诗钞》，都不见。只看到了上海日文报所译载之我在福州青年会讲过的演稿一道。译者名菊池生，系当日在场听众之一，比中国记者所记，更为详尽而得要领"⑤，因此，寻找郁达夫所提及之日文报道则尤有必要。

  近日，笔者在对日本国立国会图书馆所藏日文报刊《上海日报》的调查中，在1936年3月13日的报纸中发现署名菊池勇所译之郁达夫的这次演讲《中国文学の展望（中国文学的展望）》，应为郁达夫在日记中所记之报道，此处将原文转引如下，由笔者译出并稍加考释。另，因资料已采用微缩胶卷的方式进行保存，因画面质量导致无法辨认的字体，下文用"●"表示，对于因元宝纸的残缺所造成的漏字，用"■"表示。由上下文和其他资料可以判定的漏字，则由笔者补出，并以"[ ]"进行注明。日文报道中所采用的旧体汉字，均由笔者改为常用汉字。

---

① 本文所录之日语报道之原文首发于日本《中国文艺研究会报》2019年9月，第455号，《1936年2月15日，郁达夫は福州青年会で何を語ったか》。另，对《上海日报》这一史料的关注，以及与本文相关的观点讨论，曾受教于孟庆澍、李杭春两位老师，特此感谢。
② 郁达夫：《闽游日记》，《郁达夫全集》第10卷，杭州：浙江大学出版社，2007年，第410页。
③ 糜文开：《论郁达夫先生的新写实主义》，《小民报·新村》，1936年10月9日。
④ 关于此次演讲的史料报道，见陈松溪：《郁达夫在福州的一次重要演讲》，《新文学史料》，1989年8月22日，第139—141页；陈松溪：《郁达夫在福建的文学活动及其影响》，《新文学史料》，2008年11月22日，第92—98页；沈平子：《新版〈郁达夫全集〉补遗》，《博览群书》，2009年第5期，第112—116页；金传胜：《关于郁达夫的两则新史料》，《现代中文学刊》，2016年第6期，第91—94页。
⑤ 郁达夫：《闽游日记》，《郁达夫全集》第10卷，第427页。

「中国文学の展望」

郁達夫　菊池勇訳

　中国文壇の雄、郁達夫氏は福建省参議に任命され先日、杭州より上海に出で汽船で福州に向つたがこれは福州青年会で『中国文学的展望』と題して講演した時の要旨である

　中国は五四運動以後、社会、政治上に新動向が現れたばかりでなく新文学は表面では一個の雛型を形成した、しかし内面をみれば甚だ●●［空虚］である、こゝにおいて思想革命が起り全国に伝播した、当時、文語と白話の競争が最も猛烈で頭脳清晰の知識階級は白話を主張し文語打倒をさけび頑固な老成派は文語は幾千年の長い歴史を持つてゐる、この寶を放棄することは出来ない、又大邸の人が使ひなれてゐるとの理由で懸命に反対した、論戦の結果、白話はつひに一般の青年にうけいれられた

　ところが事実は白話文は決して五四運動以後の新産物でない、昔の人が白話を用ひて文芸を創作したものは非常に多い、例へば紅楼夢水滸伝などの如きはすべて中国の有名な白話小説である、故に白話運動の成功は文学上にあつては一種の工具を決定したにすぎない

　青年は何故、白話をうけたかといへば時代の潮流がなしたものであるといふことが出来る、しかし事実は思想が転変したためである、中国は五四前では青年は旧礼教の壁塁に包囲されその思想は非常な束縛を受けてゐた、文章を作るには必ず六経を基本とし話をするには六経でなければ談じないといふ風であつた、彼らの思想が自由発展出来なかつた理由の一つは中国の家族制度が非常に深く家長の家訓は甚だ厳格であつた、即ち当時の教育は専ら少年の老成教育であつたため、青年は封建的意識の支配をうけ思想の自由をしばられ非常に苦悶した、彼らはこの桎梏から離脱せんとしてゐた、あたかも起こつた五四運動は彼らに爆発の機会をあたへたのである、従つて白話運動はすみやかに成功することが出来た、これはまつたくこゝに語つた潜在力によるものである、五四運動以後、思想は解放されたが一致した中心思想がなかつた、丁度、網を離れた野馬の如く乱奔乱竄したのである、即ち欧洲の思想をうけて自由平等、デモクラシー●等が入りみだれ複雑化して行つた、相当の混乱期を経て民国十四五年になると思想は漸く軌道に乗り一つに帰宿したのである、即ち社会主義思想の出現である、従つて行動上の表現からいへば国民革命の成功であるといへるのである

　或る人は文学無用論を唱へる、即ち寒いときは文学で衣服を着ることは出来ないし餓ゑたときは文学で飯を喰ふことは出来ない、銭のないとき文学で銭を使用することが出来ないといふのである、しかし思想の解放は文学が成功への唯一の動力である、所謂文学家は一般人に比較して思想が清晰であり感覚が機敏でよく社会の背景をとらへ解剖し或は描写して民衆にあたへ彼らの思想を激発するのである、革命の起るには一種の文学を創生し中心思想が醸成され思想より行動が発生するのである、これが即ち文学の収穫である大戦後の欧洲思想界は非常に複雑になつた、最後に集結成功したのは共産主義とファッショである、時代思想の改変により文学の中

心も亦改変した、こゝでプロ文学が欧洲で台頭したのである、中国は国民革命後、思想界は非常に混乱した、文学においてはプロ文学、民族主義文学らが出現した、最もさかんだつたのはプロ文学であつた、当時の民族主義文学を提唱する人があつたが大多数の人はみて頭痛を覚ゆるものであつた、中国の社会情勢は欧州と一様でない、プロ階級も亦、欧州の如く明顕でない、即ち労働者と労働者でない者の限界はまつたくつかないのである、例へば郷村で数百元所有してゐるものは資産階級といふことが出来る、しかし都会においてはプロ階級に入るのである、故にプロ文学は中国においては大きな役割を果さない、又成功することも出来ないのである現在、国家は千鈞一髪の危怠期にある、環境の関係によつて民族主義文学の一道に走らざるを得ないのである

　民族主義文学は必ずしも被圧迫民族の呼声ではない、同時に侵略者は民族主義をさけんで外に向つて侵略的野心を実行するのである故に民族主義文学の発生は侵略と被侵略の相対的のものである民族主義文学は広義■■■［と狭義］と二種に分けられる、吾人は広■［義］の民族主義文学を提唱するものである、狭義の民族主義文学はたゞ暫時、刺激をあたへるだけですぐ消滅してしまふものである、これでは民族を永久に維持する事は到底出来ない今後の文学の展望の中心目標は当然民族主義文学でなければならないその方法はプロ文学の写実主義をとる、しかしこゝに云ふ写実主義は情感をもたないプロ文学ではない、情感をもつた新写実主義である、情感をもたない写実主義とはどんなものか例へば美人を描写するとき「一分増せば長すぎ、一分少くすれば短すぎる」といふやうな描写は情感のない写実であるプロ作家の失敗の所以はこの点にもあつたのである、いかにすれば、情感のある描写が出来るか例へば「ある人が妾をめとつたところ夫人が大いに怒り刀をもつて妾を殺しに行き頭を梳り刀をあげてまさにきらんとしたとき妾が頭をもたげたのでつひに殺すに忍びなかつた」

　この中には妾の美は少しも描写してない、よむ人は彼女がきつときれいに違ひないと信ずるのであるこれが情感ある写実である、すべて情感（感覚）する写真作品こそ偉大な文学作品である

　中国新文学の前途については多くの人は悲観的態度をもつてゐるが、私はむしろ非常に楽観してゐる、諸位が文学に向つて努力奮闘されんことを祈る次第である（菊池勇訳）。（下划线由笔者添加）

译文：

中国文学的展望

郁达夫　菊池勇　翻译

　　中国文坛之雄,郁达夫先生在被任命为福建省参议员前后,由杭州到上海,从上海出发坐汽船到了福州。这是他在福州青年会以《中国文学的展望》为题所做报告的摘要。

　　中国在五四运动之后,不但在社会、政治上出现了新的动向,在新文学的表面上也形成了一个雏形。但是,如果看其内在的话还很●●［空虚］。于是,思想革命发生,并在全国范围内传播开来。当时,在文言文和白话文论争最为猛烈的时候,头脑清晰的知识分

子阶级主张白话文,呼吁打倒文言。顽固的老成派则认为文言拥有几千年悠久的历史,不可以放弃这一宝贝,而且,很多人都习惯使用文言,因此拼命地反对废除文言文。这一论战的结果是,白话文最终被一般的青年所接受。

但是,白话文事实上绝不是五四运动以后的新产物。从前的人使用白话文进行文艺创作的例子也很多,如《红楼梦》《水浒传》等,都是中国有名的白话小说。所以说,白话运动的成功在文学上来说,只不过是决定一种工具而已。

为什么青年接受了白话文呢?可以说是时代的潮流造就了这一选择。但是,实际上是因为其思想发生了转变。在五四之前的中国,青年们被旧礼教的壁垒所包围,思想受到了极大的束缚。写文章时必须以六经为基准,说话也必须谈论六经,使他们的思想无法自由发展。另一个原因是中国家族制度的纵深性,家长们的家训极为严苛。也即是说,由于当时对少年进行的老成教育,使得青年们受到封建意识的束缚,因此思想的自由被束缚,非常苦闷。他们试图摆脱这一桎梏。此时恰好兴起的五四运动给他们带来了爆发的机会。也正因此,白话运动才迅速取得了成功,这就是我们在这里所说的由内在潜力所诱发的。五四运动以后,虽然思想获得了解放,但是并没有一致的中心思想。这正如脱缰之野马,乱奔乱窜。即是说,接受了欧洲的思想后,自由平等、民主主义等思想,走向了杂乱且极为复杂的境地。经过极为混乱的时期后,到了民国十四五年,思想才走上了轨道,有了一个归宿,也即是社会主义思想的出现。因此,从行动表现上来说,就是国民革命的成功。

有人提倡文学无用论,即是说,在寒冷的时候不能把文学当做衣服穿;饥饿的时候也无法把文学当饭吃;没有钱的时候不能把文学当钱用。但是,思想的解放是文学走向成功的唯一的推动力。所谓文学家,就是比一般人的思想更为清晰,更为敏感,能够对社会背景进行捕捉和描写,并将其传达给民众,激发他们的思想。在革命开始之前,一种文学产生,中心思想形成,这种思想又诱发了行动,这也正是文学的收获。

大战后的欧洲思想界变得极为复杂,最后集结成功的是共产主义和法西斯思想。由于时代思想的改变,文学的中心发生了转移。此时,普罗文学在欧洲开始出现。中国在国民革命之后,思想界非常混乱,在文学上,普罗文学和民族主义文学等出现,最为兴盛的是普罗文学。虽然在当时有人提倡民族主义文学,但大多数人读起来会感到头痛。中国的社会状况与欧洲并非相同,普罗阶级也不像欧洲那么明显。即是说,劳动者和非劳动者之间界限难以明确分辨。比如说,一个人在乡村有几百元的话,就可以说是资产阶级,但是在都会就成为了普罗阶级。因此,普罗文学在中国无法起到很大的作用,也无法取得成功。现今,国家正处于千钧一发的危急期,民族主义文学是由于环境的关系而不得不走的一条路径。

民族主义文学未必只是被压迫民族的呼声。同时,侵略者也高喊着民族主义来展示其对外侵略的野心。因此,民族主义文学的发生,在于侵略和被侵略这两种相对的场合。民族主义文学可以分为广义和■■■[狭义的]两种,吾辈所提倡的是广■[义]的民族主义文学。狭义的民族主义文学只能够暂时地带来刺激,随后便会消亡。其终究无法维持一个民族的长久。关于今后文学展望的中心目标,当然也必须是民族主义文学。其方法是采用普罗文学的写实主义。但是,这里所说的写实主义并不是没有情感的普罗文学,而是带有情感的新写实主义。没有情感的写实主义是什么样的呢?比如在描写美人的时候,"增之一分则太长,减之一分则太短"这样的描写就是没有情感的写实。普罗作家的失败也正是这一点上。那么如何才是有情感的描写呢？例如，"有一个人取了妾，夫人非常生气，拿着刀要去杀了妾。妾在梳头。当她把刀架在妾的脖子上，就要动手时，却因为妾抬起了头，而终于不忍杀了她"。这里没有描写妾的美貌，然而读的人一定会认为她非常漂亮，这就是有情感的写实。所有能感受到情感的写实作品，就是伟大的文学作品。

很多人对于中国新文学的前途抱有悲观的态度，但是我反而非常乐观，我企盼诸位能够为文学而努力奋斗。（划线部由笔者添加）

值得注意的是，尽管郁达夫在日记中指出日文报道比中国记者所记更为详细且得要领，但事实上，这篇发表于1936年3月13日的日文报道与1936年2月24日《新闻报》副刊《茶话》中署名"中"的演讲会记录稿内容相同，可视为同篇。金传胜先生针对该史料已有相关考辨，本文不再赘述，但尚有几点需要说明。

首先，两篇文章虽然内容相同，但是如本文划线处所示，两篇文章在对"思想解放"与"文学"之关系的记载时出现出入。《新闻报·茶话》中所记为"但是在思想的解放上，文学就成功为推进的唯一动力"[①]，而日文报道中则记为"思想的解放是文学走向成功的唯一的推动力"。根据演讲文的上下文关系可以发现，郁达夫在此处想要强调的应为文学是推动思想解放的动力，因此可以说，菊池勇的翻译应为误译。关于本文的出处《上海日报》，在20世纪二三十年代与《上海日日新报》《上海每日新闻》并称上海三大日文报纸[②]。

其次，郁达夫所记之译者"菊池生"之名应为误记。如郁达夫所说，译者系当日听众之一，也即是说，对这一演讲内容进行报道的应为熟悉中文的人。笔者通过对相关资料，对日本明治至昭和期（1872—1989）的日本人名进行检索[③]，"菊池生"所对应的均为农学、经济学等相关专业门类，与中国相关的记载并未发现；而"菊池勇"不仅译载了郁达夫这篇讲稿，还翻译有崔万秋（《上海日报》1936.2？—1936.3.7）、杨屯人（《上海日报》1936.5.26—1936.5.30）等人的作品，其翻译、中国文坛评论、中国电影评论等文章共发表17篇，从其活动轨迹也可知1936、1937年前后的确活动于中国，由此可推测菊池勇对中文及中国文坛的熟悉程度。

第三，在迄今发现的几则史料中，关于本次演讲的题目记载稍有不同。在包括本文在内的四则史料中，除《华侨日报》所载题目为"中国新文学的展望"外，其余三份报道均为"中国文学的展望"。根据郁达夫日记记载及演讲内容，此处题目应采"中国新文学的展望"，日语报道中所使用的题目很可能直接由菊池勇译自《新闻报》之报道。

---

① 中：《郁达夫在福州青年会讲中国文学的展望》，《新闻报·茶话》，1936年2月24日。引用自金传胜：《关于郁达夫的两则新史料》，《现代中文学刊》，第45期，2016年，第92页。
② 关于《上海日报》的创办问题，周传荣指出其前身应为杉尾胜三于1903年创办的《上海新报》，且与19世纪90年代的同名报纸并无接续关系（周传荣：《近代日本人在上海的办报活动（1882—1945）》，《社会科学》2008年第6期，第134页），但是，该报后来的负责人波多博的回忆，其前身应为1893年松野平三郎所组织的创办之《上海时报》（波多博：《中国と六十年》，波多博出版，1965年，第114页），在曹聚仁的回忆中，《上海日报》的前身被视为松野平三郎组织的修文书馆所创办的《上海新报》（曹聚仁：《上海春秋》，北京：生活·读书·新知三联书店，2016年，第187页）。
③ 本文调查基于日本国立国会图书馆在线数据库（NDL-ONLINE）、日本国立国会图书馆电子数据库（NDLデジタルコレクション）、日本杂志报道索引集成数据库（雑誌記事索引データベース）、饭田吉郎编：《现代中国文学研究文献目录（增补版）》（东京：汲古书院，1991年）中所记事项进行索引调查。

最后,通过对比迄今为止发掘出的几则史料可以发现,《上海日报》的报道无论是篇幅还是内容都"更为详尽",正如金传胜所注意到的那样,这篇报道中关于"白话文事实上绝不是五四运动以后的新产物"等阐发是其余两则史料中未曾涉及的内容,且从上录的报道中可见,郁达夫用了大量的篇幅去讨论青年对于白话文的接受,以及思想和文学之间的关系,这也是与其他两则史料之间最大的不同,也正因如此,应该可以推断,除了"带有情感的新写实主义"外,郁达夫所言"得要领"之内容,也应包括于此。

李杭春

戎马间关为国谋,南登太姥北徐州
——郁达夫三大战区劳军事略

郁达夫两度以政治部设计委员身份受命赶赴战争前线,代表政治部慰问和酬劳第一、第五和第三战区前线将士,以"文人入伍"的壮举,体现了自己"为国家牺牲一切"的决心和意志。这是郁达夫"战士"生涯中颇令人关注的事件,但在郁达夫研究中,此一事件的脉络轨迹似并未被特别重视。

拜读现有的郁达夫年谱和纪传,陈其强《郁达夫年谱》作"4月中旬,去台儿庄、徐州劳军;5月8日,视察结束,返回武汉","6月下旬,奉命去浙东、皖南第三战区视察;7月初,自东战场返回武汉",基本依据郁达夫《毁家诗纪》的说法;王自立、陈子善《郁达夫简谱》作"4月14日,与作家盛成等一起代表政治部和文协,携带'还我河山'锦旗一面和《告慰台儿庄胜利将士书》万份去郑州、台儿庄、徐州等地劳军;5月3日,返回武汉","6月中旬,又去浙东、皖南视察战地防务;7月初,回到武汉",部分信息来自盛成的回忆;以资料翔实著称的郭长友《郁达夫年谱长编》,也仅有"4月14日,受政治部和文协委派,与作家盛成一起去郑州、台儿庄、徐州等地劳军;5月3日,视察结束,返回武汉","6月下旬,奉命去第三战区浙东、皖南视察;7月初,视察结束,回到武汉",未越出已有郁谱的信息框架。蒋增福、郁峻峰《抗战中的郁达夫》描述千里劳军,除郁氏本人诗文外,多采信盛成后来的回忆《与达夫一起去台儿庄劳军》一文。可以看到,这些记载还存在时间上的参差不一和史迹上的语焉不详,郁达夫长达四十余天的两度劳军或需要进一步梳理。

本着作家年谱亦首先是"全人年谱"的理念,我们在编修浙江省文化工程版《郁达夫年谱》时,将此一事件些许细节稍作落实与还原,节录在此,恳请指正。

1938年3月9日从福州到武汉

1938年2月1日,国民党军事委员会总司令部原训政处扩大为政治部,陈诚兼任部长,周恩来代表共产党任副部长。3月1日,接手政治部第三厅筹办任务的政治部秘书郭沫若,在其"工作计划应不受限制""人事问题应该有相对的自由""事业费预算由我们提出"三项要求得陈诚"件件依从"后,即着手筹备第三厅,并致电身在海防前线福州的老友郁达夫,促其赴汉口政治部主持第三厅主管对敌宣传的第七处。[①]

---

① 这是郭沫若1947年《再谈郁达夫》中的说法,时已事隔十年,郁达夫亦已失踪两载。据1938年3月10日《福建民报》,则郁达夫"因就行之前已接总政治部秘书郭沫若电,促赴该部任科长,故还将赴汉口一行",似并无主管第七处之说。

接到郭沫若赴任电时的郁达夫,正在福州经历了敌机的来袭,文救会的被要求"改组",老母在家乡惨死的噩耗亦刚始传到福州。哀痛欲绝的郁达夫以母丧向福建省主席陈仪呈请辞职,请假回籍。虽因战事纷扰,郁达夫辞呈获准的公报迟至5月7日才由时已内迁山城永安的福建省政府发布①,但3月9日上午,郁达夫即从福州启程。他先奔浙江丽水,接上避居丽水的王映霞和一家老小,途中,还上庐山作了短暂游览,继从九江坐江轮,于三月下旬抵汉口——郁达夫内心明白,经了这一趟旅程,他将由一介"文人",变身为可以戎马疆场的"战士"。

抵汉不久,3月27日,"中华全国文艺界抗敌协会"在汉口总商会礼堂举行成立大会,郁达夫被推为45人理事之一。4月3日,在冯玉祥宅举行的文协第一次理事会上,郁达夫又被推为常务理事、研究部主任及文协会刊《抗战文艺》编辑委员。但查《抗战文艺》,郁达夫被记录出席的文协会议、座谈、聚会等活动并不太多,可以想见,这个时候的郁达夫并不仅仅关注着抗战文艺的组织工作。他誓言"今日不弹闲涕泪,挥戈先草册倭文"(《廿七年黄花岗烈士纪念节》),也致力于把家恨国仇化作以笔为戎,写下大量抗战诗文。远走南洋以后,还竭己所能,想方设法为文协筹款。但身在当时政治、军事、文化中心的武汉,民众高涨的抗敌热情鼓舞着他首先去践行文协口号:"文章下乡,文章入伍"。

4月1日,国民政府军事委员会政治部第三厅筹组完成,在昙华林正式成立,部长陈诚、副部长周恩来出席大会,郭沫若任第三厅厅长,主持宣传工作,因郁达夫抵汉也晚,郭沫若"就近"请第三厅副厅长范寿康兼了第七处,老友胡愈之、田汉、洪深、冯乃超等亦均到任,文化界知名人士郁达夫只被聘作政治部设计委员,研究、规划政治部的战时宣传事宜。

但郁达夫并不为意,相比于文协理事,在武汉的郁达夫似更投入政治部的事务。"那时他也同我们一样穿起草绿色的军装,热情洋溢地做抗战宣传工作。"②尤其因了设计委员这个"闲差"而得两度劳军,是郁达夫戎马间关、与国为谋的重要行迹。在当年聚集武汉的文人队伍里,作家盛成、谢冰莹,记者范长江、陆诒,亦曾到过台儿庄前线劳军或采访,今天来看,郁达夫无疑是他们当中最年长和最具知名度、影响力的一位了。

1938年4月17日,郑州第一战区

4月7日,台儿庄大捷,举国上下为之振奋。消息传到武汉三镇,自发参加祝捷大会、火炬游行的民众多达四五十万人。当晚7时,由政治部联手武汉军政各界召集庆祝大会,除决定向前方将士致电致敬外,并提议"各机关团体学校迅推代表遄赴前线慰劳抗战将士"③。政治部遂派第三厅设计委员代表军委会,前往徐州战场劳军并巡视防务。

4月17日,晨7时一刻,由军委会政治部设计委员郁达夫、李侠公、杜冰坡、罗任一和电政总局局长庄智焕等组成的政治部慰劳前线将士代表团,携带"还我河山"锦旗和《告慰台儿庄胜利将士书》万余份,由汉口大智门车站出发赶赴徐州战区。同赴战区劳军的还有中华全国文艺界抗敌协会及国际宣传委员会代表盛成等。

是夜11时,车到郑州,第一战区司令部政训处处长李世璋上车欢迎政治部代表。虽

---

① "代理本府公报室主任郁达夫电请辞职,应予照准",1938年6月15日《福建省政府公报》永字第2期。
② 陆诒《忆郁达夫先生》,见陈子善、王自立编《回忆郁达夫》,长沙:湖南文艺出版社,1986年,第330页。
③ 《台儿庄之捷》,独立出版社1938年4月版。

夜已深,站台上结集欢迎之各民众团体仍有千余人。当晚,代表团下榻郑州鑫开饭店。①

郑州是代表团此行第一站。这里离黄河前线仅距五六十里,"而郑州居民尚镇静如恒,当系民众运动做得起劲之效果"②。据《战地归鸿》和盛成《徐州慰劳报告》,抵郑州第二天,4月18日,他们忙了一天,先是接受第一战区司令长官程潜的会见,又"莅临民众大会。向第＊战区司令长官献旗。视察民训政训工作。接见工人代表团"等。

4月19日晨,郁达夫与盛成等驱车往黄河南岸劳军,遥瞩倭寇北岸情形,并"拟向之大呼口号,招反战之日本士兵来归降也"③。乘车到大堤,见沿河工事非常坚实,铁路工人尚有冒炮火搬运铁轨者,"既闲散而又紧张",而三公里长的黄河大桥已被炸毁。众人上得南岸最高处五龙顶,"却忽而吹来了一阵沙漠里常有的大风……弥天漫野的沙尘,遮住了我们的望眼",瞭望不成,口号也未竟,只得明碑上留诗一首,即七律《戊寅春日,北上劳军,视察河防后登五龙顶瞭望敌军营垒,翌日去徐州》,下山后重谒虞姬庙,正所谓"题诗五龙顶,归谒虞姬祠"。因意外发现虞姬祠里一个三等邮局还有一位邮务员在办公,欣喜之余,"大家就争买明信片,各写并非必要的信……为的是那一个某年某月某日的黄河南岸的邮戳,是可以作永久的纪念的"。郁达夫当有明信片寄王映霞,《战地归鸿(二)》称:"寄回此邮片,请善藏作永久纪念。"

下午回郑州,在陇海花园众乐轩参观第一战区政训处抗敌画展,有油画、漆画、粉画、水彩、连环画等70件。晚去陇海大礼堂看第一战区政训处抗敌剧团演出《保卫大河南》。④ 与第三厅倡导的戏剧、音乐、美术、电影等可以下乡入伍的抗战宣传形式十分吻合,显然,郁达夫既是观赏,更是工作视察和业务指导。

1938年4月20日,徐州第五战区

据4月19日晚间作的《战地归鸿(一)》,代表团原定19日晚出发赴徐州,但最后成行是在20日早晨。代表团搭乘"蓝钢皮"特快车往第五战区。车到开封遇警报,又让行兵车,误点甚多。⑤

4月21日晨,特快车始抵距徐州18公里之夹河寨,因开车无期,遂弃车骑驴,依公路进徐州城,下榻徐州花园饭店。午后到第五战区司令长官部,先访参议林素园,下午5时得见司令长官李宗仁。⑥

当晚,在李宗仁倡议下,政治部在徐州组织了一个抗敌动员委员会,由郁达夫、盛成、林素园和著名记者范长江、陆诒等组成,委员们一同起草委员会章程,后来举行过多次抗日宣传活动。⑦ 郁达夫还被推为第五战区民众总动员会设计委员会委员。⑧

4月22日晨7时,郁达夫和庄智焕、杜冰波等代表政治部向司令长官李宗仁献旗。中华全国文艺界抗敌协会和上海文化界国际宣传委员会亦分别献"还我河山"旗和"为世

---

① 盛成《徐州慰劳报告》,见《盛成台儿庄纪事》,北京:北京语言大学出版社,2007年,第17—18页。该报告完成于台儿庄回汉不久,在细节叙事上或更可采信。
② 郁达夫致王映霞函《战地归鸿》。
③ 郁达夫《战地归鸿》。
④ 盛成《徐州慰劳报告》,见《盛成台儿庄纪事》,第21页。
⑤ 同上书,第21—22页。
⑥ 同上书,第22—23页。
⑦ 参盛成《与达夫一起去台儿庄劳军》。
⑧ 盛成《徐州慰劳报告》,见《盛成台儿庄纪事》,第82页。

界和平而战"旗,李宗仁三受旗并致答礼。

为避空袭,22日午11时,设计委员们随第五战区司令长官部参议陈江,往游徐州郊外名胜云龙山,郁达夫作七律《晋谒李长官后,西行道阻,时约同老友陈参议东阜登云龙山避寇警,赋呈德公》。晚赴李宗仁宴。①

政治部抗敌剧团也在徐州前线慰劳将士,4月23日,郁达夫和委员们赴中枢街铜山县实验小学校剧团驻地看望剧团,并送去很多宣传品。②

4月23日中午,军委政治部、中华全国文艺界抗敌协会和上海文化界国际宣传委员会三团体代表还"在徐州的花园饭店前面的一家叫致美楼的饭馆"宴请死守台儿庄的第31师师长池峰城,池师长为大家讲述了台儿庄战役中47位敢死义士的故事,这个故事后来被郁达夫记录在《在警报声里》一文中。

盛成在《与达夫一起去台儿庄劳军》③的回忆里,还记录了一件未见史载的事迹。时美国驻华武官参赞史迪威亦下榻花园饭店。他想去前线台儿庄,却被第五战区政治部阻止。盛成在花园饭店后院散步时遇见史迪威,得知详情后即找郁达夫商量。郁达夫认为这是一个非常重要的情况,当即与盛成一同带史迪威去见李宗仁。这天是4月23日。"李宗仁问史迪威有什么要求,史答曰想去台儿庄,李一口答应,因为政治部代表达夫在场,达夫不表示反对,就等于代表政治部破例同意了。所以,史迪威能到台儿庄,达夫之功实不可没。"④当晚,美国参赞史迪威就与政治部代表团同赴台儿庄。⑤

史迪威进入台儿庄亲眼看见了中国军队的战绩,证明中国军队有很强的战斗力。后来,史迪威撰写了一份报告给美国政府,希望美国政府给中国经济援助,以购买战略物资。可以说是郁达夫间接促成了美国的经济援华政策。

1938年4月23日,行向台儿庄

4月23日深夜,郁达夫、盛成与女兵作家谢冰莹、参议陈江和抗敌剧团部分团员同车出发前往台儿庄。⑥"晚上十一点,我们跳上了开往台儿庄的专车。像前次去利国驿一般,我们又坐在那头等客厅里。每人独占了一张能够自由转动的沙发。"⑦

24日晨,车停宿牙山,为等兵车先开,足足停了一个钟头,兵车很多,"起码有一里路那么长",士兵们高唱着"雄壮的救亡歌曲"。⑧ 7时向临枣台赵支线北行,闻炮声,到车辐小站,炮声隆隆,傍午到杨楼,略事休息后先乘车往于军部,见于学忠将军,再往孙军部,见孙连仲将军。下午三时半,代表团辞别军部,他们先到台儿庄南火车站,再从西门进台儿庄,看到一幅焦土抗战的画面……遂分头向士兵发放慰劳品和慰问信,在东岳庙会合

---

① 盛成《徐州慰劳报告》,见《盛成台儿庄纪事》,第23—26页。
② 《向台儿庄去——政治部抗敌剧团工作通讯》,《苦斗》1938年第2期。
③ 作为事后回忆,盛成此文颇多谬误;但以盛成文字之喜为己立言,本文却将此事功多半推给郁达夫,虽然几处表述在细节上略有矛盾,但就史事本身,这一"达夫之功"可信度应是无疑的。而此事之不见记录于《徐州慰劳报告》,或是"因为史迪威要求我们保密,所以我们回到武汉没有把此事写在工作报告中"。
④ 盛成《与达夫一起去台儿庄劳军》,参《回忆郁达夫》,第434页。
⑤ 参盛成《与达夫一起去台儿庄劳军》。
⑥ 盛成《徐州慰劳报告》,见《盛成台儿庄纪事》,第26—43页。
⑦ 谢冰莹《抗战日记》,第323页。
⑧ 同上。

后,结队同出西关,乘孙军部大汽车经由北站回车辐山车站。①

当年,赴台儿庄探望慰问的各地记者和各界群众络绎不绝。作为战地前线,台儿庄并不宜久留。虽然大战结束已近20天,战场业经清理和打扫,但被大战毁坏的房屋设施却远未及恢复:

> 入西门后,即见满地瓦砾。沙土。破纸。烂衣。倒壁,塌墙……所有房屋,无不壁穿顶破,箱柜残败,暗无一人,有福音堂一所,亦毫无例外的彻底被毁于敌人密集炮火之中。士兵之驻民房中者,皆另在地中掘孔而居,上盖厚土。②

这是记者范长江在"台儿庄完全规复后四小时"进入战场看到的景象,可见战争之惨烈,郁达夫抵台儿庄,这样的场景也还历历在目;同时,空袭更是常态。4月20日以后,虽因我将士坚决抗拒,严防死守,"我多数阵地敌始终未能越雷池一步",但"当时敌机数架曾滥炸终日"③,台儿庄和津浦沿线仍是硝烟弥漫,战火四起。郁达夫在4月27日给王映霞的信(《战地归鸿》)中写道:

> 来徐州已将四五日,前两天去了中国打倭寇划一时代的台儿庄。历访了于总司令学忠,孙总司令连仲等前线将士,总算是经过了敌人炮火下的一条血路。头上的炮火,时常飞来,轰隆隆轰隆隆的重炮声,不断地打着。还有飞机(敌机)的飞来飞去。麦田里躲避,也不知躲避了多少次。前线的将士,真能够拼命,我们扼守着台儿庄东南,扼守着郯城、临沂、峄县、邳县等地的血肉长城,不管他炮轰得如何厉害,总是屹然不动,使倭寇无法可施。等炮火一停,或倭兵看见了之后,就冲出战壕来杀,砍,放机枪与步枪。倭寇有的是炮火,我们有的是勇气。

4月25日,在完成了战地巡视和慰问后,郁达夫与劳军人员的专车即被夹在50辆空车之间驶回徐州,次日清晨抵返徐州。④

1938年4月28日前线观感

政治部此次劳军在当年影响很大,各报刊留下的消息和访谈颇多。4月28日下午,在奎光阁司令长官秘书宴上,郁达夫发表了本次前线观感:

> 五战区军纪好,军民合作,一切皆生气勃勃。必能阻止敌人打通津浦的企图。我方将士抗战情绪极高,毫无惧怕的心理,反之日军则异常厌战怯战,从曹聚仁先生那里看到一本日本军官的日记,是一个彻底法西斯蒂曾参加"二二六"事变的青年将校所遗失的。内容记载非常强硬顽固,但是他写的"这次调为守备军,总算有了回家的希望"这么一句,却无形中暴露了他怕死的心理。⑤

这天,郁达夫还接受了中央社记者采访,告此行观感,称:

> 此次我们奉政治部之命,前来慰劳将士,一面也想看看前线的情形,如军民合作

---

① 盛成《徐州慰劳报告》,见《盛成台儿庄纪事》,第44—49页。
② 范长江《慰问台儿庄》,《战地通信》1938年5月1日。
③ 《第二十军团汤恩伯部参加鲁南会战各役战斗详报(节选)》,中国第二历史档案馆编《中华民国史档案资料汇编》第5辑第2编(军事2),第582页。
④ 盛成《徐州慰劳报告》,见《盛成台儿庄纪事》,第50页。
⑤ 同上书,第51—55页。

的现象,士兵风纪的整肃等等。我们到了台儿庄,到了利国驿,从前线归来,感想很多,而最重要的一点,是因此次的实地观察,更加强了我们最后胜利的确信。分开来说,(一)我们的士兵,已经有了十足的自信,觉得敌人的炮火战车飞机的乱轰乱放,终抵不过我们的忠勇刚毅;(二)是老百姓抗敌忾心的加强,敌人轰炸得愈厉害,奸淫掳掠得愈凶,老百姓的自卫与协助的工作,也做得愈周到。台儿庄一役,敌死伤万余人,郯城邳县峄县诸线,敌人的伤亡,每日总在三四千人以上,敌人想雪台儿庄的奇耻大辱,调其疲惫之各路残兵,集中于津浦南北两段,未战就先已露出败兆,因为这类残兵,都已苦于久战,思乡心切,虽勉强集中,实早已丧失了英锐的战斗能力,这于这一次检阅了许多俘虏及战死倭寇的手记家信及日记之后,就可明白。最使我们感觉奇异的,是在台儿庄作战的许多华北驻军板垣、矶谷部队的手记,他们都是与"二二六"事件有关的青年将校及士兵,都是彻头彻尾的法西斯主义者,而在他们的日记里,我们也见到了"被役前的错误观念害煞了"等忏悔畏怯之辞。此外的感想还很多,当于去武汉之后再慢慢的写出来。①

作为对日本文化、日本人颇为熟稔的一位文学知识分子,郁达夫在战场的观察十分独特,他言谈中对日本士兵厌战心理的剖析,无疑可以增强国人对法西斯主义必败,和确信"我们最后胜利"的信念,颇有感召民众、振奋士气的力量。

从现有资料来看,上述访谈同时(4月30日)被刊载于上海《导报》、广州《中山日报》、杭州《东南日报》、西安《西京日报》、贵州《革命日报》和南宁《南宁民国日报》等,蔚为一时之热。

1938年5月3日,回返武汉

4月27日,郁达夫曾在徐州致函王映霞(《战地归鸿(三)》),详细报告了战地行踪并回程安排:"拟于今晚动身到开封去。在开封顶多住一两日,然后就往郑州回武汉,四过信阳,当下车去潢川一看青年干部在那里训练的情形,到家当在五月初旬。"这个计划或并未完全履行。

据现有资料,郁达夫是5月1日离开徐州,5月3日抵返武汉,中间两天是否经停郑州或潢川,尚不得而知。抵汉之时,老舍、老向等作家在车站迎接,②郁达夫并再次接受记者采访,称还有意往西北前线一行:

前代表政治部往前线劳军的本会常务理事郁达夫,已于三日完成任务,回返武汉,他还有意往西北前线一行。③

郁达夫没有食言。虽然西北之行实际上成了后来的东战场劳军。回汉及之后,郁达夫相继写下了《平汉、陇海、津浦的一带》《黄河南岸》《必胜的信念》《在警报声里》等文字,记录自己近距离经历和亲身感受的这一场民族战争,字里行间呈示了他的感动与思虑,乐观与自信。同时,郁达夫也将自己了解到的前方将士"希望我们在后方的执笔者,能多送

---

① 《政治部慰劳团考察津浦前线》,《申报》1938年4月30日第2版。参《郁达夫谈前线归来感想》,《西京日报》1938年4月30日第1版;参《前方一团朝气军民自信极强郁达夫自前线归来谈》,《中山日报》1938年4月30日第1版。
② 参《盛成回忆录》,太原:山西人民出版社,2012年,第113页。
③ 参《文艺简报》,1938年5月7日汉口《抗战文艺》(三日刊)第一卷第2号。

些士兵的读物,及足以娱乐暇时的图画刊物等印刷品去,藉资消遣"诸需求,通过倡议发动"一种书"运动,建议后方文人"将我们所读过的定期刊物,书报小说之类,统统捐助出来,送上各战区的后方办事处,请他们转送前线,分给守土的将士们阅读",并视此为文人笔友"在战时所应做的工作"中最重要的一部分。这一倡议,很好地体现了非常时期"文章下乡、文章入伍"的战时文化立场。

1938年6月5日,再赴浙东、皖南第三战区

郁达夫的东战场劳军,虽在《毁家诗纪》有零星记载:"六月底边,又奉命去"第三战区浙东、皖南视察,"曾宿金华双溪桥畔……与季宽主席等一谈浙东防务,碧湖军训等事",并于7月初,"自东战场回武汉"等,但除了诗纪、自注和《余两过黄山,未登绝顶,抗战军兴后,巡视防务至屯溪遇雨,至朱砂泉一浴》(七律)等诗作外,郁达夫关于东战场劳军的文字其实并不丰富,记录也不完全确切,此次劳军的细节更是少为人知,以至几部年谱均未标注明确的时间刻度。

查中华全国文艺界抗敌协会会刊《抗战文艺》,文协研究部主任郁达夫东战场劳军的信息曾在周刊第7、第8、第10期上三度被发布。5月27日《抗战文艺》(周刊第一卷第7期)刊出《会务报告》,称因"研究部主任郁达夫最近就到东线去调查,已决定再添请几位干事,帮助副主任胡风办理一切"①,为郁达夫的暂离会务特别作了安排;6月11日,《抗战文艺》(第一卷第8期)刊出文艺简讯:郁达夫又赴东战线视察,约两周后可返汉;6月25日,郁达夫返汉前夕,《抗战文艺》(第一卷第10期)再次预告:郁达夫将于日内从东战场返汉。

当年报刊对此事的报道更确切。1938年6月6日,《华美晨刊》第1版,《革命日报》第11版刊有《郁达夫等今赴东战场视察》的消息,《晶报》《新闻报》等亦有转载。消息称,6月5日,郁达夫与政治部设计委员邹静陶、汪啸涯、许宝驹、刘晋暄等人一起由武汉抵南昌,拟赴东战场视察。他们将于次日(6日)启程赴东战场,拟两星期后返武汉。

1938年6月27日,前线归来

郁达夫一行自浙东战场的返汉时间是在1938年6月27日。《申报》消息《许宝驹等视察前线归来》中有称:

> 政治部长前曾派设计委员许宝驹、郁达夫、刘晋暄、汪啸涯、邹静陶五人,前往第＊战区视察有关抗战之各项政治工作,并慰劳前方将士,许等历赴屯溪、青阳、宁国、河沥溪、木镇、金华、义乌、永康各地视察,已于廿七日返汉,向陈部长报告一切,据闻视察结果甚为圆满,前方士气极为振奋,民众抗敌情绪尤极热烈。②

这两则消息基本上可以勾勒郁达夫与其他四位设计委员此次浙东、皖南战场劳军的行踪与轨迹。他们于1938年6月5日从武汉出发,6日经南昌赴东战场,巡视了安徽屯溪、青阳、宁国、河沥溪、木镇和浙江金华、义乌、永康各地防务,6月27日返回武汉,历时22天,比台儿庄劳军时间更长,也与郁达夫本人"六月底边""七月初"的记录颇有出入。

还有一个细节值得一提,战区劳军,还是委员们自己先行垫付的交通费。8月11日,

---

① 文协总务部《会务报告》,1938年6月5日汉口《抗战文艺》(周刊)第一卷第7期。
② 《许宝驹等视察前线归来》,1938年6月29日《申报》第2版。

衡山设计委员会第三处会计股来函,告以赴第三战区视察所用之旅费291.7元已核准。9月27日,王映霞收信后代为出具领据,并挂号寄出,因郁达夫已于9月22日应陈仪电召,从汉寿出发赴福建,其时正借宿江山。

节外变故

战区劳军期间,不意郁达夫家庭生活陡生变故。郁达夫在《国与家》中坦言:"自北去台儿庄,东又重临东战场,两度劳军之后,映霞和我中间的情感,忽而剧变了。据映霞说,是因为我平时待她的不好,所以她不得不另去找一位精神上可以慰藉她的朋友。"汉口争吵,沸沸扬扬,周恩来、郭沫若都曾出面调解。① 7月9日,以周象贤、胡健中为"见证友人",郁、王二人立据签订《协议书》:

> 达夫、映霞因过去各有错误,因而时时发生冲突,致家庭生活苦如地狱,旁人得乘虚生事,几至离异。现经友人之调解与指示,两人各自之反省与觉悟,拟将从前夫妇间之障碍与原因,一律扫尽,今后绝对不提。两人各守本分,各尽夫与妻之至善,以期恢复初结合时之圆满生活。夫妻间即有临时误解,亦当以互让与规劝之态度,开诚布公,勉求谅解。凡在今日以前之任何错误事情,及证据物件,能引间感情之劣绪者概置勿问。②

经友人劝解和双方的"忏悔与深谈",两人总算搁置争议,做了一回破镜重圆的努力。

然而好景不长。不久,武汉被围,政府下令疏散人口。1938年7月11日,郁达夫偕家人搭江轮离汉口往湘西,先避常德,再居汉寿。12月19日,郁达夫偕王映霞和郁飞,从马尾登上驶往南洋的邮轮——自此,诗人便零落天涯,至消逝在遥远的赤道线上……在郁达夫南行的决绝中,有一部分或是为弥合家庭生活已经出现的裂隙,躲避"与国民党官僚层和决策者发生龃龉"(《嘉陵江上传书》)的可能而生的。无论如何,三大战区劳军至少是加剧这对富春江上神仙侣仳离的导索,以至郁达夫那样悲壮地"为国家牺牲"了一切。

---

① 参黄世中《王映霞:关于郁达夫的心声》,郑州:河南文艺出版社,2013年,第47—48页。
② 《王映霞自传》,合肥:黄山书社,2008年,第160—161页;参罗以民著《天涯孤舟——郁达夫传》,杭州:杭州出版社2004年,第193页。

专辑·文化生活出版社

吴念圣

文化生活出版社《现代日本文学丛刊》
——细读 1936 年 10 月 4 日《申报》广告

引言　两个广告

　　文化生活出版社(以下简称文生社)初创期在《申报》上登过两次广告,一次是 1935 年 9 月 21 日,另一次是 1936 年 10 月 4 日。

　　文生社 1935 年 5 月 20 日推出其《文化生活丛刊》第 1 种《第二次世界大战》,而后至 9 月,又陆续出版了 5 种。据该社创始人之一的吴朗西回忆说:在当时资金极其不足的情况下,"9 月 21 日,我们在《申报》封面上,给巴金主编的《文化生活丛刊》中的这六种书刊登了半版的套色广告。这半个版面的广告费是 300 元。我们真是打肿脸来充胖子呵"①。

　　一年后的 1936 年 10 月 4 日,文生社又在《申报》上刊登了一个整版的广告。这次广告披露了已刊将刊的 7 套丛书 175 种书名。这 7 套丛书中,《文化生活丛刊》《文学丛刊》《译文丛书》3 套,已经出版多种;另 4 套则是刚起步或是即将起步的,其中有《现代日本文学丛刊》,还有《新艺术丛刊》《综合史地丛书》《战时经济丛书》。

　　文生社到 1954 年 7 月公私合营为止,这 7 套丛书的刊行实绩是:

1.《文化生活丛刊》,1935 年 5 月至 1949 年 8 月,49 种;
2.《文学丛刊》,1935 年 11 月至 1949 年 4 月,10 集 160 种;
3.《译文丛书》,1935 年 11 月至 1953 年 11 月,约 60 种;
4.《现代日本文学丛刊》,1936 年 9 月至 1937 年 5 月,4 种;
5.《新艺术丛刊》,1936 年 10 月,1 种;
6.《综合史地丛书》,1937 年 5 月至 7 月,7 种;
7.《战时经济丛书》,1936 年 11 月至 1937 年 1 月,4 种。

　　前 3 套丛书的数目最终大大超过 1936 年 10 月 4 日《申报》的广告之数,且优质作品多,广泛受到读者的喜爱。其中,前两套的主编是巴金,后一套也是巴金主编的时间最长;而后四套丛书则均未完成计划。

　　从事日本文学研究的笔者,尤其关注《现代日本文学丛刊》。从细读 1936 年 10 月 4 日《申报》广告开始,就以下问题作了一些探索:如该丛书的原计划是什么?有何意义?计划未能实现的原因是什么?有哪些人跟这套丛书有关?

　　为便于读者查询日文原作,笔者在译著的题目之后用括弧〔　〕添入日文原名。

---

①　《文化生活出版社的资金来源》,载《新文学史料》1982 年第 3 期。

一、1936年10月4日广告上关于《现代日本文学丛刊》的信息

从此广告可知：该丛刊全100种，其中18种的书名或内容（书名是已刊的，内容是未刊的）、作者及译者，已刊两种的定价均为2角5分，主编为陆少懿和吴朗西。

下表是笔者根据广告上有关18种书的信息整理的。作品的日文名为笔者所添。

作者名	书名	译者名
谷崎润一郎	春琴抄〔春琴抄〕	陆少懿
芥川龙之介	河童〔河童〕	黎烈文等
森鸥外	舞姬〔舞姬〕・Vita Sexualis〔ヰタ・セクスアリス〕	林雪清
二叶亭四迷	平凡〔平凡〕	王文川
夏目漱石	我是猫〔吾輩は猫である〕	林雪清
德田秋声	勋章〔勲章〕及其他	张 易
樋口一叶	浊江〔にごりえ〕・十三夜〔十三夜〕・比高〔たけくらべ〕	白 水
岛崎藤村	千曲川Sketch〔千曲川のチケット〕	黄 源
泉镜花	通夜物语〔通夜物語〕・高野圣〔高野聖〕	白 水
永井荷风	狐〔狐〕及其他	张 易
野上弥生子	海神丸〔海神丸〕及其他	陆少懿
山本有三	瘤〔瘤〕及其他	陆少懿
室生犀星	兄妹〔あにいもうと〕及其他	晃 初
宇野浩二	子的来历〔子を貸し屋〕及其他	白 水
十一谷义三郎	洋鬼子阿吉〔唐人お吉〕	陆少懿
川端康成	花的华尔兹及〔花のワルツ〕其他	王文川
岛木健作	麻疯〔癩〕	陆少懿
林芙美子	牡蛎〔牡蠣〕及其他	张建华

二、实际出版的4种

表中最初两种，即谷崎润一郎著、陆少懿译《春琴抄》和芥川龙之介著、黎烈文等译《河童》，均于1936年9月发行。后者的"黎烈文等译"是因为内含芥川的4个作品，其中《河童》与《蜘蛛的丝》〔蜘蛛の糸〕为黎烈文所译，《罗生门》〔羅生門〕和《鼻子》〔鼻〕为鲁迅所译。

广告刊登后出版的两种，与广告内容略有不同。1937年3月出版的林芙美子著、张建华译的那本内含3个作品，《牡蛎》以及《爱哭的小鬼头》〔泣き小僧〕、《枯叶》〔枯葉〕，书名没用《牡蛎》，用的是《枯叶》。

1937年5月出版的森鸥外著、林雪清译《舞姬》内含两个作品，广告中的《Vita Sexualis》实际出版时译为《性生活》。

值得注意的是,这 4 本书的扉页上都印有阿拉伯数字(封面和封三上没有):森鸥外的《舞姬》是 2,谷崎润一郎的《春琴抄》是 31,芥川龙之介的《河童》是 52,林芙美子的《枯叶》是 80。显然,这些数字就是《现代日本文学丛刊》的编号。

从已刊的 4 本译著所示的编号以及 1936 年 10 月 4 日的广告来看,该丛书确实有过一个庞大的而且比较具体的计划。

三、关于编译者

主编之一的吴朗西是文生社的主要创始人、经理。吴朗西(1904—1992),重庆人。留日六年,创办文生社之前撰文译文 20 余篇,分别发表在《现代中学生》《社会与教育》《美术生活》《漫画生活》《文学季刊》等杂志上,其从英文重译的苏联作家伊林的《五年计划的故事》1931 年 12 月由上海新生命书局出版。文生社初创,他身负经营重任,很可能为此,在上述的《现代日本文学丛刊》18 种中,没有具体担当。吴朗西在《追忆几件往事——为纪念鲁迅先生逝世五十周年而作》(载《新文学史料》2004 年第 4 期)中回忆起在编撰《新艺术丛刊》(1936 年 10 月 3 日《申报》广告上的第 5 套丛书)之时与鲁迅的对话,鲁迅鼓励他继续搞翻译,他说:"老实讲,我因为搞了文化生活出版社,主要差不多变成一个生意人了。"而且,他的这个文生社经理是尽义务的(巴金也没有从文生社领工资),他靠的是做《美术生活》的编辑来领工资生活。每天半天到《美术生活》,半天到文生社工作。

另一个主编陆少懿,是伍禅的笔名。伍禅(1904—1988),南洋华侨,原籍广东海丰。1925 年夏赴日留学,就读东京高等师范学校。在日期间与吴朗西熟识,二人 1931 年"九一八"事变后同船回国。回国后,伍禅与黄子方在上海编辑出版《弗尼达姆》周报,其间结识巴金。而后,曾与吴朗西同去福建泉州平民中学、黎明高中任教。伍禅也是文生社创办人之一。他翻译的谷崎润一郎《春琴抄》最早发表在 1936 年 6 月 1 日刊《文季月刊》创刊号上。此外,他还译有平天小六《田园》(载《文学季刊》2 卷 4 期,1935 年 12 月 16 日)、永井荷风《残春杂记》(载《文季月刊》1 卷 2 期,1936 年 7 月 1 日)、永井荷风《狐》(《文季月刊》1 卷 3 期,1936 年 9 月 1 日)。在上述的 18 种译著中,他担当了 4 种。由此可见,伍禅当为这套丛书的主要主编和译者。1937 年"七七"事变后,伍禅即离开文生社去了南洋,并留在那里从事教育、编辑工作,中华人民共和国成立后才回国。伍禅曾任致公党中央副主席,是第一届至第七届全国人大代表。

黎烈文译芥川龙之介的《河童》《罗生门》最初收入《河童》一书,1928 年 10 月作为《文学研究会丛书》的一种由商务印书馆出版。黎烈文(1904—1972),湖南湘潭人,曾留学日本和法国。1932 年末出任《申报》副刊《自由谈》主编,1935 年与鲁迅、茅盾、黄源等组织译文社。这两个译作再交文生社出版,是他对该社的支持。黎烈文在文生社出书甚多,散文集有《崇高的母性》(1937 年 2 月),译著有《冰岛渔夫》(1942 年 12 月)、《两兄弟》(1943 年 3 月)、《伊乐的美神》(1948 年 2 月)、《第三帝国的兵士》(1949 年 8 月)。抗战爆发后,黎烈文到福建省负责组建改进出版社,曾邀吴朗西去作副手。抗战胜利后,黎烈文去了台湾,在台湾大学文学系执教。

鲁迅译芥川龙之介的《鼻子》《罗生门》最初分别发表在 1921 年 5 月 11 日至 13 日、6 月 14 日至 17 日的《晨报》副刊上,1923 年 6 月为周作人编译(译者为周作人、鲁迅二人)的《现代日本小说集》(上海商务印书馆)所收,1927 年 12 月又为夏丏尊编选《芥川龙之介集》(上海开明书店)所收。此次同意由文生社出版,是出自与文生社,与吴朗西、巴金的友情吧。1934年9月吴朗西等创办《漫画生活》,得到鲁迅稿3篇。文生社最早出的《文化生活丛刊》6本书里,就有鲁迅译《俄罗斯童话》(1935年8月)。1935年9月,在鲁迅等人的支持下,《译文丛书》由文生社出版。同社1935年11月出版鲁迅译《死魂灵》,1936年1月出版鲁迅著《故事新编》,同年5月出版鲁迅编《死魂灵百图》,同年10月出版鲁迅编《凯绥·珂勒惠支版画选集》。

林雪清是林琦的笔名。林琦与吴朗西为四川同乡,二人留日时期亦大致相同,推测二人是在日期间相识的。林琦另译有《不如归》(上海亚东图书馆,1933年)、《苦儿努力记》(与章衣萍合译,上海儿童书局,1933年)、《海地》(正中书局、1943年)等。抗战初期林琦在重庆编过《全民周刊》(与沈钧儒等1937年底在汉口创办的同名杂志无关),后曾委托吴朗西接任。之后,他供职于国民党军训部军学编译处,抗战胜利后去了台湾。

张易与晁初是同一人,晁初为笔名。张易,1904生,云南盐丰人。留日时期与吴朗西大致相同,就读东京高等师范学校英文系。在日本,二人曾居一处的上下楼。张易还用另一个笔名伯峰翻译了古田大次郎的《死的忏悔》,1937年由文化生活出版社刊出。抗战胜利后去台湾,在台湾省立师范学院(1955年改称台湾省立师范大学、1967年改称台湾师范大学)任教。晚年移居美国。

黄源(1906—2003),字河清,浙江海盐人。1924年下半年,在杭州,经同乡好友许天虹与吴朗西相识。1928年春赴日游学,1929年夏回国,留日期间,前期住在陈瑜清那里,后期住在吴朗西那里。1931年为上海新生命书店编辑《世界新文艺名著译丛》,1933年任《文学》杂志社编校,1934年8月兼任《译文》杂志及《译文丛书》的编辑。日译中的作品有林芙美子著《达凯爱尔路》(载《文学季刊》2卷1期1935年3月16日)等。黄源是文生社《译文丛书》主编。"七七"事变后,离开上海,参加了新四军。中华人民共和国成立后,作为文艺界的共产党领导干部先后任职于上海、浙江。1957年被划为"右派",1960年末摘帽,1979年得到彻底平反。

吴朗西在他回忆创办文生社的文章中说:"能够翻译日文的有伍禅、张易、林琦(林雪清)、黄源和我等等。"(《文化生活出版社的创建》,载《新文学史料》1982年第3期)但未曾提到张建华、王文川、白水。

据笔者调查,这个王文川很可能就是在开明书店出版过新诗集《江户流浪曲》(1929年6月,丰子恺封面设计、题词)的王文川。王文川(1907—1983),浙江上虞人,春晖中学毕业,与黄源是同学。20世纪20年代后期赴日留学,专攻英语。回国后曾在开明书店编译所工作。1930年秋回母校春晖中学执教,1935年8月至1936年2月代校长(校长经亨颐)。之后,在余姚实获中学、上海京沪中学、宁波中学等校从过教。中华人民共和国成立后,到慈湖中学,任过校长。曾任宁波市政协委员、浙江省政协特邀代表。他在开明书店还出过《英诗译注》(1931年9月)、《近代文学与性爱》(与钟子岩合译,1931年)、《英文法讲义》(1934年3月)。但他与文生社的关系,除了上述广告之外,尚无信息。

关于张建华,只查知此人还翻译过吉松虎畅的《科学界的伟人》(商务印书馆1937年1月)。

至于白水,则一无所知。

笔者注意到孙晶在其著《文化生活出版社与现代文学》和《巴金与现代出版》中提到

胡风与《现代日本文学丛刊》有关①。胡风的确在文生社初期的1936年4月,出版了他从日文翻译的《山灵》,但他与《现代日本文学丛刊》的关系,不详。

四、计划未能实现的原因

20世纪20年代至30年代中期,我国呈现出一股介绍翻译日本著作的热潮。根据王向远《日本文学汉译史》(宁夏人民出版社2007年10月)的附录(二)《20世纪中国的日本文学译本目录(1898~1999)》的统计,20年代至30年代中期,有关日本文学(不包括文学史、文学评论)的单行本,中华书局、商务印书馆、现代书局、开明书店均出版10种以上,北新书局、启智书局、水沫书店、新生命书局、新中国书局、真美善书店,还有文化生活出版社等都出版了数种。

其中,周作人编译《现代日本小说集》(全3册,商务印书馆,1923年6月)规模最大,其收入15个作家的30篇作品(周作人译9个作家的19篇,鲁迅译6个作家的11篇)。

而文生社的《现代日本文学丛刊》,计划100种,是前所未有的。仅从广告所披露的18种看,就有德田秋声、樋口一叶、永井荷风、野上弥生子、山本有三、室生犀星、宇野浩二、十一谷义三郎、川端康成、岛木健作等均是其他出版社尚未翻译出版过单行本的作家。遗憾的是,这个计划未能实现——不,应该说远远没有达到原定目标。

计划未能实现的主要原因是战争。因为"七七"事变,日本对我国全面发动侵略,此际已经完全失去翻译介绍日本文学的良好氛围了。

在这个前提下进一步寻找原因的话,或许跟文生社的整个出版方针方向也有些关系。文生社的总编辑是巴金,出版方向的这个舵是由他来把的。巴金虽然有过9个月的留日经历,而且很早就非常关注日本的无政府主义运动,还从日语翻译过相关文章;但在文学方面(不仅仅是文学方面吧),很明显,他更看好欧洲。而且,出版社除了翻译,还有创作的一块。巴金主编的《文学丛刊》从1935年11月到1936年9月出了32种,1936年10月到1937年8月出了42种,从1938年5月到1949年4月出了86种。由此可见,巴金在1935至1937年这近三年的时间里用了相当精力来出版我国自身的创作作品。再说吴朗西,其实,他在日本学的是德国文学,是歌德,在文学趣向上也更倾倒于欧洲吧。

---

① 孙晶:《文化生活出版社与现代文学》,南宁:广西教育出版社,1999年,第203页;孙晶:《巴金与现代出版》,上海:复旦大学出版社,2011年,第141页。

吴念圣

文化生活出版社解放初期出版的五本日本文学译著

——兼谈与周作人的关系、民主新闻社

文化生活出版社（以下简称文生社）1953—1954年出版了五本日本文学译著，其中三本是周丰一译的短篇小说集，即1953年6月刊《反抗着暴风雨》、1953年11月刊《明天》和1954年5月刊《血的九月》，两本是萧萧译的长篇小说，即1953年4月刊《箱根风云录》和1953年11月刊《静静的群山》。

这五本译著，包含了日本21个作家的25个短篇和两个长篇。总体来说，这些作品都可称为日本无产阶级文学作品，代表了战后日本文学的一个重要方面；同时，出版这些作品也反映出我国解放初期文学界的某种指向。

无独有偶，这两位译者的作品还都跟周作人有关系。此外，笔者在调查中发现，这些译作所用的一些底本与在沈阳的一家民主新闻社有关，这是中华人民共和国成立初期的一家专门出版日文书刊的出版社，值得注意。

以下分作两部分来谈，先谈周丰一的译著，再谈萧萧的。为便于读者查询，特用括弧〔　〕添入作品日语原名。

一

周丰一的3本译著含20个作家的25个短篇小说。以下先以表格的形式分别整理展示这3本译著所含的各个作品的题目、作者及其出处——这里的出处，不一定都是作品最初发表之处，有时表示的是译作所依据的底本发表之处；然后再就这些作家、作品以及有关的杂志、出版社选择性地做一些简介，其中专设一节谈民主新闻社；最后谈谈与周作人的关系。

（一）短篇作品一览

1. 小岛进等著《反抗着暴风雨》

含小岛进等9位作家的9个短篇。据该书《例言》说，作品选自《日本人劳动者》（民主新闻社编，1951年）和《新日本小说》（新日本文学会编，1949年）。但是，这两种书笔者均未查到。

笔者注意到民主新闻社1952年2月出版的《日本人劳动者》，但那是春川铁男写的一部长篇小说，原载《人民文学》杂志。关于民主新闻社，请容在下文中专述。

根据第1至第3篇篇末所记时间，查知作品最初发表在《人民文学》杂志上。下表中第1至第3篇的出处即为作品最初发表的场所与时间。

第4至第6篇篇末虽有时间记载，但查无结果。第7至第9篇的文末没有时间记载。

经调查,笔者看到新日本文学会1947年编《新文学创作集》〔新しい文学 創作集〕第1卷(下表中简称《新》)收入上述6篇作品。下表中的出处便是用的这个资料。

作品名(日文原名)	作 者 名	出　　　处
忘记不了的人们〔忘れえぬ人たち〕	石毛助次郎	《人民文学》1951年1月号第64—67页
反抗着暴风雨〔あらしに抗して〕	小岛进	6月号第30—40页
抢救同志的故事〔同志をうばい返す話〕	泽摩耶子〔沢まや子〕	8月号第37—45页
火烧场〔焼野〕	细野孝二郎	《新》第1卷第131—147页
九月十四日之夜〔九月十四日の夜〕	松田解子	第269—283页
町子姑娘〔町子〕	德永直	第375—末页
小工厂〔町工場〕	小泽清	第233—268页
运猪〔豚の舞ひ〕	半田义之	第117—130页
橡皮底袜子〔地下足袋〕	壶井荣	第68—84页

　　另查知第7篇《小工厂》原载《新日本文学》1卷4号78—95页,1946年4月。
　2. 黑井力等著《明天》
　　含黑井力等8位作家的9个短篇。据《例言》说,7篇选自《人民文学》1952年11月(系12月之误)至1953年5月各号,两篇选自《新世界》〔新しい世界〕(表中简称《世界》)1953年3月号。各篇篇末亦记有发表年月号。表中页数系笔者所加。

作品名(日文原名)	作 者 名	出　　　处
搬家面〔引越そば〕	小林胜	1953年1月新年号第8—15页
一个朝鲜人的故事〔ある朝鮮人の話〕	小林胜	1952年12月号第86—98页
疗养院中的斗争〔汚れた肺——サトナリウムの人々〕	井上俊夫	1953年5月号第43—55页
春天的花园〔春の花輪〕	半田义之	1953年4月号第8—23页
签名的故事〔サインをする話〕	德永直	1953年4月号第97—106页
死鸡〔死鶏〕	江津萩枝	1953年5月号第56—65、55页
明天〔明日へ〕	黑井力	1952年12月号第99—124页
再接再厉〔絶え間なく〕	花山一夫	《世界》1953年3月号第89—91页
栗馅馒头〔くりまんじゅう〕	八木正子	1953年3月号第92—94页

　　最后一篇的作者"八木正子"是误译。日文是"八木まき子",若译成中文一般应译为"八木卷子"。
　3. 江马修等著《血的九月》
　　含江马修等7位作家的7个短篇。据《译后记》说,皆选自《人民文学》。以下表中的发表月号及页数均据笔者之调查。

作品名(日文原名)	作者名	出处
转变〔ひと足〕	热田五郎	1952年7月号第111—123页
两个微笑〔二つの微笑〕	船越亨	1953年6月号第30—41页
少年地勤兵〔少年整備兵〕	金井广	1953年6月号第54—63、125页
在倾斜的房顶下〔かたむいた屋根の下で〕	德永直	1953年10月号第80—90页
两个青年〔二人の青年〕	山田清三郎	1953年10月号第91—107页
在医生的家里〔医者の家で〕	小林胜	1953年7月号第79—89页
血的九月〔血の九月〕	江马修	1953年9月号第8—50、90页

(二)作者、作品及其出处等

1. 新日本文学会与《新日本文学》《人民文学》

周丰一所译的25个短篇中,原载《人民文学》的17篇,原载《新日本文学》的1篇,原载《新世界》的2篇,原载处不明的5篇。

《新日本文学》为新日本文学会的机关杂志。新日本文学会是由战时受到政府镇压的从事无产阶级文学运动的作家们创建的文学团体,建于1945年12月,中心成员有藏原惟人、中野重治、宫本百合子等。《新日本文学》系月刊,第1期于1946年3月发行(创刊准备号于同年1月发行),2004年末终刊。2005年3月新日本文学会亦解散。

新日本文学会早期与日本共产党关系甚深。1950年,日本共产党分裂成两派,一个是以德田球一为中心的所谓"所感派",一个是以宫本显治为中心的所谓"国际派",前者占多数。但在新日本文学会里,党员作家的"国际派"占多数,对此持不同意见的江马修、藤森成吉、丰田正子、岛田政雄、栗栖继(江马和藤森是新日本文学会中央委员)等人脱离该会,于同年11月另创月刊杂志《人民文学》。《人民文学》办至1953年12月,共计出版4卷36号。1954年2月改名《文学之友》再刊,至1955年2月,出通卷50号。之后,相关人员回归新日本文学会。

《新世界》〔新しい世界〕杂志系日本共产党出版局事业部主办,1946年8月发刊,1954年1月终刊。

2. 作家

在《人民文学》上发表作品的人,多曾为新日本文学会会员,或者就是日本共产党党员;作品多带有无产阶级文学的特征。

20位作家中,名气较大的有江马修(1896—1975)、德永直(1899—1958)、松田解子(1905—2004)。此三人均为《人民文学》的主要撰稿者,江马修在这个杂志上发文20余篇,其他二人都发表了16篇。

小泽清(1922—1995),工人出身,师从德永直。周丰一所译的其著《小工厂》,当时在日本颇有影响。周所译的山田清三郎(1896—1987)著《两个青年》揭露了著名新闻工作者鹿地亘无辜被美国情报局抓捕的前后经过。

至于小林胜(1927—1971),其代表作当为《断层地带》。壶井荣(1899—1967),则以《二十四只眼睛》而闻名。

不过,也有些作家,后来并未发表什么作品。如译者用在书名上的小岛进、黑井力,从日本文学史上看似乎影响并不大。

3. 民主新闻社

民主新闻社是在我国沈阳的一个由日本人办的出版机关。抗战末期,赵安博受党派遣,赴东北任齐齐哈尔各界联合会主任。1948年秋,根据东北人民政府的指示,赵安博带领一批曾在齐齐哈尔办日文报纸《民主新闻》的日本人移至哈尔滨的马家沟,11月2日沈阳解放,便又移至沈阳和平区民主路49号。当过民主新闻社社长的有池田亮一、井上林等,编辑有菅沼不二男(后到《人民中国》工作,1961年回日本)等。

该社主要以在华的日本侨民为对象发行日文的周报《民主新闻》(1947年3月12日至1950年3月4日)、月刊杂志《前进》,另外还出版日文的单行本。

单行本有编辑翻印来源于日本的书刊或资料,如野坂参三《亡命十六年》(1949年)、日本民主主义科学家协会史学会和历史学研究会合编《日本的历史》(1949年)、《日本共产党当面的任务》(1951年)、春川铁男《日本人劳动者》(1952年2月)、山田·石桥·泽山合译《美元帝国主义》(1952年2月)、国际民主法律家协会调查团《关于美国在朝鲜的犯罪行为的报告》(1952年5月)、日本共产党书记长德田球一《在日本共产党三十周年之际》(1952年8月)、《日本共产党国会议员演说集》(1952年9月)、尤金《社会主义与共产主义》(1952年)、《列宁生涯的事业》(1952年)、《日本共产党第二十二回中央委员会总会报告及决定》(1953年1月)、斯大林《社会主义经济的诸问题》(1953年)等。

另外还有中译日的,如东北军区卫生部政治部编贺部长讲话《医务工作者的道路》(1948年12月)、刘少奇《论共产党员的修养》(1949年)、毛泽东《新民主主义论》(1950年6月)、外文出版社编《中国人民解放军》(1950年)、陈伯达·彭真·陆定一《毛泽东思想和中国革命 中共三十周年纪念论文集》(1951年9月)、《毛泽东选集》(1952年7月)、刘少奇《论党内斗争》(1952年10月)、胡乔木《中国共产党三十年》(1952年10月)、《谁是最可爱的人》(1952年11月)、杜印·刘相如·胡零《在新事物面前》(1951年11月)、柳青《铜墙铁壁》(1953年1月)。

在刘少奇《论党内斗争》日文版里,德田球一还特别撰文予以介绍。1950年6月德田球一、野坂参三等人被美国占领军剥夺公职,之后秘密逃亡到中国,在北京成立了日本共产党临时中央指导部(俗称北京机关、德田机关)。

(三) 周丰一与周作人

周丰一(1912—1997),周作人之子,曾留学日本,中华人民共和国成立后在北京图书馆工作。民主促进会会员。"反右"运动中被划为"右派"。

1953—1954年,周丰一为什么会在上海的文生社出书而且连出了3本呢? 笔者推测,这与两年前的1950年11月周作人在文生社翻译出版了W. H. D. Rouse的《希腊的神与英雄》(*Gods, Heroes and Men of Ancient Greece*)有关。

那周作人又为什么会在文生社出书呢? 虽说20世纪30年代中期,文生社得到过鲁迅的积极支持,文生社的负责人吴朗西、巴金与鲁迅亦有较深的友谊,但与周作人并无什么交往。其实,找周作人译《希腊的神与英雄》的是康嗣群。

抗战胜利后,文生社返回上海。此间,由于巴金与吴朗西不和,吴朗西一度退出了总经理之职。由巴金推荐,康嗣群从1949年夏起当过半年文生社的总经理。康嗣群在北京大学时是周作人的学生,二人关系一直不错。1949年1月,因汉奸罪被捕的周作人出狱。他先从南京到上海,然后回了北平。此年9月,康嗣群与周作人联系,希望他翻译《希腊的神与英雄》一书。因为周作人原先译过此书,所以只用了不到两个月(9月13日至10月27日,45天)便脱稿。据周作人说,此书是巴金给校勘的。那以后,文生社人事虽有变化——1950年2月康嗣群辞去文生社总经理,吴朗西被选为社务委员会主任委员,之后巴金也正式辞去总编辑离开,周作人的这本译著还是于1950年11月顺利出版。书卖得很好,共印5次,计1万册以上。

为此,周丰一从文生社出书,很可能是其父周作人向吴朗西引荐的。不仅如此,周作人还参与了周丰一这次翻译工作。周丰一在《反抗着暴风雨》的《例言》中说:"译稿曾由我父亲校阅一遍。末了壶井荣的一篇,因译者事务繁忙,不及执笔,也由他译出补入。"由此可知,周作人不仅为周丰一的这本译著作了校阅,而且其中壶井荣的《橡皮底袜子》也为周作人所译。周丰一的其他两本译著,其前序后跋虽未提及周作人,但译稿也完全有可能让他看过。

此后,周丰一又翻译了《广岛一家》〔広島の一家〕,1957年由新文艺出版社出版。文生社是1954年7月并入新文艺出版社的。

二

萧萧系日籍女翻译家伊藤克(1915—1986)之笔名,因萧萧之名较为人知,故以下基本上以萧萧称之。她生于东京,1936年因在日华侨的夫君的工作关系,一同来华。中华人民共和国成立时家在鞍山。

(一) 从中译日开始

她先做过中译日,用的笔名是鲍秀兰。她翻译的《我的两位大师》《柳堡故事》等曾发表在民主新闻社发行的《民主新闻》《前进》上。而后,在东北各地视察的民主新闻社池田亮一社长受在沈阳的日本人管理委员会负责人赵安博委托,带了赵树理等人的十余篇短篇小说来找萧萧,希望她能将此翻译成日文。[①]

她还翻译有长篇小说——陈登科《活人塘》和白朗《为了明天的幸福》,分别于1952年1月、8月,作为单行本由民主新闻社刊出。

那时,她又尝试日译中,第一次用萧萧这个笔名翻译的高仓辉的《猪之歌》发表在《人民文学》1951年第11期上。高仓辉(1891—1986),是一名无产阶级作家、日本共产党员。他1950年6月与德田球一等一起被美国占领军开除公职,之后多次辗转于苏联和中国,于1959年4月才归国。

(二)《箱根风云录》《静静的群山》二译著与周作人

《箱根风云录》〔ハコネ用水〕是高仓辉写的一个长篇小说,1951年由理论社出版,第二年被搬上银幕时用的就是《箱根风云录》这个名字。

据人民出版社老编辑文洁若回忆:"萧萧向人民文学出版社表达希望翻译日本长篇小说的愿望,由于不出版单本,人民文学社把她介绍给上海文化生活出版社,吴朗西社长对她表示热烈的欢迎。"[②]

1950年9月,吴朗西到北京参加过出版总署主持召开的新中国首届全国新华书店出

[①] 据吴丹《中日友好的使者——翻译家萧萧》,载《东方翻译》2014年第2期。
[②] 《晚年的周作人》,载《读书》1990年6月。

版工作会议。有可能那时,出版总署、人民文学出版社就向吴朗西表示过这种意思,希望文生社能够出版日本无产阶级文学译著。

萧萧在文生社1953年4月出版了《箱根风云录》之后,11月又出版了德永直写的长篇小说《静静的群山》〔静かなる山々〕。这两本都是作为文生社《译文丛书》出版的。

在这两本译著的版权页上,"译者萧萧"的下面都有"校者周遐寿"的字样。周遐寿即周作人。萧萧在《静静的群山·译后记》的文末写道:"这部译文,周遐寿同志和吴朗西同志曾帮我校阅、修饰,并作了改正,我深深感谢他们热忱的指教和帮助。因为译者能力太差,在这个译本中,可能还存在着错误,希望翻译界同志们和读者多多提出批评,帮我将来再作改进。"

文洁若在上述的她的回忆文中写道:"周作人有时给人以傲慢的印象。1952年,他受上海文化出版社(笔者注:即文化生活出版社)之托,曾为从事日译中工作的日籍女翻译萧萧校订过高仓辉的《箱根风云录》。此书当年在该社出版后,又于1958年由人民文学出版社重新出版。一次,萧萧笑嘻嘻地告诉我,周作人曾感慨系之地对人说:没想到我今天竟落魄到为萧萧之流校订稿子了。言下流露出不屑的意味。但他既然答应下来,还是认真负责地完成了这项任务。"

(三)此后

1955年萧萧成为沈阳作家协会会员,1956年成为人民文学出版社特约翻译家,后移居北京。至1961年末,她翻译完成了《静静的群山》第二部、《樋口一叶小说选集》、《德永直选集》、野间宏《真空地带》、《宫本百合子短篇小说集》、岛崎藤村《黎明前夕》等多部作品。

1961年回日本后从事中译日,用伊藤克的名字单译合译了十多部中国当代小说,如《艳阳天》《欧阳海之歌》《高玉宝》《红灯记》等。

1980年,萧萧再度移居北京,后逝于该地。

文献

晓　风　辑校

胡风日记(1937.8.13—1937.9.30)

1937年

8月

13日　下午访刘均夫妇①,至则K君夫妇睡在地板上面②,乃从北四川路越过警戒线逃来的。K君在稿纸上画图向我说明中日军队底对峙形势,且力言战事不会发生。K君来时已亲耳听见过前哨战的枪声,而犹力言可以和平了结,盖不相信中国政府有抗战的决心也。

[……]

晚饭后洗澡,听见炮声隆隆,晓得战争已正式揭开了。乔峰来③,不一会之林来④。乔峰去后,和之林谈到十时过。他谈的是作为东北底地主典型的他底家庭底历史。

给M·M信(第七封)⑤。

得柏山挂号信,要寄几本书⑥。

14日　早起炮声不停,空中且有飞机穿过。阅报知长江航路有断绝的可能。寄M·M航空信一封,告诉她时局非常严重,如接不着我底信,可不必担心,云。

午后送稿到文化生活出版社。出来后沿爱多亚路到大世界,再转南京路直到外滩。沿路是难民和号外,一片慌乱景象。外滩万头涌动。江上有飞机一架,"出云"舰上且有高射炮声⑦。炮声很大,群众狂浪似的逃向马路方面,我在皇家饭店前停下,约二十分钟。见没有飞机来袭,没有什么可看的,于是折回圆明园路,想到白渡桥去。忽然高射炮声大作,烟弹中间飞来了六七架飞机。同时从另一方向又飞来了三架。炮弹在头顶上飞舞,过于强烈,于是又折回南京路,此时见有消防队和救护车飞来,望一望外滩,刚才站过的皇家饭店前面黑烟隆起矣。在大陆商场下躲了半小时,再由南京路走到永安公司,横过,到"大世界"时,地下只见血淌和死尸,盖受伤机坠下了二弹也。在霞飞路走时,我面前驰

---

① "刘均夫妇"即萧军(刘均,三郎)(1907—1988)和萧红(悄吟)(1911—1942)夫妇,作家。
② "K君夫妇"即日本反战人士、作家鹿地亘(1903—1982)和池田幸子(1911—1973)夫妇。
③ "乔峰"即周建人(1888—1984),编辑,生物学家,鲁迅的三弟。后文亦作"三先生"。
④ "之林"即端木蕻良(1912—1996),作家。
⑤ "M·M"(M)即胡风妻梅志(1914—2004),作家。此时正携子晓谷在胡风家乡湖北蕲春探亲。
⑥ "柏山",即胡风在左联时战友彭冰山(1910—1968),作家。此时被关押在苏州监狱内,不久即因战事被放了出来。1955年被定为"胡风集团一般分子",受到不公正待遇,"文革"中被迫害去世。1980年6月平反昭雪。
⑦ "出云"为一日本战舰。

过了六七车的血人。

15日 风雨,炮声时断时闻。

读N·S·TIKHONOV底《战争》一半。

下午去聂处①,回路过田间处②。得黎底电话③,说他们几个已经商定了出一三日刊,定名《呐喊》。

沉闷了一天,报上的消息有时矛盾,更令人沉闷。

得子民信④。

16日 看完了《战争》,完全是用理论演绎出来的东西,写法和《洋鬼》是一流的⑤。

给子民信。给M·M第八信。

晨五时更起,站在屋顶看飞机。那好像是敌人方面的,因而意气颓然地下来了。下午在霞飞路走一趟,邮局依然不准提储金,电报处人涌成一团。

三郎来,谈了一些闲天。听他说丽尼搬到白朗处来了⑥,于是去看了一下。据说荒煤还渺无消息⑦。罗烽说十四日下午他也去外滩了的⑧,在苏州河边几乎被日本底机关枪扫射掉了,腿子上就有在汽车铁板下带来了的伤痕。

今夜炮声特别猛烈,距离也好像更近了。

今天《申报》载昨天八字桥一战,某团团长某和团副张止戈勇敢异常云。那么,张止戈确在八十八师,而且在勇猛地作战了。他对着密斯姚的那付木讷的样子活跃地现到我底眼前了⑨。

17日 早上三点多的时候,被声音闹醒了。原来楼下孟姓太太得到了一个在法捕房做事的医生打来的电话,说日本人今早要放毒气云。于是大忙一通,打电话探问,告诉别人。从电话里听见征农说⑩,上海金融界不愿打,所以多方阻碍,而且放散谣言云。隔壁冯君也来打电话,说是"出云"已被击中云⑪。

上午费君来⑫,谈些虹口方面的情形。看报,"出云"果被击中,昨晚战事似乎非常激烈。

[……]得陈烟桥代赠李桦刻的连环木刻《黎明》一本⑬、杨晋豪信一封⑭。顺路看田

---

① "聂"即聂绀弩(耳耶)(1903—1986),作家,与后面提到的其妻周颖均为胡风在东京留学时的老友。

② "田间"(1916—1985),原名童天鉴,诗人。1936年,胡风写了诗评《田间的诗》,首次向读者介绍田间的诗。后曾将他的诗集《给战斗者》和《她也要杀人》编入《七月诗丛》出版。

③ "黎"即黎烈文(1904—1972),作家。

④ "子民"即胡风老友熊子民(1896—1980),湖北同乡。时在武汉八路军办事处工作。其住处汉润里42号后提供为《七月》编辑部所在。

⑤ 《洋鬼》为胡风以笔名"谷非"由日文翻译的苏联长篇科幻小说,于1930年由上海心弦书店出版。

⑥ "丽尼"(1909—1968),作家,翻译家;白朗(1912—1994),女作家。

⑦ "荒煤"即陈荒煤(1913—1996),作家,评论家。

⑧ "罗烽"(1910—1991),作家。其妻即白朗。

⑨ "密斯姚"即与胡风同在日本留学的姚楚琦,她的丈夫即张止戈。

⑩ "征农"即夏征农(1905—2008),作家,左联盟员。

⑪ "隔壁冯君"即胡风的邻居冯宾符(冯仲足)(1914—1966),国际问题专家,出版家。

⑫ "费君"即北新书局店员费慎祥。曾由鲁迅先生帮助开办了联华书店。

⑬ "陈烟桥"(1911—1970),美术家,版画家;"李桦"(1907—1994),木刻家,胡风后来曾写《关于李桦》发表于《希望》上。

⑭ "杨晋豪"(1910—1993),出版家。

间,听番草大谈东京留学生中的汉奸情形①,帅某乃两派之一底首领云。我还隐约记得那付奴才面孔。艾青来田间处②,谈他在法捕房拘禁时的情形,满座翕然。夜,之林同杨君来③。杨君无事可作,想参加战地工作团。有事无人做,不让人做,许多人闲着苦闷,这是三花脸先生之流底成绩④。

之林今天去过外滩,炸弹穴正在我站过的皇家饭店边。

今夜月色甚好,但听不见炮声,莫非真地金融界如愿以偿了么?

18日 早上被飞机声惊醒后,听到了宏大的炸弹声,晓得是敌机轰炸龙华或南市,心里非常不快。今天一天敌机很活动,但中国飞机不见踪影,不知何故。也听不到炮声,或者是中国兵逼入租界,炮战已经不能了罢。

写《做正经事的机会》,送给烈文编入《呐喊》周刊。在茅处听到了一些消息⑤。归路过聂处,田间、雪苇、冬青等均在⑥,谈到九点多才回家。

听说松江铁桥被炸,沪杭交通被截断。

夜十点三刻左右,听到浦东方面有炮声、机关枪声。爬上屋顶,炮声没有了,代替那的是步枪声。未必敌机今天侦察多次,目的是希图在浦东登陆么?听声音好像在南市对过似的,那就颇为危急了。听说这方面是张发奎底军队,不晓得能否守住这个防线。虹口方面有火光。

这几天非常地思念M,甚至宁愿她能够和我同在这危险地域上,要死也一同死去。我底心,你现在在好好地睡着么?

19日 昨天敌机轰炸得很利害,今天又是一天飞机声。

上午发快信给M,希望她能够收到。至于希望得到她底信,我差不多完全绝望了。邮政是通的,但她却没有信来,要我天天坐立不安地盼望。

下午访雪苇,又访艾青、汪仑⑦。艾青太太张女士还没有好⑧,打算回杭州乡下去,他们连交通断绝了的事情都不知道。访之林,介绍杨君到"战地工作团"去。

夜,读了拔乌伦珂底《远东》,以日苏战争为题材的通俗小说,也是《洋鬼》一流的东西,不能算文艺作品。

消息沉寂,也没有炮声。报载英国在努力以上海作中立区域的运动。大概洋人们正在做着士兵和民众做梦也不会梦到的"和平"工作。报载我军长官有"儒将"风。

天晴,夜里月色尤其好。在屋顶上听到了几声步枪似的声音。

---

① "番草"(1914—2012),诗人。原名钟鼎文,后去了台湾。

② "艾青"(1910—1996),原名蒋海澄,诗人。胡风曾于1936年发表诗评《吹芦笛的诗人》,首次向读者介绍了艾青。后将其诗集《向太阳》编入《七月诗丛》,由海燕书店出版。

③ "杨君",不详。

④ "三花脸先生"指冯雪峰(1903—1976),又名"徒人"。诗人,文艺理论家。"湖畔诗社"主要诗人之一。30年代曾任左联党团书记、江苏省省委书记等职,为鲁迅与党的联系人之一。中华人民共和国成立后历任中国作协副主席兼党组书记、人民文学出版社社长兼总编辑、《文艺报》主编等职。1957年被错定为"反党分子"。1976年,含冤去世。

⑤ "茅"即茅盾(1896—1981),作家,社会活动家。中华人民共和国成立后,历任全国文联副主席、文化部部长、中国作协主席、全国政协主席等职。

⑥ "雪苇"即刘雪苇(1912—1998),文学评论家。后去延安,任中央研究院特别研究员。1955年被定为"胡风集团骨干分子",1979年3月平反;"冬青"为一文艺青年,曾在胡风主编的《工作与学习丛刊》上发表文章。

⑦ "汪仑"(1912—1991),画家,左翼党员。

⑧ "艾青太太张女士"即艾青此时的妻子张竹如。

补记：昨天在烈文处得洛阳路啸舟信一封。

20日 早,敌机在南市投弹,听到响声甚大。缘登屋顶,有几处浓烟上腾。十时左右,有一弹甚响,由前面窗口望得见烟柱。

报载占领了汇山码头,为开战后最大胜利。

天翼来,云有一"东亚和平同盟",代表者说我也参加在内。我从未晓得有这个团体,也没有台湾或朝鲜的熟人,不知何故说我在内。我说:"大概是因为我在日本出了名的缘故罢!"这是暗射三花脸一箭的,天翼也只好以一笑答我。同天翼在家里吃过饭后,一道访艾青、汪仑等,不在,再访蒋牧良等①,又不在,访白尘②,也不在。在天翼处坐了一会,想回来做事,不果,枯坐无聊,只好同他一道访耳耶,这回却没有落空。不一会冬青来,周文来③,谈话不离战事,吃过饭,八时才回家。

乔峰来过,留字说柏山已出来到上海了。约我明天见面。

邻居冯仲足来打电话,一见面就呼出了我底名字,于是只好请进房来坐。他提议把本弄堂住民组织起来,我约他明天详谈。他说敌人似有侵南通企图。这可有些危险了。浦东大火。

21日 去文化生活出版社会柏山,不见,出来在路上却碰着了。到"冠生园"吃茶,坐到十二时过吃过面以后才出来。他读了许多书,经过了一些锻炼的场面,正视现实的眼光和精神相当成长了,但喜欢说话、容易下判断的老脾气还是存在的。分手后访刘均,因有一个同柏山一道来的东北人想找他救济。

去曹白处④,不遇,去耳耶处,说是柏山可以住在他那里,因他今明即出发到北方去,周颖一人无人照应也。送柏山到耳耶处,他穿上了上午替他买的长衫和短褂。我难受地望着那个无家可归的东北青年,想他对柏山和我一定受到了一阵冷感。正在和他谈话的刘均也许能替他想点办法罢。

[……]虹口大火,半边天都是红的,是中国军烧毁敌人藉作掩护的屏障。

22日 上午,楼下孟姓太太送十元钱来,一定要我收下。[……]

下午去艾青处,遇周文,一同去看柏山。周文这奴才,居然老鼠似的闪着眼睛。我一直给他看冷的脸色。

战讯沉寂。

夜,写诗不成。

M啊,我难堪地寂寞,渴望你来到我底身边。

夜,兰畦来⑤,要我做了一则短评。我要她来,为的调查她是否假借我底关系反对过三花脸先生,她说毫无此事。

23日 早起,看过报后,正想做事,天翼来了。[……]在艾青处谈了些无聊的闲天。他们一定要喝酒,我们这位爱国家(天翼)特别起劲,我只好也出了四角。吃过饭以后,他又一定要打牌,真是无法可想。回寓后已八时了。

---

① "蒋牧良"(1901—1973),小说家。
② "白尘"即陈白尘(1908—1994),剧作家,小说家。
③ "周文"(1907—1952),作家,左联盟员。
④ "曹白"(1914—2007),木刻家,作家。原名刘平若。曾在《七月》上发表报告文学数篇。胡风后将它们集成《呼吸》编入《七月文丛》出版。
⑤ "兰畦"即胡兰畦(1901—1994),作家,社会活动家。胡风在20年代时的老友。

和冯仲足发起募捐,我捐了五元。同他去访问弄内各家,一家捐了三元,一家答应明天交来,但颇有不高兴之意,一家已经睡了。问了两家白俄,一家说是一号发薪时捐一元,一家不理。

今天先施公司又被炸,死伤数百人。敌在吴淞登岸。

24日 上午,《为祖国而歌》写成。午后带到艾青处,他看了说好,但实际上是热有余而肌肉不足的。看柏山,说周文送一元钱给他,彼此不禁苦笑。

精神疲乏,午睡甚久。

夜,之林来,谈天一小时余别去。给M写信,预备明天用快信寄出。二十多天没有信,今天想到也许乡下骚乱了起来,出了什么意外罢,耽心之至。想明天托瑶华冒险到学校去看看。①

吴淞战事甚烈。午饭后,望见南市上空有三架敌机和中国高射炮相战。看见放白烟的中国高射炮,这是第一次,虽然看来瞄准不精,速度也小,但依然是高兴的。夜,听到有一架飞机在高空巡行,爬上屋顶,忽见前面洋房上火星上升,到天空里爆响,未必是敌人机关底暗号么?

25日 早上听隔壁冯仲足说,侵入罗家店之敌近万,像是故意放他们登陆,以便扑灭的,杨树浦方面我军似乎退后云。夜里听炮声,移西了一些,南市有一处起火。前途不能乐观。

写成《血誓》,给艾青等底诗刊。昨天那一首则由天翼拿给《抗战》,因他前天向我要过,不给又会得到不合作的恶谥。在天翼处见到由北平来的刘白羽②,谈了一点平津的情形。

托瑶华到学校去看信之事不成。

《血誓》写成后,疲乏得很,饭都少吃了。

26日 今天依然疲乏,还有点头痛。

下午看柏山,谈了他在里面研究各种人物的经过。

夜,写诗不成。冯仲足来接电话,听到英国大使由南京回上海时,被日本兵用机关枪射伤,有生命危险。虽然火车上插有英国旗,日本兵却以为是南京要人。这也许会造成对中国有利的外交形势。

战事重心依然在罗家店狮子林一带。

今天又没有得到M底信。

27日 上午写成《给怯懦者们》。饭后去艾青处,他似乎不赞成这里面所用的民间文学的表现法。这时候我忽然想到他接受法国文学底影响问题。接着天翼夫妇来,杂乱地谈了一些关于时事的闲天。

由天翼拿去的稿子退回了,说是因为太长。这是三花脸先生封锁的功劳。以后再不会问我要了。

上午钱君来电话③,说是晚上来,到晚上又来电话,病了。我去看他,谈些关于战事的闲天,他听说英国大使许阁森已经死了。接着来了熊得山、李鹤鸣④,谈了一些闲天。

---

① "瑶华"即梅志二妹屠瑶华。
② "刘白羽"(1916—2005),作家。后在《七月》上发表作品二篇。1944年,在重庆编辑《新华日报》副刊。1955年后,历任中国作协党组书记、副主席、文化部副部长、总政文化部部长等职。
③ "钱君"即钱纳水(1892—1974),革命家,湖北同乡。曾与熊得山、邓初民、李达等同办昆仑书店。
④ "熊得山"(1891—1939),哲学家;"李鹤鸣"即李达(1890—1966),教授,哲学家,曾是中共一大代表。均为湖北同乡。

读马雅珂夫斯基译诗数首,聚不成印象。

早晨三时——五时左右,梦见了M。我们在一个湖汊子边上走,分头了,她回到窑上去,走那边,我走这边,到什么地方去可不记得了。好像还有一个人同我一道,谈着煤矿的事情。我说:山西省煤矿开的面积虽大,但采得并不深,所以产量不多……这时候应该向湖汊子那边路上出现的M却不见来,回头一望,还不见人影。这时候悟到了我这边的路是直的,所以走得很远,她那边连湖汊尾子都似乎没有走尽,所以路上还不见人。原想这时候隔湖喊她,向她丢吻的,所以望着空路,心里慌乱,昏昏然地站定了……醒来窗外光线甚强,心里还是慌乱的。

M呵,我底性命,接不着信,却做了这么一个梦!亲爱的人,我在站着等你,赶快在路上出现罢!我害怕乡下骚乱了起来,或者因为我的缘故弄出了什么祸事,那就对她犯了用了我底生命都不能赎回的大罪了。我后悔不该把她放在乡下。一道回上海来,无论犯什么困难什么危险也是甘心的。现在我在这里被人暗算,苦痛着,她在乡下也许碰着了什么难事,至少也是在苦痛地思念我,真是无法可想。亲爱的人,原谅我罢。

二十四日写的信,不想寄出,明天再改写一封。

28日 上午到茅处,《呐喊》销到了一万。到烈文处,听到了三花脸先生又在破坏我,想我不能在《呐喊》发表文章。归路看柏山,不在,说是周文约去见某某二君去了。在艾芜处谈了一会①,他很想组织徒步旅行团到内地去。

下午,意外地接到了M底两封信,三号发的一封,八号发的一封。十七、十八就到了医学院,现在才转寄到,真是该死!她过得很好,不过望信望得很苦。现在恐怕更要不安了罢。我希望几天之内还可以转寄到她底信。给她写信(第十封),二十四日信底第二页也附去。

上午出去了的时候,费君送来邢桐华和曹白信各一封②。

晚饭后到白朗处,他们很销沉似的。罗烽想把她和母亲送到武昌去。丽尼也想送家眷回武昌。但都不能走,车依然挤得很,而且有被炸、被扫射的危险。

29日 上午写诗不成。午饭后又接到了M在十五日发的第五封信,包裹和书都没有寄到,于是满纸怨言,简直不想一想这里的生活情形。她应好好地看书,了解生活,却仍是这么心浮气燥。真不知如何是好。

到艾青处坐了一会。才晓得他故乡金华有斗牛的风俗,乃有钱的地主底一种斗势的方法,和西班牙底斗牛并无相同之处。到柏山处,谈了关于周文底小说之缺陷。他见了何家槐等③,谈了些从前的事情云。不一会田间来,没有钱,诗刊出不成,想回乡下去,而且还似乎不愿周颖同去。从周颖口里听到两件事:一是郭沫若第一个签名在孟十还等发起的"投笔从军"的志愿单上④,一是张汉辅把小女儿丢在上海幼稚园不管,却自己一个人跑到杭州去,同老婆到安徽避难。看了那老婆给周颖的信,这个男子实在非进小说里面不可。抄《给怯懦者们》给柏山、田间看,他们都大为赞成。吃晚饭归。

---

① "艾芜"(1904—1992),作家。
② "邢桐华",与胡风同时在东京留学。
③ "何家槐"(1911—1969),小说家,文学评论家。
④ "郭沫若"(1892—1978),作家,诗人,考古学家,社会活动家。胡风在东京时期与他相识。抗战时,任国民党军事委员会政治部第三厅厅长和文化工作委员会主任等职。中华人民共和国成立后历任国务院副总理、中国科学院院长等职;"孟十还"(1908—?),作家,编辑家。

夜,写成《提议》。

30日 上午,费君来,提到想出一个小刊物,他很高兴,即去打听印刷费用。看报,中苏互不侵犯公约公布了。这是外交上一个大的转换,大的胜利,使抗日战争走上了乐观的前途。虽然昨夜睡迟了,疲乏得很,但今天一天感到了近来少有的充实。

下午去艾青处,他病了。在前楼同汪仑等谈了一些闲天。去欧阳山、东平处,辛人也在那里①。闲话谈得很多,觉得同辛人都隔着一道什么似的。

夜,费君再来,说《呐喊》都被租界当局查禁,邹韬奋家里且被搜查云。但他明天想去市党部打听一下,看有不有出刊物的可能。

得罗烽信,说是办一周刊,要写千余字的文章。

31日 午饭后去黎处、茅处。在茅处遇王统照②。悟到他们有编辑会议,匆匆地出来了。路遇巴金、靳以,得知萧乾已去汉口,想系筹设大公报分馆③。他们大赞成《为祖国而歌》,说要拿到《立报》去。

访柏山,谈些闲天。他说要住在上海,因与路丁见过④,在上海也许还能做点事也。在曼尼处吃晚饭,得纯才赠伊林书五册⑤。因为艾青、田间、番草、傅小姐都要离开上海⑥,他们约在明天午饭晚饭集餐,每人出钱一角,要我准时去。我想买点什么菜带去,他们的天真实在是可感的。

夜,费君来,说刊物可以出。想明天后天出去接头一下看看,计划了一下刊物内容和写稿人。如果三花脸不捣乱,茅肯帮助,当可弄出一个健实的东西来。

报载我军退出南口和张家口的消息。夜,闸北天空投下了照明弹两次,且有飞机声音,也许是敌人夜袭。

给子民信。

9月

1日 上午送《给怯懦者们》给罗烽后,访之林、柏山,他们对于刊物都非常热心高兴。在曼尼处吃午饭后,去四马路拿书。在生活书店遇尹庚⑦。不知怎么弄的,他在教育界救亡协会任研究部主任。依然是一套客气。理过发,清爽了不少。

访天翼不遇。[……]在曼尼处吃晚饭后,闲谈甚久。

访胡愈之⑧,谈到三花脸先生,果然他说了我底坏话。据他说,三花脸先生也无事可做,颇为苦闷云。他答应我只能写一千字的文章,但作为专稿,未免不够斤两。访萧军,

---

① "欧阳山"(1908—2000),小说家;"东平"即丘东平(1910—1941),作家,左联盟员,抗战时参加新四军,后英勇牺牲。胡风曾在《七月》上发表他大量的报告文学,并将其报告文学集《第七连》编入《七月文丛》出版;"辛人"即陈辛人,陈辛仁(1915—2005),左联盟员,文艺理论家,外交家。

② "王统照"(1897—1957),作家。

③ "巴金"(1904—2005),作家,翻译家。其主办的文化生活出版社曾出版过胡风的著译;靳以(1909—1959),作家,编辑家;"萧乾"(1910—1999),记者,作家,翻译家。

④ "路丁"即王尧山(1910—2005),又名宋乐天、卢天。作家,左联盟员。

⑤ "曼尼"即董曼尼,胡风青年时友人韩起之妻。韩起早逝,后嫁汪仑。亦为左联盟员。"纯才"即董曼尼的哥哥董纯才(1905—1990),教育家,翻译家。"伊林"为苏联科普作家。

⑥ "傅小姐"即傅宛君,董曼尼的朋友。

⑦ "尹庚"(1908—1997),原名楼宪,作家。胡风在东京留学时与他认识。

⑧ "胡愈之"(1896—1986),作家,翻译家,出版家。

只悄吟在家,金人正在那里,坐了一会别去①。

2日 晨,访钱君,不遇。访天翼,他对刊物非常赞成,只怕他经不住三花脸先生底一顿话。他们夫妇想回湖南去,看样子他们是颇想过一过安静平安的生活的。访茅盾、黎烈文,他们对刊物大不高兴,好像我想抢《呐喊》底生意。那面孔之难看,使我像吃下了一块脏抹布似的胸口作恶。知识分子那样没有出息,真正出乎我底意料之外。访柏山,看到了老聂从南京来的信,叫我们不要听信谣言,我方实力充足,一定可以得到最后胜利。

午后,萧军、悄吟来,坐了一会。萧军开始不肯写文章,经我说明了内容,并算他为基本人之一,于是答应了。

夜,费君来,印刷所已找定,并托他做刊物名字底锌版。名字定为《七月》,从书简里面找出了两个字。访田间,他正在收拾东西,满头大汗,明天一早回去。这个歌颂战争[的]诗人,恐怕在真的战争里面反而要做哑子了。

托费君带给曹白一信。

3日 晨,钱君来,他很赞成我回武汉去。据他说,他们已预备把昆仑书店移到武汉,刊物底发行当更为便利了。下午访艾青,知道他们夫妇明天去杭州,要我晚上一道出去吃饭。访柏山,周颖亦在准备离开上海。

发给M和子民的航空快各一封,告诉我想回湖北去。过天翼处,他对于刊物已不如昨天那么热心了。杂谈了一些闲天。

同艾青夫妇在"洁而精"吃晚饭,出来又进广东店吃刨冰,下电车后和这两个天真的人握手分别了。[……]

4日 上午写诗不成。午饭后望见敌机一架在公共租界过去的地方被焚毁跌落。

到曼尼处,和傅小姐下了两盘象棋。访胡愈之,不在。过周颖处,她说欧阳山想见我,于是找欧阳山,他和东平都苦于无地可走。我劝他们把女人和小孩子送回广东,单身人就可以到任何有工作可做的地方。去茅盾家的路上看到巴金、靳以,同着一个摩登女子。茅依然是得意洋洋的样子,文章没有写。黎烈文也没有写。看样子他们是不愿意写的。

访柏山,路丁来,谈到三花脸先生,他似亦不直他之所为,并云,别的方面对他亦甚不满意。回家一会,之林送稿来,萧军亦来,谈了些中国旧诗和他们故乡的事情。

看已有的稿子,都不好。之林较好,但也嫌太冷。这些作家,为什么对于可歌可泣的事情这样冷淡呢?

给子民航空快信,嘱他在武汉报纸上登出征文启事。刊物定名为《战火文艺》。

5日 上午,报还没有看完,乔峰来,谈到十一点半才去。[……]

下午去天翼处,文章果然没有写,神色也令人作呕。刘白羽来,他说今晚可赶起。访愈之,不遇。访柏山,也不在。去曼尼处坐了一会,再访愈之,他约我广播消息,我高兴地答应了。他底文章要明天才能写成。

夜,费君来,木刻底锌版制好了。再访柏山,嘱他把文章改写一遍。他会见了难友多人,很高兴。

报载昨日在麦根路炸毁之敌机系张止戈指挥防空队所得到的成绩,甚为高兴。他不但没有意外,且建立了这好的战功。

---

① "金人"(1910—1971),翻译家。

从柏山处回家时,顺道访曹白、之林。他们对刊物都高兴,约定下一期写文章来。江烽在曹白处①,身体似乎不好。木刻展的许多木刻存于陈烟桥处,他说可借给我一份。

6日 上午去天翼处拿刘白羽的稿子,他没有醒来的时候我就走了。写诗不成。

得妹妹第七信。第五信、第六信一定是寄到医学院去了。她住得叫起苦来了,说是要我定一个她回上海的时期。她哪里知道大家都在作鸟兽散呢?好妹妹,等几天罢,我就要回来看你的。

下午费君来,编好了《七月》第一期,拿去付排了。不晓[得]登记方面会不会有周折。明天把第一篇(卷头)写好,这第一期的编辑工作算是完了。希望能够出版。内容比现在的任何刊物都充实。

夜,去曼尼处,闲谈甚久。

因为皮鞋垫子破了,昨天脚起了两个泡。今天花五分钱买了一双新的,但脚已受伤,走路略感不适。

7日 上午写成《敬礼》。下午费君来,交给他排于《七月》卷首,代替发刊词。访柏山,知周颖已走,运回她留下的米和衣服、书籍。

下午整理杂志,甚吃力,夜,不支而睡。

发航空给子民,催他赶快办理登记手续。

继张少尉之后,我国空军又有一宁死不屈之战士,下为今天《立报》的纪事:

我空军战士阎海文
壮烈牺牲之一幕

忠勇不屈毙敌后自击殉国

日方报纸对此亦深致钦佩

【本市消息】上月十七日,我机三架,轰炸敌陆战队司令部,敌高射炮密集射击,我机一架,不幸受伤,航空员阎海文立用降落伞下落,但仍坠入敌军阵地,被敌包围。阎即出手枪毙敌数人,至最后一粒子弹,向太阳穴自击殉国。此壮烈牺牲的史实,日本各报均以大字刊载,昨日此间收到八月卅一日大阪每日新闻,亦详载此事,对此勇士,深致钦佩意。②

8日 晨,访钱君。他说在发起一个湖北同乡聚餐会,为回湖北服务的各方面的同乡作一友谊联络。朝阳学院有迁湖北(武汉)的可能,由校长张知本和董事长居正接洽好即可着手进行。他说昆仑预备打箱子运书到武汉,可以把我底参考书一同运去。

访张仲实③,知道生活书店已在武汉布置。访萧军夫妇,知他们存稿甚多,好像写得很紧张。我劝他们写一篇纪念公敢的文章④。他们也准备月底离开上海。

下午访柏山,送还昨天的米钱。去文化生活社,托买书数本,明天下午可以拿到。

下午清理衣服,拿着M底衬衣时,起了想吻它的强烈的欲望,但恩在旁边⑤,不能

---

① "江烽"即江丰(1910—1982),美术家,画家。
② 此段楷体字为贴在日记本上之剪报。
③ "张仲实"(1910—1971),翻译家,出版家。胡风在《时事类编》时的同事。
④ "公敢"为上海《申报》《新闻报》的驻天津记者王研石(王公敢),因报道有关日本侵略的阴谋,在天津被日本宪兵队逮捕入狱。后,萧军写了《王研石(公敢)君》,发表于《七月》一集第一期上。
⑤ "恩"为胡风大哥之子张恩。

照办。

夜,费君来,说《七月》明天可看清样。

抄录友人通信处于日记本后面。

9日 早,《大公报》载宝山已陷敌手,梁子青将军全营殉国的消息已被证实了。带着沉重的心情洗过脸以后,望见敌机在南市抛弹,烟甚大,大过到现在为止所见过者。报载敌机昨天在松江炸难民车,死者三百余,伤者四百余云。这种野蛮的屠杀,不知会继续到怎样的程度。

到书店拿了五元余的参考书,买一只表,在小店吃了两碗面。去印刷所,费君不在,据云校样已被拿去。赶回去,他并没有到这里来,于是等,四时左右才见他来,校好由他拿去。八时再去看了一次最后清样,要明天晚上才能印出。

夜,收拾杂物。

10日 早起,收拾书籍和箱子。看报,昨天虹江码头一带战事甚烈,我军有三连全部殉国。饭后,到陈烟桥处,他交给了我八十幅左右的木刻,十分之九以上是以抗战为题材的,有些刻得非常好。我想带武汉去开一个展览会。到大马路四马路打了一转,行人很寥落,店子里的店员都袖手坐着或下棋,感到应该早些离开这个死城才好。买藤箱,没有,倒是在霞飞路买到了一只皮箱,只花八元五角。访胡愈之,因为访者太多,约定明天再去。

到曼尼处吃晚饭,喝了一点酒,我鼓励纯才用战争做背景写动物故事给儿童看,意义是很大的。回家时,之林在,费君也把《七月》送来了,之林正在看,他很高兴,说充实得很。谈到去武汉的话,他也赞成,并说他哥哥有朋友在武汉,他吃住不成问题,他也想去。

接妹妹九月二日发的信,说晓儿病已全好,不吵她,她可以看书写文章,心境也很好。这使我安心了。亲爱的,只要我不遇到日本强盗底炸弹,不久我就能够抱你的。

11日 送《七月》到萧军处,他们都很高兴。访张仲实,他答应写一篇关于中苏不侵犯协定的文章。归后收拾书籍。

午饭后去"大新"修表,去文化生活社拿书,访胡愈之,不遇。晚,曼尼等请到俄菜馆吃饭,遇之林。归,陈烟桥在等着,他送来了几幅木刻和一张漫画。访钱君,不遇。到曹白处,因今天报摊上并没有《七月》,想找费君问明原因。只江烽在,他交来了五十多幅木刻。

得艾青信,说是如躺在无人迹的沙漠上。复艾青信。

得子民信,说汉口纸张缺乏,非用连史纸印一面不可。而且叫我找一个人介绍给何雪竹氏[①]。这恐怕有些困难。

报载琉球革命会的宣言和留日学生一百卅余人在汇山码头登陆时被日兵惨杀了的消息。

12日 上午译诗,不成。因为昨夜睡晚了,很疲困,睡了一会午觉,醒后张明养来[②],冯仲足来,闲谈一时左右辞去。访茅盾、黎烈文,他们底态度变得不小,《七月》出得这样快,这样充实,大概是他们没有计料到的。稿子愿意写了,但我却偏不催,第二期更要使他们吃一惊。

[①] "何雪竹",即何成濬(字雪竹),当时的国民党湖北省主席。

[②] "张明养"(1906—1991),出版家、国际问题专家,时为商务印书馆馆编辑。

夜，萧军夫妇来，说是《七月》底舆论很好，他们很高兴似的。他们很想到武汉去，不成则预备去西北。[……]。送来稿子三篇。

之林来，他底稿子要明天才能写成。他也听到《七月》底舆论很好，说是应该使《七月》在这大时代中形成一主流的力量，冲破文坛底市侩传统。同他一道去看柏山，他已看到《七月》，不赞成我把编辑事务交给萧军，这样好的刊物被弄坏了未免可惜云。

早上费君来过，说昨天卖了一千多份。

13日 晨，费君来，钱君来。钱君约十二时去"洁而精"赴湖北同乡的集餐会，到有张知本、向海全、胡省三等十几人①。知道湖北在上海的苦力有二十余万，应设法把他们运回湖北才好。好久不见的王达夫也在这里②，依然是那么一付滑相。看样子是快要爬到"上层社会"了。

访胡愈之，他说刊物很好，问我要不要找三花脸先生。我说不必了。过曼尼处，他说明天或后天有车子，但怎么赶得及呢？

得妹妹九月八日发的第九封信。他们都很好，只包裹还未收到，不知何故？妹妹呵，这些时忙了，思念你的时间也少了起来，你当不会怪我罢。

夜，译诗不成，倒下就睡着了。

14日 晨，编《七月》第二期，只余卷首的译诗。译到吃午饭的时候，未成。费君来，已编好者交出付排。

下午去柏山处，路丁在。他们很想能在我走后主持编辑似的，却不知道这样一来刊物根本不能存在。我很想马上回武汉去，但为了这刊物，大家拥护的刊物，弄得不能不踌躇起来了。冯仲足来，说是刊物停掉了未免可惜云。

过曼尼处，说是车子今天大概没有了。如果明天有，我到底走不走呢？刊物不能草率丢手，有些事情也得张罗一下。在曼尼处吃晚饭。得子民信，说登记和登报已办好了。

译诗成，费君来，交出付排。[……]

叫恩出去买书和药，他掉了一元钞票四张。

今天报载我军自动退到第一道防线，据云这道防线可以守住一年云。

15日 上午昆仑书店人来，说运书费须二十多元。约他明后天再来。

昨晚记起了这期应有关于九一八的文字，今天去找萧军他们，他们说写不出。过曼尼处，说车子明天一定开。这却使我为难了，不走，就失掉机会，走，又无法处置《七月》。想来想去，还是再等一些时的好。

给妹妹信，给子民信。

访胡愈之，他说第一道防线可支持两个月左右。看他底口气，好像有人在破坏《七月》似的。

之林搬到这里来住了。

夜，访柏山不遇。费君来，说明天下午才能看清样。

疲乏不堪。

16日 晨五时半起，写成《血，从九一八流到了今天！》。费君来，即交出付排。昆仑书店店员来，把书车到笔耕堂，装好箱子后回来。据说运费要二十多元。

---

① "胡省三"为胡风中学时同学。
② "王达夫"为胡风在日本留学时的同学。

午饭后过曼尼处,告以今天不能趁车子走。居然失信,心甚不安。到印刷所校对《七月》第二期毕。

收拾书籍。晚饭后去萧军处,谈到九点才回来。他想把悄吟留在上海,一个人月底离开上海,愿意先和我一道到武汉去。

曹白来,说听说外蒙古已取消自治,为便于由苏联帮助中国。此讯如确,当是一大喜事。

报载大同失守。

上午十时半曾访柏山,为介绍辛劳给吴牛信①。如果能投到就好了,他接到远地消息,一定很欢喜。柏山希望我暂时为《七月》而留在上海。

17 日　[……]
阴雨,心也非常阴暗,疲乏得做不成事。午饭后一直等《七月》,等到吃晚饭后还不见送来。萧军来,他和之林谈了一通,托尔斯太啦、屠格涅夫啦……

[……]

萧君同 K 君夫妇在楼上,于是上去,见到了他们底诚恳的面孔,K 君消瘦了一些,胡须也没有刮。谈了一会,看了他底诗。从 K 君嘴里知道,马德里开了到会五十二国作家的国际作家大会,高呼中国军队万岁。回家时,《七月》已送来了。

昨夜得五绝一首:炮火江南夜,怀君独远行。篷车飞冷雨,愁煞旅人心。

18 日　晨起,访钱君,不遇。访辛人,不遇。到烈文处,给他《七月》。他说要比《烽火》充实,我说不见得罢,他说至少篇幅要多些啦……他写了一篇文章,说是抄好寄来。茅盾适来,给他《七月》,于是,"呵,你们底已经出来了"。叫他写文章,于是鬼脸又来了,发些莫明其妙的议论。一个乡下女人也没有那大的醋劲。访柏山,他说许某本已答应了写文章,但忽然又不写了,想系有人破坏。这些宝贝,真太有出息了。

会周文于曼尼处,无话可谈。他要了通讯处去,我刺了他一下。

下午,曹白、柏山、萧军夫妇来,讨论《七月》事,大家都很兴奋。决定我走后交柏山、曹白办下去,到不能保持现在的水准即行停刊。交换了关于创作的意见,吃素面而散。

[……]

从傍晚起,我机不断袭击,敌舰的炮声响着惊惶的声音。今天是九一八,我空军勇士在向敌人作复仇的示威。

有两次激烈的炮声。浦东大火。想系敌人图在浦东登陆。

19 日　昨天申报载,东京大捕知识分子,内有新进作家矢崎弹,说是他和中国左翼作家王统照、胡风往来,图用文艺使大众左倾云②。

昨晚睡得不好,今天一天做事不成。下午访汪仓,听他谈了一年来的生活经过。

夜,费君来,说《七月》虽比《烽火》多销一千,但每期依然亏本二十余元。第三期即无法支持。想明天找得二十元左右,再出一期,否则有头无尾,甚为不好。

子民来信,说登记办好,报亦登出了。想尽可能地快点回武汉去。

《大美晚报》载今天敌机袭南京,被击落四架。

---

① "辛劳"(1911—1945),诗人,左联盟员;"吴牛",疑指吴奚如(奚如)(1906—1985),左联盟员,作家。曾在上海负责中央特科工作,通过胡风与鲁迅联系。此时任周恩来的政治秘书。

② "矢崎弹",日本进步作家,胡风在东京时与他相识。后写《忆矢崎弹》一文表示怀念(见 9 月 22 日记载)。

20日 晨,写文章不成。报载昨天袭京之敌机被击落七架。

疲乏,打不起精神来。午饭后在汪仑处闲谈一小时左右。他说昨天周文请他们吃饭,三花脸先生来。这当然是笼络手段,但好像并无结果。访柏山,告诉他《七月》势将停刊的消息。

访兰畦,不遇。回家和之林闲谈,柏山来。饭后曹白来,兰畦来,费君来。兰畦可筹十元,曹白筹五元,这样,《七月》第三期可无问题。谈到十时左右才陆续辞去。晚饭前纯才亦来访,稍坐即辞去。

《大美晚报》载,日方通知各国使馆,将各国侨民从南京迁至安全地带,他们明天正午以后要炸毁南京云。阅后十分气愤,对于还在互相表白文学经历的柏山和之林,大为不快。

今天整天机声不断,想系大战前的侦查。十一时半,忽闻机声隆隆,爬上屋顶环望,不见踪影,只见天青月朗,间有犬吠之声。约十余分钟后,才渐渐远去。未必是想夜袭我们的都市吗?

21日 晨,得钱君信,约赴十二时的湖北同乡的聚餐会。过萧军处到"洁而精",直到二时过才散会。过柏山处,不遇。回家时,萧军夫妇已来,柏山来,曹白来,讨论萧军提出的意见。大家都以为太呆板,而且现在不宜发表这样的东西。直到九时左右才陆续散去。

上午烟桥来过,带来了兰畦底稿一篇,钱十元。他答应为我找些漫画来。

夜,写文章不成。

22日 晨,正要写文章,萧军来。看神气,好像因为昨天有些不快。带来了金人底文章,又用不下。

下午柏山来,谈了一会即去。之林到茅盾处去过,说是《文学》完全被傅东华抓去①,茅亦准备离开上海。周文原来是去长沙的,和张天翼、沙汀等汇合②。茅想把儿女送到长沙读书去。

夜,到曼尼处坐了一会,得艾青信。说是张天翼过杭时找了他。想来又是三花脸先生底花样,想把艾青和我离开。信里对《七月》不表示意见,不知何故。

曹白来,坐了一小时左右即去。

写成了悼矢崎,觉得失之平铺直叙,但也只好由它了。

23日 晨,冒雨送文章到印刷所之前,访钱君。他说明天可以送两封介绍信来。由印刷所出来,赴大新公司修表,要明天下午才能拿到。

下午,访茅盾。一会,三花脸先生来,讪讪地打过招呼,他和茅争论了一通国际形势。访黎烈文,谈了一会闲天。适靳以来,萧乾已来信告诉他我在汉口办刊物。

回家后看到柏山留的字,劝我早些动身。于是到他那里托他买后天的车票,票能买到,后天一定走。晚饭后,赴印刷所校对,费君在,曹白亦来。曹白说有一个女人到他那里找我,说是我底姐姐。这不晓得是哪方面玩的把戏。我想他的位子过一两天一定会被挤掉的。回家后已十一时,知兰畦来过,说是明晚或再来。看了曹白介绍来的诗。

---

① "傅东华"(1893—1971),翻译家,编辑家,语文学家。
② "沙汀"(1904—1992),作家。

下午还访过胡愈之,他说他或者也要到武汉去。同时看到张仲实、钱亦石①。钱在忙着赴任。

给艾青、田间、欧阳山、吴祖襄信②。

24日 昨天接到M底第十封信,说小儿子生一疮节,很吵人,但过得很高兴。信里附有她捉着他底手写的信,还画了一些不大像的鱼、菱、梨,说是送给我过中秋的。我很想马上看到他们。

上午赴印刷所看清样,柏山亦来,到十一时才校好。下午到"大新"取表,用四元买了一顶呢帽。过上海杂志公司,遇见了张静庐③,他说也要搬到汉口,他侄儿已先去,他自己约十天之内也要去的。回家后看到萧军留下的K君底信,他们生活没有办法,要我去。马上到他那里,谈了一通,还是没有头绪。我给了他们十元。访萧军夫妇,不遇。

夜,柏山来,说车票得明天拿介绍信去买。钱君来,高兴地谈了一通壁报工作,说向何雪竹介绍的信得随后用航空挂号信寄出。曹白来,谈到十点才去。大家约定了每月寄稿两篇。

下午到东方药物研究所买救急药三种。

25日 晨,访钱君,得介绍信。访萧军,他们要二十八日动身。得刘白羽信,他尚在南京。[……]访曼尼。得田间信。

十二时半到西站买票,回家收拾行李。三时,萧军夫妇来,带来倪平的信和诗稿④。原来他已逃出北平了。三时三刻,别姆妈、瑶华及萧军夫妇等,同之林、恩分乘汽车二部赴西站。到西站买得《大公报》晚刊一份,今天敌机多架多数袭击南京,下关亦被投弹。

人甚拥挤,打好行李票后,挤得满身大汗才挤上火车。但已无空位,只好在原只坐两人的位子挤上一个,用两个手提箱和夹被卷拼成一个座位,算是勉强可以对付了。人多,通宵流汗不止。

到松江三十一号桥,下来在黑地里走了一截,换车。这次找到了两个位子。到嘉兴时,有女人卖茶,买到了两碗。到苏州后,车停甚久,车站电灯熄了两次。第一次熄灯后,再听得见飞机声音,心想,随时有被炸的可能,但心甚平静。

临行时,将去喊汽车的时候,接到了妹妹底快信,嘱应该带些什么东西,买些什么东西,但已经来不及了。连信都没有详看。

26日 除假寐数次外,一夜不能得睡,疲乏不堪。车到无锡,即下小雨,算是脱去了闷热流汗之苦。除在"渣泽"站停数十分钟外,沿途没有长时间的耽搁。下午一时余抵下关,在"栖霞山"站曾和数列兵车并排地停着。听士兵底口音,大半为湖北人。车开后,悔没把小箱内的纸烟和面包卷递给他们。

下关站颇冷落,但有大幅的宣传画和标语。在瀛洲旅社落下后,在小馆子吃过饭再

---

① "钱亦石"(1889—1938),共产党湖北党部早期创始人,我党早期著名教育家、理论家、社会活动家。左联盟员。抗战时期率领30多位作家、音乐家、戏剧家组成的战地服务队赴前线工作。因劳累过度积劳成疾,于1938年1月29日病逝。

② "吴祖襄"即"吴组缃"(1908—1994),小说家。

③ "张静庐"(1898—1969),时为上海杂志公司总经理。

④ "倪平"即吕荧(1915—1969),原名何佶,翻译家、文艺理论家。1955年5月,"肃清胡风反革命集团"的斗争中,在全国文联主席团和作协主席团的扩大会议上,吕荧毅然登台,提出思想领域里的问题不等于政治问题,胡风不是反革命。当即遭到斥责围攻,并被《关于胡风反革命集团的第三批材料》"编者按"定为"胡风集团里面的人"。1955年6月19日起隔离审查;1969年3月5日,于冻饿中含冤去世。1979年5月31日平反。

去车站取行李,遍查号码簿不见,据说还没有来。无意中在行李房遇见李兰,她说有等行李等到一个星期以上者,她自己就等了好几天。那我们就不晓得要等几天才得上船了。

买来信纸信封,给在京的高警寒、董纯才、刘白羽、倪平写信①,想他们能来见一见。但今天是星期,只用剩有的二分邮票把给刘白羽的发了,其余的得等明天。

也给妹妹写了一封信,告诉她我们不得不冒危险在这里等待。

晚上没有电灯,这日记就是在豆大的洋烛光下写的。

27日 晨起,到邮局发信。昨天看到扶轮晚刊京华晚报,今早看到中央日报、新民报、南京日报。都粗杂贫弱,既无特访消息,编辑又呆板无生趣。通讯和副刊,且有转抄《大公报》和上海刊物的,但又不注明。

十时后,警报响了,跟着同旅馆的挂中央军校证章的人避到三北公司趸船,因二三百码外之江心即泊有英舰二只,或可幸免也。少顷,敌机在下游出现,向新设的工厂区(不晓得是什么工厂)投弹二三枚,有黑烟升起片刻。回旅馆休息一会出去吃饭,警报又响,又避至趸船。少顷敌机在浦口上空出现,投弹三枚,落在贫民草棚地带,有黑烟升起,最后一枚,连趸船都被震动。我军高射炮和高射机枪齐响,敌机不敢久恋。到小饭馆坐下不久,警报又响,但寂无所闻。饭后到车站问行李,路上遇李兰,她说她底已到,今晚可动身,我底顶早也得明后天,而且,站上说即拉警报,不必去。归后等一时余毫无影响,又去车站,果然没到。

刘白羽接信来访,谈了一会别去。

28日 上午静坐无事,看《译文》中关于西班牙战争的文章数篇。夜里,恩喊胃不舒服,为他出街买茶叶一包。十二时正欲出街吃饭,警报响了,避至三北趸船,直到二时余警报才解除。不见敌机,又听不到高射炮声,浦口上空虽有四架出没,但那是驱逐敌人的我机。

四时,潘蕙田和他底太太来访②,说他们想离开南京到外地去做点有生气的工作,如武汉有办法,他很想去。听他说,《时事类编》也搬到武汉去出版了。

五时去车站,登记簿上还没有我们行李的号码。到月台上去,想到行李车里去查一查,忽见一个搬车有我们的藤箱,跑近一看,三个箱子都在了!车回行李后,马上到长兴轮问位子,账房说尚有头等房舱。回旅馆匆忙写了三封信,一封通知子民,叫他来接,用航空快寄出,一封给瑶华,一封给柏山,告诉他们我已平安上船。船上并不拥挤,我住的房间共三铺,还有一个铺是空着的,票价汉口十二元,九江八元一角六分。

船于八点前驶离南京。船上遇李兰,她昨天没有赶上船。

29日 上午读《罗亭》五章。

昨天睡在床上,想着到武汉后的工作问题,想到不久可以回家看到M,直到十一点还不能睡去,于是跳起来喝了半杯酒。离开上海去创造一个新的社会,虽然一定困难很多,但我所感到的只是希望和兴奋。

午饭后,写信给父亲和M,告诉了我底情形,由恩带回去。

有一个穿西装的暴发户似的人,昨天就想和我搭话,今天居然开口了。原来他是武昌党干的学生,现在在南京中央党部做事,姓刘。谈了一些南京和湖北的情形。晓得孔

---

① "高警寒"为胡风在北大和清华时的同学,又名高琦。
② "潘蕙田"为胡风在中山教育馆编《时事类编》时的同事。

庚在武汉组织抗敌后援会①。

　　早晨吃稀饭的时候,有人报告船上共捐到伤兵慰劳金一百数十元,船上伤兵共五十余人,每人三元,余下的交给厨房把饭菜弄好一点。这募捐是什么时候进行的,我一点也不知道。晚上和刘君谈到,说顶好开一个慰劳会。于是他说,恰好后面统舱有一个剧团。跑去一看,陈白尘在那里,白杨也在那里②。慰劳会约在明天下午举行,明天上午刘君去向船上交涉地点。

　　陈白尘到这里来喝我剩下的酒,谈了一会闲天。

30日　晨起,筹备慰劳会,借到了三楼上的花园。午饭后举行,伤兵有五十多,大半都是窘迫的样子,后方工作实在做得不好。

　　那位刘君当主席,为了讨好楼上一个王陆一,呈现出了一副小官僚的神气。游艺做得并不好,但有一个伤兵讲话,完全有了北方民众底直爽和豪壮的性格。

　　船三时到九江,送恩到小客栈。上午本已下雨,但下船时却有了太阳。

　　慰劳会时,碰到了徐卓英③,他也是到武汉去的。晚上约我到他那里谈天,喝了一点酒。他去是参加实业部迁移工业重心的计划,不得手就到外国去作宣传工作去。

　　看完了《罗亭》。

　　夜十二时左右船过蕲春,除江心红灯一点外,余无所见。得绝句一首:

　　　　　午夜凭舷望,乡园一梦横,欲呼卿小字,云水了无声。

---

① "孔庚"(1871—1950),社会活动家,与胡风在大革命时期相识。
② "白杨"(1920—1996),电影艺术家。
③ "徐卓英",胡风在《时事类编》时的同事。

许俊雅

《胡风日记》(1937.8.13—1937.9.30) 阅读札记
——若干史实的补充与订正

前言

  本札记以胡风1937年8月13日至9月30日的日记为主。日记由陈思和教授从晓风女士那边辗转提供，原意仅是为了自己一篇多年未完成的论文，想借由日记查证曹靖华当时是否去过武汉与周恩来见面，借此以厘清有关萧红、端木、胡风之间的若干问题。不意读日记读上了瘾，随手札记读后心得。胡风是中国20世纪极具文学史意义的大作家，他的文学创作、理论批评、编辑活动、日记和书信等，都是新文学研究的重要史料，而日记不仅仅留下时代的见证，对于胡风这样一位知识分子的精神史建构尤其有相当的史料价值。那个纷乱复杂的时代风云，艰难曲折的人生历程，动荡不安的生命形态，都源自"八一三"中国驻军奋起抵抗日本侵略军，开始了惨烈卓绝的抗战征程。就在这一天，胡风开始记下第一天的日记，以备日后好查考。虽然其初心只是为个人留下材料以作查考之用，但任何人处于战争下的生活背景，必然是其人生道路中一个重要阶段，在看似简单的生活或流水账式的记录，却蕴藏丰富的历史细节，胡风日记之迷人及重要性不言可喻。

  胡风晚年所写的回忆录或家属所撰述的传记，多参照了日记所载，也影响了目前各种胡风传记的叙述，现可见材料基本上多相近，描述也较宽泛，造成了我们对胡风其人全貌的研探还有不完整的地方，其中原因即在于日记本身已被研究者做了选择，有所选择也就有所遗失。目前研究者谈论胡风或胡风谈自己在上海淞沪战役爆发后到武汉的这一个半月时间，大都以办《七月》周刊三期为主旋律，声符非常短促的就接续到武汉时期。然而上海这段历史的人事与后续发展仍密切联系，上海时期的日记，透露的正是生活的平凡日常与战争环境的异常，在不安定的氛围下，他几乎整天四处奔走，与朋友谈时事战事，又不忘借办刊物为祖国为人民奉献心力，以致经常熬夜写作编辑。从日记看见胡风这期间繁乱的生活以及内心私密情感情绪的宣泄，他与同道间的接触互动非常频繁，从中解读胡风与他人关系的阐释，并与之对应史料分析，正可为未来胡风的相关研究提供参考和指引。

  日记有详细的日期，确实的日期对于史实的叙述与确认有很大的帮助。透过日记的阅读分析，不仅可理解作者的精神状态，对于其当下的感情思想也较能具体理解。但日记传主的叙述形态各不相同，同一时空下的日记，有的接近一篇文章，来龙去脉极为清楚，有的只是简单勾勒，表述较简略，作者了然于心，读者未必悉其底蕴，胡风日记正具后者的特性，本文因之设法以还原当时情境，尽量多些细节补充解释，但历史毕竟不可能一一还原，本文容或穿凿附会、错讹不确，祈得方家斧正。

一、胡风与鹿地亘

8月13日

　　下午访刘均夫妇,至则K君夫妇睡在地板上面,乃从北四川路越过警戒线逃来的。K君在稿纸上画图向我说明中日军队底对峙形势,且力言战事不会发生。K君来时已亲耳听见过前哨战的枪声,而犹力言可以和平了结,盖不相信中国政府有抗战的决心也。

9月17日

　　萧君同K君夫妇在楼上,于是上去,见到了他们底诚恳的面孔,K君消瘦了一些,胡须也没有刮。谈了一会,看了他底诗。从K君嘴里知道,马德里开了到会五十二国作家的国际作家大会,高呼中国军队万岁。

9月24日

　　回家后看到萧军留下的K君底信,他们生活没有办法,要我去。马上到他那里,谈了一通,还是没有头绪。我给了他们十元。

萧红《记鹿地夫妇》①一文写道淞沪抗战爆发前一夜(8月12日),池田带着一只小猫来到她家,急切地告诉她:"日本和中国要打仗。"这晚,萧红和池田睡在内室的大床,萧军睡在外室的小床。第二天,三个人吃完午饭,坐在地板的凉席上乘凉。这时,鹿地亘来了,穿了一条黄色的短裤,白色的衬衫,黑色的卷卷头发,日本式的走法,走到席子边,很习惯地脱掉鞋子坐在上面,人很快活,不停地说着话。鹿地亘是从北四川路穿越警戒线逃出来到刘均(即萧军)夫妇寓所的。不久,胡风来了。鹿地亘在纸上画出两军对峙的形势图,并坚定地认为战事不会发生。这个部分在胡风日记及《关于鹿地亘》都有记载,《关于鹿地亘》叙述"八月十三日,八字桥的枪声响了以后,他和他底夫人又从北四川路逃回了法租界。那天我到萧军那里,他们夫妇睡在地板上铺的席子上面。他爬起来,用铅笔在纸上画北四川路底两军分布的形势,兴奋地谈着。关于他们本身的问题,反而忘了似的"②。在日记、文章里胡风都称其为K君夫妇。萧军《一九三七年八月十四日》及《上海三日记》③叙述情境亦相同,萧军叙述8月14日吃过午饭,辞别S和L夫妇,一个人走出来,临行时,他们叮咛他不要到北四川路去,因为昨天早晨L由北四川路来时,那里已进入战时状态。在萧军的文章里,以L简代鹿地亘,以S称呼池田,以H指称萧红。萧红《记鹿地夫妇》则叙述第二天(即8月14日),鹿地亘和池田搬到许广平家里去住。因为萧红邻居都知道他们是日本人,其中还有一个白俄在法国巡捕房当巡捕,街上到处都有喊着"打间谍"的人群,日本警察到鹿地亘住过的地方找过他们。在两种势力的夹攻之下,他们夫妇处境无比险恶。萧红文章中的S是指许广平。其实在几天前,鹿地夫妇刚从许广平家搬迁到北四川路,许广平回忆说:"在'八一三'的前几天,鹿地先生夫妇又搬回北四川路去了,这是应当的,因为他还是日本人,在四周全是中国人的地方太显突出

---

① 萧红《记鹿地夫妇》,《文艺阵地》1938年第1卷第2期,第33—44页。
② 胡风《关于鹿地亘》,《七月》1938年第9期,第258—260页。
③ 萧军《一九三七年八月十四日》刊《七月》1937年9月11日第1期,第5—7页。又刊《抗战半月刊》1937年第1卷第1/2期,第83—85页。《上海三日记》刊《七月》1937年第2期,第45—51页。该文增写15、16日,即写8月14至16日,故名三日记,其中8月14日同前文。

了。但是意外地,过了两天他们又到法租界我的寓里来,诉说回去之后自国人都向他们戒严,当做间谍看待,那是有性命之忧的,因此迫得又走出了。"①隔天(8月15日)萧红和萧军到许广平家去看鹿地亘和池田。他们住在三楼,鹿地亘看上去很开心,俨然像主人一样。两个人各坐在两张大写字台边,同时抽着烟工作。萧红很佩服,认为这种"克制自己的力量,中国人很少能够做到"。而且,"无论怎么说,这战争对于他们比对于我们,总是更痛苦的"。又过了两天,萧红和萧军再去探望的时候,他们开始劝说萧红参加团体工作。鹿地亘说:"你们不认识救亡团体吗?我给介绍!……应该工作了,要快工作,快工作,日本军阀快完啦……"又过两三天之后,萧红又去看他们,他们已经不在了。许广平先生说头一天下午,鹿地亘和池田一起出去了就没有回来,临走的时候说吃饭不要等他们。至于到哪里去了,许广平先生说她也不知道。

据萧红文章的说法,鹿地夫妇再搬到许先生家应该是8月14日下午以后的事,许先生则说过了两天又到法租界我的寓里来,胡风《关于鹿地亘》说"因为被周围的人注意了,几天后搬到S先生那里,还是不妥,又搬到了另外一个地方"。总的来看,似乎是8月14日又搬入许广平寓所,不过因当时草木皆兵的氛围,鹿地夫妇很快又搬离,再有消息已是一个月后的事,萧红、胡风都提到他们又来到许广平家,胡风说:"大约一月以后罢,他们又回到S先生那里一次,恰好我去碰着了。是夜里,他们住在三楼,窗子用布蒙着,不开电灯,在地板上点一支洋蜡,伏坐在地板上的席子上面。他拿出用被俘日本兵士做题材写的诗稿给我看②,低声地谈着战争形式。我望望他,面色苍白,胡子好久没有剃过,山羊似的,天真地笑着说了",这里所记其实就是9月17日的日记所描述,但日记仅写看了他底诗,《关于鹿地亘》则比较清楚说明是被俘日本兵士为题材所写的诗稿。9月24日再次写到鹿地亘(K君),他们生活没有办法,胡风上到他那里,谈了一通,还是没有头绪,给了他们十元。胡风写《关于鹿地亘》一文时,未再查对日记,仅凭印象,因此所述略有出入:第一,时间不是"大约又有十来天罢";第二,萧军是留信告知,"萧军来说",语意较模糊;第三,文章又说"不晓得是第二天还是第三天,我就穿过炮火离开了上海"。核查日记时间,可知胡风第二天就离开上海。

9月24日记载,胡风给了K君夫妇十元。其实胡风当时捉襟见肘,自身难保,《七月》并无编辑、稿费,他给梅志的信说"经济方面,现在是一文的收入都没有的。米还可以吃一个多月,下月房租预备欠下,其余的用度,就很有限了。刘均底钱没有完。楼下还住在这里"③,而《七月》又还每期亏二十余元,为了第三期的出版,他想需再找"二十元左右,再出一期,否则有头无尾,甚为不好"。经过奔走,从胡兰畦处筹十元,曹白处筹五元,这样《七月》第3期才无问题。又因要离开上海,各种支出从车资船费到运费等,都让胡风感到无以为继,于此亦可见胡风处境之艰困和对友人之诚意。

---

① 见景宋《抗战八年死难作家纪念:追忆萧红》,《文艺复兴》1946年第1卷第6期,第654页。
② 有意思的是《七月》第三期(9月25日出刊)直接放上鲁迅之子周海婴(1929—2011)的手稿《打日本》:"同胞起来:/背着枪/拖着炮/上前线/勇敢的冲过去!/冲过去,不怕慌/打倒日本鬼子/打倒日本鬼子!"当时周海婴方为八岁稚龄的孩童,诗特别能朗朗上口,枪、慌、炮、绕押韵,最后重复两次"打倒日本鬼子",稚嫩的笔迹配上这首诗,效果可能不下于其他成人诗作,这也看出胡风在编辑上与众不同的眼光,因此他敢在《工作与学习丛刊》第3辑《收获》上发表了一位中学生冬青对艾思奇的《思想方法沦》的书评,体现了鲁迅战斗精神的新生力量。这一天日记刊出时,整理者晓风有两处为省略号略去,笔者推测当与去许先生寓所有关,而当天胡风也拿到周海婴这首诗,那天他回家《七月》第2期已送来,所以胡风把这首诗刊在第3期。
③ 《1937年8月24日/28日自上海》,晓风选编《胡风家书》,上海:复旦大学出版社,2007年,第30页。

二、须井一著,胡风译《棉花》

8月14日

午后送稿到文化生活出版社。

这一天胡风送给文化生活出版社的稿子应该是《棉花》。1937年8月12日胡风给梅志的家书说:"我现在在看'联华'的丛书和校对《棉花》。"①而《棉花》的序文说:"八一三的上午我校完了清样。"②因此在8月14日午后送稿到文化生活出版社。不过《棉花》的出版历程一波数折,胡风在该书序文中有所交代:

> 《棉花》底译文,是一九三六年到一九三七年在《译文》上面连载的。……要印成单本,这是第三次。第一次是在上海,由于友人P君的好意拿去付排,八一三的上午我校完了清样,但那时不能付印,敌人占领了上海以后,当然更不能付印了。去年在香港第一次付排,还没有排成又爆发了战争。这次从好意的藏书家找到《译文》重抄,算是终于能够送给了读者。这在译者,感到好像偿还了一年宿债似的舒适,因为,虽然这写的还是后来由于残酷的摧残而不得不改取了潜伏形式的、前一期的日本革命运动。但却能够帮助我们理解正想用暴力把我们民族打入黑暗地狱的日本帝国主义底面貌,和只有与中华民族解放一同得到解放的日本劳苦人民底生活和前途。(序文,第1—2页)

这是1942年6月15夜,记于桂林听诗斋,但第三次依然没有印成,1945年12月9日再记于重庆的补序,说"第三次依然没有印成,现在再来一次,算是第四次了。日本终于失败了,我们从这里可以看到一点失败的根源,但最重要的是,日本的劳苦人民总会站起来洗尽战争底罪恶,争取到一个新的民主的前途的,在这作品里也不难看到一点那前途的根源罢"(序文,第2页)。这本《棉花》中译本从1937年上海、1941年香港、1942年桂林到1945年在重庆写补序,前后八年,终于在1946年5月由上海新新出版社正式出版,全书87页。序文对原作者日本普罗作家须井一及小说《棉花》做了初步介绍:"作者诚恳地控告了日本帝国主义底半封建的残暴的性格,它用吸血的手段剥削着农民,把农民赶进工厂,再用吸血的手段进行另一方式的剥削;作者也诚恳地倾诉了日本劳苦人民底斗争和愿望,工人底觉醒和斗争引发了农民底觉醒和斗争,而他们底斗争的这道路,紧紧地联在一起……在这个用单纯笔所写出的小故事里面,虽然不免借助于概念的说明,我们却看到了日本小民底生活是多么凄惨,而他们底斗争意志又是怎么坚定。"(序文,第1—2页),之后,《棉花》在1951年6月又由上海泥土社出版。从日记记载来看,第一次拟上海出版的单位应是文化生活出版社,这个印象在胡风《我的小传》还残留模糊的记忆(虽然时间点错了),他在应《中国文学家辞典》的征求而写的简历材料,在1936年时叙述他翻译了《山灵》(朝鲜台湾短篇小说集)和《棉花》(写日共工人共产党员斗争的中篇,当时日本优秀普罗作家须井一著)及诗集《野花与箭》③。这三本都是文化生活出版社出版。因此刘绍唐主编《民国人物小传》,介绍胡风条目时,在1936年的记述就说:"是时著有《文

---

① 晓风选编《胡风家书》,第23页。
② [日]须井一著,胡风译《棉花》,新新出版社,1946年,第2页。
③ 宋应离、袁喜生、刘小敏编《20世纪中国著名编辑出版家研究资料汇辑 第5辑》,开封:河南大学出版社,2005年,第230页。

学与生活》,译有《山灵》(朝鲜台湾短篇小说集)、《棉花》(中篇小说,日本须井一著,以上二书文化生活出版社版),其后'两个口号'之争,日趋沉寂。"①延续了《棉花》译本已在1936年由文化生活出版社出版的错误。但也正因此一疏误,间接佐证了8月14日送交文化生活出版社的稿子,应是须井一著、胡风译的《棉花》中译稿。

三、《战争》和《洋鬼》

  8月15日

    风雨,炮声时断时闻。

    读 N.S. TIKHONOV 底《战争》一半。

  "八一三"淞沪战事两天后,在风雨炮声时断时续中,胡风读了与战争相关的小说《战争》,在"八一三"当天他向鹿地亘说明了中国政府有抗战的决心,可能这样的心情,他感受中日战争已无法避免,他拿起了 N.S. TIKHONOV《战争》,一个早上就读了一半,隔天就看完了,并说这书"完全是用理论演绎出来的东西,写法和《洋鬼》是一流的"。日记注释者没有加注 N.S. TIKHONOV 的《战争》,笔者在此略加说明:

  在现代文学翻译版本中,《战争》为题的译著不下数十种,在1937年8月前就出版过〔德〕路易林原著、袁持中译的《战争》(世界书局,1932年12月),阿尔志绥夫著、乔懋中译的《战争》(大光书局,1936年6月),以及苏联铁霍诺夫(N.S. TIKHONOV)著、茅盾译的《战争》,其中德国路易林著的《战争》到了1955年10月上海文艺联合出版社又有马煐南、伊风的译本,书名没变,但原作者译名改作雷恩(L.Renn),当时译音未统一,是同一作者。胡风所读的 N.S. TIKHONOV《战争》,未必是茅盾的译本。此书是描写第一次世界大战的著名小说,暴露帝国主义战争的残酷及军队腐朽的本质,阐述了帝国主义战争必然失败的道理。茅盾译书出版时间是1936年,周钢鸣很快就茅盾的译著发表《读过的书:"战争"读后感》②,就战场风景、失业大众、高压警察等描写,认为是典型的现实,有深刻的描写、最高的讽刺和暴露。但他也认为下层士兵的描写太少了,也许是节译本删了一些,希望巨著原本能译出。可见这本小说在当时已受到注意。

  茅盾译的《战争》,是巴金主编"文化生活丛刊"第8种,1936年3月初版,文化生活出版社发行,三一印刷公司印刷,地址都在上海昆明路(1950年10月5版的《战争》,其发行所地址改作上海巨鹿路一弄八号),开明书店特约经售。全书共20章,标题《前进》《密谈》《焚》《毒气弹》《甘痕赛》《快车》《急救手术》《吸烟室》《黑到》《库房》《小不幸》《大不幸》《显勒克福司干干燥燥出来了》《好像是这么的》《胜利者们》《火腿》《约翰·科别歇》《发拜尔教授耸耸肩》《美妙的梦想》《今天我们干些什么事》。扉页有铁霍诺夫像,书末有《铁霍洛夫自传》及译者《战争·译后记》。茅盾在译后记说:

    《战争》在苏联文坛上是有名的杰作。国际革命作家联盟的第二次大会时,苏联文学现状的报告中举出此书,称为社会主义的现实主义代表作品之一。原文颇长,这里译的是根据了 Anthony Wiley 的英译节本,见于一九三二年《国际文学》二三期合册。虽然是一个节本,但也可以窥见原作的面目了。这部小说跟历来各种的欧洲

---

① 刘绍唐主编《民国人物小传 第九册》,上海:上海三联书店,2015年,第134页。
② 《读书生活》1936年第3卷第12期,第35—36页。

大战小说有显然不同的地方：第一，这是用革命的世界观和人生观来照明了欧洲大战的成因,科学家如何帮凶,产业巨头如何因战争而贸利,以及最近几年来帝国主义国家如何在制造在加紧准备反苏联的第二次世界大战；因此,第二,这就不是个人"回忆录"式的战争小说,而是帝国主义阴谋的分析和暴露。原作者的生平已见他的自传,这是根据了一九三四年三月的《国际文学》英文本转译的。……茅盾记于上海寓次。

茅盾说《战争》译本"是根据了 Anthony Wiley 的英译节本,见于一九三二年《国际文学》二三期合册"。原作者的生平"是根据了一九三四年三月的《国际文学》英文本转译的"。笔者认为胡风读的未必是中译本,他可能直接阅读英文的节译本。其因在于 1931 年 7 月,鲁迅应聘为国际革命作家同盟书记处编的《世界革命文学》杂志顾问。1932 年 2 月,无产阶级作家同盟直接加入"国际革命作家同盟",4 月,作家同盟书记局的活动报告中决定要与"革命作家同盟东洋支部"紧密联系,在东京的中国左翼作家联盟员原则上加入作家同盟东京支部,中国左翼作家联盟也是"国际革命作家同盟"的一个支部,并成立了"国际革命作家同盟日本支部"。① 胡风在 1932 年 11 月时还曾回上海一个月,不难接触到《世界革命文学》,在 1934 年时,鲁迅有《答国际文学社问》之文（后编入《且介亭杂文》）,最初即是发表于《国际文学》1934 年 3、4 期合刊第 320 页"作家迎接代表大会"专栏里,题目为《中国与十月》②。以胡风与鲁迅关系,胡风应该也看过此文,很可能手边即有《国际文学》。再者胡风在日记里直接使用作家英文名字 N.S. TIKHONOV,没有使用铁霍诺夫的中译名,胡风的英文程度比茅盾好,似乎也无须去看茅盾的译本。胡风在 1925 年进北京大学预科,一年后改入清华大学英文系,不久辍学,回乡参加革命活动。1929 年赴日庆应大学英文科留学,据日本学者近藤龙哉的研究,胡风在庆应大学的学习成绩相当优良。1936 年 1 月,胡风受鲁迅之托,为茅盾的长篇小说《子夜》英译本撰写序言和关于作者的材料,根据鲁迅相关书信,可知 2 月 2 日当晚鲁迅便将胡风赶好的序言寄给茅盾,并在附信中说"找人抢替的材料,已经取得,今寄上；但给 S 女士时,似应声明一下,这并不是我写的"③。但是,这个英译本后来并未在美国出版,茅盾对胡风所撰写的序言也不满意,据闻这个序言对于《子夜》有非常中肯甚至严厉的批评。因此,茅盾事后只字不提胡风的撰序,只感谢鲁迅的提携。在胡风日记中记载,9 月 2 日胡风"访茅盾、黎烈文,他们对刊物大不高兴,好像我想抢《呐喊》底生意。那面孔之难看,使我像吃下了一块脏抹布似的胸口作恶"。9 月 4 日,"茅依然是得意洋洋的样子,文章没有写"。9 月 18 日,"茅盾适来,给他《七月》,于是,呵,你们底已经出来了"。"叫他写文章,于是鬼脸又来了,发些莫明其妙的议论。一个乡下女人也没有那大的醋劲。"皆隐约可见茅盾、胡

---

① ［日］近藤龙哉著,张汉英译《胡风研究札记（一）——从胡风的传记探讨其理论的形成》,湖北大学中文系湖北作家研究室《湖北作家论丛（第一辑）》,武汉：武汉大学出版社,1987 年,第 73 页。另参刘柏青著《日本无产阶级文艺运动简史》,长春：时代文艺出版社,1985 年,第 96 页。

② 参见戈宝权谈《答国际文学社问》,文中介绍该刊物性质："《国际文学》是 1933—1943 年在莫斯科出版的文艺月刊,它的前身是国际革命文学局的机关刊物《外国文学通报》（1928—1930）。1930 年 11 月国际革命作家联合会在苏联的哈尔科夫召开了第二次会议,以后改名为《世界革命文学》,到 1932 年止。从 1933 年起才改称为《国际文学》。《国际文学》,用俄、德、英、法四种文字。"《鲁迅研究资料》,上海师范大学中文系,第 202 页。茅盾译后记则对 1932 年的刊物仍称为《国际文学》,如依戈氏说法,此时宜为《世界革命文学》。

③ 见鲁迅文集全编委会编《鲁迅文集全编（1—2 册）》,北京：国际文化出版公司,1995 年,第 2149 页。另可参周正章《鲁迅、胡风和茅盾的一段交往——关于英译本〈子夜〉的介绍》,《鲁迅研究月刊》1982 年第 1 期。

风两人情绪上存有芥蒂。① 从种种迹象来看,胡风此时直接阅读N.S. TIKHONOV 的《战争》的英译本是极有可能的。

在阅读过N.S. TIKHONOV 的《战争》后,胡风说"写法和《洋鬼》是一流的",其意应该说是"相同的"。胡风认为二书都是完全用理论演绎出来的东西,以理论的演绎而没有尝试新的方法或手法来书写,都可看到胡风文艺批评的自主性及眼界。再者从胡风翻译《洋鬼》过程,也可以理解胡风英文比日文好,他说:"因为听说有英译本所以才动手翻译的。但英译本是终于没有得到。据说曾在去年纽约《新群众》和伦敦《工人艺术》上连载过,而这两种杂志1929年份的也是直到现在还无法求得。所以,这个译本完全是根据广尾猛氏的日译本重译的。"②全书478页,除"序曲"和"尾声"外,共分十卷,每卷分若干章节,共59个章节。另有译者《解题》、叶奴·墨珂略夫《原序》、叶母·希厄《吉母·朵耳的来历》及《各国政治家暨日本文学家对于本书的批评》。故事是美国工人组织与法西斯帝国的斗争,而重要舞台在彼得格勒。胡风说:"真正的作者为谁,现在依然还不知道。霞格娘女士,布哈林,第一流作家十人所合作的——有这几种谣传。其中以最后一说真实性较大,因为可以解释这小说'多角性'的一个特色。"因此作者迄今为迷。③ 胡风又说:

> 本书为莫斯科国立出版局出版"墨司门得"(Mess Mend)丛书第一编。"墨司门得",系作者假设为美国工人组合(工人秘密团体)里彼此打招呼的暗号,无意义。制成影片时又名"密司门得"(Miss Mend)。"洋鬼",则是外国人称呼美国人的绰号Yankee 的音译。书里故事是美国工人组合与法西斯帝间的斗争,舞台在彼得格勒,故名《彼得格勒的洋鬼》,简名《洋鬼》。

胡风日记加注者晓风解说此译作"为胡风以笔名'谷非'由日文翻译的苏联长篇科幻小说,于1930年由上海心弦书店出版"。在更早之前《胡风年表简编》④,书写译名为《在彼得格勒的美国鬼子》,与当时胡风译的《彼得格勒的洋鬼》有异,并误以为《洋鬼》是改名,实是简名、简称⑤。当然《在彼得格勒的美国鬼子》译称也是源自胡风后来的《胡风回忆

---

① 关于胡风与茅盾两人的矛盾在诸多文章皆有着墨了,但"八一三"战事后的胡风日记较晚刊行,因此使用较少。从日记措辞可见胡风感受到被排挤及不受支持的怨恨之情,内心的不舒坦流露于私密性日记中。另韩晗《补记胡风茅盾的四次交恶》,收入《寻找失踪的民国杂志》,武汉:华中科技大学出版社,2012年,第169—174页。唯其立场较站在茅盾一边。

② 《跋》,见吉母·朵耳著,谷非译《洋鬼》,心弦书社,1930年,第477页。文中关于广尾猛,另见《胡风回忆录》说:"这本书的日译者是大竹博吉(笔名广尾猛)。因为译本中有些××和不懂的地方。就写信问他。他高兴地约去见了面。以后保持了一些时的交友关系。大竹是所谓'俄国通'。到苏联去过。回来后办了通讯社。并出版了《洋鬼》。后两年办了一个相当大的左翼书店纳乌卡社(科学社)。销售苏联书报并翻译出版马列主义著作和苏联的社会科学和文学著作。还出版了日本普罗作家同盟的刊物《普罗文学》。作为左倾文化人。影响不小。中国抗战初。报载他被捕。在警察署自杀了。据我在两个警察署呆过的情况。被拘留者是没有可能自杀的。很可能和小林一样。是被严刑逼供致死的。"广尾猛译文又见鲁迅(署名许遐)《我的文学修养(M.高尔基作)》,鲁迅于文末谓:"广尾猛原译,见《文学评论》第一卷第五号,一九三四年七月,日本东京NAUKA 社版。"见1934年8月《文学》3卷2号,第559—564页。这里顺带一提,《文学》3卷2号有茅盾用笔名"曼"发表的《论'入迷'》(第500—501页),在李标晶、王嘉良主编《简明茅盾词典》误作1932年。广尾猛译著早见于1929年陆宗贵的译本《苏俄宪法与妇女》,原作者署名大竹博吉,平凡书局出版。

③ 《跋》,见吉母·朵耳著,谷非译《洋鬼》,第477页。

④ 《新文学史料》1986年第4期,第175页。

⑤ 杨玉清著《肝胆之剖析:杨玉清日记摘抄》1930年12月21日的日记:"至光人处。彼所译之《洋鬼》,已出版,赠我一部。"即用《洋鬼》。北京:中国时代经济出版社,2007年,第89页。可参钱文亮《杨玉清日记中的胡风及其他》,《新文学史料》2018年5月,第189页。另《洋鬼》版权页,1930年10月付排,12月出版。

录》,胡风在回忆录时说"那是红色的幻想作品。内容是写美国革命工人派出一个工作队到苏联去。帮助苏联粉碎美帝国主义者破坏苏联革命的间谍活动。内容变化多端。人物能够在墙壁内穿进穿出。方翰认识一个叫做高津正道的日本人。他的夫人叫葵子。在二三流的妇女刊物上写点小文章。方翰介绍我从她学日文。我把那本小说当作课本。先自己读。读不懂的地方去问她。她给我解释。学完了以后就译出来。原名叫《在彼得格勒的美国鬼子》。我简称为《洋鬼》"①。而《在彼得格勒的美国鬼子》此一名称由来,可能与胡风在1950重新再将此书交由泥土社出版有关,该书《解题》说"《洋鬼在彼得格勒》简名《洋鬼》。现改名《美国鬼子在苏联》",从心弦书社出版时的《彼得格勒的洋鬼》到泥土社《美国鬼子在苏联》《洋鬼在彼得格勒》,"美国鬼子"在1950年12月重版时使用,后来回忆录凭印象随手写下,才又有《在彼得格勒的美国鬼子》,虽然意思无误,但无此中译之书。需留意的是《美国鬼子在苏联》新增《解题》《译者的话》(1950年4月25日,在上海),并非移自1930年版的《解题》《跋》。1986年12月19日贾植芳先生给梅志的信提道:

> 晓风信上说,胡先生三十年代译的《洋鬼》也在考虑重印,我认为也应积极进行。我们这里我找了一下,只藏有泥土社解放初的版本。题目是《美国鬼子在苏联》,记得当时曾有一些改动(如托洛斯基、布哈林之类的人名)。因此,我认为重版时最好根据早期昆仑书店的初版本《洋鬼》,至于解放初改掉的那些人名也应该保留。前年我在徐州参加瞿秋白学术会议,听他女儿说:《瞿秋白文集》在50年代出版时,为了照顾苏联的意见,将《俄乡纪程》《赤都心史》中有关托洛斯基、布哈林、季诺维也夫等人的名字涂掉,现在新版的《瞿秋白文集》都要恢复原状。《洋鬼》一书也可照此办理,如北京找不到初版本,可着晓风告我,我在上海找到复印寄您。

过了两个月,1987年2月19日给梅志的信说:

> 现趁李辉的一个同事返京之便,托他带上此信和一些上海食品,晓风要的《美国鬼子在苏联》一书,也一块带去。此书复印困难,请晓风与昆仑书店版相对照,即或用这种版本,书名还是用《洋鬼》二字为好。②

贾植芳先生提醒了20世纪50年代出书涂改状况,希望比照当时《瞿秋白文集》恢复原状的方式办理,且用原名《洋鬼》为好。《美国鬼子在苏联》一书出版后,尚有其他故事(下述),由此可见贾先生之敏锐,其建议之作法是相当正确的。在《出版总署关于注意私营出版社乱出版翻译书的情况 致华东新闻出版局函(54)出机字第162号(1954年5月4日)》函文说:

> 上海某些私营出版社翻译出版苏联书籍之风不很审慎,在国内国外均引起不好印象。例如泥土社1952年出版卡泰耶夫的《盗用公款的人们》、1953年出版爱伦堡的《欧洲的毁灭》等书,原著均为作者的早期作品,前者写于1926年,后者写于1923年,都有若干缺点,在苏联早已绝版。《欧洲的毁灭》中译本卷首附印梅叶荷德剧场根据此书改编的戏剧剧照一帧,梅叶荷德早已被批判,亦不妥。又如吉米·朵耳的

---

① 胡风《胡风回忆录·东京时期》,北京:人民文学出版社,1993年。
② 两则日记引文分别见《专辑·贾植芳先生百年诞辰纪念》,陈思和、王德威主编《史料与阐释》总第4期,上海:复旦大学出版社,2016年,第51、52页。

《洋鬼》一书,1930年上海昆仑书店曾翻译出版,今泥土社又以《美国鬼子在苏联》之名重印,此书原作者不可考,原作约出版于1921—1924年间,内容摹仿侦探小说体裁,在苏联早已绝版。上海正风出版社在1953年11月重印里阿查诺夫著《马克思与恩格斯》一书,此书作者曾被判处徒刑,他所持理论非常狂妄,竟至不承认有列宁主义,在苏联早被排斥,正风出版社出版此书,政治影响甚坏。此情形望你局在掌握各出版社翻译出版计划时严密注意,对某些在苏联已受批判或某些现代作家的早期的有缺点的著作,应劝告各出版社认真审阅其内容,不适于出版者应停译停印,对作者有问题的著作,应不使翻译出版。①

另篇《反对轻率地翻译出版或重印外国作家的作品》,疑是同一作者,该文更为详尽,毕竟函文须求精简,作者在这篇文章中说《洋鬼》是"投合低级趣味,在苏联也早已绝版"②,以此要求禁止泥土社重印此书。然而《洋鬼》终究还是不掩其光芒,胡风也由这一译作而闻名于中国文化文学界,"谷非"之名为人所知晓。

四、田间办诗刊

8月15日
  下午去聂处,回路过田间处。
8月25日
  写成《血誓》,给艾青等底诗刊。
8月29日
  不一会田间来,没有钱,诗刊出不成,想回乡下去。
8月31日
  因为艾青、田间、番草、傅小姐都要离开上海,他们约在明天午饭晚饭集餐,每人出钱一角,要我准时去。我想买点什么菜带去,他们的天真实在是可感的。
9月2日
  访田间,他正在收拾东西,满头大汗,明天一早回去。这个歌颂战争[的]诗人,恐怕在真的战争里面反而要做哑子了。

日记里头经常出现田间、艾青一起来访胡风,尤其是胡风10月到武汉后那一年,日记中仅是艾青、田间来就高达31次,这自然是因二人友好,当时田间又搬到艾青所在的美专处所有关③。而在上海时期的田间、艾青亦关系密切,8月17日日记所载即有"艾青来田间处,谈他在法捕房拘禁时的情形,满座翕然"的纪录,所以胡风谈到艾青时,我们便无法忽视田间。8月25、29日的日记即是一例,所谓"艾青等底诗刊"即是与田间、番草诸人合办的诗刊,所以田间来跟胡风说没有钱,诗刊出不成,必须与给艾青的诗合观,亦即胡风给艾青的诗《血誓》无法登了,所以才会在胡风编辑的《七月》刊出。胡风日记没有提到艾青的诗刊是哪一份刊物?当时胡风到田间住处,田间的住所又在哪里?这些疑

---

  ① 中央出版科学研究所中央档案馆编《中华人民共和国出版史料 1954年》,北京:中国书籍出版社,1999年,第257、258页。
  ② 中央人民政府出版总署编印《出版通讯》41—56期,1954年,第104、105页。
  ③ 艾青《思念胡风和田间》,原刊《人民日报》1986年4月18日。亦收入《艾青全集》第5卷,石家庄:花山文艺出版社,1991年。

惑在田间致茅盾的两封信里得以豁然开朗。田间在1937年8月13日的信件①说:

> 雁冰先生:自华北事变以来,旅日侨民,皆忧虑祖国,而纷纷返国。间于数日前回上海,当时因身染有小疾,而初返上海之心绪未能安定,故未能立即向先生奉候。最近,间拟暂居上海,如抗战成事实,愿在战时参加服务工作。东京诗歌会同人来上海者,欲邀艾青、番草二兄及间出版一诗的小刊物;现已定名《诗的新闻纸》,形式为单张报纸样子,一月两次三次不等,先生如能教导我们,我们的勇敢更强烈吧!……先生,我已经几个月没有写诗了,在日本为一心专于日文之故。最近极愿恢复过去之情绪,而盼望能多写些,同时能更泼辣些,像样些。一切,盼先生教我,使我从战斗中生长吧!
>
> 祝福——先生健康!
>
> 田间　八月十三日晨
(环龙路505弄永顺村二十三号童天涧)

第二封信是1937年8月26日②,信中说:

> 雁冰先生:间与艾青、番草兄所筹之《诗的新闻纸》已就绪。惟因毕竟是诗的新闻纸,于形式上不得不加以注重,内容取同人刊物性质(我们几个人),篇幅不求多,以作品结实为限,并希望能永久出下去。第一期中胡风先生已经为我们写了一篇百行左右的长诗《血誓》,现在深望先生亦能为我们写一首诗或关于今天新诗运动,诗的诸问题的尊见。
>
> 不知先生能赐我们以允许否?
>
> 印刷在即,一切盼先生能教之!敬祝尊安!
>
> 田间　八月廿六日下午一时
(环龙路505弄内永顺村二十三号童天涧收)

从这两封信,可以想见田间希冀茅盾能给予教导,得到他的支持鼓励,内容既是同人刊物性质,也就有拉拢茅盾以壮大诗刊的心意,可是茅盾反应冷淡。29日田间主动与胡风说没钱,诗刊不出了。这份胎死腹中的诗刊即是《诗的新闻纸》,以东京诗歌会同人、艾青、番草、田间等为主的一份刊物。田间当时地址应该就是环龙路505弄内永顺村二十三号。

日记注解谓田间原名童天鉴,田间致茅盾信函的署名及周而复的回忆,当时使用的名字应是童天涧。周而复在《从冬天到春天——忆田间》一文如此叙述:

> 五十三年前秋天,我跨进了上海光华大学的大门,勉强缴了学费,住校费用却没有钱缴了,最初和吴承锤同学共同租了校外农民的房子住,以后又和童天涧与李溶华住在何家角一户农民的后屋。这间屋子不大,放了三张床,我和童天涧住在一边,李溶华住在另一边,床与床当中放了三张小长桌,人各一张。(李溶华后来投靠汪精卫伪组织了)童天涧长得矮矮胖胖,面孔黝黑,嘴角常带微笑,不大爱说话,那时才十七岁,我们都叫他小童。这有两层意思,一是姓童,二是身上残存童年的气息,故名小童。他非常用功,特别爱读诗,在私塾里就背过《诗经》,读过唐诗,给他不小影

---

① 上海图书馆历史文献研究所编《历史文献　第二辑》,上海:上海科学技术文献出版社,1999年,第321页。
② 同上书,第324页。

响。在光华大学同我一样,都是英国文学系学生,他对新诗和外国诗歌发生了浓厚的兴趣。他在小学里就读了郭沫若的《司春的女神歌》,十四五岁时读过闻一多的《死水》。在上海,他看了"新月派""现代派"等各种流派的诗;也读了马雅柯夫斯基、惠特曼、裴多菲、赫休斯顿及波特莱尔的诗。课余的时间,他经常埋头专心致志地写诗。我看到他最早的两首诗是《滴港》和《山地的歌》,都是一九三二年上大学以前写的。①

从这段回忆可知田间其人及其诗学养成背景。至于田间与艾青的关系,则可透过艾青《思念胡风和田间》一文了解二人初识过程:

> 一九三五年十月我从国民党监狱出来,一九三六年上半年我在常州女子师范教了半年书,下半年到上海,住在亭子间里过笔墨生涯。一天,一个穿西装的青年来访,看样子不会超过二十岁,捧了两本诗集,一本《中国牧歌》,一本《中国农村的故事》,用瑞典纸精印,毛边,是当时最阔的。在书的第一页上写着"海澄哥教我",使我很感动。这个青年就是田间,光华大学的学生,当时已是出名的诗人。而我虽然发表诗文已三四年了,却还没有出版过诗集呢。②

艾青这篇文章也提到他"遇见了诗人番草,他是田间的同乡,他约我到广西去,说可以帮助我找到工作。我就到了广西。桂林也形成了战时的文化中心。我在《广西日报》编副刊,取名'南方'"。透露了番草与田间都是安徽人,三人关系也就更清楚了,难怪胡风8月17日日记说:"顺路看田间,听番草大谈东京留学生中的汉奸情形,……艾青来田间处,谈他在法捕房拘禁时的情形,满座翕然。"理解了三人志同道合,情同手足的关系,日记脉络也就更为具体可感。至于田间离开上海时间,根据日记所载推算则是9月3日。

五、荒煤消息、某团团长某即吴求钊、张止戈

8月16日

> 据说荒煤还渺无消息。……今天《申报》载昨天八字桥一战,某团团长某和团副张止戈勇敢异常云。

荒煤消息,当是指1937年春,陈荒煤到北平拟赴绥远抗日前线采访,"七七事变"后参加北平学生移动剧团,因津浦铁路北段被破坏,大批流亡者取道天津乘轮船至青岛,经胶济铁路到济南,再转津浦铁路南下。荒煤随北平学生移动剧团,在山东、河南一带活动,在河南开封时,荒煤写了《北平学生移动剧团在济南》,刊《风雨》1937年第8期,该文详述他当时的活动。

某团团长即吴求钊。根据《申报》1937年8月16日载:"前晚八字桥方面我军浴血冲锋时,有某团长吴求钊、团副张止戈,身先士卒,英勇万分,曾一度临到万分危急境地而仍不愿后退,卒待后方援军赶上,继续进攻,完成其预定之目的。"

张止戈为姚楚琦(又名氏倩)的丈夫,姚楚琦曾经与胡风同在日本留学相识。胡风

---

① 周而复《浪淘沙》,北京:档案出版社,1991年,第127页。
② 艾青《思念胡风和田间》,写于1986年1月13日,刊《人民日报》1986年4月18日。收入《艾青全集》第5卷。艾青1938年8月16日给戴望舒的信函,亦言"番草近已赴桂林,在某处做事。田间已历三月无消息"。题作《退居衡山时》,《诗》1942年新3第2期,第46页。

1937年8月18日寄自上海的家书:"你记得密斯姚么?她底丈夫张止戈,在这次作战的队伍里做团副,报上说非常勇敢。"日记未注张止戈,这里略做补充:张止戈(1905—1981),岳池县伏龙乡人。1911年后,曾在私塾、岳池县立高等小学、合川县立中学读书,1925年在合川黄慕颜所办革命军事学校学习。1926年考入上海法科大学,次年转北京民国大学。1928年赴日本东京成城高等军政科补习日文,次年8月入早稻田大学研究院学市政,1930年到日本士官学校攻军士。"九一八"事变后因组织退学团向国民政府请求抗日,受到日本当局的仇视,1933年被迫返国。次年任88师参谋处少校参谋,后任警卫连长、辎重营副营长。1937年任该师264旅527团团附,参加上海抗日战争,指挥攻占八字桥。同年9月任71军补充旅一团三营营长,驻江苏丹阳训练抗日新兵,1938年1月任71军补充旅中校参谋主任,负责防守南京中华门,与日作战失利后,任别动总队参谋教官。同年3月,任第一战区程潜部补充旅参谋长,后任该旅副旅长。著有《留日退学归国团请求抗日始末》《步兵演习计划》《新的战斗与射击》。① 姚楚琦,浙江人,曾任三民主义丛书编辑委员会蒋复璁的会计主任。②

六、夏征农、番草和帅某

8月17日

  从电话里听见征农说,上海金融界不愿打,所以多方阻碍,而且放散谣言云。

  ……得陈烟桥代赠李桦刻的连环木刻《黎明》一本。……顺路看田间,听番草大谈东京留学生中的汉奸情形,帅某乃两派之一底首领云。我还隐约记得那付奴才面孔。

征农即夏征农(1904—2008),江西丰城人,原名夏正和,字子美,另有笔名黎夫。求学于金陵大学中文系,1926年加入中国共产党,1927年参加南昌起义。其后赴上海,入复旦大学学习。1928年出任复旦大学地下共青团支部书记,江苏省团委宣传部秘书,《海上青年》杂志主编等,开始发表作品。1929年被捕入狱。出狱后任共青团中央宣传部秘书。1933年,在上海参加中国左翼作家联盟。胡风日记注解其生年1905年,但较新资料为1904年1月31日。至于夏征农与胡风关系,从胡风文集尚可知一二,如"两个口号"的论战还在进行时,胡风曾让孟十还找夏征农发表意见,夏以自己刚回上海情况不熟悉为由,回避了当时敏感问题。1955年胡风冤案发生,夏征农写过一篇表态性的短文,刊于《人民日报》,他说胡风的文艺思想有些问题,这也没什么,可以讨论;但是如果胡风有组织地进行反党活动,这就不是一般问题,而是政治问题了。但后来他认识到接二连三地在报上发表关于胡风的材料,是不真实地把问题扩大化,因此,承认自己当时说法是不正确的,应该向胡风道歉。③ 他担任上海市委书记处书记时,曾批准胡风分子贾植芳的养女桂英户口入沪,说是"情况特殊,应予照顾"④。

番草(1914—2012),原名钟庆衍、钟鼎文,号国藩,笔名番草,安徽省舒城人,上海中国公学大学部政经系、日本京都帝大社会学科毕业,1930年开始写诗,发表于上海各报纸杂志

---

① 中共岳池县委党史研究室岳池县地方志办公室编,郑维伦主编《岳池人物》,中共岳池县委党史研究室岳池县地方志办公室,1998年,第104、105页。
② 黎东方《平凡的我:黎东方回忆录 1907—1998》,北京:中国工人出版社,2011年,第243页。
③ 夏征农著《夏征农文集8》,上海:上海人民出版社,2006年,第190、191页。
④ 夏征农著《夏征农文集5》,上海:上海人民出版社,2002年,第472页。

上,曾任安徽省政府秘书(省长是桂系的李品仙),到桂林后,任《广西日报》总编,举荐艾青到《广西日报》工作并负责编辑该报《南方》副刊。1949年到台湾。1954年3月参与发起成立蓝星诗社。与覃子豪、纪弦并称台湾"现代诗坛三元老"。曾任《联合报》《自立晚报》主笔、世界诗人大会荣誉会长。著有诗集《行吟者》《山河诗抄》《雨季》、诗论《现代诗往何处去》等。

胡风日记提到番草大谈东京留学生中的汉奸情形,帅某为两派之一的首领,胡风所言帅某,疑指帅云峰。

帅云峰,字培岷,湖北人,1926年毕业于文华大学,担任北洋军阀政府的青浦县公安局长,时年仅24岁。在国共第一次合作时,东路军一纵队二团因青浦县党部有共产嫌疑,来青浦县搜查,围攻县公安局,遭公安局开枪拒敌。其时公安局长即帅培岷,被捕后同伙十八人,枪毙十七人,唯独他命不该绝,据闻南京押解途中,巧遇当年大学日本教授,为其设法通过日本大使馆向国民政府交涉,营救出狱。① 1928年东渡日本,到日本早稻田大学攻读政治经济学,历时六载。为东京青年会会员。该会是清末留日学生成立的具有革命倾向的团体,由秦毓鎏、陈独秀、张继等人发起,1902年成立于日本东京,提出"以民族主义为宗旨,以破坏主义为目的",会员多属早稻田大学学生②,内部有稳健、激进两派。又称为东京中国青年会,后来又分为共产党为主的东京青年会及东京西巢鸭国民党总支部。据孟昭杜自述,1933年他随父到武昌,其父担任湖北省民政厅厅长,1934年3月底,他赴日出国深造,由当时的湖北教育厅长程其保帮他向教育部申请办留学证书,还请日本驻汉口总理事清水八百一写信介绍给日本文部省。一切办妥后,湖北教育厅又和上海儿童教育参观团的领导人陈鹤琴联系,让他随同该团乘上海丸赴日。过神户时,参观团须停三日后才去东京,当时就是由东京青年会派来接待参观团的帅云峰(湖北人)热情相助。当时东京青年会总干事为马伯援,亦湖北人③。从这些记载来看,帅云峰当时与共产党、国民党关系特殊,所言帅某极可能指帅云峰其人。

帅云峰1934年回国,担任广西大学教授之职并兼任广西日报社主笔,1938年,应盐务总局之聘,担任秘书职务,不久即任浙赣皖鄂四省盐务督运专员公署帮办(副主管),另兼任赣州《正气日报》社社长,负责赣州时政宣传,后复调升两浙盐务运输处处长之职。抗战胜利之初,国民党政府派他前往台湾负责接收盐务事宜,并充任台湾盐业公司副总经理,后又派他为驻日盐务办事处处长,1957年(一作1958年)病死任所。④

七、杨君即杨体烈

8月17日 夜,
之林同杨君来。杨君无事可作,想参加战地工作团。
有事无人做,不让人做,许多人闲着苦闷,这是三花脸先生之流底成绩。
之林今天去过外滩,炸弹穴正在我站过的皇家饭店边。

8月19日
访之林,介绍杨君到"战地工作团"去。

---

① 中共江苏省委党史工作委员会编著《第一次国共合作在江苏(1923—1927)》,1995年,第441页。
② 熊月之等编著《大辞海·中国近现代史卷》,上海:上海辞书出版社,2013年,第62页。
③ 孟昭杜自述,毛德富主编《百年记忆:河南文史资料大系 经济卷·卷二》,郑州:中州古籍出版社,2014年,第686页。徐复观《东瀛漫忆》亦提到马伯援是湖北枣阳人,见《无惭尺布裹头归》,北京:九州出版社,2014年,第76页。
④ 王唤柳主编《黄梅名人大辞典 第一卷》,1999年1月,第85页。

两天日记提到的杨君是谁？日记注解"不详"。依据端木蕻良《我们的老校长》《化为桃林》《端木蕻良致胡风的二十一封信》等资料并观，可证杨君是杨体烈。

《我们的老校长》一文：

> 上海打响抗战第一枪的时候，我是在亚尔培路一个木器居的后楼上住着。原先住在这儿的，是我的朋友杨体烈，他是弹钢琴的。那时，他在江湾国立音专学习，还没毕业呢。（解放后，他是沈阳音乐学院副院长。）他几次要我和他同伴，我想，我个人住着，确实有许多不方便。如果出了什么麻烦事儿，连一个向外通风报信的人都没有，这是不行的。杨体烈对我很好，很可靠，所以我就听了他的话，搬过来和他同住了。上海战起，他先回四川老家去了，我也张罗着离开上海到内地去。胡风知道我一个人住，便约我到他家去住，生活上可以方便些。我想，等我买到车票，就离开上海了。所以，就搬到他家去住了一个短时候。①

《化为桃林·烽火连天文学路》：

> 吃饭就经常到附近一家山东人开的俄式餐馆。在那里遇到一位也经常到这家餐馆吃饭的青年叫杨体烈，他是徐汇区音专的学生，是学钢琴的。我对音乐很感兴趣，那时，上海工部局有个乐团，每逢星期天都售票演出，地点是兰心大戏院，我每场必听。由于杨体烈的关系，我熟识了不少搞音乐的朋友，而且和杨体烈一起搬到亚尔培路一家木器店的楼上去住。②

这两则都提到与杨体烈同住亚尔培路，在《端木蕻良致胡风的二十一封信》③具体写出亚尔培路212号地址，1937年1月9日致胡风信件：

> 我的通讯地址变更如下：
> 亚尔培路212号杨菊痕先生转曹京平收

1937年1月中旬致胡风信件：

> 我的同屋是一四川人，音专的学生，人很忠厚，无甚大作为。他对我很好，极力劝我到他这来，因他很顾虑我的腿。

杨菊痕即是杨体烈。端木蕻良本名曹京平，杨体烈对端木极为友善，所以端木带他一起看望胡风，希望能安排到战地工作团。如果细读8月17日日记所载"之林今天去过外滩，炸弹穴正在我站过的皇家饭店边"，再看端木所写《我们的老校长》前述下文："有一天，我和巫一舟、杨体烈三人在外滩观战，恰巧遇到最有名的战役，我们的机群动轰炸日本'出云'舰。这个历史上最光辉的一刻，刚好被我们赶上。中国的飞机不顾日军高射炮火组成的火网，连续向'出云'舰投弹。不多时，只见日本引为骄傲的旗舰，就被炸偏了。"④那么这里的"有一天"即是胡风日记的8月17日这一天。当时与端木蕻良（之林）同到外滩观战的还

---

① 端木蕻良著《端木蕻良近作》，广州：花城出版社，1983年，第183页。
② 端木蕻良著，钟耀群编《化为桃林》，上海：上海古籍出版社，2000年，第49页。
③ 这两则日记见袁权整理《端木蕻良致胡风的二十一封信》，文刊《新文学史料》2013年2月，第52、53页。
④ 此文节录有《有关张伯苓校长的片段忆》，收入《南开校史研究丛书 第15辑》，天津：天津教育出版社，2016年，第55页。编者文末注明："作者20世纪30年代在天津南开中学求学，在校时用名曹京平，本文系作者20世纪80年代应南开中学之约而写。"第56页。

有巫一舟、杨体烈,因此胡风日记中的杨君肯定是杨体烈。杨体烈与巫一舟在1937年毕业,不久即遇上淞沪战役,杨体烈在无事可做之际,想发挥专长到战地工作团,所以端木说杨体烈回四川老家去了。我们看日记才知是因胡风的介绍,杨君才到战地工作团。

杨体烈材料不多见,仅知为钢琴教育家,四川渠县人。1937年毕业于上海国立音专。在1942—1944年间与范继森、戴粹伦等人利用假期在重庆北碚、成都等地举行室内乐演奏会和独奏音乐会。曾担任重庆国立音乐院讲师和分院副教授、上海音专副教授、上海音乐学院副教授,沈阳音乐学院副教授、钢琴系主任。①《一段四十多年前的美好回忆》一文,表达了对恩师的感念,可见杨体烈其人品,及对学生爱护关照提携之情。杨体烈与巴金、萧珊也保持很好的友谊,萧珊在1958年10月21日写:杨体烈已支持东北音乐学院去,王晴华住到他那里去了,很近。② 2000年7月王英华、王晴华、杨立青三人具名致巴金兄嫂的信③,王英华、王晴华是姊妹,王英华是杨体烈妻子,杨立青是杨体烈的长子,自幼受父亲启蒙,留德,曾任上海音乐院院长。④

八、日记中的艾青

8月17日
　　艾青来田间处,谈他在法捕房拘禁时的情形,满座翕然。
8月19日
　　下午访雪苇,又访艾青、汪仑。艾青太太张女士还没有好,打算回杭州乡下去,他们连交通断绝了的事情都不知道。
8月20日
　　同天翼在家里吃过饭后,一道访艾青、汪仑等,不在。
8月22日
　　下午去艾青处,遇周文,一同去看柏山。
8月23日
　　早起,看过报后,正想做事,天翼来了。……在艾青处谈了些无聊的闲天。
8月24日
　　上午,《为祖国而歌》写成。午后带到艾青处,他看了说好,但实际上是热有余而肌肉不足的。
8月25日
　　写成《血誓》,给艾青等底诗刊。
8月27日
　　上午写成《给怯懦者们》。饭后去艾青处,他似乎不赞成这里面所用的民间文学的表现法。这时候我忽然想到他接受法国文学底影响问题。
8月29日
　　到艾青处坐了一会。才晓得他故乡金华有斗牛的风俗,乃有钱的地主底一种斗

---

① 参考中国音乐家协会编《中国音乐名家名录》,南宁:广西人民出版社,1989年,第212页。
② 萧珊著《萧珊文存》,上海:上海人民出版社,2009年,第121页。
③ 李凌著《音乐流花新集》,北京:中国文联出版社,1999年,第653页。
④ 李名强、杨韵琳主编《中国钢琴独奏作品百年经典　第三卷　1958—1965》,上海:上海音乐出版社,2015年,第180页。

势的方法,和西班牙底斗牛并无相同之处。
8月30日

下午去艾青处,他病了。在前楼同汪仑等谈了一些闲天。

8月31日

因为艾青、田间、番草、傅小姐都要离开上海,他们约在明天午饭晚饭集餐,每人出钱一角,要我准时去。

9月3日

下午访艾青,知道他们夫妇明天去杭州,要我晚上一道出去吃饭……同艾青夫妇在"洁而精"吃晚饭,出来又进广东店吃刨冰,下电车后和这两个天真的人握手分别了。

9月11日

得艾青信,说是如躺在无人迹的沙漠上。复艾青信。

9月22日

夜,到曼尼处坐了一会,得艾青信。

9月23日

给艾青、田间、欧阳山、吴祖襄信。

这一个半月的日记中多次提到艾青,出现15次。从日记所述,大抵得出一个印象:胡风与艾青有比较多的交往,且以"天真的人"形容艾青。淞沪战事发生后,艾青打算回杭州乡下去,起初不知沪杭交通被截断,一直到9月4日才离开上海回到杭州,回杭州后,11、21都来信给胡风。从日记很清楚可见"八一三"之后的八月份艾青都在上海。对于这一段行踪,研究者多直接跳跃,认为艾青当时住在杭州,因为张竹如生产在即,他在7月6日沪杭路上写了《复活的土地》,第二天7月7日抗战爆发,他的孩子当天出生,取名"七月",为了生活,艾青到杭州私立蕙兰中学教书。于是有研究者说:

艾青接下来的生活却是忙碌而琐碎的。白天,他要担任几个钟点的课,授课之余,还要照顾坐月子的妻子,为女儿换洗尿布,买菜做饭,夜里还要批改学生作业,准备第二天的课,有时直至深夜。从7月6日至10月12日,艾青三个月无诗。……在他供职的学校,学生因战事影响,已不再来上课,但校方要求教职员"和舟共济,同撑危局",所以,艾青每天还要去应一个卯。①

如从沪杭交通已断,胡风三天两头到艾青处聊天(时事、新诗、无聊事种种)的情况来看,艾青并没有马上回到杭州上课,要等到9月4日才动身。日记中说,艾青太太张女士还没有好,应该就是指刚生产坐满月子不久,说明张竹如生孩子也在上海而不是在杭州。8月下旬胡风写完《为祖国而歌》《血誓》《给怯懦者们》等新诗都拿给艾青看,想听听他的意见,可知对艾青的信任。日记提到访艾青时经常同时提到汪仑,一次访艾青生病了,胡

---

① 程光炜著《艾青》,北京:中国华侨出版社,1999年,第60页。文中还说从7月6日至10月12日,艾青三个月无诗。可能是因《复活的土地》写于1937年7月6日,沪杭路上,《他起来了》写于1937年10月12日,杭州。但艾青《火的笑》注明写于沪战大火之夕,则是居上海遭逢淞沪战火之夕所写,并非三个月内都无诗。诗刊登于《七月》1937年第1期,第10—11页。其中诗句如"火追踪着那些溃败了的敌人/火追踪着那些屠杀中国人的日本兵/火追踪着他们的指挥作战的长官/火追踪着他们,而且/纠缠住他们的步伐/绑住他们的衣襟",可见是中日开战后一首激励军心、鼓舞必胜的力作。

风就在前楼同汪仑等谈了一些闲天。那么当时艾青、汪仑、董曼妮住所就是前后楼,因此艾青回杭州之后,信件寄董曼尼处转给胡风。一次艾青跟胡风谈起故乡金华有斗牛的风俗,乃有钱的地主的一种斗势的方法。这个论点颇有价值,一般谈金华斗牛的风俗①,多半以农村自娱娱人看待,其后衍生出来的斗富斗势心态,大概也是非当地人不能体会。

艾青回杭州后,给胡风的信除了9月11日及21日的信件,至少应该还有一封信。胡风在9月25日离开上海之前也曾回艾青信,必然提到去武汉的事,所以艾青有一通从杭州寄到武汉的信,此信10月6日书写,信中说十日前曾寄信给胡风,那么除了21日信件,艾青在这期间还写过信,胡风在赴武汉途中,艾青才问是否收到信。胡风在10月7日收到梅志转来艾青的信,但从时间点看,刊《七月》的这封《从杭州寄到武汉》②的信,并非梅志转来的信。从信件往来之频繁,可见两人之友谊。

另有一处不明,日记加注者说:"胡风曾于1936年发表诗评《吹芦笛的诗人》,首次向读者介绍了艾青。"《吹芦笛的诗人》虽是1936年12月20日写,但发表于《文学》第8卷2期(1937年),所以,"发表诗评"的时间不是1936年。坊间亦皆以为"1936年胡风撰文《吹芦笛的诗人》"这个说法,应是出自胡风评论集《密云期风习小记》收入了《吹芦笛的诗人》,且认为《密云期风习小记》是1936年出版的。但查阅《密云期风习小记》胡风序文的时间是1938年6月26深夜记于武昌,书是1938年7月海燕书店出版,到1944年7月,《密云期风习小记》改名《看云人手记》,由重庆自力书店出版。目前未见1936年版的《密云期风习小记》,且从《吹芦笛的诗人》写作时间是1936年12月20日视之,《密云期风习小记》不太可能赶在1936年年底即出版,那么胡风向读者推介《吹芦笛的诗人》的时间仍应订在1937年,而非1936年。再者,《密云期风习小记》收入《新波底木刻——"路碑"序》一篇,其写作时间是1937年3月12日夜,记于上海。

顺便一提,胡风到武汉后的日记,也提到《密云期风习小记》由海燕出版社出版。1938年5月31日日记"到海燕出版社订《密云期风习小纪》的合同"。6月26日"海燕出版社俞鸿模来。……夜,写成《密云期风习小纪》序文"。8月8日"支来了《密云期风习小纪》版税三十二元"。他对"海燕"及青年俞鸿模有好感及信任③,主编的《七月诗丛》(包括艾青的《向太阳》、胡风的《为祖国而歌》、庄涌的《突围令》三本)、《七月文丛》(包括丘东平的《第七连》、阿垅的《闸北七十三天》、陶雄的《0404号机》、曹白的《呼吸》、萧军的《侧面》五本)等书籍都由海燕书店出版。

九、拔乌伦珂及其《远东》

> 8月19日 夜
> 读了拔乌伦珂底《远东》,以日苏战争为题材的通俗小说,也是《洋鬼》一流的东西,不能算文艺作品。

胡风所言,拔乌伦珂《远东》是以日苏战争为题材的通俗小说,拔乌伦珂是谁?《远

---

① 钟敬文著《金华斗牛的风俗》极为详尽,但未提斗势现象,《开展》1931年第10/11期,第1—30页。
② 《七月》1937年第2期,64页。刊出时美专×××兄,透过日记可知是武昌美专校长唐义精。
③ 当时俞鸿模带着艾思奇的介绍信到武汉找胡风,说他立志要办一个纯文学的书店,并取名"海燕",这是受高尔基《海燕之歌》的启示,胡风感到俞鸿模是位认真严肃、踏实肯做事的青年。而早在1936年,胡风在鲁迅的全力支持下与聂绀弩等人共同筹办《海燕》,仅出两期就被迫停刊,其冲破黑暗的文网,继续搏击的战斗精神始终支持着胡风。

东》又是怎样一本小说？1937年8月前译文界看得到这小说吗？笔者认为胡风所读的应是日译本，当时中国译界尚未翻译此书，两个月后的1937年10月才看到碧泉①译作《日苏未来大战记》出版，译本即是根据日译本转译，译者在卷首《译言（代序）》介绍作者及本书内容、译本来源等等：

> 《日苏未来大战记》，原名《远东》（Navostok），是去年苏联轰动一时的国防名著。去年苏联举行全联邦国防文学会议，曾宣言说：国防是举国的事业；同样的，国防文学也非由全苏联文坛的一切作家来共同负担不可。
>
> 原作者P.A.班夫琳珂（Pavlinko）生于一八九八年，……代表的杰作，有描写巴黎共产党的长篇历史小说《拜里凯特》，是被称为充满了革命灵感的作品。现在的这部《远东》，可称是与历史小说相对的报告小说或新闻小说，被苏联文坛认为问题作（品），引起了全世界的注意。原书全部分为五章，第一部三章，写一九三二年到现在为止的远东情势；第二部二章，是写未来的日苏大战。现在节译出来的，是第二部的梗概。但因为是据日译本转译的，而日译本又经过检阅才得发表的，所以希望另有人能从原文译出全书来。②

书名前题有"苏联国防小说名著"字样，P.A.班夫琳珂（П. Павленко）著、碧泉译的《日苏未来大战记》，出版时列入夏衍主编的"抗战小文库"，同文库出版的还有郭沫若的《抗战与觉悟》、欧阳予倩的三幕剧《青纱帐里》、石决明的《假使日本受了经济封锁》，1937年10月至11月由上海大时代出版社出版。《日苏未来大战记》另有署名"史君"译的版本，出版时间也是1937年，由国难研究社出版，原作者译名也是班夫琳珂。从胡风所使用的"拔乌伦珂"译音看来，胡风的中译正是从日语口译，在此之前及之后，中国文学界没有人使用过"拔乌伦珂"这一译名，而碧泉译的班夫琳珂同样也没被广泛使用，这是相当特殊的情况。Pavlinko的中译名一直有多种译法，其著作第一次出现在鲁迅为瞿秋白主编的译作集《海上述林》下卷《帕甫伦珂 第十三篇关于列尔孟托夫的小说》③，瞿秋白文章译作P.帕甫伦珂。叶灵凤于1939年2月27日在《立报·言林》发表《日苏战争与拍夫朗诃的〈红翼东飞〉》，3月1日—11月21日在《立报·言林》连载《红翼东飞》（彼得·拍夫朗诃著），共253期。译名使用"拍夫朗诃"。到1941年王语今翻译《伟大的日

---

① 碧泉当时发表的作品还有《在异乡》，《光明》1936年第1卷第11期，第715—717页；《东京的高尔基追悼公演（附照片）》，《光明》1936年第1卷第11期，第732—734页；《双十献辞》，《留东新闻》1936年第49期。《苏联新闻概观（三回）》，《绸缪月刊》1936年第3卷第2期，第45—48页；《文艺新闻：新年来的欧美文坛》，《国闻周报》1937年第14卷第11期。碧泉，原名袁学易，即袁殊。生于1911年，湖北蕲春人，胡风同乡。1928年赴日留学，先后在早稻田大学和日本大学攻读新闻学与东洋史。1931年3月在上海创办并主编《文艺新闻》周刊，曾与夏衍、羊枣等人在1937年11月8日成立中国青年新闻记者学会，简称"青记"，是一个"具有左翼政治文化倾向的新闻学术团体"，也是中国共产党所领导的抗日民族统一战线的组织。袁殊有五重间谍、五面特工的特殊身份。见顾雪雍《我所知道的"五面特工"袁殊的传奇生涯》，《文坛杂忆全编6》，上海：上海书店出版社，2015年，第248—257页。
② 引文见苏联班夫琳珂著作，碧泉节译《日苏未来大战记》，大时代出版社，1937年，第1、3页。
③ 译者对于这篇小说内容及作者的生平做了简短介绍，这篇小说正是叙述列尔孟托夫同一位"浪漫谛克的巴黎女人"的故事，及其诗歌创作的氛围。陈建华主编《二十世纪中俄文学关系》，认为巴甫连柯"作品于1937年正式传入中国。该年10月上海大时代出版社出版了碧泉据日译本转译的《日苏未来大战记》，这是巴甫连柯长篇小说《远东》第2部的节译本。"上海：学林出版社，1998年，第343页。忽略了之前尚有瞿秋白的译作，鲁迅主编出版其译作时间是1936年，也早于1937年。附带一提，胡风遗属捐赠北京鲁迅博物馆的藏品中即有这一套珍贵的《海上述林》，上下两卷，扉页左下均有胡风毛笔亲书的胡风两字，下有胡风钤印，这部《海上述林》是鲁迅1936年所赠。

子》①,译名使用"巴甫连科",1943年西野《巴甫林科的〈复仇的火焰〉》(新华日报6月28日)和茅盾《关于复仇的火焰》(刊《中苏文化》)。此后译音较固定,差异者在最后一字的科、柯、珂。1949年之后用巴甫连柯的愈来愈多,如《幸福》(天下图书公司,1949年10月);焦菊隐译《草原的太阳》(平明出版社,1950年7月);与焦菊隐同一时间另有王汶译本《草原的太阳》由新华书店出版。洪广译《苏联文学名著选译·第6种·祖国》(国际文化服务社,1953年7月);孙梁译《和平战士》(泥土社,1953年7月);斯昏译《呼唤的声音·小说选集》(新文艺出版社,1953年12月);蓝谷译《巴甫连柯短篇小说集》②(时代出版社,1954年9月)以及1952年9月周立波写《忆巴甫连柯》(《人民文学》第37期),大致可见这段时间渐趋统一用"巴甫连柯",同时也可见巴甫连柯被翻译之作有哪些。

胡风所读的日译本需再追索来源,而他评述《远东》是通俗小说,不能算文艺作品,不知是否与该作为"国防文学"的代表作有关?

十、《血誓》

8月25日

早上听隔壁冯仲足说,侵入罗家店之敌近万,像是故意放他们登陆,以便扑灭的,杨树浦方面我军似乎后退云。夜里听炮声,移西了一些,南市有一处起火。前途不能乐观。

写成《血誓》,给艾青等底诗刊。……《血誓》写成后,疲乏得很,饭都少吃了。

《血誓》另有副标题"献给祖国底年青歌手们",诗末记写于"8月25日我军与敌人血战于狮子林一带的时候",虽然25日日记仅写罗家店,但26日日记载战事重心依然在罗家店狮子林一带。日记说《血誓》"给艾青等底诗刊",但《血誓》先刊《七月》1937年第1期(第10、11页),后再刊武汉时期的《七月》1937年第2期(第53页),未见给艾青等的诗刊,恐文字有误,倒是《血誓》下栏刊艾青《火的笑》,或许是胡风有意给艾青主编的诗刊发表,但后来未能遂愿。《血誓》深受马耶珂夫斯基新诗的影响,形式上有俄国诗人"楼梯体"诗的特色:

在北方
在浩漫的俄罗斯大地上
当革命底怒火汹涌澎湃的时候
一个巨人——马耶珂夫斯基
于烈焰与青空之间
呼啸着
突然奔现了
……
俄罗斯大地底震颤
通过我底脚下
俄罗斯民众底滚雷似的声音

---

① 《文学月报》1941年第3卷第2/3期,第92—93页。
② 蓝谷在翻译作者自传时将《远东》翻译为《在东方》。

冲进我底耳朵
还有那烤炼我的 灼热的 反抗的呼吸……
……
我底祖国——
带着羞耻底记号
　　几十年了
从死里逃生饿里逃生
　　几十年了

诗以马耶珂夫斯基从革命的怒火呼啸奔现了,赞美祖国儿女不惜声枯力尽、血花飞溅与日军血战,充满浓厚的家国情思。

十一、《为祖国而歌》、英国大使许阁森、马雅珂夫斯基

8月27日

　　由天翼拿去的稿子退回了,说是因为太长。这是三花脸先生封锁的功劳。以后再不会问我要了。上午钱君来电话,说是晚上来,到晚上又来电话,病了。我去看他,谈些关于战事的闲天,他听说英国大使许阁森已经死了。……读马雅珂夫斯基译诗数首,聚不成印象。

8月27日这一天日记篇幅较多,还记下了与梅志失散的梦境。这里只谈四件事:

（一）张天翼拿去的稿子退回一事。胡风在8月22日夜,写诗不成。到24日上午"《为祖国而歌》写成。午后带到艾青处,他看了说好,但实际上是热有余而肌肉不足的。"25日"写成《血誓》,给艾青等底诗刊。昨天那一首则由天翼拿给《抗战》,因他前天向我要过,不给又会得到不合作的恶谥。"可见给天翼的是《为祖国而歌》,拟刊《抗战》,因前天（23日）"天翼来了"要稿,25日稿给天翼,但8月27日就说"由天翼拿去的稿子退回了,说是因为太长。这是三花脸先生封锁的功劳。以后再不会问我要了"。到了8月31日记载:"路遇巴金、靳以,得知萧乾已去汉口,想系筹设大公报分馆。他们大赞成《为祖国而歌》,说要拿到《立报》去。"

（二）《为祖国而歌》真的是因为太长而被退稿吗？如果观察1937年1、2期合刊的《抗战》半月刊,其中郑振铎诗作《剩在的三个战士》62行,且是转载自《救亡日报》,又接续刊出转自《呐喊》的《我邀翔在天空——飞机师之歌》32行、转自《救亡日报》的《勇士》12行,外加三行多文字解说,第四首是转自《国闻周报》的《机关枪手》更是前后文近90行。郑振铎四首诗①就占了近两百行篇幅,而且都是旧作转载的,胡风《为祖国而歌》才57行,显然退稿原因不是因为太长。那么是因内容不正确吗？"祖国啊／为了你／为了你底儿女们／为了明天／我要尽情地歌唱／用我底嘴／我底心／也许罢,我底迸溅在你底土壤上的活血！"这些鼓动性的战斗诗篇,表明对伟大的、正义的民族革命战争必然取得胜利

---

① 刊《抗战半月刊》1937年第1卷第1/2期,第45—53页。因内有《淞沪抗战仍在坚守中》一文报道10月5日起敌军与我军发生激烈大战。《抗战》是半月刊,其创刊号（一二期合刊）时间可能是1937年10月16日。需留意的是另有韬奋主编的《抗战》三日刊,1937年8月创刊,第7期起改为《抵抗》。顾名思义也是抗日宣传刊物,报道全国各地抗日战场进展情况,了解国际时局动态,战地生活的亲身感受,展开文化界的救亡宣传活动,鼓舞民众的抗战情绪。

的决心和信心,自然也不是内容有问题。那么是作品艺术手法不受肯定而被退稿吗?恐怕也不是,因为最后这首诗还是刊登在1937年11月1日的《抗战》半月刊,而且之后《为祖国而歌》诗篇名屡为其他诗人沿用,如宋寒衣、吴冰都写过诗题相同的诗歌,陈时散文也以《为祖国而歌》命名①,足见这个题目本身就很吸引人,颇能振奋人心。胡风在《1937年8月24日/28日自上海》家书向妻子梅志倾诉:

> 除了望信,我起食等都好,不用担心。又写了两首诗,连上次一首《为祖国而歌》,有二百七八十行。写着的时候,我全身像发着热病一样,眼里涨着热泪。亲爱的,为了祖国底自由,我要尽情地歌唱!②

早在"九一八"事件后,在日本的胡风就曾写下《仇敌的祭礼》,揭露控诉日本帝国主义的侵略罪行,其炽热的爱国情怀,使他奋勇地投入抗日的行列,何况亲身经历上海"八一三"战事的发生,胡风在8月24、25、27日三天写成了《为祖国而歌》《血誓》和《给怯懦者们》,尤其第三首达126行,高昂而又深沉的情绪确如信中所诉。然而涨着热泪所写的诗竟被否定了,也难怪胡风在当天日记发泄情绪,说"现在我在这里被人暗算,苦痛着"。或许感受到自己被排斥,然又想为祖国做些事,遂促成日后《七月》的创刊。1937年上海的众多左翼文艺刊物被迫停刊,茅盾、黎烈文等人决定将《中流》《文学》《文丛》《译文》四刊合并,策划发行新刊《呐喊》,但胡风并未被邀请。8月15日胡风得到黎烈文的电话,说他们几个已经商定了出一个三日刊,定名《呐喊》。胡风紧接着说:"沉闷了一天,报上的消息有时矛盾,更令人沉闷。"可能因未被邀请加入编辑而心情沉闷。18日他将《做正经事的机会》送给黎烈文编入《呐喊》周刊。28日上午胡风"到茅盾处,听闻《呐喊》销到了一万。到烈文处,听到了三花脸先生又在破坏我,想我不能在《呐喊》发表文章"。隔两天,8月30日上午遂向费慎祥提到想自己办刊物,费慎祥积极响应。9月2日胡风访茅盾、黎烈文,日记说:"他们对刊物大不高兴,好像我想抢《呐喊》底生意。那面孔之难看,使我像吃下了一块脏抹布似的胸口作恶。"当天晚上定下刊名《七月》,寓意"七七抗战"。

1、2期合刊的《抗战》半月刊的作者有胡愈之、郭沫若、茅盾、巴金、黎烈文、郑振铎、艾芜、张天翼、何家槐、欧阳山、萧军、萧红、关露、黄源、穆木天、阿英、王统照、潘汉年、包天笑、张仲实、沈起予、曹聚仁、谢六逸、罗家伦、张若谷、陈白尘、傅东华、邹韬奋、胡仲持等,如果再看一些名气不如己者的作家作品亦出现在刊物上,那真是情何以堪?一本长达94页的篇幅,竟然容不下一篇57行的《为祖国而歌》的诗,可想见胡风当时处境的尴尬。

《为祖国而歌》后来刊登在《抗战》第1卷第4期,时间已是11月1日,而且注明是转载自《国闻周报》。其间详情并不清楚,但胡风过去也有作品刊登《国闻周报》,《抗战》转载《国闻周报》的也不少。不过《为祖国而歌》刊登情形仍须再着墨。8月24日上午"《为祖国而歌》写成。……吴淞战事甚烈"。午饭后,胡风望见南市上空有三架敌机和中国高射炮相战。初刊《国闻周报》③时,另有最后写作情境的交代"望见敌机在南市上空投弹

---

① 三篇出处分别是《西部文艺》1939年创刊号,第3页;《鲁迅风》1939年第19期,第22—24页;《建国漫画旬刊》1947年第1卷第7期,第2页。
② 晓风选编《胡风家书》,上海:复旦大学出版社,2007年。信中说有二百七八十行,实则约245行,可能只是约略评估,也可能是后来有修改。
③ 1937年第14卷第36/37/38期,第11—13页。《国闻周报》每逢三六九日出刊,这三期合刊内有9月10日《大公报》载地中海会议报道,推测此期可能是1937年9月13或16日出刊。

的时候";再刊《战时联合旬刊》①时诗末日期:"八月二十四日望见敌机在南市轰炸的时候。"与日记纪录诗作完成时间有早上、午饭后的落差。也许这种情况不仅是 8 月 24 日下午才发生,写诗这两天就经常望见敌机在南市上空投弹,持续到 25 日,还写着"夜里听炮声,移西了一些,南市有一处起火。前途不能乐观"。如此看来写作时间也不是什么大问题。倒是第三次是由《抗战》转载《国闻周报》的,但删除了"望见敌机在南市上空投弹的时候"这句话。综言之,《为祖国而歌》刊登三次,首先是《国闻周报》1937 年 9 月 13 日,之后是《战时联合旬刊》1937 年 10 月 1 日,最后才是《抗战》1937 年 11 月 1 日。

(三)英国大使许阁森已经死了。27 日日记记载胡风从钱纳水闲聊战事,从钱君那儿听说英国大使许阁森(Sir Hughe Montgomery Knatchbull-Hugessen,1886 年 3 月 26 日—1971 年 3 月 21 日)已经死了。前一天 8 月 26 日就载"冯仲足来接电话,听到英国大使由南京回上海时,被日本兵用机关枪射伤,有生命危险。虽然火车上插有英国旗,日本兵却以为是南京要人。这也许会造成对中国有利的外交形势"。根据《申报》1937 年 8 月 27 日 1 版:

> 英大使昨晨十一时四十五分,由京偕武官佛莱塞、经济顾问巴志,循公路来沪。分乘汽车两辆,大使之车在前,武官等所乘之车在后,均于车前水箱上,插有英国之旗。下午二时许,行抵距上海四十哩至五十哩之地点时,有日机两架,急由上空低飞而下,向大使之汽车追逐。第一架即开机枪低射,汽车夫立即将车停住,而另一架竟继续投炸弹一枚,幸落地稍远,未被炸毁。当时,佛莱塞、巴志及车夫等均立即从车中跃出,伏于地上。英大使因行动较慢,身甫下车,即中机关枪弹受伤。

根据相关研究及日本松元重治的《上海时代》,日机在光天化日之下,狙击英国大使馆车子,其实是情报误判,日军袭击的目标并非许阁森,而是蒋介石,日本间谍机关千方百计寻找机会企图暗杀他。淞沪抗战期间,蒋介石曾几度欲亲赴上海了解战况,怎奈日军严密封锁去上海的交通要道,昼夜有日机侦察轰炸,出于安全考虑,蒋介石迟迟不敢成行。日军却误以为蒋介石在汽车内,因此许阁森的座驾被日军军机袭击,许阁森受重伤,事后回国休养,1939 年至 1944 年任英国驻土耳其大使。1944 年至 1947 年任英国驻比利时大使兼驻卢森堡公使。1947 年退休,1971 年过世。

(四)读马雅珂夫斯基译诗数首,聚不成印象。胡风在 8 月 27 日所阅读的译诗,可能是周而复的译作。

丘金昌在《苏联伟大诗人马雅可夫斯基名字中译考》一文中得出马雅可夫斯基中文译法达二十四种之多,其所举译名如:法梅耶谷夫斯基、梅耶戈夫斯基、马霞夸夫斯基、马亚柯夫斯基、马亚科夫斯基、玛耶考夫斯基、美雅科夫斯基、马耶珂夫斯基、玛耶阔夫斯

---

① 联合《世界知识》《妇女生活》《中华公论》《国民周刊》四刊,1937 年第 3 期,第 80—81 页。《战时联合旬刊》第 2 期,有战时日志(9 月 6 日至 9 月 15 日),其出刊时间应是 1937 年 9 月 21 日。因是旬刊,第 3 期出刊时间可能是 1937 年 10 月 1 日。第 4 期是 10 月 11 日出刊,也是终刊号。后来笔者看到吴永平《胡风与冯雪峰冲突之滥觞——〈胡风家书〉疏证数则》一文谓《为祖国而歌》载《中华公论》第 2 期(《江汉论坛》2010 年 8 月,第 121 页)。经查《中华公论》第 2 期没有《为祖国而歌》,第 2 期刊了 32 篇(包括编辑余谈),编辑余谈最后说要与《世界知识》《妇女生活》《国民周刊》合刊了,第三期就四刊物合刊,即《战时联合旬刊》。《中华公论》第 2 期郑振铎文章说上海战争一周了,编辑余谈也说因战事延后发刊,因该刊是月刊,推估在八月底出刊。而 8 月 31 日胡风日记说:他们大赞成《为祖国而歌》,说要拿到《立报》去。可见当时《为祖国而歌》不太可能刊《中华公论》第 2 期。应该是《战时联合旬刊》第 3 期。

基、马雅科夫斯基、马亚珂夫斯基、马雅柯夫斯基、玛耶可夫斯基、玛雅可夫斯基、玛耶珂夫斯基、马雅可夫斯基、玛耶喀夫斯基、玛耶阔夫司基、马耶阔夫司基、马耶阔夫斯基、马雅考夫斯基、马雅柯夫斯基、马雅夫斯基、马耶可夫斯基 24 种。并举每一种译法出现的作品及时间证明。其中"马雅珂夫斯基，见一九五三年七月十八日《大公报》关于马雅珂夫斯基作品的讨论会"①。但"马雅珂夫斯基"使用时间理应往前推到 1930 年马雅珂夫斯基过世时，《新文艺》（水沫书店杂志部发行）所刊的一系列作品所用译称，当时相关诗文如《论马雅珂夫斯基》（克尔仁赤夫作、洛生译）、《马雅珂夫斯基自传》（瞿然译）、《马雅珂夫斯基诗抄：巴斐怎样知道法律是保护工人的故事》（蓬子译）、《马雅珂夫斯基诗抄：我们的进行曲》（史文成译）、《关于马雅珂夫斯基之死的几行记录》（洛生译）、《马雅珂夫斯基诗抄：劳动诗人》（史文成译）、《马雅珂夫斯基诗抄：一回非常的冒险》（蓬子、史文成）。之后即是 1937 年纪念马雅珂夫斯基逝世七周年，《译作》策划的一系列文章，比如周而复的《人物种种：马雅珂夫斯基逝世七周年》《马雅珂夫斯基及其诗歌：纪念诗人逝世七周年》及其译诗《马雅珂夫斯基诗抄：静听》《马雅珂夫斯基诗抄：袴中的云（小引）》《马雅珂夫斯基诗抄：兄弟作家们》《马雅珂夫斯基诗抄：离开中国》《马雅珂夫斯基诗抄：在哈瓦拉登岸》《马雅珂夫斯基诗抄：静听》②及休士《马雅珂夫斯基诗抄：在哈瓦拉登岸》，这些作品多刊 1937 年《译作》第 1 期。从译名及 1937 年《译作》5 月在上海创刊（光华大学英文文学会出版）观之，胡风在 8 月 27 日所阅读的译诗极可能就是周而复所译。

在 8 月 25 日胡风写成《血誓》一诗后说疲乏得很，饭都少吃了，但才过一天，27 日他就读马雅珂夫斯基译诗。《血誓》这诗长达 69 行，书写自然极费心力，这首长诗四次以"马耶珂夫斯基"呼告，内容与马耶珂夫斯基之诗有对话意味，胡风在诗末并附注"《一五》和《我们底行进》皆马雅珂夫斯基底诗名"。才隔一天，胡风使用译名就有出入，先用"马耶珂夫斯基"，后改用"马雅珂夫斯基"。而在更早之前，胡风就非常喜欢"马耶珂夫斯基"，在日本诗人生田春月自杀的 1930 年，胡风便翻译了《一个叛逆者》，内文就有一节"马耶诃夫斯基之死"，最后还加注介绍"马耶珂夫斯基（V.V. Mayakovsky）生于一八九四年，十四岁时就加入了社会党里布尔希维克派。坐过牢，革命前后做工很出力。主编《列夫》杂志"③。翻译时间是 1930 年 6 月 17 日，译于东京郊外。同年，马耶珂夫斯基自杀死亡，胡风立即翻译 Magil, A.B. 所写的《马耶珂夫斯基》④，以七页篇幅来介绍马耶珂夫斯基，翻译时间是 1930 年 7 月 29 日，距离翻译生田春月《一个叛逆者》的时间，仅差一个多月。编者在《马耶珂夫斯基》文前也再次提醒：

在本刊第十一期中光人先生所译生田春月的文章里，曾论及这位新俄的诗人马

---

① 武汉大学图书馆编印《马雅可夫斯基在中国》资料索引，武汉大学图书馆印，1980 年，第 43 页。其中马耶阔夫斯基译法，说明见之于 1984 年 12 月《大众文艺丛刊》第 5 辑扬令译"怎样写诗"，时间一样也可提早到艾青《铁窗里》一诗，刊《新诗歌》1934 年第 2 卷第 4 期，第 9 页。

② 周而复在 1949 年 10 月出版《北望楼杂文》（文化工作社），收入《马雅夫斯基及其诗歌——纪念诗人逝世七周年》。根据相关资料，周而复，原名周祖式，原籍安徽旌德人。1914 年生于江苏省南京市，自幼入私塾学诗习书法。1933 年考入上海光华大学英国文学系。读书期间，积极参加左翼文艺活动，参与创办《文学丛报》，毕业后奔赴延安，1939 年加入中国共产党。历任文化部副部长，全国政协第五届、第六届委员，中国书法家协会第一届副主席等。

③ 生田春月著，光人译《一个叛逆者》《北新》1930 年第 4 卷第 11 期，第 74 页。

④ 刊《北新》1930 年第 4 卷第 14 期，第 67—73 页。此文除胡风翻译外，另有余能译 Magil, A.B. 著《马耶阔夫司基》，《小说月报》1930 年第 21 卷第 12 期，第 1747—1751 页。

耶珂夫斯基的自杀,现在承同一译者译出这篇文章来,特载于此,藉志悼意。①

胡风此时都用"马耶珂夫斯基",只有在《一个叛逆者》中出现了一次"马耶诃夫斯基之死",使用"诃",这可能是误植。虽然1930年洛生(刘呐鸥)、史文成、蓬子在《新文艺》使用了"马雅珂夫斯基"译名介绍其人其诗以志念,但胡风此时的翻译完成于日本东京时期,应该没见过《新文艺》1930年第2卷第2期。因此胡风在8月27日突然使用"马雅珂夫斯基"应该是当时所读即是周而复的译诗,这几首译诗集中在《译作》1937年第一期,篇目如前所述,所占篇幅是从96至106页。在周而复翻译《马雅珂夫斯基及其诗歌:纪念诗人逝世七周年》②时,他特别交代本文参考下列各书写成,其中中文方面就是《新文艺》所刊的瞿然译《马雅珂夫斯基自传》及洛生译《关于马雅珂夫斯基之死的几行记录》③,这样看来,周而复使用"马雅珂夫斯基"是有所承,易言之,他参考了"马雅珂夫斯基"的译法可能是从《新文艺》开始,而胡风在8月27日所读译诗极可能是周而复所翻译的,也因此日记记载的译法是"马雅珂夫斯基",而不是他向来所使用的"马耶珂夫斯基"④。

再者,马耶珂夫斯基过世那一年(1930),不仅是《新文艺》组文悼念,《小说月报》《现代文学》也出现一批文章,但一律用"玛耶阔夫司基",胡风也未能免俗改用此一译法,在《现代文学》写了《玛耶阔夫司基死了以后》(1930年8月24日写,署名谷非),参考了四本英文著作,畅谈玛耶阔夫司基很多诗⑤。大约1953年以后,渐趋统一译为"马雅可夫斯基",但仍有其他译法。

胡风与周而复早认识,胡风任左联宣传部长、书记,曾负责联系上海光华大学左联小组的工作,与苏灵扬、田间、周而复等接头,传达左联文件,并指导该组编辑出版左联刊物《文学丛报》并为其撰稿,胡风提出"民族革命战争的大众文学"口号的著名论文《人民大众向文学要求什么》,就是在周而复担任执行编委的《文学丛报》上发表的。《译作》是光华大学英文文学会在1937年5月创刊的,想必胡风手边有此刊物。1936年10月,他们俩于筹办鲁迅丧事首次照面。1938年周而复到延安后创作短篇小说《开荒篇》,刊于《七月》1939年第四集第三期,同期还有周而复给胡风的信《从延安寄到重庆》,1940年又有《雪地》刊登《七月》。1939年胡风任国民党中宣部国际宣传处对敌宣传科特派员,推荐周而复的小说《开荒篇》和吴奚如的小说《新任务》给国际宣传处主办的英文月刊《国际文学》,译成英文后在《国际文学》上发表,这使《国际文学》成为最早把陕甘宁边区的作家作品推上世界文坛的刊物。1948年,胡风到香港曾住在周而复所租的公寓里,可见两人的交情。

---

① 《北新》1930年第4卷第14期,第67页。
② 此文刊《译作》1937年第1期,第96—101页,周而复另有一篇《人物种种:马雅珂夫斯基逝世七周年》刊《文摘》1937年第2卷第1期,第183—184页。
③ 《译作》1937年第1期,第101页。瞿然,本名高明,江苏武进人,日本文学研究专家、翻译家。译著有《中国国民性论》《西洋文学概论》《文艺批评史》《小说研究十六讲》《欧洲近代文艺思潮》《佐藤春夫集》等。肖伊绯著《孤云独去闲——民国闲人那些事》,言贺玉波与彭家煌、瞿然等在上海组织中国文艺研究社,杭州:浙江大学出版社,2012年,第239页。
④ 马耶珂夫斯基的译音,除胡风使用外,使用者似乎不多,唯见1940年第2期《翻译月刊》有梅雨译马耶珂夫斯基《我怎样写作》,第94—116页。
⑤ 《现代文学》1930年第1卷第4期,第49—67页。

十二、邢桐华

8月28日

上午出去了的时候,费君送来邢桐华和曹白信各一封。

邢桐华,河北人,笔名勃生、勃。依据薛紫《读南开中学戊辰毕业同学录》,邢桐华1928年夏自南开中学毕业。从已发表作品观察,他当时就写过诗《枯了的心泉、午夜更声》以及散文《两封信:囚犯哀声》《一封信:再谈彷徨中伤逝与孤独者二篇》等,文学活动相当早。后以河北省官费生留学日本入早稻田大学俄国文学系。1930年1月31日夜在东京写信给李何林,李何林于1930年4月10日回复,撰文《批评与介绍:答邢桐华君》(载《现代文学》创刊号1930年6月),同时附上邢桐华的来信。邢桐华与郁达夫似亦熟稔,郁达夫1935年6月24日在杭州曾回复他信①。林林《哀邢桐华》②及郭沫若《螃蟹的憔悴:纪念邢桐华君》③,都回忆了邢桐华在东京时与朋友编辑出版《杂文》三期,因受日警禁止,后五期改名为《质文》④,杂志里面凡有关苏联文学的介绍,大抵出自他手。先是在1935年的《杂文》写《从"文学遗产"到"世界文库"》,在高尔基逝世的1936年,更是翻译介绍了多篇高尔基,诸如《别了先生:苏联文学新闻文社论(六月二十日)》《高尔基》《在列宁墓上代表国际作家协会:纪德悼高尔基》《高尔基教给了我们什么?》,另有其他译作《革命大众诗人杰兔·别得奴伊论:杰兔·别得奴伊创造生活二十五年纪念》《艺术家罗曼罗兰》⑤,确实如郭沫若所言,邢桐华是这个团体的中坚分子。后来因办杂志参加运动,被日警抓去关进监狱,出狱后被退学,遣返回国。这从1938年4月7日所写的《东京狱中漫忆》⑥可知当年系狱情况,该文还谈到参与中国文艺家协会宣言的签名。中国文艺家协会宣言载1936年6月7日《光明》创刊号,以及《文学丛报》《青年习作》《东方文艺》《生活知识》《橄榄》等亦皆刊载此宣言,邢桐华列在会员名录上。

邢桐华的遭遇与胡风有些相似。1930年两人都在东京,都因从事左翼运动被日警特高驱逐。胡风1933年被日本政府驱逐回国,不久到《时事类编》工作;邢桐华在1936年亦被日本政府驱逐,回国后也是到《时事类编》工作,翻译了很多俄国方面的文章,1936、1937年是其译作丰收时期⑦。邢桐华精擅俄文、日文、英文,1938年曾替鹿地亘翻译《告

---

① 《梅雨日记》,郁达夫《闲书》,南京:译林出版社,2015年,第131页。
② 《新文学史料》1980年1月,1980年2月。
③ 原载1940年7月6日《新蜀报》第4版。收入王锦厚编《郭沫若散文选集》,天津:百花文艺出版社,2009年,第181页。
④ 《杂文》月刊,1935年5月15日创刊于日本东京。中国左翼作家联盟东京分盟主办,杜宣、勃生(邢桐华)主编。东京杂文杂志社出版发行,国内由上海群众杂志公司经售。后易名《质文》,第2卷第2期终刊。曾参与当时文艺界关于"国防文学"与"民族革命战争的大众文学"两个口号的论争。
⑤ 大抵集中在《杂文》1935年第2期、《质文》1935年第4期及1936年第2卷第1期、第2卷第2期、第5—6期。1935年在《东流文艺杂志》发表《安娜加列尼娜的构成和思想:研究报告之一》,1936年《一叶文艺(第24期):电影〈罪与罚〉》刊于《留东新闻》第24期,可见相当活跃。
⑥ 《自由中国》1938年第2期,第187—189页。
⑦ 作品诸如《普希金诗一节》《朱门旁的沉思》《柴霍夫与莫斯科艺术剧场》《祝罗曼罗兰七十诞辰:苏联伟大的友人》《寄罗曼罗兰》《普希金评价的问题》《高尔基底生活之路》《译诗:自由》《追悼马克星高尔基特辑》《高尔基》《人:高尔基论》《皮沙列夫底罪与罚论》《普式庚百年祭:普希金底政治自由底理想》《电影批评底新课题》《普希金作品中报复的主题:普希金百年祭论文之二》《侵略中国的日本财政》等,多登《时事类编》,偶有《诗歌生活》《中山文化教育馆季刊》《文摘》《中苏文化杂志》。

日本人民》,又与冯乃超翻译鹿地亘的长篇报告文学《和平村记——俘虏收容所访问记》,在桂林的《救亡日报》上不定期连载,颇有影响。郭沫若在卢沟桥事变发生后从日本逃回上海,曾接到过邢桐华由南京的来信,1938年春节,郭沫若在武昌参加政治部工作,需俄文方面的工作人员,邢桐华被调到第三厅服务,3月27日在文艺界抗敌协会成立大会,胡风在会场见到他。武汉搬迁以后,邢桐华随至桂林,因身体日渐憔悴,桂林行营政治部把他留下了,希望他不用再长途远道跋涉,能够得到一些静养,但终究于事无补,1940年2月21日卒①。郭沫若描写他"是极端崇拜鲁迅的。他的相貌颇奇特。头发多而有拳曲态,在头上蓬簇着,面部广平而黄黑,假如年龄容许他的腮下生得一簇络腮胡来,一定可以称为马克思的中国版"。林林说"他为人正直狷介,不掩蔽自己观点,直肠直语,不善周旋"。最后在疾病贫穷中死去。

十三、"投笔从军"事件、张汉辅、《提议》

8月29日

不一会田间来,没有钱,诗刊出不成,想回乡下去,而且还似乎不愿周颖同去。从周颖口里听到两件事:一是郭沫若第一个签名在孟十还等发起的"投笔从军"的志愿单上。一是张汉辅把小女儿丢在上海幼稚园不管,却自己一个人跑到杭州去,同老婆到安徽避难。看了那老婆给周颖的信,这个男子实在非进小说里面不可。

(一)从日记得知关于"投笔从军",是孟十还等发起的,郭沫若第一个在志愿单上签名。依据孙陵《江青·周扬·夏衍·阳翰笙》一文,他回忆"八一三"淞沪抗战以后,他和杨朔、孟十还等人在上海发起了"投笔从军"的签名运动,郭沫若、周扬等四十多位作家签名,没有签名的只有巴金和茅盾。当时孙陵热血沸腾,满怀激情,想从军抗日,他说那时唯一愿望是把生命献给战场。虽然没有战斗技能,但是搬搬子弹,烧烧饭,只要能和作战的军队生在一道,死在一道,便都会减轻心里的苦闷。于是他和杨朔、孟十还、屈曲夫等发起了轰动一时的"投笔从军"运动。

从孙陵此文可知发起人除了孟十还,还有孙陵、杨朔、屈曲夫等,他们一起创办北雁出版社。孙陵是东北人,与萧军、萧红熟悉,读胡风到武汉后的日记,才知当时他还不认识孙陵,到10月25日由萧军夫妇引介,隔天记录"三郎同孙陵送稿子来"。胡风8月29日日记只提到孟十还,是因为对其他人他不熟悉。由于孙陵与二萧认识,"投笔从军"事,萧红比胡风还早知道,萧红曾到出版社想找孙陵的太太梅姐做伴逛街,梅姐恰回东北去了,萧红本来要离去,却因为孟十还和杨朔在那里大谈上海战事,她提起兴致留下来,听闻男士们决定由杨朔起草宣言,发起"投笔从军"运动②。孙陵说当时在上海的大作家,只有巴金、茅盾两人未签。巴金说得明白,他近视眼,体力也不够,不能当兵。而茅盾还特意写了《关于"投笔从军"》的文章给以解释。孙陵不能肯定当时茅盾写文章所发表的刊物③。现在我们知道是发表于《抗战》三日刊,1937年第3期。(亦见《抗战新辑》半月刊第一期。)茅盾从当下阅读的《战争与和平》描写莫斯科战役谈起,认为"坚壁清野""焦土

---

① 莫洛误作"1939年贫病死于桂林",《莫洛集(下)》,长沙:岳麓书社,2012年,第722页。
② 谢霜天《梦回呼兰河:萧红传》,北京:中国广播影视出版社,2014年,第152页。
③ 孙陵《江青·周扬·夏衍·阳翰笙》,收入《我熟识的三十年代作家》,台北:成文出版社,1980年,第140页。

抗战"等策略亦可拖垮强敌,文化人不一定要投笔"从军"才算抗战,而应当分散到内地宣传和组织教育群众,以待时机,才是制胜的重要因素。可见文章隐写了自己没有签名的原因。

  胡风从周颖那边听闻的时间是 8 月 28 日,茅盾《关于"投笔从军"》的写作时间是 8 月 23 日夜,如果不是周颖说起,胡风可能更要隔一段时间才会知道。胡风日记上特别记载了这件事,我猜他的心情应该是五味杂陈,从四刊物合并为《呐喊》到"投笔从军"的宣言,都没有人来找胡风参与,似乎在上海文坛上虽然团结抗战的声音不绝于耳,还隐约充斥着排斥不谐的杂音。后来,我在《胡风回忆录》读到这段文字:

    上海沉浸在抗战热潮中,我所接触到的人都是兴奋的。文化文艺界当然有组织活动,但和"民族革命战争的大众文学"口号有关的人们,除了党员外,好像都没有被吸收参加。

    大家激动着,时间空空地度过了。这时候,听到有人发起了"投笔从戎"运动,某某作家签了名的消息。但这个活动并没有扩大到我和与我接近的这些人里面来。

  可能问题并没有胡风想象的那么复杂,因为四刊合并的《呐喊》(后改名《烽火》)主要负责编辑的是巴金,黎烈文也参与其事,并非茅盾一人;发起"投笔从军"运动的孟十还等人,他们都不是拥护"国防文学"者,而是站在鲁迅的一边,拥护"民族革命战争的大众文学"阵营一边的人,而且这些人也并非如胡风所说的都是"党员"。"投笔从军"事件似乎与冯雪峰、茅盾没有关系。这些人没有找胡风参与,可能有一些其他原因,但胡风始终怀疑自己遭到某些人的排挤。正是在这种情绪下,他奋力发出自己的声音,创办《七月》的念头愈加强烈。

  (二) 张汉辅是谁?

  日记未注,张汉辅材料不多,仅知笔名何封,主要从事社会科学研究与翻译,抗战后至广西师范专科学校任教,教授社会发展史。译作有《社会主义底理论和实践 经济篇》、《大众文化丛书5》、《卡尔·马克思》(合译),另与沙千里合译《格拉斯顿传》,与董秋斯合译《卡尔·马克思——人·思想家·革命者》等等,多篇翻译以引介马克思为主,比如《卡尔·马克思》、《关于马克思之死致索尔格的信》、《马克思安葬演说词》、《六月事变》(马克思著)、《一八四八年的革命与无产阶级》(马克思著)。1938 年 10 月 19 日鲁迅逝世二周年时,与许广平、罗稷南、胡曲园、卢豫冬、陈珪如、吴清友、吴大琨、平心等举行了"鲁迅思想座谈会",会后由平心执笔,将座谈内容整理成 5 万字的专题论文《思想家的鲁迅》,发表在王任叔主编的《民族公论》(即《公论丛书》)。

  (三) 关于《提议》。

8 月 29 日

  夜,写成《提议》

  8 月 29 日一天内容很多。晚上还记载了胡风的创作情况。他完成的作品是一首长诗《同志——新女性礼赞》,礼赞新女性对伤兵对国家所做出的牺牲奉献。载《烽火》(旬刊)1937 年 9 月第 2 期(第 23—25 页)。胡风附注说:"这里面所歌唱的几个插话,都是在报刊纪事或通信里读到的,现在不及一一查出添注。"说明了诗作的写实性。日记写成《提议》,当时书(篇)名号不用现今标点符号,应是加注者晓风所添加,这首诗刊出时的题目作《同志——新女性礼赞》,可能是日记记载时省写,只简单写下"提议"二字,此诗里写道：

> 我提议：/在我们底赞歌里/废除掉/"姊妹"/——这两个陈腐的字。

配合篇名《同志——新女性礼赞》来看，原来所谓"提议"，就是意指对女性的称呼，应由"姊妹"改为"同志"。

十四、《七月》的创刊及沿革

8月30日

　　上午，费君来，提到想出一个小刊物，他很高兴，即去打听印刷费用。

8月31日

　　夜，费君来，说刊物可以出。想明天后天出去接头一下看看，计划了一下刊物内容和写稿人。

9月2日

　　夜，费君来，印刷所已找定，并托他做刊物名字底锌版。名字定为《七月》，从书简里面找出了两个字。

上海战事发生后，胡风奔走与朋友联系，同时读书、写作，至8月29日止，他在十六天内写了《做正经事的机会》《为祖国而歌》《血誓》《给怯懦者们》《同志——新女性礼赞》诸作，《做正经事的机会》送给黎烈文编入《呐喊》第一期，《同志——新女性礼赞》编入《烽火》，《为祖国而歌》拟由张天翼拿给《抗战》，《给怯懦者们》给罗烽，《血誓》是给艾青、田间的诗刊，可见胡风当时尚未想到自己办刊物，念头萌发起于在《为祖国而歌》被《抗战》退稿，他认为"是三花脸先生封锁的功劳，以后再不会问我要了"。隔天到黎烈文处，又"听到了三花脸先生又在破坏我，想我不能在《呐喊》发表文章"。在胡风1937年8月24日/28日家书，他对给梅志倾诉得更多，比如："三花脸先生愈逼愈紧，想封锁得我没有发表文章的地方，但他却不能做到。我已开始向他反攻了。""……《文学》《文季》《中流》《译文》等四社合编一个《呐喊》周刊，我也投稿。已出两期，过两天一并寄来。三花脸先生曾到黎处破坏过，但似乎效果很少。很明显，他是在趁火杀人打劫的。"三花脸先生是指冯雪峰，二人之关系及误解，已有多篇文章梳理。吴永平依据茅盾回忆，指出冯雪峰与《呐喊》周刊有一定的关系，冯雪峰提出"何不就用《文学》《中流》《文丛》《译文》这四个刊物同人的名义办起来，资金也由这四个刊物的同人自筹"，但冯雪峰并没有参加《呐喊》周刊的编务工作，也未过问刊物的用稿情况。① 情形确如吴氏所言。胡风猜测冯雪峰一直在阻挠他发表文章，但《呐喊》第一期顺利刊出《做正经事的机会》。就在他揣想自己不能在《呐喊》发表文章的隔天夜晚，他就写成了《提议》（另见8月29日的考订），再隔天夜晚，费慎祥来说《呐喊》被租界当局查禁，邹韬奋家里且被搜查。然而这篇《提议》（实为《同志——新女性礼赞》）当时也是送《呐喊》的，不过《呐喊》只出两期就被禁，另改名《烽火》，《同志——新女性礼赞》依旧在《烽火》刊出。费慎祥之所以晚上（8月30日）再来胡风处，即是当天听胡风说要办一个小刊物，他去打听印刷费，听闻《呐喊》被查禁，他来告诉胡风明天去市党部打听一下，看看出刊物的可能。8月31日费慎祥来说刊物可以出，胡风即规划明后两天出去接头，并计划刊物内容和写稿人。9月1日向胡

---

① 吴永平《胡风与冯雪峰冲突之滥觞——〈胡风家书〉疏证数则》，《江汉论坛》2010年8月，第121页。

愈之邀稿,9月2日萧军、悄吟来,他亦立即约稿,萧军开始不肯写稿,经胡风说明了内容,并算他为基本人之一才答应。当晚费慎祥来说印刷所已找定,胡风托他做刊物名字底锌版,名字定为《七月》①,这两个字是胡风从鲁迅书简里面找出来的。

从想办刊物到定下刊名,不过是三四天时间,刊名《七月》命名过程,在胡风日记、家书均未提及缘由,似乎是顺理成章,就像艾青的孩子亦因七七战事而命名"七月"。当天萧红萧军来访胡风,是否是萧红提议订名《七月》? 胡风并未说明。但目前多本与萧红相关的著作皆提及在萧红的提议下,从"战火文艺"改名"七月",取自《诗经》"七月流火",既有象征意义,还具有诗意。以下仅罗列数种说词,如:

1937年夏,《七月》杂志的筹备会在上海召开,胡风特别邀请了端木蕻良。……在那次《七月》杂志的筹备会上,为拟定新杂志的名称时,胡风和萧红发生分歧:胡风提议为《战火文艺》,萧红提议为《七月》。这是为了纪念"七·七事变",而且也比较雅致。②

8月底,胡风出面邀请萧红、萧军、曹白、艾青、彭柏山、端木蕻良等作家商议筹办新的文学杂志。萧红提议将即将创刊的新杂志命名为《七月》,得到大家赞同。此次集会上,与端木蕻良第一次见面③。

1937年夏,由胡风倡导并一手操作,在中国抗战文学史上占有极重要地位(也是抗战全面爆发后,中国第一家以抗战为主题的文学刊物)的《七月》杂志筹备会在上海召开。应邀到会的端木蕻良就在这一次会议上认识了萧红。……在《七月》的筹备会上,当萧红提议未来杂志的名称叫《七月》时,端木蕻良极为爽快地表态支持了萧红的提议。这,也许在萧红的脑海中所留下的最初印象。④

1937年夏,在上海召开了创办抗战文艺刊物的筹备会,胡风特别邀请了端木蕻良。会上,为拟定新刊物的名称,胡风和萧红的意见出现分歧:胡风提议为《战火文艺》,萧红提议为《七月》。萧红的理由是,以"七月"为名,一方面是为了纪念"七·七"全面抗战的爆发,另一方面也比较雅致,《诗经》里面有一篇非常有名的诗就叫《七月》。端木蕻良等人很赞同萧红的意见,于是这份刊物就命名为《七月》⑤。

在会上,胡风提议刊物的名字叫《抗战文艺》。萧红不喜欢这个名字,说这个名字太一般了,现在抗战正是"七七事变"引发的,为什么不叫《七月》? 用"七月"作抗战文艺活动的开始多好啊! 端木同意这个意见,大家也都同意萧红的提议,这个刊物便定名为《七月》。⑥

从以上五则论述,可见定调在:《七月》定名是1937年夏(或8月底)的筹备会,特别

---

① 胡风在《七月》第一期启事(二),就刊名释义,说"七月"系表示我们欢迎这个全面抗战的发动期底到来,别无深意。第12页。
② 孔海立著《忧郁的东北人 端木蕻良》,上海:上海书店出版社,1999年,第82页。
③ 王臣著《我们都是爱过的——萧红传》,长沙:湖南文艺出版社,2014年,第254页。
④ 秋石著《两个倔强的灵魂》,北京:作家出版社,2000年,第409页。
⑤ 郭玉斌主编《萧红评传》,北京:中国社会出版社,2009年,第157页。
⑥ 钟耀群口述,孙一寒整理《钟耀群谈端木蕻良家事》,北京:华文出版社,2015年,第117页。

凸显端木蕻良在这次集会认识萧红,并且很赞同萧红的提议,支持定名为《七月》。然而细读办刊前后数天的日记及书信,以上说法不免发生疑义。8月底日记未记与诸人集会商议刊物一事,且到当天夜晚,费慎祥才确认可办刊物,在未确认可否办刊物之前,胡风不可能即召大家集会商议。胡风在确认可办刊物了,才想到明后两天出去接头诸友写稿及刊物内容,并寄信给熊子民。起初想法大概是想请熊子民在报纸上多方征文,但9月2日定下要出版上海周刊《七月》之后,翌日9月3日的家书、日记,胡风都提到想回湖北办刊物,从8月31日、9月3日胡风给熊子民的航空快信,9月4日又寄航空快信给熊子民,"嘱他在武汉报纸上注销征文启事。刊物定名为《战火文艺》"。看来是起初为《七月》的征文,但9月3日动念回武汉之后,打算另办一刊物,定名《战火文艺》,所以快信请熊子民注销之前的征文启事。此时胡风应该是打算在离开上海之前仍尽量做事,编辑出版《七月》,等《七月》较稳健之后交给留居沪上的朋友续办,他自己则是在武汉另办《战火文艺》。这个移交《七月》的想法,可说在9月3日已很明确,所以9月12日日记提到他同端木蕻良一道去看柏山,柏山已看到《七月》(9月11日第一期),他不赞成胡风把编辑事务交给萧军,9月16日柏山希望胡风为《七月》而留在上海。9月18日下午,曹白、柏山、萧军夫妇来讨论《七月》事,大家都很兴奋。决定胡风走后交柏山、曹白办下去,到不能保持现在的水准即行停刊。在胡风离开上海的前一夜,曹白来与胡风交谈到十点才离去。胡风当天日记还记载"大家约定了每月寄稿两篇"。可见上海的《七月》是想继续办下去的。

后来由于刊物缺资金、主要作者也都纷纷离开上海,《七月》周刊无疾而终,而到达武汉后的胡风立即得知在此办刊物之困难,9月11日就收到《战火文艺》被省政府批驳登记的公文,友人劝说一面出版一面办理登记手续。① 这才沿用《七月》刊名,重新进行登记,发行人用熊子民的名字,由周刊改成16开的半月刊,很快的《七月》半月刊在10月16日就出刊了,且赢得读者的青睐,所印几百份被销售一空,后来又加印几千份。由于上海周刊时期的《七月》与武汉周刊时期的《七月》,刊名相同,前三期作品亦有重叠,因此叙述上有时有混淆现象。比如以下这些说法:

> 《七月》前六期由张静庐的上海联合书店出版,从第七期(1937年10月16日)开始,改由上海杂志公司出版。②

> 《七月》周刊在上海出版三期,分别是1937年9月11日、9月18日、9月25日,上海的三期周刊因年代久远,加上比较单薄,无法找到原本而难以窥见原貌。……武汉时期的《七月》,前六期仍由联合书店出版,从第七期起,1937年10月16日到1938年1月10日,即第二集开始由上海杂志公司出版。武汉时期,共出版18期。……《七月》于1938年7月9日在武汉终止。③

---

① 除《战火文艺》外,胡风亦想过要用《开荒》作为刊物名。彭柏山在双十夜(1937)回信给胡风,一开头就说接到信"已经三天了。刊物名《开荒》也是很有意思"。所以柏山是在10月7日收到信,这封信应该就是胡风10月4日的回信。也就是说,4日那天晚上胡风还在想把刊物的名称改作《开荒》。彭柏山《战火中的书简·与胡风书信55封》,见《彭柏山文选》,上海:上海文艺出版社,2003年,第335、336页。

② 吴宝林《〈胡风日记·武汉一年〉史实考订及新发现——兼谈胡风"战时日记"的史料价值》,《新文学史料》2018年11月第4期,第186页。

③ 张玲丽《在文学与抗战之间——〈七月〉〈希望〉研究》,武汉:武汉大学出版社,2016年,第18页。

这两则叙述,材料上有若干处不确,兹重新梳理日记及《七月》,情况略说如下:上海时期的周刊《七月》凡三期,今悉可见,但版权页第一期与第二、三期略有异,第一期编辑人胡风,发行人费慎祥,发行所七月社,每周出版一次,零售每册二分。右上角注明:本刊已呈请内政部中宣部登记。第二、三期版权页相同,与第一期相异处是"六天出版一次",多了发行人地址上海肇周路,发行所地址八咏坊四号,可能是费、胡二人的住所,费慎祥的住所可能也是联华书店所在,因联华书局并没有门市部。胡风回忆录说当时办刊物自掏腰包,没稿费,到了第三期且需募款筹钱,后来由于战势发展,商业联系和邮路受到阻碍,上海刊物很难发到外地去,作者又纷纷离开上海,才决定在武汉重新出版《七月》。《七月》第四集第1期上,"七月社"发表了《愿再和读者一同成长》一文说:"七月,1937年9月11日在敌人炮火下的上海发刊,但继刊了3期以后,就不得不移到汉口,由周刊改半月刊,在10月16日重与读者相见。"陈述过程省略了原先想办《战火文艺》及被驳回等事,直接就是《七月》的复刊了。《七月》经费是由熊子民通过董必武向在汉口的八路军办事处协助,印刷出版经售应该是由生活书店接收,比如10月5日下午同生活书店严君接洽,他们垫出纸来,由他们代售,大致决定了。但到12月中似乎又有了变化。胡风在12月18日访张仲实,谈《七月》事,取得生活书店大约可以接收的回覆,等到12月20日与熊子民到生活书店商量《七月》事,又因条件相隔甚远,交涉不成。22日又同董曼尼、傅氏姐去与生活书店交涉《七月》,仍未成议。当晚在熊子民家吃晚饭,为《七月》事,大起争执。26日再度到生活书店会徐伯昕,胡风感觉徐伯昕没有接受《七月》的意思。直到隔年(1938年)1月6日大抵态势明显,生活书店不愿接受《七月》,胡风猜测是邹韬奋的文化系统在起作用。

幸而1938年1月12日,胡风到杂志公司与张静庐谈妥了《七月》,每期120元,13日签合同,《七月》难题至此才解决,在2月就出版了《七月》八九期。但好景不长,7月9日胡风到杂志公司,张静庐就说,《七月》不想出了。为此胡风又开始为《七月》奔走设法,先是22日找王芸生帮忙,王芸生答应和《大公报》张季鸾谈,24日,《大公报》回覆说《七月》事须暂缓,胡风同时也托欧阳凡海,谈到"海燕出版社"出《七月》只能用抽版税的办法。进入8月仍无解,胡风在气闷之余,又找黎明书局接收。在1938年第三集第六期印出后一周,8月24日俞鸿模来信说《七月》不能出了。26日,黎明书局魏志澄带来冯和法的信,提出了接受《七月》的条件,但到10月黎明书局又说《七月》可出,但不能现拿稿费。此时胡风虽离开武汉,但一直在为《七月》找出路,甚至回头再去找找张静庐上海杂志公司谈《七月》,纠缠两三个月,希望杂志公司继续接收,这时已是隔年1939年3月了,交涉一直无成,3月22日胡风又到杂志公司,得到的答案是《七月》印刷还无办法。因此在3月25日转到读书生活出版社找黄君谈《七月》事,亦是不得要领。

直到1939年3月29日,胡风到华中图书公司,《七月》才有转机,4月3日华中图书公司就送来了合同。胡风当晚兴奋得向一群好友写信报告《七月》事。但排字、印刷一直不顺,可能与国民党中宣部的人说《七月》是共产党的刊物有关,以致多被刁难。5月28日一早胡风为印刷事访崔万秋。5月31日,《七月》的印刷才找到办法解决。6月25日华中图书公司送来了一本《七月》,1939年7月的《七月》总算出版了,离1938年8月武汉停刊至1939年7月正式在重庆出刊,《七月》中间停了将近一年,而这一年胡风焦心苦虑为《七月》复刊付出巨大努力,在第四集第1期的《编完小记》中,胡风讲到《七月》杂志停刊了11个月之后为什么还要复刊。他说:"好心的友人给了一个忠告:《七月》在挣扎的时候,文艺活动还很消沉。现在不同了,阵势堂堂的刊物继续出现,没有再为一个小刊物费尽力气的必要,这好心曾经使我们在困难中动摇。然而,每当一看到敌人的文艺杂志或综合杂志的文艺栏被鼓励侵略战争的'作品'所泛滥了的现象的时候,总不免有一种不平之感。"华中图书公司接受的《七月》改为双月刊,总共出版了第四、五、六集1至4期(六集1、2期合刊),即总第19期至第30期。第七集出第1、2期合刊,于1941年9月出版后即停刊。①

另外,迁武汉后的前三期《七月》(半月刊)与上海时期的《七月》(周刊)作品多有重复,这部分需予以厘清,可见的是周刊第一期胡风《敬礼:祝中苏不侵犯条约》、曹白《这里,生命也在呼吸……》、端木蕻良《抗日英雄特写:记录殿英》、刘白羽《逃出北平:流亡线上"四等亡国奴"的命运》(四等,半月刊作中等)、萧红《天空的点缀》。这五篇平行贴到半月刊第一期。周刊第一期胡风《血誓:献给祖国底年青歌手们》及萧军《一九三七年八月十四日》扩写8月15、16日的内容,另成《上海三日记》,计两篇转登半月刊第2期。周刊第二期曹白《受难的人们:在死神底黑影下面》、胡风《给怯懦者们》两篇平行刊第二期。柏山《苏州一炸弹:八月十五日狱中生活断片》、萧红《失眠之夜》、田军《"不是战胜,即是死亡"》三篇转登半月刊第一期。周刊第三期焕甫《炮火下的第二次国际作家大会:中国抗日民族统一战线万岁! 为西班牙争取民主自由而战!》、萧军《抗日英雄特写:王研石(公敢)君:闻两月前申报驻津记者王研石(公敢)君被日宪兵捕杀》、曹白《在明天……》、胡风《忆矢崎弹:向摧残文化的野蛮的日本政府抗议》,凡四篇转登半月刊第一期。端木蕻良《救亡运动特写:记一二、九》及萧红《窗边》另增加一篇《小生命和战士》,改题《火线外(二章)》转登半月刊第二期。

十五、欧阳山、东平、辛人

8月30日

  去欧阳山、东平处,辛人也在那里。闲话谈得很多,觉得同辛人都隔着一道什么似的。

9月4日

  过周颖处,她说欧阳山想见我,于是找欧阳山,他和东平都苦于无地可走。我劝他们把女人和小孩子送回广东,单身人就可以到任何有工作可做的地方。

9月18日

  访辛人,不遇。

9月23日

  给艾青、田间、欧阳山、吴祖襄信。

欧阳山(1908—2000),原名杨凤岐,又名杨仪,笔名凡鸟、罗西、龙贡公等。原籍湖北荆州,从小在广州长大。因家境贫寒,出生几个月时被卖给姓杨的人家,从小便随养父四

---

① 胡风在1941年4月9日编七集一期稿,后来二期的稿子与一期合并,应是遭遇一些棘手的事,根据相关材料,1941年5月国民党中央图书杂志审查委员会致函国民党中宣部文:"《七月》企图通过文艺形式达到其谬意宣传之目的,本会审查该刊时向极严格,总期设法予以打击,使其自动停刊。"当时情势险恶也与"皖南事变"后有关。

处流浪,接触很多下层社会的穷苦人。16岁在上海《学生杂志》发表第一篇短篇小说《那一夜》①,开始了文学创作。1926年在广州组织"广州文学会主编《广州文学》周刊"。1927年组织"南中国文学会",得到鲁迅的帮助和指导。1932年组织"普罗作家同盟中国左翼作家联盟广州分盟主编《广州文艺》周刊,从事革命文学活动"。后因遭到通缉,1933年8月和草明一同流亡到上海。同月加入中国左翼作家联盟。同年10月15日《文艺》创刊号发表他的短篇小说《水棚里的清道夫》,受到读者好评。1935年结集出版《七年忌》,收《明镜》《杰老叔》《青黑的脸蛋》《怜悯》《康波父女》《笑谑》《菜贩子佟熙》《七年忌》8篇小说。胡风(署名秋明)发表《〈七年忌〉读后》,开头即写道"欧阳山底出现虽然还不过是两三年来的事情,但他在读者中间造成了一个特殊的印象"。胡风将它们概括为三大特点:广东生活的特殊的背景,构成了作品的独异色彩;笔下的人物有一种特色,每一个角色对于生活都是倔强的;结构上,描写人物,不是取故事的发展,只取"生活的片断",优点是可以摆脱"中心概念"的束缚,但也使得作品"散漫"。② 胡风费去9页篇幅,很细致地逐篇分析。欧阳山对此亦有回应,他说:

> 胡风先生在批评我底《七年忌》的时候,提到其中一篇《康波父女》的一个句子"可是你为什么像一匹找不着洞儿的老鼠那样呵!"(《七年忌》151页)他以为这是"用字和表现法有时和口语离得太远"的举例。但是懂得广东话的读者们请将下面的句子和胡风先生所指摘的句子比较一下,看看和口语离得有多远吧!③

1935年时胡风与欧阳山合译《野性的呼声》④,二人交情于此可见,鲁迅在1936年8月25日覆欧阳山信说:"画集托胡兄带去。"告知将《凯绥·珂勒惠支版画选集》委托胡风带去给他,这都说明胡风与欧阳山在"八一三"战事前已非常熟悉,所以胡风准备在9月25日离开上海时,早两天(9月23日)给欧阳山信件,欧阳山收到信后,在10月10日回信给胡风,说"你底短信和三份《七月》都收到了。今天是双十节日,日本飞机在头上飞着,我们底高射炮集中火力向它们射击。"胡风赴武汉前,还不忘去信并寄三份《七月》(应是9月11、18、25日三期),是为了在武汉办刊向欧阳山邀稿之意,所以欧阳山回信说:

---

① 根据欧阳山著《我与文学(代序)》,收入傅东华主编《创作文库(二十):七年忌》,生活书店,1935年,第7页。《我与文学(代序)》详述了他从小至此时的生活经历与文字知识及创作的过程,有助于对其人其作了解与把握,尤其自陈其作品"混合文言、白话和广东话,我用自己的语调写了许多短的故事。"(第17页)有时评论者疏忽了其作品的方言性,评述其字风格有时带欧化难懂。在《我的苦心——〈失败的失败者〉代序》的附记补充写了"这篇文章是写给语文杂志的创作经验之类的文字,因为它讲到的问题和我的作品有关系,就印在这里做序,我希望读者能了解我的意见,并且不要以为读一篇作品可以偷懒,随便翻翻,好像'眼睛吃冰淇淋'一样有趣的事。做一个什么都缺乏的中国人,不经过严肃的工作是什么也不会获得的,永远缺乏和空虚的"(1939年7月19日)。后来欧阳山思考文学语言的创作形式,为了扩大作品的受众面,对地方土语加以选择、加工、提炼,必要时在方言词汇后面加上注释,他将进行语言重组的方法称为"古今中外法,东西南北调"。

② 秋明《〈七年忌〉读后》,《文学季刊》1935年第2卷第3期,第922—930页,引文见第922—923页。此文后收入胡风《文艺笔谈》。

③ 欧阳山《我的苦心——〈失败的失败者〉代序》,收入《失败的失败者》,潮锋出版社,1948年,第8页。在版权页上印有一行字:"中华民国廿六年付排,因国难遭损未印",代序写于1939年3月25日,谈了对"通俗化运动和对于文学用语的见解"。

④ 《野性底呼声》,美国杰克·伦敦著,谷风、欧阳山译,上海:商务印书馆,1935年2月出版。同时,有刘大杰、张梦麟译本,上海:中华书局初版,书名为《野性的呼唤》。

> 我们一写好稿子就寄与七月,而且代你约些很有希望的年轻人,叫他们努力多写一点,选出些值得奉献给读者的寄给你。你给《光荣》写诗,湖北通讯,和一些短文章吧。你那边的朋友也由你负责代《光荣》索稿。我们这里和你们那边要是能成立一种经常交换稿件的工作确信,那真是再好也没有了。

胡风在9月4日日记说欧阳山和东平都苦于无地可走。"我劝他们把女人和小孩子送回广东,单身人就可以到任何有工作可做的地方。"这一建议后来应该有被接纳,于逢在《丘东平的道路》一文记载:"9月中旬,上海文艺界作鸟兽散。邵子南去延安,欧阳山、草明和我回到广州。"① 草明在《伟人死》也提道:

> 欧阳山慢条斯理地对于逢说:"你和我们一块儿先回广东吧。我回广州把草明和孩子安顿好,我去医院割痔疮,然后赶到新四军去。"
> 我听了很不满意,心中想道:"我要你安置我?哼,我有腿,自己不会去参军?"
> 我正要发作时,东平对欧阳山说:
> "好,你们几位都回广东,我的家眷托付给你们带回广州后,给她们买张票回海丰。"
> "那还有什么问题。"欧阳山和于逢齐声说。②

丘东平后来弄来四张难民船票,欧阳山、草明、吴笑(丘嫂)和于逢在九月中旬离开上海回广东。时间很可能是在胡风《七月》第一期正式出刊前,因此欧阳山当时并未见到胡风主编的三期《七月》,如果从9月23日寄信对象来看,他们大概都是在《七月》创刊号出刊前离开上海,艾青是9月4日回到杭州,田间是9月3日,吴祖襄(安徽泾县人)抗战发生时在北平③,胡风当时特别写信、寄《七月》的缘由,从欧阳山的回信大致不难猜测,即是为了给武汉的刊物的邀稿。

关于欧阳山与东平、辛人关系,在8月30日日记可窥一二。欧阳山、东平二人当时住在一起,胡风在《忆东平》一文说:

> 八一三以后,大家怀着兴奋的心情前前后后地离开了上海。我走之前去看了他的,他和欧阳山两对夫妇和孩子们住在一间房子里面挤得很,但收拾得很干净,都愉快地忙着烧饭洗衣之类,那愉快的神气好像是为了一种不必张扬的幸福的大事(例如姑娘们的结婚)在赶着做换备,东平在写着什么,大概就是《给予者》罢。④

胡风在9月4日有了离开上海到武汉的念头,他走之前去看了东平的,时间有两次,除8月30日外,9月4日这一天是最近的一次。欧阳山、东平的居住处非常拥挤逼仄,但很愉快幸福,尤其合作创作《给予者》。当事者欧阳山《抗战的意志——〈给予者〉序》有类似回忆:

---

① 关振东主编《粤海星光》,广州:花城出版社,2008年,第84页。
② 草明著《草明文集 第6卷 回忆录》,北京:中国青年出版社,2012年,第58—59页。
③ 1936年吴组缃与欧阳山、张天翼等左翼作家创办《小说家》杂志,1937年12月从安徽芜湖搭水船到江西九江,1938年1月在武汉与胡风、老舍相会,参加《七月》座谈会,并有《差船》刊《七月》1938年第11期,第342—345页。1938年是二人的生活开始发生较频繁交集的一年,"吴组缃""组缃"在胡风先生日记中出现了14次,或相访或来信。
④ 刘琅,桂苓编《记忆 旧时月色前朝影》,北京:中国友谊出版公司,2005年,第352页。又收入《胡风评论集 下》。

> 在八一三以后的一个月中,一个小小的派系能够解决生活恐慌,名誉恐慌,势力恐慌以至整个文学生命的恐慌,谁也不愿脱出它,于是大家连动身日期和目的地也来不及互相通知,逃难似的逃出上海"作鸟兽散"了。……东平夫妇、草明和我,还有我们两家的三个女儿同住在个不满五十方尺的前楼里,地方狭小得很,摆好板床已经没有地方走路,在屋子中央张挂半幅布帘子做洗澡的地方,——邵子南和于逢两个无家可归的朋友,来吃饭的时候就更加挤得满满的。……我们五个人和一本小书,实在算不得什么。但想大家都认识只有"给予者"的精神才能保证我们中华民族的最后胜利的企图却也不是没有的。①

草明的回忆是:

> 一九三七年七七抗战的那一个阶段,我们又碰在一块堆,并且四个人合作了一个中篇小说《给予者》,这是由东平执笔的。那时期大家吃着糙米饭,挤在一个小房子里,天天谈创作。那时我了解东平,并从他的写作经验和手法上得到了一些新的启发。②

草明回忆"四个人合作了一个中篇小说《给予者》"之说,可能漏算自己,由欧阳山序文可知是由欧阳山、草明、东平、邵子南、于逢集体创作。胡风在《忆东平》特别交代当时上海作家集体创作的热潮,更凸显东平他们的与众不同:

> "八一三"战事爆发后,上海的作家发动了一个十个或一十多个作家的集体创作,大家商量一次,编一个故事,于是一个跟着一个写,一面写一面在报纸上发表。这是一种迎接战争的态度,这是对于集体创作的理解。但东平和另外一两个作家拒绝了参加,把这种做法看作笑话。《给予者》大概就是对于这种做法的一个回答。这也是集体创作,但只是在材料的搜集上和内容的把握上能够同感的几个人作几次讨论,交换或补充意见,实际的创作还是东平一个人担任,因而还是想求得作者与人物的高度的相生相克的统一过程,那个大的集体创作在当时是一个很荣誉的事件,但东平却毅然地拒绝了那个荣誉。他不久也随着和十九路军有关系的谁到南京济南一带去了。

欧阳山《〈邵子南选集 序〉》提到1936年春丘东平介绍邵子南与他们夫妇认识,"那个时候我穷得连房租都交不起,在丘东平所租的一间楼房里摊开一个地铺,就住在那里搞创作、办杂志。邵子南也参加了我们这个'地铺'座谈会,和我们一起意气风发地在高谈阔论"③。范泉《记丘东平》的叙述:"东平却在无意间谈论到欧阳山的小说,他盛赞欧阳山的小说里创造的人物——尤其是那些下层社会里的人物的生动。"④《给予者》另

---

① 《抗战的意志——〈给予者〉序》写于1937年12月3日,在广州,收入由欧阳山、草明、东平、邵子南、于逢集体创作、东平执笔的《给予者(1.28—8.13)》,这部小说通过叙述黄伯祥惨痛而平凡的经历,表现了民众抗战意识的成长历程。读书生活书店,1938年出版。引文见第6—7页。
② 草明著《草明文集 第6卷 回忆录》,北京:中国青年出版社,2012年,第247页。
③ 陈厚诚编《邵子南研究资料》,重庆:重庆出版社,1998年,第94页。当时丘东平一家与欧阳山一家尚未住在一起,草明回忆1933年春认识周文情景,欧阳山起身让他坐(对不起,那时屋里只有两条小凳,连桌子也没有,我二人写作时,只好以皮箱当桌子。客人一来,只好请他坐在床沿上)。见草明《一位忠诚可敬的共产党员——悼念周文同志》,《草明文集第6卷 回忆录》,第312页。等到"八一三"战事起,两家生活更艰困,只能共挤小房间了。
④ 范泉著《斯像难忘》,长沙:湖南教育出版社,2007年,第31—32页。胡风《忆东平》还写到东平:"写成了以海陆丰土地革命为题材的长篇题名《小莫斯科》,交给我替他看一看。我转托了欧阳山,因为他也是广东人,对题材比我熟悉,提供意见当更为可靠些。欧阳山赞赏了他,但也有批评。东平决定了要再修改,但似乎一直没有实行,这作品大概终于失掉了。"

一位合创者于逢在《沉郁的梅冷城·编后记》指出，丘东平"后来回到广东和欧阳山谈起，原来他之所以充分肯定我的长处，是有意给我鼓励；而对我的短处他却没有说，但对欧阳山是说了。他认为我的作品陷于客观描写，缺乏激情，调子冷淡，而他是最重视'格调'的。所谓'格调'，他指的是作家的总倾向及其艺术素质。我当时送去的那个描写知诉分子的中篇小说原稿《没落者》，他始终没有看，却在封面上用钢笔画了一只很可爱的蹲着的小猫，送还给我。可能他是看不下去了，就画画玩儿。小猫画得很好，笔法熟练，线条准确，神态生动。我想，他还是个画家呢！后来他在武汉看到了我在广州《光荣》半月刊上发表的报告文学《霉菌》，就有点生气了，来信提出批评，说我把难民比作'霉菌'是不应该的，思想感情不对头。我想，他的眼光是锐利的，虽然大半出于直觉。但这种直觉却是从长期的革命斗争实践中培养出来的"①。这则回忆看出东平、欧阳山的交情及东平的审美艺术观与待友之温馨。胡风与丘东平的认识则源自丁玲让胡风去劝东平不要赴日，日后彼此互动频繁，东平的牺牲让胡风极其悲痛，详情见《忆东平》长文，不赘述。

30 日的日记提到"辛人也在那里。闲话谈得很多，觉得同辛人都隔着一道什么似的"。这句话，看出辛人与东平、欧阳山都熟悉，但胡风觉得同他似乎有隔阂。陈辛仁又名陈俊新②，笔名辛人，广东普宁县人，写过《丘东平小传》，指其原名丘席珍。1934 年在日本东京左联干事会任干事，编辑《杂文》，主编《文艺理论小丛书》。辛人在《"左联"给我的教育》自述在"东京左联"这两年，从许多马列主义哲学、文艺理论著作，以及从左联同志的讨论中，又学到更多的马克思主义文艺理论。1936 年初，和"东京左联"作家丘东平一起回到上海。臧云远写了《航海曲：送别辛人与东平》③诗可证。另一位同事陈子谷的陈述亦可证明，1934 年夏天，陈子谷在日本东京神田区由一个广东老乡介绍认识东平，而在香港九龙时与陈辛人、东平在宣侠父、梅龚彬领导下工作④。东平、辛人在上海"八一三"后的情形，东平在《抗日英雄特写：叶挺印象记》⑤提到他和辛人到叶挺家，叶挺非常激动地向他们说明了全国抗战的形势。当时辛人告诉叶挺他们正为找不到适当的工作而苦闷时，叶挺要他们顽强地活下去，不断地创造自己工作的园地。丘东平非常关怀辛人，10 月 13 日在济南时，他写信到武汉告诉胡风，报告辛人在上海受伤消息，并寄出《暴风雨的一天》给胡风《七月》。10 月 22 日又寄信告知"辛人没有流血，只是晕了半天而已，自己从医院跑出来了，现在也在南京，日内和叶先生一同出发来汉口，就可以见面了"⑥。事情经过详见辛人《九月卅日慰劳覆车记》⑦。此文写于 10 月 1 日，可知辛人直到九月卅日仍待在上海补给慰劳品予伤兵。胡风九月在上海时，应知辛人尚未离开，所以 9 月 18 日访辛人，惜不遇。

---

① 丘东平著《沉郁的梅冷城》，广州：花城出版社，1988 年，第 456 页。
② 陈辛仁《我在集美商校参加革命活动的回忆》："我是广东省普宁县华溪人，1915 年出生。1928 年春季，我考入集美商业学校第九组，学名陈俊新。"见陈呈主编《集美学校革命史文选》，厦门：厦门大学出版社，2012 年，第 21 页。
③ 《质文》1936 年第 5—6 期，第 62—63 页。
④ 陈子谷著《我所知道的丘东平同志》，《新文学史料》，1981 年第 1 期，第 208—211 页。收入丘东平著《沉郁的梅冷城》，第 444 页。
⑤ 《七月》1937 年第 2 期，68—69 页。
⑥ 东平著《一束信》，《希望》1946 年第 2 卷第 3 期，第 141 页。另胡风有《关于陈辛人》一文，见《胡风全集》(6)，第 493 页。
⑦ 《民族呼声》1937 年第 2 期，第 7—9 页。

至于胡风感觉同辛人都隔着一道什么似的，这与胡风生性敏感有关，而事出之由，应该是关于"文学遗产"问题。1934年元旦出版的上海《文学》杂志第2卷第1号刊登了济《文学遗产》、华《我们该怎样接受遗产》两篇文章，首先提出这个问题，引起文艺界一些人的思考。随后，《文学》《申报·自由谈》《申报·本埠增刊》《杂文》等报刊上就出现了探讨这一问题的许多文章：风《再谈文学遗产》、明堂《论"文学遗产"问题》、穆宁《文学遗产的接受问题》、风《"文学遗产"与"洋八股"》、明堂《论"文学遗产"与"洋八股"》、华《整理遗产与整理国故》、辛人《艺术形式和遗产》《典型与现实》《再论艺术的形式和遗产》《艺术的形式和遗产的点补充》、野《"艺术形式和遗产"的一点异议》《现实典型及其他》、止水《不是"异议"了》、胡风《蔼里斯的时代及其他》、孟式钧《关于文学遗产问题》、辛人《为文学遗产答胡风》、勃生《从"文学遗产"到"世界文库"》、茅盾《对于接受文学遗产的意见》、渭阳《"关于接受文学遗产"之一谈》、胡风《关于文学遗产问题的补遗》等。直到20世纪40年代依旧持续讨论。

由于辛人在《艺术的形式和遗产》一文中说过"古典的伟大艺术，在思想方面既和我们无缘，则为我们的遗产者，当在形式方面了"的话，针对此，胡风发表了《关于文学遗产》一文，认为辛人的话和日本高冲阳造的意见相仿佛，不足取，更何况高冲氏有他自己的"理解体系"，而"我们的论者却有些凌乱晦涩，不容易了解"。胡风认为，"无论对于哪一个伟大作家，既不是直线地接受他的'思想'，但也不是机械地学习他的'形式'，我们应该从他的生活和作品去理解，他在当时的历史限制下面怎样地接触了现实生活，怎样地从社会的真实创造了艺术的真实，他的作品到底哪一些要素在文学史上给予了积极意义，由这来提高我们对于生活与艺术的关联的理解，提高我们的艺术认识和艺术创造的能力。这就是所谓批判地接受'文学遗产'，很明白地，无论如何不只是学习'形式'的问题"。针对胡风的文章，辛人又发表了《为文学遗产答胡风先生》一文，"读完了那篇《文艺时论》里《关于文学遗产》的文章后，我不禁觉得胡风先生有点'断章取义的嫌疑'"。[①]东京左联作家在《杂文》也发表多篇讨论，孟式钧对胡风《蔼里斯的时代及其他》中关于"文学遗产"的某些观点也提出自己的看法，认为"胡风先生在批判主张学习的形式的论者的时候，陷入了一种机械的反拨，而把所谓'描写人物创造人物的方法'这句话解释得太偏狭了"。指出"所谓接受文学遗产，既不是单学习古典艺术家的形式，也不是单学习古典艺术家的认识方法，而是要学习他们的艺术的创作方法"，因为这是我们今天艺术家"艺术创造方法的指针"。后来茅盾亦加入进来讨论，鲁迅也曾被东京左联成员魏猛克致函催问作答，鲁迅认为讨论这个问题不合时宜，在1935年6月28日给胡风写信说："猛又来逼我关于文学遗产的意见，我答以可就近看日本文的译作，比请教'前辈'好得多。其实在《文学》上，这问题还是附带的，现在丢开了当面的紧要的敌人，却专一要讨论枪的亮不亮（此说如果发表，一定又有人来辨文学遗产和枪之不同的），我觉得实在可以说是打岔。我觉得现在以袭击敌人为第一火，但此说似颇孤立。"[②]于此，鲁迅终于未作文。胡风初时对陈辛人的态度、感受，或与此讨论有关。

[①] 辛人著《杂论：为文学遗产答胡风先生》，《杂文》1935年第1期，第13—15页。又收入辛人著《沧海一粟》，北京：中国文联出版公司，1992年，第236—237页。辛人著作尚有《洛阳桥》《向文学界抗日统一战线的目标前进：为"扫除病根"而斗争》《关于公式化的二三问题》《谈公式化》《神经病女人》《蚁丛杂草》《从再建苏联文学的介绍工作说起》等等，后来与胡风在武汉亦有频繁交往。

[②] 见《鲁迅全集》第13卷，北京：人民文学出版社，1981年，第160页。

十六、罗烽的周刊

8月30日

得罗烽信,说是办一周刊,要写千余字的文章。

9月1日

上午送《给怯懦者们》给罗烽后,访之林、柏山,他们对于刊物都非常热心高兴。

据此,《给怯懦者们》诗应是首先刊罗烽要办的周刊,又刊于9月11日上海出刊的《七月》第1期(第20、21页),再刊于武汉时期的《七月》1937年第2期(第75、76页)。如是,则《给怯懦者们》应该前后刊过三次。但从日记及罗烽当时行踪,此文是否曾刊登罗烽要办的周刊,哪一个刊物,不无疑问。八一三战事发生隔天,罗烽去外滩,16日胡风听三郎说丽尼搬到白朗处,28日胡风晚饭后到白朗处,发现"他们很销沉似的"。"他们"自然指罗烽、丽尼等人。罗烽想把白朗和母亲送到武昌去。丽尼也想送家眷回武昌。但都不能走,除了车依然挤得很,而且有被炸、被扫射的危险。30日罗烽来信说要办一周刊,邀写千余字的文章。到了9月1日上午,胡风送《给怯懦者们》给罗烽。

1933年时罗烽在长春编过《夜哨》文艺周刊,在哈尔滨《国际协报》编《文艺》周刊,似乎对办周刊情有独钟,但根据其养女金玉良《一首诗稿的联想——略记罗烽、白朗与萧红的交往》所说:

> 1937年"八一三"上海沦陷。党安排左翼文艺工作者南撤。9月5日,罗烽、白朗、罗烽母亲、舒群、杜潭、丽尼夫妻、任白戈夫妻、沙汀夫妻以及黄田父女退出上海,在南京罗烽、白朗暂别,怀孕八个月的白朗和婆母去武汉投奔做邮差的舅舅。离沪前罗烽、舒群拟去八路军总部申请上前线,罗老太太特别为二人赶缝了行军袋。可是罗烽在南京失去党的关系同时也找不见舒群的踪影。停留期间阳翰笙通过陈荒煤邀罗烽留下编刊物,罗因不太了解阳翰笙的情况未应允。稍后,投军无望的罗烽只好去武汉。11月12日白朗在舅舅家的危楼上生子傅英。罗烽白朗家住武昌花堤下街。①

9月5日罗烽、白朗离开上海,到南京后,罗烽没有应允阳翰笙的邀请留在南京编刊物,不久也到了武汉。所以罗烽想办一周刊的想法,可能来不及实现,《给怯懦者们》这诗篇直接刊登胡风编的《七月》第2期(9月18日出版)。这首诗在8月27日写成,胡风拿给艾青看,但艾青"似乎不赞成这里面所用的民间文学的表现法。这时候我忽然想到他接受法国文学影响问题"。从另方面看,《给怯懦者们》以鲁迅的小说《铸剑》中故事情节改编为新诗,强调了眉间尺复仇的故事,在抗日战争的背景下也就寄托了胡风呼吁的心声,鼓舞怯懦的人们在抗战时期拿起武器反抗敌人,同时也看出鲁迅作品对胡风的影响,以鲁迅小说所表达的复仇精神来宣传对日抗战。

附带一提,胡风10月1日抵达武汉后次日,就与白朗、罗烽、丽尼和绀弩见面,并说"他们筹出一刊物,有人愿负经费责任"。到了10月9日记载,"萧军夫妇、罗烽夫妇来。《大公报》编辑徐盈、陈企云(?)来。罗烽和陈都是要写文章的"。可知罗烽和陈来访,都

---

① 彭放,晓川《百年诞辰忆萧红(1911年—2011年)——纪念萧红诞辰100周年》,太原:北方文艺出版社,2011年,第354页。

是要胡风写文章。所以10月12日罗烽亦来要文章,胡风说没有写,他感到罗烽似乎不快。足见罗烽、丽尼、绀弩到武汉后很快就编了一刊物,根据胡风10月26、27日日记及唐弢文库所典藏,这个刊物即是《哨岗》,创刊发行时间是10月16日,与胡风到武汉后的《七月》第一期是同一天,《哨岗》为半月刊,距离罗烽8月下旬想办的周刊已一个半月余。因胡风亦忙于刊物的编辑及撰文,无法挪出时间写稿给罗烽,今可见《哨岗》创刊号撰稿人除编者外有剑盔、杨朔、特伟、高兰、徐盈、荒煤等人,所刊作品有速写、报告、诗、特写、杂文、小说、独幕剧等作品①。根据胡风26、27日日记,《哨岗》仅出一期即遭查禁。胡风26日"去印刷所,罗烽来把昨天三郎拿来的,因《哨岗》不能出版而压下的文章拿去了"。可能是萧军(三郎)知《哨岗》压下稿子无法出版,因此25日拿给胡风《七月》,但隔天罗烽来要了回去,才一天(27日),罗烽因《哨岗》出不了,又把昨天拿去的萧军稿子又送回来。萧军稿子可能即是《七月》第二期的《长篇连载:第三代(第三部)》②,起初被《哨岗》压下原因,可能是长篇连载,与过去短篇性质有异。但胡风很有魄力拓宽编辑方针,容纳了长篇小说的连载,还在标题特别标示"长篇连载"。

十七、董纯才

8月31日
　　在曼尼处吃晚饭,得纯才赠伊林书五册。

9月10日
　　到曼尼处吃晚饭,喝了一点酒。我鼓励纯才用战争做背景写动物故事给儿童看,意义是很大的。

9月20日
　　晚饭前纯才亦来访,稍坐即辞去。

9月26日
　　买来信纸信封,给在京的高警寒、董纯才、刘白羽、倪平写信。

8月31日胡风获董纯才赠送伊林书五册。从日记所载来看,胡风与董曼尼交情深厚,偶尔晚饭就在董曼尼处解决,他们彼此交情可从韩起开始,汪仑说"韩起董曼尼、谷非、天翼的私人关系是比较早的,在参加革命前就是好朋友了,他们在日常接触中称老大、老二、三弟,谷非为首、天翼次之、韩起老三,却未把曼尼列为'小妹',反而在他们面前的谈吐她倒像个小姐姐"③。韩起因伤寒过世时才二十三岁,后来董曼尼与汪仑组织家庭。董纯才

---

① 《哨岗》所存不多,顺将篇目罗列如下:本社《纪念鲁迅先生》、剑盔《双十日的火蛇》、杨朔《虎门之战》、特伟《哨岗》(漫画)、罗烽《光明跃在东方》、高兰《记天照应》、绀弩《谈是非》、徐盈《高粱秆》、丽尼、荒煤《七·二八之夜》。

② 萧军《第三代》描写20世纪初以来中国东北农民的生存现状,揭示他们坚韧不拔的生活意志及勇于牺牲的抗争精神,连载《七月》第一集第二、四、五期,1938年第六期。坊间常误作第一集第三、四、五期。从日记时间点来看,放在11月1日第二期刊出也是比较合理的。在这之前,《第三代》已于1936年连载《作家》第1卷3—6期及第2卷1—2期,未悉是否亦是被压下未能出版的原因。我觉得胡风是可以接受长篇在不同刊物刊登,他曾叙述读到日本《改造》杂志登载志贺直哉《暗夜行路》长篇完结,但前面部分是十年以前发表的,这样的经验让他可以毫无罣碍地接受萧军的《第三代》小说接续到《七月》刊登。参见胡风《略论文学无门》。

③ 汪仑《"左联"生活回忆杂记》,中国左翼作家联盟成立大会会址纪念馆、上海鲁迅纪念馆编《左联纪念集1930—1990》,上海:百家出版社,1990年,第120页。留日期间,韩起充当胡风与中国左翼文艺界联络的桥梁,与当时负责"文总"领导工作的冯雪峰通信,另外,1931年夏,胡风取得日本庆应大学的学籍后,曾回中国一次,路过南京时,即住韩起家里。韩起和妻子董曼尼都是上海"左联"的成员。

是曼尼的哥哥①,当时已发表过不少作品,从1924年在《浦东中学月刊》发表《碧波之哀音(哭亡兄)》诗②,到1929年后开始写《乡村小学的生物学》《狐的智谋》《长篇童话:走兽的故事》《自然童话:飞禽的故事:一雕先生请客》《科学新知:吃虫的水生植物》《科学生活:破坏自然界平衡的结果》等,在1937年时已发表百篇作品,发表的刊物有《少年时代》《小朋友》《生活教育》《新少年》,可见多为科学新知的创作与翻译。

  董纯才比较早地把苏联著名科普作家伊林的作品翻译介绍到国内来,在20世纪30年代先后翻译出版了伊林的《黑白》《几点钟(又名钟的故事)》《十万个为什么》《人和山》《不夜天(灯的故事)》《五年计划故事》,都是由当时的开明书店出版。除了翻译介绍伊林作品,他也翻译法国著名昆虫学家法布尔的优秀作品《科学的故事》,并受到两位大家的启发③,将科学内容与文艺形式相结合,运用生动活泼、新鲜有趣的语言,以艺术笔法写《动物漫话》等科学童话创作,作品颇具思想性,透过动植物的特性来表达了人的精神意志及愿望与理想的追求。如《麝牛抗敌记》《海里的一场斗争》。

  《麝牛抗敌记》不以介绍科学知识为主,而是以抗战为背景写一群麝牛抗敌成功的故事,隐含着深刻的政治意义,小说最后说"麝牛靠着群众的武力,又打退了一个凶横残暴的野心家。"侵略麝牛的敌人是野心的狼群及猛虎,暗喻抗战现实中狼豺虎豹的敌人(日本),小说寓意在鼓动人民团结抗战,只有团结,才能战胜貌似强大的日本侵略者。小说中一再使用抗战、准备抗战,最后"抗战胜利了"的字眼描写麝牛如何联合抗敌,勇敢顽强的斗争精神和勇气,最后获得成功。这部作品初版时间素来定为1937年上半年,那么就与胡风此番鼓励无关。虽然研究者都说是1937年上半年,但文中一再出现"抗战"二字,似乎很难将此篇与《海里的一场斗争》并列同属上半年时所写。《海里的一场斗争》以乌贼为主角,写受鲨鱼等攻击而奋勇抗争的精神,自然也有体现人类为了生存而抵抗敌人的意思,这篇发表于《少年时代》,通过"新闻列车"所刊新闻消息都属三、四月判断,《海里的一场斗争》完成于此时没有问题,但《麝牛抗敌记》不曾见于期刊,而在1951年3月由开明初版的《麝牛抗敌记》的版权页却是记载1939年10月文生社初版,1951年3月转由开明初版。那么《麝牛抗敌记》很可能是董纯才到延安后才创作的,情境也比较符合当时抗战的氛围,胡风那一番话多少产生激励作用吧。

  胡风年长董纯才三岁,他以兄长身份"鼓励纯才用战争做背景写动物故事给儿童看,意义是很大的"。可能是8月31日纯才赠胡风五本伊林书之后,胡风想到目前抗战文学需要这类作品,因此9月10日特别鼓励董纯才以战争为背景创作动物故事,以之启发儿童。胡风所获赠五册的伊林书,应该就是董纯才翻译伊林的作品,那究竟会是哪五册?在1937年《少年时代》④刊登他的一篇《海里的一场斗争》小说,在小说最后留白处补上一则广告:"伊林著;董纯才译:《黑和白》、《十万个为什么》、《人和山》、《不夜天》。"如果

---

  ① 董曼尼曾述韩起(1910—1933)与罗西合译《一个德国女工的日记》,找不到出版社,后来通过董纯才交陶行知介绍到商务印书馆,王云五很爽快地答应,并送来三百元稿费,罗西对分,韩起才有钱治病。《韩起简史》,收入上海鲁迅纪念馆编《上海鲁迅研究4》,上海:百家出版社,1991年,第20页。
  ② 《浦东中学月刊》1924年第2期,第33页。
  ③ 董纯才曾举高尔基的话自勉通俗科学读物写作指针,"文艺书和通俗科学书之间,不应有划然的界限","以艺术手腕传布科学知识",认为法布尔的《昆虫记》和伊林的《五年计划的故事》《人和山》都是很好的例子,并学习他们写作。见董纯才《风蝶外传·序》,冀东新华书店,1949年。
  ④ 仅出刊两期,半月刊,刊登国内外新闻,研究经济市场,讲述科学故事,登载名人故事,发表少年创作,指导生活等。因内有"新闻列车"登三月消息,其出刊时间应是1937年3月下旬或4月。

查考董纯才此前翻译伊林著作,已出版者,依其出版时间先后,有《十万个为什么》(1934年10月)①、《黑白》(1936年8月)、《几点钟》(1936年8月)、《人和山》(1936年8月)、《不夜天》(1937年5月)以及《五年计划的故事》(1937年5月)六本书,均由开明书店出版。其中哪一本不在五本之内,因无相关材料,不敢肯定。

胡风日记载9月20日晚饭前董纯才来访,稍坐即辞去。可能是赴南京前来辞行。胡风9月25日离开上海,26日他在南京上岸买来信纸信封,给在南京的高警寒、董纯才、刘白羽、倪平等写信。说明了董纯才已先抵达南京了。但在《董纯才传》后附录的《董纯才年表》1937年条记载:

> 32岁。1月,开始担任上海中共党组织的地下交通工作,负责收发和传递党内电报和文件。一直工作到"七七"卢沟桥事变爆发。上半年,运用艺术笔法和故事体裁写成了《风蝶外传》、《狐狸的故事》、《麝牛抗敌记》等科学小品。9月3日,由上海八路军办事处主任潘汉年介绍,离开上海奔赴延安。②

从胡风日记所载推算,董纯才离开上海的时间不太可能如年表所载9月3日直接从上海奔赴延安,实情应是9月21至24日某一天③启身先往南京,之后再赴延安。

十八、萧乾与汉口《大公报》

8月31日
> 路遇巴金、靳以,得知萧乾已去汉口,想系筹设大公报分馆。

9月23日
> 适靳以来,萧乾已来信告诉他我在汉口办刊物。

从日记得知萧乾(1910—1999)在8月底前已离开上海到汉口,胡风私下揣想萧乾是去筹设大公报分馆,胡风当时并不知萧乾被上海《大公报》资遣,面临人生的失业期。胡风在离开上海前两天又从靳以口中得悉,萧乾知道他将在汉口办刊物,因此胡风抵达汉口第一天(10月1日)随即到大公报分馆找萧乾,却得到报馆说萧乾和报馆无关。胡风找萧乾目的自然是因筹办刊物事宜,9月11日胡风得熊子民来信,告知汉口纸张缺乏,且叫他找一个人介绍给何雪竹。事实上,《大公报》自身纸张奇缺,每日只能出一大张④,报馆一句萧乾与他们"无关",又多么冷淡。萧乾日后回忆此段经过,一直说"那里的门,对我

---

① 开明书局及中国青年出版社曾在《十万个为什么》的版权页上印着第一版出版时间是1938年10月,疑为盗印本。因《妇女月报》在1936年第2卷第6期,第45页刊出《书报介绍:十万个为什么》,内文即是"著者:M.Ilin,译者:董纯才 出版期二十三年十月 出版者开明书店"。民国二十三年是1934年。出版之后也一直有广告或书评,如玩《书报介绍:(五)十万个为什么(伊林)》,载《智仁勇》1935年4月,第21页。梁菁《书报介绍:十万个为什么(伊林著,董纯才译)》,《读书生活》1935年第1卷第5期,第63页。究明《铃铛阁(第四十二期):十万个为什么》,《津中周刊》1936年第149期,第10—12页。
② 方晓东等《董纯才传》,北京:教育科学出版社,2012年,第271页。
③ 胡风日记写"9月21日夜到曼尼处坐了一会,得艾青信"。没有写到董纯才,很可能他就是20日辞行,21日启身。
④ 《大公报·本报在汉出版的声明》提道:"本报遵照·中央命令,并实际因纸料的奇缺,每日只出一大张。但我们要竭尽心血,使这一张纸与大家有用。我们要尽可能搜集战地确讯,加以正当的批评观察。要尽可能集中全国各界权威的救国高见。同时我们自己要对于外交政治经济等不断的贡献意,以求裨益于全国持久抗战。"引自王文彬编著《中国现代报史资料汇辑》,重庆:重庆出版社,1996年,第295页。

关得紧紧的"。又言"在那里，我感到陌生和冷落。自尊心也不容许我再上门了"。① 后来适值杨振声、沈从文由北京南来，一道经湘黔到昆明。不久，复得《大公报》招聘，在昆明继续编文艺副刊。

萧乾此段经历，根据《我与大公报》自述，"八一三"战事发生后，上海岌岌可危，一天老板把他叫到总经理办公室面谈，说了许多器重他的好话，绕来绕去，谈到沪馆的危机，说正是因为器重他，不愿他与报馆同归于尽。萧乾听出言外之意是要他卷铺盖走人。后来老板给他半个月工资，请他自谋生路。这段时间他还写了两篇文章《不会扛枪的干什么好？》《莫怪外国报纸：我们太拙于国际宣传》，分别刊《呐喊》第1、2期。他离开上海到香港再到武汉，也是千辛万苦，在《我失过业》有详细叙述：

> 当时去京的铁路已经断了，看来旱路是走不成了，只好走水路：由上海经香港去武汉。好在从1928年我就几番走过这条水路。当时从上海到香港的统舱票只要三四元钱，就赶快去买了两张。代售船票的旅社还叮嘱：现在黄浦江上正交着火，大船进不来，得坐小火轮去吴淞口外去搭大船。于是，我又去杨树浦打听开往吴淞的小火轮靠哪个码头。……船一开出"公共租界"，就进入了战区。炮弹从黄浦两岸在我们头上尖声飞过，江面上是一片硝烟。……那可真是"冒着敌人的炮火前进"！……到了汉口，先在一家离江边不远的小客栈落了脚，然后就过江去珞珈山看望凌叔华和在武汉大学任文学院院长的陈源。他们倒是很热情，但那样兵荒马乱的日子，大家都自顾不暇。武汉大学是挤不进去的。他们说，《大公报》在武汉出版了。那是你的老家，怎么不去投奔？这倒是一线曙光。我赶快买了张《大公报》，按地址去找。路上在纳闷：我是在天津进的报馆，一年后虽去了上海，可还兼编着天津版的《文艺》，而且编得也还热闹，怎么没找我！我错了。武汉的《大公报》是张季鸾主持的，副刊改名《战线》，编者陈纪滢是他从东北找来的老部下。那里的门，对我关得紧紧的。后来我到昆明，可能由于读者一再要求，报馆又要我遥编《文艺》。编了没几期，我就去香港《大公报》，这是后话。②

由萧乾自述，知胡风当时确实猜想有误。不过这两则日记透露出胡风都是从巴金、靳以那里得知萧乾近况，萧乾与巴金、靳以交谊深厚，时相往返，这从萧乾《吃的联想》一文可得印证。萧乾说1936年，他赴上海编《大公报·文艺》，巴金、靳以和他几乎每天都泡在大东茶室，有时孟十还或黎烈文也凑到一起。"我们叫上一壶龙井，然后就有女服务员推着小车来到桌前，小车上的马拉糕什么的任凭挑选。在饮着龙井、嚼着甜点心之间，我们交换起稿件，并且聊着文艺方面的问题，对我，那既是高级享受，也是无形的教育。在当时文艺界那复杂的局面下我没惹出什么乱子，还多亏巴金这位忠厚兄长的指点。"③

---

① 分别见萧乾《我失过业》，收入张树武主编《大师解惑——成长的烦恼》，长春：北方妇女儿童出版社，1999年，第244页。萧乾《我与〈大公报〉》，《新闻研究资料》1988年8月，第57页。至于10月1日这则日记的注解，吴宝林在《〈胡风日记·武汉一年〉史实考订及新发现——兼谈胡风"战时日记"的史料价值》已有订正，《新文学史料》2018年11月第4期，第185页。

② 张树武主编《大师解惑——成长的烦恼》，第242、244页。

③ 萧乾著，文洁若编《人生百味》，北京：中国世界语出版社，1999年，第378页。引文最后提到获巴金指点而得以未出乱子事，事情纷纭，此不赘述，但这使萧乾一直心存感激，即使经过六十年光阴仍念念不忘，1997年6月7日致巴金信尚且提及："我在编《大公报·文艺》时多亏有你的指引，尤其那次的文艺评奖。有点像从文，我也倾向于喜欢惹是生非。是你的指引——有时是制止，使我在京海之间没惹出乱子。"文洁若编《巴金与萧乾》，上海：上海三联书店，2012年。

十九、胡愈之的文章

9月1日

访胡愈之,……他答应我只能写一千字的文章,但作为专稿,未免不够斤两。

8月30日胡风跟费慎详提出想自办刊物,9月1日即向胡愈之邀稿,胡愈之答应写稿,但只能写一千字,到5日时,胡愈之跟他说"文章要明天才能写成",也就是9月6日可交稿。胡愈之这篇文章就是登在《七月》1937年第1期的《短评:我们决不是孤独的!》,但写作日期署"三七、七、六",从日记所载,可知应是"三七、九、六"。

二十、萧军的文章

9月2日

午后,萧军、悄吟来,坐了一会。萧军开始不肯写文章,经我说明了内容,并算他为基本人之一,于是答应了。

9月8日

访萧军夫妇,知他们存稿甚多,好像写得很紧张。我劝他们写一篇纪念公敢的文章。他们也准备月底离开上海。

9月11日

送《七月》到萧军处,他们都很高兴。

9月12日

夜,萧军夫妇来,说是《七月》底舆论很好,他们很高兴似的。……送来稿子三篇。之林来,他底稿子要明天才能写成。

由此可知萧军下笔极快,8日劝写纪念公敢的文章,在14日前已写好(11日还写两篇,下叙),但《七月》第2期不及排入,胡风预告第3、4期与自己的《记张止戈》同刊,并呼吁"深望读者肯把有过私人交谊的抗日英雄肖像画给我们,东北义勇军英雄们底特写,我们更想得到"。萧军的文章果真刊在《七月》第3期,胡风在9月24日早上11时才校好,25日下午即离开上海,因此预告第4期刊《记张止戈》也就无疾而终。萧军所写《王研石(公敢)君》①,刊登栏目是抗日英雄特写,其副标:闻两月前申报驻津记者王研石(公敢)君被日宪兵捕杀。至于12日送来稿子三篇,可能即是刊第2期的萧红《失眠之夜》(8月22日夜)、萧军《伸出我们真诚的手臂》②(诗,9月11日晨)及《不是战胜,即是死亡》(9月11日,署名田军,即萧军),至于之林的稿子说9月13日才能写成,15日之林就搬到胡风处,第2期稿子是9月18日出刊,内有之林(即端木蕻良)《机械的招引》一篇。

廿一、《敬礼》的写作时间,刘白羽

9月4日

上午写诗不成。

---

① 《王研石(公敢)君》,先刊《七月》1937年第3期,第26—27页,后又刊于武汉时期的《七月》第1期,第10至12页。

② 又刊《好文章号外:战时文摘》1937年第3期,第37页。

9月6日

　　上午去天翼处拿刘白羽的稿子,他没有醒来的时候我就走了。写诗不成……下午费君来,编好了《七月》第一期,拿去付排了。不晓登记方面会不会有周折。明天把第一篇(卷头)写好,这第一期的编辑工作算是完了。

9月7日

　　上午写成《敬礼》。下午费君来,交给他排于《七月》卷首,代替发刊词。

　　9月4日、6日皆言"写诗不成",所写之诗即《敬礼》,署名高荒。此诗先刊上海时期《七月》第1期,再刊武汉时期《七月》第1期,二者却略有小异。《敬礼》副标题首刊时未见"祝"字,再刊时是"祝中苏不侵犯条约"。两者所署写作时间相差一个月,前者写8月4日,后者写9月4日。但并观日记,9月4、6日都"写诗不成",7日写成即赶紧交付费君,排于《七月》卷首,代替发刊词。因此《敬礼:祝中苏不侵犯条约》的完成时间是9月7日。上海时期的《七月》第1期,刊载这首诗的写作时间为"8月4日",是明显的错误。因为8月30日日记载:"看报,中苏互不侵犯公约公布了。这是外交上一个大的转换,大的胜利,使抗日战争走上了乐观的前途。虽然昨夜睡迟了,疲乏得很,但今天一天感到了近来少有的充实。"可见中苏互不侵犯协定成立时间,绝非8月4日前①。这消息让胡风非常兴奋,连身上的疲乏都忘却了,甚至在《七月》第一期卷首以诗《敬礼》向莫斯科、南京表达致敬,并鼓舞中华儿女开始神圣地进军日本帝国主义,奋力冲破黑暗、羞辱、虐杀的日子。

　　胡风对中苏互不侵犯条约的签订极为兴奋,进而在11日访张仲实,日记记载:"他答应写一篇关于中苏不侵犯协定的文章。"虽然张仲实答应了胡风,但很吊诡的是《七月》并未见到张仲实的文章,而且在9月5日时张仲实早写好一篇《中苏互不侵犯条约》,刊登于上海的《文化战线》(旬刊),1937年第2期(第3—4页),而出刊时间恰恰是胡风邀约的9月11日。

　　刘白羽的稿子是《逃出北平——逃亡线上"四等亡国奴"的命运》。8月25日胡风在张天翼处见到由北平回到上海的刘白羽,刘白羽当时应暂住在张天翼处。9月3日胡风记载张天翼对刊物已不如昨天那么热心了,5日记天翼"文章果然没有写,神色也令人作呕。刘白羽来,他说今晚可赶起"。6日上午他去天翼处拿刘白羽的稿子,可能心里不悦,没等张天翼醒来就走了。从日记可知后来刘白羽又离开上海去了南京,胡风在25日离开前的上午接获刘白羽的信,因此26日路经南京时写信给刘白羽,隔天27日刘白羽即来访,不久两人相别离去。

廿二、彭柏山的文章

9月5日

　　再访柏山,嘱他把文章改写一遍。

　　柏山有篇文章《苏州一炸弹:八月十五日狱中生活断片》,文末载明写作日期是1937

---

① 中苏互不侵犯条约于1937年8月21日在南京签订,第二条协定:"倘两缔约国之一方受一个或数个第三国侵略时,彼缔约国约定在冲突全部期间内对于该第三国不得直接或间接给予任何协助,并不得为任何行动,或签订任何协定,致该侵略国得用以施行不利于受侵略之缔约国。"中国的抗战获得苏联的道义支持及大量军事援助。参薛龙根主编《国际政治手册》,南京:南京大学出版社,1989年,第423页。

年9月5日深夜于小燕病中写。9月5日日记里,胡风嘱咐他把文章改写一遍,应即是指此文。此文没能赶上9月11日上海出刊的《七月》第1期,所以放在9月18日出刊的第2期,但题目错成《州一:八月十五日 活断片》①。武汉时期出刊的《七月》第1期再次重刊。时间已是10月了。在这期刊物上有胡风10月14日写的《七月社启事》,预告将于武汉公开展览抗日救亡的新兴艺术木刻展,可见该文稿是10月时再重刊的。9月25日出刊的上海版《七月》第3期又有柏山的《一·二八的两战士》,内容描写伤兵。

廿三、张知本　居正　朝阳学院　洁而精餐馆

9月8日

　　晨,访钱君。他说在发起一个湖北同乡聚餐会,为回湖北服务的各方面的同乡作一友谊联络。朝阳学院有迁湖北(武汉)的可能,由校长张知本和董事长居正接洽好即可着手进行。

9月13日

　　晨,费君来,钱君来。钱君约十二时去"洁而精"赴湖北同乡的集餐会,到有张知本、向海全、胡省三等十几人。

1936年,张知本应居正邀请,出任北平朝阳大学校长。1937年3月,任司法院秘书长,仍兼管朝阳事务。"七七事变"后,朝阳大学改称朝阳学院,南迁湖北沙市,再迁四川成都。朝阳学院系一所私立高等文科院校,主要培养专门法政人才,设有政治、法律、经济三个系。按规定,凡私立学校,其经费自筹。张知本为了朝阳在南方复校,请当时教育部长陈立夫破例拨给经费,抬出该校董事长居正,顺利筹得部分经费。居正(1876—1951),原名之骏,字觉生,号梅川,别号梅川居士,湖北省广济县(今武穴市)人,民国时期"广济五杰"之一,也是辛亥革命武昌起义指挥者之一。在国民党内地位崇高,时任国民党政府司法院长。张知本治校期间,先后延聘邓初民、马哲民、黄松龄等人士任教,学院被指为共产党窝子,后被陈立夫逼迫辞职,解聘邓、马、黄等教授,改派江庸为院长。

张知本(1881—1976),湖北人。他于1904年赴日本留学,初入宏文书院,后转入法政大学攻法律。1905年加入中国同盟会,1907年学成回国,历任多所学堂堂长、学堂监督等职。1924年任湖北法科大学校长。1928年任湖北省政府主席。1933年当选立法委员,并主持《五五宪法草案》的起草工作。抗战爆发后赴重庆,任重庆行政法院院长,还兼任朝阳学院院长。1949年赴台湾,1976年8月15日病逝。著作有《宪法论》《宪政要论》《法学通论》《社会法律学》《民事证据论》《土地公有论》等,是近代知名法学家②。但朝阳学院后迁湖北沙市,再迁四川成都,并没有迁往湖北武汉。据悉抗战爆发后,国民政府西迁重庆路过武汉之际,张知本同宁柏青相见。张知本对宁柏青谈到,朝阳是一所历史悠久、全国闻名的法科大学,无论战事如何紧张,也要在后方恢复开学。要复校,首先得有教师。北京原有的教师在武汉一个也没有遇到,只得在武汉另外聘请,可见迁武汉并非空穴来风,但因迁校困难重重,校舍、师生诸问题都得解决。程幸超曾回忆当时情况:

---

① 第14页,接续胡风的《血,从九·一八流到了今天!》,第二期的页码并非从1开始,而是接续第一期的十二页,因此《七月》二期卷首从第13页开始编号。

② 顾明远总主编,《中国教育大系》编纂出版委员会编《中国教育大系　历代教育名人志》,武汉:湖北教育出版社,1994年,第578—579页。

为了不使学校中断,决定先在沙市复校。张知本是沙市人,他在沙市大赛巷有一幢楼房可作校舍。尽管房子不大,如果师生食宿自理,那幢房子作教室还是勉强可以的。主意已定,张知本便写信给沙市的律师崔国翰,聘请崔为朝阳学院秘书,负责筹备在沙市开学的事。崔国翰和张知本及宁柏青都是老熟人,早年张知本任湖北省主席时崔在省府当秘书,关系甚为密切。宁柏青表字敦五,崔国翰亲切地喊他"敦五哥"。崔国翰接信后,立即把家门口那块律师事务所的牌子取下来,专办朝阳学院的事。他为朝阳在沙市找了两个办理行政事务的事,指派他们先找泥水匠修缮大赛巷的房子,又找木匠赶制课桌黑板等教学必需品。①

至于洁而精餐馆,9月3日胡风同艾青夫妇在"洁而精"吃晚饭,9月13、21日都是湖北同乡的聚餐会,应该就是讨论撤退回乡的事。洁而精川菜馆创建于1927年,餐馆开设于上海麦赛尔蒂路(即妇女用品商店后门的兴安路),原名洁而精川菜茶室,后更名为洁而精川菜馆,1958年迁至雁荡路82号营业。据闻周恩来经常光顾"洁而精",对洁而精的"干煸牛肉丝"等菜肴喜爱有加,许多上海文人雅士和教育界名人都喜欢来洁而精餐馆用餐②。

廿四、马哲民、胡伊默、何雪竹

9月11日

    得子民信,说汉口纸张缺乏,非用连史纸印一面不可。而且叫我找一个人介绍给何雪竹氏。这恐怕有些困难。

9月23日

    晨,冒雨送文章到印刷所之前,访钱君。他说明天可以送两封介绍信来。

9月24日

    钱君来,高兴地谈了一通壁报工作,说向何雪竹介绍的信得随后用航空挂号信寄出。

胡风回武汉前的日记出现两次向何雪竹介绍的信,胡风本说这事恐有些困难,但后来不仅取得一人的介绍信,还多了一位介绍信。从日记前后脉络来看,胡风当时应该是托钱纳水取得两封介绍信。从9月11日得熊子民信函,胡风在日记上透露了要找人写介绍信给何雪竹有困难,一直到23日钱纳水说"明天可以送两封介绍信来"。可见不是钱纳水本人写介绍信,而是通过钱纳水去找人写介绍信。钱纳水是胡风的湖北同乡,早在11日之前,钱就赞成胡风回武汉,并筹划湖北同乡聚餐会。所以胡风日记里多处记载与钱君联系:12日一早就去找钱君,不遇。13日,钱君来约"洁而精"湖北同乡集餐。18日胡风晨起,访钱君,又不遇。21日晨得钱君信。23日晨,胡风冒雨送《七月》文稿到印刷所之前,再访钱君。钱君说第二天可以送两封介绍信来。可见介绍信一事,胡风一直在进行着,需要一些时间。23日一早先去找钱君,似乎时间上有些紧张了。24日钱君来,说向何雪竹介绍的信随后要用航空挂号信寄出,估计介绍信还没有拿到手,而胡风25日将离开上海。所以25日一早又去找钱君,终于得到介绍信,这一天他忙到连梅志的快信

---

① 程幸超《朝阳学院在沙市》,中国人民政治协商会议湖北省委员会文史资料委员会编《湖北文史集粹·教育科技医卫体育》,武汉:湖北人民出版社,1999年,第86页。

② 周三金、陈耀文编著《上海美食指南》,上海:上海翻译出版公司,1988年,第58页。

都没有详看。可见介绍给何雪竹的信极其重要,关系着他到武汉后能否顺利办刊物。

至于是哪两封介绍信,两位介绍人是谁？日记没写,但胡风回到武汉后,10月25日到潘怡如处,"同马哲民、胡伊默一道,由他引去见何雪竹主任。何谈话很直爽,痛骂平汉线上的军人和湖北的政客。从他底谈话里面,晓得北方很危险,湖北的民众运动非赶快提起不可。现在兵力很成问题,湖南、云南不肯出兵,湖北的兵出光了。他不赞成征兵,因为现在的征兵只是榨取老百姓的钱,而征来的兵又不能用"。这两位介绍人可能就是马哲民、胡伊默,在湖北同乡聚餐会即曾提到朝阳学院有迁湖北(武汉)的可能,由校长张知本和董事长居正接洽好即可着手进行。

张知本任朝阳学院校长时礼聘马哲民。再看马哲民背景,写介绍信或由马哲民陪同去见何雪竹是最有成效的。马哲民也是湖北(黄冈)人。早年毕业于武昌外国语专门学校和福州高等工业学校,后去德国柏林大学学社会学。五四运动后回国,在上海参加马克思主义学会、中国社会主义青年团,并在武汉与陈潭秋创办中外通讯社。1922年春,以新闻界代表赴苏俄出席远东各国共产党和各民族团体大会。会后加入中国共产党。1923年秋至1924年春曾任中共武汉区委委员兼武昌地委委员长。1924年夏东渡日本,进早稻田大学学习政治经济学。在日组建中国共产党和中国社会主义青年团驻日支部,兼任两组织书记。国共合作时期任中国国民党驻日总部常委兼组织部长。1926年秋结业归国,先在广州任国民党中央党部秘书处文书主任,后调武汉任国民革命军第十五军政治部文书股长兼《汉口民国日报》编辑、武汉中央军事政治学校政治教官、国民政府劳工部秘书等职。1927年"七一五事变"后脱离中国共产党。1929年,应聘任暨南大学中文系教授。1931年任北平师范大学社会系和中国大学经济系主任。1932年冬应北平学生之请,讲"陈独秀和中国革命",因涉及时政而被捕,判刑两年半,经保释出狱。1934年避居桂林,任广西大学法学院教授,组建反帝大同盟。1936年,因与校领导政见分歧去职,仍回中国大学任教。"七七事变"后回武汉,与黄松龄、曾晓溯、张执一等组织湖北乡村促进会,发行《战时乡村》期刊。1938年秋,任朝阳学院政治系主任,随院去成都,后遭陈立夫解聘①。

胡伊默(1900—1971),亦湖北黄冈人,1923年经陈潭秋、林育南介绍加入社会主义青年团,后加入中国共产党。曾负责武昌党团机关和武汉学联工作;同时参加国民党。1925年奉派到莫斯科中山大学深造,1927年秋毕业回国。次年春,至京汉铁路湖北境内沿线从事工农运动。因湖北中共党组织遭破坏,失去联系。自是以教书、写作谋生。1932年到上海暨南大学、桂林师专任教。"七七"事变后回鄂,组织湖北乡村工作促进会,并创办月刊。1938年至军委会战时工作干部训练团任政治教官、训育干事②。这两个人的背景相当合乎担任介绍人,介绍胡风给何雪竹。徐复观曾写过一文《我对何雪竹先生性格的点滴了解》：

> 对于旧时代中有代表性人物性格的了解,是一件很困难的事情。尤其是对于何雪竹。雪竹先生的性格,是温厚而清严的性格。温厚的一面,表现在对人的情谊周到,表现在对人的涵融忍耐。他之所以能成为杂牌军队之王,由促成军事指挥权的

---

① 顾明远总主编,《中国教育大系》编纂出版委员会编《中国教育大系·历代教育名人志》,第604—605页。
② 湖北省地方志编纂委员会编《湖北省志人物志稿·第3卷(传)》,北京：光明日报出版社,1989年,第1521页。

统一以促成国家统一的原因,主要是来自他因性格温厚而局量宽宏的这一面。当他权势正盛时,曾引起许多物议,造成许多中伤,甚至给人以马虎苟且的印象的原因,也主要是来自他性格的这一面。过去能了解他的人,因为他得到杂牌军队的信任,但从无藉此树立私人势力的野心,有运用大量人力物力的机权,但他私人经济却一清如水,如是认为他是属于小事糊涂,大事不糊涂这一类型的;这依然只看到他性格温厚的一面,而忽视了他性格清严的一面,正因为他有清严的一面,所以在流言之中而不被流言所诬;握机权之势而能为国家持大体。……当时雪竹担任武汉行营主任,我并不知道他与桂系的关系不好,甚至在政治中有那些派系,我也一概不知。只因地位悬隔性情疏放,连行营的大门也不曾进过。抗战发生,雪竹先生以行营主任兼省府主席。我从山西返鄂,决定不再随黄先生赴浙江。因石蘅青先生的推介,民政厅长严立三先生发表我当大冶县长,我立即辞谢了,我忘记了雪公是派谁来问我,为什么不肯当县长?并要我去见他。我当时表示,我看他时可去行营,但不到省府。那位先生为我约好时间后,初次见面,使我感到他是一位慈祥恺悌的老人,他笑笑的问:"你为什么不去当县长?""我想做军事工作。""有一个部队,不太好,要整顿,正缺一个团长,你愿意去吗?""我去。""那么,你坐着待一下,拿委任状去到差。"于是叫管人事的料长来,把已写好未发出的委任状废掉,"改委派徐复观去。"第一次见面,前后不到10分钟,我便拿着委任状走了。我心想,大家都以为他是马马虎虎的人,原来他早已知道有徐某这样一个地位低微的后进,而处事的明快,真可说是少见。①

何雪竹当时担任武汉行营主任兼省府主席。日记注解说何时任国民党湖北省主席固然没错,但兼任武汉行营主任这层关系,也无法忽略。

廿五、焕甫、胡风的译诗

9月12日
　　上午译诗,不成。
9月13日
　　夜,译诗不成,倒下就睡着了。
9月14日
　　晨,编《七月》第二期,只余卷首的译诗。译到吃午饭的时候,未成。费君来,已编好者交出付排。……译诗成,费君来,交出付排。

胡风从9月12日至14日一直进行译诗,14日下午终于将译诗交费慎祥付排,但《七月》第2、3期未见胡风译诗,第2期有胡风两篇作品,《血,从九一八流到了今天!》及《给怯懦者们》,这两篇都不是译诗。译诗交给费君后,胡风当天就想起了这期应有关于"九一八"的文字,隔天去找萧军他们,他们说写不出,因此胡风在9月16日晨五时半起,写成了《血,从九一八流到了今天!》交费君付排。因第2期出刊日即是9月18日,九·一八事件是无法忘却的痛,很可能胡风将《血,从九·一八流到了今天!》取代原先要放卷首

---

① 中国人民政治协商会议湖北省委员会文史资料研究委员会编《湖北文史资料1988年第4辑·湖北近现代名人史料专辑》,1989年3月,第18、19页。

的译诗。那么原先要放的译诗有没有可能移到第3期呢?目前所见第3期的文章计十篇加一幅木刻《旗手》,胡风的文章是《忆矢崎弹》,作为卷首的文章是焕甫《炮火下的第二次国际作家大会》①,下加有标语:中国抗日民族统一战线万岁!为西班牙争取民主自由而战!第一、二期卷首语都是胡风自己写,第一次署名高荒,第二次未署名,那么第三次的"焕甫"有没有可能是胡风本人呢?上海出刊的三期《七月》上有多篇作品被武汉出刊的《七月》再次刊登,《炮火下的第二次国际作家大会》再次刊登时,文末括号巴黎通讯,且注明时间9月26日。但此文首次刊出时皆省略,而且该文已在9月25日出刊,"9月26日"明显是后加的。何以胡风可自行增添?

9月17日记载,胡风从鹿地亘那里知道,"马德里开了到会五十二国作家的国际作家大会,高呼中国军队万岁"。说明胡风17日方知马德里召开第二次国际作家大会,也才几天工夫,他便快速在《七月》上反映了此一国际要闻,极可能是鹿地亘的透露,胡风主动关心起这则烽火中作家的报道,而这几天胡风忙碌不堪,仅提及写成矢崎弹文章,那么《炮火下的第二次国际作家大会》确实很可能译自"巴黎通讯"。第一次刊登时已没有多余的空白,因此没说明出处。但"焕甫"究竟是不是胡风本人?胡风的译诗后来又发表在哪里?自然有待他日有新材料才能解决。

廿六、吴奚如　辛劳

9月16日

上午十时半曾访柏山,为介绍辛劳给吴牛信。如果能投到就好了,他接到远地消息,一定很欢喜。

吴牛即吴奚如(1906—1985),湖北京山人。原名吴善珍,字席儒,笔名黑牛、吴牛、吴午、吴高、奚如、邬契尔等。"吴牛"亦为其乳名。1933年吴奚如到上海参加"左联",1934年加入中共中央特科工作,具有中共秘密工作者和左翼作家双重身份。1936年秋,吴奚如受派秘密赴西安张学良处主持对外宣传工作,创办了张学良的秘密政团组织——抗日同志会的机关报《文化周报》,并任《文化周报》主编。1937年初,吴奚如到延安。抗战爆发后,与丁玲等组织八路军西北战地服务团,担任服务团党的负责人及行政副团长(主任团长为丁玲)。日记注释谓此时吴奚如任周恩来的政治秘书。但时间上他应是1938年调武汉中共中央长江局才出任此职,同年底任八路军桂林办事处处长。1937年应是担任八路军西北战地服务团副主任,居所变动性较大,所以胡风说"如果能投到就好了"。看诗人辛劳(1911—1945)的履历,这封信应该是收到了。

辛劳原名陈晶秋,1932年5月加入左联,与他同时加入的还有师田手和林耶,都是东北文学青年,三人住在北四川路余庆坊的一个亭子间里,其活动直接受周钢鸣和何谷天(周文)的领导,曾参加左联示威活动,短暂入狱。1937年卢沟桥事变发生,接连写出《难民的儿歌》《夜袭》《吊伐扬·古久列》《战斗颂》《火中士兵》等一系列诗作,主要登在郭沫若、夏衍办的《救亡日报》。抗战开始前后,他再次遭到国民党政府拘捕,被押送到苏州反省院。获释后重回上海,后来到皖南新四军军部,先在军战地服务团工作,后调入徐平羽

---

① 《炮火下的第二次国际作家大会》先刊上海时期的《七月》,1937年第3期,第25页,再刊武汉时期《七月》第1期,第19页。

主持的文艺创作室,与聂绀弩一起工作,一面创作,一面辅导青年作家。但时间不长,1939年夏秋之际离开皖南,回到"孤岛"上海。

廿七、矢崎弹,金人文章

9月19日

> 昨天申报载,东京大捕知识分子,内有新进作家矢崎弹,说是他和中国左翼作家王统照、胡风往来,图用文艺使大众左倾云。

9月21日

> (萧军)带来了金人底文章,又用不下。……写成了悼矢崎,觉得失之平铺直叙,但也只好由它了。

此文刊登《七月》1937年9月25日第3期,题作《忆矢崎弹——向摧残文化的野蛮的日本政府抗议》。日记加注:"矢崎弹,日本进步作家,胡风在东京时与他相识"。如果细看该文,胡风与矢崎弹(1906—1946)相识应是1937年春在上海,而不在日本东京。初时听闻矢崎弹提倡"日本的东西"(即认为"日本民族底特点为最好的东西"之意),胡风推辞了与他见面。后来鹿地亘告知是谣传,矢崎弹其人思想结实,脑子敏锐,对日本文坛和日本文学传统持有很透辟的见解,胡风才与他见面,文章说与矢崎弹见了四次面,但确切时间记不得了,只记得约略是春天。胡风是"八一三"淞沪战事后才开始写日记,《忆矢崎弹》一文无法明确四次见面的时间。但从矢崎弹的《上海日记抄》可知两人见面诸多细节,包括时间、地点、与会人士、当时氛围等。这四次见面时间地点,依序为1937年5月22日内山书店、5月23日鹿地寓所、6月4日新雅饭店以及6月9日鹿地寓所,已是初夏时节,但地点却是正确的。矢崎弹《上海日记抄》与胡风《忆矢崎弹》记录这四次见面相当吻合,可见胡风记忆也不差,且如实叙述,其意在于证明与矢崎的交流完全是文学的,但矢崎却因之遭到日本官宪逮捕,以此向摧残文化的野蛮的日本政府强烈抗议①。唯胡风日记有笔误,误作"悼"矢崎。矢崎弹于1946年卒。

9月1日日记载胡风访萧军,只悄吟在家,金人正在那里,21日萧军带来了金人的文章,胡风说用不下。金人的文章,极可能是《关于通俗文学的几个疑问》,胡风对通俗文学素有意见,因此说又用不下。此文刊9月29日上海《救亡日报》,作者提出:一、什么是通俗文学?通俗文学和普通文学质量上的差别何在?二、通俗文学要什么形式?三、通俗文学怎样写作?还说:"第一项是属于通俗文学的定义方面的,二三两项都是关于技术方面的。""希望注意这问题的人大家都公开地交换些意见"。金人(1910—1971)原名张少岩,后改名张君悌,又名张恺年,河北人,曾任上海培成女子中学教师,哈尔滨法院俄文翻译。1933年开始从事文学创作,次年开始翻译外国文学作品。1937年年初从东北逃亡到上海,1942年从上海到苏北参加新四军,抗日战争胜利后,随新四军第三师进军东北,任东北文化协会理事《东北文学》编辑,东北文艺协会研究部副部长。

---

① 有关胡风与矢崎弹的更多讨论请见近藤龙哉《胡風と矢崎弾:日中戦争前夜における雑誌『星座』の試みを中心に》,《东洋文化研究所纪要》第百五十一册,2007年3月,第55—95页。另,该文中文版《关于胡风与矢崎弹的交流——以对中日文学交流寄予强烈愿望的〈星座〉杂志为主》,汕头大学文学院新国学研究中心主编《中国左翼文学国际学术研讨会论文集》,汕头:汕头大学出版社,2006年,第517—533页。

廿八、李兰

9月26日

　　无意中在行李房遇见李兰,她说有等行李等到一个星期以上者,她自己就等了好几天。

9月27日

　　饭后到车站问行李,路上遇李兰,她说她底已到,今晚可动身,9月28日船于八点前驶离南京。

9月28日

　　船上遇李兰,她昨天没有赶上船。

胡风离开上海,路途中或在行李房、路上或船上遇李兰。李兰是沈起予的夫人,曾在生活书店担任编务工作,至武汉、重庆后,各大报文艺副刊盛极一时,《新蜀报》由沈起予编副刊《新光》,《商务日报》由李兰编副刊《文艺战线》等。李兰曾经翻译过高尔基著《福玛·高蒂耶夫》(译名作《胆怯的人》,1927年出版),湖风书局1932年再版,讲述福玛·高蒂耶夫反抗最终失败的故事,当福玛看清了资产阶级的丑恶面目,发表了有名的控诉演说以后,立刻被资本家们诬为疯人,关进了疯人院。福玛没有找到改造社会的真正力量,爆发式的孤军奋斗注定了只能有失败的结局。胡风曾看完李兰译的《福玛·高蒂耶夫》上下两卷。并说:"较之福玛本人,倒是那些商人们写得更好,用福玛,这反抗意识的反映,作者对商人社会提出了无情的控诉。"不过,读完后,他认为译本"译得坏极了"。除了《福玛·高蒂耶夫》,李兰还译有《伟大的恋爱》《伊凡·伊凡诺维奇》《夏娃日记》,并与沈起予一起翻译了伊佐托夫的《文学修养的基础》。

廿九、西班牙战事,潘蕙田夫妇

9月28日

　　上午静坐无事,看《译文》中关于西班牙战争的文章数篇。……四时,潘蕙田和他底太太来访,说他们想离开南京到外地去做点有生气的工作,如武汉有办法,他很想去。

1934年在上海创刊的《译文》月刊,由黄源编辑,指导者是鲁迅。生活书店发行,1935年停刊后又于1936年复刊。该刊翻译国外优秀的传记、小说等文艺作品与学术论文,也刊有西方近代木刻作品。胡风曾赞扬《译文》的内容虽然完全是翻译介绍,然而却不是一堆杂乱无章的材料,它有自己的个性和欲望。胡风所读文章应是《译文》1937年新3第2期上的诸文,如[美]Abraham Harriton《为西班牙德谟克拉西而战(画图)》、[苏]F·凯林《当今的西班牙文学》、[英]S.T.华纳《我见了西班牙》、[意]N·夏洛蒙德《战争的西班牙》J·厄雷拉《西班牙的歌谣一、铁甲车(为铁路民军而作)》、P.依.贝尔特郎《西班牙的歌谣:二、格拉那达的新凯旋歌(为铁路民军而作)》、M·阿尔多拉格勒《西班牙的歌谣:三、为印刷家萨都尔尼诺·鲁依兹作》、齐生《文学往来:西班牙文坛近况:最近西班牙人民军队中的两员战士》、克《文学往来:美国文化界拥护西班牙民众的热情》,还有《西班牙的爱国者》等,因遭逢战乱,胡风阅读了关于西班牙战争的文章。

下文提到潘蕙田和他的太太来访。潘蕙田留学德国七载,读的是数学,却在德国读马恩著作甚多。回国后在孙科主办的中山文化教育馆供职，与胡风、张仲实、沈兹九、罗又玄都是同事，在《时事类编》译载各国报刊政治经济时事论文。当时译者均为留学归国者，潘蕙田主译德文。后来与郭箴一结为伉俪。郭箴一后易名宗铮，为湖北黄陂人，1931年毕业于复旦大学新闻系，论文为《上海报纸改革论》，后任上海市政府职员。1941年冬夫妇到延安后不久，与王实味一起被打成"五人反党集团"。

三十、屠格涅夫《罗亭》

9月29日
　　上午读《罗亭》五章。

9月30日
　　看完了《罗亭》。

胡风在船上看完了《罗亭》，作者是俄国屠格涅夫（И.С. Тургенев），译者是陆蠡，1936年文化生活出版社出版，描写俄罗斯革命民主主义思想家罗亭，胸怀改革大志，竭力鼓吹革命民主主义思想，却碰得头破血流。面对贵族少女娜塔莉亚纯洁、热烈、义无反顾的爱情，他反而犹豫、彷徨、恐惧，充分暴露了"言语的巨人，行动的矮子"的贵族知识分子的软弱。然而罗亭最终走上革命的道路，牺牲在巴黎的街上，这一悲壮的结局给在沙皇残暴统治下的俄国带来一线希望之光。据说罗亭的原型，是俄罗斯革命家巴枯宁。

卅一、慰劳会，王陆一，徐卓英

9月30日
　　那位刘君当主席，为了讨好楼上一个王陆一，呈现出了一副小官僚的神气。

9月30日
　　慰劳会时，碰到了徐卓英，他也是到武汉去的。晚上约我到他那里谈天，喝了一点酒。他去是参加实业部迁移工业重心的计划，不得手就到外国去作宣传工作去。

王陆一（1896—1943）原名肇巽，又名天士。陕西三原人。因家道中落，考入西北大学无法续读，就任陕西省图书馆管理员。辛亥革命后，反对袁世凯复辟，事不成转回三原参加邓宝珊、张义安领导的三原起义。于右任回三原任陕西靖国军总司令，王陆一为总司令部外交处职员，后被于右任擢为机要秘书，参与戎机。形势逆转后，王陆一护侍于右任转战淳化、武功、扶风、岐山、凤翔，直至靖国军解散，又绕道陇南、陕南入蜀，乘轮抵沪，任职于国民党上海执行部，佐于右任等创办上海大学。1938年后的三年中，他以国民政府军委会军风纪巡察团委员身份，来往于第一、第五、第六战区，巡察工作，审视军防。1941年夏，因于右任提请，国民政府特派王陆一为监察院晋陕监察使，离渝赴陕。在陕期间，受于右任之托代理陕西革命先烈褒恤委员会主任委员，编辑陕西省先烈革命史迹、传略等。

徐卓英亦是胡风在《时事类编》时的同事，后来到台湾。曾翻译［美］豪尔德（E. S. Holter）著《社会信用制概论》，1935年11月由商务印书馆出版。台湾"二二八事件"后，国民党派慰问团赴台安抚，慰问团团长张邦杰，副团长杨肇嘉，团员张锡钧、陈碧笙、王丽明、林松模、林有泉、陈重光、张维贤、李天成、黄木邑暨顾问徐卓英、屠仰慈等，共计16人，到上海略停后直飞台北，徐卓英时任慰问团顾问。

胡风于1937年9月25日离开上海,根据家书所说,"恩在这里进学校既不妥当,我因在上海又无事可做,回湖北反而能替故乡尽一点文化工作的任务。现在《申报》《大公报》都在汉口筹备设立分馆(出版报纸)了,还有书店也想搬到汉口去。回湖北后,和子民协力,也许能够办一个刊物出来。"①途经南京乘江轮赴武汉,在开向武汉的途中,胡风在船上遇到由陈白尘、白杨带领去成都演出的上海戏剧界组织的抗敌话剧团。胡风和他们一起参加了对同船的从抗日前线撤到武汉的伤兵的慰劳会。日记记载的都是在船上举办慰劳会过程中的一些现象。

这一天晚上他在船上看完了《罗亭》,夜十二时左右船过湖北老家蕲春,除江心一点灯红外,他什么也看不到,一时思乡忆妻之情涌上心头。

小结

9月25日胡风从上海撤离,10月1日船到汉口,随后住在昔日老朋友金宗武家。从战事发生至离开上海,其实就六周的时间,空间背景是战乱动荡的世局,窘迫恶劣的经济,在这短短的六周,上海原有的出版物相继停办或陷入内容不符战争形势要求,已经停刊的4家大型文学刊物(《文学》《中流》《文丛》和《译文》),联合起来创办了适应战时需要的小型周刊《呐喊》(第三期起改名为《烽火》),作家中间则发起了"投笔从军运动",胡风在没被邀请通知的情境下,抱着不服输的心情,及传承鲁迅先生的精神与关怀中国抗战文学前途的意志,力图为中国文坛培养优秀青年作家,克服种种困难,自筹经费创办了《七月》,用文艺来反映抗战,反映人民的生活,人民的希望和感情。从日记所载,可知这是一份纯自愿和义务的工作,他倾注大量时间、精力和心血,全身心地投入。他动员身边的朋友投稿,自己也努力创作,在短时间内就写下了《为祖国而歌》《血誓》《给怯懦者们》等激情澎湃的诗歌。出版过程从稿件的审阅修改、杂志的编务和校对、封面的设计以及印刷流程、联系作者写信回信等等琐碎事务,无不一人包办。日记呈现的时空几乎就是天天敌机来袭,《七月》可说是在敌人的不断轰炸声中毅然决然出版了。

《七月》自然是没有编辑费的,除了花费大量时间和精力外,有时还得自己贴钱。之所以如此坚持下去,不外乎是他深知写作力量在战争年代不容忽视,而培养蓬勃的新生代文艺力量,为新人作家提供发表平台,正是展现战争必然胜利的决心和信心。从这里也能窥见胡风出色的组织才能和自觉的领导意识。此外,在经济窘迫的现实环境下,我们从日记仍看到他对朋友,甚或朋友的朋友,在生活上尽可能地伸出援手,或为他们写介绍信以谋求出路,或自身捉襟见肘仍以金钱实质协助朋友。在战乱不安年代,他仍静下心来读书写作,并以之与梅志共勉。从他所读的书,所写的文章,所交游的朋辈,莫不表露出他对艺术创作的热爱和文学理想的追求,及真诚坦荡的热情,即使最后要离开上海奔赴武汉,仍展现其积极主观战斗精神。

(本文作者:台湾师范大学国文系特聘教授)

---

① 《1937年9月3日自上海》,晓风选编《胡风家书》,第31页。

晓　风　辑校

胡风日记(1941.4.30—1948.11.29)[*]

1941 年

4月30日,携 M 及晓谷、晓风离北碚棘源村,当天下午借住于渝郊大田湾。

5月4日,出席政治部及文化运动委员会招待文化界宴会,席上分得《文艺青年》第三期。

5月7日晨,全家自海棠溪搭商车离渝。

6月5日下午,到香港。计路上费时一月,经过贵阳(换车)、宜山(换火车)、柳州(换汽车)、石龙(换电船)、桂平(换木拖)、贵县(换汽车)、郁林(换轿子)、广州湾。上岸住入美洲酒店,次日迁入九龙新新酒店。

6月13日,迁入西洋菜街175号四楼郑姓家。

7月4日,M 携晓谷、晓风回沪。

12月1日,M 携晓谷回港,晓风寄养在上海青年会所办之托儿所内(静安别墅)。

12月8日,晨,被飞机声与高射炮声惊醒,太平洋战事发生。

12月9日下午,全家随熟人得上木船,当晚守在船上,次晨冒英兵射击危险偷渡到香港。即晚迁入轩尼诗道415号三楼一黑房中,与黎氏姐弟共睡在一张木板上。次日(11日)迁入利源街67号四楼,郁君亦来同住①。

12月24日,敌兵占利源街,本宅当天被搜查两次。

12月25日,港军投降,十九日间炮弹、炸弹之威胁已去,继之的是被搜捕的危险与敌人丑恶的气氛。

1942 年

1月3日或4日,郁君及黎氏姐弟迁去。

1月10日,离利源街在铜锣湾上船,同行者有宋之的夫妇、沙蒙②。当晚宿于木船上。

---

* 编者附记:1941年5月7日,为抗议国民党背信弃义发动皖南事变,胡风按党的安排,全家离开重庆赴香港。太平洋战争爆发后,香港沦陷。1942年1月12日,由党组织安排,胡风携妻儿脱险出九龙。在东江游击队的帮助下,他与其他文化人一道,辗转于3月6日到桂林。以下日记即自1942年4月28日起。

① "郁君"即孙钿(郁文源)。

② "沙蒙"(1907—1964),著名电影艺术家。20世纪30年代在上海参加左翼文化团体,抗战后期到延安,任鲁艺戏剧系教员兼实验剧团团长;解放战争时任东北文艺工作一团团长,后长期在长影、北影从事导演工作,代表作是影片《上甘岭》。

217

次晨换小舟冒敌兵射击危险偷渡到九龙,入洗衣街某宅。

1月12日晨,随大批难民队步行自九龙脱出。

3月6日,抵桂林。费时近二月,由九龙到惠阳皆步行,约十三四日外,各站停留时间甚多。废历除夕冒雨抵惠阳。惠阳至老隆约十一二日,为木船。老隆至曲江为汽车,共四日。曲江至桂林为火车,一天一晚。抵桂林后寓环湖东路东亚旅社。

3月16日,迁入建干路23号楼上廖宅①。

在香港半年间之工作:

1. 计划《七月》港版,因注册问题迁延,未实现。
2. 推进在上海出版之《七月文丛》《诗丛》,但因种种困难,只得曹白之《呼吸》一本。
3. 另出一《七月丛书》,已成议。
4. 出版四本旧译:

   旧译《棉花》,已付排。

   译文集《人与文学》,已排成。

   论文集,收《七月丛书》内,将付排。

   杂文集,已成议,将付排。

   四稿战争发生后均丢掉。
5. 写杂文约六七万字,均失掉。在港期间日记,毁掉。
6. 成电影剧本《祖国摇篮曲》纲要。
7. 搜得日文书(《高尔基全集》及苏联文艺理论书)约百册,均丢掉。沪出文艺书刊多种,均丢掉。
8. 收得国内友人原稿数十万字,均丢掉。木刻数十幅,均丢掉。
9. 读书:《樱桃园》、《愤怒的葡萄》、《时间呀前进!》、《初恋》、《被束缚的土地》、《西线无战事》、《面包》、《两姐妹》、《1918年》……、《新生》、《神曲》之《地狱篇》、《战果》。

抵桂林后到日记开始之日止可记之事:

1. 读书:

   金人译《静静的顿河》全部。

   耿译高尔基底《家事》。

   丁玲底《母亲》。

   沈从文底《记丁玲》。

   老舍底《赶集》。

   艾青底《诗论》。

   赵家璧编《新传统》一部分。

   伍禾底《箫》。

   丁西林底《妙峰山》。

   洼川底《现代文学论》一部分。……
2. 替《山水文艺丛刊》第一期审阅大部分稿件。审阅吕荧译《普式庚论》一部分。审阅冀汸诗集原稿《奔马二十匹》。

---

① "廖宅"即重庆时的熟人廖庶谦现在桂林的住处。

3. 写《写于犬吠之夜》。
4. 电影:《列宁在1918》《如此天皇》《妇人心》《光明之路》。
   话剧:《大雷雨》《阿Q正传》《面子问题》。
   旧剧:京剧一次,湘剧数次,田汉编改良旧剧《江汉渔歌》(湘剧)。
5. 得上海信,晓风留在托儿所,甚好,但下月月费成问题。

4月28日夜补记

1942年

4月

28日 上午,子民来,劝我把版权卖掉,留在桂林做生意,相机到湖南乡下隐居。下午,胡仲持来①,谈丛书事。进城访黄洛峰②,托由沪店拨钱替晓风缴托儿所费用,不成。访伍禾③,托转老舍向欧阳予倩要上演税的信。得凡海信,说取消《七月》登记证吊销事不可能。得剑薰信。宗玮来④。夜,记过去一年间生活概要。

29日 晨,南天出版社米、朱二君来⑤,商定先出《七月诗丛》。子民送条子来,约到蒋世成处,下棋,吃饭。饭后同蒋君访玄珠⑥。到图书馆,昨天约了要来的宗玮没有来。到之的处,与绀弩等聊天。夜,审阅S·M诗集原稿《无弦琴》,删去大半。胡明树赠复刊后的《诗》(三卷一期)。

30日 上午,子民来。访沈志远。下午,陪M到医院,她昨天起泻肚子。医生说只是肠胃不洁。我也看了眼科,证明砂眼资格很老,非治半年不能断根。夜,记出《七月诗选》底作品。重看吕荧底《鲁迅的艺术方法》,形式主义的观点很妨碍了他。

5月

1日 上午,宗玮来,带来梁宗岱底《屈原》一册。下午,到田汉处。到"诗创作"社出席座谈会,并吃晚饭。夜,看《天国春秋》,杨翰笙编剧,省立艺术馆演出。

2日 复吕荧、冀汸、圣门⑦。下午进城买物。夜,看《风雨归舟》,田汉、洪深、夏衍编剧,新中国剧团演出。

3日 得圣门信、王鲁彦信。下午,进城买帐子,昨晚M被蚊子咬得不能安睡。复鲁彦。复路翎。盛家伦来⑧,大谈美学和音乐问题。看了梁宗岱底《屈原》。

---

① "胡仲持"(1900—1968),翻译家,编辑。胡愈之之弟。
② "黄洛峰"(1900—1980),出版家。
③ "伍禾"(1913—1968),原名胡德辉,诗人,文艺工作者。后协助胡风办南天出版社。1956年被划为"胡风分子";1957年被划为"右派";1968年12月22日含冤去世。1980年平反。
④ "宗玮",即原复旦大学学生崔宗玮,胡风在东大附中时同学崔宗祺的弟弟。又名牛述祖。
⑤ "米、朱二君"即米军和朱谷怀。"米军",原名"林紫"(1922—2004),作家,曾协助胡风开办南天出版社,1955年亦受"胡案"牵连,1981年平反;朱谷怀(1922—1992),原名朱振生。1942年结识胡风,并与米军共同出资创建南天出版社,出版胡风主编的《七月诗丛》和《七月文丛》。1955年被定为"胡风集团骨干分子"。1957年因要求重新评价"胡案"被定为"极右分子",开除公职,劳动教养十年。1980年平反。
⑥ "玄珠"即茅盾。
⑦ "圣门"即阿垅(守梅,S·M)。
⑧ "盛家伦"(1910—1965),音乐家。

4日 宗玮来,谈出书事。胡仲持来,谈《七月文丛》事。从胡危舟借来诗作剪报①,选出了若干首友人作品。得俞鸿模信,海燕出版社暂时算是完了。得望隆信。看完萧红底《马伯乐》。

5日 进城,与科学书店议定《七月文丛》出版事。荃麟来,谈闲天甚久。给木枫、白莎、尚越、青苗、张元松信②。

6日 李万居来。下午同M、晓谷进城,买皮鞋一双,价160元。街上遇何非光及其同伴,他逃出香港,刚到此。

7日 绀弩来。进城。买新出的《文艺阵地》,内有王实味底关于民族形式的文章,说我底论点有"新偏向"云。还有艾青底论新诗。夜,校阅抄来的《七月》上的诗稿。

8日 得路翎信。下午到图书馆查杂志,无所得。在胡危舟家晚饭。翻阅今天出版的《诗创作》第十期。校阅诗底抄稿。

9日 彭燕郊来。宗玮来,三户图书公司送阅出版译丛的合同草稿。得冀汸、艾锋、陈纪滢、庄涌信③。复庄涌、陈纪滢。给鸿基信。给天蓝信。

得《过惠州西湖》(其二)

> 拾得孩儿骨,殷然见血痕,一夫褫重寄,千命殉孤城。
> 鸡豕悲同劫,禽虫失秦声,黯云湿欲泣,凄切不成春。

当时所得之其一补铭:

> 劫后湖山冷,萧然得此游,荒碑七尺石,热血几人头。
> 木落花犹赤,云低雾不收,荣枯缘底事,厉鬼笑封侯。

10日 上午,司马文森、胡危舟来④。米军来。郑毅生者请吃饭,原来是欢迎他底"老太爷"。饭后到宋之的处闲谈。三时到艺术馆出席文协保障作家权益会议。同田汉等十余人到方某家吃狗肉,乏极而归。

11日 风雨。有一位雷某来访,谈文艺问题甚久。

12日 荃麟来索稿。绀弩、彭燕郊来。本想谈一谈他们底生活态度,但只能暗示了一点,彭先逃走了。米军来。

13日 访胡仲持,交《咆哮的铁》送审。访熊佛西⑤。到宋之的处,一道喝酒。与吴永刚、丁聪等喝茶⑥,闲谈甚久。子民来,说前晚大骂宋云彬云⑦。夜,看旅港剧人之《北京人》,比香港时坏多了。得茅盾信。

14日 看完《浮士德》,上部郭、周两译本,下部周译本。译得坏极。给吕荧信,复老舍。读黄药眠译《西班牙诗歌选译》一遍⑧。

---

① "胡危舟",诗人,曾主办"诗创作"社。
② "白莎"(1919—2006),原名晁若冰,曾在《七月》上发表诗一首《冬天》,后被收入胡风所编诗集《我是初来的》中。
③ "艾锋(烽)",文艺青年,后协助南天出版社的工作。
④ "司马文森"(1916—1968),作家。时在桂林创办《文艺生活》月刊,主编文艺生活丛书,并任国光出版社编辑。
⑤ "熊佛西"(1900—1965),戏剧家,戏剧教育家。
⑥ "吴永刚"(1907—1982),电影导演,艺术家。1934年曾执导影片《神女》,1980年与吴贻弓共同执导影片《巴山夜雨》;"丁聪"(1916—2009),漫画家,笔名"小丁"。
⑦ "宋云彬"(1897—1979),作家,学者。时任教于广西师院,并与友人共同编《野草》。
⑧ "黄药眠"(1903—1987),散文家,文艺理论家。

15日　整理田间诗稿。M生病。给苏民信。复亚丹①。绀弩来。

16日　上午，骆剑冰来，多年不见，她已成了两个孩子底母亲。她由曲江回渝过此。下午，同晓谷进城看《青春不再》，冼群导演，海燕剧艺社演出。许幸之来闲谈②。

17日　看完许幸之《阿Q正传》剧本。昨夜豪雨，许多处积水。下午进城开会被水阻，在诗创作社与艾芜、许幸之、胡危舟等闲谈。夜，翻阅杂志。

18日　M胃病更剧，不能吃东西，胃痛、呕吐。下午，到医院看过，吃药后依然痛。不在中，伍禾来。复守梅、冀汸、剑熏。复艾烽。夜，看寒村底诗稿《司机手》。

19日　上午，两次警报。下午，进城买东西。得路翎两信，他和狗打架，打破了头，饭碗也丢了。他寄来《饥饿的郭素娥》原稿。得守梅信。看完萧红底《回忆鲁迅先生》。上午艾芜来，赠《秋收》《逃荒》各一册。

20日　三次警报。看郭沫若底《屈原》。编定孙钿诗集《旗》，并写编后记。

21日　出版社人来。绀弩、骆宾基来③。左眼行手术，是十多年了的老砂眼。夜，起草诗，得五、六十行。

22日　编定SM底《无弦琴》。

23日　复守梅、路翎。出版社人来。

24日　得吕荧、庄涌、守梅信。下午进城，夜看《原野》，黄若海导演④，国防艺术社演出。

25日　得苏民信。下午，李济深、黄旭初茶会招待脱险文化人⑤，为刘百闵发表宣慰意旨也。到胡仲持处。

26日　两次警报。宗玮来。得吕荧信。看路翎底《饥饿的郭素娥》原稿三十多张。

27日　警报一次。看完《饥饿的郭素娥》。看完许幸之《江南狂想曲》原稿，愚劣之至的作品。夜，荃麟来，一道到七星洞前喝茶闲谈。建庵来⑥，赠作家像七幅。

28日　闷热。下午，删改《郭素娥》犯忌处。答应胡危舟印田间《她也要杀人》单本。许幸之来，闲谈甚久。

29日　上午，宗玮引张煌来⑦，谈翻译文丛事。得司马文森信，国光出版社愿印《文艺笔谈》。下午，同M、晓谷进城，过宋之处，访抵桂之谢君。燕郊引严杰人来。到子民处闲谈。昨天得冀汸、邹荻帆信。得凡海信，要写文艺批评史。得一群读者要求重版《第七连》信。

30日　给曹靖华、凡海信。骆宾基来。夜，与M、晓谷到荃麟家晚饭，饭后到文供社

---

① "亚丹"即曹靖华。

② "许幸之"（1904—1990），剧作家，画家，导演。

③ "骆宾基"（1917—1994），作家。

④ "黄若海"（19××—1960），剧作家，演员。在桂林时期与胡风相识，1948年在南京负责剧专的实验剧团时，上演路翎的《云雀》。1955年受"胡风案"牵连受审查；1957年被定为"右派"和"反革命"；1960年因患肠癌于劳改中病逝。

⑤ "李济深"（1885—1959），原国民党高级将领，中国国民党革命委员会主要创始人和领导人之一，中华人民共和国成立后历任中央人民政府副主席、全国政协副主席等职；"黄旭初"（1892—1975），民国政治人物，"新桂系"首领之一，时任广西省政府主席。

⑥ "建庵"，即刘建庵（1917—1991），木刻家。曾于1938年在汉口组织"中华全国木刻家抗敌协会"，为常务理事。此时在桂林从事木刻运动和教学工作。

⑦ "张煌"，此时主编《文学创作》(《创作季刊》?)。

为海燕剧社与文供社同人讲《北京人》。

31日　彭燕郊引罗岗来访①。司马文森来。荃麟来,闲谈文艺问题与他底家庭,下午四时左右始去。得尚越信,可以介绍我到云南大学去教书云。看了夏衍底《心防》与《小市民》,原来他的空名是吹出来的。交《文艺笔谈》与司马文森去送审。

6月

1日　许幸之来。复崔万秋、苏民。给罗念生、黎烈文②。得守梅信。

2日　上午,到舒强等居处③。杨刚来④,谈萧红事甚久。夜,同M、晓谷进城看桂戏,同去者有石女士母女。得冀汸信。下午,同晓谷注射霍乱预防针。

3日　得白莎及卢鸿基之弟信。下午,与艾芜等数友人游漓江。夜,骆宾基来,一道到七星岩喝茶。详谈萧红死前经过。上午,沈志远来。王郁天来。

4日　闷热,夜,大雨。且因M生气,做不成事。

5日　得路翎、剑薰信。得崔万秋信。闷热,跳阅了《水浒》若干回。

6日　宗玮来,米军、罗岗来。马宁来⑤。夜,大公报请吃饭。得张元松信。一夜闷热,流汗不止。

7日　上午,和华来⑥。费半日之力看完马宁原稿《香港公寓》或《动乱场面》。《饥饿的郭素娥》序文写成了。

8日　下午,访胡仲持交稿,访马宁找房子。周钢鸣、黄绳来⑦。子民来。

9日　逃难时的同伴梁君来。文若来。燕郊来。警报一次。看完巴尔札克底《从妹贝德》,译得糟透了的穆木天译本。

10日　警报一次。下午,为找房子走了几处。到艾芜处。复吕荧、剑薰。

11日　晨五时警报。复路翎、尚越、守梅、冀汸、荻帆。下午,与骆宾基在七星岩喝茶闲谈一下午。夜,访沈志远找房子。得剑薰信。

12日　晨,警报。得守梅信。下午,同M、晓谷到七星岩喝茶乘凉。与晓谷第二次打霍乱预防针。得荃麟索稿信。

13日　预防针起反应,不舒服。

14日　迁居于建干路17之九诗创作社楼下。识阳太阳⑧。彭燕郊、骆宾基来,一道到七星岩喝茶谈天。张煌、宗玮来,得吕荧信。

15日　上午,绀弩、骆宾基来,一直到吃过晚饭后别去。胡明树来。得白莎信。校改完《棉花》抄稿,写成题记。

16日　给梅林信。理发。夜,阳太阳、胡危舟来闲谈,提到开玩具工厂,都很高兴。

17日　下午,同M进城买东西。遇文若,一道去她那里闲谈了许久。伍禾、骆宾基来。看艾青底《马槽集》。

---

①　"罗岗",文艺青年,曾在《七月》上发表诗一首《种子》,后被收入胡风所编诗集《我是初来的》中。
②　"罗念生"(1904—1990),古希腊文学翻译家,教授。
③　"舒强"(1915—?),话剧导演,演员,戏剧教育家。
④　"杨刚"(1905—1957),女作家,记者。时为《大公报》记者。
⑤　"马宁"(1909—2001),作家,曾为左联盟员。
⑥　"和华"为梅志的表弟。
⑦　"黄绳"(1914—?),作家,文艺理论家。
⑧　"阳太阳"(1909—2009),画家,诗人,艺术教育家,漓江画派的代表者。

18日　今天为端阳节,也即诗人节。下午,文协在漓江船上举行纪念会,作了关于抗战以来诗发展的讲演,讲后有一些讨论。到会者三十余人。骆宾基来吃晚饭,饭后闲谈。得亚丹、鸿基信。

19日　诗创作社周年纪念聚餐,被邀参加。

20日　上午燕郊来,出去喝茶。下午,荃麟来。燕郊、骆宾基来,晚饭后一道到广西剧场参加艺术馆二周年纪念晚会,剧本低能而又恶劣。

21日　罗岗、米军来,谈诗丛印刷事。下午进城,访熊佛西。访柳亚子①。到荃麟家,晚饭。宋云彬谈组织《野草》编委事。夜,胡危舟谈从《广州诗坛》起的南方诗刊及诗人底故事。

22日　为诗丛封面纸事进城。胡明树赠《若干人集》。得路翎信、鸿基信。大风雨。

23日　读完《被侮辱的与被损害的》,李霁野译,可惊的灵魂底斗争。得剑薰信。得凡海信。晚,在子民家晚饭。绀弩、骆宾基来,一道在七星岩喝茶。

24日　右眼行手术。复吕荧、凡海、鸿基。

25日　访骆宾基,一道进城吃饭,因他请一纸烟公司经理。饭后到这里谈到九时辞去。

26日　阴雨。夜,胡危舟谈蒲风底故事。得吕荧信。

27日　复路翎、吕荧。下午进城,访伍禾。

28日　和华来,晚饭后始去。安娥来。给黎烈文信。

29日　下午,同晓谷、M进城,看叶浅予漫画展览会,看卡通影片《木偶奇遇记》。访王女士②。

30日　绀弩、骆宾基来,晚饭后去。给丁玲、萧军、艾青、李雷、天蓝、孔厥、黄既、田间信。

7月

1日　晨,找海燕代理人算清了版税。胡仲持来,为文艺辞典写"七月社"一项。胡拓夫妇来③。米军来,交《跃动的夜》送审。

2日　正午,为出版《鲁迅三十年集》事,科学书店请吃饭,同席者为茅盾、胡仲持。拿到李雷底《荒凉的山谷》和版税四百元。得路翎信,得青苗信及稿。

3日　丁聪来。得尚越信。得S·M信及诗论《红信号弹》稿。下午,熊佛西在"功德林"为杂志请客。佛带来羽仪者为刻的图章。夜,写成《记一首没有写的诗》。开始,当作杂文写了八百字左右,后来觉得可以分成行,就索性改成诗的形式了。

4日　M抄《记……》两份,一给桂林大公报,一寄崔万秋。骆宾基送小说集稿来。两次警报。

5日　得巴金信、罗念生信。警报一次。茅盾夫妇来。荃麟来。上月由广西书审处通过(删去五篇)之《密云期风习小记》,中央图书杂志审查委员会忽来训令查禁了。访陈纯粹谈禁书事。晚,胡危舟请印刷厂头目吃饭,被拉作陪客。饭后,与李文钊及胡危舟、阳太阳闲谈甚久④。

---

①　"柳亚子"(1887—1958),诗人,史学家。曾加入同盟会和光复会。创办并主持南社诗社。
②　"王女士",即骆宾基当时的女友王珩,家在上海,曾给晓风以照顾。
③　"胡拓夫妇",胡拓(1905—1987),诗人。
④　"李文钊",时为"诗创作"社社长。

6日　复尚越,给崔万秋信。绀弩来。为禁书事找张煌。看完骆宾基小说集原稿。

7日　精神疲乏。

8日　晨,为买菜事,M和我吵嘴,她嫌我买得不好。骆宾基、彭燕郊来。凤子来①。得家信。改关于《北京人》的讲演稿。

9日　得冰君信。校《无弦琴》清样24P。改关于《北京人》的讲演稿。

10日　修改完《论北京人》的讲演稿。文若、秦似来②。夜,我们与胡家去看京戏,冒雨而归。

11日　得吕荧、梅林、路翎信。韩北屏来。穆木天夫妇由曲江来③。伍禾来约到七星岩喝茶,他与彭合编一诗丛刊,要求帮助。写家信。夜,胡危舟谈他脱离家庭的故事。

12日　有痢疾征候,开始绝食。骆宾基来。夜,原定了六个位子,看戴爱莲舞蹈,临时不能去,M也病不能去。

13日　得路翎短篇集稿,吕荧信。去医院受诊,留大便检验。继续绝食。

14日　罗岗来。去医院,昨天大便检验无结果,再检验。宗玮来。继续绝食。

15日　大便检验仍无结果,但病状渐好。开始吃稀粥。

16日　得凡海、杜谷信④。复吕荧、凡海、S·M信。给望隆、居俊明信。克锋来访。胡明树、鸥外鸥、周钢鸣来⑤。访章泯。夜,凤子为杂志请客,席后看湘戏。

17日　晨,沈志远来,通知刘百闵要请客事。复熊佛西。下午,理发。到茅盾处、荃麟处。

18日　复罗念生、剑君、杜谷信⑥。警报一次。得侯唯动信。

19日　夜,刘百闵请客,表示希望大家不要成为问题中的人,应到重庆去插一柱香,自己底意见不妨牺牲云。

20日　得邹荻帆信,不准走出重庆,来桂的计划打消了。得陈纪滢信。

21日　编选完两本诗集:邹荻帆底《意志的赌徒》、鲁藜底《为着未来的日子》。得黎烈文信。

22日　下午访文若,长谈。听说《饥饿的郭素娥》审查通过了。得梅林信。

23日　得守梅信。得恩信。复路翎、守梅、荻帆、绿原、梅林⑦。许幸之来。给恩信。

24日　设计好文章版式,嘱科学书店即排《郭素娥》。访胡仲持,不在。田汉召集座谈会,谈历史剧问题。会后在桃园吃饭。得熊佛西催稿信,荃麟催稿信,得绿原信、卢鸿基信。

25日　得葛一虹信。彭燕郊来。写成《呼吸》新序。胡仲持来,商定七月文丛合同

---

①　"凤子"(1912—1996),表演艺术家,作家。

②　"秦似"(1917—1986),杂文家。时在桂林编辑《野草》月刊,出版《野草》丛书。

③　"穆木天"(1900—1971),诗人、外国文学研究者、翻译家。

④　"杜谷"(1920—2016),原名刘锡荣,现名刘令蒙,诗人。其诗集《泥土的梦》被胡风编入《七月诗丛》第一辑,后因诗稿未被国民党当局审查通过不能出版,直至1986年才由湖南文艺出版社出版。1955年被定为"胡风集团骨干分子"。1980年平反。

⑤　"鸥外鸥"(1911—1995),诗人、儿童文学作家。此时在桂林与胡明树等编辑《诗》月刊。

⑥　"剑君",疑指骆剑冰。

⑦　"绿原"(1922—2009),原名刘仁甫,笔名绿原、刘半久,诗人,作家。胡风曾将他的诗集《童话》《集合》《又是一个起点》编入《七月诗丛》出版;曾参加胡风的《三十万言书》和《我的自我批判》的草拟过程。1955年被定为"胡风集团骨干分子"。1980年获平反。

要点。《呼吸》托他带去送审。

26日 读完罗念生译Sophocles底King Oedipus。温涛来①。看完彭燕郊诗集原稿，甚不快。郑思来②，赠他底《吹散的火星》。《无弦琴》完全校毕。

27日 下午，同M、晓谷进城，遇绀弩，一道吃饭，看电影Nine Days a Queen。将终场时警报。给陶雄信。复庄涌，并寄去他底九十元版税。《颂一个女性》第一章写成③。

28日 再看了莎氏底《暴风雨》（梁实秋译），还是不懂。夜，许幸之邀往七星岩喝茶。伍禾来。得剑君信。

29日 上午看了《前夜》（丽尼译）。下半天头痛，疲乏。复剑君，托她转托她底朋友把晓风带来。艾烽来。

30日 得卢鸿基、守梅信。文若来，晚饭后去。复守梅，给凡海、崔万秋。

31日 得骆宾基信，即复。陈君及其友人约在七星岩喝茶，谈出版社事。骆宾基从兴安来，谈到夜九时去。

8月

1日 骆宾基来。胡拓夫妇来。马宁来。重看《严寒·通红的鼻子》一遍。

2日 与同住者及田汉等赴离市区十余里之桂岭师范学校参观。该校原名特种师资训练所，即专收小民族学生者。学生表演有七个节目，唱的有侗歌及东陇瑶歌，另有吹树叶一项，其音律有如客家情歌，岩荡甚美。有四个舞：

1. 祭祖舞——一个击鼓，六人（半男半女，男着红袍，女着花衣）旋舞，击鼓者作种种状。

2. 单人六笙舞——吹着六笙旋舞，原为双人舞云。新年甲村到乙村，乙村处女均出而集舞云。

3. 蚩尤舞——三女孩旋舞，上身及手之动作似从劳动中取来者。新年所舞者。

4. 团体六笙舞——三女性、五六男性之旋舞，男性作搬运什物之节奏，女性则或进或退。此种舞原为集体的，闻有多至数千人以至一二千人者。例如六笙，原有十一（？）种，大团体舞时，有多至一百余支者。

3日 得凡海、绿原信。得剑薰信及稿。郑思来，对他底诗集《吹散的火星》说了些意见。胡仲持来。

4日 彭燕郊来，对他底诗稿《风雪草》说了些意见，由他拿回去了。下午进城访胡仲持，同他到科学书店订了《七月文丛》的合同。复剑薰、卢鸿基、黎烈文。再看寒村者底长诗稿《司机手》，回信说了意见。

5日 整理《抗日战争与新文艺传统》。张铁生来④，转达程思远特使邀赴重庆之意⑤。得熊佛西催稿信。

---

① "温涛"（1907—1950），木刻家。
② "郑思"（1917—1955），原名朱正思，诗人。曾在《希望》上发表长诗一首《秩序》。1955年受"胡风案"牵连，在被审查期间自尽身亡。
③ 《颂一个女性》即长诗《海路历程》，以骆剑冰东渡求学的经历而成，后发表于《希望》一集二期。
④ "张铁生"（1904—1979），革命家，外交家。
⑤ "程思远"（1908—2005），无党派爱国人士，曾为李宗仁秘书。后任全国人大副委员长、全国政协副主席等职。

6日　《无弦琴》印出。得克锋信。绀弩、燕郊来,晚饭后去。继续整理《抗日——》稿。

7日　警报一次。孙经理送路翎版税来。访凤子。到邮局。看关于迭更斯的文章三篇。

8日　艾锋、罗岗来。得荃麟催稿信。看路翎小说原稿二篇。

9日　看R·罗兰底《爱与死的搏斗》。熊佛西来催稿。校对《旗》一部分。看阳太阳底画。

10日　得吕荧信。给路翎、圣门、凡海信。夜,看《左拉传》影片。

11日　进城寄钱给晓风,二百元九十元汇费。访马宁不在。得骆宾基信。校稿。

12日　得吕荧信、俊明信。张煌来。得艾锋诗稿一册。

13日　得路翎信。校完《旗》清样。夜,引晓谷重看《左拉传》。

14日　得陶雄信,即复。复俊明。给望隆信。胡明树、艾锋来。周行来访,第一次见面。南天社为罗岗去柳州饯行,约吃便饭。

15日　鸥外鸥来。到邮局汇出路翎等版税。马宁来。访荃麟、茅盾,听了几个恋爱故事。在荃麟处晚饭。得剑薰稿。

16日　得守梅信。彭燕郊来。王鲁彦来。

17日　复骆宾基、绿原、邹荻帆。访荃麟,谈杂志事,他们一定要我编一个杂志。

18日　做不成事。夜,鸥外鸥夫妇来。

19日　得路翎信,得杜谷信及诗集原稿《泥土的梦》。夜里失眠。

20日　昨夜进了贼,我们失去了新背心一件。阳太阳请吃午饭,到李文钊家喝咖啡。复杜谷。夜,送M、晓谷看《罗宾汉》后,与严杰人等在西园会谈杂志事。

21日　写成《七月诗丛》全部广告。夜,写成《四年读诗小记》。

22日　夜,同晓谷、M到国民戏院听马思聪等音乐演奏会①,内有马自作之《西藏寺院》《塞外舞曲》。

23日　陈占元来。《旗》出版。得剑薰信。复路翎、剑薰、圣门,给庄涌、凡海信。

24日　周行来,胡拓夫妇来。写了杂文一则。得罗岗信。

25日　得圣门信。下午到荃麟家晚饭,谈杂志事。夜,绀弩来。

26日　夜,通读了《中央周刊》上八篇关于文艺的文字。

27日　到图书馆找《自由谈》上的旧杂文,得二则。骆宾基来。得圣门、路翎、青苗、剑薰、黎烈文信,得洪流稿。夜,修改历史剧座谈会中的发言记录。为《鲁迅的书》契约事,昨给信陆凤祥,今得回信,仍在敷衍。

28日　回陆凤祥信。同M访苏芜雨。乱翻材料。

29日　复黎烈文。得凡海信,夜,写成两条杂感。

30日　写杂感一条。伍禾、彭燕郊来。

31日　得崔万秋、卢鸿基信。得李雷信及稿。下午,赴出版社算账。看完王晨牧诗稿②,写回信批评,未完。鲁彦来。

9月

1日　周行来。艾烽来,到七星岩喝茶,说了对于他底诗稿的意见。得萧军信,他为

---
① "马思聪"(1919—1987),音乐家。
② "王晨牧",诗人,剧作家。1955年被打成湖南省最大的"胡风分子"。

我底"罹难"写了一首旧诗。得洪流信及稿。夜,李文钊送京戏票,去看了所谓戏。

2日　得邹荻帆、靳以、骆宾基信。与拟出之杂志发行人谈话,甚顺利。和华来。夜,写完复王晨牧的信,题为《秋夜读诗志感》。成答萧军一首:

> 昊天无眼流囚返,尘世多艰鬼道横,
> 记得刁光磨大恨,慢将铁证问"良心",
> 恩仇愧对千秋镜,歌哭难过万里城,
> 午夜徘徊闻吠犬,荒郊阒寂有行人。

3日　得绿原信。看了林焕平底剧本稿①。读了周行译三幕剧《远方》稿。下午访荃麟。

4日　林焕平来,对他底剧本说了批评的意见。盛家伦来,闲谈了一些重庆情形。南天社诸人来。访凤子。夜,拟定《现实》的信约。

5日　得吕荧信,得艾青信,茅盾信。下午,为《现实》开了谈话会,情形还好。与耳耶等在七星岩喝茶。夜,复鸿基、骆宾基、何估。

6日　复葛一虹。骆宾基来。夜,想了一想目前的文艺情况。

7日　胡明树来,赠《良心的存在》一本。下午,到荃麟处,杂谈作家故事。

8日　午,到凤子处吃饺子。得S·M、路翎信。许幸之来,丁聪来,文若来。

9日　晨,因为我没有如期写出文章,M残酷地虐待我,终于吵了。晚饭也没有吃的(这是我的罪状吗?——梅志旁注)。温涛来,赠作家刻像八幅。钱君二子来,说托儿所还在办,女儿似无恙。骆宾基、彭燕郊来。

10日　依然身体不适。家伦来,绀弩来。与绀弩在七星岩喝茶,且一道吃晚饭。

11日　骆宾基、彭燕郊来。

12日　郑思来。得崔万秋、熊佛西信。看了些稿子。沈志远来,带来程思远带交的杨玉清的信。

13日　复杨玉清、S·M、剑薰、路翎。夜,再想了一想文艺界的情形。

14日　得老舍、杜谷信。彭燕郊、林焕平、于逢、新波来②。看完卢卡契底《人物创造与世界观》译文原稿,略有所得。

15日　彭燕郊、骆宾基、严杰人来。看稿。复洪流、侯唯动、艾青、李雷、萧军、崔万秋。给吕荧、苏民。

16日　燕郊来,给他底诗稿说意见。周行来,给他底论文说意见。熊佛西、萧铁送杂志和稿费来。复邹荻帆、绿原。夜,编定《泥土的梦》,并复杜谷。

17日　张煌、宗玮来。赴程思远底招宴。到科学书店。不在中胡明树、鸥外鸥来,赠《诗》一册。看稿,改稿。

18日　胡仲持来,于逢等来,周行来。得S·M、凡海信。访凤子。夜,看M底《小面人的故事》。

19日　彭燕郊来。张煌来,报告《棉花》被禁了。得望隆信。看完麦青诗集稿③。伍禾来,一道到七星岩喝茶。

---

① "林焕平"(1911—2001),作家,文学翻译家。
② "于逢"(1915—2008),作家。
③ "麦青"(1914—1973),诗人,作家。

20日　下午,参加文协会议。在荃麟家晚饭。看稿。

21日　得S·M、卢鸿基信。徐伯昕来。夜,与M、晓谷看《钦差大臣》。

22日　得S·M、剑薰、吕荧、绿原、黎烈文信。复剑薰,给沈钧儒信。黄绳来,陈迩冬来①,张煌来。

23日　进城访程思远,未遇。张煌、荃麟等来。夜,为M修改好了《小面人的故事》。

24日　得鸿基、路翎信。今天是中秋,约绀弩、骆宾基及其女友王女士、彭燕郊吃晚饭,饭后到七星岩喝茶看月亮。

25日　得杨刚信,复守梅。看《约翰·克利斯朵夫》第一卷及第二卷之第三部大半,共280页。

26日　胡明树来。访程思远,知政治部张部长来电促我们赴渝。最后改正凡海底《鲁迅的书》的契约。周行来。许之乔来②,徐伯昕来。《诗》编委全体六人来。夜,看湘剧《桂岭双忠记》。得梅林信。

27日　鸥外鸥来,文若来。骆宾基来。访茅盾。夜,看《克利……》到第三卷第二部终。

28日　看完《克利……》第三卷。夜,最后改正M底《小面人求仙记》。

29日　张煌来。周行来。得王晨牧信。夜,陪晓谷看野兽影片,路遇绀弩等,一道到三教咖啡厅喝茶。

30日　得S·M信,说将被强迫住院。得鸿基信,杨玉清信。得欧阳凡海信。

10月

1日　得苏民信。得萧林信及其诗集《南山在生长着》。得枫林信及诗稿。访茅盾。盛家伦、张煌来。《呼吸》已通过,但听说重庆有人排印,去信新知书店制止。

2日　给凡海信。骆宾基来。

3日　绥靖公署一科长送来程思远信。得艾烽信。访茅盾、荃麟。校旧译稿数篇。得艾漠信③。

4日　张煌来。建庵来,赠《阿Q》木刻一套。得鸿基信。得孙铭钅尋信,知晓风无恙。绀弩、骆宾基来,谈到夜深。

5日　周行来,张煌来。得庄涌信、恩信。夜,编成《人与文学》,并写成题记。访章泯。看完《克利……》第六卷。

6日　三户经理来谈抗战文艺大系事。交出《人与文学》。看完《克利……》第七卷。

7日　看《克利……》第八卷、第九卷。得守梅信。

8日　看《克利……》第十卷。得侯唯动信。绀弩、骆宾基、黄若海来。夜,参加演剧四、五队晚会。

9日　编成绿原底《童话》。复绿原、荻帆。得庄涌信,得路翎信。访茅盾。复守梅,复路翎。

---

① "陈迩冬"(1913—1990),作家,诗人。
② "许之乔"(1914—1986),剧作家。
③ "艾漠",即贺敬之(1924—　),诗人。曾在《七月》上发表诗作,后胡风将他的诗集《并没有冬天》编入《七月诗丛》出版。

10日　胡明树来,张煌来,周行来。得守梅信。全家进城看符罗飞画展①。夜,看提灯游行。复吕荧。

11日　得荻帆信。韩北屏来,王郁天来。夜,全家进城看《忠王李秀成》,骗人的剧本。

12日　进城访朱君不遇,在骆宾基处喝酒谈天。

13日　冒雨进城访朱君,过三户。夜,李文钊来。

14日　彭燕郊来。得剑薰稿、凡海信。夜,写成诗论一节,即给侯唯动之信。

15日　读丽尼译《苏瓦洛夫元帅》。杨刚来。

16日　复艾烽。得吕荧信、田汉信。中午,张煌请吃饭,饭后黄若海邀往苏联音乐跳舞片试映。访巴金。

17日　得鹿地信、葛一虹信。得崔万秋信、王鲁彦信。绀弩、宾基及其爱人王女士来。夜,写成《人与诗》,即复王晨牧之信。

18日　今日为重九,应田汉之约,到北门外兵站总监部桂林卫生处长郭琦元者之家,同去者达二十人。访韦铁髯之墓,登磨盘山,临相思河。据云,韦铁髯乃逃雍正之通缉而入桂改名者,行医,对桂西文化有开发之功。入夜始辞归。

19日　纪念茶会被禁止。周行来,张煌来,宾基来。和华自江西回。夜,文协举行募款晚会,节目未完即回。为阳太阳题画。

20日　张煌及文学编译社李君来。《我是初来的》被退回,罪名是"不合抗战需要"。

21日　得望隆信。黄绳来。

22日　得望隆信,并寄去一百元。参观阳太阳画展。何家槐来。得S·M信、剑薰信。得鲁彦索稿信。

23日　晨,赴广东同乡会看第四队总排《蜕变》,看完开批判会,发言,六时始归。校对《意志的赌徒》一部分清样。

24日　周行来。得何佶、路翎、凡海、守梅信。复青苗,将他底稿子全部退回。复靳以。访凤子,《论文艺传统》下半被老爷命免登,取原稿。夜,看第五队演出之《人兽之间》。

25日　上午参加湘剧团招待会。晓谷满八岁生日,宾基、王女士、绀弩、荃麟、盛家伦来吃晚饭。家伦谈至十时去。得绿原、荻帆、冀汸信。

26日　复凡海。为第五队底公演写成《〈蜕变〉一解》。访沈志远。得振生信②。

27日　访许之乔。昨晚睡眠不足,头昏。得逢美(白原)信。得王郁天索稿信。

28日　得俊明信。复鹿地、白原、侯唯动、艾漠、路翎。给鲁藜。

29日　复吕荧。甦夫、征军来。鸥外鸥、韩北屏来。夜,进城看《蜕变》。

30日　张煌来。宾基来,他昨夜被查户口抓进了警察署。鸥外鸥来。得国光出版社信,说《文笔》条件不同意可收回书稿云。大怒。征军借来日译《普式庚诗抄》。

31日　张友渔、司马文森来③,为《文笔》事骂了司马。克锋来。进城到荃麟处与文供社赵君谈南天出版社托代售事。到三户图书社,到标准印刷所。得烟桥信,得李雷信。余所亚赠《木刻新选》一册④。张煌来谈刊物事。

---

① "符罗飞"(1896—1971),画家,时在桂岭师范任教。
② "振生",即朱谷怀。
③ "张友渔"(1899—1992),法学家,政治学家。抗战期间,任《华商报》总主笔、《新华日报》社长、生活书店总编辑等职。建国后曾任北京市副市长等职。
④ "余所亚"(1912—1991),木刻艺术家,木偶艺术家。

11月

1日 周行来。田汉为母亲生日请酒。张煌来。大地顾君来,交来了严某偷印《鲁迅杂感选集》的证件。夜,写成《关于诗的形象化》。

2日 昨夜睡得很少。符罗飞、温涛来。鸥外鸥来取稿。到新中国剧社,第五队开《人兽之间》座谈会。会后看排演《大雷雨》,未完因疲乏而归。张煌、绀弩来谈周刊事。

3日 得路翎信。复艾烽、罗岗、烟桥、王晨牧、朱振生。给杜谷信。张煌来。夜,与严某交涉《杂感选集》事。宗玮来。

4日 复守梅、鸿基。给凡海。下午进城,荃麟夫妇请吃饭。饭后看影片《仲夏之夜》,即果戈理底《五月之夜》。得白原信。得白莎信及诗稿。

5日 复崔万秋、庄涌。到印刷所,查出《鲁迅短篇小说选集》,即约茅盾到科学书店,证明系陆凤祥指使店员所做。

6日 张煌来,陈闲来①,廖庶谦来。约茅盾等到文献出版社,证明《鲁迅杂文集》系"文献"友人车某所做。事后看京戏,胡危舟请吃饭。

7日 参加苏联革命25周年纪念,会后周鲸文请吃饭②。上午,熊佛西来。顾轶伦送《鲁迅杂感集》纸型来,并请吃饭。邹荻帆《意志的赌徒》出版。得吕荧信。

8日 司马来。下午送M、晓谷看《大雷雨》,参加文协理事会。会后再回戏院看完《大雷雨》。夜,翻阅杂志。

9日 两次警报。下午进城,逛旧货摊。《青年文艺》请吃饭,饭后看改良广东戏《王宝钏》上本。

10日 张煌来。下午,巴金、茅盾、胡仲持等来,商定处置偷版鲁迅书之办法。田汉母亲生日聚餐。得望隆信。

11日 访陈闲,他请吃家乡小馆。夜,骆宾基请吃饭,同席者巴金,并介绍他底爱人。得鸿基信。复荻帆、冀汸、绿原。三户送来《鲁迅小说选集》二十册。

12日 演剧队一青年及严杰人来。周行来。艾芜等审议文协合同。得吕荧、凡海信,得鲁彦催稿信。复梅林、一虹、老舍、鲁彦、杨玉清、俊明。给苏民托购飞机票。

13日 张煌来。访凤子。改正《论新文艺传统》下半,题为《创作现势一席谈》,以骗审查老爷。胡危舟谈组出版社事。得守梅信。

14日 陈闲来。贺尚华来③。下午,受招待看桂戏。夜,为"三户"等四个书店的职员讲演。得克锋信。

15日 宗玮来。荃麟来,知道了丹仁底消息④。胡仲持来。

16日 胡明树、鸥外鸥来。周行来。得青苗信、凡海信。得杜谷信及稿,鲁藜信及稿。访茅盾。

17日 访陈闲,被邀吃午饭。得艾青信。得深渊信⑤。夜,写成时论一段。得朱子

---

① "陈闲",诗人。
② "周鲸文"(1908—1985),法学家,民盟发起人之一。
③ "贺尚华",时为三户出版社经理。
④ "丹仁",即冯雪峰(何丹仁)。
⑤ "深渊",疑指何满子(1919—2009),原名孙承勋,作家。1955年被定为"胡风集团一般分子"。1980年平反。

懿信①,晓风还没有收到一笔款。校完《跃动的夜》。

18日　访巴金,谈杂志事。进城访孙铭心,一道去查《恶魔》偷印事。精神不好。复艾青、鲁藜。给冰之。得振生信。黄绳来,芦荻来②。

19日　骆宾基、孙陵来谈杂志事。夜,再在茶楼与巴金续谈。看改良旧剧《家》,未终即回。复深渊。

20日　胡明树来。得黄绳信,曹伯韩信③。伍禾来。

21日　下午,听四、五队音乐会。巴金请吃饭。夜,看四队排演《边城之家》,作了批评。

22日　陈闲来,张煌来。骆宾基请吃饭。与绀弩喝茶闲谈。得路翎、吕荧、骆剑冰、杨玉清、苏民信。

23日　为《文艺笔谈》,又与司马吵起来了。为鲁迅著作进城访茅盾。田汉来。绥靖党部李某来,传达催去重庆之意。

24日　下午,进城查偷鲁迅版权事,未遇见对方。得靳以信。得厂民信及稿。写成《关于去骨留皮的文学论》。

25日　复凡海。得圣门、荻帆、冀汸信。绀弩、伍禾来。胡明树、鸥外鸥来。四队与五队即日分别,参加他们底送别晚餐。饭后与两个队长饮茶闲谈。

26日　警报。近几天,史城大胜。张煌来。下午,访张律师,托办凡海版税及鲁迅著作偷版事。进城,追究陈某偷印《恶魔》事,不承认,拖到警察局才写了字据。

27日　晨,于逢来。全家与胡危舟家一道到阳太阳家。阳家在离城数里之一乡村,位于磨盘山下之相思江边。今日为数年(三年)一次之祭神节第一天。有舞神(演神,跳神)之典,为以双笛、鼓、腰鼓、伴奏之神像假面舞。可称为最始之戏剧。今天所看到的单人的及双人的,听说还有数人(神)合舞的。此外有"唱调子",比湖北之采茶戏还简单,但已粗具戏剧的形式了。M等宿于阳家。

28日　校《文艺笔谈》一百四十余页。下午,《诗》同人请吃饭。M等回来。

29日　感冒,不快。《力报》记者来访。黄若海来,送来剧稿《风》。

30日　复朱振生、凡海。复艾烽、杜谷。依然感冒。秦似来。

12月

1日　上午,《文学创作》请饭。下午,华侨书店请饭。茅盾夫妇来,他们后日去渝。周行来。校《文艺笔谈》第二批稿。

2日　张煌夫妇来。得老舍、蓬子信。参加文协改选年会,讲了几句话。与陈闲一道吃晚饭。夜,看四队彩排《边城之家》。张律师来。

3日　整理战前的杂文,预备与《密云期风习小纪》合编为一本再送审。得老舍、蓬子信。夜,与演剧队数人谈创作方法问题。茅盾夫妇去渝。

4日　陈闲来。复守梅,得守梅信及稿。得梅林信。复恩、望隆。伍禾来。《人与文学》审查通过了。严永明请吃饭,谈定了由他出版《七月文丛》。

---

① "朱子懿",胡风在20世纪30年代时的友人何封之妻。抗战期间,晓风被寄养在上海托儿所时得到她的照应。
② "芦荻"(1912—1994),诗人。
③ "曹伯韩"(1897—1959),语言学家,作家。

5日　下午进城访伍禾,与绀弩等谈杂志《剧声》事。《呼吸》付印,《青春的祝福》送审。

6日　访律师。鸥外鸥、卢荻来。胡仲持、伍禾来。

7日　贺尚华来,谈出版社事。梁君来。张煌来。写完《关于创作发展的二三感想》里的讲演部分。

8日　得路翎信。与陈闲同访"丝文出版社"莫君,谈《文学报》事。夜,狂咳不能睡。《文艺笔谈》校完。

9日　宗玮来。中午,国光印书馆为杂志《国民》请饭。访仲持。与伍禾到裁缝店。

10日　米军来,艾烽来。绀弩来,一道访律师。周行来,《小面人》审查证拿到。得守梅、吕荧、凡海信。写成《关于创作发展的二三感想》里的问答部分。

11日　得吕荧信。得荻帆信。下午进城拿来新大衣,为鲁著偷版事骂了人。给凡海信。

12日　早,孙明心和徐某为鲁著偷版事来交涉和解。同骆宾基进城到"丝文出版社"谈杂志事。得卢鸿基信。得李汉霖电报①。钱纳水自上海来。复深渊,批评了他底诗。复茵蒗。给黄绳信。

13日　晨,访田汉。李汉霖自曲江来。胡拓夫妇来吃午饭。下午,胡仲持来。晚,请钱纳水等在桃园吃饭。得孔厥信及稿。看电片《魂归离恨天》Wuthering Heights。

14日　上午,与汉霖、艾烽谈出版社事。警报。莫君来。下午进城,在荃麟处谈天,适有自渝来之客人,谈重庆情形。绀弩来。

15日　上午,陈闲来。孙明心送《鲁迅短篇小说选集》保单来。两次警报。得卢鸿基信。复路翎、吕荧、苏民。

16日　上午,莫君来。下午,与李君谈南天出版社事。得守梅信,得青苗信。夜,看七队公演《生产三部曲》《农村曲》《新年大合唱》。

17日　与诗创作社一同搬入六合北里新居。得凡海信。得深渊信及其《衡阳放歌》一册。得望隆信。与汉霖一道访新波。夜,南天请书店及印刷所吃饭。

18日　校《呼吸》一部分。到骆宾基处,嘱去查《现实》事。夜,在张煌处晚饭。哲民回曲江。得烟桥信。

19日　钱纳水来。胡明树等来。到标准印刷所,到三户,访胡仲持。在葛琴家晚饭,谈《青年文艺》。夜,为《新华日报》元旦增刊写成《企望一个理论批评工作底成年》。得张元松信。

20日　易巩来。访张友渔。夜,严老板请吃饭。

21日　访张律师,托向陈文江起诉。校完《小面人》初校。夜,为《新蜀报》及《广西日报》元旦增刊写《致反法西斯敬礼》。

22日　送书到杂志公司,托带往重庆。胡仲持来。田汉来,为他讲述抗战以来小说与诗底发展大势。校《呼吸》一部分。写成《采风人手记》后记。伍禾来。得枫林信,得王晨牧诗稿。

23日　交《采风人手记》(《密云期风习小纪》改题)和《自己的催眠》(《我是初来的》改题)给胡危舟送审。得苏民、鸿基信。得胡拓信。《童话》出版。整理鲁藜、田间、天蓝

---

① "李汉霖",又名李哲民,南天出版社出资者之一。

诗稿。得鲁彦信。《青春的祝福》通过了。

24日 郑允勇来访。张煌来,米军来。复绿原、荻帆、守梅、凡海、剑薰、鸿基。给路翎。夜,重编成《给战斗者》。

25日 《青春的祝福》付排。校《郭素娥》二十页。晨,张律师来。下午,到葛琴处,与大家闲谈。看守梅诗稿一部分。给茅盾。复杨玉清。得演剧全队签名来信。

26日 伍禾来,张煌来。复梅林、蓬子、老舍。得深渊信、丰村信①。得石民内侄女信,他已经死了②。夜,写成《给战斗者》后记。得何剑薰信。

27日 温涛刻好《小面人》封面。交《醒来的时候》(《为了未来的日子》改编)、《预言》、《给战斗者》送审。伍禾来,张煌来。为《文学报》整理好一部分稿子。

28日 宗玮来。下午,看香港的受难画展,遇熊佛西,拉到他家,M与晓谷在他家晚饭。晚,胡危舟为出作者书房请吃饭,三席,特官均到。得白莎信。

29日 田汉来,张煌来,骆宾基来。校《呼吸》一部分稿。整理何剑薰一部分稿。伍禾送《人与文学》一部分校样来。交一部分《文学报》稿送审。

30日 校《人与文学》一部分。下午进城,访仲持、伍禾。赵家璧来③。夜,"百乐门"川菜馆老板梁寒松请饭。访张律师。沈志远来。看何剑薰稿一篇。给守梅、吕荧。得李哲民信,得烟桥信及稿。

31日 得圣木信。给乃超信。下午,参加洪深五十岁祝寿会。骆宾基、王珩、绀弩、伍禾来吃晚饭。夜,听除夕晚会的民歌演唱会。夜,编成《民族战争与文艺性格》和杂文集底大概目录。总计到桂林后所写文稿。

1943年

1月

1日 胡仲持、荃麟来。马宁夫妇来。校《郭素娥》20余页。整理剑薰稿一篇。石民之内侄女来。

2日 得老舍、文若、米军信。上午,与L君小吃④,闲谈。黄绳、周钢鸣、林焕平、张煌来。校改何剑薰原稿一篇。

3日 给尹蕴纬信⑤。下午,参加《香港的受难》画展批评会。会后闹酒,回来即睡。

4日 晨起,携晓谷随画展同人们到良丰。参观了西大,登了山,六时左右回来。得吕荧、望隆信。不在中,周行来,赠史氏浮雕一个。看完剑薰小说稿。得孔厥信。

5日 得朱振生信。宗玮、李凌来⑥,伍禾、黄若海来。骆宾基来。夜,校改何剑薰底《还乡》。

6日 得守梅、凡海、杜谷、吕荧信。莫君来。校《小面人》封面等。艾烽来。校《郭

---

① "丰村"(1917—1989),作家。
② "石民内侄女",名尹慧珉,后记之尹蕴纬即石民妻。
③ "赵家璧"(1908—1997),出版家,编辑。
④ "L君",疑指李亚群(1906—1979),当时的桂林地下党负责人。中华人民共和国成立后曾任《人民日报》副刊主编、西康省委常委兼宣传部长、四川省委宣传部副部长兼四川省文联书记等职。
⑤ "尹蕴纬",为石民之妻;前记石民之内侄女名尹慧珉。
⑥ "李凌"(1913—2003),音乐教育家,抗战期从延安到重庆,创办音乐刊物《新音乐》。中华人民共和国成立后创办了中央乐团,为中央乐团首任团长。

素娥》二十页。看施白小说稿。

7日　张煌、彭燕郊来。李文钊、阳太阳来。葛琴来。得陈烟桥、陈闲信。下午,与M、晓谷进城看King Kong。

8日　《醒来的时候》通过,全删两首,小删数处。得苏民信及Oblomov译文第一部①。文供社请吃饭。周行来,张碧夫来,胡明树来。知丹仁已脱险。

9日　上午,"嘉陵川"菜馆主人请客。买得日文《哲学大辞典》。逛旧衣市。给丹仁信,复老舍。

10日　得守梅信,得尹四小姐信。下午,参加文协座谈会,作结语。在黄若海家晚饭。

11日　周行来。下午,进城会即将去沪之徐行之君②,托他将晓风带来。复鲁藜。校完《呼吸》二校全书,并清校一部分。得黄宁婴信及诗稿。

12日　哲民来。余所亚来。

13日　周行来。鲁彦来信索稿。下午,与M进城逛旧货摊。"绿宫"请吃晚饭。复路翎、守梅、凡海。校完《呼吸》清样。给杨若雪信。

14日　校《郭素娥》一部分。得熊佛西信。复吕荧、绿原、苏民、陈闲。晚,请哲民等吃饭。耕耘出版社黄君来。拟文库广告两则。

15日　伍禾来,刘建庵来。下午,李任潮主任在私邸请饭③。夜,舒强来作铅笔画像。画毕后,谈至深夜始去。

16日　得冀汸、绿原信。上午,为饯别沈志远夫妇在桃园聚餐。得诗生活社卢森信。张铁生来。夜,写成东平选集《白马的骑者》题记。得石民遗稿,复他底夫人。

17日　张煌来,林焕平来。得圣木、丁玲、以群信。为《文艺笔谈》事,又与司马文森在信里吵了。下午,参加文协座谈会。晚,看华侨武术团表演。

18日　三户印刷厂冯君来,报告卞祖继偷印《鲁迅自选集》事。进城同胡仲持找卞祖继,不遇。哲民来谈出版社人事问题。得丁玲、以群信。《文学报》第一批稿发下。夜,为《文学报》整理稿子。

19日　下午进城会卞祖继,不来。访龙君、赵家璧。得吕荧信,即复。整理稿件。周行来。

20日　得文若信。到许之乔处,与舒强等谈天。卞祖继偕胡仲持来谈鲁迅版税问题。宗玮来。夜,整理论文稿。

21日　看Oblomov译稿两章。校《郭素娥》一部分。晚,舒强、骆宾基、许之乔、特伟来喝酒④,谈到九点后去。田间底《给战斗者》审查通过了,被删了一些。

22日　哲民来。秦似来。得黄既信。校对论文集抄稿。夜,绀弩、伍禾来。校《人与文学》一部分。

23日　送一只箱子进城,托书店运书者带往重庆。遇警报。访余所亚。校《被解放的董吉诃德》一部分。校论文抄本数篇。

---

①　"Oblomov"即俄罗斯作家冈察洛夫的长篇小说《奥勃洛莫夫》,苏民(吕吟声)用笔名"齐蜀父"翻译,后由胡风帮助在新知书店出版。

②　"徐行之"(189×—1997),早期中共党员,中华人民共和国成立后曾任国务院参事。

③　"李任潮",即李济深,见前注。

④　"特伟"(1915—2010),动画艺术家。曾任上海美术电影制片厂首任厂长。

24日 精神不好。到印刷所。访温涛。校对论文集抄稿。

25日 进城到图书馆借得《鲁迅书简》。访余所亚,访程思远,均不遇。《小面人》印成送到。李哲民来。

26日 余所亚来,午饭后去。温涛来,周钢鸣来。M及晓谷进城。到舒强处,一道喝酒。校对论文集抄稿。

27日 得乃超、守梅、陈逸信。罗迦托人送罗汉果八枚。国光出版社因合同事要不印《文艺笔谈》。夜,看新《潘金莲》。晓谷从昨天起不舒服。下午,哲民等约去照了相。

28日 宗玮来,胡明树来。下午赴青年会军人服务部巡回工作团讲演新文学史。晚,伍禾为绀弩四十生日请小吃。得吕荧、绿原、老舍信。得尹蕴纬信。

29日 温涛来,芦荻来,周行来。文编社李君来。王珩来,托她拨给晓风的一千元已交到。晚,良友图书公司请客。给杨玉清信。文委会汇来千元。

30日 得苏民信、梅林信。新波、特伟等来。国光出版社让步,《文艺笔谈》要出云。得茵陈信。叫做卢森的寄来《倦鸟之歌》。

31日 万阡陌来,麦青来,说了对于他们底诗的意见。胡仲持来。校《董吉诃德》一部分。校完《郭素娥》。新波送来《郭素娥》封面木刻。复乃超、梅林、老舍、以群、吕荧。给李哲民。

2月

1日 为鲁著版税事进城。宗玮来。夜,看完黄若海底剧稿《风》。

2日 访黄若海,谈他底剧本。印刷厂来收《小面人》的账。夜,三户图书社请客。

3日 周行来,鸥外鸥来。丝文出版社何君来,《文学报》他们无力出了。熊佛西夫妇来。

4日 田汉来。张煌来。下午,与M进城买旧衣及糖食。今天为废历除夕,各处爆竹声不断。M谈了些童年的见闻。得沈钧儒信。

5日 上午,胡仲持来,饭后去。下午,同M、晓谷进城逛街,访伍禾,绀弩在,一道到"绿宫"晚饭。看刘别谦底《第八夫人》①,堕落的资本主义的玩意儿。复苏民。给望隆、家中信。给金宗武信。

6日 得吕荧信。罗岗来,艾烽来,林焕平来。看《马丁·伊登》译稿五章②。

7日 到荃麟家午饭。看《马丁·伊登》译稿。访柳亚子。

8日 两次警报。访杜宣③。田汉来,晚饭后去。看完《马丁·伊登》。

9日 两次警报。访艾芜,晚饭后归。"南天"新来的廖君来。警报后新被单被偷去了。李文钊夫妇来。萨空了来④。

10日 宗玮来,温涛来。赴"嘉陵川"招待诺米洛次基之午餐⑤。夜,写成《民族战争与文艺性格》底序。

---

① "刘别谦",疑指德国导演、演员恩斯特·刘别谦(1892—1947)。《第八夫人》即他导演的电影《蓝胡子的第八任妻子》。
② 《马丁伊登》译稿为周行所译美国作家杰克·伦敦小说。
③ "杜宣"(1914—2004),原名桂苍凌,剧作家,诗人。此时在桂林创办新中国剧社。
④ "萨空了"(1907—1988),新闻工作者,报纸主编。
⑤ "诺米洛次基"为塔斯社副社长。

11日　《预言》通过。与M访田汉。两次警报。下午,周行来,讨论他底译文中的不妥之处。进城,答塔斯[社]记者关于文艺的问题。为"南天"拟广告。为《文学报》拟合同。

12日　得茅盾、杨玉清信。上午,罗加来。会朱君谈《文学报》问题。艾烽及其爱人来。林风来。夜,与巴金、骆宾基等看《十字军英雄记》。王立赠托尔斯泰木刻像四张①。交《白马的骑者》《着魔的日子》《民族战争与文艺性格》给严君送审。

13日　郑思来。艾烽及李君来。林风来,对他底诗稿说了意见。看枫林诗稿,给他信。看黄宁婴诗稿。夜,绀弩、骆宾基、伍禾来,打麻将。

14日　得周行信。新波来。下午,访荃麟。在李文钊家晚饭。与胡危舟一道洗澡。

15日　腹泻。周行来,伍禾来。伍代买来《辞海》一部。彭燕郊取木器。

16日　校《人与文学》一部分。林影来,艾烽来。阳太阳夫妇来,陈迩冬来。复朱振生。

17日　看《裘德》译稿第一部②。建庵来。王珩来。夜,伍禾来,邀去看了电片 Wings in morning。得路翎信。

18日　白虹书店杨君来。严老板为女孩满月请吃午饭。拟好出版合同。得艾青、庄涌信。得文若信。复读者应光彩、陈道谟、黄白露、孙潜信。为"南天"选邮购书目。

19日　得艾青信。看《裘德》译稿。今天为旧历元宵,王珩、骆宾基、绀弩、伍禾等来吃晚饭,并应王珩之要求打了麻将。熊佛西赠李白凤所刻之印章一颗③。

20日　进城访荃麟。看完《裘德》译稿。

21日　宗玮来,赠《莎士比亚新论》一册。文编社同人来谈出书计划。严老板来闲谈出版界情形。

22日　访胡仲持、巴金,商鲁著合同。

23日　看白莎、鲁莎诗稿④。周行来。阳太阳来作油画像,成。甚平庸。读《罗丹美术论》,(曾觉之译)。

24日　温涛来。下午,全家进城,看苏联影片《女战士》。复白莎、王晨牧。给何家槐信,问车子。

25日　米军来,周行来。封寄已阅之稿五、六件。读《罗丹美术论》。清理稿件。

26日　交出《文学报》第二批稿。看完《罗丹美术论》。给舒强信,并寄画像照片一张。得孔厥、洪流信。

27日　上午警报。张煌来。校《董吉诃德》一部分。校《人与文学》一部分。晚,赴艺师班讲"创作上的思想性与艺术性"。借得罗丹作品照片,阅至一时。

28日　梁女士来。校完《人与文学》。下午,伴晓谷、M进城看武术表演。夜,写《文学报》发刊辞《为祖国为人生》。

3月

1日　许之乔来。再看 Rodin 作品照片,并讲给晓谷听。伍禾来。进城访胡仲持。计算鲁著版税。

---

① "王立"(1925—2000),美术家,早期从事木刻,后以国画著称。
② 《裘德》即石民所译英国作家哈代的小说《忧郁的裘德》,后由胡风为之联系出版。
③ "李白凤"(1914—1978),作家,且精于治印及书法。
④ "鲁莎",诗人。在《七月》上发表作品三篇。诗《滚车的人》被胡风收入诗集《我是初来的》。

2 日　整理好《裘德》,并写附记。政治部旅费三千元送到。

3 日　到荃麟家,与绀弩、伍禾等闲谈。同 M、晓谷看《倩女还魂》,无聊的片子。看罗兰底《弥盖朗琪罗传》。给周行、尹仪南信。访胡仲持,托其将鲁著版税存银行。

4 日　马宁来。得尹蕴纬信。得青苗信、荻帆信。访刘建庵。造成鲁著版税账目。读《弥盖朗琪罗传》,完。

5 日　周行来,吉君来。下午,鲁纪念会,招待茶会。

6 日　张煌来,说文学编译社要倒台了。温涛来。胡危舟、严老板为饯行请吃午饭。下午,到荃麟处,闲谈至吃晚饭后回来。编成杂文集。

7 日　周行来。尹仪南来。下午,出席文协欢送茶会。文苑送别饯行。听马思聪音乐会。《呼吸》出版。

8 日　吉君来。余所亚来作炭画像。芦荻来。韩北屏、洪遒来①。文编社晚餐饯行,他们要结束了。

9 日　与伍禾谈南天事。晨,赴艺术馆讲演关于艺术方法的所见。余所亚请去照了相。王珩来。吴涵真来,告代定车子事。夜,画家等饯行。看稿,整理书籍、行李。

10 日　检查砂眼。赴旅行社问车子。上午,熊佛西饯行。夜,芦荻饯行。《人与文学》《青春的祝福》订合同。写条幅若干条。得艾烽信。

11 日　交涉车子,不成。整理行李、信件。

12 日　赴各处辞行。下午搬入环湖酒店。晚,郑允勇饯行。写信数封。

13 日　晨,警报。忙于交涉车票,接待送别者。午,南天出版社饯别。

14 日　晨,上车,伍禾及南天二君照料登车。十时到金城江,宿于车上。

15 日　住入铁路宾馆。终日奔走车子。

16 日　下午乘上中国运输公司客车,宿于河池。

17 日　宿于独山。

18 日　宿于马场坪。

19 日　下午二时到贵阳,宿于法院路太平洋饭店。

20 日　奔走车子。在商务印书馆购书数册。

21 日　贵州印刷所经理崔竹溪请吃午饭,同席者有贵大教授陆君,谈特殊民族事。

22 日　购得明天赴渝特约交通车票。

23 日　晨登车。因抛锚,深夜到遵义。

24 日　晨,找着朱企霞。他在办一个补习学校。买得油布一张。企霞已生三孩子。他在车站旁请吃午饭后别去。下午,车子火炉已坏,不能开。在企霞家晚饭。谈起来,他已七、八年不写作品了。

25 日　登车时遇诺米诺次基,他们昨天到此。宿于松坎,与诺米等同旅舍,引他去看了两年前我们过此时见过的标语。

26 日　因抛锚,晚九时被救济车拖至綦江。

27 日　改乘货车,车子无篷,围着油布,上面张伞,一时半至海棠溪。过江前遇向林冰于路上。到新蜀报馆,老舍等均去开文协年会去了。赶到会场,开会还不久,济济一堂。被邀讲了几分钟的话。同陈白尘出来找着石板街扬子江旅馆有一间小房,回新蜀报

---

① "洪遒"(1913—1994),电影评论家,作家。

引 M、晓谷来住下。以群、梅林来。

28日　晨,到文委会,茅盾、乃超、郑伯奇等均在。与乃超往访郭沫若。想找一较好之旅馆,不得。下午访老舍。以群来。张西曼来,请吃晚饭。

29日　上午取行李。迁入夫子池治荣公寓。圣门、路翎来。一道吃晚饭。向林冰来。

30日　同 M 访郭沫若。访崔万秋,不遇。到文协,晚饭后归。鹿地亘、乃超来访。路翎、圣木、何剑薰来。外出中,刘百闵之代表熊自明来,留下蒋委员长接见来宾调查表。

31日　之的来。到徐盈家午饭,并访沈钧儒。崔万秋来,庄涌来,老舍来。徐君请吃晚饭。冼群来。

4月

1日　抵此前已来之信有孙铭鐏、应光采、骆宾基、金宗武。骆信告诉《文学报》已经通过了。访刘百闵,不遇。崔万秋请吃午饭。晚,文工会请吃晚饭,高临度到文工会来会。饭后,同鹿地到"唯一"戏院看苏联短片,张天翼底姐姐到戏院来会。同鹿地回旅馆闲谈。

2日　访刘百闵,被请吃饭。下午搬入文协。出席文协常务理事会。会后姚蓬子请吃饭。

3日　冒雨访潘公展,不遇。下午,赴中国艺术剧社访舒强等,一道喝茶。访老舍,一道访吴云峰。老舍请吃小馆。夜,看杨村彬编导之《光绪亲政记》[①]。

4日　潘公展来访。下午,引晓谷看苏联儿童读物照片展览会。何非光请吃晚饭,饭后看苏联影片《转战千里》。曹靖华来访。

5日　上午过南岸,向林冰在江边等齐引路至他家。刘百闵住于附过,请吃饭。饭后至文化服务社编辑部稍坐后,访沈志远。钱纳水父子请吃晚饭,邓初民、潘白山在座[②]。晚,到广播大厦听育才学校之音乐会。

6日　上午到文工会,鹿地请吃饭。饭后一道回来,华西园已在。刘海民来,潘白山来,西园请吃晚饭。守梅来谈。陆梦生送来托由桂林运来之箱子。

7日　昨天风雨,很冷。到文工会,为鹿地报告敌情作翻译,晚饭后同鹿地回来闲谈甚久。

8日　写寄往桂林的信数封。得凡海信。访孔庚。不在中,谢冰莹来过云[③]。

9日　访崔万秋。访冯玉祥。邓初民来,谈对于战局的看法。邓约去参加王君招待剧作家的晚餐。看育才小学校演出的《小主人》。

10日　看完巴金底小说《家》。守梅来。盛家伦来。到"国泰"戏院看话剧《金玉满堂》。

11日　得吕荧信。何剑薰来,鹿地来,庄涌来,欧阳凡海夫妇来。凡海请吃午饭。向林冰夫妇来。黄芝岗来。看完曹禺改编的《家》。

12日　伤风,整日不快。晚,散步到徐盈处。

[①]　"杨村彬"(1911—1989),剧作家,导演。
[②]　"潘白山"为张定夫的夫人。
[③]　"谢冰莹"(1906—2000),女小说家,散文家。北方左联发起人之一。

13日 下午出外,路遇老舍、崔万秋,一道到《时事新报》编辑部宿舍,听老舍为他们讲演。同老舍访孙伏园①。冯玉祥请吃晚饭。饭后看陈白尘之《石达开》,未终场而归。得万迪鹤死讯。

14日 晨,圣木、路翎来,引他们到中国制片厂看郑君里试放《民族万岁》。同他们喝茶闲谈。得读者王采信②。

15日 复王采。访张友渔。访蓬子,喝茶,吃饭。过中国文艺社,蓬子、王平陵随来这里。中央文化运动委员会送来补助旅费三千元。

16日 晨,蓬子请到"冠生园"吃早点。看香港的受难画展。访王昆仑③。看完法国作家巴大叶改编之《复活》。

17日 得周而复信,得陈志华信④。化铁来⑤。杜宣来。卢鸿基之弟弟来。夜,到诺米洛次基家晚餐。

18日 访沈钧儒,不遇,访崔万秋。一道进城,路遇钮先铭⑥,赴他家喝法国咖啡一杯。庄涌来,一道喝茶。到华中图书公司。不在中,杨玉清来,守梅、化铁来。

19日 鹿地来。下午,往访杨玉清、程思远。访邓初民、高临度。白莎来访。

20日 鹿地邀赴英大使馆,为他谈日本经济问题当翻译。与鹿地闲谈文艺感想。得骆宾基、绀弩、艾烽、吕荧、王珩等信。夜,与胡恭谈香港生活。

21日 赴文工会讲演。给骆宾基、绀弩等信。

22日 程思远请午餐。番草来。得骆宾基信。

23日 得孙铭鐯信,说朱子懿已离托儿所去杭州,晓风又失去一保护人。嘉康来,盛家伦来,闲谈文艺问题,一道吃晚饭、喝茶。常任侠来。复吕荧。

24日 访黄芝岗、罗荪、邵毓麟。圣木来。复王采。给方然信。得鲁藜、周而复信。

25日 骆剑冰来。听中华交响乐团演奏贝多芬之《第三(英雄)交响乐》。黄芝岗来。曹靖华来。

26日 到文工会。得绀弩信,及余所亚约拍之照片。

27日 得靳以信。访潘公展,送审三部稿子。

28日 看完方于译的《可怜的人》第一、二两集,到常华尚逃入修道院为止。诺米洛次基来,访问对于苏联宣布与波兰绝交的意见。夜,听乃超谈新文学后十年的意见。

29日 吕荧自酃都来,用日译本为他校对《奥涅金》译稿中之疑问。夜,看章泯导演的《家》。

30日 上午,为吕荧校对日译解释疑问,完。下午,乃超来,杂谈文艺圈子零碎感想。得伍禾、陈志华、朱振生信。张定夫来。

5月

1日 鹿地来闲谈。陆诒来。得熊佛西信。访诺米洛次基。访胡恭。与家康闲谈。

---

① "孙伏园"(1894—1966),散文家。曾主编《晨报副刊》,并创办《语丝》周刊,与鲁迅交往密切。
② "王采",诗人。
③ "王昆仑"(1902—1985),爱国民主人士,曾任中国国民党革命委员会中央主席。
④ "陈志华",南天出版社同人之一。
⑤ "化铁"(1925—2013),原名刘德馨,诗人。胡风曾将他的诗集《暴雷雨岸然轰轰至》编入《七月诗丛》出版。1955年被定为"胡风集团骨干分子"。1980年平反。
⑥ "钮先铭"(1912—1996),国民党爱国将领,曾参加南京保卫战,亲历南京大屠杀。

复绀弩、伍禾。给余所亚。

2日　吕荧来，校对《奥涅金》数处。庄涌来。守梅、何剑薰来。闲谈甚久。得路翎信及稿。夜，与葛一虹、宋之的闲谈戏剧界事情。

3日　访唐性天。访老舍，蓬子请吃小馆。先在酒店喝冷酒几乎醉倒。午睡后与老舍等推牌九。到文工会参加莎士比亚380年纪念会。晚，到抗建堂看《蓝蝴蝶》，未终场因水沟破塌而散。在剧场遇邹荻帆及其友人。

4日　访伍蠡甫。下午二时，乘车到赖家桥，先到乃超家，见到杜国庠、绿川夫妇、蔡仪、应人等①。与乃超一道访池田，较两年前略见衰劳之相。访卢鸿基。宿于乃超家，闲谈至十二时。

5日　与乃超访池田，一道到文工会，遇阳翰笙，一道访郑伯奇。同到永兴场午饭。在池田家晚饭。与池田闲谈至夜深。宿于池田家。

6日　到文工会约同荆有麟看房子，不合用。回到池田家与乃超、池田闲谈。决定修理池田家旁边旧反战同盟之房子借用。下午鹿地回，闲谈至十时过。

7日　与鹿地一道到乃超家。在鹿地家午饭。乃超、鹿地送至车站，三时半回至文协。不在中，得孔厥及南天廖君信。吕荧来，臧云远来。不在中，周颖进城来访，寄居于此。得胡绳信。得庄涌信。

8日　昨晚与周颖笑谈至夜深。复陈志华、熊佛西。给胡仲持、胡危舟信。得丹仁、荃麟信。得陈志华信。得胡绳信。

9日　路翎及其友人方管来②，闲谈至一道午饭后分手。理发。得张煌信。夜，圣木、路翎、方管来，杂谈甚久。看方管之《论"体系"》。

10日　到文工会，到华中图书公司。吕荧及欧阳女士来。看路翎短篇《蜗牛在荆棘上》，校改字句。与周颖闲谈。

11日　徐霞村来③，通知最高当局约定星期四下午见面。随即得张道藩书面通知。夜，看《复活》(改编之舞台剧)。

12日　周颖回去。出街，路遇乔木④，一道喝茶、吃饭，闲谈了一、二小时。访张友渔。不在中，张天翼姐姐来，鹿地来。得朱子懿信及晓风照片二张。复陈子华、绀弩、张煌、伍禾。到华中图书公司拿来杂志登记表。

13日　胡绳来，闲谈吃饭后辞去。下午三时到中宣部会齐，一道到委员长公馆。四时接见，客气地问一些普通事情。鹿地来。夜，给乃超、幸子信。

14日　复看庄涌、化铁底诗稿。下午，与M、晓谷一道上街，看《回巢春燕》的影片。饭后又看话剧《大明英烈传》。

15日　访钱纳水。复看绿原等诗稿。得阿陈信，知严永明不出文丛了，说是出版社发生了问题。夜，鹿地来，闲谈。

---

①　"蔡仪"(1906—1992)，美学家，文艺理论家。
②　"方管"，即舒芜(1922—2009)，作家。因在胡风主编的杂志《希望》上陆续发表《论主观》《论中庸》等一系列哲学论文而成名，并由此引发了进步文艺界的一场风波，为日后"胡风案"埋下隐患。
③　"徐霞村"(1907—1986)，文学翻译家，教授。
④　"乔木"即乔冠华(1913—1983)，外交家。抗战时期，主要从事新闻工作，撰写国际评论文章。笔名"于怀""于潮"等。1946年年底赴香港，担任新华社香港分社社长。中华人民共和国成立后历任外交部部长助理、副部长等职。1974—1976年间出任外交部部长。

16日　剑薰来。任钧来。荆有麟来。阳翰笙来。夜,与宋之的喝酒谈天。

17日　给伍禾信,复志华,给严永明信。得伍禾、志华信。访鹿地亘闲谈。复周而复、艾青、鲁藜、孔厥。给天蓝、黄既信。

18日　出街到文工会、华中图书公司等处。复青苗、荃麟、骆宾基,给王珩。曹靖华来,庄涌来,二十年前之同学龙翼云来。

19日　填《朝花》登记表。访杜宣。骆剑冰来。潘震亚来,守梅来。与守梅谈他底诗。买旧的日译书三册。

20日　晨,警报。乘车到化龙桥胡绳处。上午,与他们闲谈。下午,在文艺小组讲演。夜,与乔木、胡等一面吃酒一面闲谈至三时过。

21日　午饭后坐马车回城。得方然信。老舍来。读书出版社请吃晚饭,交换作家与出版家的意见。

22日　下雨。与 M、晓谷到李子坝长江银行经理彭高扬君午饭,谈组织出版社问题。饭后访邓初民,与他及章伯钧闲谈①,晚饭后归。访杜宣。

23日　下午,与 M 上街购物。在市场遇复旦学生贾君。圣门来。特伟、廖冰兄来②。夜,与宋之的闲谈。

24日　上午,访老舍,与他一道到医院看赵清阁底病③。再一道访郭沫若。在郭家午饭,闹酒。幸子来,家康来,闲谈。一道出街晚饭后再回来闲谈。复志华、伍禾、艾烽。

25日　幸子来。得尹仪南信。尹庚来。夜,访徐君④,杂谈文艺问题。幸子宿于此,闲谈至天明。

26日　与幸子闲谈。下午,一道出街,看一音乐家故事的影片。得陈闲信。得建人信。夜,与幸子闲谈至二时过。在书店见到《文学报》。得中宣部文运会"特约撰述"聘书。

27日　上午与幸子、M 闲谈。幸子引朝鲜义勇队周君来。得伍禾信、绀弩信。下午,与幸子出街购物,幸子往宿于友人处,明天回乡。列躬射者告诉贾植芳在西安⑤,生活非常困苦云。

28日　出街访张友渔。复文化运动委员会,接受特约撰述之聘。得孙铭鑃信。

29日　上午警报。复伍禾、绀弩、陈闲、胡仲持。夜,访胡寿华⑥,遇贺市长太太,托她登记事。与小康谈到夜十二时始归。

30日　上午警报。下午,出席文协常会。老舍等会后来此喝酒。因开会而不在时,鹿地引晓晓来过⑦。夜,守梅来,与他一道到他的住处,他为晓谷解释星座方位。访乃超。夜,看冼群剧稿《杏花春雨》到第三幕。

31日　鹿地引晓晓来,谈至下午四时左右。夜,同住者聚资送我们底别。舒强来。夜,看完《杏花春雨》。得吕荧信。

---

①　"章伯钧"(1895—1969),政治活动家,爱国民主人士。
②　"廖冰兄"(1915—2006),漫画家。
③　"赵清阁"(1914—1999),女作家。
④　"徐君",即徐冰(1903—1972),原名邢西萍。后文亦称徐少爷或邢少爷。抗战期间在重庆中共办事处工作,后文中"徐府""邢府"即指中共办事处。中华人民共和国成立后曾任中共中央统战部部长。
⑤　"列躬射",原名李望如,小说家。
⑥　"胡寿华"(1922—2001),越剧演员,中共党员。
⑦　"晓晓"为鹿地亘的女儿。

6月

1日　送晓谷同晓晓乘车下乡后,与鹿地下茶馆闲谈至五时分手。向林冰来。

2日　下午,与鹿地、M看苏联历史画照片与战争生活照片展览会。夜,往郭家开茶会不成,与乃超闲谈至十一时归。得阿陈信。

3日　与M过南岸到向林冰家午饭。得黄绳信,复之。复阿陈。圣木来。

4日　鹿地来。M之表妹陈女士来。得吕荧信及《奥涅金》译序。得志华信。得伍禾信,说《文学报》已被吊销了。得苏金伞信。盛家伦来,和他及徐迟商量组织艺术学研究会事①。文运会送来五月份"稿费"。

5日　西园来,陆诒来。下午五时,往会张治中部长。访李太太。访胡君。得张煌信。看吕荧底《奥涅金》译序。

6日　上午,与M出街购物。警报。下午,以群通知丹仁到此,会着他,谈至晨八时分手。圣木来。得白莎信。

7日　到政治部交涉车子。凤子来,丁君匋来②。晚,文工会请过节。文协与文运会联合举行端[午]节晚会。庄涌来。

8日　丹仁来。下午,与M出街,看了五彩的西部影片。夜,回读者信,看稿。

9日　丹仁来。姚民倩、张慎吾来,刘清扬来③。与丹仁在外面吃饭。送M上车下乡去。得绀弩、骆宾基、许广平信。得幸子及晓谷给M的信。夏迪蒙及刘列先来④,赠《金沙》二册。回蔡月牧信,即题为《关于风格》。

10日　上午,赴政治部交涉车子,到文工会。到读生社,商定《我是初来的》出版。给化铁信。圣木来。俊明来。给金宗武信。收拾行李。夜,徐迟来长谈。得阿陈、伍禾、骆宾基信。

11日　给伍禾、李哲民信。何剑薰、白莎、孟引来⑤。收拾行李,下午运至两路口,搭政治部卡车下乡,搬入幸子住宅底偏房,共三间。晓谷、M与幸子相处甚好。得许广平信。得堂弟学智信。夜,访乃超。

12日　整理房间。绿川夫妇来。杜国庠来。蔡怡来。乃超来。下午,看幸子闻死讯后所写的《纪念胡风》。

13日　上午,文工会同人请到永兴场午饭。整理房间。夜,与幸子在月光下闲谈至夜深。

14日　到文工会。访卢鸿基。得吕荧信,沈志远信。夜,与幸子、M谈伙食问题。访乃超。

15日　得路翎信。与M一道赶永兴场。下午,陪M访声韵,绿川夫妇留M吃饺子。

16日　晨,赶土主场,购买厨房用具。下午,到文工会。夜,看《奥涅金》译稿。

17日　何秘书来,带来乃超来的快信。幸子为我和M作看手相之戏谈。下午进城。

---

① "徐迟"(1914—1996),诗人。
② "丁君匋"(1909—1984),出版家。曾帮助鲁迅出版《南腔北调集》。
③ "刘清扬"(1894—1977),中国共产党早期党员、最早的女党员之一,中国妇女运动先驱。中华人民共和国成立后曾任全国妇联副主席,红十字会会长等职。
④ "夏迪蒙",原名丁日初(1917—2002),经济学家,中共地下党员。
⑤ "孟引"即蒋孟引(1907—1988),历史学家。

住于文工会。到文协,遇冼群,对他底剧本说了批评的意见。

18日　访黄洛峰。在文工会人丛中读了《巴尔札克的挣扎与恋爱》,禁不住泪。与老舍、阳翰笙等在郭沫若家午饭。访余水①。到文协,与章泯、葛一虹闲谈。看高尔基纪念照片展览会。访盛家伦、凤子。送崔万秋四十寿礼。夜,张道藩请宴,陶希圣与张本人以蒋之名义提出文化上的要求。回文工会,钱别之宴已散。与乃超、杜老闲谈。

19日　上午,听罗秘书夫妇吵架故事。看白莎诗稿,即给他信。访守梅。夜,在郭家宴别,谈了话。与乃超谈至二时。睡不着,三时后起,给M、幸子信。

20日　晨起,杜老已走,信未带去。丹仁来,与洪深等闲谈。夜,看《家》两幕。给丁玲、萧军、鲁藜、天蓝、黄既、柳青、孔厥、周而复、王朝闻、李雷、吕振羽信。

21日　给艾青信。存《朝花》基金于银行。访胡恭,与他及丹仁闲谈。得凡海辞别信,回信安慰之。夜,听洪深底猥谈及浪漫斯。

22日　上午,为《朝花》事访潘公展,到社会局补办手续。下午,到钱府找书,不得头绪。与凡海、西园闲谈。到文协与老舍等吃扎酒,几乎大醉。

23日　上午,看王采诗稿,回信。圣木来。访王昆仑。购物。三时乘车回乡。在城里共得吕吟声、方然、杜宣、吕荧、庄涌等信。乡里收到青苗、王珩、廖育明、骆剑冰及国光出版社信。

24日　乃超来。整理房间。夜,与M、幸子闲谈至十二时。

25日　上午,到文工会。下午,到乃超家借米。夜,幸子谈她底苦难史到十二时。得孙铭鐏、陈闲信。

26日　读Andre Maurois底《服尔德传》(傅雷译)。

27日　得刘百闵催稿信。看《奥涅金》译稿。夜,与幸子谈东京生活大概情形。
　　　　　　南の海の水底行レ
　　　　　　独リ旅の君に听セ匚よ　红ずんビの歌。

28日　看完《奥涅金》译稿。得伍禾信。卢副官来,带来鸿基的信。夜,与M、幸子喝酒闲谈至一时。

29日　幸子讲解《奥涅金》中的三节。

30日　连日阴雨,今天始见晴。访乃超、杜国庠。夜,看完《沙恭达罗》。

7月

1日　上午,文工会若干同人为郑伯奇五九寿辰聚餐。鹿地回来,听他报告对于世界战局的观察。得吕荧信。

2日　到文工会。访卢鸿基。郑伯奇夫妇来。

3日　上午、下午与幸子、鹿地杂谈,批评鹿地底散文诗,鹿地谈对于现代日本文艺的看法,谈反战同盟解散情形,以及一般思想问题。得化铁信。复路翎。

4日　上午,与鹿地闲谈日本革命回忆。下午,凌鹤来②,乃超来,谈文工会工作情形。夜,鹿地酒醉,抱我痛哭失声。得剑薰信。

5日　上午,与鹿地闲谈,刘仁夫妇来。鹿地进城。下午,文工会开业务会议,到六时

---

① "余水"疑指徐冰,即中共办事处。
② "凌鹤",疑指石凌鹤(1906—1995),剧作家。此时亦为文工会委员。

过。得姚蓬子信。

6日　上午,凌鹤来。下午,出席文工会续开之业务会议。得阿陈、绀弩、圣木信。

7日　上午,出席文工会纪念会兼业务会议结束会。下午,出席三组组会。得圣木、剑薰信。

8日　上午、下午均为郑伯奇朗诵新作剧本占去。复吕荧。

9日　得路翎、剑薰、居俊明信。复方然、吕吟声、姚蓬子。给贾植芳信。杜老来。夜,与幸子闲谈,始知她曾在上海与宫木菊夫见过①。复剑薰,给何估信。

10日　复绀弩,复俊明。得杜宣、庄涌、温涛、梅林、陈闲、李凌、王西彦信。文若来,谈城内新闻。鹿地回。读完 Voltaire 底 Candide。

11日　复阿陈,得伍禾信。夜,与鹿地、幸子谈鬼底故事。

12日　复伍禾、阿陈、严永明。复圣木、路翎。最近几天,读了普式庚底《射击》《风雪》《棺材匠》《站长》《小姐——农家姑娘》。

13日　复陈闲。给国光出版社公函。昨夜读《铲形的皇后》,今天读《杜勒洛夫斯基》《基尔德沙里》《郭洛亨洛村底历史》。普式庚短篇集读完。得王立、何剑薰信。

14日　到文工会发信。得守梅、齐蜀父信。夜,雷雨。看 Voltaire 底 Zadig 和 Jeannot et Colin。

15日　一天精神不好。看高尔基、卢波尔论普式金的论文。填书审处调查表(关于刊物的),托鹿地带进城。乃超、王冶秋来。

16日　复贺尚华、杜宣。给向林冰。到文工会。访乃超、杜国庠,高龙生②。得吕荧信、杜宣信。

17日　看完吉尔波丁底《普式庚传》,看《中国之命运》一半。

18日　看完《中国之命运》。上午,到文工会谈对于《中国之命运》的感想。下午,到卢鸿基处看苏联版画。得路翎信。

19日　复张道藩,应"文化讲座"主讲的邀请。看时文小册子。为吕荧从日译重译《奥涅金》三节。

20日　得剑薰信。重读《服尔德传》。

21日　札录服尔德底时代特点和他底思想要点。俊明送旧书来。整理旧书。

22日　鹿地回。读《汉文学史纲要》。得周颖信。

23日　上午到文工会。浏览杂志。

24日　亚克来。浏览杂志。得圣门、何估、王珩信。夜,鹿地谈他与父母的感情关系。

25日　为校正刘某译的鹿地散文。校吕荧译的《奥涅金》。得绀弩信。

26日　准备明天进城的杂事。文若来。夜,幸子与白薇吵嘴,牵及了我们。

27日　鹿地与幸子吵架。赶车进城,在车站遇幸子,在茶馆里闲谈。九时上车。到文协。四时,文工会开委员会。方然来访。六时余聚餐。餐后游艺会。访圣木。宿于文工会。

28日　到文协,见梅林、章泯、葛一虹等。鹿地来,一道喝茶,又与郭沫若、乃超等闲

---

① "宫木菊夫",日本友人,20世纪30年代因故滞留于上海,胡风曾引他与鲁迅见面谈话。
② "高龙生"(1903—1977),美术家。此时在国民政府军委会政治部三厅及文化工作委员会文艺研究组工作。

谈。夜,生活书店请客。

29日　酷热,白天不能出门。翻阅《人间词话》。夜,到中央文化运动委员会讲演《论对于文艺的二三流行见解》。到"新知"拿到了《文学报》稿费一部分。访圣木,一道回文工会小坐。托他代发稿费。

30日　过文协,到孙夫人家开鲁迅先生纪念委员会并午饭。饭后到徐君处闲谈。与丹仁一道吃晚饭。夜,访钟宪民①。大雷雨。

31日　上午购物。到崔律师家会文藻,一道到钱纳水家午饭。托丹仁送审《奥涅金》。下午蓬子来。出街购物。访钟宪民,得知《看云人手记》及《棉花》被禁,《民族战争与文艺性格》得删改再送核云。得吕荧信、应光采信②。复吕荧。

8月

1日　给吕吟声信,给绀弩信。到医院看李剑华病。大雨。守梅、绿原来。删改好《民族战争与文艺性格》。夜,访钟宪民交出。过文协。看完并校字《奥勃洛莫夫》第二部。

2日　上午购物。下午,绿原、守梅来,一道喝茶。访丹仁,与姚蓬子、韩侍桁一道出街吃晚饭。访钟宪民,拿回《性格》。

3日　晨,搭政治部交通车回乡,在上车站上遇鹿地,同车。回家,得宗玮、张煌信。

4日　得伍禾、向林冰、莫镇廷信。

5日　看《诗学》(傅译本)若干章。路翎、圣门来。

6日　引路翎、圣门访卢鸿基。看绿原、邹荻帆、冀汸等稿。到文工会商谈杂志事。

7日　看应光采、方然稿。送路翎、圣门上车去北碚。看《诗学》数章。今夜为旧历七夕。

8日　去合作社理发。复杜宣、应光采。看《诗学》。

9日　做《诗学》札记。文若来。得邹荻帆信。夜,准备明天的讲演材料。

10日　上午,在文工会讲演《论文艺上的几个基本观念》。《醒来的日子》寄到。看《历史》数章。

11日　《诗学》札记做完。访杜国庠闲谈。得靖华、吕荧信。文若来,约再讲演。

12日　读《历史》若干页。天气陡热。

13日　得严永明信。读《历史》若干页。

14日　上午,赴文工会讲演《论创作底过程》。夜,乃超夫妇来。得吕吟声信及《奥勃洛莫夫》第三部译稿。

15日　上午,全家与幸子全家到万胜桥小河里拾小蚬。《历史》读完。

16日　上午,赴文工会听郭沫若讲《墨子底思想》。鹿地入城。袁水拍寄赠诗集《向日葵》③。

17日　看中野重治小说数篇。复胡仲持、温涛、吕荧。给圣木、丹仁。

18日　复邹荻帆。得路翎、圣木、张元松信。

---

① "钟宪民",时在国民党书审处工作。

② "应光采",同年2月18日日记中曾记有"读者应光彩"字样,不知是否同一人。

③ "袁水拍",即"马凡陀"(1916—1982),诗人,中华人民共和国成立后曾任《人民日报》文艺部主编。

19日　读斯坦尼斯拉夫斯基之《我底艺术生活》七章。得何剑薰、贺尚华信。宗玮寄赠《安娜》中卷。

20日　读《我底艺术生活》六章。复许广平。复方然及其他读者信两封。

21日　乃超来,在鹿地处闲谈一上午。得守梅信。下午,与幸子及孩子们到河沟捉蟹子。

22日　得绀弩、丹仁、司马文森信。读完《我底艺术生活》(上),译得很坏。

23日　上午,到文工会听郭沫若讲《建安文学》。警报,未完而散。

24日　复圣门。警报。吕荧来,数小时后即回渝。得方然、冀汸信。夜,读R·R《托尔斯泰》五章。

25日　上午到医务所看眼,到四维小学打听入学及开学时期。得贾植芳、绀弩信。

26日　得李何林信。复绀弩、伍禾、庄涌。

27日　复陈闲、莫镇廷、严永明、陈志华、司马文森。给熊佛西。下午,在鹿地处与乃超等闲谈。M发胃病。给徐霞村信①。

28日　得守梅、吕荧、应光采信。得伍禾信,即复。下午访郭沫若,访文若。读R·R底《托尔斯泰传》五章。

29日　校改刘君译的鹿地散文《什么叫做交易》完。下午,发疟疾。

30日　上午,到文工会,听郭讲《楚汉之间的儒者》。得冼群信。为分开起伙事,与池田吵翻了。

31日　上午到医院看眼。今天分伙,早已搭好之灶,鹿地夫妇不准用(因为有碍勤务兵之健康云),M只得在外面借用白薇之露天泥灶做饭。昨天上午,今天下午,M送晓谷受入学试验。复路翎、方然、杜宣、冼群。给茅盾商冼群剧本出版事。

9月

1日　到文工会领薪水。

2日　看完冯至译《哈尔茨山旅行记》,译得极坏。绿原来,带来守梅告警信及荻帆信。得吕荧及志华信。

3日　与绿原访卢鸿基,看苏联版画。对绿原谈他底诗。复化铁、张煌、齐蜀父,张元松、王西彦、李何林。

4日　得陈闲信。到医务所擦眼,被擦伤,痛一整天。得路翎、齐蜀父信。复志华。给伍禾、王珩。

5日　上午,同晓谷到卫生站验便。访阳翰笙、何成湘②。乃超来,带来《中国之命运》(C)。看外国评论家论中国现状文数篇。情形甚剧。给大哥信。

6日　上午,到文工会听郭讲公孙尼子。下午,到卢鸿基处同看苏联版画。得何剑薰、伍禾信。看方管《论因果》稿。

7日　与晓谷到卫生站。得杜谷信。看完罗著《托尔斯泰传》。重看《辩证唯物论与历史唯物论》。

---

① "徐霞村"(1907—1986),作家,翻译家。
② "何成湘"(1900—1967),政治活动家。时受党中央委派,任第三厅上校主任、文工会主任。后调至中共中央南方局。

8日　看方著《论存在》稿。给潘公展信。复杜谷。下午,访乃超闲谈。夜,看杜德论法西斯短文。得齐蜀父信。

9日　复伍禾。下午,与鹿地、晓谷捉小虾子。得绿原信。夜,看 Oblomov 译稿第三部。报载意大利投降。

10日　给老舍信。得圣木信,得贾植芳稿数篇。看方管之《文法哲学引论》稿。看《辩证的唯物论》第一章希腊哲学。夜,与 M、晓谷访郭沫若闲谈。

11日　复路翎,给方管信。得何剑薰信。看第二章《十七—十八世纪的唯物论》。看普式庚底《波希米人》。

12日　读第三章《德国古典的观念论》。得茅盾、丹仁、胡绳、向林冰信。复向林冰,因他即去东北大学教书。夜,与孩子们在河沟照蟹子,得一大袋。由城里带来李哲民、陈志华七月初托人带来之信。

13日　上午,听郭沫若续讲《公孙尼子及其音乐理论》。读哈代底《德伯家的苔丝》第一、第二。蔡仪来。

14日　王冶秋来。夜,文工会聚餐,过中秋,兼祝先锡嘉之结婚①。回来看月亮甚久。得老舍信。

15日　看完《苔丝》。

16日　看完第四章。得李何林、高警寒、司马文森信。复绿原,给朱企霞。亚克夫妇来。

17日　文若来吃午饭。看森鸥外所译短篇三篇。桂林带来的烟丝及书收到,内有伍禾所赠之《克利斯朵夫》第一册。

18日　看苏联谢尔宾拉之《论静静的顿何》。郑伯奇夫妇、先锡嘉夫妇来。复陈志华、李哲民。给伍禾、绀弩、严永明。夜,参加文工会同人为郑伯奇饯行。

19日　准备明天进城。乃超来。

20日　晨七时上车。在鱼沟下车,访胡君,与徐君等一道吃午饭②。坐马车到李子坝,访邓胖老,并一道到章伯钧家闲谈时事琐闻,在邓家晚饭。到文工会住定。访圣木。

21日　到文协,见到丹仁、葛少爷,以群等。访张西曼、曹靖华等。访戈宝权。夜,向林冰来。圣木、方管来,一道喝茶闲谈。

22日　上午,向林冰来。乔木约闲谈,一道午饭。丹仁来闲谈。邓胖老来,一道到女青年会托为晓风拨款。夜,与圣木、方管一道吃牛尾,并看《史大林格勒》电片。

23日　晨,齐蜀父来。访徐少爷,闲谈国内外时事。午饭后与陈少爷由墨子思想谈到中国社会发展底性质和各派意见③,一直到夜十时过。

24日　访黄洛峰。访唐性天,一道喝酒,他已办了登记刊物(《星云》)的手续。下午,剑薰来,一道吃晚饭。访王昆仑。访诺米洛次基。得邓初民来信。

25日　上午,听郑伯奇、荆有麟闲谈时事掌故。下午,到中苏文协。到文协。给 M 信。复邓初民。访于怀④,借来画集二册。夜,看 The Tretyakov State Gallery。路遇鹿地,一道喝茶。

---

① "先锡嘉",文工会工作人员。
② "胡君",指周恩来(胡恭),徐君即徐冰。
③ "陈少爷",指陈家康。
④ "于怀",即乔冠华。

26日 看 The Russian State Museum。于怀来,谈今天报载 Smolensk 之克复,一道喝酒。圣木、绿原来。向林冰来,他将已说好卖给徐府之日译《M·E全集》及《唯物论研究》五十期带来,并将《德意志意识形态》留给我。乃超来,带来 M 信。夜,徐府请向林冰吃饭,作陪。

27日 看完 Oblomov 译稿第四部。校对《我是初来的》。理发。访杨文屏。

28日 访张西曼、赵康。访费博士。夜,在徐府与数友人闲谈文艺界情形。

29日 上午,到社会局调查《朝花》登记情形。到文协。下午购物。夜,出版家招待晚饭。得 M 信,并附阿陈来信。给于怀、吕吟声、吕荧信。

30日 上午,到黄家谈出版家及著作人请愿事。访旧同学楚奇君。三时上车,与乃超一道,约五时到家。不在中共得路翎、巴金、杜宣、熊佛西、吕荧、何剑薰、在复旦时的学生张剑尘信,绿原信及稿,应光采信及稿。

10 月

1日 上午,整理信件。文工会为成立三周年聚餐,闹了一通酒。酒后约有十人在茶馆喝茶,再一道到这里来闲谈城里见闻。夜,看了两篇杂志文字。得黎烈文信。

2日 终日腹痛,不舒服。收到绿原买来的砚池。

3日 访卢鸿基。下午,秀珠来①,全家到永兴场,看了一会草台班的川戏。复路翎、黎烈文,给老舍。

4日 看《家族、私有财产及国家之起源》若干页。得志华信,即复。给齐蜀父、胡仲持信。

5日 上午,学俄文发音。上眼药。得路翎、伍禾信。夜,写成《半俞村通信》之一。

6日 午上喝了酒。郭劳为来闲谈甚久②。看完托尔斯太底《哥萨克人》(韩侍桁译本)。

7日 读《家族、私有财产及国家底起源》三章。读完苏联战争小说集《在伟大的疆场上》。得钟宪民信,《朝花》登记被批驳缓出云。

8日 上午,访卢鸿基。看《家族……》两章。得阿陈信。看杂志文数篇。

9日 看完《家族……》。下午,乃超夫妇来,晚饭后去。得何剑薰、伍禾、吕荧、齐蜀父信,南天出版社第二次报告表。看班菲诺夫底《目击记》。复何剑薰。

10日 看《苏联妇女在战斗岗位上》(小说集)。看苏联英雄伊利亚·库仁作《游击札记》。复何倩、阿陈、伍禾。

11日 上午,参加政治部举行的梁寒操"告别式"。未参加聚餐即回。看西蒙诺夫著战地随笔《在皮特撒姆路上》。重读《家族……》。

12日 上午,到文工会。下午,在乃超及杜老处闲谈。夜,鹿地又找去谈生活问题、厨房问题。

13日 上午,池田又为厨房事捣麻烦。蔡仪来,赠《新艺术论》。刘仁来,闲谈甚久。下午,访中学同学王治安,托他找房子。访卢鸿基。得伍禾、陈闲信。复陈闲。为鲁迅纪念及提高稿费事,给梅林、以群信。

---

① "秀珠"为熊子民之女,此时在附近小学任教。
② "郭劳为"为文工会副官。

14日　上午到文工会,听郭沫若讲《秦始皇与吕不韦》。王治安来。得胡仲持、骆剑冰、守梅、方管、化铁信。复骆剑冰。看《邓肯自传》(节译本)。

15日　续重读《家族……》。看徐迟选译之《依利阿德》。看早川二郎之《古代社会史》。

16日　续看《古代社会史》。得吕荧、何剑薰信。复伍禾、守梅。与M到三圣宫、合作社走了一圈。

17日　看完《古代社会史》。重读完《家族……》,并记下要点。

18日　上午,到文工会听郭续讲《秦始皇与吕不韦》。李可染来,出示中国画多幅。刘仁来。夜,写《怀古》。看旧刊物上的关于中国史的论文。

19日　翻阅《集外集》及《拾遗》。乃超来。下午,文工会同人开鲁迅先生纪念会,讲了四十分钟的话。夜,读全集中的旧诗及两地书一部分。

20日　看E·柯斯明斯基底《封建主义》。得舒芜、乔木、路翎、凡海信。得廖育明、堂弟学智信。夜,郭沫若请客(七桌),闹酒。知道昨天在城里文工会开了一个小规模的纪念会。

21日　复乔木、学智。翻阅《全集》。

22日　得乔木、何剑薰、熊佛西、齐蜀父、志华信。得雪峰信,《奥涅金》通过了。开始写《从"有一分热发一分光"生长起来的》。复齐蜀父。

23日　上午到文工会上俄文课。续写《从……》。给杜宣信。

24日　续写《从……》,通夜到晨五时半,始成。

25日　睡一小时,七时即爬起,冒雨送到三圣宫,托程君带进城。复陈志华、吕荧、雪峰。为《奥涅金》出版事,给茅盾信。为托汇款给晓风事给胡仲持信。今天为晓谷九岁生日,晚吃面。

26日　上午,上俄文课。乃超来。复廖新伦、路翎、何剑薰、方管。

27日　上午,被鹿地硬拉到编审室替他翻译日本现状的谈话。下午,找房子,无结果。

28日　上午下午,为房子事到文工会。得乔木信,复之。瑶华寄来《中国诗史》上册。

29日　上午,读俄文。读《马·恩全集》12卷中几个短篇。下午,与M到郭劳为家看房子,访阳翰笙。看何剑薰中篇原稿《说教者》。鹿地男孩病危,为找医生,招待医生等。读布洛克底《罗曼罗兰与法兰西的新遇合》。

30日　上午,上俄文课,看房子。下午,洗澡。得中学同学车之林(做了第一军特别党部书记长)信,即复。

31日　上午下午都为房子奔走。得雪峰信。朱海观转来文运会本月稿费①。秀珠来。声韵来。

11月

1日　上午,听杜国庠讲公孙龙。下午及夜里,收拾物件,准备明天搬家。得路翎、何剑薰、吕荧、梅林信。

2日　由岑家坝(半俞村)搬入陈家祠堂。住房仅一间,地甚潮湿,与文工会副官郭

---

① "朱海观"(1908—1985),文学翻译家。

劳为为邻。

3日　上午收拾房间,发现此处终日无阳光进来。下午,到文工会听杜国庠续讲公孙龙。得伍禾、守梅、方管信,冼群信及其剧本《飞花曲》,即原名《杏花春雨》者。

4日　上午到文工会。复伍禾、巴金。给许广平、司马文森。得陈志华信。

5日　晨,搭公路车进城。下车后访方楚奇,遇私塾同学方楚农(在政治部第二厅当科长),一道午饭。到文协,与丹仁喝茶闲谈。路遇周颖、姚楚琦。姚在两路口开一裁缝店,一道到她处,绀弩在,略谈桂林情形,吃汤饭后回文工会。访守梅。与乃超、郭劳为闲谈,托郭带信给M。得温涛、方然、乔木、李凌、舒强,及读者黎央信。

6日　到作家书屋,看到老舍三个孩子。适有张海戈者在,邀去吃茶、吃饭。访唐性天。下午,与茅盾等闲谈文化界、文艺界情形后,一道晚饭。夜,与茅盾、洪深、乃超等谈臭虫、蝗虫、耗子,Cosmic ray 等,至一时。

7日　晨,齐蜀父来。访郭沫若。十一时,参加苏联大使馆庆祝茶会,喝酒过多,在张西曼处午睡。看苏联照片展览会。复黎央、骆剑冰。看读者诗稿。

8日　上午,邢少爷来,闲谈时事。与邢及郭沫若在牛肉馆喝酒。遇雪峰,一道喝茶闲谈。上街修表。夜,与乔木、家康喝酒闲谈。复李凌。

9日　上午,为禁书及刊物事找潘公展。买药。到作家书屋,看到老舍太太。与她及蓬子等一道午饭。到社会局调查刊物登记事。到图审会找印维廉。得M信,转来熊佛西为新刊《当代文艺》征稿信及预付稿费。得苏金伞信。访雪峰,与他及绀弩一道喝茶谈天。托文若带信给M。

10日　晨,过江北访哲民友人陈君,取得杜谷之诗稿。下午,看苏联电影《铁翼巨人》。访费君,杂谈做学问之类。夜,访守梅闲谈。给M信,给路翎、何剑薰信。

11日　访韩幽桐①。午,张道藩请饭,饭后拉去参加国民月会及所谓民族文化建设座谈会,当场分发《民族文化运动纲领》,潘公展等作反共演说。与雪峰一道晚饭,闲谈至夜深。得孙铭镈信,殷维汉借付了晓风底生活费②。给志华、伍禾、李哲民信。

12日　访圣木。访雪峰,一道喝茶。看盖达尔作《铁木儿及其伙伴》及杂志文字。

13日　访沈钧儒,谈鲁著版税事。为晓风事访邓初民。看石器、青铜器展览会。访诺米洛次基。路翎从南泉来,会于守梅处,带来《财主底儿子们》上部,及舒芜驳郭沫若论墨子之文。夜,看舒芜底批评至一时过。

14日　晨,访路翎,一道吃饭闲谈。邓初民来。夜,与乔木、家康喝酒谈天。给M信。

15日　为《山灵》到文化生活出版社找田一文。得M信及带来之内衫。到文协遇绀弩,一道喝茶。路翎来,一道吃晚饭。饭后约守梅一道看《南冠草》。为郭沫若明天之五十二岁生日作打油诗:

　　　　城有天官府,乡有赖家桥。画地作天堂,休道老渔樵。有天何必问,
　　　　屈子枉行吟。不见伽蓝殿,肉身佛几尊。当年拜印度,今日拜谁来?
　　　　蓝衣虽易色,依照老希裁。沿街飞马面,租界暂安然。铁剪横天下,
　　　　抽屉当名山。寿筵不用草,稗子也还稀。且尽今朝酒,金风剪破衣。

---

① "韩幽桐"(1908—1985),法学家,教育家,妇女活动家。张友渔之妻。
② "殷维汉",即王珩后来的丈夫。

16日　上午购物。《我是初来的》出版。与路翎一道吃饭。与路翎、守梅到弹子石看何剑薰底病。夜,郭沫若做生,闹到二时始睡。

17日　上午,路翎别去。购物。夜,访杨敏,在他家晚饭。蔡仪引杨晦来①,闲谈甚久。整理什物。

18日　复方然、熊佛西。搭十一时公路车回乡,二时过到家。不在中得哲民、志华、伍禾、骆剑冰、舒强、李凌、黎烈文、何剑薰、吕荧等信。

19日　整理案头及信件等。复胡仲持,复伍禾。给骆宾基。

20日　上午,上俄文课。与M、晓谷到永兴场吃面。得应光采、齐蜀父信。夜,看胡绳评《新世训》的文章。

21日　复看近两周的报纸。得望隆信。夜,绿川英子约到她家吃饺子。

22日　读俄文一上午。复齐蜀父。复志华、哲民、严永明,并为南天设计封面,写广告文。给许寿裳、朱海观信。

23日　上午,上俄文课,看眼。复舒强、徐歌、温涛。

24日　上午,看眼。得陶雄信。郭劳为请吃午饭,与荆有麟、刘仁等闲谈至三时过。写成《人民底三相》。为杨刚选出介绍到美国去的诗(七月诗丛内的)。

25日　给杨刚信。得许季茀、荃麟、乔木、伍禾信。夜,抄改《海路历程》。

26日　给熊佛西信。复伍禾、荃麟,得阿陈、朱海观信。下午,访卢鸿基。夜,翻阅杂志。

27日　上午,上俄文课。得吕荧信。复吕荧、朱海观、许季茀、乔木。夜,翻阅杂志。

28日　上午,读俄文。夜,郭劳为来闲谈甚久。

29日　陪M赶场。得路翎、吕荧、张煌信。夜,为《大公报》写新年号的文章,只得七百字。

30日　上午,上俄文课。得许季茀信。夜,郭劳为来闲谈至十二时。

12月

1日　为《大公报》写的短文成,题为《由现在到将来》。睡时已鸡啼二遍矣。

2日　午,与M、晓谷到永兴场吃饭。复路翎,给方管信。随便翻看《鲁迅全集》。给杨刚信,附去文稿。

3日　得志华、熊佛西信。为《时事新报》元旦特刊写成《现实主义在今天》。

4日　到文工会。《文艺笔谈》寄到。杨晦夫妇、蔡仪、文若来。寄出《现实主义在今天》并复张万里。夜,与郭劳为闲谈。

5日　上午与M赶场。下午与郭劳为闲谈。复志华、孙铭鐏。给雪峰信。

6日　下午,访乃超、杜国庠。得杨刚、吕荧、朱海观信。复陶雄。给邓初民信。看《文艺问题》。

7日　上午,上俄文课。看路翎修改过的《蜗牛在荆棘上》,是少见的杰作。为刊物事给印维廉、钟宪民、王昆仑信。

8日　晨,同M、晓谷徒步爬山到歌乐山访许季茀,因他今天开会,只一同午饭,略谈关于鲁迅先生的事。到中央卫生实验院访王泽民②、秦林纾,并参观该院。步行回家,已

---

① "杨晦"(1899—1983),剧作家,文学理论家。
② "王泽民"(1921—2011),革命家。

入夜。

9日　略翻阅鲁迅全集若干处。晨,荆有麟来闲谈。

10日　得方管、庄涌信。给王造时寄稿①,介绍稿子寄熊佛西。复应光采,复方管。翻阅全集若干篇。

11日　上午,上俄文课。得阿陈、舒强信。翻阅《白话文学史》几十页。夜,写《论"大国之风"种种》,未成。

12日　文若来,晚饭后下象棋。续写一点。

13日　绿川夫妇来。得伍禾信。《给战斗者》寄到。写成《论"大国之风"种种》。

14日　补写《论……》底附记。得乔木、司马文森、齐蜀父信。夜,翻阅《群众》上关于墨子的论争文。

15日　读舒芜修改过的评郭沫若的墨子论。得许广平信。给陈白尘信并寄稿。校正文稿抄本。

16日　上午整理什物,读俄文。下午搭部车进城。在小龙坎下车访骆剑冰。下午到城住入文工会。夜,访丹仁,喝茶谈天。

17日　上午,守梅来。访韩幽桐。过中苏文协,与刘铁华闲谈②。到文协,与宋之的、葛一虹一道在小酒馆喝酒。访乔木、龚澎新夫妇③。喝酒、吃面,闲谈至九时。访曹靖华。

18日　上午,胡兰畦来。到文协,与丹仁、绀弩喝茶闲谈。下午,文协开会。晚,梁寒操请饭。

19日　上午,访守梅。正午,看幻想曲 Fantasia 影片。守梅、剑薰来,与剑薰一道吃午饭。到中国文艺社。与丹仁一道喝茶后同回文工会闲谈。

20日　舒芜来,一道喝茶,吃饭。与乔木、阿康闲谈。夜,看《戏剧春秋》。

21日　与舒芜一道访乔木、阿康,闲谈学术界情形。下午,参加沈钧儒祝寿会。到文协开《抗战文艺》编委会。到守梅处与他及化铁、舒芜、剑薰等闲谈。得 M 信,并转来陶雄信。

22日　访于老板。买丝绵被等。到社会局查《朝花》情形。访张西曼。访杨敏。访张道藩。

23日　到文协。与丹仁一道喝茶谈天。到社会局登记《希望》。访钟宪民。得岳母信。得 M 信,并转来应光采、胡仲持信。

24日　给徐慰南信。看亚克病。访王昆仑、韩侍桁。俊明来谈望隆事。

25日　上午到郭家闲谈。徐少爷请喝酒。下午参加潘公展招集"中国著作人协会"发起人会。访杨敏。复何佶、陈志华。

26日　上午,李辰冬、梅林来商谈文协晚会事④。二时,搭部车下乡,四时到家。得陈白尘、伍禾、骆宾基信。

27日　到文工会。得路翎信。补记在城的日记。

28日　到文工会。下午,请房东吃饭。复绿原,给张定夫信。与郭劳为闲谈。

---

① "王造时"(1903—1971),政治活动家,"七君子"之一。
② "刘铁华"(1917—?),木刻家。曾与王琦、卢鸿基等一起组织中国木刻研究会。
③ "龚澎"(1914—1970),外交家。乔冠华之妻。
④ "李辰冬"(1907—1983),文学评论家。

29日　晨,搭公路车进城。到文协。得阿陈信,《北方》出版。与翰笙等闲谈,并一道喝酒。

30日　上午,到文协布置晚会节目。下午,与圣门和自南泉来之路翎闲谈。丹仁来闲谈,乃超请吃晚饭。夜,参加文协之辞年恳谈晚会,并主持讨论,作结论。

31日　上午,与路翎、剑薰、圣门闲谈,并一道吃饭。下午,吕荧来。夜,文工会集餐并晚会。

1944年

1月

1日　上午,参加了文工会所谓"团拜"。得卢鸿基信及稿。夜,郭府为董老做寿,参加聚餐,闹酒。与丹仁、杜老、乃超闲谈文艺界情形至二时过。

2日　晨,吕荧来,一道喝茶,吃饭。剑薰来。看鸿基稿。夜,徐府请客。

3日　上午,剑薰来。到五十年代出版社。访丹仁,一道喝茶。到吕荧处,一道吃餐,喝茶,谈他底诗稿。访杨敏。守梅转来绿原诗稿。陈白尘自成都来。

4日　上午,看故宫博物馆书画展。访杨玉清,一道晚饭。得庄涌信。看纳粹摧残文化照片展览。访乔木,一道晚饭,知道舒芜论文他们不愿发表。复庄涌,给舒芜信。和田汉寄郭沫若诗原韵——

　　　　　世事而今各是非,此间乐又何须归。
　　　　　愁深怕听三冬雨,雾重难寻一线晖。
　　　　　天下几多黔首死,川中不见羽书飞。
　　　　　漓江荒漠应如昔,醉后休教野狗围。

5日　昨天不在时吕荧来,留字说《奥涅金》决自己印。访郭沫若。雪峰来,将舒芜论墨子文给他。二时搭部车回乡。M携晓谷三十一日去北碚,昨日回来。得路翎、陈闲、廖育明、绿原信。得熊佛西信及稿费。

6日　打扫郑伯奇旧居的房子。下午,到文工会。复陶雄。给圣门信。

7日　打扫房子。

8日　搬房子。得何佶信,复之。

9日　访卢鸿基,并同他一道到金刚村。夜,与郭劳为闲谈。

10日　上午到文工会。翻阅报纸。得舒芜、吕荧信。

11日　上午到文工会。翻阅存报。上午,郭家请吃饼,来客高龙生等来闲谈。给老舍、张定夫信。

12日　上午到文工会。得雪峰信。复阿陈、伍禾、熊佛西、贺尚华。给严永明警告信。看《财主底儿子们》原稿第一章。

13日　杨玉清来,宿于此。

14日　晨,送杨到赖家桥。刘仁来,吃午饭[后]去。到文工会,托乐嘉煊家属从上海把晓风带来①。得圣门、吕荧信。看《财主底儿子们》第二章及第三章一半。

15日　上午,上俄文课。得雪峰、方管信。看完《财主底儿子们》第五章。

---

① "乐嘉煊"(1907—1950),世界语学者。

16日　复路翎、舒芜、吕荧、王立。看《儿子们》至第六章。

17日　看《儿子们》至第八章。

18日　上午到文工会,陈白尘报告演剧运动的情形。在会里陪客吃午饭。看《儿子们》到第十一章。

19日　上午到合作社理发。看《儿子们》到第十四章。得路翎、华盖、黎烈文、何剑薰信。夜,请文工会一部分同[事]吃饭。

20日　读《儿子们》完,共十五章,约五十万字。晚,请文工会另一部分人及陈白尘吃饭。

21日　上午到文工会。得伍蠡甫信,约为伍光建追悼会发起人①,复信赞成。复何剑薰、路翎,给圣门信。

22日　上午,到文工会。得路翎、舒芜、雪峰、杜宣信。复路翎。下午,访卢鸿基、杨晦。居俊明来,宿于此。

23日　晨,送居俊明上车站。中午,郭家请饭,荆有麟、秦奉春来谈。复吕荧。

24日　上午,请郭家吃饭。今天为旧历除夕,夜,阳翰笙、何成湘两家请吃饭。与汪女士、秀珠、郭劳为打麻将到夜深。得杜谷、阿陈信。

25日　上午,守梅来,午饭后送他到车站,等车时路翎由渝来的车子跳下。与路翎闲谈。

26日　与路翎杂谈,对《儿子们》提出意见,决定第一章改写。书名也改为《财主底儿女们》。王冶秋来。

27日　送路翎回去。金刚村三家请吃午饭,饭后闹到四时过回来。看舒芜短评稿两篇。

28日　得吕荧、何剑薰、陈闲信。看完郭译《少年维特之烦恼》。此书自出版以来,看了几次都不能看下去,这次用大的耐性看完了,译得真糟。复何剑薰、吕荧、陈闲、阿陈。给荃麟信。

29日　读俄文。到文工会洗眼。复三个读者的信。得景宋信。读《十九世纪文艺主潮史》作者自序,译得很坏。读伯林斯基《论果戈里的小说》。

30日　看《十九世纪文艺主潮》第一卷七章。

31日　看《主潮》第一卷,即《移民文学》完。看完《真实之歌》。

2月

1日　上午到文工会。看《近代世界革命史》法国革命部分。得吕荧信、卢鸿基信。复吕荧。

2日　得剑薰、荃麟信。看完《近代世界革命史》。

3日　到文工会。看《主潮史》第三本《法国的文学的反动》八章。

4日　看完《法国的文学的反动》。得路翎、何剑薰、吕荧信。即复他们。

5日　上午上俄文课。得周行、张煌信。复杜谷、绿原、张煌。给袁勃信。

6日　得伍禾、李哲民信。得雪峰信,即复。看完 G. E. Lessing 底《军人之福》(杨丙辰译)。《看云人手记》通过,删改甚多。

---

① "伍光建"(1867—1943),翻译家。伍蠡甫即其子。

7日　看《主潮》第二册《德国的浪漫派》五章。

8日　上午到文工会。得张定夫、吕荧信。

9日　复荃麟、司马文森。略感不适。装订《财主底儿女们》。夜,大家一道到永兴场看政治部的龙灯。

10日　上午整理东西,下午搭部车进城。何剑薰来,一道吃粥,因胃痛。访雪峰,一道喝茶,谈《青年文艺》问题。齐蜀父寄赠《奥勃洛摩夫》第一册。

11日　上午,吕荧、何剑薰来,一道吃面、喝茶。下午,马宗融来,硬拖去看某女士底书法展,见到由福建来的靳以。访韩侍桁。访乔木。夜,访余仁,在他那里和小康一道睡,闲谈他底故事。

12日　舒芜来,一道吃面、喝茶。下午,访蓬子、丹仁。夜,看重写的《儿女们》第一章。

13日　未起床时齐蜀父来,托他将《泥土的梦》稿航带给南天。访金长佑①,谈《儿女们》出版事。归后不久,金长佑及其编辑梁纯夫来访,谈《儿女们》出版条件,并交他们送审。舒芜来,和他一道访家康、乔木,杂谈至晚11时过回来。

14日　上午,刘君来谈开书店事。侯外庐来访郭,一道闲谈,在郭宅吃酒,几大醉。睡三小时后,到文协,访诺米。得M信,望隆来电要千元路费回家。

15日　到社会局,查明《希望》已由书审处通过。访方正。下午,参观戏剧节游艺会。夜,在游艺会看平剧、汉剧、川剧底表演,川剧演技甚好。M转来绿原、应光采、熊佛西底信,熊信报告《海路历程》不能通过。

16日　剑薰与刘君来谈书店事。访沈钧儒,谈鲁著版税事。到文协,遇由北碚来的盛家伦。访由昆明来的杜宣,他在患盲肠炎。到作家书屋,与雪峰、蓬子喝茶并一道吃饭。访杨敏,不在。访钟宪民。不在中吕荧来。复伍禾、贺尚华、胡仲持。给圣门信。给望隆信,并汇款千元给他做回家路费。

17日　访王昆仑,访徐慰南。下午访杨敏,到文化会堂听剧协举办之讲演会。路遇胡兰畦,又遇雪峰,遂一道喝茶吃饭。与雪峰一道访钟宪民、韩侍桁。

18日　上午看杨伊诗稿。下午买书。到中苏文协。访张西曼,被招待吃面。访钟宪民,拿来《看云人手记》。访金长佑,谈出版丛书事。雪峰来,与他和乃超闲谈。

19日　下午到五十年代出版社,丛书事不成,并取回《看云人手记》稿。到雪峰处。找刘一村,谈定《看云人手记》出版,并一道到上清寺买日文旧书四本。《棘源草》通过发下,被删去四篇。杨伊来,谈他底诗稿。给吕吟声信,托带《棘源草》给南天出版社。

20日　上午,建国书店请饭。刘一村来。上午,访沈钧儒,访宋之、舒强。郭劳为带来M底信,并转来伍禾、志华、周建人、骆剑冰信。夜,雪峰来。

21日　看吕剑诗稿②,并回信。看两个青年小说稿及诗稿。复骆剑冰。理发。下午三时搭路局车回乡,五时过到家。

22日　翻看旧报。复伍禾、李哲民。给舒芜信。

23日　下午,到文工会,访卢鸿基,收到他发牢骚的信。看《德国的浪漫派》6—11章。看《俄罗斯人》。

---

① "金长佑",五十年代出版社经理。

② "吕剑"(1919—),诗人。

24 日　得冀汸信。读完《德国的浪漫派》。

25 日　上午,上俄文课。读《主潮》第四册《英国的自然主义》1—6 章。

26 日　上午,到文工会,听杨晦讲文艺问题。看《英国的自然主义》7—11 章。

27 日　看完《英国的自然主义》。

28 日　上午,到文工会,听杨晦讲演。看鹤见佑辅底《拜伦传》。在郭劳为家吃饼。

29 日　得伍禾、阿陈、严永明、乔木、杜谷信。复黎烈文、周行、熊佛西。给舒芜。得刘一村信,复之。下午,同 M 到三圣宫、合作社。夜,复卢鸿基。翻阅拜伦、雪莱底译诗。

3 月

1 日　上午,到文工会。得陈闲信,说将汇来三千元,甚不安。身体不适。复乔木。

2 日　上午到文工会,带晓谷去领咳嗽药。下午,同 M 到合作社。杨晦来。蔡仪搬入同院子。夜,看旧《莽原》上 R. Rolland 底传记等。

3 日　上午到文工会。得贾植芳、舒芜信。复贾植芳。

4 日　上午上俄文课。访杨晦。

5 日　看《道教徒诗人李白》(李长之)。杨晦夫妇来。看《辩证法的唯物论》第五章及第六章一部分。

6 日　上午到文工会。读俄文。看完第六章。得沈慧信,及《文学》全份。给壁报写短文。

7 日　看第七章二节。上午到文工会。舒芜来,谈到夜一时。

8 日　得圣门、雪峰、绿原、吕荧信。整天与舒芜闲谈。

9 日　看舒芜携来的论文稿三篇。下午,送舒芜上车。到文工会。文若来。胃痛。

10 日　胃病。下午访卢鸿基。

11 日　吃胃药,又吃蓖麻油 25CC。得乔木、圣门、骆剑冰信。复雪峰、乔木、绿原。

12 日　得卢鸿基论王立木刻信。看 A De Lamartine 底《葛莱齐拉》。访杜老闲谈。复伍禾、阿陈、吕荧。给齐蜀父。

13 日　上午到文工会。得陈闲、路翎、荃麟信。看《老残游记》续集。看第七章三节。

14 日　看完第七章。收到陈闲汇赠二千元。复陈闲。得雪峰信。

15 日　上午到文工会。下午,参加世界语函授学社四周年纪念会。文若来吃晚饭,闲谈,宿于此。

16 日　得舒芜、刘一村信。看《老残游记》。复路翎、舒芜、刘一村、圣门、沈慧。第八章三节。

17 日　上午,在文工会闲谈。下午,绿原来,宿于此,他将参加远征军为翻译员。

18 日　送绿原上车。上午,在文工会报告文艺问题。得路翎、剑薰、张煌、圣门信。

19 日　上午到文工会,续谈文艺问题。下午搭车进城。访郭沫若,茅盾等在,闲谈。等车时,看完于逢底《乡下姑娘》。与王君闲谈雕塑。得舒芜信。

20 日　上午,到文协,与杜宣喝茶闲谈。到作家书屋访雪峰。中午张道藩请饭。与雪峰、绀弩闲谈。校改舒芜底《论墨子思想》。

21 日　到社会局。访王昆仑。访骆剑冰。访杨敏。访韩侍桁,交去舒芜文稿。得卢鸿基信。复舒芜。

22日　上午访邵力子。下午,与靖华、雪峰访沈钧儒。何剑薰、刘一村来,一道吃晚饭。给 M 信。

23日　晨,到文协,见到杜宣、葛一虹、宋之的。与杜宣一道访骆剑冰,访诺米洛茨基。到作家书屋,与雪峰、姚蓬子一道喝茶闲谈。

24日　上午,读俄文。下午,到作家书屋会沈钧儒、曹靖华、雪峰谈给许广平汇款事。与雪峰、蓬子喝茶闲谈。夜,文协开理事会。

25日　潘梓年来。鹿地亘来。剑薰来。老舍来,一道在郭家,与茅盾、乔木、杨刚等闲谈。夜,在文运会吃饭,谈文协年会论文内容,被推担任执笔。

26日　上午一村来。访乔木闲谈。访潘梓年。乃超来,带来 M 信,并转来陈贤之汇款三千元,周建人信,周行信。得路翎信、舒芜信。

27日　M 转来吕荧信。到文协,到作家书屋。买书。

28日　路翎来,一道吃午饭。得舒芜信。访王昆仑。到文协。写成《半仑斋二三事》。夜,与乃超同看《草木皆兵》。

29日　上午阿刘来。在郭家与数人闲谈。饭后过中央社访余女士和等在那里的路翎①。乘部车回乡。得吕荧、冀汸、绿原、读者黄晚节、蔡犁生信,吕荧的《曹禺的道路》。

30日　得陈闲、伍禾信。看辛人译 I. Bespalov 底《批评论》。

31日　上午读俄文。复陈闲、伍禾、周行。

4月

1日　上午,读俄文。中午,文委会为所谓第三厅成立纪念聚餐,饭后与傅抱石、高龙生等在茶馆喝茶②。得路翎信、齐蜀父信。得杨刚信,《半仑斋二三事》她不敢发表。

2日　上午读俄文。开始写《人生·文艺·文艺批评》。得路翎信。

3日　冀汸来,陪他闲谈。夜,郭家请吃饼,陪杨晦夫妇等。

4日　送冀汸回北碚。访卢鸿基。《东平短篇集》和《我在霞村的时候》寄到。续写《人生……》至三时。

5日　杜国庠、李广田、杨晦来。《人生……》写成,给潘梓年信。

6日　得一个不具名的老朋友的信,说找了我几年,但猜不出是谁。文若来。给姚蓬子信。

7日　阿刘来。下午发疟疾。得骆剑冰信。

8日　上午,上俄文课。复骆剑冰信,给雪峰、老舍信。请亚克吃晚饭。

9日　下午,访杨晦夫妇。夜,写《写在老舍先生创作二十年纪念》。

10日　得《马丁·伊登》(周行译)上部印本。得胡绳信。复齐蜀父。夏维海、易君左来访。理发。拟文协年会论文纲要。

11日　得吕荧信,即复。夜,开始写《文艺工作的发展及其努力方向》。得孙铭鏄信。

12日　得陈闲信。吕荧来,《奥涅金》已出版。因我在赶论文,稍坐即回渝。续写《文艺工作……》。

---

① "余女士",即余明英,时在中央通讯社任报务员,后成为路翎妻。
② "傅抱石"(1904—1965),现代山水画大家。

13日 给老舍、梅林、胡绳、绿原信。疑六日所收的无名信是秦德君的,今天去一信试试。写《文艺工作……》,成。得杜谷信。

14日 到文工会,照料《文艺工作……》的抄写。得伍禾信,即复。得读者朱健信及诗稿①。

15日 上午搭车进城,与乃超、茅盾一道到作家书屋,会齐老舍等讨论论文。夜,开文协座谈会。得舒芜信。

16日 上午到作家书屋,秦德君来会。下午,文协开年会,宣读《文艺工作……》。会后集餐。

17日 吕荧来,一道吃饭。下午参加"老舍创作二十年纪念"于百龄餐厅。夜,在郭家为老舍聚餐。

18日 晨,警报,白芜来谈。访骆剑冰,在她家吃面。到文协。到社会局,《希望》尚未得市党部批准。访韩侍桁。约秦德君在中苏茶室谈她底身世。绿原、剑薰来,一道吃面、喝茶、闲谈。访郭沫若,闲谈。复舒芜。

19日 打电话约M、晓谷进城。访老舍,和他及何容闲谈②。访雪峰,他在害痢疾。访杨敏。到市民医院看乔木底疾。路翎来,一道喝茶。他已离原处到北碚父亲处做事了。访王昆仑。

20日 上午,在郭宅闲谈。M携晓谷来。一道看乔木病。夜,一道看《牛郎织女》。

21日 晨,同M、晓谷及乃超夫妇到广东酒家吃点心,以群请客。同M、晓谷访老舍太太,访雪峰,看影片《天方夜谈》。夜,文协开理事会。得贺尚华信、杜宣信。

22日 晨,同M、晓谷到骆剑冰家后,到中宣部访梁寒操,梁不在,与洪昉谈《希望》事③,在骆家午饭后访诺米洛次基。看乔木病,他今天施手术,四天内为危险期。访雪峰。夜,看沈志远哲学论文稿。

23日 上午,同M到街上购物,午餐于百龄餐厅。下午,M携晓谷随乃超夫妇回乡。过海棠溪搭车到南温泉访舒芜,闲谈至十一时过。

24日 上午,同舒芜在南温泉闲走,看了瀑布。下午洗澡,搭四时车回渝,因抛锚,六时才到。绿原、邹荻帆来,他们就要分发了。李凌转来宗玮寄赠之《安娜》下册。

25日 上午,访骆剑冰,到文协。与盛家伦喝茶闲谈。访黄洛峰。访余二少爷。得李君信。

26日 刘一村来。复李君。看乔木病。访杨敏。访雪峰,一道访韩侍桁,到他家吃晚饭闲谈,冒雨归。

27日 上午到文协。访骆剑冰。访孙师毅、韩侍桁。夜,看话剧《少年游》。

28日 到商务印书馆买书,到留俄同学会参加张君迈等五人所约请之午餐④,讨论争取言论自由问题。访杨敏,访李儒勉⑤。得M信,并转来伍禾、陈白尘、陈闲、孙铭镈信。为骆剑冰卖牌事奔走。复荃麟,给周行。

---

① "朱健"(1923—),原名杨竹剑,诗人,电影编剧。抗战时在胡风主编的《希望》上发表长诗《骆驼与星》。1955年夏受"胡风案"牵连被捕,一年后被释。
② "何容"(1903—1990),笔名老谈。中国现代语言学的早期开拓者,作家。
③ "洪昉",国民党中宣部的一位官员。
④ "张君劢"(1887—1969),政治家、哲学家。
⑤ "李儒勉"(1900—1956),翻译家、教育家。时在英国驻华大使馆新闻处工作。

29日　上午,到中宣部访洪汸问《希望》事。到文协。凤子来谈卖牌事。看乔木病。与张西曼一道看卓别麟底《淘金记》。夜,访凤子,与她及来访的赵清阁闲谈。为《希望》事给梁寒操信。

30日　收拾东西,购物。挂红球。过中苏文协、文协、骆剑冰家,到两路口搭车回乡。到家后,同居者及乃超、杨晦等来杂谈。洗澡后即睡。

5月

1日　晨大咳,疲乏不堪。积得来信,有路翎、舒芜、吕荧、应光采、伍禾等。朱振生来,午饭后别去。

2日　依然咳,疲乏。上午到永兴场剃头,买贝母。得舒芜、伍禾、周行、臧克家信。

3日　依然咳,疲乏。复伍禾、刘一村、张保璜。

4日　咳嗽已渐好,但依然疲乏。复舒芜、路翎、吕荧、陈闲、臧克家。杨晦夫妇来。

5日　得守梅本月八日结婚通知。得雪峰信,他被窃。复守梅、陈白尘、杜谷。给秦德君、骆剑冰。看了考什夫尼科夫作的《杀敌利器》。

6日　上午,到文工会上俄文课。翻阅旧报纸。看《向列宁学习工作方法》二章。

7日　上午,读俄文。刘一村来,宿于此。

8日　得吕荧信,读者方既信及诗稿。

9日　上午,读俄文。为出版社事,复伍禾长函。设计《棘源草》封面。看完《向列宁学习工作方法》。

10日　上午,读俄文,到文工会。《预言》寄到。鸥外鸥寄赠《鸥外诗集》。得冀汸、李凌、骆剑冰信。

11日　读俄文。访卢鸿基。复雪峰。给龚澎信问乔木病。下午,学俄文同人公宴亚克,饭后到金刚村喝茶闲谈,月出后始回。得路翎、舒芜、骆剑冰信。得刘一村信。得闻钧天信,《希望》登记公文已到内政部。

12日　读俄文。读波里亚珂夫底《在敌人后方》。复刘一村、骆剑冰、杜宣。为《希望》事给洪汸信。

13日　看《奥勒尔》,战报与通讯集。

14日　得贾植芳、陈闲、雪峰、吕荧、绿原信。绿原来,做通译员也做不成了,吃饭马上成问题。宿于此。

15日　送绿原上车。得路翎信,伍禾两信。M发疟疾。复路翎。

16日　上午到文工会。复伍禾。郭来信约明天进城参加洗尘宴,但不想去了。

17日　上午到文工会。路翎来。《财主底儿女们》第二部写完了,宿于此。

18日　送路翎上车。臧克家来。得陈白尘、荃麟、周行、绿原信。

19日　泻,肠痛。下午,到杨晦处闲谈。

20日　看完 Emil Ludwig 底《人之子》。看完林掀译 N.布哈林底《诗论·诗学及苏联诗底诸问题》原稿。得朱振生、杜谷、陶雄、齐蜀父、孙铭鏷、刘一村信。今天为 M 二十九岁生日(四月二十八日)。

21日　上午,与晓谷一道钓鱼,无所获。复陈闲、荃麟、周行、陈白尘、朱振生、刘一村。看恩格斯底《卡尔·马克思》、列宁底《卡尔·马克思》、列宁底《费·恩格斯》。

22日　看斯大林《论列宁》二文。重读《俄罗斯人》。

23日 上午,访杜老,谈城内情形。得乃超信。看R.罗兰底《悲多汶传》,译得很坏。

24日 下午,杜老来,看完E. Caird底《赫格尔》,译得很坏。

25日 看某读者小说稿《吕龙山之死》。得舒芜、绿原、吕荧、龚澎、骆剑冰、贺尚华、刘一村信。得洪昉信,《希望》已准送审出版,得诗:

又向荒崖寻火粒,荆蓁凝露不胜寒。
大千孽浪连方寸,极目云天夜未阑。

复舒芜、绿原、刘一村。给守梅信。为《财主底儿女们》给金长佑信。

26日 重看舒芜《论主观》及《哲学与哲学家》二稿。

27日 上午,上俄文课。下午,全家到合作社,理发,购物。夜,翻看杂志文章。

28日 翻阅杂志。得乃超信,并转来周而复信。

29日 得潘梓年、伍禾、秦荻信。下午,搭部车进城。下车后,访高临度。访乔木、欧阳女士。得欧阳凡海信。

30日 访骆剑冰,她不在,与其夫许君闲谈。看张大千临摹敦煌壁画。到文协。得转来的丁玲、萧军、艾青信,及萧军带赠鲁迅石膏浮塑。复秦荻。访雪峰,绀弩亦来。到"银社"看《两面人》,开幕数分钟即因警报闭幕。

31日 上午访唐性天,他愿出版《希望》。得舒芜信。下午,访骆剑冰,在她家晚饭。访余二少爷,听何其芳、刘白羽谈陕北情形①。宿于余府。

6月

1日 上午,与王君闲谈。绿原来。阿杜来②,他办华侨书店渝分店,想出版《希望》。访乔木。访李书城,不遇。访张保璜,不遇。翦伯赞赠《中国史纲》③。复舒芜。

2日 阳翰笙、沈志远遇于此闲谈。给老舍信。下午,访洪昉问《希望》会核事。拟《希望》合同。刘一村来,送来《看云人手记》全部校样。看校样数篇。

3日 上午到社会局,登记证尚未发下。访赵清阁。访杨敏。到作家书屋,与雪峰喝茶谈天。金长佑来,《儿女们》要修改后再送审。校完《看云人手记》。得杜宣信。

4日 晨,访陶雄。访骆女士,列躬射在她处等着会面。与骆一道访刘骥④,不遇。访沈志远。到文协开茶会,会后集餐。

5日 晨,访人不遇。张保璜来。居俊明来。下午访余二爷。夜,听沙梅演唱会。得M带来的信。

6日 上午,购物,到读书出版社买《露和辞典》一本。访杨文屏。访文化生活出版社。访乔木。第二战场于今晨开辟。为文协拟向全世界反法西斯作家致敬电。何剑薰来,带来《熔铁炉》第一部。《儿女们》由书审会退回,得修改云。收拾东西。

---

① "何其芳"(1912—1977),诗人,文学评论家。1938年至延安,曾任鲁艺文学系主任。1944—1947年间,两次被派至重庆,在周恩来直接领导下工作,曾任中共四川省委宣传部副部长、《新华日报》社副社长等职。建国后历任中国文联委员、中国作家协会书记处书记、中国社科院文学研究所所长等职。

② "阿杜",即泰国华侨杜源华。

③ "翦伯赞"(1898—1968),历史学家。

④ "刘骥"(1894—1958),辛亥革命元老,国民党陆军中将。抗战期间曾任重庆行营办公厅厅长等职,抗战胜利后曾任重庆市市长等职。1949年去台湾。

7日　上午,到文协。购物。熊秀珠来。下午二时,搭部车回乡。过郭沫若家。得伍禾、吕荧、路翎、舒芜、圣门信。

8日　上午,到文工会,与郭等商谈文化界对言论自由表示态度事。得熊佛西信。复路翎、圣门。给梅林信。

9日　上午,读俄文,看旧报。得舒芜信,复之。写《看云人》序。

10日　得梅林信,老舍信,蒋牧良信。路翎来,宿于此。

11日　路翎去渝。开始读《母》,村田春海日译本。

12日　上午,听郭讲井田制。得伍禾、圣门、秦芸信。复伍禾。给刘一村信。看邢桐华译《文化拥护》。

13日　上午,访卢鸿基。得伍禾、圣门、秦芸信。看瞿译高尔基初期短篇五篇。

14日　看完瞿译高尔基创作选。得周建人、舒芜、绿原、骆剑冰、刘骥信。复伍禾。给刘一村信。

15日　听丁瓒讲演关于精神病学的发展①。

16日　听丁瓒续讲"神经衰弱"。得周行、吕荧信。复伍禾,给闻钧天打听登记证信。

17日　得陈白尘、卢鸿基信。读完瞿译高尔基社会论文集。复校《看云人手记》。

18日　圣门和他底新夫人来。午饭后送他们上车。看完高尔基底《列宁》,拟明天关于高尔基的讲稿纲要。

19日　上午,在文工会讲演关于高尔基。得陈闲、路翎、绿原、闻钧天信。复刘一村。为《希望》又给洪昉信。

20日　看绿原译稿 O. Wilde 底 De Profundis。

21日　看《回忆托尔斯太与高尔基》。复路翎、舒芜、吕荧等信。看读者稿数件,并复信。

22日　晨,搭部车进城,去车站路上不慎,跌入泥田。折回洗澡洗衣。下午四时,过搭公路车进城。王亚平来信,说张道藩不准纪念诗人节。夜,出街遇杨玉清,邀去实验剧院看京戏。

23日　得温涛信。下午,到文协。访骆剑冰。路上遇雪峰、蓬子,一道喝茶后到作家书屋吃晚饭。刘一村来。以群来,一道访郭沫若,给M信。

24日　绿原、化铁来。贺尚华、杨文屏来。访余二少爷,午饭后归。夜,访刘君谈刊物事。

25日　上午,与骆剑冰到刘骥家,借来《世界文学讲座》。今天端午节,参加伙食团聚餐。二时,主持诗人节纪念会。普君自桂林来②,到雪峰处见到。闲谈桂林情形。

26日　舒芜来,骆宾基来,何剑薰来。一道晚饭后与舒、何喝茶闲谈。得M信。看舒芜短评数则。

27日　阿杜来。秦芸来。向林冰介绍学生李君来。到中宣部访洪昉,说是关于《希望》的会核复函已送内政部。到文协,与骆宾基谈天。饭后一同到雪峰处谈天。购物。骆宾基与绀弩来谈天。

---

①　"丁瓒"(1910—1968),心理学家。
②　"普君",即骆宾基(张璞君)。

28 日　晨,搭部车回乡。过文工会、郭宅。洗澡,理发。

29 日　补看旧报。朱海观来,宿于此。复伍禾、陈闲。

30 日　看舒芜稿短论十八篇和《论中庸》。看《看云人手记》最后清校。下午,请朱海观、王肇启吃饭。给路翎信。复一读者信。

7月

1 日　上午,到文工会上俄文课。看何剑薰小说稿《艺术家》一半。

2 日　看完《艺术家》,疲乏不堪。

3 日　上午,到文工会。看罗念生译的喜剧《云》。看罗丹《美术论》六章。得路翎、舒芜、卢鸿基、骆剑冰信。

4 日　复何剑薰,谈对于《艺术家》及他底创作态度的意见。路翎携《儿女们》第一部修正稿来。宿于此。

5 日　上午,到文工会。得吕荧、刘一村信。下午,路翎回去。看《美术论》第七章。

6 日　复舒芜、朱健。读来稿数件,并回信。

7 日　上午,到文工会。看完骆宾基底《幼年》。看完罗丹《美术论》。看完列躬射要求看的小说。

8 日　上午,到文工会参加"七七"幼稚园开学礼。得李哲民信,南天撤退,好像伍禾已离开南天。即复。得应光采信及诗稿,阅后即复。得卢鸿基信,即复。给骆宾基信。

9 日　复骆剑冰信。给列躬射信,说对于他底作品的意见。给朱汉屏、李哲民信。

10 日　上午,同晓谷到文工会听郭沫若讲中国青铜器时代的问题。得贾植芳、路翎、绿原信。复贾植芳、绿原。买来黄色小猫一只。

11 日　下午,刘白羽、何其芳来文工会。被约去闲谈。读契诃夫底《蠢货》等四个短剧和《奇闻八则》。

12 日　看刘白羽小说三篇。复路翎。给舒芜、圣门信。

13 日　上午到文工会听刘等讲边区文化情形。朱振生来。得吕荧、舒芜、骆宾基信。

14 日　上午,郭、阳等十余人来开文艺座谈会,为之主持,会后集餐。下午,为卢鸿基生日聚餐。得绿原、陈闲、刘宗诒信①。

15 日　上午,文工会开契诃夫逝世四十年纪念会,作讲演。下午,刘白羽、何其芳、以群来,谈文艺工作一般情形,晚饭后去。

16 日　吕荧来,宿于此。

17 日　吕荧去。得陈烟桥、路翎、平咸信。周颖、姚楚琦来。

18 日　周颖、姚楚琦去,晓谷亦同去。

19 日　复刘宗诒、绿原。

20 日　上午,同M到合作社,理发。得李哲民信,即复。复朱振生。得闻钧天信。为《希望》给洪昉信。得雪峰、冀汸、应光采、欧阳彬信。

21 日　舒芜来,宿于此。

22 日　读者居仁来。下午,送舒芜上车。看葛洛斯曼底《生命》(译文)。给黄芝岗信,托代送审《财主底儿女们》,由舒芜带去。小黄猫病死。

---

① "刘宗诒",文学评论家。

23日　上午,到文工会。得骆宾基、列躬射、读者李江春、吴祝、白堤、李春讯信。得闻钧天信,《希望》登记证即将发下云。复陈闲、陈烟桥、雪峰。给何剑薰信。复读者信数封。

24日　上午,到文工会听郭讲古代史。得伍禾信,即复。得方然、何林及读者信。

25日　看关于契诃夫的材料。下午,访亚克。

26日　看《三姐妹》(曹靖华译)两遍。得圣门、余所亚、吕荧、何剑薰信。

27日　林等来文工会,往相见。下午聚餐,餐后园游会,因今天为"主任委员"回国七周年纪念也。晓谷由北温泉回来。复余所亚。

28日　看卢那恰尔斯基底《六十年代的俄国文学》。得何剑薰信。得方然信。

29日　上午,到文工会。得舒芜、郁文哉①、绿原、杜宣信。读完瓦希列夫斯卡底《虹》。

30日　朱海观、冯乃超来,乘凉闲谈。

31日　复温涛、杜宣、舒芜、居俊明。骆宾基自小龙坎来,宿于此。

8月

1日　与骆闲谈。

2日　晨,送骆上车。在泸县的应光采来。得刘一村、刘宗诒信。复路翎、何剑薰、何林、施品兰信。得黄芝岗信。

3日　复吕荧、刘宗诒。得戈宝权、卢鸿基信。看完《森林中的悲喜剧》。

4日　上午,到文工会。得路翎、吕荧、伍禾、骆剑冰信。复戈宝权。给李哲民信。亚克和他底丈人来。

5日　上午,到文工会。得路翎信。

6日　复圣门、方然、李江春。得何剑薰、舒芜、居俊明信。得杜宣信及剪寄的黄药眠驳文协年会论文的"论文"。

7日　看完巴甫林科底《复仇底火焰》。复读者方既、梅先芬。复骆剑冰。

8日　复路翎、黄芝岗。得社会局通知,《希望》登记证已发到。看 G. Flaubert 底《淳朴的心》。

9日　看完纪德底《浪子回家》等五篇。看佛里采底《契诃夫评传》一半。得何剑薰信,即复。

10日　得圣门、吕荧、绿原、李江春信。看完《契诃夫评传》。看《樱桃园》。

11日　开始写《A. P.契诃夫断片》。

12日　上午,到文工会。得骆剑冰、陈烟桥、何剑薰信。复李凌。续写《断片》。

13日　续写《断片》。

14日　力扬和他底"诗友"邱晓崧来。得乔木、何剑薰、骆剑冰信。复乔木。续写《断片》。

15日　上午,搭车到北碚,参加路翎结婚宴。遇卢于道。夜,与路翎夫妇、冀汸、白鲁等散步②。宿于兼善公寓。

---

①　"郁文哉"(1907—1953),笔名苏凡。历任《中苏文化》杂志编辑、主编。建国后任《人民日报》副刊《苏联研究》编辑。

②　"白鲁"(1917—2005),即冯白鲁,剧作家,编导。时在重庆复旦大学读书,中华人民共和国成立后曾任东北电影制片厂编导。

16日 晨,访老舍,遇老向、萧亦吾①、蓬子等。在老舍家吃面,今天是他男孩九岁生日。下午二时,搭车回赖家桥。得守梅、何剑薰、余所亚、李江春信。复守梅、何剑薰、吕荧。给卢于道信。

17日 晨,M给我三张纸的条子,判决我"横暴",该枪毙。听命运安排。得吕荧、刘宗诒信。看赵景深译契诃夫集《香槟酒》。

18日 晨,晓谷被滚粥烫伤,送卫生站洗裹。下午,东北青年徐放从沙坪坝走路来访②,并赠在伪满出的画报一份,小说《绿色的谷》一本。看完赵译契诃夫集《快乐的结局》。

19日 看徐放诗集《明日的旅程》稿。得李凌信。

20日 给徐放信。得黄芝岗信,《儿女们》已通过,即复。得李何林信。复吕荧。给路翎信。

21日 得伍禾、绿原信。续写《断片》。

22日 得何剑薰信。《断片》写完。

23日 上午,访郭沫若,赠延安出版之《屈原》。下午,朱振生来。得吕荧、庄涌信。

24日 晨,搭部车进城。访黄芝岗,取《财主底儿女们》。住入文工会。刘一村来,送来《看云人手记》。何剑薰来,一道喝茶,吃晚饭后分手。徐放来。访杨文屏。访刘宗诒。访邢君。得冀汸信。

25日 绿原来。杜源华来。访雪峰。访黄洛峰。访自成都来的叶圣陶③。访唐性天。访骆剑冰。到文协见到余所亚,并看他底画。重看徐放诗稿《明日的旅程》。

26日 徐放来。到社会局取到《希望》登记证。到雪峰处,骆宾基亦来。访张西曼。访王昆仑。以群来,一道喝茶。刘一村来。

27日 晨,金长佑来。骆宾基和徐歌来。上街修表。访巴金。到作家书屋,与姚蓬子、侯外庐一道吃饭。下午,雪峰来谈。陈烟桥来,一道吃面。访刘宗诒。到文协,与骆宾基、余所亚闲谈。得乔木信。

28日 下午,上街修皮鞋。到文协。访刘宗诒。夜,为朱海观校对一篇译文,至夜二时。得M信。

29日 杜源华来。何剑薰来闲谈。给M信。欧阳彬来。给M信。④ 复读者信两封。力扬、臧云远来闲谈。

30日 上午,到文协。刘一村来。夜,到作家书屋。得舒芜信,即复。给伍禾信。看沙汀底《奇异的旅程》。

31日 徐歌来。下午,以群来。刘宗诒、欧阳彬来。何剑薰和两个学生来。夜,到中苏文协。路遇雪峰,一道喝茶。

9月

1日 上午,何剑薰来。访骆剑冰,访杨敏。给路翎信。

---

① "萧亦吾",曲艺家。时为文协干事。

② "徐放"(1921—2011),原名徐德锦,"七月派"诗人。1955年被定为"胡风集团骨干分子"。1979年获平反,返回原单位人民日报社工作。

③ "叶圣陶"(1894—1968),作家,教育家。中华人民共和国成立后历任出版总署副署长、人民教育出版社社长、教育部副部长等职。

④ 此日两次记"给M信",原文如此。

2日　上午,秦芸来。秀珠来,同去会熊子民,一道吃午饭。访邓初民,在他家吃晚饭。访欧阳。得舒芜、吕荧信。王采来。梅林来。给M信。

3日　刘一村来。金长佑来。下午,到化龙桥报馆,宿于那里。

4日　下午,回城。访邢君,晚饭后别去。访余所亚。得路翎信。得M信。

5日　上午,访唐性天。到作家书屋。得舒芜信。看《孽海花》十五回。

6日　上午,访骆剑冰。到文协。看完《孽海花》。给M信。

7日　韦立来。乃超来城,带来M信及伍禾信。得金长佑关于出版《希望》的信。下午,访唐性天。看来稿。

8日　得吕荧信,即复。复伍禾。给何剑薰信。上午,绀弩来,一道吃饭。得韦立信。访雪峰,一道喝茶。绀弩引朱执诚来①。访金长佑,谈定《希望》出版事。

9日　到文协,遇绀弩、余所亚、朱执诚等,午饭后冒雨归。舒芜来,闲谈,一道晚饭。给刘一村信。

10日　复路翎,给骆宾基、吕荧信。下午,访骆剑冰。访邢君,遇见李,闲谈晚饭后别出。

11日　上午,访欧阳彬。下午,访杨敏。访雪峰,与姚蓬子等一道晚饭。得朱健信,即复。给邓初民信。复读者居仁信。

12日　韦立来。石西民来②。访杨敏。购物。刘鼎来③,付他五万支票代南天定纸。访梅林。收拾东西。

13日　晨,到骆剑冰处取小猫搭部车回乡。桌上积有何剑薰、邹荻帆、白莎、朱健、王士菁、绿原、伍禾、黎澍、徐歌、枫林来信④。

14日　得路翎、圣门、周行信。复路翎、圣门、黎树苍。

15日　上午,到文工会,访郭沫若。得舒芜信。下午,与M访阳翰笙。看M底稿子。

16日　上午,到文工会上俄文。访卢鸿基。清理信件。复舒芜、邹荻帆、绿原、杜谷、朱健。

17日　郭沫若夫妇和乃超来访。得芦蕻信及稿⑤。看稿。

18日　看稿。

19日　看稿。阿杜来。给舒芜、乔木等信。

20日　看稿。得朱健、吕荧、圣门、李江春、朱振生信。得舒芜信。

21日　看稿。杜国庠来访。看《甲必丹女儿》(孙用译)。

22日　看稿。得骆宾基、朱健、李何林、金长佑、陆一清、绀弩、卢鸿基、刘宗诒信。复刘宗诒。得余所亚设计之《希望》二式。

23日　路翎来,圣门夫妇来。宿于此。

24日　下午,送他们三人上车。看路翎稿。得李何林信。

25日　得胡绳、刘白羽、舒芜、韦立信。得庄涌信及诗集《悲喜集》。复胡绳、刘白

---

① "朱执诚"(即朱曦光、朱希),新知书店创办人之一。
② "石西民"(1912—1987),作家,新闻工作者。后曾任文化部副部长。
③ "刘鼎"(1902—1986),军工与机械工业专家,我国军事工业的创始人和杰出领导人,曾长期从事地下情报工作。
④ "黎澍"(1912—1988),历史学家,原名黎树苍,此时任成都《华西晚报》主编。
⑤ "芦蕻",投稿者,曾在《希望》上发表译文一篇。

羽、金长佑。给杨敏信。

26日　给路翎信。复杜宣、李何林。复韦立。

27日　照料病危的小猫。看完《克罗采长曲》。

28日　早起,小猫死了,埋于后面山坡林边。上午,到文工会,访郭闲谈。得绿原、何剑薰、冀汸、胡绳、刘白羽、刘宗诒、柳非杞①、徐歌信。

29日　复余所亚、朱健。

30日　得舒芜、芦蕻、雪峰、应光采、徐放信。复庄涌。夜,到文工会看放映新闻片和《忠勇巾帼》。

10月

1日　今天为中秋。上午到文工会聚餐。夜,仍看电影。得舒芜、胡绳、刘白羽、路翎信。得吕荧信及稿。复路翎。

2日　上午,在郭劳为家午饭。看吕荧、骆宾基稿。

3日　得路翎、骆宾基、邹荻帆、陆一青信。复路翎、舒芜。开始写《在流血的民主斗争里面》。

4日　续写。复陆一青。

5日　伤风、咳嗽。续写。

6日　依然伤风、咳嗽。续写。得何剑薰、伍禾、庄涌、绿原、韦立信。

7日　得舒芜、伍禾、聂绀弩信。写成。夜,陆一青来,谈南天情形大概。

8日　编成《希望》第一期。续与陆一青计划出版社事。

9日　得路翎、余所亚、伍禾、温涛、王采信。下午,送陆一青上车。得上海寄来晓风照片两张。复路翎、舒芜、何剑薰、骆宾基。

10日　复吕荧、应光采、王采、庄涌、白莎、邹荻帆、徐歌、伍禾(附给李哲民信)。给杜谷。

11日　复绿原。给杨敏、朱振生、闻钧天。得周建人、金长佑信。

12日　复冀汸、路翎。写张自忠纪念词。看来稿数件并复信。

13日　看来稿并复信。翻阅《坟》《且介亭》。

14日　路翎来,宿于此。得何剑薰、庄涌、陈烟桥、陆一青、梅林、以群信。

15日　与路翎酌定《罗大斗底一生》。送路翎上车。访郭沫若。得舒芜、绿原、朱振生信。

16日　上午,清理东西。下午,搭交通车进城。访余二仁。访金长佑,知道《希望》稿还是送了审查。

17日　晨,看完《何为》(世弥节译本)。陆一青来,一道访余所亚。路遇自川西来的沙汀、刘盛亚②,一道到群益出版社小坐。与沙汀访巴金,被请吃饭后一道到作家书屋,约同蓬子、雪峰一道喝茶。与沙汀一道到文协,见到由桂林来的艾芜夫妇。得黎树苍、白莎信,即复。给M信。

18日　陆一青来,韦立来。访余所亚。访骆剑冰,一道看电影《碧血黄沙》。访杨

---

① "柳非杞"(1911—1982),爱国民主人士,书画收藏家,诗人。
② "刘盛亚"(1912—1960),作家,文学翻译家。笔名SY。

敏。《青年文艺》开座谈会,并请吃晚饭。夜,雪峰来谈。

19日　杜宣请吃午饭。二时,在柏龄餐厅用茶会形式举行鲁迅先生纪念会。特务二三十人捣乱会场,聚中向我一个人进攻。六时,五十年代出版社请吃饭,到作家书屋,十人左右作家在吃饭,谈会场的事。回文工会,乃超由乡间来,几个人又谈会场的事。得M信,并转来守梅、舒芜、乔木信及舒芜稿《人的哲学》。看《人的哲学》四章。

20日　上午,访余所亚。路遇李蓝天①,一道到他住处。下午,到文协开常会。

21日　上午,张道藩请吃饭。胡四②、刘白羽来。夜,徐少爷请吃饭,并谈时事。聂绀弩宿于此。

22日　上午,舒芜来,一道吃饭。到作家书屋。乔木来,一道晚饭。夜,与乃超闲谈。

23日　下午,访杨敏。到作家书屋、五十年代出版社。访韩侍桁。夜,金长佑夫妇来。

24日　陆一青来。到中苏文协选得《麦哲伦通过海峡》作《希望》封面。与余所亚商定封面制法。访骆剑冰。给何剑薰、化铁信。

25日　今日为晓谷十岁生日,给M、晓谷信。下午,到育才学校为十余文艺青年讲话。夜,为《希望》事访钟宪民。

26日　《希望》稿发回,《置身在……》及何剑薰小说被送转中审会。得M及晓谷信,并转来绿原、吕荧、骆宾基、应光采、化铁信。阅稿。上午,以群、沙汀来与乃超谈文协事。夜,警报,此时尚未解除。

27日　得化铁信。下午,看电影《海狼》,J.伦敦小说改编的。过作家书屋。夜,警报。

28日　大雨。访骆剑冰、张保璜。夜,与乃超夫妇看《重庆屋檐下》。

29日　晨,访金长佑。阿陆来,留信给李蓝天。常任侠来,谈昆明情形。访余明英。三时,搭交通车回乡。得绿原、守梅、何剑薰、邹荻帆、熊佛西信。

30日　复守梅、绿原、何剑薰、吕荧。上午,到文工会,与郭、阳等谈城内文化界情形。

31日　看完舒芜底《人的哲学》。

11月

1日　得朱健、白莎、王采信。看完西蒙诺夫底《成熟》。复邱祖武③。给舒芜、余明英、金长佑信。关于著作人权益事,给乃超信。

2日　上午,访郭。清整报纸。得舒芜信及稿。得余所亚信。

3日　今天为晓谷阴历生日。清理报纸。

4日　得伍禾、路翎、刘铁华、骆剑冰信。复路翎、伍禾、骆宾基、邹荻帆、白莎、熊佛西信。编成《在混乱里面》。

5日　得邹荻帆、舒芜信。写《麦哲伦通过海峡》解题。

6日　与郭沫若同进城。在邢府午饭,闲谈至晚饭后回天官府。

7日　上午,访金长佑。参加苏联大使馆庆祝会。马宗融来。

---

① "李蓝天",舒芜的同事。
② "胡四",即胡绳。
③ "邱祖武",胡风在同年12月20日给许广平的信中介绍道:"成都金陵大学邱祖武君,辑有全集佚文和逝世后零星发表的书信各一册。"

8日　阿陆来。秦芸来。戈宝权来。给M信。下午,在郭家与若干文艺界同人闲谈。报纸发号外,罗斯福当选四届连任总统。得吕荧信。

9日　秦芸来。访雪峰。乔木、徐迟来,一道喝酒喝茶。得M信并转来守梅、绿原、舒芜信。

10日　上午,访骆剑冰。得路翎信。下午参加郭之茶会,与文艺者若干人杂谈。夜,与郭同去看《万世师表》,未终场有警报,至一时半解除。

11日　得舒芜信。下午,到作家书屋。晚,郭招待柳亚子。临时胡公来(昨晚来渝),闹酒一场。酒后与贵兼、乔木同到他们处,闲话至四时。

12日　下午,在郭家与文艺界若干谈目前文艺情况。与郭同看《郁雷》。

13日　到作家书屋,访余所亚。到五十年代出版社。夜,郭做寿,闹酒一通。得M信,即复。

14日　阿陆来。李蓝天来。访自桂林来的荃麟夫妇。得舒芜[信]。看完《前线》。重读完《朝花夕拾》。

15日　阿陆来。李蓝天来。给伍禾、李哲民信。复剑薰、守梅。下午,与乃超到蓬子处吃饭。饭后闲谈上海时代的情形。

16日　下午,看影片《月落》。访骆剑冰。夜,写《编后记》。

17日　上午,秀珠来,一道定做皮鞋。到文协。吕荧来。到作家书屋,交《在混乱里面》付排。

18日　阿陆来。购物。正午,张道藩请饭。访胡恭。到文协参加基金保管委员会会议。收拾东西。

19日　晨,阿陆来。金长佑来。看中苏文协版画展。访余所亚。二时上车回乡。得伍禾、路翎、何剑薰、守梅、绿原信。

20日　得路翎、绿原、石怀池稿①。看稿。复舒芜。

21日　看路翎中篇。得何剑薰稿。

22日　得路翎、守梅、吕荧信。上午,与M访郭,在郭家午饭后与他全家及阳翰笙到永兴场喝茶。全家在郭家晚饭后回来。看杂志。复吕荧。

23日　路翎来。

24日　得雪峰、骆宾基、朱健、聂绀弩、李蓝天、舒芜、陆一青信。

25日　晨,送路翎上车。得乔木寄赠欧洲地图。复陆一青。读《文学中的人民性问题》。

26日　看巴金《憩园》。M害疟,睡倒了。

27日　M病略轻。得舒芜、何剑薰、朱振生、方白②、柳非杞、陆一青信。复雪峰、朱振生、舒芜、乔木。

28日　看《森林在战斗着》。得姚展湘、梅林信。看杂志文。复剑薰、姚展湘、方白。

29日　到会问程泽民,告M病情。拿回阿司皮林。夜,伍禾来。

30日　医务所内科医生来看M病。下午,送伍禾上车。得路翎信。

---

① "石怀池"为复旦进步学生。一次,在过江时遇到风暴,因把持船只的国民党特务不派船去救,以致遇难淹死。胡风后在《希望》上发表他的两篇评论。

② "方白",疑指施方白(1887—1970),同盟会会员,中国国民党早期党员。爱国民主人士。

12 月

1 日　下午,到医务所问 M 病情。得舒芜信。看碧野底《肥沃的土地》。

2 日　下午,医生来复诊 M 病。到会里,并访郭。得绿原、剑薰信及稿。

3 日　上午,到医务所问 M 病情,确定非伤寒。到郭处看乃超来信。郭明天进城。得骆宾基、荃麟信。下午,医生来打奎宁针。《希望》校样带到,校好 30P。M 从七时余起安眠到现在(十二时)未醒。

4 日　续校对《希望》稿。得舒芜、伍禾。复路翎、骆宾基。

5 日　下午,到医务所。得乔木信。校完《希望》稿。复伍禾、守梅。

6 日　M 热全退,但衰弱不能起床。得绿原、余所亚、吕荧信。复舒芜。

7 日　上午,成湘由城回来,谈时局情形及准备疏散问题。为疏散事,给何剑薰、舒芜、张元松、路翎、绿原信。得伍禾信。复伍禾、余所亚。

8 日　下午,到医务所。到文工会。得舒芜、雪峰信。

9 日　上午,到文工会。得何剑薰、邹荻帆、伍禾信。复乔木、伍禾、雪峰、邹荻帆。看完《一个人的烦恼》。

10 日　守梅来。下午回去。得路翎、骆宾基信。复路翎、吕荧。

11 日　赶场。得伍禾信。得骆剑冰信,她要打游击云。

12 日　看稿件。

13 日　陆一青来。得路翎信。看稿件,清理东西。给孔厥、鲁藜信。《棘源草》出版。

14 日　复何剑薰。下午,搭部车进城。与乃超谈最近情形。

15 日　到南天,到作家书屋。梅林来。访金长佑。

16 日　黄若海来。与郭沫若、老舍到"楼外楼"访桂林逃难来渝之文化人。到文协。夜,文协开茶会。

17 日　上午,与老舍等在郭家午饭。到南天。访杨敏。访骆剑冰。

18 日　上午,访荃麟,访雪峰。下午,乔木来。复校《希望》最后一部分稿。得白莎信。夜,邢少爷请客,临时客人少到,被拉去配数。

19 日　上午,到南天谈话。到作家书屋开《抗战文艺》编委会。与伍禾访杨敏。与伍禾喝茶。与黄若海一道喝茶,听他谈计划写的剧本。警报。

20 日　得 M 信,并转来路翎、杜宣信。得吕荧信。下午,到文协,与沙汀闲谈。参加文协常务理事会。

21 日　上午,到南天。访骆剑冰。参加与沙汀饯行之宴。看以 Schubert 为题材的影片 New Wine。得 M 信,并转来舒芜、何剑薰信。何因为小说稿又被我批评,告舒芜从此不给稿子我看了。复舒芜、路翎。

22 日　得路翎信。看完金满成译纪德底《女性的风格》。路遇盛家伦,一道喝茶。与老舍、雪峰等被韩侍桁请喝酒。

23 日　上午,访余少爷,闲谈至下午二时。到五十年代出版社、作家书屋。文聿出版社请吃饭。金山为新婚请晚饭①。

---

① "金山"(1911—1982),原名赵默,表演艺术家。

24 日　给 M 信。访余所亚。访金长佑谈《希望》事。在金家晚饭。

25 日　李蓝天来。与金长佑到印刷厂。访骆剑冰。到南天。校《性格》后半部。

26 日　刘一村来,一道吃饭。到文协,布置辞年晚会。夜,郭请全会吃饭,酒后跳舞。给丁玲信,给 M 信。

27 日　到作家书屋,与雪峰、姚蓬子到茶室闲坐。到五十年代出版社。为 M 买鹿茸精。王冶秋来。

28 日　拟成文协结束募集贫病作家捐款的公启。到南天。徐迟来,到茶室闲谈。为报纸写成《元旦三愿》。得路翎信。陈班长带来 M 信。给 M 信,并带回东西去。

29 日　复萧军信。访盛家伦。与盛家伦一道看电影。修改石怀池底书评和绿原底诗集《破坏》。

30 日　上午,张保瑛来。骆剑冰来。参加孙科之招待茶会,并看苏联保健照片展览。夜,主持文协辞年晚会。得陈闲信。

31 日　看稿。给 M 信。乔木来。在郭家开文艺座谈会。《希望》出版。在作家书屋晚餐。文工会开跳舞会。

1945 年

1 月

1 日　与文工会同人到百龄餐厅吃点心。戈宝权来。到郭府。到作家书屋,文化生活出版社。参加李兰天结婚宴。

2 日　访金长佑。到南天。访余所亚。访茅太太。看稿。夜,到邢府看秧歌表演。

3 日　交《希望》第二期一部分稿。到南天。购物。伍禾来。下午,乘部车回乡。积收舒芜、路翎、朱健、柳非杞、魏荒弩信①。

4 日　得吕荧信。复路翎、舒芜。给守梅信。报载 R.罗兰在去年十二月三十日逝世。

5 日　得陈志华信。为南天事,发信数封。给金长佑信。

6 日　到文工会,刘仁来。得绿原、何剑薰信。得守梅信。复绿原、吕荧、张泽厚②。

7 日　军文班两青年来访。阅稿。看《诗垦地》第六辑。复邹荻帆、杜宣。给乃超信。

8 日　路翎来,宿于此。

9 日　送路翎上车。得韦立信。翻看积报。

10 日　画第二期拼版样子。给胡公、陈贵兼、乔木、老李、余所亚信。看关于 R.罗兰的材料。给金长佑信。

11 日　翻阅积报。得舒芜、绿原、雪峰、锺潜九信③。复锺潜九。看芦蕻稿,并复信。

12 日　看稿。访卢鸿基。访杜国庠,喝酒闲谈。

13 日　得吕荧、朱振生信。

---

① "魏荒弩"(1918—2006),文学翻译家。
② "张泽厚"(1906—1989),左联盟员,诗人,学者。
③ "锺潜九",翻译家,左联盟员,曾引导梅志参加革命。

14日 看王士菁《鲁迅传论纲》稿第一部①。下午,同M到永兴场散步,喝酒。为文协拟定征求独幕剧本启事,并给梅林信。复吕荧。给伍禾、金长佑信。

15日 看《鲁迅传论纲》稿第二部(完)。得路翎信及稿,绿原信及稿。得读者朱子敬信②。

16日 复朱子敬。得守梅信,陆一青信。得梅林信,王亚平信,报告骆宾基、丰村被捕消息。复梅林。为骆等事给乃超信。看新华副刊剧本《把眼光放远些》。给金长佑信。

17日 复路翎、绿原。得路翎信及稿,绿原信。城里转来投稿三十余件。得金长佑信。复王士菁,提关于《鲁迅传论纲》的意见。

18日 看《烟草路》。得侯唯动信及稿,鲁藜和公木稿③。复舒芜、守梅、何剑薰、路翎、金长佑、朱谷怀。给化铁及读者向太阳信。

19日 看路翎的《我们时代的英雄》原稿及别的投稿。得伍禾、路翎、自延安来重庆的周而复信。复周而复。

20日 看《沉钟》(启明版的坏译本)。得路翎、绿原、梅林信。复路翎、梅林。

21日 军文班两青年来。得所亚、李哲民信。给乃超、徐盈信。看稿。

22日 看稿。复丰村、黄贤俊信④。邢君来,取去王士菁之稿。中心小学三教师来吃晚饭。

23日 得乃超、舒芜、伍禾信。看来稿数十件,并回信十封左右。

24日 得乔木、吕荧、碧野信。复舒芜。给守梅信。看关于罗兰的材料。得朱健信及稿。

25日 得守梅信及稿,舒芜信。收拾东西。下午,搭部车进城。下车后即参加文艺座谈会,茅盾、以群向《希望》进攻。会后与雪峰到作家书屋,吕荧来。

26日 上午,吕荧来,得消息说骆宾基被打断了两根肋骨。到作家书屋,商量文协派人赴鄪都营救骆等事。到南天。访余所亚。

27日 上午,到文协,访华林,到作家书屋商量营救骆事。与吕荧一道午饭。下午,胡四来。访骆剑冰。到南天,见到李哲民。李兰天来。得丁玲、萧军信。得李雷信。

28日 上午,为骆事到作家书屋。下午,听两个远客谈话。得路翎信。给M信。给舒芜信,复路翎。

29日 为骆事到文协,访华林。访诺米。与周而复谈天,一道午饭。王采来谈。得M信,并转来绿原、舒芜、朱健、张元松信。

30日 到南天,到作家书屋。访骆剑冰。访金长佑。与杜老谈天。

31日 上午,听侯外庐"批评"《论主观》⑤。给M信。下午,为骆事在文协开会。

2月

1日 上午,到沙坪坝参加政治部印刷厂三周年纪念。访华林,知骆等事已解决,但

---

① "王士菁"(1918—2016),作家,鲁迅研究专家。
② "朱子敬"为一文艺青年,热心帮助《七月丛书》和《希望》的出版发行。
③ "公木"(1910—1998),诗人,《八路军进行曲》(后定为《中国人民解放军军歌》)的词作者。曾在《希望》一集2期上发表成名诗作《哈啰,胡子!》。
④ "黄贤俊"(1911—1984),作家,翻译家。
⑤ "侯外庐"(1903—1987),哲学家,历史学家。

不知已否释出。得吕荧、骆剑冰信。得 M 信。

2 日　上午,舒芜来,一道闲谈,吃饭。访乔木。胡恭请客,报告时事。夜,与贵兼长谈。

3 日　访舒芜。访金长佑。到南天。得路翎信。舒芜来,在冷酒馆闲谈。

4 日　下午,为《职业妇女》座谈会讲话。李兰天来。晚,为骆事到文协,并访华林。与雪峰喝茶闲谈。

5 日　上午,与李哲民、伍禾谈出版社事。在作家书屋为读者题字。购物。访金长佑。看稿。

6 日　晨,到南山为流亡学生讲演。夜,与胡君等谈文艺问题。

7 日　与贵兼闲谈。访金长佑。得 M 信。

8 日　坐卡车淋雪回乡。得邹荻帆、朱子敬信。

9 日　给路翎、舒芜、守梅信。得骆剑冰、耿庸信①。读《费尔巴哈论》。

10 日　清理旧报和信件。看《雪里钻》。

11 日　上午,文工会集餐。得守梅、伍禾、居俊明信。看思想斗争的材料。

12 日　得吕荧、绿原信。今天为旧历除夕,与郭家一起吃年夜饭。痔疮发,并咳嗽。

13 日　身体不适。复绿原、吕荧、张元松。给路翎信。

14 日　上午,到文工会。得梅林、王亚平信,报告骆宾基已被释出。房东请吃春酒。为宣言事给吴组缃信。复朱子敬。痔痛仍剧。

15 日　得吴组缃信。看完《费尔巴哈论》。

16 日　与 M 到场口沽酒。痔痛搽野猪油略愈。给金长佑、余所亚、杨敏信。

17 日　得舒芜、路翎、何剑薰信。守梅、舒芜来。

18 日　路翎来,守梅去。得居俊明信,望隆已从军。

19 日　路翎、舒芜去。得骆剑冰信。看路翎《两个流浪汉》原稿。给乔木信。

20 日　得林辰信②。看韬奋编《高尔基》二百余页。夜,晓谷患惊风一次。

21 日　晓谷仍发热。得绿原、杜谷、雪峰、所亚信。看完《高尔基》。

22 日　文若、周颖及蔡女士来,宿于此。晓谷渐愈。

23 日　蔡女士去。骆宾基、丰村来,宿于此。得路翎、李兰天信。

24 日　周颖、骆宾基、丰村去。得侯外庐、徐放信。复路翎、李兰天。得乃超信。

25 日　得刘白羽信,并转来艾青信。得李凌信。复碧野、林辰、乃超。看稿。报载 A.托尔斯泰逝世。

26 日　看稿。得漠青底《悲歌》③,即去信。复朱健。

27 日　看稿,回信。

28 日　看稿,得刘北汜底《机场上》④。得吕荧、伍禾、李兰天信。复刘北汜。

3 月

1 日　看稿。得舒芜、路翎信。复路翎、吕荧。开始写《答文艺问题上的几个质问》。

---

① "耿庸"(1922—2008),原名郑炳中,文艺理论家,曾在《希望》上发表杂文。1955 年被定为"胡风集团骨干分子"。1980 年平反。

② "林辰"(1912—2003),文学评论家,鲁迅研究专家。

③ "漠青",小说《悲歌》后在《希望》第一集第 3 期上发表。

④ "刘北汜"(1917—1995),作家。小说《机场上》曾后在《希望》第一集第 3 期上发表。

2日　写完《质问》。得绿原、吕荧信。看稿,回信。复绿原、杜谷。

3日　得舒芜、乔木、何林、力扬信。编成《希望》第三期。给朱振生信。

4日　晨,同M、晓谷步行到歌乐山,十二时,搭车进城。先到文工会,他们到骆剑冰处。到文协参加欢迎骆宾基、丰村的集餐,餐后到骆剑冰处,被留宿。

5日　晨,回文工会。访金长佑。育才学校周女士、蒋路来访①。到南天出版社。到骆处同M、晓谷出街吃饭。饭后M等看电影,我在作家书屋闲谈。同M看法使馆放映之影片。同访巴金太太。送M等回骆处。回文工会。得常任侠信及来稿三十余件。

6日　上午,为育才学校文学组讲演。姚蓬子为M请吃午饭。饭后,同M、晓谷到南天,访余所亚,路遇舒芜,一道喝茶小叙。夜,骆剑冰夫妇为M请吃晚饭。饭后,同M、晓谷看川戏。得纪玄冰信②。

7日　上午,到南天。到骆处引M、晓谷看卡通片《蜉游仙境》。回文工会,参加民主座谈会。邢君请吃牛肉馆。引M、晓谷看《槿花之歌》。

8日　与M、晓谷一道出街,到文协。李兰天来,一道到骆处。M参加三八节晚会。何剑薰来。

9日　晨,文工会同人请M吃早点。一起看影片《万里归程》。M和晓谷去看话剧。

10日　晨,到南天,到骆家引M、晓谷赴所亚午餐之约。乔木、胡绳来,在冷酒馆闲谈,并遇何剑薰。夜,郭家请吃晚饭。周而复来。

11日　晨,周而复请M吃早点。送M、晓谷上车回乡。到南天,到作家书屋。何剑薰来。开始校对《在混乱里面》。

12日　下午,到邢府,晚饭后归。得路翎信。

13日　晨,访许君。骆宾基约吃午饭。校完《在混乱里面》。到作家书屋。许君请吃晚饭。

14日　上午,到南天。下午,到文协。夜,文协开常委会。

15日　到南天。访杨敏。得M信,并转来刘北汜、吕荧、守梅、方然、邹荻帆、耿庸、靳以等信。蒋路来。

16日　写成《在混乱里面》序。看八人漫画联展。到作家书屋,与雪峰等闲谈。

17日　王亚平来。得舒芜、白莎、吕荧信。下午,乔木来,一道喝茶,喝后闲谈,晚饭后分手。给M信。

18日　访余所亚。重看《爱与死的搏斗》。下午,参加王亚平所谓祝寿茶会。得M信,并转来路翎、守梅、秦芸信。

19日　金长佑来。到南天。到作家书屋。访胡以平。路遇雪峰、梅林,一道喝茶。王采来。艺专三学生来。得M信。

20日　下午,看高龙生、汪子美漫画预展③。伍禾来,刘一村来。得李兰天信。

21日　得耿庸信。李兰天来。为文协拟成《向罗曼罗兰致敬》。梅林来,一道吃牛肉馆。

22日　改正《希望》第二期版式。到五十年代出版社,到作家书屋。夜,参加漫画座

---

① "蒋路"(1920—2002),翻译家,出版家。
② "纪玄冰"即向林冰。
③ "汪子美"(1913—2002),漫画家。

谈会。

23日　下午，到育才学校参加所谓民间形式座谈会。南天请冯亦代、乔木晚餐。写第二期编后记。

24日　上午，骆剑冰来。得M信，知晓谷咳嗽甚激。复吕荧。下午，访荃麟等。夜，文协开理监事联席会。

25日　上午，参加罗曼罗兰追悼会。以群为杂志请吃午饭。夜，顾翊群请吃饭①。

26日　复舒芜。开所谓文艺座谈会。秦芸来。到五十年代出版社，他们表[示]第三期以后《希望》不一定能出云。到南天出版社。访骆剑冰。

27日　上午，到作家书屋。下午，乔木来闲谈。夜，主持文协罗曼罗兰忆念晚会。得艺专三青年信。

28日　上午，访金长佑。伍禾来，黄庸来。上车前，李兰天到车站来。二时交通车回乡。复守梅、何剑薰、李凌、朱健、漠青、吕荧、舒芜、碧野信。

29日　整理来稿。看旧报。复王松。

30日　同M访卢鸿基。得路翎信。翻阅关于罗兰的材料。

31日　路翎、冀汸来。文化工作委员会被解散。

4月

1日　上午，文工会聚餐。得舒芜、守梅、骆剑冰、伍禾信。路翎去。看完冀汸稿《在回流里》。

2日　上午，到文工会。复伍禾、乔木、朱谷怀、李凌、何剑薰。冀汸去。给朱子敬信。

3日　得耿庸、李凌、何剑薰信。看关于A.托尔斯泰的材料。复漠青、刘北汜。开始写《悼A.托尔斯泰》。

4日　写成《悼——》，题名为《人道主义与现实主义的路》。到文工会。复李何林。

5日　下午，进城。到南天，访骆剑冰，访雪峰，访余所亚。

6日　看骆剑冰底剧本稿。到文协，到中苏文协。访骆剑冰。李兰天来。到作家书屋。到南天。

7日　看稿，写条幅。到文协，在葛琴处吃晚饭。文协开常务理事会。与雪峰、蓬子闲谈《希望》事。得鲁藜、孔厥、天兰、何其芳、侯唯动信。

8日　访贵兼，饭后同他和乔木闲谈。校《希望》二期稿。访剑冰，到南天。夜，参加各界慰劳郭的晚餐。续校稿。

9日　到作家书屋。到南天清理股本数目。续校稿。得方然信。尹瘦石来②。得萧军、艾青信。

10日　校完《希望》稿。蓬子来，一道吃牛肉馆。贵兼来，一道出街。到南天。访杨敏。复侯唯动。

11日　伍禾来。下午二时搭交通车回乡。得路翎、吕荧、冀汸信。俊明转来大哥信。

12日　翻阅旧报。看萧军稿。写家信。复路翎、绿原。给老舍信。复居俊明。

13日　上午，到文工会结账。得吴组缃信。复舒芜、方然。写家信。复读者信数封。

---

① "顾翊群"（1900—?），民国金融家，银行家。

② "尹瘦石"（1919—1998），书画艺术家。

14日　看完罗兰 St. Louis，日译。报载罗斯福前天逝世。

15日　上午，到文工会。下午，同 M、晓谷到场上理发，裁衣。得路翎信。

16日　看完 S. Zweig 底《R.罗兰传》，第一编，张定璜译。看艺专三青年诗稿，并回信。

17日　翻阅关于自然主义和左拉的材料。得朱健、何剑薰、守梅信。复守梅、荻帆、剑薰。

18日　复向林冰及刘黑枷①。重读《悲多汶传》。

19日　重读《托尔斯泰传》（罗兰）。读《伊凡·伊里奇之死》。得舒芜、老舍、何林信。给梅林信。

20日　尹瘦石来看版画史。得路翎、伍禾信，看《儿女们》下部到第五章。

21日　看到第十三章。

22日　看完《儿女们》。得邱祖武、伍禾、陆一青信。复徐放、耿庸。

23日　上午，搭车北碚访老舍，宿于他家。

24日　晨，路翎来会，在中山公园喝茶闲谈。路翎过江，一个人在公园喝茶，重看《青春的祝福》三篇。三时过，路翎同冀汸、石怀池来，一道过江到黄桷镇，宿于路翎家。

25日　晨，过江搭车回家。得吕荧、绿原、荃麟、梅林、韦立、卢鸿基信。复卢鸿基。收到《人的花朵》。

26日　看《文艺政策》日译本。得艺专王夫如信、朱子敬信②。

27日　下午，搭车进城。在旅社看到朱子敬。访余明英。住于文协，与张天翼同房。

28日　上午，到天官府街七号及郭家。与乃超到邢府。到南天，到作家书屋，到骆剑冰处。

29日　余所亚来，周而复来。为文协拟成文艺节公启。复何其芳、孔厥、鲁藜。夜，访乔木夫妇。

30日　到文协会员宿舍。给 M 信。复李兰天。到南天。访朱子敬。

5月

1日　与伍禾谈出版社事。到作家书屋。到文工会。得 M 信。

2日　与巴金、靳以等闲谈。下午，老舍自北碚来。为文协年会拟标语。

3日　为年会事访邵力子。到作家书屋。夜，住在文协的一些人聚餐闲谈。

4日　下午，文协开年会，会后会餐。

5日　下午，文协举行同乐会，作短的讲演。夜，文协开音乐会。

6日　给贵兼信试寄。中午，为《希望》事与冯、沈等吃饭。到南天出版社。

7日　中午，赵家璧请吃饭。下午，文协开选举票。

8日　上午，吕荧来，闲谈。中午，姚蓬子请饭。夜，王采来。得 M 信，并转来陈白尘信。

9日　下午，到邢府，晚饭后回。

---

① "刘黑枷"（1920—2001），编辑，记者。
② "王夫如"，即鲁煤（1923—2014），诗人，剧作家。时为国立艺专的学生，后在《希望》上用笔名"牧青"发表诗集二篇。1955 年被定为"胡风集团一般分子"，"文革"期间升级为"骨干分子"。

10日　下午,文协开理监事会,又被推为常务及研究组主任。

11日　下午,出街。访张西曼。

12日　到南天。访雪峰。李兰天来。得M信。复M信。复陈白尘。

13日　下午,乔木来,一道喝茶并访冯亦代①。复漠青。

14日　访郭沫若。到文工会。访余所亚。到南天。到五十年代出版社。到作家书屋。

15日　《希望》第二期出版。夜,文协开茶会欢迎李劼人②。

16日　为房子事找刘君。到南天。酷热。

17日　余所亚来。夜,几个人为张天翼聚餐。

18日　到五十年代。

19日　晨,搭郭府所借之卡车回乡。中午,文工会吃散场酒。得方然、舒芜、邱祖武、路翎、耿庸信。复路翎。给伍禾信。

20日　与M、晓谷到永兴场。

21日　得路翎、舒芜信。杜老来。

22日　看路翎、舒芜稿。刘仁来。

23日　复何剑薰、舒芜、绿原、邱祖武、朱谷怀、吕荧,及其他读者信。

24日　看《七月十四日》。

25日　得伍禾信,即复。

26日　路翎来。得伍禾信。卢鸿基来。

27日　得雪峰信。

28日　送路翎上车。到文工会。得耿庸信。

29日　复雪峰。复舒芜。看《伪币制造者》第一部。

30日　看完《伪币制造者》。

31日　得舒芜信。看稿。复舒芜、牧青、许伽③、屈楚④,及其他读者信。

6月

1日　重读《弥盖朗琪罗》。读《R.罗兰传》第二编。得刘白羽信。

2日　得伍禾、吕荧、杜宣信。守梅来。

3日　得伍禾信。下午,送守梅上车。复吕荧、杜宣。

4日　看稿,回读者信。收拾行箱。

5日　搭公路车进城,住文协。访冯君问房子事,他已去江安。到南天,五十年代,作家书屋。参加送郭会。

6日　访邢少爷,午饭后出来。访刘君。到南天,与伍禾在中央公园喝茶。夜,参加中苏文协欢迎苏大使鸡尾酒会。

7日　看稿。

8日　到南天,五十年代,作家书屋。下午,参加了文协欢送郭沫若茶会。夜,化铁来。

---

① "冯亦代"(1913—2005),散文家,文学翻译家。
② "李劼人"(1891—1962),作家。
③ "许伽"(1923—1999),原名徐季华,又名余芳。女诗人,作家。
④ "屈楚"(1919—1986),戏剧家,编辑。

9日　看稿,回信。下午,访乔木。

10日　看稿。夜,到作家书屋,南天。

11日　到文工会。夜,伍禾来。

12日　晨,搭公路车回乡。得舒芜、路翎、绿原、守梅、所亚信。复所亚。

13日　得剑薰信,舒芜信及稿。复舒芜、路翎。

14日　今天是端阳节。

15日　看《安娜·卡列尼娜》。

16日　看完《安娜》。复绿原、何剑薰。

17日　得路翎、吕荧、守梅信。

18日　得守梅、周行信。上午赶场。下午打扫卧室。

19日　写成《关于善意的第三人》。

20日　下午,同M到场上。

21日　得舒芜、漠青、冀汸、牧青信。李哲民来。

22日　李哲民去。得舒芜、梁永泰信①。给伍禾信。

23日　路翎和守梅来。

24日　守梅去。许敬先君来访②。

25日　路翎去。

26日　得舒芜、杜谷、守梅、所亚信。复舒芜。看《红与黑》(第一册)。

27日　得何剑薰信。去场上打预防针。

28日　因预防针底反应,整天不适。

29日　为晓风事给孙铭[镈]、王珩信。得雪峰信。

30日　晓谷害疟疾。给路翎信。得伍禾信。

7月

1日　得舒芜信、守梅信。

2日　写成《财主底儿女们》序。

3日　得舒芜信。复舒芜、雪峰、守梅。

4日　得刘北汜信及稿。

5日　给路翎信,伍禾信。下午,访阳翰笙。

6日　改正《希望》三期版式。

7日　改正版式完,到场上寄出。看完《保卫察里津》。得路翎、伍禾、荃麟信。

8日　看完周而复《白求恩》稿,并回信。复荃麟、伍禾、路翎。

9日　得邱祖武信及所辑鲁迅书简。得路翎信。

10日　复邱祖武。为《希望》事给雪峰信。得吕荧信,路翎信及稿。

11日　得吴清友信、学智信③。复学智、吴清友、路翎。给方管信。下午,到全家院子拿报。

---

① "梁永泰"(1921—1956),美术家,以版画为主。
② "许敬先"(1917—1989),革命工作者。
③ "吴清友",社会学家。

277

12日　得舒芜、乔木、冀汸、周而复信。看完了 S. Zweig 底《R.罗兰》,译得坏极。

13日　整理罗曼罗兰小册子稿件。

14日　得荃麟信。复乔木、冀汸、刘白羽。

15日　得路翎、雪峰、周而复信。晓谷老师张君来,带来尹蕴纬信。复路翎、雪峰、周而复、荃麟、尹蕴纬。

16日　开始写《罗兰断片》。

17日　续写《断片》。

18日　续写《断片》,完。得邵荃麟信,姜俊杰信,耿庸信及稿,竹可羽信及稿①。得金长佑信,他们决定不出《希望》了。

19日　看稿,回信。

20日　看稿,回信。得冀汸、剑薰、方然、丁易、刘巍信②。复漠青、刘北汜。

21日　看稿,回信。得吕荧、刘白羽、芦蕻、崔万秋信。

22日　看稿,回信。复方然、丁易信。

23日　搭便车进城。到五十年代,作家书屋。与伍禾谈南天事。收信件近百封。给M信。

24日　上午,参加邹、杜追悼会③。知道石怀池淹死。得路翎信。与吕荧、荃麟闲谈。校《希望》三期。

25日　校《希望》。给复旦学生会信悼石怀池。

26日　姜俊杰来。伍禾来。吕荧来。到天官府七号。写编后记。复李何林。

27日　上午到新知书店谈《希望》事,又不成。下午,访乔木。到作家书屋,到南天。

28日　校《希望》。伍禾、乔木来。与乔木在荃麟处谈天。拟《希望》启事。给金长佑信商《希望》结束事。

29日　上午,访沈钧儒谈《希望》事。到中苏文协。看稿,回信。彭元秀来。

30日　骆剑冰来,到南天。雪峰来。给M信。看稿。为音乐艺术社周年题字。

31日　得M信。复何家槐。看稿。杜谷及其二友人来。夜,看纪录片《克里米亚会议》和《柏林会师》。

8月

1日　黄庸来。得金长佑信。得李兰天信。伍禾来。秦德君来。冀汸来。荃麟来闲谈。彭元秀来。给M信。写《罗兰》编后记。

2日　冀汸来,并交来石怀池和他自己的稿件。骆剑冰来。与李哲民谈南天事。访雪峰闲谈。得M信,并转来耿庸、守梅信。

3日　到南天。到荃麟处。雪峰来。看稿,回信。

4日　得M信,并转来舒芜信。秦德君及其友人王白与来④。给M信。看稿,回信。

---

① "竹可羽"(1919—1990),作家,文化教育工作者,为推动我国围棋事业做出巨大贡献。

② "丁易"(1913—1954),作家。曾在《希望》上发表杂文两篇。抗战时任中华全国抗敌文协成都分会常务理事,重庆《民主报》主编。

③ "邹、杜"即邹韬奋、杜重远。杜重远(1898—1944),实业家,革命活动家。1944年被新疆军阀盛世才杀害。

④ "王白与"(1902—1949),抗战期曾任《新蜀报》总编辑、总经理,《华西日报》社长。1949年11月27日在重庆大屠杀中被杀害。

5 日　　看稿,回信。杜谷等来。乔木来,一道喝酒。文协开常会。伍禾来。得 M 信。

6 日　　得 M 信。给 M 信。冀汸及其友人来。下午,参加四号茶会。到邢府晚餐,同席者有一波人一俄人。

7 日　　上午,为房子事找冯君,不在。得 M 及晓谷信,即复。杜谷来。伍禾偕潘齐亮来①。看稿。

8 日　　访余明英。原子弹昨天炸广岛。复金长佑。得路翎信,并转来绿原信,即复。看稿,回信。给 M 信。

9 日　　看稿,回信。得 M 信。给 M 信。常任侠来。苏联参战。

10 日　　到作家书屋。夜,得日本投降消息,全市狂欢。在观音岩看了一会。与楼上诸人喝酒几醉。给 M 信。

11 日　　到南天,作家书屋,五十年代。夜,到邢府。得 M 信,即复。给路翎信。

12 日　　到南天。给舒芜、绿原信。李哲民来谈南天事。

13 日　　到作家书屋。访沈钧儒,《希望》事不成云。伍禾来。主持文协晚会。

14 日　　得 M 信。到五十年代。王白与来。校完《希望》。给舒芜。

15 日　　给 M 信。乔木、伍禾来。得老舍信,即复。

16 日　　上午,到育才参加座谈会。蓬子来。晚,访邢君。到特园参加文化人茶会。

17 日　　上午,到南天,与周君平谈话②。张西曼来。得 M 信。

18 日　　起草文协宣言。

19 日　　起草宣言毕。燕大学生骆惠敏来。得 M 信。到邢宅。

20 日　　伍禾来。夜,蓬子等来讨论宣言。得老舍信。

21 日　　骆惠敏来。得 M 信,晓谷考取了中大附中。给 M 信。到作家书屋。与南天同人谈话,不快。

22 日　　访郭沫若。荃麟来。夜,雪峰来闲谈。

23 日　　老舍来信,不同意宣言。看稿。下午,参加老爷们座谈。给 M 信。

24 日　　下午,到作家书屋,到南天。得王白与信。

25 日　　下午,搭公路车回乡。得朱健、何估等信。

26 日　　闷热,休息。

27 日　　修改宣言。

28 日　　上午,到文工会。看稿,回信。给金宗武信。

29 日　　上午,为文协事与阳翰笙同去北碚。在老舍处晚饭,住于兼善公寓。毛泽东昨天来渝。

30 日　　下午搭车回乡。得舒芜、守梅、吕荧、伍禾信。复伍禾,给梅林信。

31 日　　收拾书籍。得朱健信。

21 日步王白与喜降原韵

1.

已教欢乐霎时倾,且忆哀声与杀声。

我有创伤君有泪,弹余庐舍火余林。

---

① "潘齐亮",时为《大公报》编委。
② "周君平",似是南天工作人员。

冤沉旧鬼兼新鬼,耻印南京又北京。
莽莽苍生憔悴甚,人间坷坎待谁平。

2.
漫拈秃笔且题诗,后乐先忧记此时。
怯将贪官无数计,封功受土几人宜。
权谋惯见奸欺正,海口空夸夏变夷。
魔影幢幢须烛照,男儿何事急归期。

9月

1日　路翎、守梅来。

2日　路翎、守梅去。清理书籍。得伍禾信,即复。

3日　清理书籍。

4日　收拾行李。下午,搭车进城。晚,到50号,一道到红岩参加欢迎毛泽东之跳舞会,与毛作断续的谈话。宿于50号。

5日　头痛,咳嗽,大半天睡。熊秀珠姐弟来。下午,到南天。给M信。

6日　访雪峰闲谈。与伍禾谈南天事。参加所谓文化界复员谈话会。托郑璟其人带一万元和信给圮华母亲。

7日　周君平来。潘齐亮来,他明天去上海。夜,到苏大使馆看新闻片。得M信,即复。复舒芜。

8日　吕荧来,一道午饭。下午,到五十年代,到南天。与李哲民谈南天事。访郭沫若。得刘北汜、何家槐信。

9日　给许广平、孙铭鳟、岳母信。到荃麟处。夜,主持文协常会。

10日　伍禾来。看稿,回信。给路翎信。

11日　为鲁著版税事访沈钧儒。访乔木。到南天。访张西曼。雪峰来。

12日　伍禾来。计划文协复员事。给M信。

13日　访雪峰闲谈。到南天。王平陵来。得舒芜、绿原、方既信①。复绿原、邹荻帆。

14日　复舒芜、余所亚。得M信,即复。吕荧来。雪峰来。骆剑冰来。

15日　访王白与。伍禾来。召集文协独幕剧的评选委员会。与雪峰、蓬子喝茶谈天。

16日　得M信。吕荧来。守梅来。舒芜来,一道喝茶谈天。给王珩信。

17日　给大哥信。到南天,作家书屋。吕荧来。

18日　晨,借卡车到赖家桥搬家进城,借住文协之一室。舒芜来。

19日　贺尚华来。伍禾来。葛琴来。疲乏不堪。

20日　旧历中秋节。贺尚华请吃午饭。雪峰来。得许广平信,晓风无恙。得冀汸信。看路翎稿。

21日　腹泻,睡了大半天。夜,主持文协常会。为文协执笔给上海作家慰问信。由今天去沪的夏衍带一信给许广平。

---

① "方既",即陈方既(1921—2020),学者,美术家,书法家。

22日　上午,应胡乔木之约谈话约三小时①。下午,召集独幕剧评选会议。给路翎、陈闲信。复徐放。伍禾、黄若海来。

23日　访沈钧儒。田汉太太来。周而复来。夜,罗髯渔请饭②。校《儿女们》一百余页。

24日　李哲民引他的合作者张君来。伍禾来。荃麟来。雪峰来。得路翎、老舍信。复老舍。

25日　上午到作家书屋。得绿原、朱健、王士菁信。得华侨空军李行素信,并代其友人寄来贫病作家捐款二万元,即复③。给许广平信,王珩信。余明英来。

26日　看稿。得许广平、孙铭鏄信。得吕荧信。夜,与M访张西曼。庄涌来。

27日　得路翎信。看稿。下午,周恩来招待文艺界报告谈判经过。雪峰来。

28日　上午,到作家书屋。得徐放信。伍禾来。夜,为文协复员事访邵力子。

29日　自延安来之刘岘夫妇来访④,并带来萧军信。徐放来。夜,筹画文协复员事。

30日　得舒芜、金宗武、余所亚信。乔木来,雪峰来。李哲民来。给许广平信。夜,大学月刊请吃饭。得王珩信。

10月

1日　夜,荃麟夫妇请吃饭。得潘齐亮自汉口来信。

2日　下午,与M、晓谷看电影。与冯亦代谈出版社事。复路翎、舒芜、绿原。

3日　看完《人民是不朽的》。校《财主底儿女们》百余页。得许广平信。夜,请文协同住者吃晚饭。

4日　伍禾来。贺尚华来。夜,与M、晓谷看话剧《清明前后》,未终场即出。

5日　伍禾来。文若来。看稿。

6日　为文协复员事,与姚蓬子访吴国桢⑤。下午,再计画文协复员事。得路翎、乔木信。雪峰来闲谈。

7日　上午,罗髯渔来。得王珩寄来的她与晓风的合照。下午,访郭沫若。夜,与M、晓谷看电影。得邹荻帆信。

8日　得舒芜、朱健信。看稿。章况来访。复金宗武。下午,参加张治中欢送毛泽东的宴会⑥。

9日　看史东山编导的《还我故乡》试片⑦。得李行素、王珩信。下午,为复员事与姚蓬子、巴金访吴国桢。老舍自北碚来。何其芳来访,闲谈。复舒芜、李行素。吴祖襄自乡下来。

---

① "胡乔木"(1912—1992),人称"北乔",以与乔冠华("南乔")区分。1941年2月起任毛泽东的秘书。中华人民共和国成立后历任中宣部常务副部长、新华社社长、《人民日报》社社长、中央政治局委员、新闻出版署署长、中国社科院院长等职。

② "罗髯渔"(1902—1988),词人,革命家。此时以四川大学教授身份从事地下工作。

③ "李行素"及下文之周志竹均为华侨读者、美军飞行员。下文之曹凤集和路斯(美共党员)为他们的朋友。他们均支持胡风的工作,为他及中国爱国作家捐款募股。

④ "刘岘"(1915—1990),版画家。

⑤ "吴国桢"(1903—1984),时为国民党中央宣传部长。

⑥ "张治中"(1890—1969),国民党爱国将领。政治家,军事家。

⑦ "史东山"(1902—1955),电影导演,编剧,左联盟员。

10日　得牧青信。到荃麟处。黄若海来。张启凡来。刘盛亚来。

11日　晨,被邀赴九龙坡机场送毛泽东回延安。下午,到南天。访张西曼。伍禾来。

12日　得绿原信。得潘齐亮信。雪峰来。夜,看《风雪夜归人》话剧。

13日　得路翎、舒芜、吕荧信。胡乔木、何其芳来闲谈。牧青来。萧亦吾来。

14日　靳以来。校《财主底儿女们》一百页左右。下午,参加邢府茶会。夜,参加文协理监事联席会。

15日　伍禾来。下午,到五十年代,南天,作家书屋。得方然、温涛、章况信。复方然。得鲁藜、力群、侯唯动带来的稿件和木刻。

16日　得景宋信。得舒芜信。雪峰来。复舒芜。夜,周府请老舍、叶圣陶晚宴,作陪。得艾青信及照片。

17日　下午,到作家书屋。路翎与化铁来。看路翎稿三篇。复景宋。

18日　校完《财主底儿女们》(第一部)。下午,与路翎、化铁谈天。得牧青信。

19日　下午,参加鲁迅纪念会,讲了话。夜,在郭家开文艺座谈会。

20日　上午,路翎夫妇来。下午,参加文协招待记者。守梅来。夜,与路翎一道到南天。

21日　得陈闲信,唐弢信①。守梅来。夜,文协开易名晚会。

22日　上午,与伍禾对账。下午,开文艺座谈会。得李何林信。

23日　复陈闲、何林。为胡危舟事给于逢信。余所亚自成都来。《希望》三期出版。清查南天股东数目。

24日　为文协复员事,与老舍、王平陵到行政院访蒋梦麟②。与老舍在小馆喝酒。雪峰、余所亚来谈。为鲁迅版税事与曹靖华访沈钧儒。

25日　访杨玉清。到五十年代,南天。得李行素、俞鸿模信,即复。邹荻帆来。晓谷今天满十一岁生日。

26日　上午,其芳来。下午,乔木来,雪峰来,伍禾来。夜,与老舍等喝酒并闲谈。

27日　复唐弢。与姚蓬子谈鲁迅版税事。访张西曼。余所亚来。看稿。得舒芜信,即复。

28日　得绿原信。下午,与M、晓谷在城内走了一转。夜,宋之的来闲谈。

29日　雪峰来,一道吃火锅。到俞世堃处。到南天。计划好《希望》到上海重版的封面等。

30日　晨,邹荻帆来,托带《希望》一、二两期纸型到上海。清理稿件。下午,闻亦博来③。访费博士④。访张西曼。王采来。吕荧来。

31日　上午,访杨敏,一道吃饭。访胡以平。看影片《自君别后》。余明英来。伍禾来,商量南天结束事。给朱子敬信。

11月

1日　得舒芜信。复舒芜。给俞鸿模信。下午,参加杂志联谊会。伍禾来。明英来。

---

① "唐弢"(1913—1992),作家,鲁迅研究专家。
② "蒋梦麟"(1886—1964),教育家。曾任北京大学校长。
③ "闻亦博",经济学家。
④ "费博士",即苏联大使馆文化参赞费德林。

吕荧来。

2日　得路翎信。下午,开文艺座谈会到晚上。

3日　李哲民来。上午,与所谓工商业界开座谈会。下午,与M、晓谷出街访龚女士。夜,出街访人,不遇。复路翎。得徐放信。

4日　朱子敬来。吕荧来。冯乃超来。何其芳、史东山等来闲谈。《民主教育》请吃饭。得守梅信。复力群。

5日　上午,到郭家。谈文艺一直到夜里。

6日　徐放来。李哲民来。下午,到五十年代。到南天与周君平谈结束事。在荃麟家与雪峰、吕荧等集餐。

7日　上午,与M、晓谷参加苏大使馆招待会。会后到青年馆参加庆祝会。舒芜来。得景宋信。得何英信①。

8日　得绿原信。舒芜来。盛家伦来。下午,胡乔木来与舒芜作长谈。

9日　晨,与舒芜访胡乔木再谈哲学问题,不欢而散。雪峰来。吕荧来。得何剑薰信。

10日　上午,到伍禾处与周君平谈南天结账事。到作家书屋。与雪峰、蓬子喝茶。舒芜来。得朱企霞信。

11日　到伍禾处。舒芜来。于怀来。与舒芜、M、晓谷看话剧《芳草天涯》。得桂苍凌信②。复桂苍凌、何英。得老舍信。

12日　王戎、刘厚生来③。化铁来。居俊明来。下午,到何府与文艺界同人座谈到夜八时过。得金宗武信。得孙铭鐏信,并附来晓风给晓谷的信。复朱企霞。

13日　上午,到伍禾家。下午,到荃麟处闲谈。夜,再到伍禾处。得路翎信。周颖来,喝酒闲谈。

14日　得朱企霞信。下午,访张西曼,看木刻漫画展览会。参加青年演员们底座谈会。看影片《中国之抗战》。高兰来。重看《财主底儿女们》第一章。

15日　伍禾来。下午,访冯亦代。复邱祖武、何剑薰。看薏冰原稿《大凉山的春天》,即回信。得潘齐亮信。

16日　上午,到伍禾处讨论南天清理事。正午,为郭沫若做生聚餐。与雪峰喝茶谈天。陈理源、谢琏来。夜,再到伍禾处,到南天。明英来。得方然、俞鸿模信。复潘齐亮、俞鸿模。得舒芜信。

17日　上午,胡乔木来。萧亦吾来。伍禾来。到中苏文协。复景宋。得王士菁信,即复。复舒芜、艾烽。

18日　得李何林信。薏冰来。雪峰来。下午,送两箱纸型托余所亚带上海。耿庸等来。给老舍信。

19日　上午,周颖来,何其芳来。《自由导报》请饭。下午,参加反对内战大会。得守梅信。得白危信。

---

①　"何英",海燕书店店员。
②　"桂苍凌",即杜宣。
③　"王戎"(1919—2003),演员,编剧。1955年被定为"胡风集团一般分子",同年6月被捕。1958年3月起,被送往安徽、甘肃、新疆等地劳动教养。1979年5月回到上海。1980年获平反;"刘厚生"(1921—?),演员,导演,戏剧评论家。

20日　　得方管、王英信。上午,周君平来。牧青来。下午,开文艺座谈会。路翎来。《财主底儿女们》出版。看稿。

21日　　上午,访熊佛西。得邹荻帆信,即复。骆剑冰来。给俞鸿模信。佛西夫妇来。伍禾来。

22日　　上午,到各书店推销《财主底儿女们》。雪峰来,何其芳来。看稿。夜,到伍禾处。得朱企霞信。

23日　　看稿。得舒芜信。下午,文协开理事会。夜,龚澎约善后救济总署Howards一道吃饭。

24日　　上午,为复员事与王平陵访吴国桢。得李行素信。得姚平日信,即复。雪峰来。下午出街访人,都不遇。看黄若海剧本原稿《祖父》。给俞鸿模、潘齐亮信。

25日　　给俞鸿模信,看稿,回信。得朱振生、陈演汉、陈闲、俞鸿模、老舍信。复李何林、俞鸿模。牧青、徐放来。夜,到伍禾处。

26日　　上午,宋之的来闲谈。到何君处,晚饭后回来。得杨子涛信。余明英来。看路翎稿《俏皮的女人》。

27日　　上午,周君平来。下午,出街访代募股者数人。给贺尚华信。看稿。

28日　　上午,到中央印刷厂取书。看稿。复陈闲。

29日　　得邹荻帆、老舍、吕荧、杜源华信。复杜源华。得曹凤集信,即复。下午,出街访人,不遇。到南天。

30日　　得陈闲信。上午,出街访人不遇。过南天。夜,到伍禾家谈南天结束事。

12月

1日　　出街找人不遇。守梅来,带来路翎小说稿。得何剑薰、老舍信。得子民信。

2日　　王采来。葛琴来。伍禾、周君平来谈南天事。雪峰来。复何剑薰。找史东山带款给景宋。得朱企霞信,即复。得孙铭鐏、王珩信。

3日　　访冯亦代。在袁水拍家午饭。到邢府。得俞鸿模信,即复。给潘齐亮信。得丁玲、萧军信。

4日　　上午,访沈钧儒。章况来。下午,访费博士。编成《希望》四期。写一则杂文。路翎夫妇来。

5日　　复老舍。得舒芜、王珩、杜宣、李何林信。下午,与M、晓谷出街,遇路翎,一道喝茶,看影片《战地钟声》。为南天出版社拟通告。

6日　　访冯亦代托带款。得费慎祥信,即复。复吕荧。看稿,回信。

7日　　上午,出街访人,不遇。雪峰来。荃麟来。看稿,回信。复绿原、舒芜。得李行素、周志竹信。

8日　　上午,访冯亦代、王白与。下午,访倪斐君①。得舒芜信。得老舍信。得江丰信及鲁藜稿。王采来。

9日　　整理稿件。得贺尚华、朱谷怀、牧青信。

10日　　访吴清友,胡以平。到邢府。得乔木信。给俞鸿模信。

11日　　上午,赴长安寺公祭昆明死难师生。下午,到新民报,访费博士。得绿原信。

---

① "倪斐君"(1912—1966),医生,妇女活动家。

复朱健。

12日　姚楚琦来。得路翎、许寿裳、潘齐亮信。复潘齐亮。

13日　访冯亦代。得俞鸿模信。伍禾来,看稿,回信。

14日　温士扬来。文若来。到印刷厂。给许广平信。得老舍信。伍禾来,共发南天股东报告书。

15日　黄若海来。雪峰来。下午出街。邢老爷来。得何家槐、王士菁、李行素、高汾信①。复何家槐、王士菁。

16日　上午,为印刷事到李子坝访王芸生。得舒芜信。伍禾来,办理南天出版社最后手续。卢鸿基来。居俊明来。给大哥信。得唐弢信。

17日　上午,与M、晓谷看吴作人画展②。复俞鸿模。下午,到邢府听几位北方来客谈话。复李行素、路翎、舒芜、老舍。给方然信。

18日　得俞鸿模信,即复。得何剑薰、骆剑冰信。下午,与M、晓谷看《一曲难忘》(萧邦传)影片。访吴清友,在他处晚饭。文若来。

19日　雪峰来。下午,到大公报印厂校对。得孔厥信及稿。看巴金和茅盾自选来的小说。看稿。

20日　上午,访冯亦代,到开明书店,访王白与,访黄洛峰。得李行素信,吕荧信,华侨青年雷鸣钟信。复李行素。访费博士。夜,送款冯亦代带沪。得王珩信,即复。给许广平信。

21日　收拾书籍,共六件,送开明书店运上海。夜,文协开晚会。和华来,他后天去沪。收拾书籍衣服共两箱,明天托和华带沪。周君平来。

22日　昨天太累,甚疲乏。雪峰来。写《关于总算过去》。

23日　校《希望》稿。得俞鸿模信,即复。得孙铭镈信。写《空洞的话》。王为一来③。

24日　得老舍、舒芜信。下午,参加邢府茶会。

25日　得李何林信。下午,文艺界开座谈会。校《希望》稿,写后记,直到夜二时过。

26日　上午,冯玉祥请饭。到大公报印刷厂。得王士菁、何剑薰信。给曹凤集信。

27日　上午,到各书店收账。遇雪峰,一道喝茶闲谈。黄若海来。得贺尚华、方然信。复贺尚华。

28日　复校《希望》稿。下午,看木刻展览。得许广平信及食物。夜,写《写于不安的城》。

29日　得许广平、俞鸿模信。得牧青、青苗信。下午,到大公报工厂校完《希望》。夜,看育才学校话剧和舞蹈。

30日　上午,到三联书店。复何林、吕荧、方然、许广平、舒芜。夜,参加文协辞年晚会。

31日　上午,到邢府,午饭后四时归。得老舍、唐弢、魏金枝、路翎、金宗武信④。

---

① "高汾"(1920—2013),新闻工作者,《大公报》记者。
② "吴作人"(1908—1997),书画艺术家。
③ "王为一"(1912—2013),中国电影导演。曾执导《珠江泪》《椰林曲》《铁窗烈火》《七十二家房客》等电影。
④ "魏金枝"(1900—1972),作家。

1946 年

1月

1日　复魏金枝、唐弢。下午,与M、晓谷到天官府街。校看M底《元宵夜》。复绿原、雷鸣钟。

2日　访沈钧儒,不遇,访茅盾。下午,到三联书店。得何英、耿庸信。复耿庸。给募股者信数封。

3日　李亚群来。杜源华来。姚楚琦来。夜,引晓谷参加中苏文化新年同乐会。得王珩信。

4日　《希望》四期样本送到。下午,到大公报工厂。给广平信。复路翎。

5日　得舒芜信。周君平来。与M、晓谷看吴氏古物古画展。访张友松。雪峰来。复俞鸿模。给初大告信①。复朱谷怀。

6日　上午,守梅来。得路翎、舒芜、俞鸿模信。复俞鸿模、舒芜。夜,引晓谷参加冼星海纪念演奏会②。为新华日报写《代替庆贺的话》。得陈闲信。

7日　何剑薰自外县来。罗髻渔来。下午,访黄洛峰。参加中共代表团的鸡尾酒会。

8日　到大公报工厂。何其芳来。王采来。得纪玄冰信,即复。

9日　何剑薰来。下午,参加文化界招待政治协商会议代表的茶会。雪峰来。曹靖华来。得周志竹信,即复,并托转一信给李行素。

10日　上午,到大公报馆。下午,访倪斐君、胡以平。雪峰来。得路翎、牧青、朱健信。得曹凤集、路斯信。

11日　与M、晓谷参加新华日报八周年纪念。得何林、魏金枝、吕荧信。给舒芜、台静农信。为费博士写几个作家小传。

12日　上午,到书店。朱健来。访费博士。得绿原信。

13日　张稼眉来。丁易来。初大告来。得王珩信,并转来李行素信。得俞鸿模信。下午,访王白与。到天官府。陶行知为社会大学请吃饭。复路斯、曹凤集、李行素、俞鸿模信。

14日　老舍自乡下来。雪峰来。朱子敬来。写《从冬天想起的》。

15日　何剑薰来。访黄若海。三联书店为联合特刊请吃饭。与雪峰喝茶闲谈。朱子敬来,他明天可能去西安转回河南老家。同乡彭女士来。得孙钿、守梅信。复孙钿。

16日　得潘齐亮、贺尚华、守梅信。复冀汸、路翎、姚平日。给俞鸿模信。牧青来。雪峰来。何剑薰来,一道访王白与。

17日　舒芜学生曾、张二小姐来。复贺尚华、守梅、绿原、魏金枝。曹靖华来闲谈甚久。得周行信。为希望社[拟]向读者募股及订刊启事。复何英。

18日　上午,访人不遇。新民报请吃饭,几醉。夜,与M、晓谷看《岁寒图》演出。

19日　何剑薰来。得俞鸿模信。下午,参加《岁寒图》座谈会。丁易来谈。

20日　得路翎、守梅、殷维汉、姚平日信。访邵力子、郭沫若。夜,参加文协欢送老舍

---

①　"初大告"(1898—1987),世界语学者,教授,九三学社创建者之一。
②　"冼星海"(1905—1945),作曲家,音乐家。

等晚会。上午,钱纳水来,卢凤岗来①。

21日　卢凤岗来。朱健来。同乡朱汉杰女士来。到新民报。为飞机事到中宣部。夜,邢府为老舍、曹禺饯行。得孙钿信。

22日　上午,为飞机座位访吴国桢。到中美文协餐室,与钱、刘二君共餐。到萧红纪念会,讲了话,当场受到骆宾基底反对。得李哲民、冀汸信。雪峰来。复周行、陈闲。

23日　上午,为飞机座位到中宣部。王戎、赵明来。参加戏剧工作者底半月座谈会。参观延安生活展览。得朱健信。复孙钿、李哲民、王珩、朱健。给许广平信。

24日　为机位事找吴国桢。雪峰来。王白与来。下午,参加文化界政协协进会成立会。何剑薰来。夜,文协聚餐。看稿,回信。

25日　上午,略感不适。夜,第一次到"社会大学"上课。周而复夫妇来,周明天去北平。托周带信给丁玲、田间、艾青、萧军。

26日　到书店街,访吴清友。复俞鸿模。路翎自北碚来。何剑薰来,一道吃晚饭。

27日　路翎、守梅、何剑薰来。到"冠生园"与冯菊坡、张友松等谈小说英译事②。徐放来。路翎、何剑薰来喝酒闲谈至深夜。得邹荻帆、熊佛西信。

28日　上午,到书店。雪峰来。得向林冰信。看稿,回信。

29日　看稿,回信。何其芳来。得大哥信。得贺尚华、卢鸿基信。夜,孔祥熙为老舍、曹禺饯行请吃饭。饭后与老舍、曹禺到茅盾处。

30日　胃不适,断食一天。得绿原信,杨子涛信。复贺尚华、杨子涛。给吴组缃、郑思信。夜,与老舍略谈文协事。

31日　下雨,不能出街。看稿,回信。雪峰来。夜,与老舍等闲谈,作游戏。得舒芜、冯菊坡、牧青信。复熊佛西。

2月

1日　何剑薰来。上午出街。得许广平信,李行素信,殷维汉信。清理书籍、稿件。今天为旧历除夕,文协住的人聚餐。饭后与陈白尘打扑克。

2日　与同住的人作扑克戏。舒芜来。

3日　访沈钧儒不遇,到茅盾处。访陈家康。舒芜来。得陈闲、俞鸿模信。王采来。复李行素、冯菊坡。

4日　何剑薰来。民主报徐仲航来③。老舍自北碚来。黄若海来同去参加他们同人聚餐及座谈会。舒芜、陈家康来,喝茶,喝酒,谈至夜十一时。得牧青、谢珽信。

5日　上午,与M、晓谷访郭沫若,在郭家午饭。饭后与郭一道参加周恩来招待文化界茶会。与张西曼、雪峰一道晚餐。得孙铭镈信。

6日　略感疲乏。何剑薰来,舒芜来,闲谈至晚饭后去。雪峰来。得贺尚华信。

7日　到书店街。到行政院催飞机。夜,参加出版业同乐会。得路翎、方然、舒芜信。马哲民来。

---

① "卢凤岗"为梅志过去在江西时的房东,曾是中华革命党人。
② "冯菊坡"(1899—1957),广东地区早年的党、团领导人之一,工人运动领袖之一。
③ "徐仲航"(1909—1976),中共地下情报人员。当时的公开职务是中国国民党官方出版社正中书局管理处处长。

8日 中午,于右任、邵力子为老舍饯行请吃饭。下午,文协开理事会。夜,张治中为庆祝政治协商会议成功开鸡尾酒会,会后并看《红尘白碧》话剧。得贺尚华信。

9日 上午,到三联书店。何剑薰来。中华大学学生野风来。家康、于怀来,喝酒闲谈。到行政院催飞机。夜,与老舍等作扑克戏。

10日 访陈理源,不遇。看稿。访郭沫若,他参加今晨较场口庆祝政治协商会议大会,挨了打,另有伤者数人。曹靖华来。牧青来。复路翎、舒芜、方然。

11日 请老舍吃水饺,饯行。到行政院催飞机。访陈理源。访费博士。

12日 上午,为机位事访黄苗子①,到行政院。何其芳来。何剑薰来。复大哥、俞鸿模。得姚平日信,即复。

13日 老舍去上海转美国。得王珩信,并转来曹凤集信。得俞鸿模信。陈鲤庭来访电影剧本事②。雪峰来。何其芳来。为文协起草慰问郭沫若信。看稿,回信。得朱子敬电报。夜,与M、老舍太太看《草莽英雄》,未终场。

14日 晨,牧青来同往磐溪国立艺专讲演③。讲演后与林风眠、李可染及学生等闲谈。过李可染家后,回城。参加苏大使馆招待外蒙代表团鸡尾酒会。得周行、蔡力行、化铁、卢鸿基转来王朝闻信。

15日 到行政院打听机位,已批定299批,大约本月24日。吕荧来,靳以来。参加戏剧节聚餐会。雪峰来。得俞鸿模催款信。夜,到社会大学授课。

16日 看稿,回信。吕荧来,去后不久医院来人说突患盲肠,到医院为他作保住院。雪峰来。复陈闲。

17日 韩人周世敏来。到医院看吕荧,手术后经过良好。得孙铭鳟信,她这两天去曹白处。复朱子敬、周行。卢鸿基自乡下来。南洋记者林启芳来。守梅来。整理稿件。

18日 章况来。黄若海来。温田丰来④。庄寿慈来⑤。到育才学校文学组、社会组讲演。鸿基来。得殷维汉来信,并转来李行素信。开始写离渝日记。

19日 晨,访王白与,谈了一通时局。到书店。遇亚群,一道喝茶,吃饭。到公信委托行取款。与唐性天订代售《希望》合同。看记录影片《美国参战》。

20日 吃饭后雪峰来。到行政院取通知,说是改在明天上午了。卢凤岗来。路翎夫妇来。得居仁信。

21日 上午,其芳来。到行政院取通知,往返跑了两次,终于取到了。下午,到泰裕银行,到三联等书店。得舒芜信。看稿,回信。杨小姐来。给方然信。

22日 上午,到飞机场。今天学生游行,新华日报门市部被打,四人受伤。卢凤岗来。到民生路,到市民医院。得柏山夫人信。参加中苏文协红军节鸡尾酒会。胡府晚宴饯行。

23日 上午,到飞机场买票,临时延后一天,票托戴浩下午代买⑥。参加苏使馆红军

---

① "黄苗子"(1913—2012)。美术家,书法家,作家。
② "陈鲤庭"(1910—?),导演,艺术理论家。1931年创作了影响极大的街头剧《放下你的鞭子》;抗战期间在重庆执导了郭沫若的话剧《屈原》;1947年在上海导演了影片《遥远的爱》。
③ 《新华日报》2月15日载:"胡风先生昨下午一时,在盘溪国立艺专演讲,题为《文艺与民主》,听众甚众。"
④ "温田丰",诗人,记者。
⑤ "庄寿慈"(1913—1971),作家,翻译家,笔名吕浩。
⑥ "戴浩"(1914—1986),电影工作者。

节鸡尾酒会。与贵兼喝茶谈天。夜,文协聚餐。若海来。何剑薰来。雪峰,他也可以两日[后]走。明英来。今天又有学生游行。夜,臧克家来谈。

24日　二青年来。下午,送行李过磅。罗髻渔来。萧亦吾来。黄若海来。雪峰来。夜,与伍君谈话至一时过。

25日　晨七时起飞,下午一时过到龙华机场。坐公司车进城,在善钟路改坐黄包车到家——雷米路文安坊六号。夜,访许广平。

26日　访姚蓬子,一道到作家书屋。访老舍,不遇。访周建人。下午,访殷维汉,访胡南湖①。夜,访冯亦代,找不到地方冒雨归。给路翎、舒芜信。

27日　王珩夫妇来。到咖啡店会重庆来的几个人和什之②。俞鸿模来。贺尚华来。

28日　上午,到农商银行。到作家书屋,雪峰昨日抵此。与老舍等一道到新城隍庙,上海文协与苦干剧团为文艺欣赏会聚餐。见到一些人。餐后到辣斐戏院参加文艺欣赏会,讲了话。晚,《周报》《文艺复兴》《活时代》三刊请饭。

3月

1日　上午出街买东西。下午,与M到作家书屋,访周建人。与雪峰同归吃晚饭。

2日　写鲁迅版税收支报告。崔万秋来。复曹凤集,给路斯、雷鸣钟信。给陈闲信。与房客倪君谈话。

3日　到俞鸿模家。访许广平,交代版税账目。郑振铎请吃饭③。周建人夫妇来。俞鸿模来。得姚平日、周而复信。复周而复。

4日　上午,全家到托儿所接晓风回家。下午,到作家书屋会同数人到汇山码头欢送老舍等,找不到船,于是到虹口公园、北四川路一带看了一看。

5日　上午,访崔万秋。下午,到北四川路访人不遇。到房屋租赁管理委员会。姚蓬子、沈松泉请吃晚饭④。为房子事到孟家。得丁玲、萧军、艾青信。得朱子敬信。得路翎信。

6日　复丁玲、艾青、萧军。下午,与M同访M之二舅母。访胡南湖。贺尚华来。周建人请吃晚饭。

7日　访屠少恺⑤。与房客倪君交涉房子事。景宋来。文化投资公司请吃晚饭。得梅林信。

8日　晓风今天上学——本弄粹光小学,二下。得孙钿信。访雪峰。俞鸿模请吃晚饭。

9日　为房子事访孟太太。访冯亦代。访王珩。得贾植芳、舒芜信。

10日　宝华、和华来。王珩夫妇来。李行素和他底两友人来。屠少恺来,打开了二楼亭子间。魏金枝及其他三人来访。复路翎、舒芜。

11日　找雪峰,一道喝咖啡。得王士菁信。复王士菁、姚平日。给黄若海信。

---

①　"胡南湖",即胡鄂公(1884—1951),湖北江陵人。早年曾参加过武昌起义,1921年加入中国共产党。后从事统战工作。
②　"什之",即姜椿芳(1912—1987),著名翻译家;新中国文化教育、编辑出版事业、外语教育事业奠基者之一。
③　"郑振铎"(1898—1958),作家,文学家,翻译家。中华人民共和国成立后曾任文化部长。
④　"沈松泉",出版家。
⑤　"屠少恺"为梅志异母兄。

12日　得周行信。出街约见自北平来之周而复,一道喝咖啡。俞鸿模来。起草房子纠纷之声请书。给丁玲信。

13日　马梯自苏北来①。王珩夫妇来。为房子事访孟家。到作家书屋。到房屋租赁管理委员会。到新新出版社。得熊佛西信,即复。给绿原、守梅信。

14日　到"沙利文"与于怀叙谈。马梯约在"锦江"吃晚饭,同座者有赵朴初及丁、陈二女士②。得舒芜信。为房子事起草备案呈文。

15日　马梯来吃午饭。给曹白信。蒋天佐来③。到区公所。夜,为房子事到孟家。

16日　俞鸿模来。雪峰来。得吕荧、牧青信。夜,赵居士请吃饭,兼为马梯送行。得韦明信④。

17日　下午,到作家书屋。四时,为之江大学一部分学生讲演。七时,为中国文化投资公司文艺晚会讲演。给柏山信。

18日　补写离渝日记一节。得绿原信。访许广平。

19日　上午,访崔万秋。三楼亭子间的住客搬走了。下午,到北四川路买日文旧书。邱祖武来。得守梅信。

20日　晨,俞鸿模来。到殷家。到文化投资公司。访雪峰。下午,到生活书店编辑部。为房子事到孟家。写离渝日记。

21日　得贾植芳信,即复。和楼上张姓谈房子事。补写离渝日记,完。

22日　得路翎信,并转来化铁信。清理稿件。与余所亚约在饭馆闲谈,晚饭。校对离渝日记抄稿。给李亚群信。

23日　到孟家。到余所亚处。

24日　上午,到青年会读书会讲演。下午,为对上海文艺青年联谊[会]讲演出门,但时地相左。到作家书屋。与夏衍同到生活书店。居俊明来。尹昌舜来⑤。重庆转来何英、姚楚琦信。复舒芜。

25日　上午,到许广平处。下午,到文化投资公司,到时代日报。到作家书屋。得牧青信。

26日　到宋之的处(日本人之万岁馆)。饭后到三民书店会同王宝琅找旧书⑥,得二十余册。得李哲民信。不在中贾植芳夫妇来。

27日　到文化投资公司,谈《希望》出版事。贾植芳夫妇来,午饭后一道看影片《莱茵河的守卫》,闲谈至晚饭后辞去。得舒芜信。拟定《希望》出版合约稿。

28日　复梅林。得舒芜杂文集稿。到文化投资公司,到作家书屋。沈志远在来喜饭店请客。得孙钿信。

29日　上午,到孟家。下午,校对离渝日记抄稿。贾植芳夫妇来,晚饭后谈天至十时过。

30日　为房子事给孟家信。下午,贾植芳夫妇来,一道去看影片《阿利巴巴与四十

---

① "马梯",即曹白妻孙铭鐏。
② "赵朴初"(1907—2000),社会活动家,佛学家,书法家,作家,诗人。
③ "蒋天佐"(1913—1987),作家,左联盟员。曾用笔名"史笃"。后代表地下党与胡风联系。
④ "韦明",周恩来秘书之一。
⑤ "尹昌舜",疑为梅志的亲戚。
⑥ "王宝琅",即王宝良。曾为内山书店店员。

大盗》,晚饭后再一道回来谈天至十时过。得路翎信。

31日　上午,到同德医学院为文艺青年联谊会讲演。蒋天佐来,俞鸿模来。下午,文协开会。王珩夫妇来。

4月

1日　到房屋租赁管理委员会,人不在。贾植芳夫妇来。孟太太来。王宝琅送画集来。下午五时,送植芳夫妇到卡德路上电车回徐州。得姚平日、王士菁、周行、宗玮信。得梅林信。

2日　访宗玮。买皮鞋。复梅林。给曹靖华信。魏金枝来。到俞鸿模处。

3日　冯仲足来。到余所亚处。柯小姐来。俞鸿模来。

4日　全家到兆丰公园。顾、王二记者来。

5日　上午,同M一道到北四川路。遇陈烟桥,同到他家,碰见张谔①。到熊佛西家,午饭后辞出。买旧书、旧物。夜,周信芳招待看《徽钦二帝》。

6日　上午,到作家书屋,文化投资公司。得守梅信,张瑞自杀,即复。给路翎信。得曹凤集信。夜,和华在M干娘家请饭。

7日　上午,楼下杨家收拾存物。下午,参加文艺界谈话。得柏山、何其芳信。得贾植芳信。得绿原信。

8日　与M到虹口买旧衣。到杨敏家。到何非光家。程造之来②。给李凌信,托他在台湾买旧书。

9日　得路翎信。下午,与M到宗玮家。复曹凤集。夜,与M到许广平家,遇适夷。

10日　上午,与王珩到虹口交涉她底房子纠纷。与蓬子一道午饭。到开明书店。得杜埃、周而复、邹荻帆信③。

11日　上午,崔万秋来。到殷家,到文化投资公司。得黄若海、张友松信。看稿。夜,崔万秋请吃饭。

12日　看稿。下午,到文化投资公司交稿付排。得牧青、周行、冯菊坡、王士菁信。给贾植芳信。

13日　冯仲足来。下午,到市立戏剧实验学校讲演。到房屋租赁管理委员会。得陈闲信。俞鸿模来。

14日　M父亲回上海。复周行、舒芜、陈闲。下午,访胡南湖。夜,写《灯下谈》。

15日　得守梅信。上午,访史美诚谈房子事。下午,到虹口,逛旧书店。访骆剑冰,找刘骥看房子④。不在中孙钿来。

16日　上午,到投资公司。得向林冰、温田丰、初大告、梅林、葛琴、居仁信。孙钿来,闲谈至晚饭后辞去。

17日　与M到虹口交涉房子。访骆剑冰、何非光、邹任之⑤、刘骥、王珩等。M先回。在熊佛西家晚饭。得路翎、贾植芳信。

---

① "张谔"(1910—1995),美术家,擅长漫画。后任中国美术馆副馆长。
② "程造之"(1914—1986),作家。
③ "杜埃"(1914—1993),作家。
④ "刘骥"(1894—1958),胡风的湖北同乡,老同盟会员,国民党陆军中将。
⑤ "邹任之"(1911—1973),国民党爱国将领,曾为优待、教育、感化、改造日军俘虏做出历史贡献。

18日　到虹口交涉房子,无结果。到徐蔚南①、高临度处。给孙钿信。夜,许广平请吃饭,同席者有雪峰、适夷等。

19日　到作家书屋。给路翎、孙钿信。下午,到虹口交涉房子。宿于刘骥家。

20日　为房子事访邹任之,访端木楷。得陈闲信。和华来。夜,仍到虹口,宿于刘骥家。

21日　上午,与刘骥找日本人未走的房子,不得。夜,到俞鸿模处。

22日　上午,到虹口。到投资公司。得孙钿信及稿。得逢美信及稿。得葛琴、朱健、何林信。访雪峰,遇华西园,一道喝咖啡。夜,又到虹口。

23日　下午,到虹口。改完《洋鬼》。宿于刘骥家。

24日　上午,找到邹任之。中午回家。下午又到虹口。得舒芜、蒋天佐、魏金枝信。访雪峰。到投资公司发稿。

25日　上午,到虹口。到上海殡仪馆吊夏丏尊之丧②。到郑振铎家参加文协理事会。雪峰来,晚饭,闲谈。得大哥、李凌、胡南湖信。

26日　上午,又到虹口,房子事终于失败。访胡南湖。夜,许广平为鹿地饯行请吃饭,见到内山完造③。

27日　得路翎信。下午,与M、晓谷一道看《陞官图》。

28日　写《上海是一个海》。夜,访余所亚商量封面。得陈闲、邹荻帆、冀汸信。

29日　得绿原信。下午,到投资公司,到作家书屋。得吕荧、牧青信。夜,改好《张天师的同学和水鬼》。

30日　晨,参加叶挺等追悼会。在作家书屋晚饭。下午,校对《希望》。夜,写《编后记》。

5月

1日　上午,译罗丹《遗嘱》片断。下午,到余所亚处商量封面。夜,看稿。校对《希望》二集一期。

2日　全天校对《希望》。重庆转来陈志华与路斯信。

3日　复路翎、舒芜、绿原等信。下午,到投资公司,作家书屋。得李行素、陈闲信。得郑思信。

4日　晨,参加文艺节纪念会。下午,到投资公司。夜,文协聚餐。与雪峰、适夷等在咖啡店闲谈。

5日　给卢蕻信。复向林冰、郑思、贺尚华、陈志华等信。下午,参加文协理事会。在郑振铎家晚饭。

6日　下午,到投资公司。夜,看绍兴戏《祥林嫂》。得何其芳、何英、芦甸信④。复守梅、舒芜、路翎。

7日　复梅林、李凌。得守梅信。下午,与雪峰、M、晓谷冒雨访鲁迅先生墓。俞鸿模

---

① "徐蔚南"(1900—1952),散文家,文学研究会成员。
② "夏丏尊"(1886—1946),文学家,语文学家。
③ "内山完造",日本友人,20世纪30年代在上海开办内山书店,与鲁迅关系密切。中文名"邬其山"。
④ "芦甸"(1920—1973),原名刘振声,诗人,文艺工作者。曾任天津市文联秘书长。1955年被定为"胡风集团骨干分子",1973年3月31日患脑出血去世。1980年平反。

来。复王士菁、李哲民、朱健、冀汸、陈闲、温田丰、黄若海、莫洛①。

8日　理发。丁英来②。下午，访沙千里③。到文化投资公司。到作家书屋。《希望》出版。得姚平日、任铭善信④。夜，孙钿与小潘来晚饭。复吴履平律师。

9日　下午，到投资公司，作家书屋。得程造之信。复李行素、雷鸣钟、杜埃、张友松、冯菊坡、初大告、朱子敬、姚平日、任铭善。得路翎信。

10日　给大哥信。下午，与M、晓谷看苏联影片《银星泪》（原作Ostrovsky）。夜，程造之来。与M访景宋，不遇。

11日　得路翎信，并转来化铁信。复化铁。访景宋。下午，到投资公司，作家书屋。得邹荻帆、温田丰信。看稿，回信。

12日　看稿，回信。得舒芜信。下午，访胡南湖。杜国庠、冯乃超来。夜，请景宋、周建人等晚饭。

13日　上午，到投资公司。看稿，回信。得守梅信及稿。

14日　下午，与M、晓谷出街。看稿，回信。复绿原。

15日　上午，访史美诚。晓风生病。夜，访冯乃超不遇。翻看八一三后日记。

16日　上午，到房屋管理委员会，为房子事与三楼张姓对质，调解不成。访沙千里。得舒芜信。夜，与M到作家书屋，雪峰、蓬子约到咖啡店闲坐。杨潮太太来⑤。

17日　得舒芜信。草公祭杨潮祭文。下午，到投资公司。得温田丰、平旦、梅林等信⑥。柳湜、胡绳来，晚饭后去。新闻记者庄稼及其友人来。

18日　为登记事到社会局。看稿。杨潮夫人来。赵小河来。得绿原、冀汸信及稿。复舒芜。与M、晓谷在霞飞路散步。

19日　上午，参加杨潮追悼会。得守梅信及稿，得绿原信及稿。下午，听马思聪音乐会，与M一道。与乔木喝咖啡谈天。复守梅、冀汸。

20日　得化铁、守梅信。下午，到投资公司。得耿庸、何剑薰、梅林、芦蕻信。到作家书屋，与雪峰、适夷闲谈。黄洛峰自重庆来，一道吃饭，又一道进咖啡馆。不在中王士菁来，带来胡仲持信。

21日　访杜国庠。到社会局。王士菁来，晚饭后去。

22日　得曹凤集信。韦明来。两青年来。下午，与M访许广平，到作家书屋，访周建人。联合晚报记者翁女士来⑦。复耿庸。给贾植芳信。

23日　上午，与M到虹口，访郭沫若，到王珩家，到骆剑冰家。到投资公司，到作家书屋。得孙钿、朱健、陈闲、李何林、周志竹信。

24日　上午，访沙千里。到余所亚处。得贾植芳信。冯亦代来。

25日　上午，到投资公司。到作家书屋，与雪峰、蓬子一道访郭沫若。蓬子请吃饭，喝咖啡。访胡南湖。不在中戈宝权来。与邻居江老人谈房子事。夜，与M散步到生活书

---

① "莫洛"，作家。
② "丁英"（1903—1969），黄埔六期，国民党陆军少将。
③ "沙千里"（1901—1982），律师，爱国人士，"七君子"之一。
④ "任铭善"（1913—1967），教授。胡风在南通中学任教时的学生。
⑤ "杨潮"，即羊枣（1900—1946），左联盟员，作家。1946年1月被国民党特务暗害牺牲。
⑥ "平旦"，原名潘守谦，法律工作者。曾在《希望》上发表小说一篇。
⑦ "联合晚报记者翁女士"后文也作"翁小姐"，名翁郁文。

店编辑部。

26日　上午,周志竹、李子坚来。下午与M及谷、风到林森公园。到作家书屋开调查文化汉奸委员会。与崔万秋坐咖啡馆。得舒芜信。

27日　平旦来。联合晚报记者来。复舒芜。

28日　到投资公司。访周建人。访胡南湖。M生日,因为房子事未能尽欢。

29日　平旦来。访适夷。到投资公司。胡国城代访大房东①,无结果。下午,访大房东,谈话无结果。访沙千里。适夷来,俞鸿模来。得路翎信,他到了南京。

30日　复路翎。下午,整理房里积存之物,甚乏。戈宝权来,俞鸿模来。

31日　得路翎信。谭家崛夫妇来。夜,雪峰来。

6月

1日　到投资公司。与蓬子坐咖啡店。夜,联合晚报请客。得丁玲、田间信,得姚平日信。

2日　得舒芜、冀汸、守梅信。景宋来。俊明来。得路翎信。梅林来。

3日　复路翎。下午,到投资公司。得吕荧、方然、冀汸信。得李哲民信。

4日　今天是端阳节。雪峰来吃午饭。适夷来。得舒芜信、王士菁信。夜,参加文协聚餐。写成《在疯狂的时代里面》。

5日　编完《希望》第六期。下午,到投资公司,到作家书屋。胡公武来。夜,与M看电影。得孔厥信。

6日　潘齐亮来。到投资公司。得守梅、黄若海、宗玮信。夜,与M看麒麟童底《生死板》。复贾植芳、何其芳。

7日　下午,到葛一虹家开谈话会,晚饭后归。

8日　上午,到投资公司。白危从河南来。赵家璧请吃饭。得路翎信。联合晚报刘小姐及杨君来。

9日　得舒芜信。访许广平,到生活书店。联合晚报翁小姐来。写编后记。看杨绛《风絮》。

10日　到投资公司校稿。访陈某。到作家书屋。到生活书店。

11日　得冀汸信。复路翎。上午,与M出街。下午,续看《希望》校样。夜,拟父亲墓志。

12日　上午,续看校样。下午与M至虹口。续看校样。路翎自南京来。夜,看李桦作品,并参加谈话。得舒芜、吕荧、尹庚信。

13日　上午,与路翎谈天。下午,续看校样。与M、路翎出街,遇雨。

14日　与路翎、M、晓谷到外滩公园,在"大东"喝茶。夜,雪峰来。

15日　上午,到投资公司,得郑思信。下午,与路翎、M到四川路买车票。到"光陆"看电影。和华来。M干娘来。

16日　路翎回南京。得舒芜信。化铁来。复黄若海、冀汸、李哲民。夜,访贵兼、乔木谈天。

---

① "胡国城",为中国文化投资公司经理。

17日 秦嫣士来①。访赵班斧②。到投资公司。得何林、贾植芳信。复何林、吕荧、绿原、陈闲、舒芜、温田丰。

18日 上午,参加高尔基纪念会。得子民信。晚,在工业学校讲演。看路翎稿。为春风文艺社题词。

19日 下午,与M访司徒乔看画③。访邬其山。看完路翎《嘉陵江畔的传奇》稿。

20日 下午,贵兼、于怀来。得舒芜信。看东平《茅山下》。

21日 与M出街。下午,参加D老先生底茶会。复熊子民。得守梅、何其芳信。

22日 到投资公司。访雪峰闲谈。得张禹信④。看稿。复胡仲持、尹庚、莫洛、张禹。适夷来。

23日 得路翎信。梅林来。下午,请M干娘等亲戚吃饭。刘一村来。冯亦代来。

24日 得贾植芳信。看稿,回信。崔万秋来。

25日 向林冰、董与戡来。下午,到投资公司。在雪峰处遇小开⑤。不在中,秦德君、宗玮来。夜,与M访许广平。得冼群信。

26日 得绿原、守梅信。得恩信。下午,访秦德君、宗玮。修改《挂黑牌的人家》。

27日 得舒芜、路翎信。唐湜来⑥。下午,到投资公司。贺尚华来。

28日 与M上街买衣服。复路翎、刘岘。

29日 晓风昨夜腹痛呕吐,今天整天未愈。朱振芳等来。向林冰来,晚饭后去。

30日 下午,文协开理事会。王珩夫妇来。得路翎信,即复。

7月

1日 略感不适。得熊子民信。下午,看司徒乔画展。

2日 腹泻,无食欲。下午,到作家书屋、投资公司。得黄若海、常任侠信。翁郁文来。

3日 腹泻,睡了一天。

4日 略愈。与M到作家书屋,遇周而复。买旧衣。得舒芜、守梅信。看稿。与三楼张姓谈判。

5日 到投资公司。得耿庸信。夜,与晓谷访赵丹⑦。

6日 复李哲民、温田丰。周而复来,赠日文书数册。得化铁信。夜,M表兄王国华请客,见到M五舅王若曦。

7日 改绿原《咦,美国!》。下午,M舅亲六人来,晚饭后去。王戎来。

8日 上午,郑效洵来⑧。下午,到投资公司发稿。到雪峰处闲谈。得路翎、方然信。得孙钿信。

---

① "秦嫣士",为秦德君的长女。
② "赵班斧",为表演艺术家金山的哥哥,时为上海社会局副局长。
③ "司徒乔"(1902—1958),画家。鲁迅先生曾购买他的画作。
④ "张禹"(1922—),原名王思翔,作家。因泥土社的编辑业务与胡风等人有联系,1955年受"胡风案"牵连,被定为"胡风集团骨干分子"。1980年平反。
⑤ "小开",即潘汉年(小潘)。
⑥ "唐湜"(1920—2005),"九叶"诗人之一。
⑦ "赵丹"(1915—1980),电影表演艺术家。
⑧ "郑效洵"(1907—1999),作家,编辑。

9日　写成《蒋弼一斑》。得周志竹、王士菁信。

10日　整理东平旧信。得曹白、朱秀金信①。访赵班斧。夜，与M访景宋。

11日　整理好东平的信。开始写《记东平》。

12日　骆剑冰来。俞鸿模来。梅林来。续写《记东平》。

13日　到投资公司付第三期稿。得鲁藜、绿原、路翎信。贺尚华来。乔木来。喝酒谈到十一时。

14日　王珩夫妇来。参加编辑人座谈会，会后与贵兼、乔木坐酒馆。

15日　骆剑冰来。向林冰、秦林纾来。到投资公司，得朱子敬、舒芜、何林信。夜，雪峰来。写完《忆东平》，到次晨五时过。

16日　文协李君来。下午到投资公司，得方然、温田丰、朱谷怀信。三时，参加民主同盟招待会。报载闻一多被刺。

17日　朱振芳来。复舒芜、路翎、绿原、方然、黄若海、冼群。梅林来，为文协拟悼闻一多电。

18日　得舒芜、守梅信。下午，参加鲁迅逝世十周[年]纪念筹备会。到投资公司。复曹凤集、李行素、周志竹、守梅。得何家槐信。

19日　复何体物。郑效洵来。同M到巴金处。

20日　写编后记。夜，与M访景宋。

21日　访内山，访刘骥。下午，参加文协会员大会。晓谷投考中国中学。

22日　上午，到投资公司。得路翎、张禹信。下午，与M出街。访赵班斧，房子事仍无要领。记者姚小姐来。燕大学生二人来。

23日　得舒芜信。到投资公司。夜，郭府招宴，谈话至十二时始归。

24日　得路翎信。编整文集。下午，到投资公司。夜，文艺界一些人为欢迎来沪者聚餐。

25日　得舒芜信。何家槐来。陶行知死，到上海殡仪馆。

26日　到投资公司。参加陶行知入殓。夜，写《对陶行知二三理解》。得守梅信。

27日　上午到投资公司，下午又去，校对《希望》。得舒芜信。姚楚琦来。小翁来。

28日　得守梅信。复何体物、舒芜、朱谷怀来。晚饭后与M及谷、风到杜美公园。得绿原信。

29日　到投资公司，校完第三期。得黄若海、杜埃、舒芜信。下午，与M看影片《七重心》。夜，雪峰来。不在中，向林冰来，蒋天佐来。

30日　上午，联大三学生来访。周扬来访。下午，访邬其山，熊佛西。为房子事找刘骥，宿于他处。

31日　过投资公司回家。得路翎信、守梅信。夜，蒋天佐来访。

8月

1日　得路斯、雷鸣钟信。下午，与M访许广平。贵兼、于潮来。给贾植芳信。取到《鲁迅全集》纪念本。

2日　上午，任铭善来。下午，到投资公司。《希望》二集三期出版。得杜埃、吕荧、

---

① "朱秀金"，即柏山妻朱微明。

耿庸、雷克信。遇葛一虹,一道坐咖啡店。复杜埃、李行素。

3日　俞鸿模来。下午,在葛家参加茶点会。雪峰一道到这里来晚饭。得孔厥信及稿,侯唯动信及稿。

4日　朱振生来。郑效洵来。艾青与江丰托人带来《古元木刻选集》和《民间剪纸》各一本。得艾青信。

5日　酷热。得路翎信、冀汸信。给大哥信。

6日　上午,到投资公司。得方然、郑思、姚平日信。得守梅信。复守梅。周扬来。复路斯、雷鸣钟。

7日　依然酷热。复方然、台静农、吕荧、克锋。看稿,回信。

8日　看稿,回信。得冀汸信。下午,会锺潜九。

9日　上午,改造日报河村来。下午,到投资公司。得方然、何林信。到作家书屋。M发热,老太太亦不适。访许广平。

10日　冀汸及其二同学来。得守梅、周志竹信。

11日　居仁及其友人来。不适。

12日　写《热情升华的日子》。得郑思信,周行病死。复郑思。梅林来。郁文来。复何林。给大哥信。

13日　伤风,整天头痛。秦德君、章太太来。

14日　下午,到投资公司。郭家晚饭,为周扬饯行之意。得丁玲信。

15日　伤风渐好。得舒芜、路翎信。夜,参加几个报人谈话会。冯家请饭。看稿。访景宋。

16日　看稿。下午,到投资公司,作家书屋。

17日　得邹荻帆信。编好《逆流的日子》。下午,与M、晓谷看《春寒》。复路翎、舒芜、守梅。

18日　复方然、杨波。得绿原信。复杜埃。罗迦及其友人来。王珩夫妇来,晚饭后去。

19日　黄若海、刘念渠来。下午,到投资公司,作家书屋。得方然、何家槐、姚平日信。

20日　复张禹。得朱谷怀信。下午,黄若海、刘厚生、王戎、刘念渠来,晚饭后去。看黄若海剧稿《弟兄》。

21日　上午,到文协。访景宋。乃超来。得丰村信。夜,与M看影片《Suspect》。

22日　得舒芜信。看稿,回信。晚,贵兼请客。得丰村信。

23日　看稿,回信。夜,与M往访乔峰①。

24日　冯亦代夫妇来。腹泻。野夫来。夜,到生活教育社讲演。

25日　得绿原信。看稿,回信。下午,与M看苏联影片。翁郁文来。

26日　看稿,回信。下午,到投资公司,到作家书屋。得克锋、莫洛、王立、黄若海信。

27日　卢凤岗来,谈命理非迷信。罗迦兄弟来。丰村来。复黄若海。夜,看戴爱莲跳舞会。

28日　访谭家崐,访邹其山。访熊佛西。郭家晚会。得刘念渠信。

---

①　"乔峰",即周建人。

29日　得守梅信。到投资公司。看稿,回信。

30日　得居仁信。给大哥信,路翎信。复守梅、陈闲。给金宗武信。夜,与M访巴金。

31日　下午,参加欢送冯玉祥茶会。夜,大雷雨。

9月

1日　晨,与三楼老太婆吵架,被诬打她,投警局控诉,讯问后无事。晓谷考取艺术师范附设初中。得路翎信。

2日　到投资公司。王戎来。夜,同晓谷看中苏文协招待之《捷克的解放》与《体育检阅》。

3日　晨,到贵兼家。访李剑华。下午,到作家书屋,投资公司。得冀汸信。

4日　冀汸及其友人来。植芳夫妇自徐州来,宿于此。到投资公司。得张禹信。

5日　与植芳夫妇闲谈。俞鸿模来,李桦来。参加报人聚餐。得李行素、赵纪彬①、绿原、平旦信。

6日　得郑庆光电报。区公所来调查与三楼纠纷事。社会局杨易来。夜,到新民报找王戎未遇。到光华戏院。得李哲民、郑思信。

7日　找到王戎。复郑思。王戎、冼群来。

8日　植芳之友人二人来,其中刘姓者为宪兵队之文化特务云。沈可人来。得绿原信。得周志竹信。到作家书屋。访蔡叔厚②。

9日　得熊子民、舒芜、冀汸信。王宝良来。访胡南湖。夜,与植芳喝酒闲谈。

10日　中秋节。得守梅信。到作家书屋。复路翎。夜,与植芳夫妇喝酒谈天。得陈闲信。

11日　到投资公司,作家书屋。复路翎、陈闲、李哲民、熊子民。夜,到光华戏院找于伶。

12日　晨,访钱纳水。下午,到马宅谈《中国作家》事。夜,参加新闻人聚餐。夜,与植芳闲谈。

13日　找王戎。访李立侠。取到周志竹带来日本杂志一包。

14日　亦代夫妇来。接到三楼向法院告诉之传票。访王戎、李立侠。到作家书屋。卢凤岗来。夜,美国出版家 Frank Taylor 在 Broadwong 请客。

15日　晨,访钱纳水。得守梅信。植芳之友人来。看木刻展预展。

16日　访沙千里、李立侠。找到王戎。得舒芜信。复守梅、舒芜。

17日　下午,到作家书屋。夜,访冯亦代。沈氏兄弟来。

18日　到投资公司,到作家书屋。平旦来。下午,约梅林来托其奔走。夜,约陆诒来谈托其奔走。得路翎、方然、杜埃、芦甸信。复芦甸。

19日　晨,钱纳水来。警员来。得曹凤集信。梅林来。夜,新闻界聚餐。

20日　访梁朱明、沙千里二律师。访李立侠。访崔祥平大夫。看殷维汉病。

21日　访梁朱明律师。访钱纳水。访殷维汉。参加马宅茶会。六时,到中国建设服

---

①　"赵纪彬"即向林冰。
②　"蔡叔厚"(1898—1971),电器工程师,实业家,同时又是共产党的地下工作者。

务社讲演。

22 日　　得守梅信。郭家午餐。不在中平旦来。向林冰来。夜,与植芳出街散步。

23 日　　上午,与梁朱明律师拟定状子。下午,由植芳陪到地检处。三时开庭,结果受不起诉处分。冀汸陪芦甸夫妇来。刘北汜来。

24 日　　晨,访钱纳水。下午,到作家书屋、投资公司。夜,与植芳喝酒。得陈闲信。

25 日　　晨,访崔万秋。下午,到开明书店,访李立侠。

26 日　　上午,访钱纳水。夜,到聚丰园晚餐。梅林来。

27 日　　大雨。为植芳做生日。卢盛华来①。

28 日　　上午,到投资公司。访崔万秋。得路翎、守梅、郑思、黄若海信。

29 日　　下午,与植芳夫妇携小孩们到静安寺公墓散步。夜,植芳夫妇约到外面小馆吃饭。得大哥信。

30 日　　到投资公司,付四期稿一部分。到作家书屋。写信数封。雪峰来。俞鸿模来。

10 月

1 日　　得绿原信。看稿。

2 日　　访崔万秋。访许广平。

3 日　　与 M 及植芳夫妇看电影。"锦江"聚餐。梅林来。

4 日　　宗玮来接到 Frank Taylor 处。夜,美新闻处茶会。

5 日　　上午,访崔万秋。看稿。看杨朔短篇集《大旗》。

6 日　　向林冰来,梅林来,冯亦代来。路翎从南京来。得老舍信。

7 日　　到投资公司。与路翎访 F. Taylor。得路斯、郑思、何剑薰信。雪峰来。

8 日　　下午,与植芳夫妇、路翎看电影。拟文协纪念鲁迅通告。贺尚华来。

9 日　　到投资公司。访许广平。下午,开鲁迅纪念会筹备会。夜,拟鲁迅纪念歌。

10 日　　上午,访崔万秋。梅林来。夜,与植芳闲谈。路翎回南京。

11 日　　上午,到投资公司、作家书屋。为纪念会事访李剑华。日人河村义保与岛田政雄来问文艺发展状况。得朱健、杨波信②。

12 日　　梅林来。看稿。盛家伦来。

13 日　　上午,为房子事访崔万秋。卢凤岗来。乃超来,一道到胡宅。

14 日　　上午,到投资公司。得路斯、郑思信。下午,开鲁迅纪念筹备会。写编后记。

15 日　　到投资公司校对。得路斯、周志竹信。骆剑冰来。

16 日　　到文协。到投资公司校对。得何林信。收到美洲寄来 *500 Years of Art in Illustration*。给倪斐君、莫洛信。得守梅信。

17 日　　到投资公司校完《希望》。下午,与植芳看苏联影片。得路斯信。

18 日　　为房子事访崔万秋。到文协商定明天纪念会事。

19 日　　芦甸夫妇来。王珩夫妇来。下午,参加鲁迅先生逝世十周年纪念会。夜,崔万秋来。《希望》第四期出版。

20 日　　上午,参加十周年扫墓典礼,讲了话。不在中平旦来。夜,访许广平不遇。为

---

① "卢盛华",为梅志的干妹子。

② "杨波"(1915—1994),作家。

《民主》终刊号写短文。

21日　地检处送到不起诉通知。到投资公司。下午,与植芳出街。

22日　复守梅、绿原、方然、舒芜。得守梅信及稿。下午,访叶夏明、李立侠、刘子文、秦德君等。不在中平旦来。得倪斐君信。

23日　为房子访崔万秋。到投资公司。乃超来辞行。

24日　整理稿件。梅林来。复何家槐、言半默、李澄。给金宗武信。

25日　梅林来。下午,访刘骥、王珩、倪斐君。

26日　得周颖信。王珩夫妇来。

27日　与植芳到文协。

28日　夜,与植芳夫妇、M看《清宫外史》。

29日　上午,到投资公司。得路翎信。夜,与植芳夫妇、M看京戏。

30日　与植芳出街看房子。得守梅信。崔万秋来。复伍隼①。

31日　郑效洵送《逆流》校样来。下午,访熊佛西、郭沫若。在金仲华家晚饭②。为房子事访刘骥、刘大伦。得方然信。复路斯、曹凤集、杜埃。

11月

1日　上午,到投资公司。访崔万秋。得冀汸、黄若海信。平亘来。校对《逆流》一部分稿。

2日　罗迦来。耿庸来。到投资公司。郑效洵来。

3日　上午,到星期音乐院讲演。得绿原信。校《逆流》一部分。得周志竹信,并附来内山嘉吉信③。与M访秦德君。

4日　得路翎、舒芜信。下午,到作家书屋。莫洛来。复周颖、路翎、吕荧、何剑薰。

5日　复方梦。得秦林纾信。下午,与M、植芳看影片《Bitter Sweet》。

6日　梅林来。下午,听政协二代表报告。访王珩。校完《逆流》本文。

7日　上午,与M参加苏联领事馆庆祝会。到熊佛西家午饭。方梦来。夜,与几位新闻人聚餐。

8日　校《求爱》一部分。到投资公司。夜,与M、植芳看苏联影片《宝石花》。

9日　得守梅信。郑效洵来。看完《鲁滨逊漂流记》。

10日　复绿原、方然、守梅、嗣兴、郑思、何家槐等。得朱谷怀信。

11日　上午,访崔万秋。得恩信。到作家书屋。新文化社请客。

12日　周颖来。复熊子民、大哥。

13日　与植芳到兆丰公园。复恩、朱谷怀。给路翎信。庄涌来。

14日　得朱子敬信。梅林来。得路斯信。夜,聚餐。

15日　徐先兆来④。饭后一道到虹口访刘任涛医生看眼⑤。校《求爱》一部分。俞鸿

---

① "伍隼",一文学青年,后名夏钦翰,曾任浙江文艺出版社社长。
② "金仲华"(1907—1968),国际问题专家,社会活动家。时为《世界知识》主编。中华人民共和国成立后曾任上海市副市长。
③ "内山嘉吉",为内山完造之弟,美术家。1931年时,曾应鲁迅之邀,在创作木刻讲习会为学员们讲授木刻技法。
④ "徐先兆",与胡风同在东京留学。
⑤ "刘任涛"(1912—2009),湖北黄梅人。医生,编剧。

模来。

16日　徐先兆、刘任涛来。平旦来。编成了孔厥小说集《受苦人》。得路斯信。复路斯、曹凤集。

17日　俊明夫妇来。

18日　到投资公司,作家书屋。看稿。

19日　得曹凤集寄赠之 A Gallery of Great Painting。得守梅信。得杜埃信。冯亦代来。

20日　得守梅信。校《求爱》完。周颖来。

21日　俞鸿模来。到投资公司。夜,聚餐。得冀汸信。

22日　得陈闲信、守梅信。

23日　冀汸来。韦明来,送来鲁藜信及文稿。下午,与M访景宋。得绿原信。复守梅、陈闲、绿原。看完谢宁剧本《谁的世界》。

24日　上午,向林冰一家来。下午,参加各团体送茅盾茶会,被邀讲了话。新书业送茅宴,被邀作陪。到姚蓬子新居。得路翎信。

25日　到投资公司,作家书屋。得杜埃信。

26日　梅林来。朱子敬来。拟致苏联作家协会的信。

27日　植芳迁到古神父路去。访胡南湖。得熊子民、舒芜、守梅、平旦信。复熊子民、舒芜。俞鸿模来。

28日　与M访许广平。得曹靖华、唐湜信。夜,参加报人聚餐。

29日　植芳来。方梦来。拟贺朱寿电文。

30日　访梅林。参加朱玉阶寿宴①。得朱企霞、徐迟信。复朱企霞、徐迟。

12月

1日　为房子[事]访崔万秋。得黄若海、守梅、姚平日信。复守梅、姚平日。植芳来。与三楼张交涉房子事。

2日　上午,到文协。夜,与M及孩子们到植芳处晚饭。

3日　梅林来。到社会局找赵班斧。访崔万秋。

4日　梅林来。王宝良来。得平旦、舒芜、冀汸信。

5日　为房子事访崔万秋。植芳来。到投资公司。得孙钿、路斯、金素秋信②。参加报人聚餐。得徐迟信。

6日　复张达经、黄若海、伍隼。到作家书屋。

7日　同张姓出街看房子。得郑思、言半默、周而复、孟克信。郑效洵来。卢凤岗来。贵兼来。校《受苦人》一部分。周颖来,她明天去香港。

8日　董冰如夫妇来③。与M看影片《人类的喜剧》。不在中王珩夫妇来。植芳来。得守梅信。

9日　访赵班斧。访殷维汉。到作家书屋。与三楼张谈房子问题。

---

①　"朱玉阶",即朱德(1886—1976),中国共产党、中国人民解放军和中华人民共和国的主要缔造者和领导人之一。
②　"金素秋"(1912—1990),京剧演员。
③　"董冰如夫妇":董冰如(1894—1969),又名董锄平,湖北人,中共早期党员,从事劳工运动;其妻为高启杰(高朗)。

10 日　得路翎、方然信。复路翎、孟克。上午,访人不遇。下午,到作家书屋。

11 日　访赵班斧。到作家书屋。得黄若海信。俞鸿模来。《求爱》出版。

12 日　到植芳处。得杜埃信。植芳来。王宝良来。到作家书屋。报人聚餐。

13 日　为房子事上、下午到社会局。植芳来。得守梅信。

14 日　为房子事上、下午到社会局。

15 日　下午,与植芳访胡南湖。到葛一虹家晚饭,饭后入浴,晕倒在浴室内。宿于葛家。复守梅、绿原。

16 日　复金素秋。下午,到投资公司。殷维汉来。

17 日　梅林来。下午,与 M 到大新公司看英国版画展。参加罗果夫招待的普式庚纪念报告茶会。俞鸿模来。贾植芳来。

18 日　上午,访殷维汉。得邹荻帆信。复邹荻帆。下午,与 M 散步到邮局。得巴金信,《野花与箭》再版出书。给台静农信。

19 日　得路翎、逯登泰、周行夫人信①。夜,报人聚餐。校《受苦人》一部分。改正《我是初来的》《向太阳》《为祖国而歌》付排。

20 日　得舒芜信。到投资公司。计划诗丛封面画,改诗丛四本错字。郑效洵来。与三楼张某喝酒,催他搬家。

21 日　上午,送纸型到投资公司。下午,到制版所制版。王师亮来。《野花与箭》再版书送到。

22 日　得路翎、吕荧、苏金伞信。骆剑冰来。植芳来。雪峰来。为联合晚报写元旦预言。校《受苦人》。

23 日　到投资公司。复路翎。时事新报请客。夜,与 M 看梅兰芳戏。

24 日　上午,到社会局。下午,到投资公司,作家书屋。梅林来。得舒芜、冀汸信,即复。

25 日　与 M 在微雨中散步。甄剑云自美国来过此,曹凤集带赠 parker 笔一支。得黄若海、朱亦山信。俞鸿模、贺尚华来。

26 日　得守梅、舒芜信。到投资公司。植芳来,晚饭后去。

27 日　与 M 访来自北平的张女士。夜,写《在上海》。

28 日　梅林来。俞鸿模来。得读者洪流信。

29 日　得恩信。下午,参加胡家婚礼。夜,主持文协辞年晚会。

30 日　到投资公司。得守梅信。梅林来。植芳来。写《冬夜短想》。

31 日　上午,与 M 过植芳处。到崔万秋家午饭。得路翎、冀汸信。植芳夫妇来晚饭。

1947 年

1 月

1 日　上午,与 M 及孩子们到殷家。在郭家元旦聚餐。王珩夫妇送 M 等回家。得台静农、曹靖华、言半默信。

2 日　下午,到印刷厂。守梅寄赠照片。复靖华、逯登泰。

---

① "逯登泰",时为复旦大学新闻系学生。后用笔名"野萤"在欧阳庄、化铁所编地下进步文艺刊物《蚂蚁小辑》上发表作品。在《第三批材料》中有一则他给胡风信中的摘引。

3日　上午,为房子事访崔万秋。植芳来。与M及孩子们出街散步。

4日　再访崔万秋。得贺尚华信。到印刷厂,到制版所。到作家书屋。植芳来。与M谈希望社计划。

5日　鸿模来。得姚平日信。与M看一个歌舞影片。写《逆流的日子》序。

6日　蒋天佐来。记者黄水来①。陈珪如夫妇来②。

7日　到印刷厂,制版所。得舒芜、耿庸信。植芳来。

8日　到社会局。到印刷厂。在雪峰处遇魏金枝闲谈。鸿模来。得逯登泰、靖华信。夜,写《逆流的日子》后记,未成。

9日　到印刷厂,制版所。到贺尚华处。报人聚餐。

10日　上午,到印刷厂。到虹口看眼,是角膜溃疡,刘任涛医生诊治。在刘医生家晚饭。得路翎信。

11日　下午,到虹口看眼。得守梅、绿原信。复舒芜、路翎。给孙钿信。

12日　上午,到虹口看眼。

13日　高启杰来。到虹口看眼。到印刷厂。姚楚琦来,植芳来。

14日　得路翎信。下午,到虹[口]看眼。访殷维汉。

15日　上午,到印刷厂。到生活书店。下午,到虹口看眼。到郭家参加茶会。得路翎、守梅、周颖信。

16日　到印刷厂。到作家书屋。访董冰如。冯家晚饭。

17日　找蓬子。找崔万秋。到植芳处。得王戎、伍隼信。复伍隼。给平旦信。

18日　找蓬子两次。得舒芜、言半默信。得学仁信,即复。得鲁藜信及稿。

19日　找蓬子两次。植芳夫妇来。得舒芜信。到光明书局。

20日　植芳来。得守梅信及稿。夜,请房子关系人吃饭。

21日　到印刷所。旧历除夕,平旦及植芳夫妇来吃"年夜饭"。鸿模来,从骆剑冰处取来火缸一个。得邹荻帆、言半默信。

22日　梅林来。M之表弟来。

23日　鸿模来。王戎、方梦来,午饭后去。与M在街上走了一转。复路翎、邹荻帆。

24日　引晓风、晓谷到街上走了一趟。《时与文》汤君来。俊明夫妇来。熊佛西来。改正《民族形式问题》一半。

25日　王君来。植芳来。访阳翰笙。改正《民族形式问题》错字完。校《第一击》一部分。复曹靖华。得守梅信及稿。

26日　俊明来接全家到他家午饭。宝华、和华等来。到殷家。南国出版社请晚饭。得李行素信。复吕荧。

27日　上午,到印厂,到生活书店。下午,参加普式庚纪念筹备会。访高启杰。王珩夫妇来玩了一天。郭春涛③、秦德君来。检查《奥涅金》初版错落。

---

① "黄水",即顾征南(1925—),文艺工作者。1946年时在由中共地下党直接领导下的《时代日报》当记者。1955年受"胡风案"牵连被打成"胡风分子",同年5月14日被捕,1956年11月被释,"免于起诉"。1980年平反。

② "陈珪如"(1907—1986),女,哲学家。20世纪30年代即开始从事马克思列宁主义著作的翻译研究。1955年起任复旦大学自然辩证法教研室主任、教授直至逝世。

③ "郭春涛"(1898—1950),民革的创始人和早期领导人之一。中华人民共和国成立后任中央人民政府政务院副秘书长、全国政协副秘书长,民革中央常委等职。此时为秦德君丈夫。

28日　到印刷厂。金山、张瑞芳来①。得孙钿信。

29日　到生活书店。访罗果夫，一道午饭。得方然、路翎、守梅信。植芳夫妇来。鸿模来。计划《奥涅金》插图等。到艺文印书馆。

30日　到印刷厂。引晓谷到位育中学报名。得舒芜信。俊明来。《旗》及《给战斗者》再版书取到。到贺尚华处。夜，报人聚餐。

31日　到文协。下午，到邵子英处。到印刷厂两次。得路翎、绿原信。植芳夫妇来，沈□□来②，一道晚饭。设计《奥涅金》封面等。

2月

1日　上午，与M看《八千里路云和月》影片。下午，参加民主同盟招待会。叶文萃来。俞鸿模来。夜，校《为祖国而歌》及《第一击》一部分。

2日　校完《第一击》。得守梅信及稿。晓谷考取位育中学插班。下午，与M、晓谷看《遥远的爱》。顾仲夷、叶仲寅来③。鸿模来。

3日　到印刷厂。到书店。得舒芜信。

4日　到印刷厂。访人不遇。夜，在文联社谈文艺问题。

5日　得恩信，大哥被方姓人杀害丧命，在一月卅日或卅一日。给恩信，学仁信，杨玉清信，本族人信，俊明信。给方觉慧长信。到印刷厂。访董冰如。崔万秋来。植芳夫妇来。

6日　续得家中数信，大哥是被方姓百余人闯到家里杀死的，并把尸首拖到堤上，经乡人哀求才留下的。家中同时遭洗劫，门窗被打烂。访李立侠。写信数封。景宋母子来。得曹凤集信。

7日　到印厂。得学仁信，大哥遇害情形更详。发信数封。邓初民来吃午饭。访董冰如。

8日　到印厂。给家中信数封。下午，参加《文汇报》座谈会。董冰如夫妇来。黄水来。鸿模来。

9日　《奥涅金》出版。访李立侠、刘任涛。华侨记者冰冰来，为摄影数幅，并约全家及景宋母子吃饭。草大哥惨死的消息稿。冰冰带来路斯信。雪峰来。植芳来。

10日　下雨，找人不遇。得学仁信。给武汉各报发信。潘震亚来④。

11日　访戈宝权、李立侠、刘任涛。郭家请午饭。得方然、舒芜信。植芳夫妇来，介绍边君来。给熊子民信。

12日　为房子事到社会局。到书店，印厂。张西曼来，曹靖华来。得陈闲、舒芜信。得杨玉清信，即复。访胡南湖。

13日　得保瑛信，即复。访李立侠。访董冰如。访胡鄂公。给家中信。得方子樵信⑤，即复。给蕲春县长信。蒋天佐来。

14日　到各书店。找刘医生请人签名。给保瑛信。

---

① "金山、张瑞芳"。金山见前注；张瑞芳（1918—2012），表演艺术家。
② 此处二字无法辨认。
③ "顾仲夷"，剧作家；"叶仲寅"，即"叶子"（1911—2012），女，著名话剧演员。其丈夫即熊佛西。
④ "潘震亚"（1889—1978），法学家，中共党员。早年曾加入同盟会，参加武昌起义。
⑤ "方子樵"，即方觉慧。

15日　请人签名。访胡南湖。周志竹从日本来。植芳来。鸿模来。给家中信。冀汸、逯登泰来。

16日　访孟宪章①。得舒芜信。夜,参加暨南大学文艺晚会讲话。

17日　到印刷厂。正午,在文协会魏猛克。得方觉慧叔侄信,即复。得方白、彭石信,即复。得路斯信。植芳来。校《民族形式》一部分。

18日　校完《民族形式》。得恩信,即复。鸿模来,《受苦人》出版。金山来。

19日　给学仁信,给恩信。找殷维汉打支票送给邵子英,是否有变化,明天可定。植芳来。平旦来。得嗣兴信,即复。

20日　到印刷厂。得方楚农信②。给学仁信,给赵端、张价信。夜,报人集餐。

21日　访李立侠。得平旦信。下午,到印刷厂。得乔峰信。夜,写完《逆流》后记。

22日　复乔峰。复守梅信。到印刷厂。得学仁信,即复。得杨玉清信。得耿庸信。植芳来。鸿模来。满涛来③。

23日　上午,到文协会见《科学时代》四人。得路翎、熊子民、守梅信。王珩夫妇来,一道出街。复方楚农。

24日　得恩信,即复。收到武汉报纸。得彭石信,邹荻帆信。得孙钿信。复熊子民、彭石、方白、邹荻帆、孙钿。黄水来。石啸冲来④。王珩来。与王珩、M看影片《长生树》。平旦来。得李何林信。

25日　复曹凤集、路斯、吕荧、何林。到印刷厂。夜,文联社聚餐。

26日　得守梅、冀汸信。得保璜信,凶犯三人果然在汉口被捕。给学仁信。鸿模来,计划好两个封面。得姚平日信。访董冰如夫妇。

27日　到印刷厂。俊明来,略知大哥被害情形。报人聚餐。给四弟、张少陵信。

28日　找邵子英,找孟太太。得冀汸、路翎、子民信。植芳来。

3月

1日　到各书店收账。得学仁两信,蓝县长信。鸿模来。

2日　到文协,访小丁。得陈闲、绿原信。交《挂剑集》付排。引晓谷听音乐会。俊明来。

3日　到植芳处。访刘医生。访内山。

4日　写《论民族形式问题》题记。黄水来,刘北汜来。得守梅信。到印厂,作家书屋。

5日　找邵子英。到印刷厂,书店。得学仁信。伍隼及周萌来。鸿模来。

6日　给学仁信。访胡南湖,不遇。得路翎信。夜,吃宁波馆。

7日　得学仁信。付电水钱出街。下午,与M出街。

8日　到印厂。得吕荧、守梅信。学莲来,一道看 Waterloo Bridge 影片。鸿模来,《她

---

① "孟宪章"(1895—1953),湖北均州城关人。曾任冯玉祥随从秘书,抗战起,在武汉主编《民族战线》周刊,宣传民族统一战线。中华人民共和国成立后,任"九三学社"中央常委兼宣传委员、湖北省人民政府委员等职。

② "方楚农",又名"方霖",胡风蕲春同乡,国民党将领。

③ "满涛"(1916—1978),原名张逸侯,翻译家。1955年被定为"胡风集团一般分子",作为人民内部矛盾,内控使用,未对本人宣布。

④ "石啸冲",国际问题学者。

也要杀人》出版。在《逆流》前题纪念大哥的话。编完《锻炼》。

9日　黄水来。植芳、逯登泰来。董君夫妇来。

10日　复子民、保璜、学仁。复蓝季昌。到印刷厂。钿来。雪峰来。

11日　得学仁信。到文协。得鼎堂信①，三先生信。熊君来。黄水来。访胡南湖。复守梅、绿原。

12日　得方楚农信。得学仁信。得守梅信。到文协。到书店收账。给学仁、子民、保璜信。给杨玉清信。

13日　找邵子英。得邹荻帆信，即复。收账。参加田汉做生[日]。与友人吃宁波馆。得学仁信，金宗武信。

14日　看《结合》原稿一部分。复陈闲。到印刷厂。夜，文协为曹禺聚餐。

15日　看完《结合》。赵新生夫妇与青苗来。到印刷厂。得保璜信。

16日　得赵端、朱嵩信，得路翎信。访景宋。

17日　到印刷厂。访雪峰。得守梅信。夜，复方楚农。

18日　得孙钿、逯登泰、赵国祥信。俊明来。复赵端、朱嵩。与M出街，买皮大衣一件。周志竹来。晚饭后去。鸿模来。《第一击》出版。看孙钿诗稿三首。

19日　复赵国祥、陈闲。到印刷厂。得学仁信。给保璜、子民信。植芳来，看稿。

20日　到银行。梅林来。访雪峰。在京华酒家晚饭。得逯登泰信。

21日　到印厂。屠氏父子来。找崔万秋谈日本情况。蒋天佐来。与M看法国影片《卡门》。平旦来。

22日　三太太来。景宋来。得守梅信。到印厂。参加文协理事会。看守梅稿。

23日　得守梅信。得朱振生信。俊明来。下午，王珩夫妇约看Kings Row影片。鸿模来。给学仁信。

24日　到印刷厂。时与文社请午餐。黄水来。得黄若海信。复守梅信。

25日　上午，高启杰夫妇请饭。得郭沫若信。下午，与M、晓谷看《天堂春梦》。

26日　三楼张家迁走。米谷作《小面人》插画成②，到丁聪家取来。到印刷厂。逯登泰及二青年来。得冀汸、伍隼信。高启杰来。

27日　得学仁、子民信。给学仁、子民、金宗武信。到印厂。夜，在无锡馆晚饭。与宾符看影片The Seventh Cross。

28日　到印厂。《向太阳》出版。黄水来。植芳来。复孙钿。

29日　上午，出街。下午，文协为营救骆宾基开会。与许广平、雪峰等到周先生墓上。在蓬子家晚饭。鸿模来。得方然、绿原、吕荧、读者小杨信。得云章信。

30日　到虹口，访刘医生，郭沫若、骆剑冰、植芳等。得学仁信，诉讼已审，即将判决。给学仁信。

31日　到印刷厂。收拾房间。

4月

1日　得守梅信。到书店收账，到印刷厂。黄水来，适夷来，梅林来。复绿原、方然。

---

①　"鼎堂"，即郭沫若。
②　"米谷"(1918—1986)，漫画家。

到孟家。

2日　到印刷厂。访沙千里。复绿原、方然。清理杂物。《论民族形式问题》出版。

3日　得学仁信。到印刷厂。《小面人求仙记》再版出书。耿庸来。黄水来。谢璇来。夜,在聚昌馆晚餐。给路翎信。

4日　上午,访丁聪。过文协。下午,访殷维汉,崔万秋。逯登泰来引晓谷、晓风出街看电影。植芳来,平旦来。得路翎信,路斯信。

5日　得学仁信,大哥被害之凶犯有二人判死刑,但主使人却判无罪。给学仁信,子民信。夜,到交通大学之文艺晚会讲演。

6日　俊明来。夜,参加郑振铎祝寿聚餐。得方子樵信。

7日　晨,访方子樵。得绿原、金宗武信。收拾房间。与M访董冰如夫妇。

8日　方子樵来吃午饭。下午,到文协开会。得路翎、绿原、金宗武信。《逆流的日子》出版。

9日　上午,《大学》请吃饭。植芳来。整理书籍。

10日　整理书籍。植芳夫妇来。得子民、保璜、王士菁信。复子民、保璜、宗武。访殷维汉。在聚昌馆晚饭。《棘源草》(再版)出版。

11日　上午,到骆剑冰家取来破木器数件。访刘医生。满涛来。黄水来。

12日　刘北汜、黄水来。到邮局。访方子樵,遇同乡龚、梁二君。访张正绩。鸿模来。

13日　王珩夫妇来,午饭后一道出街,看电影。得舒芜信。

14日　修理家具。得恩信,敌我双方都上诉。得子民信,详复子民、恩。得绿原信。周志竹来,他明天回美国。

15日　上午,出街寄信取款。黄水来。下午,到刘医生处,右眼行手术,取去一片软骨和浮肉。得保璜信。雪峰、适夷来。

16日　上午,到书店收款。下午,与M看《棠棣之花》。郑效洵来。潘震亚来。鸿模来。得金宗武信。给子民信,恩信。

17日　到银行,到邮局。清理报纸。维汉来。得路翎信。得朱谷怀信及稿。

18日　到印刷厂。植芳来,平旦来,晚饭后去。梅林来。得舒芜信。

19日　访李立侠。访罗果夫。下午,到日本人土曜会上讲话。得绿原、子民、吕荧信。

20日　得守梅信。俊明来,王珩夫妇及其友人来,鸿模来。校《我是初来的》及《挂剑集》各一部分。霞、巴二人来。给恩信,复子民、宗武。

21日　得朱声信。复绿原。到文协参加对外联络委员会。到刘医生处剪线。到骆剑冰处。黄水来。

22日　得学仁信,他已到了汉口。得周而复信。给学仁信。复方然、陈闲、路翎、守梅。M表姐康太太来。高启杰夫妇来。

23日　得恩信。下午,与M出街。鸿模来。夜,与晓谷看《丽人行》。

24日　校完《我是初来的》。下午,到刘医生处行左眼手术,遇谭家崐,她又约陈美安来见。得学仁信,得路翎、伍隼信。

25日　得子民信。整理纸型。下午,到印厂,到雪峰处闲谈。给恩信。

26日　下午,文协开理事会。到巴金家闲谈。

27日 郑效洵、俞鸿模来，午饭后去。黄水来。得绿原、守梅信。梅林来。

28日 上午，与M到光沪医院检查身体。在杨敏家午饭。参加郭家为茅盾洗尘之聚餐。到王珩家接M同归。

29日 得守梅信，他仓皇出走了。得路翎信。为买日文旧书事，到二马路汉学书店。复路翎、绿原、子民。给汉口二律师信。M验血结果，说不能生产，只有打胎了。

30日 与M到内山介绍的古川医生处检查，说月份已多，不宜打胎。访刘医生。得学仁、恩、平旦、舒芜信。为文协草文艺节公告。

5月

1日 到各书店收账。得罗泽浦信①。鸿模来。复平旦、罗泽浦。给学仁信。

2日 下午，参加欢迎茅盾茶会。徐迟来。路翎自南京来。

3日 上午，到文协，与梅林访邵力子。在文协布置年会事。下午，参加文协年会。逯登泰来。

4日 上午，参加文艺节招待会。到三区百货业职工会文艺晨会讲演。下午，为三学生团体讲演。植芳来。

5日 上午，与路翎出街。鸿模来。下午，与路翎、M看电影。夜，参加招待邵力子的茶会。路翎回南京。

6日 上午，到书店收账。下午，看影片《彼得大帝》。夜，到青年文艺研究会讲话。

7日 访郭沫若。到王珩家，访刘医生。夜，郑曦来，谈出版工作事。

8日 上午，到制版所。与M出街。到文协开理监事选举票。得周而复、耿庸信。鸿模来。

9日 邹曦来②。向林冰夫妇、方白来。到印厂，书店。得熊子民、朱谷怀信。夜，与M看影片《居礼夫人》。

10日 到制版所。下午，访李立侠。得路翎、靳以信。保瑛来。植芳来。梅林来。

11日 得守梅、罗泽浦、绿原、方然信。校《挂剑集》一部分。二女生来问文艺上的问题。出街。刘医生来闲谈。

12日 与保瑛谈话。周萌来。到印刷厂。寄出《儿女们》第二上半原稿。看《彼得大帝》续集。得卢鸿基信，学仁信。给黄若海、方然信。

13日 上午，访罗君。看《黑母鸡》。洗澡。给学仁、绿原、子民、宗武、罗泽浦信。殷维汉来。

14日 得曹凤集、绿原信。黄水来。保瑛回南京。夜，与M访巴金、景宋。看景宋《遭难前后》。

15日 到印厂。看杨力小说稿四篇③。夜，聚餐。

16日 得路翎信。与M出街。

17日 复路翎、舒芜。给罗泽浦信。到印刷厂，到生活书店。到作家书屋，与雪峰到蓬子家晚饭。鸿模来。

---

① "罗泽浦"，即罗洛（1927—1998），诗人，编辑。1955年5月受"胡风案"牵连被捕；1956年11月被释；1958年被送往青海。1979年平反后回到上海，在上海中国大百科全书出版社工作，后任中国作协上海分会党委书记。

② "邹曦"，前写成"郑曦"。不知哪个更准确。

③ "杨力"，为贾植芳笔名。

18 日　复朱谷怀。得学仁信,得方然、绿原信。下午,文协开理事会,又被硬推为常务理事兼研究组组长。黄水来。王珩夫妇来。给学仁信。给路翎信。

19 日　到印刷厂。杨玉清来访。整理绿原、冀汸两诗集稿。给方然、朱健、冀汸、张达经信。

20 日　上午,到印厂,到文协。得路翎、绿原、冀汸、吕荧、黄若海信,及路翎剧稿《云雀》。读《云雀》。得学仁信。植芳来。

21 日　得朱谷怀、周志竹、舒芜信。下午,访李立侠。到虹口。夜,与数友人聚餐。

22 日　得绿原信。黄水来。下午,与 M 出街,看陈友仁未亡人张女士画展①,到法国公园。南昌陈君来。蒋天佐来。重读《云雀》。

23 日　整理绿原与冀汸诗稿。到圣约翰大学讲演。

24 日　访殷维汉。看蒋天佐译《萨尔蒂珂夫寓言》。得冀汸、路翎信。夜,访廖梦醒②。给雪苇信。给路翎谈《云雀》信。

25 日　逯登泰来,一道去看影片 Alexander Nevsky。尹庚、耿庸来。木箱子送来,清理希望社书。殷维汉来。鸿模来。植芳来。梅林来。

26 日　整理希望社书。得学仁、罗泽浦信。高启杰夫妇来。到印厂。周君来。景宋来。

27 日　得路翎信。守梅来。

28 日　得方然、学仁、金宗武信。给路翎信。到印厂。到作家书屋。

29 日　得绿原信。复方然、绿原、罗泽浦。化铁来。植芳来。出街晚饭。

30 日　整理书籍。复旦两学生来。到书店。访廖君。得路翎、方然信。

31 日　李立侠来。看冀汸诗稿。与守梅及逯登泰看《秘密客》。《我是初来的》出书。

6 月

1 日　得路斯信。到姚蓬子家引女工。金君来。为 M 购物。俊明来。

2 日　上午,看《迎春曲》影片。得曹凤集信。复黄若海。余所亚来。倪子明来③。

3 日　得绿原信,方然被捕。守梅返南京。到作家书屋,到印刷厂。复路翎、舒芜。夜,与 M 出街。

4 日　为排印,改正《密云期风习小纪》。得路翎、平旦信。蒋路、周微林来④。倪君来。

5 日　得路翎信。访乔峰。满涛来。植芳来。

6 日　下午,到复旦大学讲演,并出席文学窗座谈会。鸿模来。《挂剑集》出版。黄水来。得钱瑛信⑤,即复。复路翎、吕荧、姚平日、曹凤集、周志竹。

---

① "陈友仁"(1875—1944),外交家。曾先后任广州国民政府、南京国民政府外交部部长。香港沦陷时被日军拘禁押解到上海,多次拒绝参加汪伪政府。1944 年在上海病逝。其夫人张荔英(1906—1993),新加坡画家。

② "廖梦醒"(1904—1988),社会活动家。时在上海从事地下工作。胡风曾数次向她转交阿垅得到的国民党军事情报。后文亦作"梦女士""梦君"。

③ "倪子明",原名倪震生(1919—2010),抗战期间曾先后在三联书店桂林、重庆、香港等分社任经理。1943 年调到成都联营书店,曾和阿垅、方然一起筹备出版了《呼吸》杂志,用"黎紫"笔名写过图书评论。1955 年因"胡风案件"曾受到审查。1982 年后,担任三联书店总编辑、《读书》杂志副主编等职。

④ "周微林"(1918—2005),翻译家。蒋路夫人(?)

⑤ "钱瑛"为方然妻。

7日　复路斯。得绿原、舒芜、孙钿、张达经、罗泽浦信。看完《居礼夫人传》上卷。

8日　黄水来。鸿模来。得黄若海信及《云雀》改正抄稿。得朱谷怀信。与M出街。看N.但钦柯《文艺·戏剧·生活》到第十四章。读《云雀》。

9日　读完《文艺·戏剧·生活》。重读《万尼亚舅舅》。下午,与M到杜美公园,遇雨。守梅自杭州来。

10日　访李立侠,访罗君。下午,与M、守梅看苏联影片《四颗心》。访梦女士。看话剧《桃花扇》。

11日　复黄若海。下午,看影片《月落》。复汤其寿、樊渠放、沙欧①。给张西曼信。

12日　看稿,回信。得绿原信,学仁信。冯亦代来。

13日　看稿,回信。得钱瑛信。适夷来,王珩来,适夷请吃饭。殷来,晚饭后一道看影片《十三勇士》。守梅回杭州。

14日　得张西曼信,舒芜订婚照片。下午,与M、晓谷看《北京人》预演。夜,为《云雀》上演写短文。

15日　鸿模来。下午,与M参观位育中学成绩展览会。得路翎信,即复。夜,访巴金,访许广平。清理稿件。

16日　乡下族人找来。得绿原、罗泽浦信。清理稿件,回信。访梦君。梅林来。

17日　给杜埃信,钱瑛信。看稿,回信。到书店收账。文协李君来。得黄若海、守梅信。

18日　得路翎、逯登泰信。乡里族人又来。下午,到虹口,在殷家晚饭,谈天。看《演员自我修养》到第六章。

19日　看《自我修养》到第八章。文协李君来。与M访高女士夫妇。复钿、舒芜、逯登泰。鸿模来。

20日　乡下族人来。给学仁信。访梦君。买火车票。

21日　晨六时,到北站坐九时特快,四时十分,到南京下关。五时,过抵剧专剧团,晤黄若海、冼群等。饭后坐剧团卡车到文化剧院,若海找路翎来。《云雀》八时半上演。住在剧团若海处。

22日　给M信。路翎、化铁、冀汸来。午饭后开演出座谈会。夜,再看《云雀》,宿于路翎家。张西曼来剧院相晤。

23日　上午,化铁来,饭后一道到鸡鸣寺,与路翎喝茶闲谈。回剧团再和他们一道到剧院。出访杨玉清后再回剧团。

24日　给M信。与路翎、若海游后湖。夜,再看若海剧稿《兄弟》。

25日　为登记事到内政部。向若海谈对《兄弟》的意见。夜,看《云雀》。回剧团后与若海、孙坚白、路曦、冼群等谈演出意见②。

26日　上午,再开演出座谈会。方然来,他在渝被捕,保释后来此。下午,访费博士。看《云雀》,参加演出拍照。得M信,并转来绿原及亦门信。宿于路翎处。

27日　为《希望》登记事到警察总署,未遇见人。锺瑄来③。晚饭后与路翎同到他

---

① "沙欧",疑为"沙鸥"之误,"沙鸥",原名吕洁。
② "孙坚白",即石羽(1914—2008),表演艺术家;路曦(1916—1986),原名杨露茜,话剧女演员。
③ "锺瑄",诗人,曾在《七月》上发表诗一篇《我是初来的》,后收入胡风主编七月诗丛《我是初来的》中。

家,化铁亦来,闲谈到二时。

28日　化铁、方然、若海来。午饭后他们送到车站,三时三刻,"凯旋号"开。在车上再看《海鸥》。十一时到上海,十二时左右抵家。

29日　看不在中的来信。下午,植芳夫妇来,晚饭后去。到生活书店。回信数封。

30日　上午,访殷维汉,到书店收账。回信数封。得方然信。给路翎、化铁、绿原等信。亦门从杭州来。与M理发。

7月

1日　逯登泰来。得方然、钱方仁信①。到书店。学莲夫妇来,一道出街散步。给黄若海信。

2日　给冼群信。黄水来。到作家书屋。董君夫妇来。校《密云期》40P。

3日　看《吾土吾民》。得路翎、化铁信。蒋天佐来。

4日　看《伊凡诺夫》。夜,与守梅到杨力处,宿于他处。

5日　访熊佛西。参加文协招待二法人茶会。访刘医生,到王珩家。仍宿于杨力处。

6日　上午,回家。得罗泽浦信。亦门下午回杭州。给路翎、化铁信。与M访周建人。耿庸来。

7日　访殷君。看影片《鹏搏九天》。植芳夫妇来。给亦门、邹荻帆、绿原信。复罗泽浦。得吕荧信。

8日　复熊子民、钱方仁、平旦。给学仁信。得亦门、舒芜信。梅林来。夜,文协招待律师。

9日　看《演剧教程》(延版)。得学仁信。鸿模来。校完《密云期》。

10日　到印刷厂、书店。给守梅、学仁、赵国祥信。看稿。夜,引晓谷访刘开渠②。

11日　看赵班斧病。得若海信。看《三姐妹》。黄若海、舒芜、贾植芳等来。若海带来冼群信。夜十时半散去。

12日　得方然信。舒芜来,一道到"杜美"看电影,宿于此。邹林祥来。

13日　给守梅信。与宾符闲谈。看稿。

14日　邹林祥来。舒芜、逯登泰来。吕荧来。得守梅信。为找教员位置,发信数封。开始替晓谷补习英文。

15日　到三家印厂。

16日　得方然、绿原信。复方然、钱方仁、罗泽浦。给化铁信。看《奥涅金》三章。

17日　看完《奥涅金》。得朱谷怀、亦门信。鸿模来。

18日　下午出街,访殷君,到光明书店。到杨力处,晚饭后同舒芜一道回来。不在中黄若海、吕荧来。

19日　得恩佺、钱方仁信。舒芜去。得曹凤集、路斯、罗泽浦信。复读者信两封。邓森禹、张明养来。蒋天佐来。

20日　给方子樵信。看蓝波中篇小说稿,复信。

21日　到两个印刷厂。看《安魂曲》。吕荧来。

---

① "钱方仁"为方然妻弟,时在重庆负责《财主的儿女们》的排版工作。

② "刘开渠"(1904—1993),雕塑家,艺术教育家。

22日　到实学书店选购日文书十一册。黄水来。得守梅信及稿。

23日　得化铁、路翎信。得赵国祥信。看稿。黄若海来,谈至夜深,宿于此。

24日　若海去。吕荧来,怯怯地问有时间看看旧书店否,于是一道去旧书店,由善钟路到静安寺,热得要命,他买了两本莎翁。不在中孙坚白来。得钱方仁信,得耿庸信。

25日　上午,访殷君。访贺尚华。二青年来。许广平来。夜,吕荧来。

26日　上午,到咖啡店给即将回苏联的司惟劳(Svetlov)谈"七月"诗人及文艺现况。适夷请吃俄国大菜。得绿原信。冯亦代来,赠《守望莱茵河》译本。雪峰、吕荧来。

27日　看《两诗人》。逯登泰来。植芳来。

28日　上午,陪吕荧访贺老板,谈妥《人的花朵》出版。到商务印书馆买旧书数十册。植芳夫妇来,一道看《列宁》。得程君自乡下来信。

29日　到美文印厂。打听银行,为乡人寄款。与殷维汉共餐。下午三时,为沪江大学暑期进修班讲话。复昨天收到的乡人信。酷热。

30日　看《外省伟人在巴黎》。得路翎信、方然信。得宗玮信。傍晚,与M出街,遇吕荧来,一道散步。鸿模来。校《锻炼》。设计好《密云期风习小纪》封面。

31日　看《发明家的苦恼》。复曹凤集、路斯、杜埃、赵国祥等。得路斯信。复浙大《求是周刊》。

8月

1日　到文协,到印厂。得学仁信。得绿原、钱方仁、罗泽浦、泥土社信。看《俄罗斯问题》。

2日　买书架一个。在景宋处开文协常务理事会。整理书籍。鸿模来。

3日　黄水、耿庸来。二哥从乡下来,老年、劳苦、哀伤。

4日　下午,陪二哥看眼,到"美琪"看影片。

5日　得黄若海、罗泽浦信。俊明引二哥去看眼。守梅从南京来。

6日　到书店收账。给钱方仁信。

7日　二哥从俊明处转来。得罗泽浦信。黄水来。

8日　晨,送二哥搭"江新"轮回家。得路翎、绿原信。秦林纾夫妇来。植芳夫妇来。给学仁信。

9日　给方子樵信。复嗣兴、方然、朱健。逯登泰来。梅林来。鸿模来。

10日　上午,到姚蓬子家。黄水来。引晓谷看圣约翰大学助学义演。盛家伦从香港来,于怀带赠纸烟两条。景宋来,转来曹凤集带赠之手表一只,水笔一支。得罗泽浦、守梅信。

11日　上午,访殷君。到商务印书馆买旧书。看黄若海剧稿《祖父》。黄水来。

12日　复黄若海、路翎、钱方仁。景宋来。复曹凤集。

13日　植芳夫妇来,一道看《失落过的公文》。M到医院检查,血压正常了。

14日　得守梅信。得钱方仁信。适夷来。看完《战后苏联文学之路》。看曹禺译《柔密欧与幽丽叶》。夜,与M访董冰如夫妇。

15日　看《亲和力》第一部。大同大学自治会约到虹桥路一个园子里讲演,十一时回家。得路翎信。

16日　得保瑛、程君信。得陈痕信。下午,文协为《中国作家》开会,给茅盾底诡计以打击。鸿模来。《第七连》和《密云期风习小纪》出版。

17日 为晓风入学事访顾一樵①。得方然信及稿。得邓英信。黄水夫妇来。王珩夫妇约到"国泰"看电影后,到这里晚饭后去。满涛等三人来。给学仁信。复保瑛、邓英。

18日 到新知书店。得方然信。复路翎、守梅、朱谷怀、陈痕。为《希望》登记事给杨玉清、闻钧天、黄若海信。

19日 看完《亲和力》第二部。得罗泽浦信。下午,植芳夫妇来,一道看影片《索雅》。复罗泽浦。

20日 上午,到书店买旧书。邓英来。得二哥信,望隆代写的,大骂我。即给老四一信。黄水来,带来适夷催稿信。

21日 复老乔,乡人程全信。

22日 访邓英。得绿原、黄若海、守梅信。夜,访胡南湖,听他谈经文、古文两派底形成。给保瑛信。

23日 黄水及其女友来。得守梅稿及信。复守梅、绿原。给朱谷怀、路翎。鸿模来。

24日 看完《夏天》。得路翎、黄若海信。看M新写的小说稿。

25日 晓谷请得免费。耿庸来。植芳夫妇来。适夷来。

26日 黄水及其女友来。得亦门、蒋天佐、雷鸣钟、陈痕信。

27日 得伍隼信。下午,与M到崔万秋家。鸿模来。

28日 得化铁信。夜,访廖君。

29日 得守梅信,路翎信。刘北汜来,植芳夫妇来,梅林来。

30日 得舒芜信。写成《首先从冲破气氛和惰性开始》。

31日 范一平来。吕荧来。黄水来。王师亮派车来,与M引孩子们到曹家花园,还有郭沫若、陈铭枢、茅盾等。下午五时回来。得绿原、周志竹、杨玉清、钱方仁等信。乡下人来信,钱收到了。徐先兆来。复亦门、化铁、方然。交大两学生来。

9月

1日 复路翎、舒芜、蒋天佐、乡下人程全等。复张心颐。给恩信。拟文丛广告。下午,全家看《金钥匙》影片。吕荧来。

2日 到书店收账。得守梅信。粗略地计画《文集》编法。与M访景宋。

3日 访邬其山。鸿模来。植芳夫妇来。复钱方仁。看《李家庄的变迁》。得闻钧天答查询《希望》登记事信。

4日 唐湜来。徐先兆来。逯登泰来。黄若海夫人及孩子从香港来,宿于此。

5日 得亦门、朱谷怀信。下午,到光明书店、作家书屋。黄若海来。梅林来。□君来②,带来辛劳《捧血者》诗稿。

6日 黄若海夫妇回南京。得冀汸、罗泽浦信。复周志竹、罗泽浦。编成《胡风文集》。鸿模来。《锻炼》出版。收到《天堂底地板》。

7日 写《文集》序。下午,与M出街散步。适夷来。

---

① "顾一樵",即顾毓琇,字一樵(1902—2002),集科学家、教育家、诗人、戏剧家、音乐家和佛学家于一身,是中国近代史上杰出的文理大师。1945年曾担任上海市教育局局长。

② "□",此处空缺。

8日　得朱谷怀信，即复。吕荧来。看《洋铁桶的故事》《刘巧团圆》。

9日　逯登泰来。编好《文集》。选好Unesco所要之十篇。得赵国祥信。到文协。复阿垅、绿原、赵国祥。给罗泽浦信。

10日　得黄若海、钱方仁信。复黄若海。下午，与M看一苏联战时影片。鸿模来。

11日　得朱谷怀信。冯亦代来。下午，到书店街。看关于托尔斯太的论文两篇。

12日　看关于托尔斯太的论文两篇。开始看《哥德对话录》。得亦门、逯登泰信，得学仁信。植芳夫妇来。高启杰夫妇引一湖北女生李君来。

13日　宗玮夫妇来。续看《对话录》。鸿模来。

14日　访郭沫若。在李立侠家遇吴云峰，在李家午饭。得程全、罗泽浦信。吕荧来。为王师亮结婚写立轴。

15日　得亦门、方然信。下午，与M参加王师亮结婚礼。出来后在大马路走一转，购小物品数件。得周志竹、李行素信及照片，并收到《呼喊》。

16日　到书店收账，在作家书屋遇适夷。为顾征南结婚写横条。顾征南来。复亦门。给学仁信。

17日　上午出街，访殷维汉。得路翎、绿原、朱健信。梅林来，蒋天佐来。俞老板来。看《对话录》。

18日　下午，到文协，到D·D·S咖啡店。杨力夫妇不知因何被捕。请崔万秋夫妇晚饭。给路翎、逯登泰信。宿于文协。

19日　金洪山来①，逯登泰来。莫洛、伍隼来。大方书店一偷印书之店员来。得蒋天佐信。看完《对话录》。

20日　上午，到光明书局收账。得学仁、保璜信，守梅信。给学仁、保璜信。下午，为顾征南证婚。《泥土》第四辑寄到。

21日　俞老板来。得张心颐信。得守梅诗论四则。殷维汉夫妇来。

22日　复周志竹、李行素、方然、路翎、阿垅等。读《リクリズム》与《自然主义》。适夷与雪峰来晚饭。

23日　金洪山来。下午，访邬其山。得朱谷怀、曹凤集、周志竹信。

24日　复张心颐。得保璜、宗玮信。王宝良来。黄水夫妇来。访邓英。到作家书屋。拟族人告全县人士书。

25日　复保璜，给学仁信。梅林来。得伍隼信。

26日　得亦门、路翎信。复亦门。下午，为配纸事到生活书店。逯登泰来。蒋天佐来，长谈文坛闲话。得苏金伞信。

27日　复路翎、朱谷怀。霞巴等来。为定纸事到锦章书局。吕荧来。鸿模来。得金洪山信，任敏已出来②。

28日　伍隼、周萌来。王珩夫妇来。居俊明夫妇来。得罗泽浦、赵国祥、耿庸信。看来稿，复读者信数封。复绿原。《云雀》改正稿寄到，重看一遍。看《五月丁香》。

29日　今天中秋节。下午，访董冰如闲谈。

30日　得亦门信。下午，访任敏。不在中吕荧、黄水来。

---

① "金洪山"为贾植芳友人。

② "任敏"为贾植芳妻。

10月

1日　得路翎、方然信。开始看《索特》。看稿。复路翎、亦门、赵国祥。鸿模来,他后天去港省亲。

2日　续看《索特》若干。到邮局、印厂。得亦门信。翻看几篇关于歌德的评论。看冯至底《伍子胥》①。得路斯信。

3日　整理一部分书籍。看托氏《家庭幸福》第一部。睡不着,又起来看完第二部。

4日　复路斯。读托氏《幼年》。

5日　看托氏《少年》与《青年》。得亦门、骆剑冰信。给陈闲,东平夫人吴笑信。

6日　得柏寒信及稿②。邬其山来,黄水夫妇来。到文协。吕荧来。看《中国作家》。

7日　到作家书屋,与蓬子等在咖啡店闲谈。得化铁、罗洛信。雪苇太太过上海,寄来他们男孩照片。刘开渠夫妇来。看徐州出版的小刊物。

8日　为纸事到书店。凤子来。梅林来。给保璜信。

9日　得钱方仁、朱健信,路斯信。黄水夫妇来。景宋来。雪峰来。看《战争与和平》。

10日　上午,携晓谷赴景宋处,一道到万国公墓。对修坟设计作了一点修正。宗玮夫妇来。得守梅信。下午,与M参加她表亲之婚礼。

11日　上午,与M携孩子们到"美琪"看《八年离乱》。到银行取款。方梦来。王珩来。一道看改编狄更斯的影片Great Expectations。

12日　得朱谷怀、亦门信。下午,与M到大马路看物价。复朱谷怀、舒芜、方然、亦门、化铁。看《战争与和平》。

13日　续看《战争与和平》。金洪山来。得亦门信。

14日　为配纸事,到银行、书店。得罗洛信。看《战争与和平》,完。翻阅关于它的评论。

15日　适夷来,午饭后去。得路翎信。翻阅关于《战争与和平》的评论。

16日　上午,出街。黄水夫妇来。复钱方仁、罗泽浦。得方然、周志竹信。许广平来。

17日　上午,会齐景宋、雪峰到万国公墓查看种树。雪峰来此午饭。出街。梅林来。复路翎。得绿原信。

18日　为纸事到书店。方重禹夫妇来③,住于此。逯登泰来。

19日　上午,到万国公墓。黄水夫妇来。得阿垅信。下午,到"梅龙镇"出席苏州一个文艺团体的谈话会。在文协与适夷、雪峰等晚饭。

20日　看完《铁手骑士葛兹》。殷维汉来。

21日　黄水夫妇来。董冰如夫妇来。吕荧来。

22日　到书店结账。

23日　金君来。访李立侠、孟宪章。到银行。许广平来。夜,到熊佛西家,留宿。

24日　访郭沫若。俞老板回沪。夜,访人未遇。蒋天佐来。

---

① "冯至"(1905—1993),诗人,翻译家,教授。

② "柏寒"即方然。

③ "方重禹"即舒芜(方管)。

25日　得路翎、亦门信。到生活书店。访许广平。到朱君处,留宿。

26日　访刘医生。看完《居礼夫人传》下部。访董君。看果戈里底《婚事》和《赌徒》。重禹夫妇去。

27日　晨三时左右,M见红,八时左右送入医院,五时零五分(夏令时间,普通时间四时零五分)产一男孩,大小平安。拟名为晓山,以纪念大哥。到作家书屋。葛君来。

星期一,阴历九月十四日。重七磅半。

28日　两次到医院。到锦章书局付款。黄水夫妇来。葛君来。夜,访毛小小姐。看《大渡河支流》。

29日　两次到医院。下午,与叶君坐咖啡馆。俞老板来。得赵国祥信。重看《普式庚传》。

30日　上午,被招待看《松花江上》。完后,吃饭,开座谈会。到医院一次。得路翎、绿原、香港陈慧真信。复罗泽浦、钱方仁。夜,葛君来长谈。

31日　复赵国祥、陈闲。给怀君信。到医院一次。葛君来。梅林来长谈。

11月

1日　到医院一次。复路翎、阿垅。看A.托氏底《伊凡·苏达廖夫的故事》。

2日　到医院一次。俞老板来。得朱谷怀、亦门信。得吴笑信。复朱谷怀、亦门。

3日　金君来。到医院一次。夜,梅林来,长谈萧红事。得保璜信。

4日　到生活书店。到医院一次。给学仁信。重看《外套》。

5日　到银行取款。接M母子回家。黄水夫妇来。俞老板来。得罗泽浦、亦门、陈闲信。

6日　得吕荧信。许广平来。开始写《普式庚与中国》。

7日　上午,约景宋母子一道参加苏联领事馆十月革命卅周年庆祝酒会。访雪峰,一道访盛家伦。访熊佛西。访倪君。

8日　上午,到锦章书局,到邮局。下午,到邮局取《儿女们》与《洋鬼》纸型。适夷来,晚饭后去。得路翎、罗洛信。

9日　逯君来。俞老板来。夜,到益友社讲话。

10日　为春明书店之文艺日记题词。复罗泽浦、钱方仁。庄涌来。夜,与晓谷看苏联影片《战友》。

11日　复路翎。董冰如夫妇来。梅林来。

12日　许广平来。到周建人家。学莲来。

13日　到银行,到书店,到作家书屋。得亦门信,即复。

14日　看木刻展览会。三太太来。

15日　到书店收账。访许广平。黄水来,一道看菊花展览。续写《普式庚与中国》。

16日　得钱方仁、路翎信。高女士及俞太太各赠M鸡一只。写成《普式庚与中国》。

17日　访许广平。访戈伦堡,不遇。夜,蓬子请吃蟹。

18日　得舒芜、罗洛、亦门、范一平信。黄水来。夜,侍桁请吃蟹。略看一遍《论文学中的人民性》。

19日　金君来。检查全部《财主底儿女们》纸型。下午,到文协。校改《普式庚与中国》。看《臧大咬子传》。

20日　逯君来。与晓谷一道看《青春底旋律》。校对一部[分]《文集》校样。

21日　访戈伦堡，访殷君。得望隆两信，报告被绑、被抢、被分情形。复吕荧、方然、舒芜。

22日　景宋来。得余舍、常仁①、北平一青年信。黄水夫妇来。王珩夫妇来。夜，参加乔峰六旬生日聚餐。

23日　得罗泽浦信，得黄若海信及小说稿《苦汉崔长星》。看《苦汉崔长星》。复罗泽浦、北平一青年。

24日　到锦章付款。到文协。黄水夫妇来。夜，翻阅《升官图》。

25日　到邮局，到作家书屋。得乡人程君信，即复。看郁达夫《过去》。

26日　出街购物。得路翎信，即复。访董君。看杂志文章。

27日　油漆晓谷用过的小铁床，为晓山用。今天晓山满月，重九斤。夜，M之二舅母、宝华及董冰如夫妇来吃面。到文协。

28日　看读者来稿，其中卢启文（张犁）之《灾星》最好。得守梅信及稿。夜，到文协吃蟹。

29日　得绿原、吕荧信。复绿原。给冀汸信。看稿，复信。适夷来。俞老板来。看《大卫》数章。

30日　看稿。访巴金，许广平。到书店收账。得路翎信。夜，在文协晚饭。看《大卫》数章。

12月

1日　到外滩。到书店收账。与适夷一道午饭。得路翎信。看《大卫》。

2日　看完《大卫·高柏菲尔》。葛一虹来。

3日　得亦门、冀汸信。黄水来。复路翎、亦门、若海、吕荧。清理稿件。

4日　上午，为纸事奔走。到文协。得杨玉清、伍隼信。夜，黄水夫妇和诚之来吃面②。重读旧稿《论新文艺传统》，不满意得很。给钱方仁信。

5日　得柏寒信。逯君来。李正连来③。

6日　为纸事出街。得舒芜、罗洛、钱方仁信。看《三打祝家庄》和《生活与美学》后记。

7日　许广平来。俞老板来。到作家书屋取书。夜，为纸款访殷君。

8日　到锦章付纸款。在文协午饭。看稿，回信。访董君。夜，看剪报评论文章。

9日　看稿，回信。得绿原信。做完《儿女们》第一部付印的校正工作。

10日　到锦章付纸款。过文协。得路翎、逯君信。翻阅旧刊物的文章。

11日　访景宋。访殷君。与贺君谈定人民文艺丛书续刊事。到作家书屋，蓬子请吃面。夜，看旧报上的评论。

12日　印厂人来。下午，到葛一虹处。得亦门信。夜，翻阅旧材料。

13日　亦代来。景宋来，告诉邬君已走的消息。复路翎、黄若海。得黄若海、卢启文

---

① "常仁"即冯乃超。
② "诚之"，即雪峰(冯诚之)。
③ "李正连"，疑即李正廉(1924—)，抗战时复旦大学学生，新闻工作者。因投稿与胡风有通信来往。1955年被定为"胡风集团一般分子"，同年9月被捕，1980年平反。

317

(张犁)信。编校好《出西中国记》。编好《苦汉崔长星》,字句略有校正。

14日　到黄水处与杨力太太共午饭。景宋来。俞老板[来]。看选集中之《论盖尔村》。复逯君。编好《又是一个起点》,字句略有校正。

15日　到作家书屋。到文协。翻阅一些文章。

16日　冒雨出街,打听纸行市。得路翎、若海信。

17日　亦代来。为纸事奔走至下午三时过。诚之夫妇来,晚饭后去。复冀汸。

18日　上午,印厂刘君来。下午,到旅馆访杨玉清。得亦门信及稿。看亦门稿。

19日　到锦章。得逯君、戈金信①。看阿垅诗论稿。夜,景宋请吃饭。

20日　访贺君。黄水来。和华来。夜,俞老板来。

21日　印刷厂刘君来取去《儿女们》第一部纸型。得罗洛信。黄水来。夜,请客一席。

22日　俞老板送来书架一只,整理书籍。夜,梅林来。看《脱缰的马》。

23日　上午,文协开理监事联席会,其实是邵力子请饭闲谈。下午,参加欧阳予倩报告编导《同命鸳鸯》的茶会。为《儿女们》邮购广告事,给罗泽浦、朱谷怀、黄若海、邹荻帆信。

24日　王宝良来,午饭后去。得曹凤集、周志竹、雪清②、吕荧信。看莫洛亚底《狄更斯的生平与作品》。

25日　上午,参加姚蓬子招待邵力子夫妇之宴。饭后,同席者数人到此稍坐。圭巨来③,谈至饭后去。看他底《记医院》原稿。

26日　印厂刘君来。下午,到作家书屋。得路翎信。复路翎、绿原。俞老板来。收到《普希金文集》,翻阅若干篇。

27日　为纸事,下午出街。晤及叶君兄弟。圭巨来。复曹凤集、周志竹。

28日　上午,梅林来。同去买一花篮参加普希金铜像揭幕礼。散会后被邀到苏联体育会参加俄侨底酒会。殷君来。看杂志上的文章。

29日　到锦章。到美文印刷厂。到"天蟾"看新疆歌舞,但看客只一百多人,临时退票不演。俞老板来。看杂志文章数篇。

30日　整天为纸事奔走。得路翎信。

31日　为纸事整天奔走。得亦门信。黄水来,一道到杜美戏院看《虎胆忠魂》。

1948年

1月

1日　路翎、化铁、亦门来,住于此。俊明夫妇来。黄水夫妇来,晚饭后去。庄涌来。任君来。

2日　黄水请路翎等一道午饭。夜,与亦门、晓谷看改良平剧《同命鸳鸯》。

---

① "戈金",即于行前(1925—),后文亦作"于行笈",诗人。此时在北平做地下工作,因鲁藜的关系与胡风开始通信,中华人民共和国成立后在北京市公安局工作。1955年受"胡案"牵连受到隔离审查,后被定为"受胡风反革命思想严重影响"。

② "雪清",即楼适夷(楼雪清)。

③ "圭巨",即方然。

3日　路翎等整天改《财主底儿女们》第二部纸型上错字。宗玮来。看亦门诗论原稿数篇。逯登泰来。雪峰来。看化铁长诗原稿。

4日　路翎等午饭后回南京。逯与晓谷送至车站。方梦来。得绿原、圭巨信。复圭巨。殷维汉来。

5日　下午,到作家书屋,遇画室①,一道来此,晚饭后去。景宋来。俞老板来。校对《又是一个起点》十余面。圭巨从杭州来。

6日　得黄若海信。时代出版社周年纪念,去参观。下午,看电影《乱世佳人》共两场。访乔峰。

7日　得亦门信。设计好《人的花朵》封面。下午,访贺尚华、殷维汉。复罗洛、舒芜、黄若海、吕荧。

8日　梅林来,闲谈至午饭后近三时始去。得朱谷怀信。复绿原。访高君夫妇。

9日　上午,再看《松花江上》。与梅林一道吃客饭。修理房子后面门窗。得路翎、耿庸信。高君夫妇来。俞老板来。

10日　黄水来。得朱健信。为纸事到锦章两次。到文协。

11日　为纸事找蓬子两次。到锦章。音乐工作者二人来。景宋来。

12日　为纸事到锦章、光明书局、作家书屋。得路斯信。与M看影片《蓝色狂想曲》。

13日　俞老板来。为纸事访李剑华。许广平来。写关于《松花江上》的批评。

14日　到锦章。得路翎、绿原、黄若海信。蒋天佐来。黄水夫妇及任女士来,晚饭后去。续写关于《松花江上》。

15日　晓风生日。得阿垅信及稿。续写《论松花江上》。

16日　到作家书屋。高君夫妇来。写成《论松花江上》(上篇)。

17日　到锦章,到邮局。得吉夫信及稿②。写《论松花江上》(下)。

18日　得余舍、吕荧、朱谷怀信。到锦章。乔峰来。约大一学生来。写《论松花江上》(下)完。

19日　印厂刘君来。得亦门、朱谷怀信。任女士来,黄水来,新诗潮社三人来,方梦来。复路翎、亦门。

20日　为纸事,到锦章,书业公会,社会局。看苏联影片《胜利英雄》。不在中,梅林送来《胡风文集》一册。

21日　得耿庸、罗洛信。到上联。任君来,学莲来。满涛来。得柏寒信。添写论《松花江上》后记。

22日　下午,到书业公会。夜,访景宋,访巴金。到时代日报。

23日　复吕荧、耿庸。下午,到美文印刷厂。清理信件。拟定《儿女们》封面及头尾设计。

24日　到锦章付纸款。到南洋煤球厂。得路翎信,即复。夜,满涛、阮富乙、麦秀等四人来谈出一小刊物事③。

---

① "画室",即冯雪峰。

② "吉夫"以及后文中的"吉父",均指冀汸。

③ "阮富乙",又名樊康,时为《时代日报》副刊《新生》特约编辑。

25日　咳嗽,极冷,整天在家烤火。骆君来。

26日　黄水来。得朱谷怀、吕荧、舒芜信。下午,到存纸厂提纸,未提到,在那里晚饭,喝了酒。晓谷拿到本学期成绩,全班第一,全校第一,并得奖状两纸。

27日　上午,得上联发行所一小朋友之助,一道去提纸、送纸、换纸,并到印厂,到下午五时过才弄妥。得读者史誌信。

28日　景宋来。印厂刘君来,午饭后去。引晓谷、晓风到亚洲影片公司看《灰姑娘》和去年五一新闻片。复陈闲、常仁、楼适夷、吕荧、朱谷怀、罗洛、亦门。给路翎信。

29日　俞老板来。得阿垅、罗洛信。下午,到燃委会付定煤款。

30日　上午,到书业公会开会。得戈金、柏寒信。复柏寒。校《儿女们》勘误表。任君来。重看《云雀》原稿两幕。

31日　定煤送到,转送到南洋煤球厂。印厂人来。梅林来。盛家伦来。《云雀》原稿看完。

2月

1日　洪深来。逯君来。同晓谷等到公园照相,并在门首为晓山照相。黄水与梅朵来①。略感不适,早睡。得路翎信。

2日　依然不适,郑效洵来。俞老板来。得阿垅信及稿。

3日　印厂人来。满涛来。下午,访殷君,访贺老板。逯君带一友人来照相。蒋天佐来。得化铁信。

4日　满涛来。下雪。看完《中国作家》第二期。夜,宾符请饭。任君来。

5日　吕荧、梅林来。吕自台湾代买来了《文艺大辞典》,梅送来了三千册《胡风文集》版税。到银行,到锦章。夜,到文协。雪峰来。

6日　上午,引晓风看影片《夜店》。得邹荻帆信。黄水来。复化铁、方然、邹荻帆。

7日　印厂送《儿女们》样本来看。伍隼来。访殷君。夜,引晓谷、晓风到黄水家晚饭。饭后到城隍庙走了一转。

8日　收拾二楼书籍。逯君来。夜,请客一桌。

9日　旧历除夕。黄水来,他今晨生一男孩。引晓谷购物。得朱谷怀信。晚七时,《财主底儿女们》送到25部。高启杰请吃晚饭。

10日　殷维汉来。得罗洛信。引晓风到附近街上走一转。崔万秋夫妇来。

11日　逯君来。高启杰夫妇来。梅芬夫妇来。招待他们午饭。景宋请晚饭。

12日　晨,到殷家"拜年"。黄水来。梅林来。招待他们午饭。得方然信。复路翎、阿垅。

13日　得罗洛、舒芜信。下午,引晓谷访刘开渠。晓山伤风略好。

14日　化铁、冀汸来,并带来路翎、阿垅、黄挚稿件②。得唐湜索《财主底儿女们》信。方梦来。

15日　得守梅信。化铁、冀汸、逯君来,午饭后去。景宋来。骆剑冰来。和华来。夜,画室来。

---

① "梅朵"(1921—2011),编辑,电影评论家。
② "黄挚",即黄若海。

16日　得阿垅信。看冀汸长篇小说稿到一半。复朱谷怀、周志竹。

17日　看完冀汸长篇小说稿及一中篇《桃园兄弟》。得路翎信。冀汸来。俞老板来。

18日　上午,到书店收账。

19日　上午,冀汸来。印厂来收账,缠到下午二时半。到作家书屋。满涛来。黄水来。秦德君及其女友周女士来。吕荧来,晚饭后去。得化铁信。

20日　冀汸来,他今天回去。校完《又是一个起点》。复路翎、阿垅。到作家书屋。得楼雪清信。许寿裳昨天在台北被凶杀。

21日　看完《双城记》。下午,访许广平。

22日　刘开渠夫妇来,午饭后去。得守梅、赵国祥信。得学仁信。

23日　得阿垅、朱谷怀信。黄水来。任敏来。

24日　上午,访殷君。看影片《爱情,爱情》。阮富乙等来。《横眉小辑》出版。雪峰来。

25日　理发。到艺文书局。黄水来。全家吃俄国大菜,满足了孩子们底要求。给路翎、柏寒。复罗洛。访高君夫妇。

26日　到作家书屋结账。到锦章,到文协。得路翎信。复学仁。

27日　到作家书屋结账。得阿垅信及稿。看阿垅稿。满涛来。

28日　到印厂与银行。得学仁、望隆信。看普式庚之《波里斯·戈登诺夫》。

29日　得朱谷怀信,即复。看普式庚底《石客》。再看《王贵与李香香》。看阿垅文稿。复学仁。

3月

1日　看投稿。俊明夫妇来。阮富乙、满涛来。看《文选》论作者部分。

2日　化铁来,午饭后去。黄水来。得冀汸信。看《文选》中论原则部分。

3日　印厂人来收款。得朱谷怀、戈金、阿垅、常仁信。到文协。逯君来。景宋来。看常仁寄来的他们对于文艺的"意见"。

4日　到书店收账。得蒋天佐信。徒人来。给路翎信。

5日　得周志竹、朱谷怀、牛汉信[①]。三文艺青年来。蒋天佐来。董君夫妇来。

6日　得罗洛信。复范一平、罗洛、朱谷怀。看来稿。看阿垅文稿。

7日　俞老板来。得方然信及稿。得罗洛信,学仁信。复国祥、常仁。

8日　到书店收账。守梅来,讨论他底文稿。满涛来。

9日　得朱谷怀、米军信。看,并讨论守梅文稿。下午。同守梅到静安寺闲走。

10日　化铁来。重看化铁诗稿《没有祭吊》。刘开渠夫妇送来翻造王朝闻所作的鲁迅浮雕三个,和托他做好了的炸弹片座子。与守梅、化铁、逯登泰谈至夜深。

11日　守梅等去。下午,到煤球厂,到装订作。

12日　看完《费尔巴哈论》(日译,重读)。

13日　得舒芜、吕荧信。下午,在景宋家讨论许寿裳追悼会事。到作家书屋。诚之

[①] "牛汉"(1923—2013),原名史成汉,诗人。胡风曾将他的诗集《彩色的生活》编入《七月诗丛》出版。1955年被定为"胡风集团骨干分子"。1979年平反。

来闲谈。

14日　到虹口访人,不遇。到作家书屋。《儿女们》精装本送到。

15日　上午,到书店收账。得路翎、学仁、吕荧、罗洛信。复路翎、吕荧、阿垅、学仁信。

16日　俞老板来,再把路翎小说集拿去付排。复绿原。看《政变记》。

17日　看完《拿破仑第三政变记》。得曹凤集、小麦信。得阿垅稿。复舒芜。景宋来。刘开渠夫妇来。

18日　上午,印厂及装订所人来。得路翎信,即回。看完《法兰西内战》。

19日　得绿原、罗洛信。下午,到书店收账。蒋天佐来。黄水来。诚之来。看《德国农民战争》。

20日　看完《德国农民战争》。得阿垅信。重看《罗大斗底一生》。

21日　欧阳来①,带来《许多都城震动了》。化铁来。到陈家聚餐。

22日　黄水来。满涛来。欧阳来。写杂文一则。

23日　上午,访罗胖子。访殷君。收到《泥土》之5,《同学们》之十。都看过。满涛来。访俞老板。

24日　上午,收账,取款。下午,到作家书屋。复罗洛、罗梅②、朱谷怀。黄水来。

25日　下午,到作家书屋。得路翎信。夜,到文协闲谈。

26日　路翎来。《泥土》第五辑寄到。黄水来。夜,与路翎闲谈。

27日　得逯登泰信。靳以来。《荒鸡》之4寄到。在蓬子家晚饭。夜,与路翎闲谈。

28日　欧阳、逯来。化铁来。到许寿裳追悼会,签到即退。夜,与路翎、化铁闲谈。

29日　得谷怀、吕荧信。俞老板来。路翎回南京。

30日　得赵国祥信、苏汛信及小说稿③。下午,与M出街。到作家书屋。徒人来闲谈。给阿垅等信。

31日　得学仁信,即复。复朱谷怀。路翎友人殷君来。

4月

1日　上午,访殷君。下午,到艺文印书馆。梅林来。看雪峰底《民主革命的文艺运动》。看沈从文《入伍后》半本。

2日　看完《入伍后》。方梦来。得朱谷怀信,即复。得骆女士信。夜,访巴金。看郑定文小说集《大姐》④。

3日　看哲学书籍中之片断。得罗洛信。夜,徒人来闲谈。

4日　复余舍、罗洛、罗梅、冀汸、苏汛。徒人等数人来闲谈,晚饭后去。

5日　到书店。得学仁信。黄水来。

---

① "欧阳",即欧阳庄(1929—2012)。此时为中共地下党员,爱好文艺,与化铁、路翎等一起编印进步刊物《蚂蚁》。中华人民共和国成立后任下关发电厂党支部书记,曾参与胡风"三十万言"的撰写。1955年被定为"胡风集团骨干分子"。1980年平反后任原厂厂长。

② "罗梅"(1926—1980),原名林祥治,为罗洛友人。1946年在成都组织进步学生组织"同学们",出版进步文艺报刊《学生报》。1955年因"胡案"受到牵连,被定为"胡风集团骨干分子",遭开除党籍、降职降级等不公正待遇。1979年平反。

③ "苏汛"为路翎友人。1955年亦受牵连被审查,后失踪。

④ "郑定文"(1923—1945),作家,小说集《大姐》为其代表作。

6日　得阿垅信及稿,稿看过,并校改数处。学莲夫妇来,一道看影片《翡翠谷》。

7日　读者金尼来①。下午,到文协商谈特刊事。

8日　得阿垅、绿原信。复阿垅、绿原、吕荧。梅朵、黄水来。看完《辩证法唯物论》中认识论部分(日译,重看)。看《红楼梦人物论》数则。

9日　广平来,俞老板来。复米军、曹凤集、周志竹、李行素、朱健。

10日　上午,看《凶手》试片。与蓬子吃罗宋菜。得路翎、朱谷怀、罗梅信。夜,与M、晓谷去听俄国音乐唱片。看完《红楼梦人物论》。

11日　得朱谷怀信。下午,文协开理事会。雪峰来闲谈。满涛来。

12日　得路翎、阿垅信,即复。得望隆信,要来此,即给学仁信制止。下午,到装订作,到书店收账。得欧阳庄信,即复。复朱谷怀。

13日　得苏汎信及稿。得罗梅信。下午,天佐来,同到文协,晚饭后归。得路翎信及稿。

14日　看完《什么是"人民之友"》。得舒芜、罗洛、赵国祥信。梅林来。董君夫妇来。

15日　景宋来。复舒芜、路翎。看《做什么》两章。

16日　得欧阳、逯信。看三月份的《新园地》并作评选说明。夜,与晓谷访刘开渠。梅林来。

17日　宗玮夫妇来。得欧阳、阿垅信。徒人来,一道到袁家聚餐。

18日　翻阅材料。看完《做什么》。

19日　到书店收账。得吕荧信。梅朵来。梅林来。

20日　看杂志文章。葛一虹来。略有感冒。

21日　得欧阳庄信。下午,看意大利影片《一舞难忘》。

22日　昨夜咳嗽甚激。翻阅关于五四的材料。梅林来。重看冰菱关于大众化的文章②,并给他信指出应斟酌之点。

23日　得欧阳庄、罗梅信。骆剑冰来。开始写《以〈狂人日记〉为起点》。

24日　拟文协征文公告。夜,文协开理事会。

25日　何林来。写完《以〈狂人日记〉为起点》,到夜三时半。

26日　理发,洗澡。下午,到作家书屋,到蓬子家晚饭。徒人来,闲谈到深夜。

27日　与徒人到郊外,先参观昆仑摄影场,后到万国公墓。夜,景宋来。

28日　得朱谷怀、路翎信。化铁来。与化铁引晓谷、晓风到亚洲影片公司看影片《新生命》。梅林来。

29日　得阿垅信,罗洛信及信笺。下午,到作家书屋。胡兰畦来。

30日　胡兰畦约李小青及Klara Blum来,午饭后去。得路翎信,即复。得学仁信。

5月

1日　黄水来。写《从只有荆棘的地方开辟出来的》。

---

① "金尼",即罗飞(1925—2017),原名杭行,诗人。曾编辑《未央诗刊》《起点》月刊等。1955年时任新文艺出版社编辑,后被定为"胡风集团骨干分子"。1980年平反,在宁夏人民出版社工作。

② "冰菱"及后文之"余林",均为路翎的笔名。

2日　淡秋来①。胡兰畦来。通夜写完《从……出来的》。

3日　白天睡觉。晚,与M访董君夫妇。复□小麦②、朱谷怀。给方然、罗梅汇款信。给舒芜退稿信。

4日　上午,看《新闻怨》试片。下午,与M访景宋,并约徒人来,闲谈,晚饭后回来。

5日　蒋天佐来。田涛来。学仁从故乡来。张君及其学生丰女士来。得舒芜信及稿。得路翎信。看完《史迁普金》。

6日　引学仁上街。夜,与学仁谈乡间情形。梅林来。刘开渠来。

7日　得阿垅信。《蚂蚁》第二集《预言》寄到。俊明来。与学仁谈乡间情形。

8日　俊明来,并引学仁去他家。逯君来,引晓谷去明天看运动会。夜,出席中华职业补习学校文艺研究会座谈会讲话。

9日　俊明来同至他家午饭。到虹口访刘医生不遇。访李剑华、李立侠。到祝医生家晚饭。得罗洛、罗梅、欧阳庄信。

10日　得朱谷怀信。到书店收账。夜,史东山来。拟父亲墓志初稿。

11日　引学仁访刘医生检查眼疾,到江湾访张定夫,晚饭后归。

12日　引学仁到医院。昆仑公司为《新闻怨》请午饭,饭后开谈话会。林淡秋来。方然从杭州来,当晚回南京。

13日　得朱谷怀、陈闲、俞鸿模信。下午,引学仁看《大凉山恩仇记》。夜,校《云雀》及小说各一部分。

14日　上午,引学仁看《艳阳天》试片。完后,影片公司请午饭。胡兰畦来。到作家书屋小坐。

15日　上午,唐湜来。下午,与学仁到南洋煤球厂。得二律师信。为凤子结婚写一立轴。

16日　俊明夫妇来。化铁来。王珩夫妇来。张绍基来③。与M参加凤子结婚晚宴。校《云雀》一部分。

17日　与学仁到江湾访潘律师。满涛来。

18日　俊明来,天佐来。逯君来。得苏汎信。复路翎、庄、陈闲、俞鸿模。

19日　文艺研究组张、孙二教员来。胡兰畦来。得孙钿信及稿,得杨波、周志竹信。校《云雀》一部分。

20日　为学仁买船票,奔走数处。得米军信。得周志竹信。

21日　送学仁上船。访任敏。王白与、秦德君来。得唐湜信。徒人来。夜,再到船上看学仁。

22日　阿垅来。得路翎信。校《云雀》一部分。

23日　下午,到魏殳学校④,晚饭后归。董冰如夫妇来。

24日　阿垅去。复孙钿、朱谷怀、杨波、唐湜。

25日　午后,到银行取款。到作家书屋。与蓬子、徒人到葛一虹家,晚饭后归。看戈

---

① "淡秋",即林淡秋(1906—1981),作家,左联盟员。
② "□"处为无法辨认之字。
③ "张绍基"(1918—),湖北红安人,中共党员,曾在工农红军、八路军等部队工作。
④ "魏殳",即魏金枝。

译《十二个》。

26日　翻阅材料。刘开渠来,梅林来。得舒芜、朱谷怀信。约任敏来谈杨力事。

27日　得阿垅信,唐湜信。访胡兰畦。下午,到作家书屋。夜,与M送小猫到景宋家。

28日　看参考书。下午,访殷君。夜,访董冰如夫妇。

29日　得学仁信,阿垅信,孙钿信。清理稿件。徒人来,晚饭后去。

30日　上午,找任敏。复孙钿、学仁、朱谷怀。得罗洛信。给金宗武信。看材料。

31日　看书。看《牛大王》与《妒误》。

6月

1日　到书店收账。看书。夜,与M看影片《剑胆琴心》。杨力太太来,为她拟报告。

2日　下午,到作家书屋。得曹凤集、阿垅信。得路翎信及稿。看完路翎中篇《英雄郭子龙》。校完《云雀》。

3日　得罗梅、朱谷怀信。到作家书屋。蒋少爷来访。复路翎。夜,写《给人民而歌的歌手们》,寄朱谷怀,并附信。

4日　下午,到作家书屋。瑶华夫妇从南昌来。张绍基来。得曹凤集、朱谷怀信。

5日　黄水来。景宋来。乔峰来。下午,到光明书局商量纸事。得罗洛信。刘开渠夫妇来,董冰如夫妇来。看书。得李梓安信,即复。

6日　下午,参加职教补习学校文艺研究班座谈会。夜,为瑶华夫妇请客。得路翎信。得吕荧信。复朱谷怀、吕荧、罗洛。

7日　不见年余之小孙来,畅谈至黄昏时辞去。得绿原、阿垅信。梅林、蒋天佐来。徒人、淡秋来。

8日　整理好余林论文。下午,为纸事到光明书局。看书。

9日　复米军、路翎、阿垅。看书。苏汎来。

10日　上午,到靳以处,与学生们谈诗,直到下午六时。得罗洛信。看书。

11日　今天旧历端阳节。看完《左派幼稚病》。冯亦代来。下午,出席章元善之茶会,与美国人P. M. Roisie谈中国事。

12日　上午,到书店。徒人来。董冰如夫妇来。

13日　修改牛汉诗稿《彩色的生活》。复牛汉。给朱谷怀信。上午,张君引三学生来。下午,到立信文艺研究班讲话。逯君来。

14日　看书。下午,为纸事到上联会谈。得朱谷怀信,即复。复绿原。校改牛汉诗稿。复牛汉。梅林来。

15日　瑶华夫妇回去。到作家书屋。得阿垅、赵国祥信。复楼雪清、罗梅、罗洛。伍隼来。看书。

16日　得路翎、黄挚、吕荧、金宗武、学仁信。复宗武、学仁。得小麦信。看书。刘开渠夫妇来。

17日　看书。下午,到文协,晚饭后归。校绿原诗集40P。编成鲁藜诗集《星的歌》。

18日　访景宋。得欧阳庄信。复路翎、方然、读者蔡瑞贞。林炎来。看书。校绿原诗稿一部分。

19日　下午,到作家书屋。董冰如夫妇来,晚饭后去。看稿,回信。

20日　下午,到袁水拍家闲谈。夜,在蓬子家晚饭。

21日　得朱谷怀、牛汉信。下午,书业公会开会。黄水夫妇携小孩来。

22日　得阿垅信。看书。梅林来。景宋来。复朱谷怀。

23日　得方然、罗梅信。复方然。沈老板来。看书。

24日　参加出版业聚餐。看书。校《星的歌》一部分。校完《集合》。

25日　到书店收账。看材料。葛君来。

26日　得方然信。给朱谷怀、伍隼信。阿垅自南京来。逯君、黄水、化铁来。看书,看材料。校《星的歌》一部分。

27日　化铁来,伍隼来。得朱谷怀、耿庸、罗梅信。校完《星的歌》。复朱谷怀、罗梅、方然。

28日　与阿垅、化铁等看影片《贼王子》。得孙钿信及稿。得蔡瑞贞信,罗洛信。整理孙钿稿,并复信。梅林来。

29日　看书。到书店。得蔡瑞贞信,她是日本女人。得靳以信。

30日　晨,阿垅去。到书店,访李剑华。得绿原、朱谷怀、学仁信。看书。

7月

1日　荒陵①、金尼来。给方然信。夜,文协聚餐。到蓬子家。

2日　访田寿昌②,午饭后归。到光明书局谈纸事,晚饭后归。校对。写《星的歌》后记。

3日　复绿原、路翎、朱谷怀。得路翎信。下午,与M参加何香凝七十岁祝寿茶会。

4日　唐湜来。杨家搬去家具杂物。朱一之来。

5日　一之去。得朱谷怀、金宗武信。复朱谷怀,给学仁信。与M携晓山访许广平,晓山过磅重九公斤。校《有翅膀的》一部分。得余所亚信。

6日　上午,为纸事冒暴风雨到外滩。得吴笑信。给俞鸿模信。给朱一之信。蒋天佐来。校《有翅膀的》一部分。

7日　白危来。到作家书屋。与葛一虹为纸事访赵班斧。得阿垅、方然信。复方然。复陈闲、于怀、赵国祥。

8日　上午,看《万家灯火》试片,看后午餐。下午,忙于纸事。逯君引罗洛来。得朱谷怀信,恩信。

9日　得路翎信。忙于纸事。夜,林君来闲谈。

10日　上午,与M到蓬子家。得俞老板信。白危来。董冰如夫妇来。复朱谷怀。收到郑思诗集《抒情的夜》。白危来。

11日　看书。得阿垅、化铁信。看《抒情的夜》。

12日　方然来。到书店收账。得朱谷怀信。

13日　荒陵及其友人来。梅朵、黄水来。白危来。看方然文稿。复小麦。复朱谷怀。刘开渠来。

14日　方然去。看《哈尔滨之夜》试片。斟酌完方然之《论唯心论底方向》,寄出。

---

① "荒陵",原名熊荒陵,中共地下党员,文艺青年,曾在《希望》上发表杂文两篇。

② "田寿昌",即田汉。

得罗梅、阿垅、欧阳庄信。夜,与M看《美女与野兽》。

15日　荒陵来。逯君、罗洛来。伍隼来。徒人来。复欧阳庄。

16日　到锦章书局付纸款。到文协。得适夷信。复孙钿。下午,与M出街。

17日　到作家书屋收书款。得守梅,雪清信。徒人夫妇来晚饭。

18日　得化铁信,他病了。得方然[信]。罗洛、逯君来,引晓谷去看化铁,转来宿于此。复方然。

19日　罗洛等去。《泥土》第六期寄到。得欧阳庄信。亦代来。复欧阳、朱谷怀。晚,与M到蓬子家晚饭,与蓬子等谈出刊事。看完《泥土》。

20日　得学仁、冀汸信。黄水来,徐中玉来。下午,到书店收账。复冀汸、周志竹。看影片《人间地狱》。

21日　得欧阳庄,路翎信。复欧阳。上午,到锦章。访董冰如夫妇。冯、林、蒋来。开始写评港刊文。

22日　得路翎、吴勃信①。野夫来。复余所亚。得刘天文信②,即复。给倪子明信,陈闲信。黄水来。

23日　得方然、谷怀、绿原、欧阳庄、罗梅信。黄水夫妇来,梅林来。

24日　得刘天文信。冀汸来,登泰、罗洛来。

25日　欧阳庄来,《蚂蚁》之三《歌唱》出版。罗洛来。夜,参加文艺班同乐会。

26日　复绿原。欧阳去。看完《歌唱》。

27日　复朱谷怀。得曹凤集、杭约赫信③。下午,到作家书屋。夜,林、冯来。

28日　得阿垅信。到作家书屋。夜,田汉在陈家开游园会。

29日　得朱谷怀信,即复。清华学生何达来。

30日　罗洛来。到作家书屋。得孙钿、余舍、学仁信。

31日　张绍基及二学生来。高氏夫妇来。复学仁、恩。复曹凤集,给小麦、米军信。

8月

1日　王珩夫妇来。梅朵来。访逸尘④。

2日　到作家书屋。得方然信。荒陵、金尼来。

3日　到锦章,到作家书屋。得阿垅信。

4日　到杨树浦印厂。得谷怀、田文、米军、吕荧信。梅林来。

5日　吕荧来。复方然。得欧阳庄信。

6日　冀汸、罗洛、登泰来。俞老板父女从香港来。

7日　方梦来。高氏夫妇来。得舒芜、蔡瑞贞信。看完舒芜《论真理》。

8日　贺张敬熙婚礼⑤。冯亦代来。得方然、倪子明、欧阳庄信。

---

① "吴勃"(吴渤),即白危。
② "刘天文",即刘文,下文亦作"田文"。时为北大、北师大进步文艺青年组织的社团"泥土社"的成员,并参与编辑《泥土》杂志。
③ "杭约赫"(1917—1995),原名曹辛之,九叶派诗人。
④ "逸尘",即满涛。
⑤ "张敬熙"(1892—1975),民国时曾任西康省府委员、建设厅厅长,国民参政员、北师大教务主任。中华人民共和国成立后任四川省文史研究馆员。

9日　徐先兆来。张绍基来。复路翎、亦门、方然、孙钿、欧阳庄、楼雪清。

10日　得守梅、方然信。得朱谷怀信。复谷怀、田文。给化铁信。

11日　得路翎、许之乔信。徒人父子来，黄水夫妇来。

12日　得阿垅信。复路翎、阿垅。洋学生张道真来访，要出版一部新诗选云。

13日　逯君来。黄水夫妇来。

14日　M发高热。得吴勃信。

15日　得荒陵、天佐信。徒人来。M热退。梅林来。

16日　石池来。给登泰、亦代信。张、邵二君来。到书店收账。访张天翼，晚饭后归。得路翎、阿垅、化铁信。

17日　冀汸来。得Klara Blum信，米军信，田文信。到作家书屋收账。

18日　得守梅、绿原、欧阳庄信。唐湜、唐祈①、杭约赫及一女生来。刘开渠来。

19日　朱谷怀从北平来。冀汸、罗洛、逯登泰来。张绍基来。

20日　到艺文书局。到作家书屋。得柏寒信。访高君夫妇。

21日　得路翎、欧阳、黄若海信。即复。访蓬子。谷怀及其二友人来。杨力从寄居处回来了。

22日　植芳夫妇及黄水夫妇来晚饭。参加文研班作品批评座谈会。

23日　到锦章。张绍基、尚丁来②。

24日　得路翎、黄若海信。景宋来。杨力来晚饭。

25日　到作家。访景宋。得孙钿信。淡秋来。复舒芜。

26日　得欧阳庄信。到作家书屋。访景宋。夜，杨力夫妇请饭。

27日　得阿垅、吉父信。罗洛来。学莲来，陪他们打麻将，甚苦。

28日　得绿原、苏汛信。复绿原、欧阳庄。杨力来。

29日　化铁来，杨力来，整天闲谈。

30日　参加朱自清追悼会③。杨力来。罗洛、逯登泰来。

31日　俞老板父女去香港。黄若海、路曦、冼群来，午饭后去。金尼来。

9月

1日　罗洛来。杨力来。冯亦代来。

2日　访景宋。到作家书屋。杨力来。

3日　相洋来④，晚饭后去。得周志竹信，唐湜信。

4日　访景宋。得阿垅信。

5日　得耿庸信。杨力来。

6日　登泰、罗洛来。张君及一女生来。学莲夫妇来。

7日　得绿原、谷怀信。到作家书屋。下午，文协聚餐开会。

8日　得阿垅信。给田文、欧阳庄信。

9日　得田文、赵国祥信。逯君、罗洛来。《文艺信》出版。黄挚、杨力来。

---

① "唐祈"（1920—1990），九叶派诗人之一。
② "尚丁"（1924— ），作家，出版家，民主人士。
③ "朱自清"（1898—1948），散文家，诗人，学者。
④ "相洋"，即黄若海。

10日　杨力、逯、林二君及黄挚来晚饭,杨为黄饯行。得舒芜、欧阳庄、学仁信。满涛、阮富乙、王君来谈。

11日　蓬子来。

12日　罗洛来。得田文、守梅信。

13日　访景宋,说好把全集交作家书屋出版的条件。蓬子来。得路翎信。

14日　与景宋到蓬子家晚饭。得温枫、逯登泰信。

15日　得史誌、米军信。徒人来,景宋来。杨力来。

16日　得罗洛信。徒人来。俊明来。梅林来。杨力来。

17日　杨力来。今天中秋。评港刊文写成,题为《论现实主义的路》。

18日　写《论……》后记。杨力来。得化铁信。给路翎信。

19日　得吕荧信。复看《论……》。下午到文协,拟征文评选规约之类。杨力来。高女士夫妇来。石池来。

20日　亦门来。校看他底《论艺术与政治》。

21日　文协在开明书店开理事会,晚餐。

22日　化铁、野萤、杨力等来,化铁宿于此。得若海、俞老板、学仁信。

23日　下午,到文协拟定征文评选委员名单。

24日　张如水姐妹从南昌来,到大陆饭店看她们。到开明书店。晚,张如水来,并约骆剑冰来与之见面。腹泻。野萤来,送来牛汉诗稿。晨,亦门去。给田文信,并寄文稿。

25日　给路翎、柏寒信。金尼来。高女士夫妇来。

26日　石池来。得路翎信。给学仁信。夜,与M到骆剑冰家晚饭,同席者有张如水姐妹、马思聪夫妇等。

27日　杨力来,黄水来。给舒芜信。给学仁信。

28日　给田文信。到作家书屋。徒人来,化铁来。得路翎、柏寒信。

29日　路翎夫妇来。下午,与路翎访刘开渠。梅林来。看完史誌长诗《仇恨路上》,并回信。

30日　看完温枫稿五篇,并回信。复俞老板。景宋来。到作家书屋,谈出版事。化铁来。得田文、魏金枝信。

10月

1日　张绍基来。化铁借来汽车,与路翎夫妇、M、晓风,并携晓山到冠生园农场,再到龙华塔。

2日　与路翎夫妇晨搭"西湖号"到杭州。

3日,4日,5日,6日　在杭州。

7日　晨,搭"金陵号"回沪,一时过到家。得米军、学仁、庄村、史誌、温枫信。景宋来。得陈理源信。

8日　到作家书屋。到锦章。杨力来。与M出街,访景宋。复学仁、米军、俞鸿模、绿原、书店。复田文。

9日　得逯登泰信,正风出版社约稿信。梅林来。复信数封。

10日　杨力来。与M携孩子们到杜美公园。复陈理源。复正风。

11日　得舒芜、田文、史誌信。到书店。复赵少爷、蔡女士。

12日　到文协。化铁来。徒人来。得逯君信。

13日　得欧阳信。到文协。金尼来。方梦来。看路翎剧稿《故园》。

14日　得庄、田文、绿原信。与M出街。张绍基来。白危来。高女士夫妇来。《又是一个起点》送到。发卖已十多天了。

15日　得路翎、罗梅、贾林信。到书店。杨力来。复路翎。

16日　张绍基来。金尼来。刘开渠来闲谈。校编诗论一部分。

17日　与M出街散步。得俞老板信。逯君来。

18日　到书店。复舒芜、田文。访高女士,喝酒后回家。杨力、梅林来。

19日　上午,与M到万国公墓。夜,参加文艺研究班小座谈会。

20日　整理好《云雀》样本。得庄君及亦门信。得石池信。给路翎信。复海店老板。

21日　朱企霞之侄甫仁来访。送《云雀》纸型到印厂。得路翎信。金尼及李告来,李是来辞行回家的①。伍隼来。杨力、黄水来。复史誌、俞老板。给曹凤集信。得陈汝言信。

22日　得舒芜、黄挚信。复路翎、欧阳。整理稿件。

23日　木二公子来,闲谈甚久,想是受托来探听我底态度的。整理好牛汉底长诗《血的流域》。

24日　得史誌、白危、庄君、卢老信。满涛等四人来闲谈。

25日　到作家书屋。得黄挚、曹靖华信。史笃来②。

26日　复舒芜、黄挚。徒人来。

27日　今天晓山周岁。化铁、逯君来午饭,饭后同看《一夜遗恨》。杨力来。高女士夫妇来。《蚂蚁》之四寄到,全部看完。

28日　到书店。得路翎、亦门信。张老师来,他即将回乡。复路翎、史誌。画好《呼吸》排印样本。给田文、俞老板信。

29日　与姚老板在外国店吃午饭,吃了牛肉。到书店收账。得白危信。

30日　开锋来画相③。白危来。杨力来。得绿原、舒芜信。

31日　得路翎信。下午,与M携晓风、晓山到刘开渠处看菊花。俊明夫妇来。刘开渠、陆地来④,携来小蟹喝酒。看征文诗稿。

11月

1日　限价取消,物价狂奔。得舒芜、化铁信。与刘开渠夫妇到大新公司看木刻展,店门未开,折回。复周志竹。看征文稿。

2日　整理破损的辞典,送作家书屋托他们改装。梅林来。

3日　宗玮来。到杨树浦印厂取回《儿女们》纸型。庄君及逯君来,宿于此。

4日　到书店。张君及二学生来,谈学籍问题。送《燃烧的荆棘》给作家书屋付排。得孙钿信。得田文信及《泥土》第七期。复绿原、舒芜、赵国祥、曹靖华。给冀汸信。复读

---

① "李告",应为李浩,金尼(罗飞)友人,中共地下党员。"回家"即回解放区。
② "史笃",即蒋天佐。此时代表中共地下党与胡风联系。
③ "开锋",疑指汪刃锋(1918—2010),木刻家、画家。此时在上海任中国木刻协会常务理事兼展览部长。
④ "陆地"(1917—1982),版画家。1937年参加全国木刻界抗战协会。

者信数封。

5日　得吕荧信。化铁来。看选文诗稿,提《杨满妹》为中选作品。木匠来隔好客堂,分里外两间。商业专科学校送来功课表。夜,与M到宗玮家吃蟹。

6日　陆翔来。刘开渠来,一道看木刻展。伍隼及周萌来。贾林来。庄君去南京。化铁来。张绍基来。为张写介绍信两封。得周志竹信,恩信。

7日　参加苏领馆酒会后,与林陵等九人到浦东小游①。得孙钿信。整理书籍。

8日　整理书籍。到作家书屋。得谷怀、冀汸、学仁、俞老板信。金尼来。户口总检查。

9日　张君及其学生们来闲谈。阅稿。复谷怀、冀汸、学仁、恩、俞老板。与M访高女士夫妇。

10日　小陈从医院出来。到作家书屋。访李立侠。在蓬子家晚饭。得田文、石池信。

11日　得白危、任铭善、卢文迪信②。到作家书屋。到商专讲话。

12日　庄君、谷怀、黄水来。高女士夫妇来。编三年来的文章。

13日　到作家书屋。庄及化铁来。到商专上课。

14日　拖地板。到作家书屋。访巴金。编成第七论文集《为了明天》。复孙钿。

15日　得舒芜信。盘女士来,午饭后去。

16日　庄君回去。李汉煌来。孙白来③。

17日　得阿垅、靳以信。与徒人、蓬子看张一之④,他明天离此去养病。复田文、舒芜、石池、卢文迪。给路翎信。

18日　到作家书屋,遇侍桁闲谈。夜,到商专上课。与M讨论生活问题。

19日　印厂送来《箭头指向》已排成之纸型。得赵少爷信。重看完《地狱》。

20日　给俞老板信。夜,与孙白闲谈。访董君。

21日　到作家书屋,与徒人闲谈。得路翎、黄挚信。刘开渠夫妇来。

22日　与孙白闲谈。

23日　孙白去。得绿原信。到作家书屋取预支版税。杨力夫妇来。写《为了明天》序,未完。

24日　出街。得冀汸信及诗稿,诗稿改正后即转寄出。

25日　得阿垅信。到书店、邮局。得许女士信。写完《为了明天》序。

26日　复路翎、绿原,并为绿原写介绍信到乡下。

27日　到书店。夜,上课。看稿。校编化铁诗集和田间底《戎冠秀》。

28日　清华公司金山请吃午饭。得俞老板信。李立侠来。与M访高女士夫妇。看稿。编好牛汉诗集《彩色的生活》和孙钿诗集《望远镜》。

29日　看完《净界》。剪贴《论现实主义的路》校样。

---

① "林陵",即姜椿芳。
② "卢文迪",学者,曾任中华书局副总编辑。
③ "孙白",即方然。
④ "张一之",即张天翼。

年谱

夏 寅

许地山编年事辑(北京时期)[*]

说明

许地山(名赞堃,小名叔丑),1894年2月3日生于台湾台南,[①]1941年8月4日猝逝于香港,以文学家、"文学研究会"创立者之一的身份名世,生前又以通梵文的宗教学者、在香港传布"新文化"的教育改革家的形象为知识界所知。

观其一生,大略可分为三个时期:一曰漂泊时期(1894—1917)。许地山出生未久,即逢甲午战争爆发,1895年其父许南英受日军通缉,全家内迁,寄籍福建龙溪。嗣后常年随父宦游,历居广州、徐闻、阳江、三水、漳州等地,1913年至缅甸仰光任教谋生,两年后回国,生活清寒,转徙无定。二曰北京时期(1917—1935)。1917年他入京求学,成为草创未久的燕京大学的首届毕业生,以《命命鸟》《空山灵雨》等作品蜚声文坛。受燕大之助出国留学,后仍回母校供职,从事宗教、民俗学、印度哲学等方面的研究。以教职为依托,社会地位渐高,在北京知识界占一位置,生活亦趋平稳。著述之外,不废文艺创作。此一阶段,除1923年赴英、美留学两载有余,1933—1934年南下台湾、广州、东南亚、印度等地游历外,主要居留之地为北京(1928年改称北平),故名。三曰香港时期(1935—1941)。1935年,许氏得胡适推荐,就香港大学中文学院院长之聘,致力于学科与课程改革,于香港各项文化工作和抗战救国事业投入极大精力,社会活动频密,劳形苦心,迄于寿终。

本文所辑,即为许地山1917年进京求学,至1935年离平赴港的一段生平。此稿初成,舛误尚多,敬祈读者指正。

凡例

一、各年以公元纪年冠首,全用阳历,年龄亦以周岁计。附干支纪年。

二、考订事实发生之时间,力求精确具体。如日期无从确定,按其大略推定次序;无法推定的,列于月末或年末。许氏亲撰之著作,均按发表时间列示;如写作时间可

---

[*] 本文在王风老师的指导下编就,又在资料搜集方面,得到了崔文东、彭玉萍、邹新明、李屺、陈牧、马娇娇、王逸凡、王新房、栾伟平等师友的襄助,谨致谢忱。

[①] 许地山在《我底童年》中自述生日为"公元一八九四年,二月四日,正当光绪十九年十二月二十八底上午丑时"。又陈君葆1941年2月4日(阴历正月初九)日记云:"许先生请吃饭原来大排筵席,陈寅恪先生言几不知原来今日系许先生生日也。"然"光绪十九年十二月二十八"实为1894年2月3日。这应该是以阴历换算阳历时,差错了一天,而终生未觉。[落华生著,周苓仲续:《我底童年》,进步教育出版社,1941年,第15页;陈君葆著,谢荣滚主编:《陈君葆日记(下)》,商务印书馆(香港)有限公司,1994年,第537页]

考,此日期下亦予列示。他人所记之讲词,按讲演日期列示;如不可考,按发表日期列示。

三、本文略述事迹之后,将所取材料原文录入,以示来源;偶有模糊舛讹处,略作考辨或补充,附为脚注。

四、所引文章,出自刊物者,初次出现时标明作者、篇名、刊名、刊号、出版年份;出自文集者,初次出现时标明作者、篇名、集名、出版社、出版年等。二次征引时均仅标示作者及篇名。直接引自书籍者,示以页码。

五、所引外文材料(如燕大档案多为英文,陈逢源《雨窗墨滴》为日文等),均由笔者译成中文,文中不再一一说明。

六、讹倒、脱文、衍文分别用[　]（　）〈　〉标示订正处,难以识读辨认之处以□代替。部分引文原无标点,由笔者酌加;个别标点的使用不同于今日规范,不擅作改动。

1917年丁巳　民国六年　二十三岁

6月,因以研究宗教为志愿,辞去漳州省立第二师范附小主事之职,只身进京游学。①

"……一年后先父因为生活的关系,到苏门答腊去做事,他老人家临走的时候,希望我到日本去学哲学,或者是继续教书的生活。但是我个人愿意研究宗教,所以民国六年到北平来……"（茜苹:《研究印度哲学的许地山》）

父许南英时在苏门答腊,闻讯后作词勉之。词曰:

送汝出门,前程万里。临歧不尽欷唏。金台雪色,玉蛛霜华,此际寒生燕市。寒威若此,早冻了桑干河水。此去好立雪程门,不知雪深有几。

不患独行踽踽,有亚欧文人,相助为理。噫吾老矣。何日归来,想见入门有喜?勖哉小子。不愿汝纡青拖紫,只愿汝秋蜂春鹍,到时寄我双鲤。（许南英:《窥园词》,陈庆元主编,罗大佑等著,陈未鹏等点校《台湾古籍丛编》第九辑《栗园诗抄　台海四恸录　瑞桃斋诗文集　窥园留草》,福州:福建教育出版社,2017年）

这阕词或为从许南英处收到的最后寄语。

我底父亲啊!我对于你有不可思的爱,但是你要和我永别时,没有给我什么教训,只寄给我一阕无限沉痛的花发沁园春。（落华生:《"三天乞丐"底见闻和梦想》,《时事新报·学灯》1921年4月29日—5月7日）

入学前,在教会里读书做事。②

在他初到北边,在未进燕大之前,一个人孤苦伶仃,漂泊异乡,在教会里读书并

---

① 许地山1913年赴缅甸做小学教员,在那里正式加入了基督教,萌生了研究宗教哲学、进大学读书、留学美国的想法。但因家中在台湾的产业受到损失,只得作罢。1915年自缅甸归国后,先在漳州华美中学校任教,1916年起,在曾经任职的漳州省立第二师范附小任主事,教授手工、唱歌、植物学等课程。[许地山:《职业历程调查表》,中华职业教育社研究股,1933年,中国现代文学馆藏;茜苹(贺逸文):《研究印度哲学的许地山》,《世界日报》1935年2月23—26日]

② 许地山在缅甸时加入基督教后,据说曾跟着一位英国牧师在那里传道。（茜苹:《研究印度哲学的许地山》;洗耳:《地山死了!——一个老友口中的许地山先生》,《中国文艺》1941年9月5日第5卷第1期;景福:《落华生印象记》,《读书顾问》1934年第1卷第3期）归国后入闽南伦敦会。（张祝龄:《对于许地山教授的一个回忆》,《追悼许地山先生纪念特刊》,全港文学界追悼许地山先生大会筹备会编印,1941年）或因此得以在教会做事。

作事。教中有几个肉眼凡胎的洋鬼子,颇给了他些不便和委屈。(洗耳:《地山死了!——一个老友口中的许地山先生》)

9月,入通州协和大学(North China Union College)预科一年级,与白镛(序之)、富汝培等同学。该校由公理会、美国长老会与英国伦敦会合办。① 初到北方,言语不通,着装怪异,生活习惯亦与诸生不同,故落落寡合,被目为"傻而怪"。后来他随和的性情和文学的才华渐显,又学会了国语,乃与同学亲近起来。

> 我与地山相识,远在民国六年的秋天。那时我在燕京的前身通州协和大学预科第一年级。在一次上英文堂的时候,忽然校长领一位异样的学生进来,身量不高,头发很长,颔下毛茸茸的,老是开着口像笑。身穿灰布半长的大衫,下缘毛着边。紫棠脸,看去总比我们大四五岁。……教员有时问他,他的英文说得呀呀地不成音调,大家笑,他也笑。在堂下有时我们同他说话,也是呀呀地说不清楚。于是大家心目中,以为他不是怪人,就是傻子。吃窝头(那时正值华北旱灾,学生每星期三次吃窝头)蘸糖,一怪;天天练写钟鼎文,看我们不懂得的文字(大概是梵文罢),二怪;总是穿着毛边的灰布大褂,不理发,三怪。有此三怪,于是在少年群中,落落寡合,独往独来了。然而他的性情并不怪,总是春风和蔼,喜气迎人。不过他那时刚来北方,国语说得不好,大家总以为他是异类,一群年青的人,有谁能了解他呢?后来慢慢地熟了,我到他屋里去坐,见他案头堆积着诗文,我问他:"这是你作的吗?"他说是的。这一下使我惊奇不已,想不到那样傻的人,会有如此文才,学问比我们高得多了。新年时,学会[生]们开同乡会[会],一位故去的同学富汝培君作了一付对联,拿去给他看,经他润色之下,倏然改观。于是才知道这位被目为"傻而怪"的,的确不同凡响。不禁钦佩之心油然而生,喜欢和他亲近了。
>
> ……他来北方不久,国语就说得很好了。言语障碍打破,从前以为他傻而怪的误解,一扫而空,渐渐变为知友了。(序之:《悲哀的回忆——悼许地山先生》,《燕京新闻》1941年8月30日)

12月24日,父亲许南英以痢疾卒于苏门答腊棉兰市寓所,享年六十三岁。

> 先生每月应支若干,既不便动问,又因只身远行,时念乡里,以此居恒郁郁,每以诗酒自遣。加以三儿学费、次女嫁资都要筹措,一年之间,精神大为沮丧,扶病急将《张君事略》编就,希望能够带些酬金回国。不料欧战正酣,南海航信无定,间或两月一期。先生候船久,且无所事,越纵饮,因啖水果过多,得痢疾。民国六年,旧历十一月十一日(一九一七年十二月二十四日)丑时卒于寓所,寿六十三岁。林健人先生及棉兰友人于市外买地数弓,把先生遗骸安葬在那里。(许地山:《窥园先生诗传》,陈庆元主编,罗大佑等著,陈未鹏等点校《台湾古籍丛编》第九辑《栗园诗抄 台海四恸录 瑞桃斋诗文集 窥园留草》)

---

① 见瞿世英、谢婉莹:《纪事:燕京大学》,《燕京大学季刊》1921年6月第2卷第1、2号合刊。许地山入此校就读,应受到他所加入的伦敦会的资助。郑振铎回忆:"地山到北平燕京大学念书。他家境不见得好。他的费用是由闽南某一个教会负担的。"(郑振铎:《悼许地山先生》,《文艺复兴》1946年7月1日第1卷第6期)

1918年戊午　民国七年　二十四岁

年初,家中收到父许南英病故的凶信。2月5日,由母亲吴氏主持①,在漳州与林月森成婚,婚后方为许南英发丧。②

> 当时,家中收到我祖父在印尼病故的消息,我祖母压住,不能发丧。因为按照旧俗,家中有丧事就不能结婚,你把人家姑娘怎么办?我祖母主持,让他们先结婚。然后才发丧。(沙蓬:《"落花生"家族史　"牧马人"救赎说——许地山之子周苓仲11年前采访录》)

婚后夫妇感情甚笃,后来写成的《空山灵雨》中述及夫妻情谊的数篇,或即为闺房之乐的纪实。

是年,通州协和大学与汇文大学于上年底开始合并,遂转入位于北京东城崇文门内盔甲厂的校址就读。③(序之:《悲哀的回忆——悼许地山先生》)

此时该校尚未分系,许地山主修社会学和教育学,未修国文。学校设备简陋,出于求知的热情,常往返步行十数里,至方家胡同或宜外香炉营四条图书馆看书。家中资助少,靠奖学金维持就学,过着清贫的生活,常在崇文门下以炸酱面果腹。

> 那时燕京大学是在北京城里崇文门内的盔甲厂,学生没有现在的多,规模也远不及现在的宏伟,我那时在学校里是读社会学和教育学,但我却不是社会学系或教育学系的学生,因为那时还不分系。我入燕大之后,差不多是依靠奖学金等来维持我读书,每月从家里给我的零用,仅有三块钱,我吃饭常是跑到崇文门洞那里的一个小饭铺去吃,那里是人力车夫,赶驴的和作小工的工人们的饭馆,他们在那里多半都是吃炸酱面,我呢?当然不能例外,不过那里的炸酱面和旁处〈人〉饭馆的不一样,面是论斤两来买,能吃几两要几两,炸酱呢?只有一大碗,放在桌子的中间,在碗里有一个羹匙,谁吃谁去自己取,不过在你去取炸酱时,坐在口桌旁边的老板,会对你语:少来点,咸啊!一本[人]来一大碗酱,若是不作的咸苦咸苦的,岂不三下两下都被人吃尽了,那样老板便要折本的。……
> 那时的学校,设备上的确是不如现在的,燕大当然也不能例外,功课呢?不能为学生满足,图书馆呢?存书不够用,我记得那时我除去上课而外每天总是往方家胡同或宜外香炉营四条图书馆去看书,方家胡同的图书馆就是现在国立北平图书馆的前身……那时每天去图书馆看书,都是步行着去,往返约有廿里路,起初觉着有些是

---

① 吴氏名慎,为吴樵山第三女。(许地山:《窥园先生诗传》)

② 婚期见许地山:《职业历程调查表》。许地山1915年自仰光归国后,与林月森订婚。(《窥园先生自定年谱》,陈庆元主编,罗大佑等著,陈未鹏等点校《台湾古籍丛编》第九辑《栗园诗抄　台海四恸录　瑞桃斋诗文集　窥园留草》)许地山之子周苓仲说:"我父亲的原配月森,是台湾雾峰林家林朝栋的女儿,林祖密的妹妹,是正夫人所生。林家慕我祖父的名色,很早就将林月森许配给我父亲。后来,林祖密把妹妹从台湾接到大陆后送到漳州,欲与我父亲完婚。"(沙蓬:《"落花生"家族史"牧马人"救赎说——许地山之子周苓仲11年前采访录》,《台声》2014年第5期)

③ 燕京大学的成立与合并过程分若干阶段:"今之燕京大学,发端于中国北部诸教会之最初简单的教育工作,合并扩张成为今日之大学。美以美教会所创办之中小学校于一八八八合并为北京汇文大学(Peking University),而其他三教会所办之中小学校,亦于翌年合并为通州协和大学(North China Union College)。合并以上二大学之计划,始于一九一七之末。实行合并二校为今日之燕京大学,始于一九一九之秋。越年,协和女子大学(North China Union College for Women)亦实行合并焉。"(《本校之过去与将来》,1927年,燕京大学档案YJ1927014,北京大学档案馆藏)许地山及其同学友人回忆往事,常以"燕京大学"概称之。

力不胜,但是为了求知欲的驱使,兼且日子长了,也就不觉着苦了……(《学生的模范许地山》,天津《益世报》1935年5月25日)

有一次谈到选课的问题,他告诉我他没选国文,他说:"我瞧不起这里的国文,我可以教他们。"这话似乎很傲慢,然而那时教国文的几位老夫子,确是陈腐之极。那是我第一次听见他说骄傲的话。(序之:《悲哀的回忆——悼许地山先生》)

是年,将泰戈尔的诗介绍给同学瞿世英。

我第一次知道太戈尔的是远在三年前,地山兄给我一本"Chitra"读,我看了也没有什么大印象,读完了就读新月集,便大大不同了……(《太戈尔研究》,《晨报》1921年2月27日)

是年,试着以文言向《顺天时报》《益世报》等报社投稿,然多未见用。

到了民国七年,便试着向外发展,那时还用的是文言,"然而",许先生摸了摸胡子,"投到《顺天时报》,人不要,扔到字纸篓去了! 投到《益世报》,也一样的命运,不过你扔掉我还投,终于也就被人采用了! 哈哈"。(铁笙:《正阳楼肉肥火旺 落华生茹素谈作品》,《北平晨报》1934年12月11—13日)

11月18日,女儿许棪新出生。

1919年己未　民国八年　二十五岁

春,和同学李勋刚(颖柔)相识,结为好友,终身保持极深的友谊。同在北京时,辄定期聚会谈天。

那真好像昨天的事一样:在一九一九年的春天燕大的院内众学生中,有一个怪样的学生,身量不大却走得很快,在高大的诸生里钻来钻去,虽仅二十五六岁,可是嘴巴下面长出一绺四寸多长的山羊胡子,只是这一绺,嘴上边白净无须,一点什么也没有。光润的脸,两只大眼,常含笑容。头上半尺多长乌发,披在脑后,垂在两颊。跑起来,头发一飞一落的煞是有个像儿。有时十分安静,有时大笑大闹。笑起来,嘴张得很大。……我先是不喜欢他那作怪的样子,但是没有多久,很快的,顶自然的,不知不觉的,毫无勉强的,他就和我接近起来,而且是作了要好的朋友。

地山和我的友谊从始至终没有败过,只要是都住在北平时,无论多忙,一二星期里,准见一次面,一同到北海去,一坐就是两三小时。(洗耳:《地山死了! ——一个老友口中的许地山先生》)

因李勋刚喜爱音乐,以一把意大利小提琴转让给他,后毁于火灾。

在那一个学期里他把他心爱的一个意大利名贵的小提琴让给我,我问他是等钱用么,没有琴我也可代想办法。他说:"不是等用钱,因为你那样的喜爱音乐,我愿意给这小提琴找个好主人。好好用,那是难得的好东西。"到后来我的房子忽然失火,仅仅把命逃出来,小提琴烧在房子里了,他知道了,心疼得了不得,把我好一顿埋怨,几乎要揍我。(洗耳:《地山死了! ——一个老友口中的许地山先生》)[①]

[①] 李勋刚曾作《哭琴》一诗以记此事,小序云:"余住东安市场也,忽大火,梦起惊窜,忘携四弦提琴,甚痛哭之。"(李勋刚:《哭琴》,《燕京大学季刊》1921年6月第2卷第1,2号合刊)

5月4日,与李勖刚等一起参加群众示威游行,即后来所称的"五四运动"。并不因此而废学,得暇即入图书馆读书。他后来的夫人周俟松,也在人群中初次见到了他。

在二十二年前底今日也是个星期日,我还在燕京大学读书。当日在天安门聚齐,怎样向(东)交民巷交涉,怎样到栖凤楼去,到现在还很明显地一桩一件出现在我底回忆里。(许地山:《青年节对青年讲话》,香港《大公报》1941年5月20日)

在那一个学期正赶上五四运动,有些日子不能照常上课,我们一同满街跑,和巡警冲突,有什么武侠的事,都是我干,他站在我的后边。我为保护他的原故,跟人家干地很起劲,为点小不便利,瞪着眼就喊,举起拳头就要打。巡警常惊讶道,"有事就说,干么那么厉害,跟雷似地?"这时他站在我的后边,见占了上风,也能红起脸来向巡警说几句硬话。但是假如是占了下风的时候,那就不同了。在罢课期间而没有出去游行的时候,他就到各图书馆去读书。北京的图书馆,没他没去过的。一去就是一整天。他身上满是书的香气。(洗耳:《地山死了!——一个老友口中的许地山先生》)

我第一次见到许地山是在1919年"五四"运动的游行队伍中,有人告诉我,那人是许地山。(周俟松:《回忆许地山》,《新文学史料》1980年第2期)

9月,熊佛西考入燕京大学,与许地山相识。许地山为他导演的第一部戏设计布景,或即为当时在米市大街青年会上演的《百万金镑》。①

我进燕大的时候,才十八岁,是一个什么都不懂的野孩子,承他带着我读书,带着我玩,给我介绍了许多朋友。我第一次学着导演戏,就是他给我"画"布景(那时没有"设计"这个名词,一般人都称"画"布景)。(熊佛西:《忆许地山先生》,《上海文化》1947年第20期)

白镛亦转入燕京大学,再次与许地山朝夕过从。受许地山的勉励而作白话文,逐渐转变志向,弃理从文。

我就在那一年转入燕大,他时以作白话文相劝勉。……那时燕大季刊开始创办,他任编辑,我在上面发表了几首所谓新诗。自那时起我才于文学感受兴趣。本来我是理科学生,后来当了两年的算学教员,于文学一道向未窥见涯涘,自与地山接触,受其熏陶,蒙他诱导,居然使我改变学问的趋向(后来我改入文科)且决定终身的职业,(我毕业后,即教国文,直到现在)于此可见友情之伟大及移人之深了。(序之:《悲哀的回忆——悼许地山先生》)

11月底,在车子营福建会馆参加旅京福建学生联合会聚会,商议应对11月16日发生的日军在福州枪杀平民事。② 郑振铎、程俊英、王世瑛、黄庐隐、郭梦良、郑天挺等出席。郑振铎倡议创办刊物以发表主张,许地山、郑天挺均表赞同。后出版《闽潮》半月刊。

---

① 熊佛西:《我的戏剧生活·五》,《北平晨报·北晨学园》1933年6月4日第126期。
② 事件发生后,旅京福建各界于11、12月多次(11月21、24、26、27、28、30日,12月3、14日)开会商议此事,见《晨报》这一时期多篇相关报道。庐隐称,福建学生联合会系"因日人在福州枪杀学生案发生,旅京福建学生闻信愤极"而组织创立,"每校例举代表二人"。不数月,联合会"以内部风潮解散"。(庐隐:《郭君梦良行状》,《时事新报·学灯》1925年12月7日)联合会曾组织街头讲演,宣传抵制日货、举办游艺会、募捐筹款、作反日宣传、向外交部多次请愿等活动。稍后一部分在京福建学生组织S. R(Social Reformation)学会,许地山似未参加。(郑天挺:《郑天挺自传》,冯尔康、郑克晟编《郑天挺学记》,北京:生活·读书·新知三联书店,1991年)

那是一九一九年十一月底的某日,下午一时许,我与黄庐隐、王世瑛、陈璧如、刘婉姿、钱丞走出校门,坐了人力车,直奔福建会馆,参加福建同乡会。……话没说完,只见刚才那位戴眼镜高鼻子的青年,又慷慨激昂、大声疾呼地说:"是可忍,孰不可忍! 我们福建同学要按照五四的办法,再接再厉地干预国政。我建议办一个刊物,你们赞成吗?""完全赞成,办个刊物,作为福建同学的宣传喉舌,发表我们的主张,太好了!"一位身穿灰布长衫、瘦削长白面孔青年这样地回答。靠在南边窗前的郑天挺和许地山也表示赞同。……站在我附近的高士奇(当时北京某中学学生,与我相识),悄悄地和我耳语:"第一个发言的是铁路管理学校的郑振铎,第二个是北大哲学部学生郭弼藩(字梦良,后与黄庐隐结婚),第三个许地山,你认识的。他们在北京学生联合会也经常发言。……"

从这以后,振铎经常与我们通讯来往。上次他提议倡办的刊物,后仿照清末革命刊物《浙江潮》之名,取名《闽潮》,油印出版,振铎是积极撰稿者之一。(程俊英:《回忆郑公二三事》,《图书馆杂志》1985年5月第2期)

这段时期,与郑天挺、郭梦良、黄庐隐等福建同乡往来较多。

"五四"运动及福建学生运动(即"闽案")时,和我常在一起的有郭梦良(弼蕃)、徐其湘(六几)、朱谦之、郑振铎、黄英(庐隐)、许地山、龚启銎(礼贤)、张忠稼(哲农)、刘庆平、高兴伟等人。大家都是福建人,其中郑振铎还是我的本家侄子,以后过从亦多。(郑天挺:《郑天挺自传》)

12月,所作论文《复现说与小学教育》上半部,刊《燕京大学季刊》创刊号。是刊由燕大师生合办,为燕京大学第一份定期出版物,许地山被公举为季刊社编辑部成员之一。一届任期满后退社。①

过了几天,校长便召集我们,开了一次会,议决由师生合办,年出四刊。办法分经理编辑两部。经理部教员一人同学三人;编辑部分中文英文两组,教员四人学生亦四人。教员由校长指派,同学由全体公举。

过了一个礼拜,季刊社成立了。……编辑部方面有郭察理教授、李荣芳教授、陈哲甫教授、布礼思教授、王凯章君、许地山君、文南斗君,和我自己,分担了中文英文两组的编辑事务。(瞿世英:《季刊的回顾》)

是年,与郑振铎相识,两人常在宿舍纵谈。② 他将泰戈尔诗推荐给郑振铎,鼓励郑振

---

① 1920年夏季学期开学后,许地山、瞿世英等旧社员任期已满,季刊社进行重新选举。根据结果,许地山已不在新成员之中。(瞿世英:《季刊的回顾》,《燕京大学季刊》1920年第1卷第4号)

② 据郑振铎1947年《想起和济之同在一处的日子》一文,他因常到青年会看书,经一位也常在此地盘桓的"孔先生"介绍,最早与耿济之相识,受邀创办和编辑《新社会》一刊。(郑振铎:《想起和济之同在一处的日子》,《文汇报》1947年4月5日)继而与"瞿世英、许地山、瞿秋白诸先生相识"。(郑振铎:《〈中国文学论集〉序》,《中国文学论集》,开明书店,1934年)许地山于次年初经同学瞿世英介绍加入编辑部(详后)。然1958年郑氏又称:"我常到北京金鱼胡同东口的青年会图书室里借书看,这个关系是许地山先生联系上的,他是一个基督教徒。……后来青年会的干事们,就委托我们替这个会编辑一种青年读物,那就是《新社会旬刊》。"(《许地山选集》上卷,北京:人民文学出版社,1958年)则与许地山相识最早。两说未知孰为。总之,耿济之与瞿秋白当时同在北京俄文专修馆读书,瞿世英是瞿秋白的远房叔叔,瞿世英与许地山同在盔甲厂燕京大学读书,许地山和郑振铎又是福建同乡,五人住址都在"东城根一代",遂在较短的时间内,相互引荐、结识。亦见郑振铎:《回忆早年的瞿秋白》,《文汇报》1949年7月18日;《记瞿秋白同志早年的二三事》,《新观察》1955年第12期等文。

铎将《新月集》译出,并为译本作校读。许地山同时亦有用古奥文体翻译《吉檀迦利》的计划,然未发表,据说仅译出数首而止。他在1921年所作的《"三天乞丐"底见闻和梦想》,文中出现的《偈檀阇利》第五十七颂译文,或即翻译的部分成果。

> 我对于太戈尔(R. Tagore)诗最初发生浓厚的兴趣,是在第一次读《新月集》的时候。那时离现在将近五年;许地山君坐在我家的客厅里,长发垂到两肩,很神秘的在黄昏的微光中,对我谈到太戈尔的事。他说,他在缅甸时,看到太戈尔的画像,又听人讲到他,便买了他的诗集来读。过了几天,我到许地山君的宿舍里去。他说,"我拿一本太戈尔的诗选送给你。"他便到书架上去找那本诗集;……他不久便从书架上取下很小的一本绿纸面的书来。他说,"这是一个日本人选的太戈尔诗,你先拿去看看。太戈尔不多久时前曾到过日本。"……第二天,地山见我时,问道:"你最喜欢那几首?"我说:"《新月集》的几首。"他隔了几天,又拿了一本很美丽的书给我,他说:"这就是《新月集》?"……
>
> 我译《新月集》也是受地山君的鼓励。有一天,他把他所译的《吉檀迦利》(Gitanjali)的几首诗给我看,都是用古文译的。我说:"译得很好,但似乎太古奥了。"他说:"这一类的诗,应该用这个古奥的文体译。至于《新月集》,却又须用新妍流露的文字译。我想译《吉檀迦利》,你为何不译《新月集》呢?"于是我与他约,我们同时动手译这两部书。此后二年中,他的《吉檀迦利》固未译成,我的《新月集》也时译时辍。直至《小说月报》改革后,我才把自己所译的《新月集》在它上面发表了几首。地山译的《吉檀迦利》却始终没有再译下去,已译的几首,也始终不肯拿出来发表。……
>
> 我最后应该向许地山君表示谢意;他除了鼓励我以外,在这个译本写好时,还曾为我校读了一次。(郑振铎:《太戈尔新月集译序》,《文学》1923年第84期)

1920年庚申　民国九年　二十六岁

1月1日,参加在西石槽郑振铎寓所举行的《新社会》旬刊编辑会议。该刊创刊于1919年11月1日,由郑振铎、耿济之、瞿秋白、瞿世英等,受北京基督教青年会委托创立。会上许地山经瞿世英介绍,成为该刊编辑之一。讨论刊物改版后的改革事项,议决许地山与瞿世英、郑振铎负责"社会学说的介绍"。

> 本会编辑部于九年一月一日,在西石槽郑宅开编辑会议。由部长耿匡君主席。编辑员到者有瞿世英郑振铎,瞿秋白及许地山诸君。首由瞿世英介绍许君于全人——他是刚由瞿君介绍,经编辑部会议全体通过的——继讨论《新社会》旬刊编辑事。耿君谓《新社会》现已改为册本,材料增加,大家应该多做些文章。嗣后议到《新社会》应该改革的事件其决议如左:
>
> 一、注重于社会学说的介绍,每期均应有一篇社会研究的著作。(由瞿世英许地山郑振铎三君担任)……(《北京社会实进社消息·一月一日的编辑会议》,《新社会》1920年1月11日第8号)

郑振铎后来回忆《新社会》编委会同人各自的风貌和交往的情形:

> 我们经常的聚在一起闲谈,很快的便成为极要好的朋友们,几乎天天都见面。我住的地方最狭窄,也最穷。济之和菊农的家,在我们看来,很显得阔气。秋白的环

境也不好。他在我们几个人当中,最为老成,而且很富于哲学思想,他读着老子和庄子。地山住在燕大宿舍里,也是我们里的一位老大哥,他有过不少的社会经验,在南洋一带,当过中学教员。我们常常带着好奇心,听他叙述南洋的故事和他自己及他一家在台湾的可歌可泣的生活。和他们两个人比起来,济之、菊农和我,简直是还没有见过世面的孩子们。(郑振铎:《想起和济之同在一处的日子》)

1月11日,《女子底服饰》,刊《新社会》旬刊第8号。后为《民国日报·觉悟》1920年1月30日所转载。

2月1日,《强奸》,刊《新社会》第10号。后为《民国日报·觉悟》1920年3月3日所转载。是日《新社会》编辑部开会,欢迎新加入的编辑员——北大学生郭梦良和徐其湘,并讨论刊物编例改善问题。

> 我们现在又加入二位有力的编辑员了。他们的名字是郭梦良和徐其湘,都是北大的学生,也都是《奋斗》周刊的社员。(《欢迎新编辑员》,《新社会》1920年2月1日第10号)

> 本会的编辑部,现拟于二月一号开会,一方面是欢迎新加入的编辑员郭徐二君,一方面是讨论《新社会》旬刊编例改善问题。(《编辑部将开会了》,《新社会》1920年2月1日第10号)

2月11日,《ㄆㄌㄚㄊㄡ底"共和国"》,刊《新社会》第11号。①

2月21日,《我对于译名为什么要用注音字母》,刊《新社会》第12号。后耿济之撰文,就此问题与许地山商榷。(济之:《译名问题——主张存留原文兼与许地山君商榷》,《新社会》第14号)

3月11日,《社会科学底研究法》,在《新社会》第14号上开始连载,于4月21日第18号刊毕。②

3月,《复现说与小学教育》下半部,刊《燕京大学季刊》第1卷第1号。同期目录中有许地山题为《称神为"上帝"是绝大的错误》之文章,但排印时丢失原稿,有目而无篇。后许将此文重写出来,在《生命》和《燕京大学季刊》上以另题刊出。

> 许君这篇文字原来是想用《称神为上帝是绝大的误谬》名篇刊登在本刊第一卷第一号的。不幸被手民将原稿遗失了。现在许君又重做出来,仍交给本刊发表,本刊同人不胜感谢。特为附志于此。(世英)(《燕京大学季刊》,1921年6月第2卷第1、2号合刊)

4月1日,《十九世纪两大社会学家底女子观》,刊《新社会》第16号。

4月11日,《劳动底究竟》,刊《新社会》第17号。

4月21日,《劳动底威仪》,刊《新社会》第18号。

5月1日,《"五一"与"五四"》,刊《新社会》第19号。该期刊出后不久(5月10日),即为京师警察厅以"违反出版法"为由封禁,③办事员亦遭拘留。

---

① 该篇在目录中的题目作《柏拉图的共和国》。
② 分别为3月11日第14号,3月21日第15号,4月1日第16号,4月21日第18号。
③ 张克明辑录:《北洋政府查禁书籍、报刊、传单目录》,《天津社会科学》1982年第5、6期。

> 《新社会》旬刊已被封禁了！近来他们这班人，专与言论界作对，专与新文化的书报作对！惯会以糢[模]糊影响之词，肆其摧残之手段。他们说：《新社会》主张反对政府。其实我们的报上连政府两个字也很少看见，不要说反对之词了，我们是主张从下改造起的，我们以为下面的人都改造好了，政府自然会好的。我们正从根本上做工夫，那里有许多工夫去同什么政府反对。他们也不看一看《新社会》，就张口瞎下批评，真是无知无识得可怜！（郑振铎5月20日致张东荪函，《时事新报·学灯》1920年5月25日）

> 《新社会》出版不到半年，乃被北方当局视为反动刊物之一。盖当时，凡有"社会"二字者皆受嫌疑，况复冠以"新"字；其被封禁宜矣。办事员某君且在狱中拘留数日。（郑振铎：《〈中国文学论集〉序》）

5月15日，参加社会实进社第一次讲演会，胡适讲《研究社会问题底方法》，为记录讲词（《北京社会实进会纪事：讲演会的发起》，《人道》1920年8月15日创刊号），5月26—29日连载于《晨报》。

5月21日，燕京大学季刊社吸收来自女校的冰心、何静安、韩淑秀入社，许地山等遂与冰心共事，一同负责《燕京大学季刊》的编辑与经理。

> 男女同学的呼声高了，燕京大学便和协和女子大学合并，分为男校女校。季刊社既是全校的组织，便请她们加入。于是Miss Botnyon，何静安女士，谢婉莹女士，和韩淑秀女士便加入了本社，分担了经理和编辑的事务。我记得那天是五月二十一日，这是中国有男女同学以来，第一次男女同学共同工作，所以很可以算是本校及本刊的一个纪念日。（瞿世英：《季刊的回顾》）

冰心后来回忆在季刊社内众人相处和工作的情形：

> 我们真正熟悉起来是在《燕大学生周刊》的编辑会上，他和瞿世英、熊佛西等是男生编辑，我记得我和一位姓陈的同学是女生编辑。我们合作得很好，但也有时候，为一篇稿件、甚至一个字争执不休。陈女士总是微笑不语，我从小是和男孩子——堂兄表兄们打闹惯了，因此从不退让。记得有一次，我在一篇文章里写了一个"象"字，（那时还不兴简笔字），地山就引经据典说是应该加上一个"立人旁"，写成"像"字，把我教训了一顿！真是"不打不成相识"，从那时起我们合作得更和谐了。（冰心：《忆许地山先生》，《许地山研究集》）①

5月23、24日，译文《美底实感》，泰戈尔（Rabindranath Tagore）作，刊《晨报》。

6月1日，参加社会实进社第二次讲演会，高厚德博士（H. S. Galt）讲《优生学与社会进步》，为记录讲词，②后刊《人道》1920年8月15日创刊号。

---

① 此处冰心记忆有误，《燕大学生周刊》应为《燕京大学季刊》。又根据瞿世英1920年底的叙述，冰心这里所说的"姓陈的同学"当为陈桂英。但陈桂英于1920年夏季学期重新选举后才加入季刊社，此时许地山任期已满，自动退出。而熊佛西此前似亦不在季刊社内。（瞿世英：《季刊的回顾》）

② 社会实进社在1920年4月26日职员会上议决"请各大学教授及社会学专家，讲演社会问题，社会学原理及世界各国的社会运动，以为我们研究社会问题，讨论服务办法的补助。经全体职员通过，于五月十五日起，每半月开会一次。"高厚德为第二次讲，故将时间系在6月1日。（《北京社会实进会纪事：讲演会的发起》，《人道》1920年8月15日创刊号）

6月,从燕京大学文学院毕业,获文学士学位,为燕大第一批毕业生之一。① 又入燕京大学神科就读,②与张锡三同住一室,室内堆满藏书。又独创一种奇特的着装,与时尚大异。

> 他和张锡三先生同住一室,可是他自己的书从地下到天花板就占了两面墙,加上床与书桌,屋里就无隙地了。这在那时燕京学生中是少有的现象。他在校里从来不出锋头,而在文坛上颇多知遇。一般同学中,一件缎子马褂,和一双皮鞋,是少不了的出锋头的工具,……而地山先却生[生却]独创一种棉布外衣,长仅及膝,对襟而不反领,可称西大衣与棉袍之合体,悠然自得,自适其适。(序之:《悲哀的回忆——悼许地山先生》)

7月,赴福建同安集美学校,在闽南英美两长老会和英国伦敦会合办的激励团活动中担任演说员。③

> 下载两篇演讲,乃先生方从英伦归来,适激励团集于同安集美学校,敦请先生担任讲员,时在民国九年阴历六月上浣……(欧阳征:《许地山先生讲道》,《寻源校刊》1936年第3期)

> 一九二〇年七月,依前订日期,假座集美学校,蒙校主陈嘉庚先生慷慨喜纳。惜先期各地不靖,西南内讧,行人裹足。开会之前,又值风雨大作,内地各团员演员,未克按期莅止,不得已缓期开会。幸中西团员,陆续到会者,亦百人左右。会期减缩三天,日程因以差异。(许声炎:《闽南激励团》)

7月27日晚,在激励团中作题为"宗教之进化"的讲演。(欧阳征:《许地山先生讲道》)

7月28日晚九时,仍在激励团讲演,题为"基督对于社会之关系"。以丈夫与妻子的关系,喻说基督与教会的关系。(欧阳征:《许地山先生讲道》)

8月15日,由《新社会》旬刊改组,社会实进社刊行,与郑振铎等人一同编辑的《人道》月刊创刊。任北京社会实进会编辑部副部长。(《本届的职员部与董事部》,《人道》1920年8月15日创刊号)但因青年会以缺乏经费为推托,此刊仅出版一期而止。

> 我们立刻和青年会方面商量着,想要继续再出一种刊物。好容易说动了他们,决定再出一种月刊——为的是,他们怕周刊太尖锐了,不如出月刊——经过了短期的筹备,这个定名为《人道》的月刊第一期出版了。……可惜,第二期快要编成,而因为经费来源的关系——主要的还是青年会方面害怕了——竟不能继续的出版下去。(郑振铎:《回忆早年的瞿秋白》)

9月1日,随感《"五七"纪念与人类》,刊《燕京大学季刊》第1卷第3号。

---

① "本校成立之始,……其课程初为本科三年,预科二年,后改本科四年,预科一年。"[《私立燕京大学一览(民国十九年至二十年度)》,第3页]许地山于该校草创时入学,故三年即毕业。

② "本校之宗教学院,初名神科,与文理科并称……及民国十三年改神科为宗教学院。"[《私立燕京大学一览(民国十九年至二十年度)》,第7页]

③ "激励团者,外省夏令会修养会之别名也。团以激励名者,本哥林多后书五章十四节,保罗所谓基督之爱,激励之〈之〉意也。本团由闽南英美两长老会,与英伦敦会,组合而成。其开始提倡,厥为厦门青年会干事伊君理雅所经营。"(许声炎:《闽南激励团》,《中华基督教会年鉴》1921年第6期)1920年7月为该团1918年以来第三次集会。

10月,回漳州省母。此行欲将林月森母女接来北京,并携回父许南英的诗词手稿。许地山将手稿抄写一份,原稿存于三兄许敦谷处。①

> 民国九年我回漳州省母,将原稿带上北京来。因为当时所入不丰,不能付印,只抄了一份,将原稿存在三兄敦谷处。(许地山:《窥园先生诗传》)

10月23日夜,林月森因小产客死上海。②

> 十年十月廿三夜,梦中和爱妻月森谈话。这夜是她死后的第一周年。(许地山悼亡诗,载李镜池:《吾师许地山先生》,《宇宙风》1941年9月1日第122期)

次年,许地山回忆起林月森临终前诀别的情形:

> 妻啊!我对于你有不可说的爱,可是你要和我别离时,只对我说:"你哭什么?……眷属底殷勤都是假的;人间的爱恋都会变的。你莫愁没人和你做伴,我还是去我底。……好人,我现在爱死不爱你了。"咳!你末了这句明明是回报我从前对你所说"我爱智慧甚于爱你"底话。我何尝不爱你,临别时,反把我绝起来。(落华生:《"三天乞丐"底见闻和梦想》,《时事新报·学灯》1921年4月29日—5月7日)

林氏后落葬于静安寺的坟场。

> 地山常常一清早便出去,独自到了那坟地上,在她坟前,默默的站着,不时的带着鲜花去。(郑振铎:《悼许地山先生》)

女儿许楜新寄住许敦谷上海寓中。

> 他的妻去年亡故,现留一女,在沪上其兄寓中,不过仅只三四岁,比承懂等小得多了。③[《沈雁冰致周作人》,北京鲁迅博物馆、鲁迅研究室编《鲁迅研究资料(11)》,天津:天津人民出版社,1983年]

林月森殁后,许地山将她的部分骨灰和一撮头发保留在身边作为纪念。因伤痛极深,终年郁郁寡欢。

> 他有个妻子不幸死了,他从箱子底下拿出一瓶他的亡妻电[奠]葬后的骨灰来给我看。他手上戴了一个翠戒指,为要纪念她。那《一束不能投递的邮件》乃是为她而写。一提起她来他的眼圈儿就红了。(洗耳:《地山死了!——一个老友口中的许地山先生》)

> ……因此在同学间就有很多人知道许先生住的地方并且知道他的书桌上有一

---

① 10月15日,郑振铎等人为瞿秋白次日赴俄饯行。按王统照1950年的叙述,送别瞿秋白之夜,许地山也在座:"'哎!你记着罢,远在天边,近在眼前。——远是远,他去的这个地方岂止远哩。……'另一位头发垂到耳后,说话沉缓,带着福建口音,在这一群人里比较大两岁的一位这样说。"(王统照:《恰恰是三十个年头了》,《青岛日报》1950年6月18日)此人形貌显为许地山。但按此说,则许地山7月底在同安,中途回京,10月再前往漳州,似于情理不合。且瞿秋白的回忆是:"'我已经决定走的了。……现在一切都已预备妥帖,明天就动身,……诸位同志各自勉励努力前进呵!'这是一九二○年十月十五日晚十一二点钟的时候我刚从北京饭店优林(Urin,远东共和国代表)处签了护照回来,和当日送我的几位同志说的话——耿济之,瞿菊农,郑振铎,郭绍虞,郭梦良,郭叔奇。"(瞿秋白:《新俄国游记》,第35页)未列举许地山之名。瞿文较早,记叙也切确,应较王文可信。

② 林月森死于小产,为许地山之子周苓仲晚年访谈中所言。(沙蓬:《"落花生"家族史"牧马人"救赎说——许地山之子周苓仲11年前采访录》)

③ 承懂是许地山的小说《黄昏后》中一个"年纪只十岁"的女孩子。

瓶人骨灰同一撮头发,据说这都是他的第一个妻子的;但我始终没曾问过他这件事。(王皎我:《关于许地山先生的几件小事》,《追悼许地山先生纪念特刊》)

也就在那个时候,他的爱妻在南方去世,留下两三岁的女儿棷新。他悲哀极了,两只眼睛有许多日子是红红的,帽子戴得很低,可是同人谈笑,仍是笑哈哈地。(序之:《悲哀的回忆——悼许地山先生》)

11月23日,与郑振铎、周作人、耿济之等在东城万宝盖胡同耿济之宅开会,讨论组织"文学研究会"事。自此与周作人相识,以后常有来往。

廿三日……下午至万宝盖耿济之宅赴会共七人。[《周作人日记(中册)》,郑州:大象出版社,1996年,第158页]

为了对于文学兴趣的浓厚,我们便商量着组织一个文艺协会。第一次开会便借济之的万宝盖胡同的寓所。到会的有蒋百里、周作人、孙伏园、郭绍虞、地山、秋白、菊农、济之和我,还约上海的沈雁冰,一同是十二个人,共同发表了一篇宣言,这便是文学研究会的开始。(郑振铎:《想起和济之同在一处的日子》)①

我与许地山君的相识是起源于组织"文学研究会"的事,那时候大概在一九二一年吧。首先认识的是瞿菊农,其时他在燕京大学念书,招我到燕大文学会讲演,题目是"圣书与中国文学",随后他和郑振铎、许地山、耿济之等发起组织一个文学团体,在万宝盖胡同耿宅开会,这就是文学研究会的开头。我在那时与地山相识,以后多少年来常有来往,因为他没有什么崖岸,看见总是笑嘻嘻的一副面孔,时常喜欢说些诙谐话,所以觉得很可亲近,在文学研究会的朋友中特别可以纪念。(周作人:《许地山的旧话》,钟叔河编《周作人散文全集》卷十四,桂林:广西师范大学出版社,2009年)②

11月28日,周作人作《文学研究会宣言》,以周作人、朱希祖、蒋百里、郑振铎、耿济之、瞿世英、郭绍虞、孙伏园、沈雁冰、叶绍钧、许地山、王统照等十二人的名义发起文学研究会。③

廿八日……晚为伏园作《文学会宣言》一篇。[《周作人日记(中册)》,第159页]

11月29日,文学研究会筹备会借北京大学图书馆主任室召开,推举郑振铎起草会章。

我们北京的同志于十一月二十九日借北京大学图书馆主任室开一个会,议决积极的筹备文学会的发起,并推郑振铎君起草会章。至于《小说月报》,则以个人名义,答应为他们任撰著之事,并以他为文学杂志的代用者,暂时不再出版文学杂志。[《文学研究会会务报告(第一次)》,《小说月报》1921年2月10日第12卷第2号]

---

① 此处郑振铎回忆须作辨正。瞿秋白已于当年10月离京赴俄(瞿秋白:《新俄国游记》,第35—37页);郭绍虞回忆,当时他因赴山东济南第一师范学校教书,未能参与1921年1月4日的文学研究会成立大会(郭绍虞:《五四运动感》,《新文学史料》第3期,1979年5月),但据《顾颉刚日记》记载,截至1921年1月3日,他仍在北京。周作人日记根据断句不同,参会总人数七或八皆可通,按其一贯表达,在座共七人较接近实际;如参考郑振铎回忆,则去掉瞿秋白正好八人。未知孰是。

② 此处周作人记忆有误。他赴燕大演讲《圣书与中国文学》当在1920年11月30日,已是此会之后。[《周作人日记(中册)》,第159页]而在耿宅召开的后几次筹备会包括成立大会,周都因病未参加。

③ 此宣言先后刊载于1920年12月13日北京《晨报》、1920年12月19日上海《民国日报·觉悟》、1921年1月1日《新青年》第8卷第9号、1921年1月10日《小说月报》第12卷第1号等处。

12月4日,在耿济之宅再次开会,筹备文学研究会成立事宜。

十二月四日,北京的同志又在万宝盖耿宅开一个会,讨论并通过会章,并推周作人君起草宣言。[《文学研究会会务报告(第一次)》,《小说月报》1921年2月10日第12卷第2号]①

12月30日,在耿宅开最后一次筹备会。

十二月三十日,在北京的发起人又在万宝盖耿宅开一个会。通过加入本会之会员,并议决于一九二〇年正月四日在中央公园来今雨轩开成立会,成立会的秩序,也在这个会里议定。至此,本会筹备发起之事遂完全告竣。[《文学研究会会务报告(第一次)》,《小说月报》1921年2月10日第12卷第2号]

1921年辛酉　民国十年　二十七岁

1月4日,赴中央公园来今雨轩,参加文学研究会成立大会,讨论会章、会期等事项。与朱希祖、蒋廷黻、郑振铎被推举为读书会简章起草员,后被分入读书会小说组和戏剧组。(《文学研究会读书会各组名单》,《小说月报》1921年6月10日第12卷第6号)**会号为4。**(文学研究会编《文学研究会会员录》,1924年,第1页)

一九二一年一月四日,本会在中央公园,来今雨轩开成立大会,到会者二十一人。推蒋百里君主席。首由郑振铎君报告本会发起经过。次讨论会章,逐条表决。修改了几条。……会章通过后,就选举职员,以无记名的投票所选举之。结果郑振铎君当选为书记干事,耿济之君当选为会计干事。选举毕,提前摄影。摄影后,讨论本会进行方法,所讨论的有下列几个问题:

(甲)读书会　议决分为若干组,以便进行,并推朱希祖,蒋百里,郑振铎,许地山四君为读书会简章起草员。[《文学研究会会务报告(第一次)》,《小说月报》1921年2月10日第12卷第2号]

文学研究会成立后,会内成立了泰戈尔讨论会。

我们的文学研究会能够成立,是烦闷生活中一件乐事。文学研究会中能够有太戈尔讨论会成立,尤其是件乐事。(《太戈尔研究》,《晨报》1921年2月27日)

许地山又介绍白镛等燕大同学加入文学研究会。(序之:《悲哀的回忆——悼许地山先生》)

1月10日,小说《命命鸟》,刊《小说月报》第12卷第1号,署名许地山。从此开始了小说创作,并以此立足文坛。创作的一大动因,是赖以维持生活的经济需要。

……求学的费用,自然是要自己负担,然而这个生疏的北国,没有办法去找生活,所以在民国八九年的时候,写些文章卖给漳州的报纸,同上海的小说月报,"落华生"的名字,便是那时被人知道的,虽然在民国四五年的时候,他便用了这个笔名。(茜蘋:《研究印度哲学的许地山》)

他那时穷得很,所以拼命地写作,《无法投递的邮件》,《空山灵雨》,及《缀网劳蛛》就是那个时期的产品。(序之:《悲哀的回忆——悼许地山先生》)

---

① 北京同人公推周作人起草宣言显在此会之前。

3月3日,为翻译的泰戈尔小说《在加尔各答途中("On the Colcutta road")》作跋。译文并跋文后刊次月《小说月报》。

3月底,郑振铎离京赴沪,许地山将三兄许敦谷介绍给他。后郑振铎主编《儿童世界》,插画多出其手。

> 我到了上海,他介绍他的二哥敦谷给我。敦谷是在日本学画的,一位孤芳自赏的画家,与人落落寡合,所以,不很得意。我编《儿童世界》时,便请他为我作插图。第一年的《儿童世界》,所有的插图全出于他的手。后来,我不编这周刊了,他便也辞职不干。他受不住别的人的指挥什么的,他只是为了友情而工作着。(郑振铎:《悼许地山先生》)

4月10日,小说《商人妇》,刊《小说月报》第12卷第4号,署名落华生。所译泰戈尔小说《在加尔各答途中(On the Colcutta road)》并跋文亦刊是期,署名许地山。后来逐渐形成惯例:凡发表原创文艺作品如小说、诗歌等,多署此名,渐为读者所熟知,有如货号或标识;其余如文论、翻译、讲演、论文等,仍用本名。少有例外的情形。

4月29日,《"三天乞丐"底见闻和梦想》,开始连载于《时事新报·学灯》,5月7日刊毕。① 署名落华生。

5月10日,小说《换巢鸾凤》,刊《小说月报》第12卷第5号。

5月15日,《中国经典上底"上帝"》,刊《生命》月刊第1卷第9、10期合刊。又于次月刊《燕京大学季刊》第2卷第1、2号合刊。

6月15日,《景教三威蒙度赞释略》,刊《生命》第2卷第1期。

7月10日,小说《黄昏后》、创作谈《创作底三宝和鉴赏底四依》,俱刊《小说月报》第12卷第7号。

8月10日,《小说月报》第12卷第8号登载文学研究会丛书出版计划,其中英国克洛士所著《心史》宣告将由许地山翻译,但似未译出和出版。(《文学研究会丛书目录》,《小说月报》1921年第12卷第8号)

8月14日,长篇论文《文字底起源》开始在《时事新报·学灯》上连载,至9月24日未终篇而止。②

8月,在上海寰球中国学生会,参观天马会第四届绘画展览会。

> 去年在上海参观天马会底展览会,看见一副《张敞画眉》,图中有洋桌巾,洋灯,铜熏炉,玻璃镜等项,一见就令人觉得不称。(许地山:《我对于〈孔雀东南飞〉底提议》,《晨报副刊》1922年3月5日)③

同月,研究语体文(白话文)文法的著作《语体文法大纲》由中华书局出版。④

9月1日,受邓演存之托,在上海为邓所译的托尔斯泰戏剧《黑暗之光》作序。

---

① 此文分别发表于1921年4月29、30日,5月2—7日。
② 此文分别发表于1921年8月14—19、21—29、31日,9月1—9、11—13、15、17—19、21—24日。共36期。
③ 此届天马会绘画展览会共展览西洋画一百七十多幅,《张敞画眉》是其中第64幅。(贺锐:《参观天马会第四届展览会的我见》,《民国日报·觉悟》1921年8月16日)
④ 胡适1922年7月30日记云:"车上读新出的国语文法书三种。凡是我的学生编的,都还有比较可取之处;余如地山的书,竟是错误连篇;此人作小说并不坏,不知何以如此。"即指此书。(《胡适日记全集》第三册,曹伯言整理,台北:联经出版事业股份有限公司,2004年,第692页)

邓演存君把这本戏剧译成以后,拿来对我说:"你是研究宗教底;请你念一念这书。念完之后,还请将个人的感想写一点出来,作为这译本底叙言。"因此,我不得不仔细地看过一遍——不是为着要写叙言,是要从中找出些少对于宗教底教训。(托尔斯泰著,邓演存译:《黑暗之光》,上海:商务印书馆,1922年)

10月23日,在燕大神学院作《雅歌新译·绪言》,为"许地山依着ㄏㄠㄌㄊㄣ博士底意见"写成。

11月15日,《雅歌新译·绪言》,刊《生命》第2卷第4册。

12月15日,《雅歌新译》目次及正文,刊《生命》第2卷第5册。

1922年壬戌 民国十一年 二十八岁

1月,《注音字母歌》,许地山作歌并曲,刊《儿童世界》第1卷第1期。

1月7日,《蝴蝶》,许地山作曲,叶绍钧作歌,刊《儿童世界》第1卷第2期。

1月12日,致信郑振铎,谈古希伯来诗,于次月刊出。

1月25日,为《空山灵雨(落华生散记之一)》作《弁言》。

1月28日,《海边》,许地山作曲,郑振铎作歌,刊《儿童世界》第1卷第4期。

2月1日,上月致郑振铎信以《古希伯来诗底特质》之名,刊《时事新报·文学旬刊》第27期。

2月10日,《爱流汐涨》,刊《东方杂志》第19卷第3号。

同日,小说《缀网劳蛛》,刊《小说月报》第13卷第2号。

2月25日,赴教育部礼堂,观看北京女子高等师范学校学生排演的古事剧《孔雀东南飞》。(《孔雀东南飞的主顾之牺牲精神》,《晨报》1922年2月26日)归后将观后感写出,就布景和服装方面提出改进意见,刊次月《晨报副刊》。

3月1日,《粤讴在文学上底地位》,刊《民铎杂志》第3卷第3号。许地山对粤讴这种诗体很是关心,不但托叶启芳代为搜罗,也将其融入自己的小说和新诗创作。

> 他曾经托我搜罗《解心》以外的粤讴送给他。他的新诗,像《牛津大学公园早行》,便充分利用粤讴的形式。把粤讴提高地位,许先生是第一个人。(叶启芳:《忆许地山先生》)

3月3日,爱罗先珂应文学研究会邀请,在女子高师讲演《知识阶级的使命》,许地山担当主席,胡适、周作人、瞿世英等出席。

> 十一,三,三(F.)
> 下午,到女子高师去听盲诗人爱罗先珂讲演《知识阶级的使命》。
> 十一,三,四
> 在来今雨轩遇见耿济之、郑振铎、瞿世英等。振铎明天回上海,谈起上海的情形。他们告诉我,昨天主席的就是许地山(落花生)。他的短篇小说很不坏。(《胡适日记全集》第三册,第448—450页)
>
> 下午菊农来,同爱君至女高师应文学会招讲演。完后照相。[《周作人日记(中册)》,郑州:大象出版社,1996年,第229页]

3月5日,《我对于〈孔雀东南飞〉底提议》,刊《晨报副刊》。

3月10日,小说《慕》,刊《东方杂志》第19卷第5号。

3月11日,《白》,许地山作曲,叶绍钧作歌,刊《儿童世界》第1卷第10期。

3月18日,《早与晚》,许地山作曲,郑振铎作歌,刊《儿童世界》第1卷第11期。

3月,郑振铎译,阿史特洛夫斯基所作戏剧《贫非罪》出版,译稿曾得许地山校阅。

> 我译了这本戏以后,曾经我的朋友许地山君的校阅。他这种有力的帮助,我是很难忘记了的。(郑振铎:《〈贫非罪〉叙》,阿史特洛夫斯基著,郑振铎译:《贫非罪》,上海:商务印书馆,1922年)

4月1日,《黎明的微风》,许地山作曲,郑振铎作歌,刊《儿童世界》第1卷第13期。

4月4日,作为燕京大学基督教学生代表,参加在清华大学举行的第十一次世界基督教学生同盟大会。此届大会的召开刺激了非基督教运动的兴起。在次日颐和园的欢迎各国代表大会活动中,与广州协和神学院学生代表叶启芳相识。

> 四月五日第二日
> ……午餐后,开欢迎各国代表大会于颐和园。下午二时,中外男女代表约八百余人,陆续由清华学校出发,抵颐和园时,门前排列步军统领衙门游击队多名,担任保护,并有十三师军乐队一队,在门口奏乐欢迎。三时在排云门前茶点,十三师军乐队亦到场奏乐助兴。时各代表有乘船逛昆明湖者,有登高至佛香阁遥望者,有在石船品茗者,有携照像镜在各处摄影者。至五时各尽欢而返。……北京各教会及燕京大学等,亦均派有男女代表入团照料,是以各代表均无不便之感。(《第十一次世界基督教学生同盟大会纪》,《青年进步》1922年5月第53册)

> 他的真诚恳挚的态度和纯直[真]无邪的人格,为我所最初接触到的,是在一九二二年春天北平西郊颐和园池里的石船之上。这样的一个季节和这样的一个环境,本来已够有诗意。我正在玩赏之际,忽地来一个身材壮实,但不很高大,穿着一件蓝布大衣,外罩黑色褂子,头发长得很蓬松地批围着颈后的许先生,跑上历史上有名的石船来。我当时是代表广州一间学校到北平清华大学赴一个什么世界基督教学生同盟大会,而他所代表的却是燕京大学。游颐和园那一天本来是同盟大会的交际会性[性会],所以千多个中外青年人衫襟上都各悬着一片六英寸长三英寸宽的白布条,把自己的姓名和所代表的校名写在上面,作为向[自]我介绍。我们在石船上彼此碰头,我们互相匡[目]视对方襟上白布条所书的名字,我们不由得同时发出向对方的招呼。
> 出乎意料之外的,是许先生用极纯粹的粤语向我打招呼。他一见如故地向我絮絮问及广州的情况。……他的谈吐是这样亲切,他的态度是这样诚恳,只是一席话便把我整个的精神吸引着。当天整个下午,我们都在颐和园里漫游和畅谈,整个下午,我们骑着驴子跑到西山一带,直到晚上七时才返清华园。这是我和许先生订交之始。这一个深刻的印象,二十多年后的今日,还是在脑子里活灵活现的。(叶启芳:《忆许地山先生》)

4月8日,《小小的星》,许地山作曲,刊《儿童世界》第2卷第1期。

4月10日,《空山灵雨(落华生散记之一)》,开始在《小说月报》第13卷第4号上刊载。此期登载了《弁言》《蝉》《心有事》《蛇》《笑》《三迁》《香》《愿》《山响》《愚妇人》《蜜蜂和农人》《"小俄罗斯"底兵》《爱底痛苦》《信仰底哀伤》《暗途》等15篇。许地山将其定位为"随笔散记",郑振铎则以为"实是屠格涅夫散文诗的继起者"。发表前许告知郑振铎共有一百多首。

> 最近许地山君做了几十首《空山灵雨》——他以为是随笔散记——在《小说月报》上发表,中有许多好诗。实是屠格涅夫散文诗的继起者。他说,共有一百多首,以后我想也可以出一本。(《郑振铎致周作人》,《中国现代文艺资料丛刊》第5辑,上海:上海文艺出版社,1980年)①

5月2日,与刘廷芳、诚冠怡、梅贻宝等作为直隶地区学校代表,出席在上海南京路市政厅举行的中华基督教全国大会。(中华全国基督教协进会编《基督教全国大会报告书》,协和书局,1923年,第4页)

5月10日,《空山灵雨》之《你为什么不来》《海》《梨花》《难解决的问题》《爱就是刑罚》《债》《暾将出兮东方》《鬼赞》《万物之母》《春底林野》《花香雾气中底梦》等11篇,续刊于《小说月报》第13卷第5号。

5月11日,下午在基督教全国大会上发表五分钟演说。是日大会闭幕。(《基督教全国大会报告书》,第22页)

5月14日,或在是日上午,赴霞飞路二九○号商科大学大礼堂,在星期讲演会讲演,讲词《宗教的生长与灭亡——在上海星期讲演会讲》,刊《东方杂志》5月25日第19卷第10号。(《星期讲演会第四次讲演》,《时事新报》1922年5月14日)

5月18日,赴环球学生会参加国语研究会上海支部会议,讨论国语的普及等议题。到会者还有黎锦晖、方巽光、庄百俞等。议决5月28日继续开会讨论。(《国语研究会上海支部开会记》,《申报》1922年5月19日)

5月,作为"文学研究会丛书"之一的《小说汇刊》由商务印书馆出版,据说许地山参与了此书的编选。

> 他鼓励我写小说,我勉强写了两篇,承他给编入小说月刊里了(商务出版)。(序之:《悲哀的回忆——悼许地山先生》)

6月3日,周作人寄出致许地山信。[《周作人日记(中册)》,第242页]

6月10日,《空山灵雨》之《荼蘼》《七宝池上底乡思》《银翎底使命》《美底牢狱》《补破衣底老妇人》《光底死》《再会》等7篇,续刊于《小说月报》第13卷第6号。

6月17日,《飞》,静之作歌,许地山作曲,刊《儿童世界》第2卷第11期。

6月,从燕京大学神学院毕业,获神学士学位(the Degree of Bachelor of Divinity)。毕业论文为《中国历代宗教冲突与迫害》(Religious Conflict and Persecution in China through the Ages)。(《燕京大学神学院院长报告》,《燕京大学董事会年度报告》,1922年6月,燕京大学档案 YJ1921005,北京大学档案馆藏)

毕业后,仍在宗教学院做事。[茜蘋(贺逸文):《研究印度哲学的许地山》]又任经济与社会学助教(Assistant in Economics and Sociology)。在校内开设讲授中国宗教的讲座。(《董事会校长院长年度报告》,1923年6月,燕京大学档案 YJ1921005,北京大学档案馆藏)

夏,因经济拮据,一段时间寄住于北京缸瓦市基督教堂,在此与老舍相识。② 老舍佩服其学识,又为他平易天真的性情所感,遂认他为"我的最好的朋友"。

---

① 此信写于1922年2月9日。
② 该教堂为英国伦敦会(London Missionary Society)1863年所建。(《北京基督教会缸瓦市堂:本堂历史》,http://www.gwshcc.org/Item/11.aspx)老舍于是年参加宝广林在此举办的英文夜校,受洗成为基督徒,常参加教会的社会服务工作。[张桂兴:《老舍的结社及任职考》,《老舍资料考释(修订本)》,北京:中国国际广播出版社,2000年]

> 他也曾受过经济上的压迫,有一年夏天暑假中,他一个人住在西城缸瓦市,他手里很拮据,所以天天得跑到很小的饭铺里去吃"大碗炸酱"……(洗耳:《地山死了!——一个老友口中的许地山先生》)

> 我认识地山,是在二十年前了。那时候,我的工作不多,所以常到一个教会去帮忙,作些"社会服务"的事情。地山不但常到那里去,而且有时候住在那里,因此我认识了他。我呢,只是个中学毕业生,什么学识也没有。可是地山在那时候已经在燕大毕业而留校教书,大家都说他是个很有学问的青年。初一认识,我几乎不敢希望能与他为友,他是有学问的人哪!可是,他有学问而没有架子,他爱说笑话,村的雅的都有;他同我去吃八个铜板十只的水饺,一边吃一边说,不一定说什么,但总说得有趣。我不再怕他了。虽然不晓得他有多大的学问,可是的确知道他是个极天真可爱的人了。一来二去,我试着步去问他一些书本上的事……他不因为我向他请教而轻视我,而且也并不板起面孔表示他有学问。和谈笑话似的,他知道什么便告诉我什么,没有矜持,没有厌倦,教我佩服他的学识,而仍认他为好友。……
> ……他能过很苦的日子。在我初认识他的几年中,他的饭食与衣服都是极简单朴俭。(老舍:《敬悼许地山先生》,重庆《大公报》1941年8月17日)

多年后,许地山对人回忆起和老舍起于微时的友谊:

> 许先生未死的时候,我和他在广州谈谈文坛,提起老舍先生,许先生说,"老舍是我的老朋友,在文学研究会的时代,我们常在北平见面。他昔年住在北平,没有读过什么书,也没有进过什么学校,但能说出一口流利的北平话。后来得到了一个机会,到英国住了几年,回来便在大学教书了。"(虞城:《老舍》,杨之华编《文坛史料》,中华日报社,1943年)

7月,北京缸瓦市伦敦会欲改建为中华教会,许地山与易文思、老舍、宝广林等被缸瓦市堂议会推为起草委员,一同起草规约草案,终获通过。

> 十一年七月间,信徒舒舍予拟具规约草案,荐与会众,以期引起注意。旋由堂议会,推定易文思,苏文衍,许地山,宝广林为起草委员……本年十一月十一日,复函请京师各教会,及男女青年会领袖,参加讨论。经四度讨论,综五十余人之意见,始将草案提交堂议会。……经四小时以虔诚之祈祷,细密之研究,完全通过。堂议会通过后,复召集全体教友大会宣布之,遂于十二年一月二十八完全成立。(舒舍予:《北京缸瓦市伦敦会改建中华教会经过纪略》,《中华基督教会年鉴》1924年第7期)

同月,至上海小住,宿于闸北宝兴西里郑振铎寓所。同茅盾初次会面。

> 而最不能忘的,是许地山先生和谢六逸先生……记得二十多年前,我住在宝兴西里,他们俩都和我同住着,我那时还没有结婚,过着刻板似的编辑生活,六逸在教书,地山则新从北方来。每到傍晚,便相聚而谈,或外出喝酒。我那时心绪很恶劣,每每借酒浇愁,酒杯到手便干。常常买了一瓶葡萄酒来,去了瓶塞,一口气唔嘟嘟的全都灌下去。有一天,在外面小酒店里喝得大醉归来,他们俩好不容易的把我扶上电车,扶进家门口。一到门口,我见有一张藤的躺椅放在小院子里,便不由自主的躺了下去,沉沉入睡。第二天醒来,却睡在床上。原来他们俩好不容易的又设法把我抬上楼,替我脱了衣服鞋子。我自己是一点知觉也没有了。(郑振铎:《悼许地山

先生》)

他的初期的创作,短篇小说《命命鸟》等以及散文《空山灵雨》,都是发表在《小说月报》的。但是我和他的第一次会面,大概是在次年夏天,他和令兄许敦谷先生(画家)于暑假中来上海小住那时候。郑振铎先生那时亦在上海了,他们在北平时是熟的,便时相过从。(茅盾:《悼许地山先生》)

后又前往广东。

地山已遇见,现又到广东去了。[《郑振铎致周作人》,北京鲁迅博物馆、鲁迅研究室编《鲁迅研究资料(4)》,天津:天津人民出版社,1980年]①

8月10日,《空山灵雨》之《桥边》《头发》《疲倦的母亲》《处女的恐怖》《我想》《乡曲底狂言》《生》《公理战胜》《面具》《落花生》《别话》等11篇,续刊于《小说月报》第13卷第8号。

8月,瞿世英译美国顾西曼(H. E. Cushman)所著《西洋哲学史》出版,此书翻译过程中多受许地山的鼓励和帮助,故瞿氏于序中特致感谢。

朋友中最感谢许地山君,因为他在许多方面鼓励我,译中代哲学时,因为他是研究宗教的,所以帮助我的地方更多。(瞿世英:《〈西洋哲学史〉序》,顾西曼原著,瞿世英译述:《西洋哲学史》,上海:商务印书馆,1922年)

秋,叶启芳转学至燕京大学,②选修许地山讲授的中国古代宗教史课,课余常到许地山住处谈天,周末则由其导游北京,领略北方风俗。相处中,叶启芳感其待人接物真诚笃实,称之为"真人","许真人"的绰号即由此而来。

那年秋天,我北上跑到燕大读书。他那时还在宗教学院第三年级,同时每一星期讲授中国古代宗教史三小时。我选读了他的功课。

他在宗教学院所住的房子,相当宽大。有暇的时候,我常常跑到他那里谈天。他虽然教书我们,可是彼此之间,存在一种纯粹的友情,绝无拘束。在这个时间,我和他谈话最多,谈话的内容,真是上自天文下至地理,旁及诸子百家,遗闻轶事,无一不谈,无谈不畅。星期六和星期日,他还带着我到北平四处游玩。他尤其喜欢和我去看什么庙会。北方的风土人情,我能够晓得一点,完全由许先生告诉的。

他的对人,接物,处事,和讨论问题,都一秉至诚,从无虚伪,敷衍,圆滑,和偷懒。他的无邪的天真,诚恳的谈吐,直到现在,我还承认他为唯一的人。在燕大时,我谈笑之间,给他一个"真人"的名号。后来他研究道教,我还笑说:"许真人研究本行的道教,还会有错误么?"(叶启芳:《忆许地山先生》)

9月16日,访问周作人。

下午李开先君、许地山君来访。[《周作人日记(中册)》,第257页]

9月18日,下午五时,周作人来访。六时燕京大学开学礼。从本学期开始,周作人担任燕京大学中国文学系新文学组的国文教授,许地山为助教,各教功课两小时。

---

① 此信写于1922年7月11日。
② 《叶启芳年谱》,易新农、夏和顺:《叶启芳传》,广州:中山大学出版社,2007年,第18页。

> 下午五时又至燕大访地山,六时行开学礼,八时半返。[《周作人日记(中册)》,第257页]

> 一九二二年的秋天我到燕京大学去教书,地山大概已经毕业了好几年了。那时我同老举人陈质甫瓜分燕大的国文课,他教的是古典国文,我担任现代国文,名称虽是"主任",却是唱的独脚戏,学校里把地山分给我做助教,分任我的"国语文学"四小时的一半。这样关系便似乎更是密切了,但是后来第二三年他就不担任功课,因为以后添聘了讲师,仿佛是俞平伯。(周作人:《许地山的旧话》)

此后课下,周作人时往许地山处拜访。

> 他住在燕大第一院便是神科的一间屋子里,我下了课有时就到那里去看他,常与董秋斯遇见,那时名董德[绍]明,还在燕大读书,和蔡咏裳当是同学吧。(周作人:《许地山的旧话》)

在课堂内听讲的冰心后来回忆许地山担任助教时的情形:

> 我和地山认识是1922年在燕京大学文科的班上听过他的课。那时他是周作人先生的助教,有时替他讲讲书。我都忘了他讲的是什么,他只以高班学生的身份来同我们讲话。他讲得很幽默,课堂里总是笑声不断。课外他也常和学生接触,不过那时燕大男校是在盔甲厂,女校在佟府夹道。我们见面的时候不多。(冰心:《忆许地山先生》)①

或从此时起,许地山对冰心渐生爱慕,似因未获回应而止。此事在时人之间并不罕闻,许地山同辈的李勋刚,学生和子侄辈的张铁笙、桑简流等都曾道及。②

> 关于他和冰心,也有过这么一说,只是当时冰心没有那意思,地山虽稍微的有一点意,可是没有到了动心的地步,一说就过去了。那时我怕是他的长头发和山羊胡子在那里碍着事,我极力劝他削发割须,他却比鲁智深的爱发护须还厉害,他偏不剔。(洗耳:《地山死了!——一个老友口中的许地山先生》)

> 提起他恋慕冰心女士的事来,一般人都好道及,其实都是青年时代因趣味相同而发生的同学间常事,并没有什么特殊意味,后来各自向所好研求,个人也都有成就了。(铁笙:《落花生先生死矣》,《实报》1941年8月6日)

> 亲友间传说许先生曾经追求过谢冰心。(桑简流:《怀念许地山》,《香港文学》1985年第8期)

9月30日,《湖水》,许地山作曲,郑振铎作歌,刊《儿童世界》第3卷第13期。

11月13日,下午,周作人来访。

> 上午往北大,下午往燕大访地山,回家已晚。[《周作人日记(中册)》,第265页]

---

① 冰心此处回忆有误。她与许地山初识当在共同编辑《燕京大学季刊》的1920年(见前)。
② "几年前,许地山次女许燕吉给笔者看一张已经发黄的相片,那是他父亲的遗物。相片拍摄的是燕京大学校园,远处是房屋和湖水,近处是高大的树木和顺着山势的路,路上是一个正在行走的女性的背影。我们都不约而同地猜测道:那是冰心!因为相片右上方有许地山用小篆写成的两句古诗:'山有木兮木有枝,心说君兮君不知'。"(王盛:《缀网劳蛛——许地山传》,书作坊,2006年,第103页;相片见105页)亦可参。

1923年癸亥　民国十二年　二十九岁

1月13日,下午在中央公园来今雨轩与李勋刚、周作人、瞿世英谈话。

午至公园来今雨轩赴李勋刚君招,菊农、地山同坐。谈至四时始散。[《周作人日记(中册)》,第291页]

1月24日,周作人来访。

访地山,下午二时返。[《周作人日记(中册)》,第293页]

1月26日,下午周作人来访,并交十二元备同学茶话会之用。

下午在灯市口买书一本。至燕大访地山,交洋十二元,备同学茶话会用。[《周作人日记(中册)》,第293页]

1月30日,与周作人在中央公园水榭同招燕大学生开茶话会。

又至公园水榭,同地山招燕大学生开茶话会,五时始散。[《周作人日记(中册)》,第294页]

3月1日,作为北京文学研究会会计干事,与书记干事唐性天在《时事新报·文学旬刊》上登载改选本年度书记、会计的启事。

本会简章第七条规定每年一月改选职员一次,现因会员散居他处者多,兹改定于本年三月十日以前为通信选举职员之期,凡本会会员见本条启事之后,请速即选定书记一人及会计一人,函寄北京火药局三条二号唐君收为荷。书记干事唐性天、会计干事许地山同启(《北京文学研究会总会启事》,《时事新报·文学旬刊》1923年3月1日第66期)

3月3日,书信体小说《无法投递之邮件·给诵幼》,刊《燕大周刊》第2期。此系列小说至次年5月3日第41期方断续刊毕。前四封亦刊是年4月、5月《小说月报》第14卷第4号、5号。

3月6日,《无法投递之邮件·给贞蕤》,刊《燕大周刊》第4期。

3月24日,《无法投递之邮件·答劳云》,刊《燕大周刊》第5期。

3月31日,《无法投递之邮件·给小峦》,刊《燕大周刊》第6期。

4月7日,晚七时,在西城缸瓦市地方服务团发表公开演讲。(《许地山先生、赵紫宸先生演说:我们要甚么样的宗教?》,《晨报》1923年4月7日)讲词《我们要甚么样的宗教?》,由刘昉笔记,刊4月14日《晨报副刊》和《生命》1923年5月第3卷第9期。

同日,《无法投递之邮件·给爽君夫妇》,刊《燕大周刊》第7期。

4月23日,与燕大学生八人同访周作人。

下午地山及燕大学生八人来。[《周作人日记(中册)》,第305页]

5月1日,周作人寄许地山信。[《周作人日记(中册)》,第306页]

5月6日,拜访周作人。

伏园、地山来,六时返。[《周作人日记(中册)》,第307页]

5月,受邀在上海广肇公学讲演"近代的小学生生活"。[《教学(课外运动)》,《上海

广肇公学概况》,1926年]

6月4日,周作人来访。

> 下午往燕大访地山,五时返。[《周作人日记(中册)》,第311页]

6月10日,《原始的儒,儒家,与儒教》脱稿。

6月15日,《原始的儒,儒家,与儒教》,刊《生命》第3卷第10期,又于7月2—7日连载于《晨报副刊》。

同日,《赤潮曲》,瞿秋白作词,署名秋蘋,刊《新青年》季刊创刊号。据说作曲者为许地山。(周红兴:《瞿秋白在北京》,《文物天地》1981年5月31日第4期)

6月16日,为自订诗集《落华生舌——落华生卅年后诗草》作《弁言》。此诗集收诗共十首,为稿本,未出版,后下落不明。

> 这本诗草,连插在里面尚未抄录的一首,统共不过十首诗,我在前面已经引用了两首,卷首也有一篇似乎"弁言"的,说:
>
> 自二十岁时投笔不做诗词,于今几近十年,间中虽有些少作品,多是情到无可奈何时才勉强写了几句,但以其不工而无用,故未录入册子,任他们失散。
>
> 年近三十,诗兴复现,但所写总愧不工,故造作虽多,仍无意把他们写在册上。方才梦中见爱妻来,醒后急翻书箧,得前年所造诗,翻涌许久,不觉泪下,于是把他录下,做为第一首。① 更选记忆中的旧作为自己所爱底钞下,没事时可以自己念念。(转引自李镜池:《吾师许地山先生》)

6月25日,因得到纽约协和神学院资助和司徒雷登帮助,欲往美国哥伦比亚大学读书深造。下午周作人等在来今雨轩为许地山、冰心等饯行。

> "我得了协和神学院的八百元美金,及司徒雷登的帮助,我在一九二三年到美国去,在哥伦比亚大学研究印度和波斯的宗教史,但是只在美国读了一年书。"(茜蘋:《研究印度哲学的许地山》)
>
> 下午顾君为谢、许诸君饯行于来今雨轩。不赴飡,只往谈。[《周作人日记(中册)》,第314页]

6月29日,燕京大学和齐鲁大学合办的协和暑期学校在济南开课。许地山担任汉文方面的"群经源流"(New Interpretations of the Classics)和神学方面的"东亚宗教的思想"(Orientalist Religious Thought)两门课程。均为一周五小时,授课两周。该暑期学校于7月27日结束。(《燕京齐鲁协和暑期学校章程》,1923年,燕京大学档案 YJ1921005,北京大学档案馆藏)

在齐鲁大学,与负责往油印室递送讲稿的于道泉相识。此前于已将《空山灵雨》翻译成世界语,发表在胡愈之主办的世界语刊物《绿光》上,后经许地山介绍,加入文学研究会。

> 半个多世纪以前,更确切地说一九二二年前后,当时燕京大学的许地山——就是经常在《小说月报》上写小说的"落华生"先生——到山东济南齐鲁大学去讲学,

---

① 除将此首悼亡诗录出外,李镜池还明确表示,"落华生舌诗集里有一首牛津公园早行诗。"(李镜池:《吾师许地山先生》)其余八首具体为何,难以确知。

那时候我正在齐鲁大学半工半读,许先生的讲稿就是由我负责往油印室送,因此认识了他。有一天我问许先生说:"您所写的《空山零[灵]雨》我喜欢极了,有人把它翻译成英文没有?"他说:"没有。但是有人写信给我说,他把它翻译成世界语了,写信给我的人我还没给他回信呢。"我说:"写信给您的人就是我。"

……因为世界语比英语容易学,我学了不到两年时间,就把许先生的一些散文诗和《空山零[灵]雨》译成世界语寄给上海胡愈之先生主办的一份世界语刊物"绿光"(Verda Lumo[La Verda Lumo])。胡愈之先生居然把我那份译稿登了出来。……从此以后许地山先生也对我非常热情,并且还介绍我加入了文学研究会。(于道泉:《〈仓央嘉措及其情歌研究资料汇编〉序言》,黄颢、吴碧云编《仓央嘉措及其情歌研究资料汇编》,拉萨:西藏人民出版社,1982年)①

7月24日,周作人得许地山函。[《周作人日记(中册)》,第319页]

7月,至上海,住郑振铎寓。在此初识郁达夫,晤面数次。

  我第一次和他见面,是创造社初在上海出刊物的时候,记得是一天秋天的薄暮。

  那时候他新从北京(那时还未改北平)南下,似乎是刚在燕大毕业之后。他的一篇小说《命命鸟》,已在《小说月报》上发表了,大家对他都奉呈了最满意的好评。他是寄寓在闸北宝山路,商务印书馆编辑所近旁的郑振铎先生的家里的。

  当时,郭沫若、成仿吾两位,和我是住在哈同路,我们和小说月报社在文学的主张上,虽则不合,有时也曾作过笔战,可是我们对他们的交谊,却仍旧是很好的。所以当工作的暇日,我们也时常往来,作些闲谈。

  在这一个短短的时期里,我与许先生有了好几次的会晤;但他在那一个时候,还不脱一种孩稚的顽皮气,老是讲不上几句话后,就去找小孩子抛皮球、踢建(足旁)子去了。② 我对他当时的这一种小孩子脾气,觉得很是奇怪;可是后来听老舍他们谈起了他,才知道这一种天真的性格,他就一直保持着不曾改过。(郁达夫:《敬悼许地山先生》,《星岛日报·星座》1941年11月8日)③

8月初,经郑振铎介绍,结识顾毓琇(顾一樵)。

  八月初,在沪由友人介绍与落华生(许地山)订交。④ [顾毓琇:《一樵自订年谱》,《顾毓琇全集(11)》,沈阳:辽宁教育出版社,2000年]

8月12日,燕大旅沪同学陈其田、余良猷、陈彦良、关钟麟、滕柱、杨文超、顾国昶等在功德林为许地山、冰心、陶玲、李嗣绵等留美学生饯行。

---

① 1923年在济南开办的暑期学校是燕京大学和齐鲁大学合办此项目的首次,次年夏年即换到北京开办,而许地山已出国。故他与于道泉相识必在是年。(《燕京齐鲁合办暑期学校章程》,1924年,燕京大学档案 YJ1921005)

② 原文如此。

③ 郁达夫1922年7月26日从日本神户乘船返国,住上海哈同路民厚南里泰东图书编辑所新址(郁达夫:《中途》,《创造》季刊1924年2月28日第2卷第2号)。据郑振铎1922年7月11日致周作人信,在是年7月11日以前,许地山已离开沪赴粤,此年两人无会面之可能[《郑振铎致周作人》,北京鲁迅博物馆、鲁迅研究室编《鲁迅研究资料(4)》,天津:天津人民出版社,1980年]。故许、郁初见,当在许地山1923年出国之前,而非"刚在燕大毕业之后"的1920或1922年。1923年7月,郁达夫除7月中旬回过一次富阳外,其余时间都与郭沫若、成仿吾在上海,符合叙述。(郁达夫:《写完了〈茑萝集〉的最后一篇》,《茑萝集》,泰东图书局,1923年)

④ 该友人即郑振铎。顾毓琇在《百龄自述》中说:"我与郑振铎相识较久。……振铎介绍我与许地山相识,从此订交。"[顾毓琇:《百龄自述》,《顾毓琇全集(11)》]

前晚北京燕京大学陈其田、余良猷、陈彦良、关钟麟、滕柱、杨文超、顾国昶等,在泥城桥功德林蔬餐馆公饯该校出洋同学许地山神学士、谢婉莹文学士、陶玲文学士及李嗣绵君。许谢二君,向在新文学界上颇负盛名,此次留学美国,再求前进。刻闻许君拟在纽约 Vnion HeoloSicee Seminarg[Union Theological Seminary] 研究比较宗教学,谢女士在 Mass 省 Welleslar Colleze[Wellesley College] 研究纯文学,陶女士研究社会学,又李君在波斯顿入工程科。许谢陶三君于二年后即能归国,是时当有特别技能供诸社会。餐毕,彼此茗谈许久,后高唱校歌,于九时余宾主尽欢而散。(《燕大同学欢送留美同学》,《时事新报》1923 年 8 月 14 日)

8月16日,与许地山同批的官私费赴美留学生,赴黄浦路上海美国领事署参加送别会并合影留念。(《大批官私费留学生今日放洋》,《申报》1929 年 8 月 17 日)

8月17日,与顾毓琇、冰心等乘提督公司"约克逊总统"号(亦称"约凯孙"或"杰克逊")赴美。船上有来自北京大学、清华学校、燕京大学、东吴大学等十数所学校的留美学生五十余人。"船停在虹口外虹桥招商局中栈,下午一时启椗,上午十一时上船"。(《大批官私费留学生今日放洋》,《申报》1929 年 8 月 17 日)

送别时,由许敦谷介绍,与梁实秋,以及为梁实秋送别的郭沫若相识。① 此为许地山与郭沫若仅有之会面。

> 民国十一年的夏天,地山先生往美国去留学,我到船上去送别的朋友,适逢具[其]会他们是同船,由他的令兄许敦谷先生为我们介绍,我们便在甲板上见过一次。
> 仅仅匆忙的一面,并没有什么交谈,事隔二十年,一切的印象也都模糊了。(郭沫若:《追念许地山先生》,《追悼许地山先生纪念特刊》)②

先后将同船来自清华学校的顾毓琇、梁实秋、吴文藻等介绍与冰心相识。后冰心与吴文藻成婚,许地山可说是他们的媒人。

> 在舟次地山介绍我与谢冰心女士相识,至今友谊已达 64 年。(顾毓琇:《纪念许地山先生》,《许地山研究集》)

> 就在这篇批评发表不久③,于赴美途中的杰克逊总统号的甲板上不期而遇。经许地山先生介绍,寒暄一阵之后,我问她……(梁实秋:《忆冰心》,《传记文学》1968 年 12 月第 13 卷第 6 期)

> 说来也真巧,我和文藻相识,还是因为我请他去找我的女同学吴楼梅的弟弟、清华的学生吴卓,他却把文藻找来了,问名之下,才知道是找错了人,也只好请他加入我们燕大同学们正在玩的扔沙袋的游戏。地山以后常同我们说笑话,说"亏得那时候'阴差阳错',否则你们到美后,一个在东方的波士顿的威尔斯利,一个在北方的新罕布什州的达特默思,相去有七、八小时的火车,也许就永远没有机会相识了!"(冰心:《忆许地山先生》)

旅途中与冰心、顾毓琇、梁实秋合编舟次壁报,取名《海啸》,三日一换。后选出十四

---

① 梁实秋回忆:"我在沪停留十余日,为《创造周刊》写了一篇《苦雨凄风》。离沪之日,船泊浦东,沫若抱着他的孩子到船边送行。"(梁实秋:《旧笺拾零》,陈子善编《梁实秋文学回忆录》,岳麓书社,1989 年)

② 年份为郭沫若误记。

③ 指《繁星与春水》一文。

篇,刊《小说月报》第14卷第11号。

除了一上船就一头栽倒床上尝天旋地转晕船滋味的人以外,能在颠簸之中言笑自若的人总要想一些营生。于是爱好文学的人就自然聚集在一起,三五个人在客厅里围绕着壁炉中那堆人工制造的熊熊炉火,海阔天空地闲聊起来。不知是谁提议,要出一份壁报,张贴在客厅入口处的旁边,三天一换,内容是创作与翻译并蓄,篇幅以十张稿纸为限,密密麻麻地用小字誊录。报名定为《海啸》,刊头是我仿张海若的"手摹拓片体"涂成隶书"海啸"二字,下面剪贴"杰克逊总统号"专用信笺角上的轮船图形。出力最多的是一樵,他负起大部分抄写的责任。出了若干期之后,我们挑检了十四篇,作为一个专栏……(梁实秋:《海啸》,《秋室杂忆》,台北:传记文学出版社,1970年)①

8月20日,船抵神户。(冰心:《寄小读者·通讯十八》,卓如编《冰心全集》第二册,福州:海峡文艺出版社,2012年)

8月21日,黄昏,船抵横滨。寄明信片给周作人等。② 冰心等上岸坐电车到东京,陆续前往中国基督教青年会、日比谷公园、靖国神社、日本皇宫、游就馆等处后,回到船上。(冰心:《寄小读者·通讯十八》)

8月23日,清华文学社支部在俱乐室开会,欢迎许地山、冰心、曹淑媛等。

此次赴美清华文学社社友,于二十一日晚八时,在俱乐室开会,公推余上沅君为临时主席。议决(一)在美组织清华文学社支部,推闻一多为支部主任;(二)推举梁实秋·余上沅·顾一樵·三君为在美审查稿件委员;(三)该社拟汇集社友在途中之作品,成为一册,为该社丛书之一,定名"海上";(四)该社拟于二十三日八时,在俱乐室开会欢迎谢冰心女士·曹淑媛女士·及许地山君等,藉以联络感情交换文艺之意见。(《赴美学生行抵横滨之函报》,《申报》1923年8月28日)

8月30日,为"海啸"壁报作《醍醐天女》。《海世间》《海角底孤星》《女人我很爱你》等篇未署日期,亦是为"海啸"而作。后均刊《小说月报》。

9月1日,抵西雅图,上岸。(冰心:《寄小读者·通讯十八》)后赴纽约,在哥伦比亚大学及和该校有联系的协和神学院研究比较宗教学。③ 从约克逊(A. V. Williams Jackson)教授学习梵文、伊斯兰文学及摩尼教教义。

我要感谢我底师傅约克逊教授。我在纽约时从他学梵文及伊兰文学。关于摩尼教义底研究,我从他领教不少。(许地山:《摩尼之二宗三际论》,《燕京学报》1928年6月第3期)

常在哥伦比亚大学检讨室(Seminar Room)中读书,对所读材料加以摘录,名之曰《检

---

① 关于此次旅途中众人相识和办报的回忆,又见冰心:《悼念梁实秋先生》(《人民日报》1987年10月5日)、《忆许地山先生》(《许地山研究集》);《追念许地山先生》(《新华日报》1991年8月21日);梁实秋:《忆冰心》(《传记文学》1968年12月第13卷第6期);顾毓琇《纪念许地山先生》(《许地山研究集》)等文章。
② 周作人8月29日日记:"得地山横滨片。"[《周作人日记(中册)》,第324页]
③ 纽约协和神学院与哥伦比亚大学比邻,两校有密切的合作关系,如"有互选课程的协议","入一校便可分享两校的资源。"中国近代基督教学人,多有受此二校培养者。"燕京大学尤其是燕大宗教学院无疑是国内与协和关系最密切的机构,也是协和中国学生/学者的主要来源。"(徐以骅:《纽约协和神学院与中国基督教会》,《中国基督教教育史论》,桂林:广西师范大学出版社,2010年)

讨室检讨》,后寄至《燕大周刊》发表。

> 又我在检讨室(Seminar Room:哥伦比亚大学制,毕业生要求更深学问时,可自由取用各藏书,而专门书籍都存在各科检讨室中)所研究底,已陆续将各条目取出备检。记在册上底,我名之为《检讨室检讨》。(《附许先生来信》,《燕大周刊》1924年1月19日第32期)

为维持生活,每周在学校兼职教授《诗经》,也做其他兼职工作。

> 本来在美国的时候,除去固有的补助外,每星期还在学校兼教《诗经》,每小时是十元美金,即或补助费用完后,当时在美国找各种工作,也不困难,自然可以使他安心的求学。(茜蘋:《研究印度哲学的许地山》)

约11月,患病,因其势较重,兼之功课甚忙,无力从事创作。

> 前日得李天耀底信。说周刊要我底小作,我近来病得很凶,几乎不能写东西。功课又忙(又念又教,念底是印度古语,教底是中国古诗),没有工夫写。(《附许先生来信》,《燕大周刊》1924年1月19日第32期)

11月8日,致信《燕大周刊》主编董秋斯,述近况,附寄《无法投递之邮件》三篇。于次年刊出。

11月10日,《醍醐天女》《海世间》《海角底孤星》《女人我很爱你》,刊《小说月报》第14卷第11号。

年底,赴波士顿,与顾毓琇至青山沙穰疗养所,探望在此养病的冰心。

> 冰心患肺病,住青山沙穰疗养所,地山前来问疾,同往探访。归途行雪地中,几迷路。(顾毓琇:《纪念许地山先生》)

1924年甲子　民国十三年　三十岁

是年,仍在哥伦比亚大学就读,校阅梵籍,于唐代佛教亦加关注。苦于缺乏中国典籍,致研究不利。

> 我正研究唐代佛教在西域衰灭底原因,翻起史太因在和阗所得底唐代文契,一读马令痣同母党二娘向护国寺僧虎英借钱底私契,妇人许十四典首饰契,失名人底典婢契等等,虽很有趣,但掩卷一想,恨当时的和尚只会营利,不顾转法轮,无怪回纥一入,便扫灭无余。(落华生:《读〈芝兰与茉莉〉因而想及我底祖母》,《小说月报》1924年3月10日第15卷第3号)

> 在这里没有顶苦的事。在我以为没中国书念是最苦的。我所研究底与中国典籍都很有关系。一要起来都在数万里外,只可以望空长叹罢了。(《许地山先生自美来信》,《燕大周刊》1924年5月3日第41期)

偶与波斯文教授约罕那以及汉学教授卡特讨论近代文体之变迁,自此留心搜求资料,以探究中国古代文学所受到的印度和伊斯兰影响。

> 因为去年在哥伦比亚大学时偶与波斯文教授约罕那及支那学教授卡特谈及近代文体底变迁。他们提出中伊文学有许多相同之点,是否有互相影响之处?自那时以后我便用心比较,觉得宋元后底章回小说及杂剧很像是从波斯传到(?)南方有市

舶司诸港(如广州、漳州、泉州等处)及从印度经西域至(?)北方为辽金元文学,这自是一段很有趣的史料,值得下工夫追求。(《中国文学所受的印度伊兰文学底影响》,《小说月报》1925年7月10日第16卷第7号)

在美期间,认为一些美国人对中国带有优越感和种族偏见("种慢"),为此感到伤心。

> 美国人明白中国底程度很低,种慢(所谓 Racial Prejudice)极强。好像美洲是神特别赐给他们住底,黄人黑人都无权利享受。他们苦待黑人,是不消说的,连黄人也是一样欺负。你说这样小气底国家,怎能久住?很多人以为中国和非洲一样野蛮;遍地是土匪,贫民,病害。学问,中国人是不配讲的。所以要教士传教,施教育,开化中国。有一位传教士,从中国回美的,对我说:"我们知道埃及比住在金字塔附近沙漠底埃及人明白得多,我们知道中国的历史,民情,也是如此。"这话教我很伤心,好几夜睡不着。我当时虽然答了他说:"埃及文化是从坟墓里可以挖出来的;但中国文化是在日用饮食间,自盘古以来,就没有死亡,一种生长的文化,也能和死亡的文化一样容易明白吗?"我总是很抱歉。(《许地山先生自美来信》,《燕大周刊》1924年5月3日第41期)

对美国的城市文化也深觉不满,以为生活节奏太快,使市民的生活"缺乏天然的乐趣"。

> 有一位回国的传教士问我纽约底地方如何,地道利便不?一切都 wonderful 不?他底意思要我赞美城市生活一番。以为我是从乡间出来底,自然中国无一个城比得上纽约。但一个城市大到如此,市民的生活一定是要缺乏天然的乐趣的。所以我回答说:"太快了!"他说:"你们中国太慢了,再赶二百年或者能像这样。"我说:"敝国底生活理想是和西方人不同的,我盼望二百年后,不致于到这样,就是五千年后也不要这样。"(《许地山先生自美来信》)

因看不惯一些中国留学生的生活方式,和他们少有往来,自己则有意识地抗拒风气的熏习。①

> 在此地留学底学生往来极罕。缘故是为所习不同,相对没有话可说。有些来到也不晓得自己要底是什么学问,只向着文凭易给底学校去。在此半工半读底学生不少,教富人们打麻雀牌,也是很好的服务。大概会教人打麻雀的人,都是很喜欢跳舞底。半工作半读书的问题,到了此地,反起了疑惑。留学很容易染着外国的坏习惯,我希望大家多注意请外国学者来中国"留教",因留学本身并非荣耀。
>
> 在这里,常有人来干涉我底装束。说我头发太长,又不刮胡子。有一位同学对我说:"你在罗马底时候,就要做罗马人所做的事。"这和我们的俗语"入方随俗"同意。但我却回答说:"就使到了天国我也要做我喜欢做,穿我喜欢穿的。等到我想改时,我才改。你到了罗马,你还是你,为什么要从罗马人底习惯呢?"(《许地山先生自美来信》)

---

① 许地山之子周苓仲晚年回忆:"我父亲不喜欢美国,说美国小孩子跟在他屁股后头喊'中国佬,中国佬!'他感觉受到侮辱。"(沙蓬:《"落花生"家族史"牧马人"救赎说——许地山之子周苓仲11年前采访录》)

或因这些原因,转而向英国牛津大学提出留学申请。

> 一年之后,他去美国了,入哥伦比亚大学及和他有连系的纽约神学院读书。不久,有信来,说过不惯美国式的学生生活,豪奢而浅薄。他于是横渡大西洋,转入牛津大学,治梵文,治印度宗教源流,治世界古代宗教比较。(叶启芳:《忆许地山先生》)

1月19日,《无法投递之邮件·覆诵幼》、致董秋斯信(《附许先生来信》),刊《燕大周刊》第32期。

1月26日,《无法投递之邮件·覆真龄》,刊《燕大周刊》第33期。

2月10日,读顾毓琇所寄《芝兰与茉莉》,有感而作《读〈芝兰与茉莉〉因而想及我底祖母》,后刊《小说月报》。

同日,《看我》,刊《小说月报》第15卷第2号。

2月23日,致信顾毓琇,称赞其书,附寄《读〈芝兰与茉莉〉因而想及我底祖母》一文。

> 二十三日,地山来信云:"《芝兰与茉莉》的是好作",并附来《读〈芝兰与茉莉〉因而想及我底祖母》一文,后载《小说月报》。[顾毓琇:《百龄自述》,《顾毓琇全集(11)》,第28页]

3月8日,《无法投递之邮件·给怀霄》,刊《燕大周刊》第34期。

3月10日,《枯杨生花》《情书》《邮筒》《做诗》,刊《小说月报》第15卷第3号。

3月15日,《无法投递之邮件·覆少觉》,刊《燕大周刊》第35期。

3月17日,致信董秋斯,详述在美生活情形,云拟七月前往欧洲。随信附《检讨室检讨》文稿。(《许地山先生自美来信》)

3月,《春来到》童谣四首,刊《好孩子》第5号。

4月26日,致信冰心。信中云:

> 自去年年底一别刹那间又是三、四个月了。每见薄霭在叶便想到青山底湖冰早泮,你在新春底林下游憩的光景,想你近日已好多了。(载顾毓琇:《纪念许地山先生》)

同日,《无法投递之邮件·给琰光》,刊《燕大周刊》第40期。

5月3日,《无法投递之邮件·给憬然三姑》,刊《燕大周刊》第41期。

5月10日,《读〈芝兰与茉莉〉因而想及我底祖母》《月泪》,刊《小说月报》第15卷第5号。

5月10、17日,《检讨室日记》,刊《燕大周刊》第42、43期。

5月,英国牛津大学曼斯菲尔德学院收到并接受了许地山的入学申请。此项申请得到了伦敦传道会沃德勒姆·汤普森基金的资助,每年补助二百镑(后减为一百镑),提供免费膳食,另免除大学费每年不超过二十五镑。

> 离开美国到英国牛津大学研究印度哲学,及梵文和社会人类学等。费用是伦敦国外布道会 Thomas 助金里,每年补助二百镑,到五卅惨案发生时,英国人对我们感情不好,想将这种助金给取消,后来减为一百镑。(茜蘋:《研究印度哲学的许地山》)

牛津的曼斯菲尔德学院所藏档案也表明许地山从伦敦会获得了经济上的支持。

这份写于1924年5月的文件说:"院长报告说,院管委会会议以后,他收到了一份来自许先生的入学申请,以特别生入学,学习期限两年。许先生是中国人,燕京大学毕业,曾在美国学习。许先生将从伦敦会获得两百镑的助学金,该款项来自沃德勒姆·汤普森基金,但他仍要求进一步的资助。已经同意录取该生,并向他提供免费膳食,另免除大学费每年不超过二十五镑。"(汤晨光:《许地山与伦敦会》,《中国文学研究》2007年第3期)

6月10日,译作《可交的蝙蝠和伶俐的金丝鸟(带音乐的故事)》,刊《小说月报》第15卷第6号。

6月,获哥伦比亚大学文学硕士学位。毕业论文为《摩尼教汉文文献之研究》(*A Study of Certain Chinese Texts Relating to Manichaeism*)。①

同月,与来纽约的顾毓琇同游大都会美术馆、水族馆等处,并登上了自由女神像之塔顶。

> 1924年我赴纽约与地山同游大都会美术馆、水族馆,并登自由塔顶。地山因其兄敦谷为美术家,对西洋油画颇有研究。因此我对于西洋美术由地山给我上了第一课。……我们访自由神,恰巧电梯在修理,即奋勇步行登塔顶,再拾级而下。(顾毓琇:《纪念许地山先生》)②

7月8日,约克逊教授以其有关摩尼教的著作 *The so called injunctions of Mani, translated from the Pahlavi of Denkart 3, 200* 的抽印本相赠,并写有识语:"祝愿他在牛津大学的学习一切顺利。"此后数年(1924、1925),约克逊仍陆续将其新发表的摩尼教研究论文寄给许地山。[冯锦荣:《许地山(1893—1941)与世界宗教史研究——以许氏旧藏书中有关摩尼教研究文献为中心》,《東アジア文化交涉研究》2010年3月31日第3期]

7月,离美赴英。(顾毓琇:《纪念许地山先生》)

9月14日,老舍应伦敦大学东方学院中文讲师之聘,抵达伦敦。③ 经易文思安排,与许地山同住。住所位于赫特福德郡的巴尼特(Barnet),房东是一对英国姐妹。

> 他[按:指易文思。]告诉我,已给我找好了房,而且是和许地山在一块。我更痛快了,见了许地山还有什么事作呢,除了说笑话?
>
> 易教授住在 Barnet,所以他也在那里给我找了房。这虽在"大伦敦"之内,实在是属 Hertfordshire,离伦敦有十一哩,坐快车得走半点多钟。
>
> 这所小房子里处处整洁,据地山说,都是妹妹一个人收拾的;姐姐本来就傻,对于工作更会"装"傻。他告诉我,她们的父亲是开面包房的,死时把买卖给了儿子,把

---

① Hsu Ti-Shan, *A Study of Certain Chinese Texts Relating to Manichaeism*, Masters thesis. Columbia University, 1925. 现藏美国哥伦比亚大学图书馆。
② 《纪念许地山先生》一文中两人于4月同游纽约;但在他的《百龄自述》《一个家庭 两个世界》《一樵自订年谱》等文中均作6月。[顾毓琇:《一樵自订年谱》《一个家庭 两个世界》,《顾毓琇全集(11)》]。此处从后说。
③ 伦敦大学校长1924年9月16日致入境检查局长的信:"据了解,9月10日乘德万哈号由中国到达英国的舒庆春先生被登记在此只居住一个月。"(《老舍在伦敦的档案资料》,舒悦译注、索维圻校,《中国现代文学研究丛刊》1986年第1期。)但老舍回忆到达英国伦敦那天正是礼拜天(老舍:《头一天》,《良友画报》1934年8月第92期),故9月10日(星期三)应为抵达英国的日期,9月14日(星期日)是他到伦敦的日期。

两所小房给了儿女。姊妹俩卖出去一所,把钱存起吃利;住一所,租两个单身客,也就可以维持生活。(老舍:《头一天》)

老舍来时,许地山正在账本上写小说。

许地山在屋里写小说呢,用的是一本油盐店的账本,笔可是钢笔,时时把笔尖插入账本里去,似乎表示着力透纸背。(老舍:《头一天》)

相聚的数日内,领着老舍逛伦敦城。许地山观察英国时,常带批判性的民族主义视角,对老舍发生了影响。

几天的工夫,他带着我到城里城外玩耍,把伦敦看了一个大概。地山喜欢历史,对宗教有多年的研究,对古生物学有浓厚的兴趣。由他领着逛伦敦,是多么有趣、有益的事呢!同时,他绝对不是"月亮也是外国的好"的那种留学生。说真的,他有时候过火的厌恶外国人。因为要批判英国人,他甚至于连英国人有礼貌,守秩序,和什么喝汤不准出响声,都看成愚蠢可笑的事。因此,我一到伦敦,就借着他的眼睛看到那古城的许多宝物,也看到它那阴暗的一方面,而不至胡胡涂涂的断定伦敦的月亮比北平的好了。(老舍:《敬悼许地山先生》)

此后两年间,每逢寒暑假,便赴伦敦与老舍等友人聚会谈天,其态度之随和与知识之渊博,令人听而忘倦。独自一人时,辄在大英博物馆、伦敦大学东方学院图书馆等处流连,至闭馆方出。

暑假寒假中,他必到伦敦来玩几天。"玩"这个字,在这里,用得很妥当,又不很妥当。当他遇到朋友的时候,他就忘了自己:朋友们说怎样,他总不驳回。去到东伦敦买黄花木耳,大家作些中国饭吃?好!去逛动物园?好!玩扑克牌?好!他似乎永远没有忧郁,永远不会说"不"。不过,最好还是请他闲扯。据我所知道的,除各种宗教的研究而外,他还研究人(类)学、民俗学、文学、考古学;他认识古代钱币,能鉴别古画,学过梵文与巴利文。请他闲扯,他就能——举个例说——由男女恋爱扯到中古的禁欲主义,再扯到原始时代的男女关系。他的故事多书本上的佐证也丰富。他的话一会儿低降到贩夫走卒的俗野,一会儿高飞到学者的深刻高明。他谈一整天并不倦容,大家听一天也不感疲倦。

不过,你不要让他独自溜出去。他独自出去,不是到博物院,必是入图书馆。一进去,他就忘了出来。有一次,在上午八九点钟,我在东方学院的图书馆楼上发现了他。到吃午饭的时候,我去唤他,他不动。一直到下午五点,他才出来,还是因为图书馆已到关门的时间的原故。找到了我,他不住的喊"饿",是啊,他已饿了十点钟。在这种时节,"玩"字是用不得的。(老舍:《敬悼许地山先生》)

应老舍之请,给他开具了一张佛学入门必读书的简目。

前十多年的时候,我就很想知道一点佛教的学理。那时候我在英国,最容易见到的中国朋友是许地山——落华生先生,他是研究宗教比较学的……该时我对他说:我想研究一点佛学;但却没有做佛学专家的野心,所以我请他替我开张佛学入门必读的经书的简单目录——华英文都可以。结果他给我介绍了八十多部的佛书。据说这是最简要不过,再也不能减少的了。这张目录单子到现在我还保存着,可是,

我始终没有照这计划去做过。(老舍:《灵的文学与佛教》,《海潮音》1941年2月1日第22卷第2号)①

9月22日—10月3日,参加由伦敦大学东方学院(The School of Oriental Studies)和社会学会主持举办的"关于帝国内一些现存宗教的会议"(A Conference on Some Living Religions within the Empire)。许地山为此会作论文《道教》(Taoism),得易文思帮助,翻译为英文后,由易拿到会上宣读。后收入次年出版的会议论文集《帝国的宗教》一书。

> 我们现在可以略述"帝国宗教大会"的经过:在一九二四年八月我刚从美国到英国的时候,就有一位英国朋友对我说:不久在伦敦要开一个世界宗教大会,要请各国的人讲他们自己的宗教。……
>
> 关于中国的宗教就有我一篇"道教"。这篇原稿是用中文写的,得我的老师易文思(R. K. Evans)的帮助,才译成英文,还由他拿到会里去宣读。这篇原稿已经交给《燕京学报》第二期发表。[许地山:Hare, William Loftus (Editor): Religions of the Empire. With an Introduction by Sir. E. Denison Ross, London, Duckworth, 1925; pp X 519,《清华学报》1927年12月第4卷第2期]
>
> 遗憾的是我们无法获得道教徒所写的文章,但北京大学一位杰出的学者许地山已经为我们准备好了。在纽约哥伦比亚大学待了一年后,他现在英国,就读于牛津。他为人太过谦逊,尽管也参加了会议,但宣读论文时并不在场。文章由他的朋友R. K.易文思先生宣读,由此我们听到了一份对道教既学术又渊博的评估。②[William Loftus Hare (Editor). Religions of the Empire, 1st ed.; Duckworth, London, 1925; pp. 244]

1925年乙丑　民国十四年　三十一岁

1月1日,致信冰心。信内云:

> 去年今日正是我末次到青山去看你底时候。一年的热情又在冷雨中嘿嘿地过去了。(载顾毓琇:《纪念许地山先生》)

写信问冰心是否愿来牛津学习,称可替她想法申请奖学金,冰心辞谢。

> 1925年我病愈复学,他还写信来问我要不要来牛津学习?他可以替我想法申请奖学金。我对这所英国名牌大学,有点胆怯,只好辞谢了。(冰心:《忆许地山先生》)

1月20日,在英国牛津大学正式入学。③ 作为非学院生,隶属于"以宗教教育为主",致力于"培养神职人员"的曼斯菲尔德学院。④

---

① 老舍在《敬悼许地山先生》一文中也述及此事,但称单子上书的数目是"六十几部"。(老舍:《敬悼许地山先生》)

② 原文为英文,此处由笔者翻译。许地山的母校燕京大学(Yenching University)误作北京大学(Peking University)。

③ 汤晨光考证:"据牛津大学的学籍档案记载,许地山的入学注册日期是1925年1月20日,录取日期同此,可以认为到此时才正式入学。"(汤晨光:《许地山与牛津大学》,《新文学史料》2005年第4期)

④ 在当时的牛津大学,"原则上任何一个学生都要住在一个学院中……同时,在专业上学生又隶属于某一系科,一个系科的学生可以来自不同的学院。"又因曼斯菲尔德学院当时"还不具有牛津大学学院的资格",故"许地山既隶属于曼斯菲尔德学院又被大学看作非学院生"。(汤晨光:《许地山与牛津大学》)

该学院 1838 年创建于伯明翰,原名叫泉山学院,有深厚的非英国国教传统,1886 年搬到牛津,取现名以纪念其创始者,1955 年牛津大学才授予其永久私立学堂的地位,直到 1995 年 5 月 31 才由英国女王特许,获得牛津大学学院的完整资格。这个学院原以宗教教育为主,是培养神职人员的机关,许地山进入这个学院应该和他深厚的基督教背景有关,事实上许地山在燕京大学神学院的老师伊文思教授就是该院出身。(汤晨光:《许地山与牛津大学》)

在东方语言系从事佛教研究,与日本佛学研究者宫本正尊同学。[许地山:Hare, William Loftus (Editor): Religions of the Empire. With an Introduction by Sir. E. Denison Ross, London, Duckworth, 1925; pp X 519]

许地山在牛津大学研究佛教,他进的是东方语言系。牛津大学东语系是把他作为翻译《原人论》(汤晨光按照档案中拼音转写的三个字猜译)的硕士研究生而录取的。(汤晨光:《许地山与牛津大学》)

在牛津时,从社会人类学系的主持者、人类学家马雷特(Robert Ranulph Marett)教授研究民俗学,并翻译了他的《宗教学入门》(The Threshold of Religion)一书,但未出版。

许先生在英国牛津大学深造时,曾跟马勒特教授(Prof. Marett)研究过民俗学,也曾翻译过他的《宗教学入门》[(The) Threshold of Religion],惜此书尚未出版,否则也可供给民俗学研究者以有益的参考。(致平:《纪念民间宗教史家许地山先生·前言》,《民俗》1943 年 12 月第 2 卷第 3、4 期合刊)

或在马雷特影响下,阅读了一些人类学家的著作。此年,他购入了弗雷泽(James George Frazer)《灵魂之工作》(Psyche's Task)、《社会人类学的范围》(The Scope of Social Anthropology),安德鲁·朗格(Andrew Lang)《习俗与神话》(Custom and Myth)、弗兰克·哈默尔(Frank Hamel)《人兽》(Human Animals)等书。[冯锦荣:《弗雷泽(James George Frazer,1854—1941)与许地山(1893—1941)——以〈扶箕迷信底研究〉为例》,香港"许地山教授学术讨论会"论文,1998 年]①

初到牛津,住在大学印刷所后的华顿半璧街(Walton Crescent),每周六往莫庆淞住处参加牛津大学中国学生会聚会。常由易文思引领,在牛津各处游逛,听其讲解"许多地方底历史"。许地山对牛津印象极佳,他后来说:"在我所经历底,地方中间,牛津(Oxford)可以算是最美丽最调和的城市。"

我住底地方正在大学印刷所后面底华顿半璧街(Walton Crescent)。第一年住在十五号的冬太太家里。第二年因为冬太太被曼殊斐尔学院聘去当烹调师,我就移到对面底阿青诺太太那里去住。在牛津底学生住所都很舒服,每人必有一间休息室。所以用费比美国贵一些。中国学生在牛津底很少。我在那里底时候,正有正式的学生八九人,如研究院底只我一个。同学们组织了一个牛津大学中国学生会,所以我们每个星期都可以会得着。聚会底地方常在莫庆淞先生家里。因为他夫人在那里,

---

① 据冯锦荣文,在此期间,许地山还购入了马雷特《心理学与民俗学》(Psychology and Folklore)、阿尔弗雷德·哈登(Alfred Haddon)《艺术的进化:图案的生命史解析》(Evolution in Art: As Illustrated by the Life-Histories of Designs)等书,但未标明具体年份。

同学们吃中国饭底都跑他家里去。我是每星期六都到底。

夏秋两季,最好的消遣便是到河上去划艇。我常到太晤士河去,因为那里比齐威尔河幽静一点,博德草原(Port Meadow)也是我常去散步底地方。我们时时和几个同划艇到鳟鱼店(Trout Inn)去喝茶。那里底风景非常古雅。遥望牛津底塔尖,直如身在天城之上。[许地山:《东归闲话(二):牛津的故事》,《清华周刊》1929年第30卷第9期]

往来于学院和图书馆之间,读书不倦,在同学中有"书虫"之称。

牛津实在是学者底乐园。我在此地两年间底生活尽用于波德林图书馆,印度学院阿克兰屋(社会人类学讲室),以及曼斯斐尔学院中,竟不觉归期已近。

同学们每叫我做"书虫"。定蜀尝鄙夷地说我于每谈论中,不上三句话,便要引经据典,"真正死路!"刘锴说,"你成日读书,睇读死你嚓呀!"书虫诚然是无用的东西,但读书读到死,是我所乐的。假使我底财力,事业能够容许我,我诚愿在牛津做一辈子底书虫。[许地山:《东归闲话(一):书虫》,《清华周刊》1928年第30卷第7期]

1月,小说集《缀网劳蛛》由商务印书馆初版。收入《命命鸟》《商人妇》《换巢鸾凤》《黄昏后》《缀网劳蛛》《无法投递之邮件》《海世间》《海角底孤星》《醍醐天女》《枯杨生花》《读芝兰与茉莉因而想及我底祖母》《慕》等凡12篇。

春,接邵洵美来信,讨论希腊女诗人萨福的诗格与中国旧体诗的形似等问题。后邵洵美赴英,两人在伦敦相遇,据说曾一同研习希腊语。①

在意大利的拿波里上了岸,博物馆里一张壁画的残片使我惊异于希腊女诗人莎茀的神丽。辗转觅到了一部她的全诗的英译;又从她的诗格里,猜想到许多地方有和中国旧体诗形似处,嫩弱的灵魂以为这是个伟大的发现,这时候许地山在牛津,我竟会写了封信把这一个毫无根底的意见去和他讨论。他回信怎么说我已忘掉,大概不缺少赞许与鼓励。(邵洵美:《自序》,《诗二十五首》,上海时代图书公司,1936年)

他于是说明,去年许地山在伦敦公使馆碰到了我,又看见了我为互助工团设计的信笺信封和雕刻的图章,回到牛津便把我形容给他们听……(邵洵美:《儒林新史》,《儒林新史:回忆录卷》,上海书店出版社,2008年)

许先生不但通梵文,他对希腊文亦是很有研究的,在中国精通希腊文的人,他要算其中一呢,在燕京时他已通希腊文,及至他到英国读书时,他的希腊文程度,有更深的造就,邵洵美在英国时同他研究过希腊文,他对许先生希腊文的程度同对人的态度,时常向友好称道。(王皎我:《关于许地山先生的几件小事》)

约1月,致信《燕大周刊》,谈自己观察到的英国传教士等诸阶层对川藏地区的"野心"、经济、领土等方面的侵略和预谋。

西藏尚系中国领域,而此地大学生在伦敦剑桥牛津等处,已研究起治藏政策来

---

① 邵洵美于是年三月在意大利那不勒斯旅行,"两个月"后到达英国剑桥。(洵美:《两个偶像》,《金屋月刊》1929年第1卷第5期)

了。他们会讲西藏话,知道西藏风俗民情。试问我们学生,那个会说西藏话,想去西藏服务,救那一部分的中国人,沦为英国奴隶的。在中国的英人,对于他们的政府,有所谓秘密当差的。其中有商人、传教士、学者、外交家、旅行家诸色人物。这是我在此地听见一位同学告我的。我也亲耳听过些从四川回国的英教士,在教堂布告过川藏事业。他的野心,可以从他那件白袍透出来。(许地山致《燕大周刊》信,载张仲如:《忠告基督徒》,《增订佛化基督教》,佛教精进社,1927年)①

5月10日,马利缦作,许地山译《月歌》,刊《小说月报》第16卷第5号。后亦载《时事新报·学灯》1925年7月7日。

6月,《空山灵雨》单行本由商务印书馆出版。

7月10日,致郑振铎信以《中国文学所受的印度伊兰文学底影响》为名,刊《小说月报》第16卷第7号。信中谈及想要研究"宋元小说与戏剧文体上所受印度伊兰文学底影响",希望郑振铎代为收集材料、向友朋征询意见,并请周作人、胡适、梁启超等给以提示。又云自己正在翻译戒日王的戏剧《爱见》。

10月14日,致信董秋斯,随信附抄录自伦敦大英博物馆的《景善日记》稿件,后刊《燕大周刊》。信中谈到本打算年底返国回校,但司徒雷登嘱咐他留至次年暑假。

> 我本想今年年底回校,但司徒校长从纽约来信命我再留一年到明年暑假才回来,我现时还没决定,大概要照校长底吩咐去做。(许地山录:《景善日记:支那宗教史史料》,《燕大周刊》1925年11月17日第83期)

约10月,燕大友人陈其田来英,在牛津同游数日。

> 易文思死了可惜!过牛津时与地山浪游数日。太晤士河上放桨谈情史,不可多得。(陈其田:《伯明罕通信》,《燕大周刊》1925年11月7日第82期)

10月,经过牛津大学东方语言系学术委员会指派的学术评议人苏特希尔(W. ME. Soothill)和卡彭特(J. Estlin Carpenter)的考察,牛津大学作出授予许地山学位的决定。

> 许地山先生提交了硕士学位论文,我们就此对他进行了考查。该论文分两个部分,一是对一篇中文论文《论人的起源》(The Origin of Man)的翻译,二是一篇介绍性的论文《泛神论思想在印度和中国的发展》(The Development of Buddhist Pantheistic Thought in India and China)。经苏特希尔教授的核对,对中文文本的翻译恰当准确,显示了对佛教文体的精透了解;历史论述的部分试图在一个极小的篇幅内容纳一个极大的领域,尽管有一些缺点(主要是遗漏),但还是显示了对课题的深刻了解。我们认为,他的论文和考试已经充分证明,他在其专题研究过程中所做的工作十分优秀,有资格申请硕士学位。(苏特希尔:《许地山主考人报告》,载汤晨光:《许地山与牛津大学》)②

作为东方语言系学术委员会委任的主考人,我们仔细审阅了许先生提交的论文

---

① 张仲如云,许地山此信发表于《燕大周刊》第65期通信栏。该刊此期已佚,按时间推算当于2月初刊出,写信时间在1月左右。

② 该报告所署日期为1925年10月9日。

《佛教泛神论思想在印度和中国的发展》。我们还就其论文涉及的学科以及与其专题研究相关的内容对他进行了公开的考试。我们因此请求向学术委员会报告：论文和公开考试的结果显示，许先生所做工作成绩优异。（卡彭特：《非学院生、文学硕士学位研究生许地山主考人报告》，载汤晨光：《许地山与牛津大学》）

约11月，致信燕京大学宗教学院院长刘廷芳，向燕大申请一笔一百五十英镑的借款以偿还债务。许诺回到燕大工作后以薪金偿还。经司徒雷登与伦敦会总部海外秘书霍金斯（F. H. Hawkins）商议，如愿获得借款。

> 许地山先生已写信告诉刘院长，他还需要一百五十镑才能还清债务离开英国。据他自己说，他一直借债，而且必须按约归还。很清楚，伦敦传教公会发给他的助学金，没有包括这批钱在内。
>
> 请你就付给这批款子事与他商定，并和我们的纽约办事处核定。许先生非常乐意让我们安排在他回到中国以后，至少这批债款的一部分要从他的薪金中归还。等他回到这里以后我们将予以审核。（1925年12月7日司徒雷登致霍金斯信，载李振杰：《有关许地山的两封信》，《新文学史料》1990年第3期）

11月17日，所抄录的《支那宗教史史料：景善日记》在《燕大周刊》第83期开始连载，至次年4月10日第96期刊毕。①

> 这日记非常重要而且有趣。中华书局所出之《慈禧外记》有一部分便是从中取出来底。但当时朴尔德底中文还没念好，译错了不少。故治史者当以此录为准。（许地山录：《景善日记：支那宗教史史料》，《燕大周刊》1925年11月17日第83期）

12月，在牛津大学印度学院完成长篇论文《梵剧体例及其在汉剧上底点点滴滴》，为其原本预备写作的《印度伊兰文学与宋元戏剧小说底关系》的一部分。因在小说方面未能找到足够多的史实，故此文从戏剧方面论列。后收入《小说月报》第十七卷号外。

是年，被燕京大学算作宗教学院宗教史、文理学院国文学系待入职讲师（instructor-elect）。[《燕京大学宗教学院简章（1925—1926）》，1925年4月，燕京大学档案YJ1924006，北京大学档案馆藏；《燕京大学教职员名录·学生名录（1925—1926）》，1925年10月，燕京大学档案YJ1925009，北京大学档案馆藏]

1926年丙寅　民国十五年　三十二岁

约3月，得罗家伦建议，在牛津大学图书馆抄录东印度公司在广州夷馆存放的旧函件及公文底稿，费时四周。后编为《达衷集》出版。

> 中华民国十五年春，罗志希先生从巴黎写信到牛津去，教我用些闲余的工夫，把藏在图书馆里重要的中国文件，抄录下来。这书是东印度公司在广州夷馆存放的旧函件及公文底稿，于中英关系的历史上，可以供给我们许多材料，所以我就用了四个星期的工夫，把他抄下来。（许地山：《达衷集·弁言》）
>
> 友人许地山君为钞牛津大学图书馆所藏鸦片战争前两广总督与洋商来往文件

---

① 分别刊载于1925年11月27日第83期，11月28日第84期，12月5日第85期，12月12日第86期，12月19日第87期，12月26日第89期；1926年2月27日第91期，3月6日第92期，4月10日第96期。

数册(原稿均钞本),昨接来函,谓已毕事(许君为极好学者,近研究中国近代与西洋宗教关系)。(1926年4月8日罗家伦致张元济函,罗久芳、罗久蓉编《罗家伦先生文存补遗》,近代史研究所,2009年)

据说也为郑振铎默记馆中所藏敦煌卷子的部分材料。

> 他还替郑振铎先生默记了一些敦煌发见的俗文学。为什么要默记呢?因为图书馆里不准人携带纸笔入内,无从抄录,他只可把要抄底先读熟了,默记着,出来然后写下。亏他有这好记忆力,肯替朋友当这苦差。(李镜池:《吾师许地山先生》)

是年,听老舍朗读新写的小说《老张的哲学》,鼓励其继续创作和寄回国内发表。老舍后将稿子寄给郑振铎,在《小说月报》上陆续刊出。

> 在他离英以前,我已试写小说。我没有一点自信心,而他又没工夫替我看看。我只能抓着机会给他朗读一两段。听过了几段,他说:"可以,往下写吧!"这,增多了我的勇气。他的文艺意见,在那时候,仿佛是偏重于风格与情调;他自己的作品都多少有些传奇的气息,他所喜爱的作品也差不多都是浪漫派的。(老舍:《敬悼许地山先生》)

> 写成此书,大概费了一年的工夫。……写完了,许地山兄来到伦敦;一块儿谈得没有什么好题目了,我就掏出小本给他念两段。他没给我什么批评,只顾了笑。后来,他说寄到国内去吧。我倒还没有这个勇气;即使寄去,也得先修改一下。可是他既不告诉我哪点应当改正,我自然闻不见自己的脚臭;于是马马虎虎就寄给了郑西谛兄——并没挂号,就那么卷了一卷扔在邮局。两三个月后,《小说月报》居然把它登载出来,我到中国饭馆吃了顿"杂碎",作为犒赏三军。(老舍:《我怎样写〈老张的哲学〉》,《宇宙风》1935年9月16日第1期)

是年,与罗家伦书信往还,讨论太平天国史事。在牛津大学波德林图书馆、伦敦大英博物馆、伦敦大学东方学院、剑桥大学等处检阅太平天国相关史料,与罗互通有无。(《许地山书札》,罗久芳编《文墨风华:罗家伦珍藏师友书简》,北方文艺出版社,2014年)是近代中国较早关注域外所藏太平天国史料者之一。罗家伦回忆:

> 前十五年到二十五年之间,有几位朋友,在国外图书馆中,发现了许多太平天国的书籍和文告,或抄或影,带回国来。如刘半农,俞大维,许地山诸先生都是做过这类工作的,我也是其中的一个,但是除半农因发现在最初而略有刊印外,其余的人,都因为有心做一点考订的工作,附带发表,而不曾将这类抄影的文件,刊行于世。其实这项抄影的工作,不过是为太平天国保存文献而已,并不足以称研究太平天国。(罗家伦:《〈太平天国史事日志〉序》,郭廷以:《太平天国史事日志》,上海:商务印书馆,1946年)

5月19日,致信罗家伦,告知在英国数地检阅的太平天国史料情况,将抄自牛津大学波德林图书馆的《资政新篇》等资料寄上,嘱罗家伦将《天王下凡诏书》寄来一观。信中预告将于6月11或12日抵达巴黎。

> 《天父下凡诏书》请寄来一看。天德王问题,所断极是。我在伦敦东方学院看见 Friedrich Perzynski von Chinas Gottern *Reisen in China*(Kurt Wolff Verlag-München)书

里有一幅天德底像,如便可以一检阅。洪大泉,广东所传底作"洪大全",说他从小在湖南,很有机谋,他底事业多在湖广,故南京方面听见他底名字底不多,这也许就是他不在殿前"扶朝纲"之列底缘故。

在剑桥未及检阅遗籍,所藏也不及牛津和伦博之多,我知道底只有《金陵述略》(F. 157)1857;《舌击编》(F. 134-138)1859;《沈储通信》(B. 1157);《叶名琛广东奏稿》(B. 1152)而已。在波德林另见寄云山人《江南铁泪图》二卷;华珍《剿贼议》一卷,均为诋洪之作。

干王之《资政新编》及 B. M.所藏文件目录提要一并寄上,就请存在你那里。公班衙档案已经把目录编好了,等我把待玫证之处补充完毕,立即寄上。

我想于六月十一二到巴黎,晚不晚?(《许地山书札》)

5月22日,获文学硕士(Bachelor of Letters)学位,从牛津大学毕业。① 司徒雷登云:"据我所知,这是第一个中国人得到这样的荣誉。从现在的倾向看,我认为这位青年正准备为未来的中国做一件特别有益的工作。"②

本欲继续求学,因经济上无以为继,只得返国。

> 到英国去,是受了研究宗教的心所煽动,同时又得了英国一个朋友的帮助,使他获得了奖金,结果却发生问题,而国内能够对于他有点帮助力量的各庚款机关,又没有熟人介绍,所以在民国十五年便怅怅的返国了。(茜苹:《研究印度哲学的许地山》)

> 假若他能继续住二年,他必能得到文学博士——最荣誉的学位。论文是不成问题的,他能于很短的期间预备好。但是,他必须再住二年;校规如此,不能变更。他没有住下去的钱,朋友们也不能帮助他。他只好以硕士为满意,而离开英国。(老舍:《敬悼许地山先生》)

5月25日,致信罗家伦,托其在巴黎寻找 *Le Christianisme en Chine, en Tartarie, et au Thibet* 一书。

> 请你在巴黎旧书坊为我找 M. Huc: *Le Christianisme en Chine, en Tartarie, et au Thibet*. Tome IV. (Paris. 1858) 我已有前三册,只短了第四册。这部书现在很难买,因为作者是个耶稣会士,关于康熙雍正年间教政底冲突,他论得很详细,且偏袒耶稣会人,故为教皇所不喜,命其停(版)卖。书中有许多重要史实,非得不可。请留神一找,费神费神。(《许地山书札》)

是年,在牛津大学购入弗雷泽《自然崇拜》(*The Worship of Nature*)一书。[冯锦荣:《弗雷泽(James George Frazer,1854—1941)与许地山(1893—1941)——以〈扶箕迷信底研究〉为例》]

夏,启程离欧,前往印度。途中经过槟榔屿(今马来西亚槟城),到曾经任教的华侨所办学校拜访旧同事,发觉该校所授歌曲与十余年前毫无二致,感到建立专门音乐学校之必要。

---

① 详见汤晨光:《许地山与牛津大学》,冯锦荣:《许地山(1893—1941)与世界宗教史研究——以许氏旧藏书中有关摩尼教研究文献为中心》。

② 司徒雷登1925年12月7日致霍金斯信中语,见李振杰:《有关许地山的两封信》。

> 民国十五年,我从欧洲回国,过槟榔屿,到华侨办底学校去找几位旧同事。我们已经别离十几年了,可是那学校所授底唱歌不但与十几年前一样,并且和我在小学时代所学底不差只字。我问他们为什么不教新的,他们反都问我那里来底新的。这个越使我觉得非赶办音乐专门学校不可。[许地山:《〈世界名歌一百曲集〉弁言》,载商金林:《新发现许地山译世界名歌十首及所写之弁言》,《北京大学学报(哲学社会科学版)》1996年第3期]

6月,抵印度,在波罗奈城印度大学研究印度古代宗教思想。

> "民国十五年到印度去一次,在波罗捺城印度大学念了一年书,及研究印度古代宗教思想,注意宗教与社会的关系。……"(茜蘋:《研究印度哲学的许地山》)

在印时,到加尔各答附近的圣蒂尼克坦泰戈尔创办的国际大学参观,至泰戈尔家中拜访,相谈甚欢。获赠照片和纪念品吉祥物白瓷象。泰戈尔建议编写一部梵汉辞典,许地山回国后即着手编纂卡片。①

> 记得我在1926年由英国回国时,特意绕道印度去拜访诗圣泰戈尔,那时我住在印度波罗奈城印度大学,搭车去加尔各答附近的圣蒂尼克泰戈尔创办的国际大学参观,同时也去泰戈尔家里看望,他是我一向敬仰的知音长者。还带回来他送给我的照片和纪念品吉祥物白磁象。……我回忆起泰戈尔肩披有波纹的长发,飘洒着美丽的银须,谈笑风生,举止优雅。……他建议我编写一本适合中国人用的梵文辞典,既为了交流中印学术,也为了中印友谊,我回国后即着手编纂[纂]。(《旅印家书》十二,《许地山研究集》)

据说泰戈尔曾留许地山共餐,两人还弹琴合唱,讨论两国妇女的处境等事。(周俟松:《许地山与泰戈尔》,《新文学史料》1987年第2期)

致信友人(疑为魏建功),具述对于国际大学和在印生活的观感。

> 那时他给我的信里说:"国际大学情景极好。全校为一大自然学园,舍房皆隐隐于树林间,清幽雅致,生意灿然。而各种设备,亦别饶意趣。图书颇多,中文书籍亦不少。校内有印刷所,书籍讲义及其他用品,随时可以印刷。惜不能印中文。邮电局,商店,医院,不但供学校之用,且能推及赛梯尼克檀全境。(国际大学所在地)在此读书,颇为适宜。惟我所最感不便者,厥为饮食。日[印]度菜饭,实难下咽。西餐则太贵,自非我能享受。除少数西人外,不论大学教授学生,皆哜以手指,喝以冷水,亦可敬也。……"(天行:《许地山论写作》,《新疆日报》1946年7月31日)

9月,离印回国。途中,托友人将一枚灰蓝色宝石赠予叶启芳、汤慕兰夫妇。

> 在第一次他游印度回国,途中友人带一颗灰蓝色的宝石送给我的内子。她把它镶在指环,认为是最宝贵的饰物之一。(叶启芳:《忆许地山先生》)

9月10日,独幕剧《狐仙》,刊《小说月报》第17卷第9号。
10月10日,诗歌《牛津大学公园早行》,刊《小说月报》第17卷第10号。

---

① 1935年许地山曾向来访记者出示卡片,并表示"打算用毕生的力量作这件事"。[茜蘋(贺逸文):《研究印度哲学的许地山》]但终于未能告成。

10月29日,以教职员的身份,首次参加燕京大学宗教学院第四次教授会议。会上议决许地山与王克私(Phillip de Vargas)受托组建一个下属委员会,安排暑期学校的具体工作并起草公告;宗教学院每周三上午9时的例行礼拜也由许地山和骆传芳负责。(《宗教学院第四次教授会议记录》,1926年10月29日,燕京大学档案YJ1926001,北京大学档案馆藏)

11月12日,参加燕京大学宗教学院第五次教授会议,议决与赵紫宸、徐宝谦等以中文起草一份简要公告,陈述该院的宗旨和需求,并准备千余份发函清单,以送达基督教青年会和"学生志愿者海外传教运动"的主要负责人。(《宗教学院第五次教授会议记录》,1926年11月12日,燕京大学档案YJ1926001,北京大学档案馆藏)

12月10日,参加燕京大学宗教学院第七次教授会议。会上主要讨论该院院长的提名问题。(《宗教学院第七、九次教授会议记录》,1926年12月,燕京大学档案YJ1926001,北京大学档案馆藏)

12月17日,参加燕京大学宗教学院第八次教授会议。由此前负责组建的下属委员会介绍起草的报告。(《宗教学院第七次教授会议记录》,1926年12月17日,燕京大学档案YJ1926001,北京大学档案馆藏)

12月23日,参加燕京大学宗教学院第九次教授会议。经讨论,一致同意提名李荣芳担任院长,直至1928年6月。议决再次委托许地山和王克私组建的委员会过问暑期学校和起草初步通告等事。(《宗教学院第七、九次教授会议记录》,1926年12月,燕京大学档案YJ1926001,北京大学档案馆藏)

12月,抵上海,三兄许敦谷将父亲许南英的诗集交付给许地山。①

> 敦谷于十五年冬到上海。在那里,将这全份稿本交给我。(许地山:《窥园先生诗传》)

将一直随许敦谷生活的长女许楸新接回身边,稍后一同回京。(许楸新:《难忘的相会》,《许地山研究集》)

12月27日,《校徽应当改良》,刊《燕大周刊》第108期。

12月31日,在小有天饭馆与王伯祥、郑振铎、茅盾、傅东华、陈乃乾等聚餐。又与郑振铎等数人至一品香,作彻夜剧谈。

> 散馆后与圣陶过访愈之,遇彦长、若谷,因同往小有天聚餐。此次特因除夕,提前一天举行之。到十三人,仲云、调孚、愈之、彦长、地山、六逸、雁冰、振铎、乃乾、东华、圣陶、希圣及予也。七时许散,同往一品香谈,盖振铎等预定房间,备度永宵者也。[《王伯祥日记(第3册)》,第379页]

> 地山回国时,我们又在一品香谈了一夜。彦长、予同、六逸,还有好些人,我们谈得真高兴,那高朗的语气也许曾惊扰了邻人的梦,那是我们很抱歉的!我们曾听见他们的低语,他们着了拖鞋而起来灭电灯,当然,他们是听得见我们的谈话。(郑振铎:《欧游杂记之一节:献给上海诸友》,《良友》1934年10月1日第95期)

是年,与赵紫宸、冰心等合编圣诞文学集《景星》,由燕京大学男女基督教青年会发

---

① 《燕大周刊》1926年12月27日第108期《校闻:地山先生》云:"许地山先生行将赴沪,逗留十余日即可返京云。"则其抵沪当在12月间。

行。含诗歌、小说二十余篇,多为原创。

赵紫宸、冰心女士、许地山编辑宗教文学,名《景星》是二十余篇圣诞诗歌、小说。用上等连史纸,中国式装订,美术图画一大幅。实售大洋一角,燕大发行,本社代销。(《真理与生命》1926年12月15日第1卷第13期)

本校男女青年会所发行之《景星》,是由赵紫宸,谢冰心,许地山诸君所编辑。内有圣诞诗歌二十余篇,多半是创作品。中国式装订,并有美术画一大幅。凡青年会会员,均可向严景耀周兰清诸君处,白领一分。凡愿购置作新年赠品者,须付大洋一角。(《白给白得》,《燕大周刊》1927年1月3日第109期)

1927年丁卯　民国十六年　三十三岁

1月3日,《中国近代史料:鸦片战争文件》开始在《燕大周刊》第109期上连载,至6月8日第120、121期合刊刊毕。①

1月5日,傅彦长偕刘慕赐、张若谷来访。

偕刘慕慈、张若谷访许地山、郑振铎。在周勤豪所晚膳,同席者有郁达夫、蒋光赤等。[《傅彦长日记(1927年1月—3月)》,张伟整理,《现代中文学刊》2015年第1期]

1月6日,受上海艺术大学之邀,午后在该校第一院讲演"东方艺术的理想"。(《许地山君昨在上海艺大演讲》,《时事新报·学灯》1927年1月7日)

同日,傅彦长来访。晚赴一品香周勤豪招宴。

访郑振铎、许地山两次。

周勤豪请往一品香晚宴,与宴者郑振铎、许地山、谭抒真、张若谷、刘慕慈,小孩一名,共八人。[《傅彦长日记(1927年1月—3月)》]

1月8日,《中国美术家底责任》,刊《晨报副刊》。后又以《中国艺术家底责任》为题,刊《武美》(私立武昌美术专门学校出版)1928年7月第1期。

1月15日,《反基督教的中国——一篇历史的记载》,开始在《真理与生命》第2卷第1期上连载,至9月15日第2卷9、10期合刊未终篇而止。② 许地山于是年列名该刊编辑之一,亦为生命社社员。③

1月21日,参加燕大宗教学院第十二次教授会议。议决由校长指派一个二人委员会负责宁德楼图书馆的工作,包括向总图书馆预定图书、制定图书室规章、聘请一名学生督查等,许地山与赵紫宸任此事。此次会上讨论的主要议题是国民党控制区内教会面临的新形势。(《宗教学院第12次教授会议记录》,1927年,燕京大学档案YJ1927001,北京大

---

① 分别刊载于1月3日第109期、1月10日第110期、3月10日第111期、3月28日第114期、4月18日第116期、4月25日第117期、5月9日第118期、5月16日第119期、6月8日第120、121期合刊。

② 分别为2月15日第2卷第3期、3月1日第2卷第4期、3月15日第2卷第5期、4月1日第2卷第6期、4月15日第2卷第7期、5月1日第2卷第8期、9月15日第2卷9、10期合刊。

③ 司徒雷登、博晨光、刘廷芳等29位基督徒,为阐发基督教理,"提倡基督教革新运动",于1920年5月成立北京证道团,负责出版《生命》月刊,1924年10月改称"生命社"("The Life" Fellowship)。(《生命》1924年10月第5卷第1期)后《生命》月刊与《真理》周刊合并为《真理与生命》半月刊。该刊第2卷第1期扉页后的编辑名单和生命社社员名单上,许地山均在列。

学档案馆藏)

2月,燕京大学春季学期开学。该学年任宗教学院宗教史讲师,开设"古代中国宗教"(Ancient Chinese Religions)、"佛教入门"(Introduction to Buddhism)、"印度哲学"(Indian Philosophy)等课程;又任国文学系讲师,开设"高级翻译"(Advanced Translation)、"佛教文学研究"(Study of Buddhist Literature)、"梵文初步"(Introductory Sanskrit)等课程。[《燕京大学课程一览(1926—27)》,1927年3月,燕京大学档案YJ1924006,北京大学档案馆藏]①其中"梵文初步"一门课程简介为:

> 为进一步研习中国中世哲学、文学与佛教之准备。

宗教学院职员张鸣琦任许地山的个人书记,为誊写各类手稿、讲义(如《达衷集》手稿等)。为时一年零九个月。

> 我同他差不多每两三天见面一次。有时他交给我一些他自己底抄件,叫我重抄,多半都是些关乎中国与西洋开始通商时,英国商人同广东当局间底来往的信件。……有时他叫我给他写讲演或讲义的稿子,这一次是关于人类学的,那一次是关于考古学的,这一次是关于原始艺术的,那一次是关于佛教教义的……记得有一回的题目很有趣,好像是《由人类学底见地来考察毛发》之类,他叫我写完了毛发底曲直在世界上底分布状态以后,他又叫我写某几种民族底阴毛是直的。(张鸣琦:《我与许地山先生》,《中国文艺》1941年第5卷第1期)

与于道泉时相往来,鼓励他翻译仓央嘉措情歌,并为润色修改译文。②

> 那时许地山正在英国留学,过了两年他便回到北京的燕京大学担任教学工作,此后,我能与他经常见面。(于道泉:《〈仓央嘉措及其情歌研究资料汇编〉序》)

> 因为要兼学藏语,我乃设法认识了在雍和宫住的西藏人,得到了他们的许可,搬到他们的院子里去住了几年。

> 以下这几首歌的拉萨本,乃是四年前在雍和宫找到的。汉文译文也是在那时作成的。最初我并不敢把它发表,以后因各方面的激励,使我渐渐地大了胆,把它印了出来……

> 我还要谢谢燕京大学梵文教授许地山先生。若非许先生怂恿鼓励,我一定没有勇气去作这样的翻译,译完后许先生又在百忙中将我的汉文译稿削改了一遍。(于道泉:《〈第六代达赖喇嘛仓洋嘉错情歌〉译者序》,《第六代达赖喇嘛仓洋嘉错情歌》,赵元任记音,于道泉注释并加汉英译文,国立中央研究院历史语言研究所,1930年)

2月10日,《我底病人》,刊《小说月报》第18卷第2号。

---

① 北京大学档案馆所藏燕大课程一览类布告手册或为英语、或为汉语、或双语兼录,而以英语为多。本文一律以汉语表出,附以英语。另外,此类手册多在学期开始前印行,所列课程未必都能开成,如周一良回忆:"1930年初进燕京国文专修科时,看见宗教学院课程表上有许地山先生讲授的梵文,兴致勃勃去签名选修。谁知选修的学生太少,没有开成。"(周一良:《毕竟是书生》,北京:十月文艺出版社,1998年,第32页)

② 张铁笙回忆:"他好旅行参观,尤其好访道观古刹,和尚道士,喇嘛认识的不少,雍和宫也是他顶常去的地方,所以我们常常硬缠他向喇嘛要求看什么欢喜佛之类的趣事。"(铁笙:《忆地山师》,《中国文艺》1941年第5卷第1期)

同日,傅彦长得许地山信。[《傅彦长日记(1927年1月—3月)》]

2月16日,参加燕大宗教学院第十四次教授会议。会上欢迎从海外假期归来的柏基根(Thomas M. Barker),讨论其新学期的工作安排。(《宗教学院第14次教授会议记录》,1927年2月,燕京大学档案YJ1927001,北京大学档案馆藏)

2月25日,许地山摄赠之《澳门葡人发给货船执照》《广东海关给英商船弗罗儿之护照》,作为"中西通商最初之遗物"的照片,刊《东方杂志》第24卷第4号。

春,与瞿世英等至熊佛西、朱君允夫妇北平石驸马后宅五号"勺园"宅午餐。此后常赴熊宅做客。

> 记得是十年前,民国十六年早春的一天,在北平石驸马后宅五号"勺园"我们的住宅里,约了几位朋友们吃午饭,在座的有菊农昆仲,还有宁华。地山后到,他的爱女繁星[梿新]没有同来。地山是佛西的同学、老朋友,和我那天是初次见面。
>
> 此后地山每从海淀进城,常到我们家来,来了,玩个大半天。有的时候他带了书来,坐在玻璃厅里晒太阳,半天或整天。(朱君允:《追念地山》,熊性淑、朱君允:《灯光,永远的灯光》,北京:生活·读书·新知三联书店,2015年)

3月18日,参加燕大宗教学院第十七次教授会议。会上司徒雷登谈当前该院的基督徒教职员在大学中的地位和发挥的作用,赵紫宸则认为在中国要以基督教的方式阐明众多事物的要义,尚需许多时日。(《宗教学院第17次教授会议记录》,1927年,燕京大学档案YJ1927001,北京大学档案馆藏)

3月23日,参加燕大宗教学院第十八次教授会议。会上讨论怎样的布道大纲有助于应对紧张的时局,议决在下次会议上每位教职员举出两到三条适合布道的问题并加以讨论。(《宗教学院第18次教授会议记录》,1927年,燕京大学档案YJ1927001,北京大学档案馆藏)

3月27日,主领燕大晨祷会。(《本周校历》,《燕大周刊副镌》1927年3月28日第4期)据张铁笙回忆,许地山常在燕大宁德楼(Ninde Divinity Hall)礼拜堂讲道。①

> 许先生自己又是一个虔诚的耶稣教徒,在燕大教书时还常披了黑色礼袍,在宁德楼礼拜堂讲道。(铁笙:《忆地山师》)

4月1日,参加燕大宗教学院第十九次教授会议,延续上次议题,讨论布道主题。许地山提交的主题为"基督教对经济生活的贡献"(The Contribution of Christianity to Economic Life)、"基督徒对政府、富人和穷人的态度"(Christian Attitude to the government and to the rich and the poor)。会上还讨论了是否应设立一个翻译委员会,学生可以在此工作并获得学分,此事交由许地山和某些校内权威加以讨论。(《宗教学院第19次教授会议记录》,1927年,燕京大学档案YJ1927001,北京大学档案馆藏)

4月11日,在燕大发表有关"婚制之错误与男女学生之将来"的讲演,引发热烈反响。

> 上星期一许地山先生演讲婚制之错误与男女学生之将来,当时听众甚形跃踊,化学大讲堂势不能容,临时迁入礼堂,讲演互[共]两小时,尚未完毕,闻本星期一仍

---

① 宁德楼位于燕大西北部,为宗教学院所在,为纪念美以美会主教宁德(William Xavier Ninde)而建。内含礼拜堂两间——较大者用于大学宗教服务,较小者为宗教学院学生所用;阅览室、接待室、音乐室各一间,院长及教职员办公室、研讨室、教室若干。许地山办公室即在内。(燕京大学档案YJ1929013,北京大学档案馆藏)

继续云云。(《许地山先生讲演》,《燕大周刊副镌》1927年4月18日第6期)

4月30日,燕大毕业生返校日,招待李天耀等参观书房、燕大合作社等处并一同用餐。

> 会后,地山领我随着何大姐看了看她们的"小家庭"。……又随地山到了他的书室Minde楼上。最奇怪是凡他所在的地方都像是有香云缭绕一般。
>
> 出了他的书室地山领我到了一个极好的去处即燕大合作社是也。在这里拼到了我们的梁大哥。我们一同进了西厢。地山要了两杯"油炸冰激凌"和几块有着篆字的点心,一面说:"这个是有病治病,无病养身的。"我问到李大姐的消息。梁大哥说怕是一时不能来,因她要与某处批三年的合同。
>
> 我:"那么你得作三年的草鳏夫(Grass-widower)了。"
>
> 梁:"谁说不是呢!?"
>
> 许:"那怕什么?我已经作了六七年的真的了。"
>
> 梁:"哦,已经六七年了么?"
>
> 许:"谁说不是呢!?"
>
> 我们闹了半天笑话。地山无论什么时候总是好开玩笑的,这不能不说是与他相识的人们的脾气。
>
> 我们出来时正拼上一伙前辈,老前辈,大前辈去参看电力房,地山说这是最新的机器,不像别的整天整夜在那里扑扑扑。
>
> 没有参看电力房。同地山到他家用的饭。(李天耀:《归宁日》,《燕大周刊》1927年5月16日第119期)

同日,《大乘佛教之发展》,开始在《哲学评论》第1卷第1期连载,至次年2月29日第1卷第6期未终篇而止。①

5月6日,参加燕大宗教学院第二十一次教授会议。赵紫宸陈述对学院未来的想法和对中国当前基督教境况的评论,许地山在稍后的讨论中发言,认为"我们应当研究社会人类学,比如原始民族的宗教与社会生活,因为这些在中国有一流的材料"(《宗教学院第22次教授会议记录》,1927年,燕京大学档案 YJ1927001,1927年,北京大学档案馆藏)。

5月,将 Taoism 一文中文稿修改为《道家思想与道教》。

6月3日,参加燕大宗教学院第二十四次教授会议,讨论本科生的课程分配等事。许地山报告,国文系支持宗教学院设立翻译局(Translation Bureau)的建议但不具体负责。议决由院长就此事向校务会议提出建议。(《宗教学院第24次教授会议记录》,1927年,燕京大学档案 YJ1931023,北京大学档案馆藏)

6月10日,《支那与东罗马诸国——译述夏德先生底 China and the Roman Orient》,刊《燕大周刊》百期增刊。

> 同学中有学历史底,每以中国史书里底外国地名无从考察为憾。但欧洲学者研究中国古地理学底不少,如《西域记》,《诸藩志》等书都已译成英法文,所考证底人名地名多很精确。支那学家德人夏德(F. Hirth)于一八八五年著《支那与东罗马》,

---

① 分别刊载于4月30日第1卷第1期,6月30日第1卷第2期,8月30日第1卷第3期,10月30日第1卷第4期,次年2月29日第1卷第6期。

所论西域诸国城邑物产至为详备,为研究历史底学生所必读。可惜在中国不易购置,所以我把它略为译述出来,以供同学的参考。(许地山译述:《支那与东罗马诸国》,《燕大周刊》1927年6月10日百期增刊)

同日,燕大校务会议原则上通过宗教学院关于设立一所翻译局的请求,并指派许地山和冯友兰制定具体计划。(《校务会议记录》,1927年,燕京大学档案YJ1927003,北京大学档案馆藏)

6月15日,由许地山负责,翻译局委员会起草的报告在校务会议上获得通过。(《校务会议记录》,1927年,燕京大学档案YJ1927003,北京大学档案馆藏)

6月30日,郑振铎在巴黎收到老舍由伦敦转来的许地山来信。(陈福康整理:《郑振铎日记》,商务印书馆,2017年,第45页)

6月,《燕京学报》创刊,年出两期。许地山为编辑委员会成员之一,直至1935年6月第17期。主任为容庚,编委会有赵紫宸、冯友兰、黄子通、冰心、洪煨莲、吴雷川等九人。(《燕京学报》1926年6月第1期)

同月,《现行婚制之错误及男女关系之将来》,刊《社会学界》第1卷。该刊由燕京大学社会学会编辑出版,许地山与许仕廉、李景汉、张镜予等四人为编辑部成员。

同月,《梵剧体例及其在汉剧上底点点滴滴》,刊《小说月报第十七卷号外:中国文学研究》下册。

7月15日,燕京大学夏令学校宗教教育科下学期开课。许地山担任"中国的宗教生活"这门课程。该夏令学校为"国内传教士青年会干事教会中小学校教职员利用暑假期间以求新知而设",7月28日结束。[T. C.(赵紫宸):《一个求学的机会》,《真理与生命》1927年3月15日第2卷第5期]

8月25日,郑振铎在巴黎写给许地山、黄庐隐、瞿世英等人的信。(陈福康整理:《郑振铎日记》,第89页)

9月,燕京大学秋季学期开学。本学年升任宗教学院宗教史副教授(Assistant Professor of History of Religions)①,同时任燕大基督教团契(Yenta Christian Fellowship)交际委员会主任(Chairman of the Social Life Committee),亦参与燕大出版部委员会(Yenta Series)工作。[《燕京大学简章(1927—28)》,1927年10月,燕京大学档案YJ1927014,北京大学档案馆藏]在校内社团方面,本年任"景学会"主席,书记为杨昌栋。该社团"于民国十三年由学生教员联合组织而成,以'共同研究宗教问题并增进团契精神'为宗旨"。(《燕京大学宗教学院简章》,1927年,燕京大学档案YJ1927014,北京大学档案馆藏)

本学年,在国文学系开设课程及简介如下:

> 梵文初步(Introductory Sanskrit):认识单字,造句,略解声明。本课为习中古中国文学所必修,为习佛教文学之预备。
>
> 梵文选读(Advanced Sanskrit):选读原文佛经及印度圣曲,并习声明学大意。本学年所选之教本为梵文《心经》《金刚经》《阿弥陀经》,并《薄伽梵歌》。

在哲学系开设课程及简介如下:

> 印度哲学(Indian Philosophy):对印度哲学六系统之初步研究,包括耆那教、佛

---

① 在燕京大学系列教职员录中,"Assistant Professor"直接对应的中文译名为"副教授"。

教和其他印度思想学派的六个系统的介绍性研究。中文授课。

佛教哲学（Philosophy of Buddhism）：对佛教思想不同系统之研究，以汉传为主。中文授课。（《燕京大学课程一览》，1927年9月，燕京大学档案YJ1927014，北京大学图书馆藏）

在社会学及社会服务系（Department of Sociology and Social Work）开设"社会原始与社会演化"（Social Origins and Social Evolution）、"社会人类学方法论"（Methodology of Social Anthropology）、"原始社会"（Primitive Societies）、"原始宗教"（Primitive Religions）等课程。其中"社会原始与社会演化"一门课程简介为：

讲授初步人类学、民族学和考古学及社会进化原理的批判性考察。[《社会学及社会服务系课程一览（1927—28）》，1927年7月，燕京大学档案YJ1927014，北京大学图书馆藏]

注册日，在图书馆接见李镜池等新生。

到民国十六年，我先革命军到了北京，由叶启芳先生的介绍，我知道落华生就是许地山先生底笔名。在入学注册那一天，他坐在图书馆里接见学生。那两撇八字须最令人注目。我把叶先生底介绍信递给他，他跟我说起广州话来。（李镜池：《吾师许地山先生》）

10月3日，晚与倪逢吉、许仕廉、黄子通等出席燕京大学社会学系及社会学会的全体联欢大会。（《社会学会之联欢并选举》，《燕大月刊副镌》1927年10月17日第1卷第2号）

10月19日，《燕大月刊》创刊，与俞平伯、周作人、沈尹默、容庚等任顾问。（《月刊社编辑部职员》，《燕大月刊》第1卷第1期）后又任该刊投稿专员。（《月刊部为月刊之发展告诸师长同学》，《燕大周刊》1931年5月21日第25期）但未向该刊供过稿。

10月，购George A. Barton原著，金山龙重翻译的日译本《世界宗教史》等书。[冯锦荣：《许地山（1893—1941）与世界宗教史研究——以许氏旧藏书中有关摩尼教研究文献为中心》]

11月7日，下午四时半，参加《燕京学报》编辑委员会会议，容庚、吴雷川、冯友兰、黄子通、洪业等出席。

下午四时半开《学报》编辑委员会，到者：吴雷川、冯友兰、许地山、黄子通、洪煨莲，连我六人。（《容庚北平日记》，夏和顺整理，北京：中华书局，2019年，第135页）

11月，为即将出版的《无法投递之邮件》单行本作《弁言》。

12月2日，参加燕大宗教学院教授会议，会上推选赵紫宸、诚冠怡和许地山作为学院代表参加12月12日的燕大理事会会议。议决在本月16日的会议上，由赵紫宸和许地山分别介绍"耶路撒冷会议"（Jerusalem Conference）和"与其他中国宗教相关之基督教义"（The Christian Message in Relation to other Religions in China）的议题。（《宗教学院1927—1928年第7次教授会议记录》，1927年，燕京大学档案YJ1927001，北京大学档案馆藏）

12月2—3日，文论《美文与美文的作者》，刊《世界日报·蔷薇》周年纪念刊（十二）（十三）。

12月3日，郑振铎在巴黎寄出致许地山信。（陈福康整理：《郑振铎日记》，第100页）

初冬,在石驸马大街后宅熊佛西、朱君允家的集会上,与住在比邻的湘潭名流周大烈(印昆)之六女周俟松相识。数番交往后,双方互生爱慕。

> 那年暑天你从英国回来,冬初在熊佛西家里遇见你,那时你已经有了第一次的两撇胡须。眉毛浓厚,两眼有神,态度优游,谈吐诙谐。在我脑里有很深的印象。可是我心想:"这个人棉袍子上套夹袍子穿,必是不讲求服装的。"(周俟松:《怀念地山》,《许地山研究集》)

> 我家住北京石驸马大街,常去石驸马后宅熊佛西、朱君允家,在他们家这才正式的认识了许地山。他大眼炯炯有神,浓眉重发,山羊胡子,态度优雅,谈笑风生,语言诙谐。在集会上总是中心人物。多见了几次,感到他学识渊博,感情丰富,逐渐互相爱慕。(周俟松:《回忆许地山》,《新文学史料》1980年第2期)

12月19日,致信周俟松,请她和她的七妹周铭洗于本月26日一同游园观剧。

> 自识兰仪,心已嘿契。故每瞻玉度,则愉慰之情,甚于饥疗渴止,但以城郊路遥,不便时趋妆次,表示眷慕私衷,因是萦回于苦思甜梦间,未能解脱丝毫,即案上宝书,亦为君掩尽矣。本月二十六日,少得一日之暇,如君不计其唐突,敢于上午十一时趋府,侍君与令七妹先至公园一游,然后往观幕剧。崇此敬约,万祈赐诺。(《许地山先生给周夫人的第一封信》,香港《大公报》1941年9月21日)

但周大烈对两人的交往并不支持,周俟松也因此事于是年前往上海,转至武汉教书。

> 我父亲对地山有些看法,说:"他底相貌与北师大校长范源濂面部某些处相象,范不幸短命死矣,看来许地山也不寿。"①

> 因父亲的阻挠,我在1928年毕业后去上海,再转武汉一女中教书,地山为此倍觉伤感,接连来信,字里行间真挚恳切,甚至笺上泪痕斑斑。(周俟松:《回忆许地山》,《新文学史料》1980年第2期)

12月,书评 Hare, William Loftus (Editor): *Religions of the Empire. With an Introduction by Sir. E. Denison Ross*, London, Duckworth, 1925; pp X 519,刊《清华学报》第4卷第2期。

同月,《道家思想与道教》,刊《燕京学报》第2期。

1928年戊辰　民国十七年　三十四岁

1月2日,熊佛西剧作《蟋蟀》在燕京大学公演②,触怒京中的奉系军人而遭通缉,当夜即与妻儿分头躲避。许地山为熊家担当传递信息的邮人,将燕大住处辟出一间屋子做招待室,直至风波停息。

> 那年冬天,《蟋蟀》在北平出演,出了岔子,因为"胡图将军"的滑稽行为触怒了当时的北平军人——张作霖时代的军人。少将一怒,侦骑四出,要缉《蟋蟀》的作者熊佛西。

---

① 关于周大烈对许地山面相的看法,桑简流回忆:"当时传进耳朵的一些闲话还记得。周公公说许先生鼻梁歪,眼露神,注定短命,反对六姨嫁他。"(桑简流:《怀念落华生》)
② 《蟋蟀》于1927年12月9日首演,反响热烈,于次年初宣告将在1月2、3日再演。故熊佛西遭通缉事当在二次演出之后。(《本社演剧盛况》,《燕大月刊副镌》1927年12月14日第3卷第1号;《燕大月刊社再演〈蟋蟀〉预闻》,《燕大月刊副镌》1928年1月4日第4卷第1号)

> 演剧的那晚,夜深了,我们的门铃响了一大阵。次日天明,熊某出了城。我带着美儿暂躲避五姑家,在城内好打听消息。……不过我必须和燕京大学通消息。电话不方便,因为电话线有人侦听;专差送信,又怕来往的次数太多,引起眼线。地山,当时却做了忠实的辛苦邮人。
>
> 地山不是有余闲在外面跑路的人。他在燕京任教,他的工作态度又是那样严谨,然而他见佛西在城外着急,又怕我在城里担忧,每天任劳来往。消息紧张的时候,甚至一日进城两次。为了避免眼线,他不乘燕京的汽车,坐了洋车(人力车)绕小道,有时候步行,我们心里是极度地不安,地山却泰然来往,他的脸上从未露出一点惊慌颜色,总是那样从容不迫地报告消息。而且他在朗润园的住宅,一间书房兼卧室的小屋子也让出来做招待室……(朱君允:《追念地山》,《灯光,永远的灯光》)

1月31日,致函周作人,托其邮购《义净梵汉千字文》。

> 胡君所说底《义净梵汉千字文》是弟□(一字不明)买底,有工夫请您费神代为邮购,多谢多谢。(转引自周作人:《许地山的旧话》,《周作人散文全集》卷十四)

2月24日,致函周作人,谢其赠书之谊,又请其检寄日本出版梵佛旧籍目录。

> 《梵语千字文》已经收到,谢谢。正欲作书问价,而来片说要相赠,既烦邮汇,复蒙慨赐,诚愧无以为报。
>
> 关于日本出版梵佛旧籍,如有目录,请于便中费神检寄一二,无任感荷。(转引自周作人:《许地山的旧话》)

2月27日,致信容庚,感谢容氏馈赠的古钱,托其寻检刊载有陈垣《摩尼教残经一,二》一文的北大《国学季刊》,以写作关于摩尼教教义的论文(疑即为是年6月发表于《燕京学报》的《摩尼之二宗三际论》)。①

> 宝货三枚,弟留其一,余二已遵命转赠夏氏矣。夏君嘱弟道谢。
>
> 吴君文稿甚佳,堪以一读。弟正预备《摩尼教义》一篇,苦手下没有援庵所点之《摩尼残经》(见北大国学季刊)。兄处如有此书,检出借我一用为荷。(《许地山致容庚书》,广东省立中山图书馆编《广东省立中山图书馆馆藏名人手札选粹》,北京:商务印书馆,2002年,第144页)②

在与容庚的交往中,曾自制一联,请其篆书。

> 他曾自制一联,属家兄希白篆书,联云:"书生薄命还同妾,名士厚颜颇类娼。"家兄旁写道:"西谛兄言:'地山无往而不被人欺负者。'今地山集此属书,殆亦握拳挥空之意欤?"这联常挂在中文学院他的座后,意似有在言外者。(容肇祖:《追忆许地山先生》,《宇宙风》1941年9月1日第122期)

2月28日,上午九时礼拜后,在燕大宗教楼作题为《为何我是基督徒?》之讲演。(《本周校历》,《燕大月刊副镌》1928年2月27日第4卷第3号)

---

① 此信未署年份。陈垣论文在北京大学《国学季刊》第1卷第3号上发表是在1923年7月,其后三年许均不在国内,难与容庚以物相往还。暂系于《摩尼之二宗三际论》发表的1928年。

② 标点为笔者所加。

春,肇因于对民俗学研究的兴趣,也为满足周俟松读小说的需要,开始翻译戴伯诃利(Lal Behari Day)编著的《孟加拉民间故事》。

> 这译本是依一九一二年麦美伦公司底本子译底。我并没有逐字逐句直译,只把各故事底意思率直地写出来。……我译述这二十段故事底动机,一来是因为我对"民俗学"(Folk-Lore)底研究很有兴趣,每觉得中国有许多民间故事是从印度辗转流入底,多译些印度底故事,对于研究中国民俗学必定很有帮助;二来是因为今年春间芝子问我要小说看,我自己许久没动笔了,一时也写不了许多,不如就用两三个月底工夫译述一二十段故事来给她看,更能使她满足。(许地山:《译叙》,Lal Behari Day 原著,许地山译述:《孟加拉民间故事》,上海:商务印书馆,1929 年)

4 月 27 日,参加燕大宗教学院教授会议,讨论各项院务。(《宗教学院教授第 20 次会议记录》,1928 年,燕京大学档案 YJ1931023,北京大学档案馆藏)

5 月 4 日,参加燕大宗教学院教授会议,讨论本科生宗教课程的时间安排等院务。(《宗教学院教授第 20 次会议记录》,1928 年,燕京大学档案 YJ1931023,北京大学档案馆藏)

6 月 1 日,参加燕大宗教学院教授会议。(《宗教学院第 24 次教授会议记录》,1928 年,燕京大学档案 YJ1931023,北京大学档案馆藏)

6 月 6 日,在朗润园为《孟加拉民间故事》作《译叙》。1930 年易名后刊《民俗》。

6 月,《摩尼之二宗三际论》,刊《燕京学报》第 3 期。文末云:"这篇文字不能算是个人研究结果。大部分是从欧美学者底著作撮译出来底。"

同月,《无法投递之邮件》单行本由北京文化学社出版。除新增的《弁言》外,在此前连载于《燕大周刊》的 11 封信的基础上增加了 6 封,共 17 封。许地山曾请张鸣琦设计封面,但未被出版方采用。同时许地山也请张鸣琦设计一套卧房家具上用的浮雕的花纹,以为与周俟松结婚的准备。

> 以后才听到人说,许先生就要续弦了。又过了不久,他把我找了去,叫我给他底《无法投递之邮件》画封面,并叫我为他设计一套卧房家具上用的浮雕的花纹。他说这套家具是他结婚时摆的,他底未婚太太底名子[字]有"松"字有"芝"字,所以最好应用松树和灵芝来作图案。过几天,我把封面和图案派人送了去,结果是封面未被"古城书社"采用,而家具却都被刻上我所设计的花纹。(张鸣琦:《我与许地山先生》)

7 月,为《达衷集》写作《弁言》。

夏,为李安宅校阅马林诺夫斯基所著《两性社会学》译文,给予意见和帮助。

> 翻译的工作已在一九二八年夏间告竣,经到许地山教授逐句校阅一过,并于中国相关之点指明印证与类比的情形,以便译者附加按语,更要特别志谢。(李安宅:《译者序》,马林糯斯基原著,李安宅译述,许地山、吴文藻校定:《两性社会学:母系社会与父系社会底比较》,上海:商务印书馆,1937 年)

8 月中旬—9 月,与燕京大学社会学系学生吴高梓、边燮清,在福州万寿桥附近和三县一带调查当地蜑民的生活。南下期间途经上海,与周俟松重逢。

> 这次福州蜑民调查的动机起于燕京大学社会学系。至于促进这种工作的实现,

要归功于燕京大学许地山教授。许先生本来的计划是要调查福州的畲民,不幸我们到福州之后才知道:福州畲民所居住的地方,北岭,土匪出没无常,调查的工作无法进行。后来许先生主张改为现在这个福州蜑民的调查。(吴高梓:《福州蜑民调查》,《社会学界》1930年6月第4卷)

> 隔年他带领学生去上海等处调查疍[蜑]民生活,我暑假回上海,久隔重逢,感情更益深厚。我们回北京并未同船,他处事都是很严谨的。(周俟松:《回忆许地山》)

9月,返校。居燕京大学朗润园甲20号。[《燕京大学教职员学生名录(1928—29)》,1928年10月,燕京大学档案YJ1928020,北京大学档案馆藏]本学年仍任燕大宗教学院宗教史副教授。

在社会学及社会服务系开设课程及简介如下:

> 社会原始与社会演化:人类起源与文化发展概观,及对社会进化原理的批判研究。
>
> 原始文化(Primitive Culture):具体研究几种原始社会组织,及有关文化的起源、发展与传播的各家学说。
>
> 原始宗教:具体研究植物与动物的万物有灵论、祖先崇拜、图腾崇拜、神话,以及人们的道德和宗教观念在广泛不同的宗教中的发展。
>
> 社会人类学方法论:社会习俗、宗教、艺术、神话等领域的人类学研究方法。[《社会学及社会服务系课程一览(1928—29)》,1928年7月,燕京大学档案YJ1928019,北京大学档案馆藏]

仍在国文学系开设"梵文初步""梵文选读""佛教文学"等课程。[《燕京大学本科课程一览(1928—29)》,1928年,燕京大学档案YJ1928019,北京大学档案馆藏]

兼职任教于清华学校社会人类学系。(《国立清华学校之新设施》,《申报》1928年11月9日)该校史学系学生罗香林记述许授课情形云:

> 去年我曾听许地山先生(落花生)演讲人类学,他出了好几个题目叫人去做,第一个是"中国妇人的髻",第二个是"骂的研究",第三个是"中国人的葬"。大家看了,都说"髻"一题目太小,没什么好做,然而他那先生独说那个题目牵动最大。当时大家均以为怪,后来经过他的解释,才知道原来"髻"一题目,做起来实在是有其天地的。(罗香林:《关于〈民俗〉的平常话》,《民俗周刊》1929年10月9日第81期)

9月22日,参加宗教学院教授会议。讨论改进图书馆的方法和请求校长为《真理与生命》拨款事。(《宗教学院教授会议记录》,1928年,燕京大学档案YJ1928002,北京大学档案馆藏)

10月15日,《真理与生命》第3卷第11期出版并做改革,"编辑"分为"编辑员"和"撰述员",许地山和李荣芳、李麐生、彭彼得等人由前者转为后者,不再算作编辑部成员。(《编辑者言》,《真理与生命》第3卷第11期)

10月28日,在马鉴宅,与沈尹默、沈士远、钱玄同等人为吴雷川饯行。

> 与劭西雇一汽车至马家,十个人公饯吴雷川。1.季明、2.黄子通、3.容希白、4.许地山、5.郭绍虞、6.沈尹默、7.沈士远、8.谢冰心未到、9.我、10.黎。[杨天石主编《钱玄同日记(整理本)》,北京大学出版社,2014年,第727页]

约10月,与陈垣、容庚、冯友兰等共四名教授被举为南京国立中央研究院会员,与黄嵩圃等同事。(《教职员消息》,《燕京大学校刊》1928年10月12日第5期;黄嵩圃:《读完〈扶箕迷信底研究〉之后》,《宇宙风》1941年9月1日第122期)

11月10日,小说《在费总理底客厅里》,辑译《欧美名人底爱恋生活(卢梭)》,俱刊《小说月报》第19卷第11号。

约11月,燕京大学国文学会成员大选,冰心任主席,许地山、沈士远、黄子通、郭灿然等当选为委员。(《国文学会之大选》,《燕大月刊副镌》,1928年12月4日第4期)

11月,为准备来年九月的开学典礼,燕大筹备委员会特设"招待委员会""秩序委员会"两附属会。许地山与刘廷芳、夏尔孟任"秩序委员会"委员,司徒雷登任主席。(《校务纪闻》,《燕京大学校刊》1928年11月23日第11期)

12月10日,辑译《欧美名人底爱恋生活(济慈)》,刊《小说月报》第19卷第12号。

12月22日,《东归闲话(一):书虫》,刊《清华周刊》第30卷第7期。

12月,"国语统一会"改组为"国语统一筹备委员会",吴稚晖任主席,部聘委员凡三十一人,许地山列名其中。其余有蔡元培、张一麐、李石曾、钱玄同、黎锦熙、周作人、魏建功、沈兼士、赵元任等。(黎锦熙:《国语运动史纲》,商务印书馆,1934年,第191—193页)

是年,谢剑文著《快乐与人生》出版,此书曾经许地山、周作人、冯友兰之校阅。(谢剑文:《〈快乐与人生〉序》,《快乐与人生》,良友图书印刷公司,1928年)

1929年己巳　民国十八年　三十五岁

年初,在燕大教育学系美国籍女教授包贵思(Grace M. Boynton)朗润园的家中集中,宣布与周俟松订婚,冰心宣读中文贺词,李瑾等招待来宾。

> 我和许地山经过一些时间的过往和了解,1929年在燕大美籍女教授包贵思(Grace Boynton)的建议下举行定婚仪式,就在燕大宿舍朗润园包贵思家里集会。由谢冰心教授致祝词,李瑾等热情招待来宾,我与许地山致谢词,茶点后大家欢乐地歌舞,极一时之盛。(周俟松:《许地山教授在燕京大学》,燕大文史资料委员会编《燕大文史资料》第三辑,北京:北京大学出版社,1990年)

约1月,在燕大社会学会主持婚姻问题讨论会,在燕大内引发了热烈的讨论。

> 终身大事讨论会第二次大会:上次许地山先生主领之婚姻问题讨论会,参加讨论者很多;惟因既系与终身大事有关,一时颇难使大家有同意之结果,闻届时辩论甚剧,今应许多关心终身大事者之请求,特于八日午后四时半在丙楼开第二次讨论大会……(《社会学会》,《燕大月刊副镌》1929年1月9日第15期)

1月5日,《东归闲话(二):牛津的故事》,刊《清华周刊》第30卷第9期。①

1月6日,参加凡社集会,周作人、郭绍虞、邓以蛰、张凤举、废名等同席。

> 上午十二时凡社集会,并招地山、绍虞、叔存、凤举等人。废名亦来。下午均去。[《周作人日记(中册)》,第576页]

---

① "东归闲话"系列散文似未写完,仅发表两部分。第一部分的手稿由罗香林保存,后来罗将其发表于《工商日报》。[万方(罗香林):《许地山与香港的读书风气》,《工商日报》1950年2月2,3日]

1月21日，因有学生提出反对必修科之意见，燕京大学召开特别教务会议，指派许地山、胡经甫、周学章、李炳华、桑美德、倪逢吉、夏仁德等七人组成委员会，对此进行详细调查。(《特别校务会议》，1927年，燕京大学档案YJ1927003，北京大学档案馆藏)

2月24日，下午四时，与其他在北平的毕业燕大校友，借北海董事会开联欢会。会上宣布成立"燕大同学会"，由1920年起毕业的燕大生组成。许地山与熊佛西、瞿世英、谢景升、冯日昌、李勖刚、王敏仪、焦菊隐、张菊英等共九人当选为执行委员。(《燕大同学会成立》，《燕京大学校刊》1929年3月8日第23期；《燕大毕业生同学会正式成立》，《燕大月刊副镌》1929年2月3日第1期)

3月6日，参加燕大宗教学院教授会议。王克私报告图书馆委员会已同意将部分图书馆资金用于购买关于中国基督教史的书籍。(《宗教学院教授会议记录》，1929年，燕京大学档案YJ1929013，北京大学档案馆藏)

同日，午与容庚谈，告其辑古斋有唐画佛像四幅。

> 午闻许地山言，辑古斋有唐画佛像四幅，遂往观之，索价一千六百元。(《容庚北平日记》，第174页)

3月25日，参加燕大宗教学院教授会议。刘廷芳报告，校长吴雷川已上书请求将宗教学院作为宗教的义务研究机构，而不必获得政府的承认；并建议将宗教学系作为一个只开课而无学生主修的系保留下来。教职员就此议题进行了讨论。(《宗教学院教授会议记录》，1929年，燕京大学档案YJ1929013，北京大学档案馆藏)

3月27日，参加燕大宗教学院教授会议。讨论拟定的课程列表等事。(《宗教学院教授会议记录》，1929年，燕京大学档案YJ1929013，北京大学档案馆藏)

春，受清华大学图书馆刘廷藩和燕大图书馆主任田洪都嘱托，为图书馆编大藏经细目，遂将工作扩大为编写《佛藏子目引得》。后为洪业纳入其主持的"哈佛燕京学社汉学引得"项目，加入引得编纂处工作。(许地山：《〈佛藏子目引得〉弁言》，《佛藏子目引得》，引得编纂处，1933年)

5月1日，与周俟松结婚，为纪念文学研究会的创立，选在中央公园来今雨轩举行婚礼宴客。蔡元培、陈垣、熊佛西、朱君允、田汉等友人到场祝贺。

> 你建议在公园来今雨轩举行婚礼，为纪念我同郑振铎等十二人创办文学研究会成立大会的所在。那些参加祝贺的朋友亲戚们如蔡子民、陈援庵、熊佛西、朱君允和田汉、周作人等如仍在北京，有空去拜访拜访他们，也代我向他们致意。[许地山：《旅印家书(十六)》]①

> 他结婚那天，好像比六姨矮一头。六姨穿的是当时时兴的短旗袍，长只到膝头，缎面，米黄，有细花纹。许先生穿长袍。几个男宾，田汉、熊佛西穿中山装。有一位穿军装的初到北京北伐军官。逗我玩，问我想不想当军人，还说要送我一匹小白马。新房在周家两进庭园的后一进三间，后窗临后园，有一个日本八角木屋，有些丁香枣树，很富野趣。(桑简流：《怀念落华生》)

周大烈友人姚茫父赠画幅为贺。

---

① 据《燕京大学校刊》1929年5月10日(星期五)第31期："许地山先生业于上星期三日与周女士在平结婚。"可知婚期在是年5月1日。查周作人此日日记，未提到当日参加了许地山婚礼，故周作人出席与否存疑。

在我与许地山结婚时(1928年)得赠一幅,十分珍爱。① 茫父先生因体胖而中风残左臂,注"残臂作"。[《许地山夫人周俟松忆茫老》,中国人民政治协商会议贵州省贵阳市委员会文史资料研究委员会编《贵阳文史资料选辑(第十八辑)》,1986年,第37页]

此后每年五月一日,常约友人聚餐,以为纪念。(朱君允:《追念地山》)

为照顾年老多病的岳父,两人婚后即搬入北京石驸马大街八十四号周宅,与周大烈同住。(周俟松:《回忆许地山》)

6月1日,在艺术学院戏剧系所作讲演《印度戏剧之理想与动作》,由尚达笔记后经许地山修改,刊《戏剧与文艺》第1卷第2期。

7月27日,北平基督教青年会欢迎美国大学学生教授游历团来平,与瞿世英、何海秋、刘竹君等出席欢迎会。(《青年会招待美国大学游历团》,北平《益世报》1929年7月28日)

8月19日,与周俟松一同参加北戴河海滨公益会成立十一周年纪念会,期间在金沙嘴海滩留影。(《北洋画报》1929年9月10日第369期)

8月,购入克劳福德·豪厄尔(Crawford Howell)原著,宇野圆空、赤松智城共译的日译本《宗教史概论(上卷)》(Introduction to the History of Religions)。[冯锦荣:《许地山(1893—1941)与世界宗教史研究——以许氏旧藏书中有关摩尼教研究文献为中心》]②

9月9日,与周俟松同至北京陶然亭石评梅墓拜谒,作《己巳重九日暮与芝子同拜评梅墓》诗。次年刊天津《益世报副刊》。

9月,燕京大学开学。本学年仍任宗教学院副教授。与傅希德、费闱臣、谢景升、博晨光任燕京大学出版委员会委员,主席为刘廷芳。(《本校委员会名单》,《燕京大学校刊》1929年9月13日第2卷第1期)

在宗教学院开设"比较宗教学""中国宗教思想史"等课程。[《燕京大学宗教学院简章(1929—30)》,1929年6月,燕京大学档案YJ1929022,北京大学档案馆藏]

在国文学系除仍授"梵文初步""梵文选读"外,加授"佛教文学"(Buddhist Literature),"选授中国历代佛教关于文学之作品"。

在宗教学系开设"原始宗教"、"比较宗教学"(Comparative Religions)、"儒教与道教"(Confucianism and Taoism)等课程。[《私立燕京大学文学院课程一览(1929—30)》,1929年,燕京大学档案YJ1929022,北京大学档案馆藏]

在社会学系开设"社会人类学详论":

> 对于原始文化再为高深之研究,并就下列各种题目选择其一详加讨论:原始社会组织、原始道德及法律野乘及鬼神论、原始宗教、原始艺术及原始心智。[《私立燕京大学应用社会科学学院课程一览(1929—30)》,1929年,燕京大学档案YJ1929022,北京大学档案馆藏]

---

① 此处年份记忆有误。
② 冯锦荣推测,或在同一时期,许地山也购入了加藤玄智所著《通俗东西比较宗教史》。在许氏的藏书中,还有麦克思·缪勒(Max Muller)原著,南条文雄译的日译本《比较宗教学》。[冯锦荣:《许地山(1893—1941)与世界宗教史研究——以许氏旧藏书中有关摩尼教研究文献为中心》]

10月9日,午司徒雷登招宴,与陈垣、郭绍虞、吴雷川、容庚、刘廷芳、博晨光、张星烺、马鉴、王克私、吴此、黄子通、顾颉刚等燕大同事同席。

> 今午同席:援庵先生　绍虞　雷川先生　希白　刘廷芳　博晨光　许地山　亮丞　季明　王克私　吴此　子通　予(以上客)　司徒雷登(主)(《顾颉刚日记》第二卷,第331页)

10月25日,《什么是回教》,许地山讲,历阳记,刊《清华周刊》第32卷第2期。

11月8日,晚陈垣、博晨光、刘廷芳招宴,与吴此、福开森、刚和泰、陈寅恪、赵元任、马衡、容庚、丁祖荫、郭绍虞、黄子通、田洪都、朱希祖、马鉴、顾颉刚等同席。

> 今晚同席:吴此　福开森　刚和泰　寅恪　元任　叔平　希白　芝孙　地山　绍虞　子通　田洪都　朱希祖　季明　予(以上客)　援庵　博晨光　刘庭芳(以上主)(《顾颉刚日记》第二卷,第341页)

11月10日,在协和礼堂讲演"道家人生观之要点",为协和医院所举行的"人生哲学讲演周"活动之一部分。(《许地山讲道家人生观之要点》,《华北日报》1929年11月8日)

11月1日,天津《益世报》自是日起增添副刊,许地山与冰心、周作人、许仕廉、熊佛西、刘廷芳、黄子通、徐祖正、陆志韦、杨宗翰、潘昌煦、江绍原等十二人为特约编辑、担任撰者。(《天津益世报增加副刊启事》,北平《益世报》1929年11月19日)

11月14日,午受邀至冰心处便饭,周作人同席。

> 午冰心邀去便饭,地山亦来。[《周作人日记(中册)》,第734页]

11月30日,周作人得许地山信。[《周作人日记(中册)》,第742页]

11月,译作《孟加拉民间故事》由商务印书馆出版。

同月,国立北平研究院史学研究会成立(后于1936年改为研究所),(《国立北平研究院概况》,国立北平研究院总办事处编印)许地山后被吸收为会员,其他成员有朱希祖、沈尹默、马衡、陈垣等人。(《国立北平研究院职员》,《国立北平研究院第六年工作报告》①

同月,燕京大学国学研究所成立,陈垣为所长,许地山任导师研究员、学术委员会当然委员,与顾颉刚、容庚、黄子通、郭绍虞、张星烺等同事。(《本校国学研究所学则》,《燕京大学校刊》1929年12月13日第2卷第14期)

12月12、13、16、17、18、19、20、23日,《近三百年来印度文学概观》,连载于天津《益世报副刊》第25—32期。

12月24日,应法学院青年会之邀,晚七时半在李阁老胡同法学院第三院作题为"道佛耶三教之异同"的演讲。(《许地山今晚讲"道佛之异同"》,《华北日报》1929年12月24日)

12月28日,周作人致信许地山。[《周作人日记(中册)》,第753页]

12月29日,午赴同和居许仕廉招宴,与徐耀辰、周作人、黄子通、郭绍虞等同席。

> 上午十一时耀辰来。午同往同和居,许仕廉为主,来者子通、绍虞、佛西、地山共七人。[《周作人日记(中册)》,第754页]

---

① 即《国立北平研究院院务汇报》第6卷第5期。

12月,《燕京大学校址小史》,刊《燕京学报》第6期,"校刊落成纪念专号"。

1930年庚午 民国十九年 三十六岁

1月1日,受许地山之托,周作人致函东京书店。

> 为地山寄信给东京书店。[《周作人日记(下册)》,第2页]

1月12日,赴中海词典编纂处,参加国语统一会委员会第一次年会。主席吴稚晖,委员钱玄同、黎锦熙、沈颐、朱造五、魏建功、曾彝进、孙世庆、赵元任、白镇瀛、钱稻孙、萧瑜、伊齐贤、高全瑞、刘复等与会,讨论各项提案。(天津《大公报》1930年1月13日)

1月18、20、21、22、23日,在北大哲学系同学会讲演之讲词《古代印度哲学与古代希腊哲学之比较》,刊《北大日刊》第2333—2337号。全文于是年8月刊《哲学评论》第3卷第3期。

1月19日,至同和居赴周作人与徐耀辰所请午宴,另有黄子通、冯友兰、熊佛西、郭绍虞、俞平伯、陈逵等在座,席上共九人。

> 午往同和居,与耀辰共宴子通、芝生、佛西、绍虞、地山、平伯、弼猷等共九人。[《周作人日记(下册)》,郑州:大象出版社,1996年,第9页]

2月26日,《己巳重九日暮与芝子同拜评梅墓》,刊天津《益世报副刊》第74期。

3月2日,与熊佛西在会贤堂宴请周作人、许仕廉、冯友兰、俞平伯、陈逵等人。

> 午往会贤堂,佛西、地山为主,来者仕廉、芝生、平伯、弼猷。等共七人[《周作人日记(下册)》,第26—27页]

3月5日,午黄子通设宴,与吴雷川、陈垣等燕大同事同席。

> 到子通处,应宴,并开学术会议。
> 今午同席:吴校长 陈援庵 刘庭芳 博晨光 许地山 王克私 予(以上客) 黄子通(主)(《顾颉刚日记》第二卷,第381—382页)

同日,译文《文明底将来》,印度罗达克里斯南(S. Radhakrishwm)作,刊天津《益世报副刊》第79期。

3月7、10、11日,译文《从现代文明所产生消极底结果》,印度罗达克里斯南作,刊天津《益世报副刊》第81—83期。

3月14、17日,译文《将来文明底问题》,印度罗达克里斯南作,刊天津《益世报副刊》第86、87期。

3月20、21、24、25、26、27日,译文《文明底改造》,印度罗达克里斯南作,刊天津《益世报副刊》第90—95期。

4月6日,午赴会贤堂凡社聚餐。

> 午往会贤堂,凡社聚食。到佛西、仕廉、子通、绍虞、地山、平伯共七人。[《周作人日记(下册)》,第42页]

4月18日,在燕大学术会议上演讲,谈梵汉本《掌中论》。

> 与士嘉同至会议室,听亮丞先生讲林凤,地山讲掌中论。(《顾颉刚日记》第二卷,第393页)

三次学术会议演讲总计：
……
第二次　张亮尘先生　南洋殖民者林凤
　　　　许地山先生　掌中论（梵汉本）（《顾颉刚日记》第二卷，第399页）

4月23日，《孟加拉民间故事研究》，刊《民俗》第109期。

5月17日，在基督教青年会发表题为"宗教的妇女观"的演讲，讲词于5月19、20日刊《京报》。（《宗教的妇女观：佛鄙女 回多妻 耶重女》，《京报》1930年5月19、20日）经增补后，1931年刊《北大学生》。

5月24、28日，《文化与民彝》，刊天津《益世报副刊》第134、135期。

5月25日，往北海仿膳参加凡社聚会，熊佛西、陈逵、俞平伯、徐耀辰、周作人出席。

午往北海仿膳，赴凡社之会。到者佛西、弱兽、地山、平伯、耀辰共六人三时散[《周作人日记（下册）》，第66页]

5月31日，"北平小剧院"于中央公园开成立大会，推举赵元任为董事长，陈衡哲为副董事长，许地山、叶公超等任董事，熊佛西为董事会秘书兼小剧院副院长，余上沅为正院长等。该院"以具体地努力于小剧院运动，促成现代戏剧之发展为宗旨"，"北大、燕大、清华各校之有名教授亦多加入赞助"。（天津《大公报》1930年6月7日）

7月29日，顾颉刚来访。（《顾颉刚日记》第二卷，第424页）

8月2日，因容庚母丧，与吴雷川、陈垣、黄子通等燕大同事共赙二十元。

吴雷川、陈垣、黄子通、刘廷芳、冯友兰、顾颉刚、郭绍虞、张星烺、马季明、许地山共来赙敬式拾元。（《容庚北平日记》，第202页）

8月31日，周作人致信许地山。[《周作人日记（下册）》，第111页]

8月，购入弗雷泽《火起源的神话》（Myth of the Origin of Fire）一书。[冯锦荣：《弗雷泽（James George Frazer, 1854—1941）与许地山（1893—1941）——以〈扶箕迷信底研究〉为例》]

9月，燕京大学秋季学期开学。该学年，任该校宗教学院宗教史副教授，国学研究所研究员、导师。[《燕京大学教职员学生名录（1930—31）》，1930年10月，燕京大学档案YJ1930023，北京大学档案馆藏]

在宗教学院仍开设"原始宗教""比较宗教学""儒教与道教"等课程，又与赵紫宸、柏基根合开"宗教诗歌"（The Poetry of Religion）。

在国文学系仍开设"梵文初步""梵文选读""佛教文学"等课程。

在社会学系仍开设"原始社会"课程。[《燕京大学文学院课程一览（1930—31）》，《燕京大学法学院简章》，1930年10月，燕京大学档案YJ1930023，北京大学档案馆藏]

在历史系讲授"民俗学与历史"。叶国庆回忆：

民俗学在当时算是新学科，作为分析或辨别历史资料的引导。许地山师讲民俗学没有采用课本，也没有印发讲义，他上台讲课，我们作笔记。（我的笔记计有两本，可惜在"文革"中被搜去。）许老师当时所讲，现今只记得零碎。古代史册所谓"四夷"含有多样的名称，如苗、蛮、闽、戎、匈奴、狄、氐、夷越……等等，而许地山师说："归纳起来，住在南方的，可以说是M族，住在西方的是H族，住北方是T族，住东方的是 E 族。"他是从语音来分析划类的。还有,古代的学校,在帝都的大学称为"辟",诸候[侯]的大学称为"頖宫"(頖宫这样大学,前面为池水所包围)。许地山师说,这是模仿"湖上居"的建筑而发展起来的。听他讲课,学生敬佩其博学通义。(叶国庆:《忆许地山师在燕大》,中国人民政治协商会议福建省漳州市委员会文史资料委员会编《漳州文史资料》第 18 辑,1993 年)

除课堂讲授以外,还带学生进行实地调查,成为教学惯例。据 1930 年入燕京大学研究院就读的黄石(黄华节)回忆:

> 他有个惯例,每学年,一定带领上他的课的学生,到值得考察的地方去,叫他们用眼睛代替耳朵去求学识。记得我受业的第一个学期,他领我们到社稷坛、天坛、日月坛、太庙和寿皇殿,叫我们细心放眼观看,他无不如数家珍扼要作答。第二个学期领我们钻入人山人海的雍和宫,去观察喇嘛"打鬼"。(黄华节:《我所认识的许地山先生》,《燕大校友通讯》1967 年 10 月 15 日)

兼职在清华大学哲学系、北京大学哲学系等北平高校任讲师。[《国立清华大学十九年度教职员一览表》,第 7 页;《国立北京大学职员录》,《北京大学史料第二卷(1912—1937)》,第 369 页]

9 月 19 日,访周作人。[《周作人日记(下册)》,第 121 页]

9 月 27 日,中午在熊佛西宅凡社聚餐,周作人、俞平伯、徐耀辰、冯友兰、黄子通、许仕廉等同席。

> 午至佛西处,凡社聚餐会。来者地山、平伯、耀辰、芝生、子通、仕廉共八人。[《周作人日记(下册)》,第 125 页]

9 月 30 日,欲为燕大国学研究所撰《燕京校园考》,在《燕京大学校刊》登文寻求与芍园有关的材料。(《燕京校园考》,《燕京大学校刊》1930 年 9 月 30 日第 3 卷第 4 期)

10 月 2 日,周作人得许地山信。[《周作人日记(下册)》,第 127 页]

10 月,所著《印度文学》由商务印书馆出版,收入王云五主编"万有文库"第一集。

12 月,张虹君译,麦利恒(C. E. Merriam)等著《近世政治思想史》出版,许地山与黄子通、陆志韦、冯友兰等曾为此书作校阅。(张虹君:《译者自序》,《近世政治思想史》,麦利恒、鲍尔思等著,张虹君译,商务印书馆,1930 年)

是年,得全希贤帮助,作成《燕京大学校址考》,刊《燕大年刊》。后又为 1936 年 9 月 1 日燕京大学学生自治会新同学招待委员会出版的《迎新特刊》转载。

是年,燕大学生李瑾译苏德曼(S. Sudermann)所作剧本《故乡》出版。许地山和冰心、陈慧等先后为作校改。(李瑾:《译序》,苏德曼原著,李瑾译:《故乡》,基督教女青年会全国协会编辑部,1930 年)

约是年,在北京大学发表关于民俗学的讲演。时在辅仁中学读书的岑家梧听讲后渐与许地山相识,受其指引,对民俗学、人类学有了初步认识。

> 我生长在海南岛的农村,幼时听人说过黎人的故事。在北京做中学生的时期,偶然到北大听许地山先生的公开演讲,他讲的是民俗学,我一面听,一面回想自己乡间的风俗和黎人的故事,觉得非常有趣,对许先生的学问十分敬佩。后来终于认识了许先生,几次谈话中,他介绍我看了一些书。人类学,这门在中国极其生疏的学

问,那时在我总算有点认识了。(岑家梧:《人类学研究的自我批判》,《光明日报·学术》1951年1月27日)

约是年,黎锦明常来拜访。

>1929年底,他又来到北京,经长兄黎锦熙介绍,任北平中国大学讲师,讲授文学概论及欧洲文学纲要。……因为公开宣传马克思主义理论,引起学校训育处的强烈不满,只授课一学期,他便离开中国大学前往保定河北大学任教,开始任讲师,后来升任教授。在这段时期内,他曾多次往北平石附马大街拜访在燕京大学宗教学院任教的许地山,在他的影响下,黎锦明也写了一些崇虚无、讲佛理的作品。(康咏秋:《黎锦明传》,《新文学史料》2000年第2期)

是年,燕京大学所办基督教灵修刊物《紫晶》创刊,刘廷芳任主编,舒又谦为经理,许地山与谢景升、邹玉阶、王书生任编辑。(《紫晶》1930年第1期)

1931年辛未　民国二十年　三十七岁

1月10日,译作《乐圣裴德芬的恋爱故事(二)》①,译泰戈尔诗《主人,把我底琵琶拿去吧》,俱刊《小说月报》第22卷第1号。

2月3—6日,小说《法眼》,连载于《北平晨报·北晨学园》第32—35号。

2月11日,《我底名字》,泰戈尔原著,许地山译,刊《北平晨报·北晨学园》第37号。

2月12日,顾颉刚来送文稿。

>到容宅取地山文稿,即送地山处。(《顾颉刚日记》第二卷,第494页)

2月27—28日,小说《街头巷尾之伦理》,连载于《北平晨报·北晨学园》第46—47号。

3月1日,《宗教底妇女观——以佛教底态度为主》,刊《北大学生》第1卷第4期。

3月14日,晚八时,赴天津东马路基督教青年会演讲。(《青年会主办学术讲演会》,天津《大公报》1931年3月14日)

是年,常伴岳父周大烈及家人游览北平名胜。周大烈作诗记之,诗集中录有三首如下:

>层层寺北田,种杏数村妍。花发看今日,蜂喧到几年。春朋嬉战后,野食坐林前。亦自成饥饱,舆夫共小眠。(《同林宰平陈仲恕叔通昆季刘放园卓君庸竹垚生许塪地山由大觉寺至管家岭看杏花》)

>破瓦才遮殿,扶危与汝登。历阶予已病,向揭佛难兴。来去未曾碍,纷纭何所憎,暂游还暂息,不必唤庵僧。(《同许塪地山观卧佛》)

>笑入东西天畔门,登台攀塔塔犹尊。初知一佛肌骸散,更有千悲舍利存。屡舞樽盘身欲病,逢辰儿女气才温。长河渐渐孤声起,日夕奔遄到海浑。(《九日携六塪许地山暨七女铭洗登石景山天空禅院塔台》,《夕红楼诗续集》,民国廿三年四月北平文岚簃铅印本)

---

① 此文之前尚有《乐圣裴德芬的恋爱故事(一)》一文,译者署名"梦印",篇尾附注云:"本文所述裴德芬的事迹,根据木村省三的遗稿《乐圣及其爱人》。"

3月18—21日,小说《三博士》,连载于《北平晨报·北晨学园》第57—60号。

约4月,子周苓仲出生于北平协和医院。① 应岳父周大烈的要求,从母姓。② 大哥许赞书来函表示异议。

> 他(按:指许赞书)对弟妹十分严厉,不苟言笑的。记得我过继给外祖父姓周,他还写信来说,爸爸是新人物呢。(意思是说爸爸不应当这样做。)(落华生著,周苓仲续:《我底童年》,第35页)

4月,《达衷集:鸦片战争前中英交涉史料》由商务印书馆出版。

5月,弗兰柔(James George Frazer,今通译"弗雷泽")原著、李安宅译述《交感巫术的心理学》由商务印书馆出版,许地山为本书作校订。③

6月3日,作为委员参加张立志硕士口试。

> 作张立志硕士口试委员。
> 今日同试委员:陈援庵　张孟劬　许地山　博晨光　黄子通　予(《顾颉刚日记》第二卷,第533页)

6月7日,赴华北居士林听奥地利僧人照空题为"我为什么作佛教和尚"之讲演。(天津《大公报》1931年6月8日)

6月10日,小说《归途》,刊《小说月报》第22卷第6号。

6月25日,国立北平图书馆新馆举行落成典礼,许地山赠送该馆铜版画片二幅,《葵奠轩丸散真方汇录》《夕红楼诗集》各一部以为祝贺。[国立北平图书馆编《国立北平图书馆馆务报告(民国十九年七月至二十一年六月)》,第8、50页]

6月,《陈那以前中观派与瑜伽派之因明》,刊《燕京学报》第9期。

7月18日,发表题为"印度戏剧"之演讲,为北平小剧院所举行的公开演讲活动的第六次。讲词略记《印度的戏剧》刊《北平晨报·剧刊》7月19日第30期。

8月14日,午郭绍虞夫妇设宴,与朱自清夫妇、冯友兰夫妇、顾颉刚夫妇同席。

> 今午同席:朱佩弦夫妇　冯芝生夫妇　予夫妇　许地山(以上客)　郭绍虞夫妇(主)(《顾颉刚日记》第二卷,第553页)

夏,李镜池离京回南,为送行。

> 民国二十年,夏天,我回南方,先一天我去辞行,第二天他一早饭还未吃就跑到

---

① 冰心回忆:"我是在1931年2月6日在北京协和医院生了我的儿子吴平,侯松大姐也在两个月后也在协和医院生了儿子苓仲,并住在我住过的那号病室!"(冰心:《追念许地山先生》,《许地山研究集》)

② 许燕吉回忆:"但他(按:指周大烈)仍信奉'不孝有三,无后为大',连生七女竟无一男。这成了他的心病。……于是他就宣布了一条:凡娶他女儿的,必须承诺长子姓周。外祖父的愿望在五女儿和六女儿(我母亲)身上实现了。"(许燕吉:《我是落花生的女儿》,湖南人民出版社,2013年,第3页)周俟松则谓:"当我们的头一个儿子,也是唯一的独子出生时,我父亲给他取名周苓仲,因为我们周家只有女儿无儿子,所以希望这个孩子姓周。地山全家都不同意这样做,地山笑着说:'姓周姓许有什么关系,反正是我的儿子,何必一定要姓许传宗接代!'"(周俟松:《回忆许地山》)

③ 李焯然说:"1926年,一个燕京大学社会学系的毕业生李安宅,把《金枝》这本书翻译成中文,当时的书名为《交感巫术的心理学》,书后特别提到译本是许地山帮他校订的,所以我们可能相信是许地山鼓励他把这本书翻译出来,并在1931年交上海商务印书馆出版。"(李焯然:《书山有路——许地山的藏书及其宗教研究》)然此书并无后记,许地山为校订者见版权页。

车站来送行。等了许久,车还未来。他一直陪着我和家人说说笑笑,待了一两点钟。等到我们车开了,他才回去,他待人接物那种诚恳的心,我是永远不能忘了。(李镜池:《吾师许地山先生》)

9月,燕京大学开学。本学年任燕京大学宗教学院副教授,国学研究所、历史学系教授。[《燕大教职员学生名录(1931—32)》,1931年11月,燕京大学档案YJ1931020,北京大学档案馆藏]

在历史学系开设课程及简介如下:

中国民众社会史(Social History of the Chinese People):对衣、食、住、行、宗教和礼仪等方面之变迁作历史的研究。

道教史(History of Taoism):道教在中国的发展概况,着重对"道传"作系统之研究。①

佛教史(History of Buddhism):印度佛教之兴起及其在中国、东亚之流播。

在哲学系开设课程及简介如下:

印度哲学:对印度哲学主要流派及其发展的系列讲授。

佛教哲学:试以现代逻辑和形而上学阐述佛教哲学。

在宗教学系开设"原始宗教""儒教与道教"课;在社会学及社会服务系开设"原始社会""社会学人类学研讨班"等课程。(《燕京大学文学院简章》,1931年7月;《燕京大学法学院简章》,1931年8月,燕京大学档案YJ1931019,北京大学档案馆藏)

因开设道教史课程,以日本学者的著作为教学参考,写成《道教史讲义》,但仍感不满,开始独立进行《道教史》的编写。

在燕大教道教史时,以日人著作为参考,而不满于日人以佛教材料讲道教,但道藏书多,一时又不能整理出来,先编此册,为"道教前史",述道家及预备道教的种种法术。[李镜池:《吾师许地山先生(续)》,《宇宙风》1941年9月16日第123期]

道教史讲义——这是在燕京大学讲"道教史"时所编底讲义。内容是以日人妻木直良《道教之研究》,津田左右吉《道家思想及其开展》,常盘大定《支那江於汁为佛教儒教道教[支那に於ける仏教と儒教道教]》等书编译而成。(李镜池:《许地山先生与道教研究》,《追悼许地山先生纪念特刊》)

在编著《道教史》的过程中,陆续编写出《道藏子目通检》《云笈七签校异》《道教辞典》《道教编年》《道书源流考》等书。(李镜池:《许地山先生与道教研究》,《追悼许地山先生纪念特刊》)②

9月7日,郑振铎离沪北上,应燕大国文系主任郭绍虞之邀,任燕大国文学系教授,与许地山共事。(陈福康:《郑振铎年谱》,上海外语教育出版社,2017年,第443—444页)郑振铎得知许地山有写作《中国服装史》的计划,并注意到他留心于搜集和考索纽扣、厌胜钱、"喜神像"等少有人关注的琐细民俗事物。

---

① "道传"原文为"Tao Chuan",具体所指不详。
② 然此数项工作持续多年,除《道藏子目通检》以外,均未能蒇事,且都未能行世。(李镜池:《许地山先生与道教研究》)

  一九三〇年,我到北京来教书,和他共事。他有一个抱负,想写一部《中国服装史》。为了研究"纽扣"的起源,就收集了不少古画的影印本和照片,还写了很多很多的卡片资料。但似乎没有写成功什么。(郑振铎:《〈许地山选集〉序》)①

  他在北平时,常常到后门去搜集别人所不注意的东西。他有一尊元朝的木雕像,绝为隽秀,又有元代的壁画碎片几方,古朴有力。他曾经搜罗了不少"厌胜钱",预备做一部厌胜钱谱……他要研究中国服装史,这工作到今日还没有人做。为了要知道"纽扣"的起源,他细心的在查古画像。他买到了不少摊头上鲜有人过问的"喜神像",还得到许多玻璃的画片。(郑振铎:《悼许地山先生》)②

许地山于民俗、宗教、音乐、语言文字、建筑古迹、金石甲骨、图像服饰等领域皆有涉猎,其博闻强记且不避零碎的治学特点,向为时人所称述。

  凡是关于学问的事,历史也罢,掌故也罢,风俗礼教也罢,以及一切金石,器物,服装零零碎碎的东西,只要是沾上研究考据的边,无论东方的西方的,你问他罢,他都能告诉你,有记不甚清的,回头就给你查出来。(洗耳:《地山死了!——一个老友口中的许地山先生》)

  顾颉刚师昔语人:"人能博闻强记如落花生,则研究任何学问可以事半功倍。"许氏于城郊大小各寺庙庵观,皆能列举其名,至于在某街某村,历史兴废侃侃而谈,如数家珍,许道龄氏所辑《北平庙宇通检》犹恐不逮其腹笥之博。(郭邑:《许地山治宗教史较梁任公为博》,《实报》1941年8月7日)

  他读书之勤,学识之博,我所接触的学者,还无出其右。于语言文字学,他会说几种方言,懂得几国文字,特别于广东方言与国语在音韵上之变迁,颇有独到的研究。上自金石甲骨,下至方音土字以及新文字无不精通。他对宗教哲学擅长,又兼治历史考据。他尝考证汉唐以来的服装,蒐罗许多壁画,五代造像,以及唐砖女士的图形。他会弹提琴和漫兜铃;他能辨别古玉和古陶。建筑学上的名辞,砖瓦木石的制造,倘若你问到他头上来,他能源源本本地告诉你,仿佛他是个大行家,大宗师。(序之:《悲哀的回忆——悼许地山先生》)

许地山的研究范围还包括房中经和春意图等性学课题,为此搜集了各种形式的资料,并愿意供给黄石做此方面的研究。

  说到他的学术园地,当真可以说得上包罗万象,所谓"正经"学问固然不用说,连迂腐的儒者斥为秽亵的房中经和春意图,他也半公开地用功研究。……过了几天,他约我到他家里去,翻出好几本专研究性学的洋装书,法文、德文、亚拉伯文、梵文、日文的都有,还有好几套或精或粗的春意图,乃至于以春宫为辟邪护身铜钱和鼻烟壶、四折扇都有。他正襟危坐郑重说:"别以冬烘头脑和道学眼光研读这一类图书,最污秽的废物,也可以提炼最珍贵、最有益的资料,只看在如何处理而已,英国的学会和大学,都半公开刊印这类书,不过册数有限,只卖给有资格的学者学子,我就花过两镑买一本全译而且附有插图的天方夜谈原本。借助这些做参考下功夫证实你

---

① 此处年份系郑误记。
② 许地山也与刘半农讨论过对厌胜钱的收藏:"看报知道刘半农于前天逝世,他曾应许我要给我厌胜钱看,他收底也很多,恐怕他身后家里底人又卖出去。"[许地山:《旅印家书(二十五)》]

的假设罢。性毕竟是个重要课题,与食经、茶经、菜谱同等。"(黄华节:《我所认识的许地山先生》)

9月9日,与郑振铎、郭绍虞拜访顾颉刚。

> 振铎、地山、绍虞来。
> 与绍虞送地山、振铎至南门。(《顾颉刚日记》第二卷,第561页)

9月15日,燕京大学图书馆委员会召开学期首次会议,议决西文日文东方学书籍审购委员会由洪业任主席,许地山与王克私、田洪都为委员。(《图书馆委员会本学期首次会议》,《燕京大学图书馆报》1931年9月30日第14期)

9月19日,晚严既澄夫妇宴请郑振铎夫妇,许地山与许敦谷、钱玄同、黎世蘅等作陪。

> 晚严既澄夫妇宴郑西谛夫妇,我光陪,同坐者为许地山及其兄敦谷、黎子鹤。[《钱玄同日记(整理本)》,第823页]

9月,燕京大学新学年开学,任宗教学院副教授,国学研究所、历史学系教授。(《燕京大学教职员学生名录1931—1932》,第7—10页)

兼任清华大学哲学系讲师。(《国立清华大学廿周年纪念刊》,1931年,第5页)

是年,为白寿彝《朱熹辨伪书语》题写书名。

> 编这小册子的动机,是顾颉刚先生提起的。黄子通先生曾迭次催促它的完成。许地山先生给它题名字。我对三位先生敬致谢意。(白寿彝:《〈朱熹辨伪书语〉序》,《朱熹辨伪书语》,朴社,1933年)①

9—11月间,在前门遇徐志摩及梁思成、林徽因夫妇。② 未几,徐志摩于11月19日因空难逝世。

> 地山告诉我说,他最后见到志摩的一天,是在前门的拥挤的人群里。志摩和梁思成君夫妇同在着。
> "地山,我就要回南了呢。"志摩说。
> "什么时候再回到北平来?"
> 志摩悠然的带着玩笑似的态度说道:"那倒说不上。也许永不再回来了。"
> 地山复述着最后这句话时,觉得志摩的话颇有些"语谶"。(西谛:《悼志摩》,《北平晨报·北晨学园》1931年12月8日"哀悼志摩专号")

10月4日,赴陈垣招宴,与孟森、尹石公、黄节、洪业、邓之诚、马鉴、谭祖任、顾颉刚等同席。

> 到丰顺胡同谭宅赴宴。
> 今午同席:孟心史 尹石公 黄晦闻 洪煨莲 邓文如 马季明 许地山 谭瑑青 予(以上客) 陈援庵(主)[《顾颉刚日记》第二卷,第569页]

---

① 是书虽于1933年4月出版,然白寿彝自序署时为"二〇,九,一八",即1931年(民国二十年)9月18日,故暂定许地山题写书名之期约在此时。

② 徐志摩最后一次由沪抵京在此年9月17日(见徐志摩1931年10月4日致刘海粟函,《徐志摩书信集》,韩石山编,天津:天津人民出版社,2006年,第31—32页),11月11日离京南下。故此事当发生在两时点之间。

11月10日,赴刘廷芳宅晚宴,郑振铎夫妇、吴文藻夫妇、郭绍虞夫妇、陈其田、俞平伯等同席。

> 到廷芳家吃饭。
> 今晚同席:振铎夫妇 文藻夫妇 绍虞夫妇 陈其田 许地山 俞平伯 予(以上客) 廷芳夫妇及其母(主)(《顾颉刚日记》第二卷,第580页)

11月21日,午与江绍原、黄石、马鉴、田洪都、容庚、顾颉刚共七人到和顺居吃白肉。

> 出,到和顺居(即沙子锅居)吃白肉。
> 今午同席:江绍原 黄石 许地山 马季明 田洪都 容希白 予。七人吃去三元许,已甚饱矣。(《顾颉刚日记》第二卷,第582—583页)

12月10日,《小说月报》第23卷第12号出版,内页宣告第23卷新年特大号将刊出许地山所译《作曲家摩萨的爱恋生活》,但《小说月报》旋即停刊,故未面世。

12月27日,石驸马大街寓遭火灾①,后迁至地安门内景山西门陟山门六号。(《燕京大学教职员学生名录1932—1933》,1932年)

> 婚后那年圣诞节,我们在周家过,因为七姨周名[铭]洗入了天主教。吃完晚饭,大家坐在许先生的小客厅,不过十尺见方,屋角一棵圣诞树高到屋顶天花板,根株堆起白棉花当白雪。突然间,一串火光从白棉花堆里窜上长青松,燃起窗纸墙纸天花,真正出现火树银花。许先生一面扑救,一面将我和繁星[棽新]推出院外。站在对街看,火苗已烧穿屋顶。全座院宅烧光。过几天看见许先生,剃去头发眉毛胡须,脸上有几处贴着纱布。额头烧伤象个受戒和尚。(桑简流:《怀念落华生》)

约是年,率燕大学生赴北平郊外的妙峰山,实地考察民间信仰。

> 第二个学年,他更向院长替全班请两天假,亲自率领我们坐四十里货车,走四十里山路到北平远郊的金顶妙峰山去体验善男信女进香朝圣的宗教"虔诚",往返沿途气喘吁吁回答任一同学提出的任一个问题。(黄华节:《我所认识的许地山先生》)

1932年壬申 民国二十一年 三十八岁

1月10日,顾颉刚写致许地山信。(《顾颉刚日记》第二卷,第599页)

1月11日,顾颉刚赠《古史辨》第三册。(《顾颉刚日记》第二卷,第730页)

1月18日,参加历史系学生叶国庆毕业考试,论文题目为《平闽十八洞研究》,答辩后宣布其通过。

> 到校,为谭其骧、叶国庆二君毕业考试。
> 本日考试委员会:
> (一)叶国庆:煨莲 陈其田 地山 予(《顾颉刚日记》第二卷,第602页)

叶国庆回忆考试经过如下:

> 经过一年多写作,这篇论文写成,系里开个论文审查会。到会的有五、六人,即洪煨莲、顾颉刚、陈祺和许地山诸位老师。会上,有人质问:"平闽全传怎见得是明代

---

① 顾颉刚1931年12月28日日记:"地山家于昨日失火。"(《顾颉刚日记》第二卷,第594页)

小说?"我回答,因为这本小说使用的是明代地名,如称今天的"江苏"为"江南"等等。几经质问,论文付诸表决,唯有一人表示不赞同,其他的人都表示同意。许地山师于是宣布这篇论文经过审查,合乎规格,予以通过"同意"。散会后,我找许地山师表谢说:"这篇论文能够完成,承蒙许老师和顾颉刚诸位老师多方指导才写得出来。"(叶国庆:《忆许地山师在燕大》)

此论文的选题、搜集资料和写作均在许指导下进行:

> 我在燕大写毕业论文,是许地山师指导的。我初定的论文题目是《春秋时代蛮夷史》。他不同意,说这个题目内容广泛,不宜下笔,难得成功。后经思考,我对许师说,闽南有一部流行小说《平闽全传》,讲蛮王蓝凤高联络十八洞兵马造反,后来宋仁宗派杨文广打败蛮王。对这部小说,林语堂先生在厦门大学国学研究院《周刊》上提过,认为它是漳州地方故事,值得注意。我又对许师谈起一事,我曾看到《漳州府志》,讲到唐代有个李伯瑶,在漳浦县鹅头山打败蛮王部将。我想,这部《平闽全传》可能是漳州府地方历史的反映。许地山师终于同意我写《平闽十八洞研究》。题目定下后,动笔写时又碰着困难,我要用的参考书,有几本燕京大学图书馆没有。……许地山师便介绍我找郑振铎先生。郑先生是中国文学史专家,熟悉古代小说流传情况。……后来,碰到说明历史演变和故事关系的问题,许地山师介绍我去看英国哥麦氏的《历史科学的民俗学》(G. L. Gomine: *Folk-Lore as an Historieal Science* [G. L. Gomme: *Folklore as an Historical Science*]),令我获益不浅。(叶国庆:《忆许地山师在燕大》)

是年,与吴文藻、郑振铎三人各月出十元资助燕大研究院学生黄石的生活,使其得以继续学业。

> 一九三二年,我害了一场大病,更不幸碰上国难一·二八之役,日本军阀滥炸闸北,把商务印书馆一个主要部分炸毁,连同我恃以为膏火的资源也轰陷了,我几乎被迫辍学。天幸许先生不待我求告(那是我的怪癖),便约同吴文藻教授和郑振铎先生三人各月赐十元做我的学膳杂费,我才能够在那里受业两年。(黄华节:《我所认识的许地山先生》)

1月26日,与容庚共午饭。

> 到学校,与许地山回家回[午]饭。(《容庚北平日记》,第247页)

4月12日,至容庚宅,与共餐。

> 午许地山来早餐。(《容庚北平日记》,第260页)

4月23日,为纪念与周俟松结婚四周年,请容庚夫妇等午餐。

> 十二时许地山夫妇请午餐,到始知其结婚四周纪念。(《容庚北平日记》,第261页)

5月8日,午赴周作人招待梁宗岱宴,与沈尹默、徐耀辰、俞平伯、江绍原等作陪。

> 午招待梁宗岱君,来者尹默、耀辰、平伯、绍原、象乾、觉之、地山共九人。下午四时散。[《周作人日记(下册)》,第236页]

5月11日,与叶公超夫妇、吴文藻夫妇、赵万里、浦江清等受容庚邀赴晚餐。

> 约叶公超夫妇、吴文藻夫妇、赵万里、浦江清、许地山晚餐。(《容庚北平日记》,第263页)

5月31日,受燕大国学研究所之邀,下午四时半在燕大睿楼二〇三号作题为"近三百年来中国妇女服装之变迁"之讲演。(《许地山讲演 中国妇女服装之变迁》,《平西报》1932年5月29日)

6月3日,晚赴严既澄东兴居招宴,与顾随、陈君哲、钱玄同等同席。

> 晚严既澄赏饭于东兴居,同坐者皆女大国文教员:顾随、陈君哲、范文某、许地山、许之衡(未到)、吴三立也,颇以为奇。[《钱玄同日记(整理本)》,第864页]

6月13、14、15、16、20日,小说《解放者》,连载于《北平晨报·北晨学园》第313—317号。

6月17日,在燕京大学国学研究所与洪煨莲、容庚、顾颉刚等商事。与顾颉刚同出,饭于顾宅。

> 到研究所,与煨莲、希白、地山商所事。晤王克私先生,与地山同返家,留饭。(《顾颉刚日记》第二卷,第650页)

7月30日,与吴文藻、黄石、江绍原、李安宅等在天津《大公报》上共同发起编纂《野蛮生活史》的倡议,称"我们相信一本'野蛮史'的益处,要比十本'文明史'来得大。有谁愿意做我们的同工的,都请快来。通讯请寄给大公报现代思潮副刊转交,野蛮生活史编纂会"。(《编纂〈野蛮生活史〉缘起及征求同工》,天津《大公报》1932年7月30日)

8月17、18、19、22、23、24日,《无忧花》连载于《北平晨报·北晨学园》第355—360号。

8月20日,译罗曼·罗兰所著《甘地(第三章)》,刊《再生》第1卷第4期。

9月,北平各大学新学年开学。升任为燕京大学宗教学院教授,仍任历史学系教授。[《燕京大学教职员学生名录(1932—33)》,1932年11月,燕京大学档案 YJ1932015,北京大学档案馆藏]

兼任北京大学哲学系讲师,授"印度哲学"课。[《国立北京大学文学院课程一览(民国二十一年至二十二年度)》,第8页]

兼任北平大学女子文理学院讲师。[国立北平大学校长办公处编《国立北平大学一览(民国二十一年度)》,1932年,第19页]

10月10日,为柯政和主编之《世界名歌一百曲集》作《弁言》。此书内含许地山译词的歌曲十首,书后有其所作《歌曲解释》。(商金林:《新发现许地山译世界名歌十首及所写之弁言》)

此一期间,许地山译词或作词之曲甚多,多收录于柯政和主编的各类中学音乐教科书中。兹将曲名和词曲原作者录于下:

《再一次罢!》英 Leonel H. Lewin 作词,Sullivan 作曲

《沙漠底玫瑰》德 Carl Raven 作词,T. Lubomirsky 作曲

《夜曲》德 E. Devereur 作词,L. Denza 作曲

《罗鲁孟》古苏格兰民歌

《你能忘记旧时的朋友么?》苏格兰小调,Robert—Burns 作词

《悲歌》J. Massenet

《旧相和歌》F. Kreisler

《良夜琴曲》F. Paolo

《小船像摇篮般底摆》J. K. Knight

《鸽子》S. de Yradier

《圣哉马利亚》Pietro Mascsgm

《我爱你》L. van Beethoven

《纺绩娘》Hugo Jungst

《多罗堂前曾奏过箜篌》爱尔兰民歌

《摇篮歌》Johannes Brahms

《少年乐童》爱尔兰民歌

《朋友》德国民歌

《云》那波里民歌

《纪律》德国民歌

《瓦特》J. A. Naumann

《求学》G. Paesiello

《文天祥》

《电》W. Watts

《海滨底离别》H. M. Queen Liliuokalani

《夏来了》英国民歌

《飞行》Beethoven

《矿工》C. F. Zelter

《自治》葡萄牙民歌

《爱群》Wallace

《孤燕》意国民歌

《催眠歌》W. Taubert

《昨夜》Halfdan Kjerulf

《来舞婆娑舞》Mozart

《探百美河》J. S. Hamilton

《再见罢！我底甘德矶故乡!》Stephen Foster

《天鹳底朝歌》Mendelssohn

《穆罕默德》G. Handel

《牧人底摇篮歌》Arthor Somervell

《在森林中》Gabriel Marie

《无时停底歌咏心情》Charles P. Scott

《游唱者》C. Chaminade

《班超》Butterfield

《苏维志底歌》Edward Grieg

《献词》R. Schumann

《我心欢喜》Giuseppi Giordani

《听！听！天鹅》Franz Schubert

《船歌》J. Offenbach

《莲花》Robert Schumann

《宝贵时间在飞去》Borel Clarc

《你知道那美地么？》Thomas

《树阴》Handel

《百宝灵底歌》G. F. Wilsez

《香花曲》Gustav Lange

《无论你走到那里》G. F. Handel

《乌尔河上款[欸]乃歌》俄国民歌

《卫护我中华》Julien Tiersot

《自治》葡萄牙民歌

《家庭》S. H. Bishop

《尼尔》Gabriel Faure

《摇篮歌》Benjamin Godard

《平安临到世间》Moszkowski

《云舟》蒂罗尔民歌

《小艇家》A. S. Sullivan

《鸽子》S. de Yradier[①]

10月14—16日，与刘廷芳一同受聘，在北平区基督徒学生团体联合会举行的秋令会上作灵修之领导。(《北平区基督徒学生举行秋令会》，《燕京报》1932年10月15日)

10月26日，受燕大家政学系之邀，上午作题为"中国妇女服装之研究"之讲演。谈"人类穿着衣服之目的""昔时服装之范围与种类""衣服形式之代表""衣服之作用""服饰之变迁与社会文明"之关系等。讲词纪要刊《燕京报》。(《许地山先生讲：中国妇女服装之研究》，《燕京报》1932年10月28日)

10月30日，下午带领燕大史学系学生参观天坛。(《燕大史学会今日参观天坛》，《燕京报》1932年10月30日)

11月8日，访顾颉刚，饭于其家。

地山来，留饭。(《顾颉刚日记》第二卷，第707页)

1933年癸酉　民国二十二年　三十九岁

1月9、10、12、13、16、17、19、23、24、26日，小说《东野先生》连载于《北平晨报·北晨

---

① 这些曲目收录于：《世界名歌一百曲集》(第一册)(第三册)，柯政和编，中华乐社，1932年；《初中模范唱歌教科书》(第一册)(第二册)，柯政和编，中华乐社，1933年初版，(第三册)为1935年再版；《高中模范唱歌教科书》(全三册)，柯政和编，中华乐社，1933年；《师范标准唱歌教科书》(全三册)，柯政和编，中华乐社，1934年；《乡村师范标准唱歌教科书》(全三册)，柯政和编，中华乐社，1934年；《幽克历历二十五名歌集》，柯政和编，中华乐社，1935年；《教科适用同声二部合唱曲集》(第一册)，柯政和编，中华乐社，1935年；《中国中学音乐教本》(第二册)，柯政和编，中华乐社，1936年；《中国中学音乐教本》(第一册)，柯政和编，中国音乐教育促进会，1936年。这些曲集的选目多有重出，词亦不尽相同。

学园》第439—448号。

1月10日,历史语言研究所在欧美同学会举行公宴招待伯希和,与余嘉锡、罗庸、冯友兰、李宗侗、袁同礼、徐森玉、谢国桢、孙楷第等北平学界人士受邀作陪。

> 除了该所研究员、特约研究员等皆到外,并请北平研究院李圣章、李润章,故宫博物院李玄伯,北大陈受颐、罗庸,清华冯友兰、蒋廷黻、黎东方,燕京许地山,辅仁余嘉锡,北平图书馆袁同礼、徐森玉、刘节、谢国桢、孙楷第,营造学社梁思成,西北科学考察团袁复礼、黄仲梁诸氏作陪。(《法国汉学家伯希和莅平》,《北平晨报》1933年1月15日)

1月13日,幼女许燕吉出生于北平,由其外祖父周大烈起名。(许燕吉:《我是落花生的女儿》,第2—3页)

1月,与吴松珍、马慕苓等受燕大教职员抗日会之托,携带慰问品至北平卫戍医院慰问因榆关事件受伤的士兵。(《燕大教职员抗日会派代表慰问伤兵发宣言督促将士抗日并发行壁报》,《燕京报》1933年1月12日)

2月,燕大历史系教授邓之诚请病假,许地山为代课,讲《中国通史》。

> 向燕京请假两个月。以《中国通史讲义》第三、四、五三册交朱士嘉转交许地山。晚朱士嘉来。(邓之诚1932年2月2日日记,未刊稿,北京大学图书馆藏)

2月4日,为即将出版的小说集《解放者》作《弁言》。①

> 年来写底不多,方纪生先生为我集成这几篇,劝我刊行,并要我在卷头写几句。自量对于小说一道本非所长,也没有闲情来做文章上的游戏,只为有生以来几经淹溺在变乱底渊海中,愁苦的胸襟蕴怀着无尽情与无尽意,不得不写出来,教自己得着一点慰藉,同时也希望获得别人底同情。如今所作既为一二位朋友所喜,就容我把这小本子献给他们。(《弁言》,《解放者》,星云堂书店,1933年)

2月8日,与郑振铎同访顾颉刚。(《顾颉刚日记》第三卷,第13页)

3月2日,在校与顾颉刚谈。(《顾颉刚日记》第三卷,第20页)

3月16日,午饭于郑振铎处,郑侃嬺、顾颉刚同席。

> 到郑振铎处吃饭
> 今午同席:地山 侃嬺女士 予(以上客) 振铎(主)(《顾颉刚日记》第三卷,第24页)

3月23日,顾颉刚夫妇设宴,与郑振铎、郑侃嬺、容媛、顾廷龙、冯续昌等同席。

> 今午同席:地山 振铎 侃嬺女士 容女士 起潜叔 冯世五(以上客) 予夫妇(主)(《顾颉刚日记》第三卷,第27页)

---

① 《弁言》落款云:"民国二十二年一月落华生四十生日述于北京。"虽然笔者推断许地山阳历生日当在2月3日,然许氏似以2月4日为生日(详前)。故系于此日。

3月,所编《佛藏子目引得》由燕京大学图书馆引得编纂处出版。① 是书原分五部,即"第一,撰译者引得;第二,梵音引得;第三,经品名引得;第四,旧录引得;第五,史传引得",但因"想不到时间金钱都超出原来预算之外,所以现在先将编就底三册刊行,其余旧录与史传两册由李书春先生继续编排,随后刊出"。自评:"依我所知,这是汉文佛藏底第一部引得。"(许地山:《〈佛藏子目引得〉弁言》)

春,与刘兆蕙同至北平郊外卢沟桥、宛平城等地一游。(许地山:《忆卢沟桥》,《大风》1939年7月5日第42期)

4月1日,顾颉刚来访。(《顾颉刚日记》第三卷,第29页)

4月2—10日,参加燕京大学哈佛燕京学社考古团,与容庚、博晨光、顾颉刚等一行十五人至正定作考古旅行,调查正定大佛寺(隆兴寺),分工后主佛像调查。

8日晚七时,在河北省立第七中学作题为《古物和历史的关系》之讲演。(《本校布告》,《河北省立第七中学校刊》1933年5月5日第3、4期合刊)

> (四月二号)六时二十分,抵正定,落宿站旁清华客栈。
> 同行者:博晨光 刘兆慧 容希白 许地山 滕圭 张颐年 赵澄 翁德琳 予(以上专调查大佛寺者) 容女士 熊正刚 郭竽女士 雷洁琼女士 起潜叔 牟润孙(以上到正定后又到太原者)
> (四月三号)饭后同到砖塔及木塔,遇希白、地山。又至第七中学参观。四时,乘车回栈。与到太原者别。携各人铺盖等物,雇大车押送到寺。
> (四月四号)分工:博晨光—建筑 许地山—佛像 容希白—金石 顾颉刚—寺史 滕圭—壁画 张颐年—测量 赵澄—照相 翁德林—拓碑
> (四月五号)与地山等到集庆阁,看大佛,寻有字之砖瓦。
> (四月八号)与地山、希白到第七中学讲演。十时归。
> (四月十号)六时许起,希白等并坐公共汽车,予独候地山车,押行李还校。十时,到校。(《顾颉刚日记》第三卷,第29—33页)②

回校后考察团从事资料整理工作,并拟暑假再作详细考察。

> 所得材料甚多。惜春假阴雨数日,故该团不能顺利工作,对成绩仍有未惬,拟于暑假再作详细考究。现该团正在整理所得材料,以备集成为《大佛考》一书。(《大佛寺考究团已于日昨返校》,《燕京报》1933年4月11日)

4月14日,在燕大西校门外一间普罗小饭馆中用午饭,晤张铁笙等北平晨报记者,谈对今日大学的意见,燕大学生生活等事。(《大学教授无矜气 许地山俭朴可风》,《北平晨报》1933年4月15日)

4月16日,与刘兆慧、容庚夫妇、牟润孙兄妹、顾廷龙、顾颉刚夫妇等十四人在大栅栏厚德福聚餐。雷洁琼后来称此宴为许地山所邀,因菜肴中有熊掌,许地山又谈了许多有关熊掌的典故。

> 到大栅栏厚德福吃饭。

---

① 是书出版日期"一九三三,三月"见封面及扉页,然《〈佛藏子目引得〉弁言》末尾自记为"民国二十二年五月三十日,许地山识于燕京大学",或为许记载有误,或《引得》所载出版日期与实际出版日期不一致。

② 容庚日记亦载此事,然仅记旅行收尾,期间未记。见《容庚北平日记》,第308页。

今午同席：刘兆蕙　容希白夫妇　许地山　牟润孙兄妹　起潜叔　熊正刚　郭竿女士　雷洁琼女士　寇思慈女士　滕圭　予夫妇　凡十四人，吃了四十二元。两盘熊掌值二十元。又猴头（嵩山之菌）、烧鸭等。(《顾颉刚日记》第三卷，第35页)

在厚德福聚餐，凡十四人，食熊掌，每人三元。(《容庚北平日记》，第308页)

一次，他邀请我和燕大几位教师到一家饭馆品尝名贵菜肴"熊掌"，席间他对"熊掌"谈到许多典故，地山先生学识渊博，热情好客，谈吐风趣，给我留下极为深刻的印象。(雷洁琼：《怀念许地山先生》，《许地山研究集》)

4月22日，带领燕大历史系"中国通史一班"学生参观运河，下午归。(《历史系通史班今日参观运河》，《燕京报》1934年4月22日)

同日，郑振铎、刘廷芳设晚宴于东兴楼，与陆志韦、陈受颐、梁宗岱、严既澄、俞平伯、朱自清、赵万里、郭绍虞、魏建功、杨丙辰等同席。

到东兴楼赴宴。

今午同席：陆志韦　陈受颐　梁宗岱　严既澄　俞平伯　朱佩弦　赵万里　郭绍虞　魏建功　许地山　予　杨丙辰（以上客）　郑振铎　刘廷芳（以上主）(《顾颉刚日记》第三卷，第37页)

地山谓"亲嘴"一词，自印度来，佛经有"煨"字即此，又曰"接吻"。又言"勉铃"银制，中有胆，凡二枚，用时势在两旁，当输卵管及另一管也。[朱乔森编《朱自清全集（第九卷）·日记（上）》，南京：江苏教育出版社，2000年，第213页]

4月29日，燕京大学举行校友返校日活动，哈佛燕京学社及许地山收藏品在贝公楼展览，为返校日展览会的一部分。(《校友返校日展览会一览》，《燕京大学校刊》1933年4月21日第5卷第32期)

4月，由方纪生所编的短篇小说集《解放者》由星云堂书店出版。收录小说《在费总理底客厅里》《三博士》《街头巷尾之伦理》《法眼》《归途》《解放者》《无忧花》《东野先生》凡九篇，独幕剧《狐仙》为附录。

是年，《解放者》出版后，访李勋刚，以一册相赠。又索得李经年写成的小说稿件，将其合为一集，并自己所作弁言，后带到上海交商务印书馆出版。据李勋刚所述，这些小说本由许地山敦促而作。

但是到一九三三年（民国二十二年）他忽然找我，把他那时新出版的《解放者》送给我一本。又教我把我在那几年的一切散碎的作品，都找出来一齐交给他，他合在一集，又代写了一篇长序，就去印度之便，带到上海去付印出版了。(洗耳：《地山死了！——一个老友口中的许地山先生》)

5月10日，在燕大师生大会上发表题为"我对于燕京大学的理想"之讲演。周振光主持。(《许地山先生讲　我对于燕京大学的理想》，《燕京报》1933年5月10日)讲词《我对燕京的理想》，后刊《燕京大学校刊》1933年5月12、19日第5卷第35、36期。

5月30日，参加陈懋恒和陈源远的论文口试。

今日同试者：

（一）陈懋恒女士（明代倭寇）

煨莲　地山　孟劬　健秋　予

(二) 陈源远君(唐代驿制)

煨莲　地山　印堂　绍虞　予(《顾颉刚日记》第三卷,第48页)

6月4日,午,夫妇二人与容庚、顾颉刚一同在许宅宴请梁思成夫妇、博晨光、刘兆慧、雷洁琼、容媛等,看照片并谈编辑《大佛寺》事。

到地山处宴客,并看照片,谈编辑《大佛寺》事。

今午同席:梁思成　梁夫人(林徽因女士)　博晨光　刘兆慧　雷洁琼女士　容媛女士(以上客)　地山夫妇　希白　予(以上主)(《顾颉刚日记》第三卷,第54—55页)①

6月10日,偕侄子访顾颉刚。(《顾颉刚日记》第三卷,第56页)

6月14日,晚高君珊、雷洁琼招宴,容庚夫妇、洪煨莲夫妇、容媛、顾颉刚夫妇等同席。

今晚同席:希白夫妇　煨莲夫妇　地山　八爱　苏女士　予夫妇(以上客)　君珊　雷洁琼(以上主)(《顾颉刚日记》第三卷,第57—58页)

6月25日,邓之诚偕朱士嘉、邓嗣禹来访。邓之诚赠百元以为许替他代《中国通史》课的车资,②又赠其北齐玉佛、南汉铁盘。后许托李瑞德将钱退还。③

晨进城,偕贞女往,并邀朱士嘉、邓嗣禹同访许地山。赠以车费百金及北齐玉佛、南汉铁盘。[《邓之诚日记(第一册)》,北京:北京图书馆出版社,2007年,第18页]

6月27日,晚博晨光招宴,与哈佛燕京学社游历教授艾立雪夫(现通译叶理绥)、马鉴、顾颉刚、洪业等燕大同事同席。

今晚同席:艾立雪夫　季明　煨莲　子通　地山　希白　予(以上客)　博晨光(主)　Elisseeff,俄人,在日本读汉书,并研究宗教艺术,任哈佛大学哈佛燕京学社游历教授。(《顾颉刚日记》第三卷,第62页)

6月,作《窥园先生诗传》,此书为许地山之父许南英诗集《窥园留草》之序言,系"为使读者了解诗中底本事而作"。因北京有陷落之危,恐此书毁于战火,故将它交由北平和济书局出版,印行五百部。(《窥园先生诗传》)

7月1日,《信望爱》,刊《紫晶》第5卷第1期。

7月5日,顾颉刚来访。(《顾颉刚日记》第三卷,第65页)

7月18日,顾颉刚写信致许地山。(《顾颉刚日记》第三卷,第69页)

7月25日,拜访容庚,与共餐。

许地山来,留饭。(《容庚北平日记》,第322页)

7月28日,应张我军之邀,赴中山公园来今雨轩。周作人、徐耀辰、黎锦熙等同席。

---

① 亦见《容庚北平日记》,第315页。
② 邓之诚1933年5月2日日记:"得李瑞德信,令予致送许地山百元为车资。许为予代课乃校中所延,未扣予薪,亦不送许薪,故许有此请。即招朱士嘉,令问李此款如即送,则速筹;如可稍缓,则予资力或稍从容。"[《邓之诚日记(第一册)》,邓瑞整理,北京:北京图书馆出版社,2007年,第1页]
③ 邓之诚1933年7月4日日记:"李瑞德亲送来许地山退回百元。"[《邓之诚日记(第一册)》,第21页]

六时复至公园来今雨轩,应张我军之招。来者地山、耀辰、邵西等多人。[《周作人日记(下册)》,第464页]

8月19日,周作人得许地山信。[《周作人日记(下册)》,第476页]

8月,燕大实行教授间隔五年休假一年的制度,欲借此机会二次赴印度,从当地学者问学,以修习梵语,编成词典,并考察其国民革命的进行实况。此行获燕京大学二千美金资助。

余此次赴印,纯为读书,并不兼含其他任务,盖余从事编著梵文字典有年,国中材料不足,亟须往印度就彼邦学者问道俾完斯帙,因于去秋,趁燕大休假之便南下西行……仅据身(边)燕大所予之美金二千(许地山口述,张铁笙整理:《最近之印度》,《北平晨报》1934年9月8—13日)

我素知他兴味所在的研究工作,印度是他的宝藏之一,就令说要住十年也不为异。他郑重说,我此去倒想过细观察那里的国民革命进行实况,这才是我的主要目的。(师山:《岛上的悲风——悼吾友许地山先生》,《宇宙风》1941年9月1日第122期)

8月24日,熊佛西夫妇为设午宴饯行。俞平伯、朱自清、郑振铎、周作人等受邀作陪。

十二时至佛西。因地山赴印度,为设宴也。来者平伯、佩弦、西谛及主客夫妇共八人。至下午三时半始散。[《周作人日记(下册)》,第478页]①

夏,与郑振铎、孙伏园同往前门外打磨厂的老二酉堂书肆搜寻鼓词小说。

今前门外打磨厂有老二酉堂者,为今存最古之出赁书肆。然已改售石印书籍,自刻木板,皆已不存,即存书亦寥寥。我于夏间,尝与地山、伏园同去搜寻。满脸满手都是灰尘,而获得《北唐传》《呼家将》《杨家将》《平妖传》《乱柴沟》等五部,合计不下四百册。(郑振铎:《一九三三年的古籍发现》,《文学》1934年第2卷第1号)

是年,为答谢老舍的帮忙,向齐白石购得《雏鸡图》一幅相赠。②

一次,我给许地山先生帮了点忙,他问我:"我要送你一点小礼物,你要什么?"我毫未迟疑地说:"我要一张白石老人的画!"我知道他与老人很熟识③,或者老人能施舍一次。老人敢情绝对不施舍。地山就出了三十元(十年前的三十元!据说这还是减半价,否则价六十元矣!)给我求了张画。画得真好,一共十八只鸡雏,个个精彩!这张画是我的宝贝,即使有人拿张宋徽宗的鹰和我换,我也不干!这是我最钦佩的

---

① 亦见朱自清是日日记,朱乔森编《朱自清全集(第九卷)·日记(上)》,第243页。
② 老舍之子舒乙称:"这张《雏鸡图》和舒济同庚,至今也有78岁了。每当张挂这张画的时候,夫妇都不忘说这么一句:'这是生小济那年求来的。'仿佛是为庆祝小济降生而专门求来的一件礼物。"(舒乙:《齐白石和老舍、胡絜青》,《作家老舍》,中国青年出版社,2014年)舒济是老舍和胡絜青的长女,生于1933年9月5日。
③ 齐白石与许地山的岳父周大烈同为湖南湘潭人;又齐白石与陈衡恪俱为北平画坛人物,交谊甚深;而周大烈曾为陈衡恪、陈寅恪兄弟幼年居湘时塾师,故三家彼此熟识。周大烈与陈三立、陈衡恪父子之交游及诗文唱和,见李开军:《义宁陈家的馆师(中)——义宁氏散论之四》(《国学茶座》2015年第1期)及各自诗文集。许地山的幼女许燕吉也回忆:"白石大师在北京画坛成名是陈衡恪(又名陈师曾)提携起来的,陈衡恪是我外祖父大烈的学生,我外祖父和齐白石又都是湘潭同乡。齐白石是木匠出身,文化功底自然不如我外祖父,在画幅的题跋上也得益于我外祖父,因此两家交往是较多的。我小时候就听妈妈讲过齐家的许多滑稽事……"(许燕吉:《我是落花生的女儿》,第192页)据说陈师曾尝为许地山制"落华生"印一方(图见王盛:《缀网人生——许地山传》,第148页)。

画师所给,而又是好友所赠的!(老舍:《假若我有那么一箱子画》,《时事新报》1944年2月13日)

8月26日,中午宴请周作人、林志钧等,还周作人书,并以《佛藏子目引得》一部相赠。

午至地山处饭。来者林志钧、刘田诸人夫妇。下午三时返。地又还英文书二册,又以所编《佛经引得》三册一部见赠,甚可宝重也。[《周作人日记(下册)》,第479页]

8月27日,晚赴东兴楼郑振铎招宴,朱自清、程砚秋、许兴凯、傅芸子、陈叔通兄弟等同席。

晚应铎兄招,至东兴楼,有程砚秋、许兴凯、傅芸子等,地山亦来。今日生人太多,不似佛西宴客之有意思。座中又有陈叔通兄弟。[朱乔森编《朱自清全集(第九卷)·日记(上)》,第244页]

8月底,偕周俟松南下。(《本学年休假教员之行踪》,《燕京大学校刊》1933年11月10日第6卷第11期)子周苓仲和女许燕吉寄住附近水建彤家。(许燕吉:《我是落花生的女儿》,第4页;桑简流:《怀念落华生》)

9月6日,在上海明湖春饭店赴宴。与茅盾、陈望道兄弟、蔡葵、朱光潜、蒋经三、郑振铎、谢六逸、范文澜、叶圣陶、徐调孚、黄幼雄、夏丏尊、胡愈之、李健吾、魏金枝、陈子展、周淦卿、董宇、光煦先、宋云彬、吴组缃、王伯祥共二十三人同席。

明湖春聚餐凡两席,到雁仌、望道兄弟及慕晖、孟实、经三、振铎、六逸、地山、仲云、圣陶、调孚、幼雄、丏尊、愈之、李健吾、魏金枝、陈子展、周淦卿、董宇、煦先、云彬、仲华及予二十三人。……谈兴甚好而菜狼藉,不无扫兴也。该店其将歇闭乎?[《王伯祥日记(第十册)》,北京:国家图书馆出版社,2011年,第269页]

宋云彬后来回忆与许地山在上海的会面:

二十年前就爱看许地山先生(落华生)的小说,直到七年前才在上海见到他,他所给我的印象是轻松和愉快。他会喝酒,会讲笑话,随随便便,一点没有"学者架子"或"作家气"。(云彬:《纪念与回忆:纪念吴检斋·回忆许地山》,《文化杂志》1941年第1卷第2号)

离沪后,与周俟松前往台湾。携带是年印成的《窥园留草》数十册以分赠亲友。抵台北,宿于市内北门兜的日英旅馆。通过台湾新民报社经济部长陈逢源,往访故人之子吴守礼①,并与吴守礼的指导老师、时任台北帝国大学文政学部东洋文学讲座教授的日本学者神田喜一郎晤面。

昭和八年夏,没想到许地山夫妇突然寻到我的旧居(稻江下奎府町)来,我和他固然一面也未见过,也不知他的来历。他来访的目的是特地从北京来看望住在台北的吴筱霞的儿子吴守礼的。说是在从大连出发的汽船上,船医吴汝铄告诉他,询问在台湾新民报社工作的我,此事便可解决。(陈逢源:《許南英与落華生》,《雨窗墨

---

① 许南英是吴守礼之父吴筱霞的业师,两家关系亲近,多有往来。见吴守礼:《许南英父子与我家》,《书和人》1965年3月13日创刊号。

滴》,台湾艺术社,1942年)

　　一见面,他就问起蕴老去国后,我们家的情况如何,似很关心。如今回想,他已是熟悉世情的通人,问得有意,我是不识事务的后生小子,不知所答。……随身却带着《道教史》的原稿——就是越年出版的道教史上编。同时带着刚印出来的《窥园留草》,准备分赠在台的戚友。

　　这一年六月久保天随教授逝世,神田喜一郎先生担任讲座。我将许地山先生来台事告诉他,他立即决定请地山先生在台北火车站前的铁路饭店,单独晤谈。神田先生用日本语,地山先生用家乡话。我用日语、台语当翻译。话题是以西域研究的近况为中心,谈到北京学术界的现状。(吴守礼:《许南英父子与我家》)

在台北期间,由陈逢源导游,与陈逢源的家人前往北投作一日之游。又受林柏寿招待,与陈逢源等一行五人宿于草山(后改名阳明山)某旅馆。(陈逢源:《許南英と落華生》)

自台北南下,赴台中、台南,游览日月潭、阿里山等名胜。在台中时宿于前妻林月森的哥哥林季商家中,在台南重访老屋看望庶母和其他亲戚长辈。

离台时,《窥园留草》险遭扣留,经林锦堂说情方得携带出境。(周俟松:《随地山台湾行》,《人民政协报》1987年4月14日)

10月1日、11月1日,《女儿心》,刊《文学》月刊第1卷第4、5号。

11月,抵广州。因拟留印两年,故任教于中山大学社会学系,以筹措资金。

　　原拟留印两载,故于到粤后,就职中山大学半年,期对经费问题,筹措略有把握,俾伸留印两载之志……(许地山口述,张铁笙整理:《最近之印度》)

与胡体乾、陈序经、邓初民、何思敬、祝伯英等同事。中大学生李家金后回忆当时教师们交往的情形:

　　任教社会思想概论的何思敬教授,每逢批判反动人物之时,慷慨激昂,乱扔粉笔,这是他的特殊风格。有一次聊天当中,邓教授戏出一句联首给他作对,那句联首是:"何思敬乱扔粉笔,"何教授作答联尾,刚说出"邓初民"三字,在座的任教民俗学的许地山(落华生)教授应声脱口续成道:"邓初民空带钱包。"何教授不禁拍手笑道:"英雄所见雷同!"这事原来是:有一次课后,邓教授忽患感冒,想叫一个工友去帮买一包伤风药片,但掏出腰包,却是空空如也。幸得那个工友有钱在身,先行垫出,后来邓教授才如数还债。上述下联,所指如此,事属现成,一时传为佳话,邓教授也自嘲不已。(李家金:《邓初民教授轶事》,《中山大学校报》1989年9月18日)

开设"民俗学""中国礼俗史""社会人类学"等三门课程。(《本学期停开或更改时间之课目一览表》,《国立中山大学日报》1933年10月17日第1523期;《文学院二十二年度上学期学期考试时间总表》,《国立中山大学日报》1934年1月10日第1585期)时岑家梧在该系就读,听民俗学课。

　　后来我回到中山大学社会学系读书,系里进步的教授有何思敬,邓初民先生等……恰好不久许地山先生也来中山大学教书了,我听了他一个学期的民俗学……(岑家梧:《人类学研究的自我批判》)

在中山大学期间,对该校国文学系的读经主张和教育方式有所关注,且不表赞同,数次发表过有关读经的意见。

> 我在广东也发表过几次关于读经的□见,因为他们的办法,我觉得太不满意了,他们主张的读经便是只就字面去死读,过去中山大学国文学系,听说做首诗或写篇赋就可以毕业,他们国文系的教授,好几位又都是陶诗专门的,在中山大学的那几位教授,他们会把陶诗、李诗、杜诗,去分开专门研究,会把昭明文选里赋文,各别的分开,都使牠单独的成为专门的学问。一个人学生只要做首二十八个字的律诗,或是写篇赋,就可以毕业,可算是亘古奇闻,若是做首五言绝句,二十个字就成了,这种毕业论文,未免太容易,也未免太可笑了。(《许地山谈:读经意见——主张读经反对逐字死念》,天津《益世报》,1935年2月7日)

住太子沙。与叶启芳、白镛、李镜池等老友再次聚首,同游广州各处名胜古迹。在此期间将《道教史》(上册)抄写整理,交付商务印书馆出版。又受李镜池邀请,在广州协和神学院讲学数日,以《佛藏子目引得》相赠。

> 可是在第二次游印之前,他逗留在广州,入中山大学社会学系,担任讲授人类学。《道教史》是那个时候抄好卡片,交给商务出版的。
>
> 这一个时期,我们又度其相从甚密的生活,像以往在盔甲址厂燕大旧时一样。我们那时都有妻室。他住在太子沙许家,我住在光孝街,距离不远。他教书时间不多,我在一个机关里办事,也不很忙。每逢礼拜日有空,我们都商量作郊游之举。有一次,我们带同家人游黄埔,他指点出当地之历史遗迹,如数家珍。……
>
> 他那时候却多了一种嗜好,即是爱摄影。出游的时候,常常手执小机。相[相机。](叶启芳:《忆许地山先生》)
>
> 一九三五年夏,他乘休假之便,携夫人到台南故里一游,转至广州,同来岭南大学访我,俨然道貌,而山羊式的胡子更加长了。那时同许夫人是初次见面,我笑问许先生的胡子何以又留起来,他正色地说:"到印度去,若没有胡子,人家拿你当小孩子看。"这当然是理直气壮,夫人也莫可如何了。
>
> ……广州是他第二故乡,旧地重游,兴致蓬勃。十几年来,广州大为改观,旧时遗迹,已不可辨认。我们每次偕游,他必指点昔时地名胜,如数家珍。(序之:《悲哀的回忆——悼许地山先生》)
>
> 民国廿三年秋,先生因学校例假之暇,到印度去研究佛教,途经广州。我请他到我学校去讲学,他很喜欢的答应了。一连几天,他老远的跑来,连舟车费也不要。他站在台上讲,我在旁边把他说的专门名词为听众所不易了解的,写在黑板上,免致他来回写的辛苦,所以他讲得很安闲而清晰,我不禁想像到从前书院讲学的景况。他把他新编的一部《佛藏子目引得》送给我。
>
> 我陪他游西来初地南华寺,游六榕寺,游小北等地,他每到一处,必俯仰徘徊,瞻顾留连,旁人以为一目了然,无可欣赏的,他却再三审视。(李镜池:《吾师许地山先生》)①

与容肇祖相识。

---

① 白镛、李镜池均记错年份。

> 我认识许先生是在民国十九年的夏天,他住在广州,预备再往印度之前。(容肇祖:《追忆许地山先生》,《宇宙风》1941年9月1日第122期)①

又由李镜池陪同,游览南华寺、六榕寺、小北等地。
在广州协和神学院作关于"中国礼俗与宗教"的演讲。罗致平回忆:

> 我认识许地山先生是在民国廿三年秋在广州协和学院读书时,那时候许先生是在中大教书,在协和作特别讲演的,他讲的是"中国礼俗与宗教"。第一次讲演给我的印象是态度安闲,谈吐生风,极善处置教材的好学者。他可算是我认识的教授中态度最雍容的一位了。②(致平:《纪念民间宗教史家许地山先生·前言》)

拜谒年少随父居粤时的塾师韩贡三。③

> 八年前,地山先生来粤,任中大教授,曾到舍下和先父畅叙,并由舍弟拍了一幅照片,以留纪念。(韩穗轩:《怀地山先生》,《宇宙风》1941年10月10日第124期)

11月2日,晚七时半,在广州基督教青年会以粤语作题为"中国民族能否从其固有文化中寻出路"之讲演。(《燕大教授许地山将在本市演讲》,《广州民国日报》1933年10月27日;吴家盛:《许地山在广州》,《十日谈》1933年12月12日第14期)同名讲词刊《广州青年》1933年12月11日第20卷第27期。

11月4日,仍赴广州基督教青年会,继续就前次讲题发表讲演。讲词刊《广州青年》1934年1月8日第20卷第28期。

11月5日,住在广州青年会的青年吴家盛来访,许地山和他谈到自己对于新文学作家的喜好、对当下文坛的意见和对宗教的看法等。下午仍赴青年会讲演,谈关于男女两性、家庭婚姻等问题。④

> 不过我注意文学界的情形,所以先问了这一面情形。(自然我明白有许不能讲的,)
>
> 许先生是他比较喜欢茅盾沈从文的作品,郁达夫有伤颓废,张资平更不大合于青年看!(仿佛我说过一句:绝不看张资平作品的话!)关于许钦文他只淡淡讲了几句。说到无产作品。我说梁实秋反对无产作品,是基于文学"描写人生",要整个的,不是切开一部把另一部踢到北极星为了账。许先笑微[微笑]说:"这也是一种意见。但无产作品原为无产看的,现在在试问写给谁看?要是无产我也是无产呢。"又谈到林语堂辞职,我说有人逼迫的?许先生摇头,"没有人理他!不是被迫"。
>
> 我说到佛教,我说从前吴宓?吴芳吉说佛教亦是一种积极;——"消极至极点也是一种积极!"
>
> 许先生微笑将腿微缩在椅内"佛教消极至极点,也是一种积极。看你怎样讲法!

---

① 年份应系容肇祖误记。
② 罗致平此处所说年份有误,"民国廿三年"(1934)秋,许地山自印返京,未在广州停留,在协和神学院演讲应在1933年。据叶启芳回忆,许离开中大时曾和他有"过一年后再见"的约定,但因"家中有事,急于回到北平,路过香港,便匆匆北上,来不及实践再见之约"。(叶启芳:《忆许地山先生》)
③ "三十二年 丙午 倪玉笙先生病殁。聘韩贡三先生;于学堂功课外,教授儿辈经史。三十四年 戊申 韩贡三先生辟六榕寺内官屋数椽为儿辈学塾,颜其舍曰'和梅宿舍'。"(《窥园先生自定年谱》)
④ 《广州青年》1933年10月30日第20卷第24期中《许地山教授莅会演讲》一文,预告此次讲演时间为11月6日,而吴家盛的文章称时间为11月5日,吴文亦写于此日。此处从吴说。

佛教是积极毁灭人生！不承认人生是幸福的！——"我又说看见他像周作人一样，许先生笑了笑，"周先生瘦得多呢！——"（吴家盛：《许地山在广州》）

11月，在中山大学礼堂作主题为"所谓作风"的讲演。

> 许地山先生（即落花生）在中山大学礼堂演讲"所谓作风"的问题。
> 登讲台时，介绍人便说："许先生从前是文学研究会的会员；又是现代中国文学界泰斗……"
> 后来他演讲，开口就答道："我不是文学泰斗，我是文学茶杯……"在座听众皆为之捧腹。（陈泽：《关于许地山先生之点点滴滴》，《广州民国日报》1933年12月16日）

12月1日，晚七时，在中山大学大礼堂发表讲演。（《社会学系启事》，《国立中山大学日报》1933年12月1日第1554号）讲词《中国文化的特质》，刊《国立中山大学日报》是月8、9日第1560、1561期。

12月13日，晚应中山大学中文系之邀发表公开讲演。（《中文系二年级班会五次干事会议》，《国立中山大学日报》1933年12月16日第1567期）

1934年甲戌　民国二十三年　四十岁

1月1日，小说《人非人》，刊《文学》第2卷第1号。

同日，与顾颉刚、黎锦熙、郭绍虞等共十四人联名发布齐白石弟子、印人刘淑度的润格广告，刊《文学季刊》创刊号。

1月，受谢霄明之邀，在广州真光女子中学校作关于"文学与创作"之讲演，"尤注意于怎样写小说方面"。（《许地山教授演讲：文学与创作　如何写小说》，《真光校刊》1934年2月10日第2卷第3期）

约2月初，受广州基督教青年会之邀，作关于广州古迹名胜之讲演，讲词《广州名迹之回顾》刊《广州青年》1934年2月5日第21卷第30期。

2月，在中山大学图书馆为《道教史》作《弁言》。

同月，在广州小北门外漳泉旅粤公墓寻访到大姐葵花的墓地，墓已遭破坏，托叶启芳代为修缮。

> 照片四张，有一张是广州小北门外，我大姊底坟，临离开广州底前二天找到底，坟砖都被人偷了。偷者算还有良心，还留下墓碑与后土位，找到的时候，土埋到"显妣"底地方。我找人随便挖开，照了这相。其余已请叶启芳经管，修理总要五六十元（最少）。（《旅印家书》十三）

> 秋凉的时候，我们两人常常跑出小北门，循着登峰路慢慢地步行，在"凤天"茶楼小歇，跑上漳泉旅粤公墓园里，披荆越棘，寻觅他的亡姊的坟穴，然后绕道白云山麓，经沙河，过燕塘，晚饭后归家。（叶启芳：《忆许地山先生》）

同月，从中山大学取薪后，乘船赴印，周俟松北上回平。行前与叶启芳约定一年后再会。

> 学期终结，他向中大追讨了欠薪，连同稿费，凑够了赴印的旅途所需，便英[告]别我们起程了。他的太太也回北平去。我记忆我们别离之时订过一年后再见之期，

非常愉快。(叶启芳:《忆许地山先生》)

2月,受邀在澳门盘桓两日,仍回广州。(《旅印家书》一)

2月3日,从广州致信周俟松,赴香港。(《旅印家书》一)

2月7日,下午四时从香港出海赴新加坡。与匈牙利人华义同船,岭南大学教员卢、刘二人同舱。(《旅印家书》二)

2月9日,致信周俟松。此时"距新加坡还有三日夜底路程。"(《旅印家书》二)

2月12日,同旧友数人游游艺场。(《旅印家书》三)

2月13日,与林元英夫妇游植物园,下午四时离新加坡。(许地山:《旅印家书》三)

2月14日,致信周俟松。夜乘船赴仰光。(《旅印家书》三)

约2月18日,抵仰光。(《旅印家书》三)

约2月20日,前往缅甸曼德来(今通译曼德勒)。乘船途中写成一篇小说,应即《春桃》,后刊《文学》月刊。(《旅印家书》四)

约2月27日,抵曼德来,宿于云南人开的南洋中外旅舍内。(《旅印家书》四)

约2月28日,致信周俟松,诉想家之苦。(《旅印家书》四)

3月6日,从曼德来回仰光。(《旅印家书》五)

3月7日,在仰光致信周俟松,问候家中亲人,询问女儿棪新功课;受林希成之托,嘱周俟松为购买北京的香瓜、梨瓜的种子。将在曼德来购买的四颗翠玉随信寄回家。(《旅印家书》五)

3月,在仰光期间,和李无怀等友人同游仰光皇家湖并留影。故地重游,观感大异往昔。

> 民国二十年,许地山先生第二次到缅甸,记不得是赴印度研究梵文及佛学,还是由印度学成返国,途经仰光,在仰光住了几天,旧地重游,当时我还是小孩子,对于许地山先生的印象不大深刻。后来在《仰光日报》看到许地山先生和诸友好那时同游仰光皇家湖的留影。湖离"瑞大光"塔不远,塔影湖光,青草地上,绿荫丛前,许地山先生穿着他那中国风味的长衫,站在朋辈中间,笑容满面,精神十分兴奋。记得李无怀兄也在内,无怀兄曾说过,许地山先生是漳州(龙溪)人,他们是同乡。(苏佐雄:《关于许地山先生》,《青年时代》1942年第1卷第2期)

> 缅甸为余二十年前旧游之地,域中佛教建筑甚夥,用特再度前往,以资观研。余曾至仰光,□缅甸北部游历,建设较前进步,然华侨生活及在该处势力,因受各种压迫,已大不如前。殊令人生今昔之感。(许地山口述,张铁笙整理:《最近之印度》)

得周俟松信,知北平师范大学仍要继续聘请自己教授历史。(《旅印家书》六)

3月12日,致信周俟松。(《旅印家书》六)

约3月15日,抵印度大城浦那(Poona,今通译普那),住客栈内。已感花销高昂而生活无着之苦,每日看书、誊抄《春桃》稿件。

> 孟买浦那,均□印大城,全国大学及学者,多卜居此处。本人前次至印仅至中印,此次为研究梵文起见,将远入西印,盖余之目的实□求学也。(许地山口述,张铁笙整理:《最近之印度》)

> 现在还是住在客栈里,一天要十个卢比左右(一卢比合大洋一元二毛)。……此地没有别的客栈,是这家专利,栈主拿外国人都当财主,真可恶。明天或后天,巴先

生才能给我想法子,搬到学校或印度公仆会宿舍去,那里要用多少,还不知道。总而言之,没有预料的那么省。……我身边现还可以支持两个月(不算学费,我还没找着老师,学费多少,没把握)。

也没有什么消遣地方可去,所以每天除看书,便是写东西。(《旅印家书》七)

3月19日,致信周俟松,诉经济拮据之苦,谈小说《春桃》命名的考虑,拟在寄给《文学》月刊执行编委傅东华之前,先交周俟松一读。

《春桃》原来想名《咱们底媳妇》,因为偏重描写女人方面,那两男子并不很重要,所以改了。本来想直接寄给东华,但我愿意妹妹先看,我没第二副本,最好另抄一本寄到上海去。(《旅印家书》七)

3月,致信王克私和司徒雷登,向燕京大学申请款项。

燕京款项已函王克私及司徒二位先生,或者王先生可以帮忙说说。(《旅印家书》八)

3月25日,搬入普那当地的Parashurambhau爵士大学(Sir Parashurambhau College)。①(《旅印家书》八)居留异乡,生活起居、饮食习惯都受到当地气候和风俗的影响而变化。

平常在家,你不许我吃底东西,在此地天天大吃特吃,吃了上下都有味,他们说有益,所以我就大胆吃起来。一天洗两次澡,有时还多。里衣裤每天自己洗,比刘妈还洗得干净。此地地势很高,白天热度在105左右,风是热的,象理发馆吹头发机器所出底一样,晚上倒可以过得去。[《旅印家书(九)》]

在此地又变成纯粹的素食者。印度人多半食素,除去回教徒以外,简直没有食肉底,连鸡子都要到很远去买,我有三个星期没尝过鸡子和肉底气味了。他们底素食,滋养料很充足,主要是饭、黄油、醍醐、酪。我一天吃两顿。早餐没有人吃,十一点半一顿,晚上八点一顿,下午喝一杯茶。每顿吃差不多一碗饭。两杯牛乳,一张饼,没有什么菜,稠豆浆照例有。虽然吃不多,精神却很好。(《旅印家书》十)

适逢全印哲学大会在该校举行,乃受邀参会。有印度学者询问在华的印度研究情形,对中国的印度学术研究者数量之少深感惊诧,许地山为作解释,并发起组织"中印文化协会"的倡议,惜未能实行。

余至印度时,适值全印哲学会开会于Poona之Sir Parashurambhau College。余适在该校居住,因得被请为上宾,参加大会。印度名哲学家暨哲学教授,均在座中。有询余在中国讲印度哲学及研究印度学术者有几人,余告以约四五人,座中皆惊,谓以中国之大,何以对东亚民族文化研究者如此其少。且中印文化,关系甚深,以中国之大,而研究印度文化哲学者如此其少,颇属憾事。余当告以中国不研究印度文化,约有二故,一,中国现方追求科学深为研探,期得以有一近代国家之建设,以冀脱却次殖民地之地位而成独立自由之国家,故不暇为印度文化之研探。二,中国有大部份人士,以印度文化为"麻醉"品,不合中国目前之需要,俾更入于认命,追求自然,重精神生活而忽略物质建设之一途,故不研究印度文化。泰戈尔前者到华不受一部人欢

---

① 《许地山研究集》中原文拼写有误。

迎,盖亦是故。然彼等则有其"劣等感觉",以为中国人士不研究印度文化者,乃以印度现为英之属国而非自由独立之邦,因遭中国人士之贱视,余虽为之详细解释,亦不能完全袪其怀疑。

印度学者教授之待遇甚高,一月中可得一千余卢比,约合中国千一二百元。彼等于哲学会中,询余以中国大学教授之待遇如何,余据以实告,并谓有时且欠薪不发,至数月半年之久,彼等聆之,惊奇异常,似不能置信。彼等并询余,此次由印归国后,能否可以增高薪水,余告以来印系个人行动,非任何学校或机关资送,留印且不可久,归国增薪,绝无其事,彼等亦惊异不止。

余于全印哲学大会中,曾被请讲演中印关系,便中会提议由两国学者组织"中印文化协会",俾得互为沟通,介绍两国学术,然因余无有力之介绍,虽亦得其赞成,终有人微言轻之感,未能即成事实。(许地山口述,张铁笙整理:《最近之印度》)

3月26日,致信周俟松,告以经济上还能支持两个月,嘱其想法筹款,如向商务印书馆预支《道教史》的版税。又吩咐如果《春桃》文稿还未寄出,就在结尾加一句话。

如《春桃》稿还没寄,在最后一段,最后一句应加"过不一会,连这微音也沉寂了。"一句。(《旅印家书》八)①

3月,到印度小国波尔(Bhor)参观,受到国王父子的招待并合影。

上个星期到Bhor国,这是印度还没亡底一个小国。地方不过百里。国王请我们吃大餐(坐在地上吃),又教我同他父子照了一个相。(《旅印家书》九)

4月1日,致信周俟松,抱怨当地物价腾贵,所费不赀,嘱其亲自找司徒雷登设法。又谈当地的饮食起居和气候温度。随信附野花种子一包。(《旅印家书》九)

4月,从梵文教师进修,一周三次,每月学费约二十卢比。(《旅印家书》十)研究梵文和印度哲学之外,辄在图书馆中读书和写小说。(《旅印家书》十五)

4月9日,经济状况愈发窘迫,致信周俟松,催问向燕大等处筹款,以及就住房问题与燕大交涉的情形。(《旅印家书》十)

4月15日,接到周俟松3月19日信并回信。谈自己对任教燕大的考虑,认为哈佛燕京学社的资金未能用在真正国学的研究上,自己已成主事者"眼中钉",有被开除的预感,开始打算下一步的出路。

近几天来,每想燕京底事情,以后是靠不住的。"君子见机而作",应当早想法子。哈佛燕京社底钱,他们不拿来用在真正国学底研究上。我们几个人,除我懂外国话可以抬杠以外,其余颉刚、希白二位是不闻不问底,所以我会成为他们底眼中钉。不晓得到什么时候,他们要开除我。这几天,我想到一个办法,就是自己找些钱,开个研究院……(《旅印家书》十一)

4月20日,致信周俟松,回忆初次游印时对泰戈尔的访问。此次本欲再次往访,因泰戈尔外出讲学,只得作罢。(《旅印家书》十二)

4月24日,致信周俟松,对燕大当局的用人态度和高层纷争深表不满,进一步规划未来可能的去处。随信寄上照片四张。

---

① 登载于《文学》月刊的文本中并没有加上这句话。

> 燕京如再不给,是真对我不住,使我对于他们更失信仰,我实在不想同他们再混下去。燕京当局老抱着一种"要则留,不要则请便"政策对付教员,这是我最反对的。来年裁底人固然有许多该走底,但也有很好的教员在里头(未见着名单,谁被裁总知道一点)。几个大头闹意见,拉拢教员,巴结学生,各树党羽。在我看来,一无是处。我想还是另找事情,北大,或南京,或广西,或湖南都可以。我不再找清华了,这次要走得走远一点。前次的信所说,组织电影经理处底事,我越想越有把握,虽然我不会做买卖,我却信这事可以办。(《旅印家书》十三)

4月28日,晚看剧本翻译自欧洲的印度剧。

> 昨天晚上去看印度戏,是翻译欧洲底剧本。情趣与中国底新剧一样,男女合演,在他们是破天荒。(《旅印家书》十三)

4月29日,致信周俟松,谈对妻妹周铭洗决意出家为修女的意见和印度嫁女风俗等。信后附自画像,云"告诉小苓这是爸爸"。(《旅印家书》十四)

4月30日,致信周俟松,表白对燕京大学师生和学校本身的感情,但反感于学校当局,故决意离开,就缅甸大学之聘、组织电影经理处、办研究院等都在考虑之内。就开办一所中学的计划征求周俟松意见。

> 你知道,我读在燕京,我教在燕京,我生活在燕京,我尊敬燕京的老师,我爱护燕京的学生,对母校燕京是有感情的。但对燕京当局的种种措施我不能容忍,我决心要离开。我告诉过你,缅甸大学邀我去教书,我又想组织电影经理处,又想办研究院。最后决定还是办一个中学切合实际,中学是基础教育,可以为高一级学校或专科学校培养后备军。而且你又是中学教师,我们同心协力建设一个最理想的中学。这个建议你赞同吗?(《旅印家书》十五)

5月1日,致信周俟松。是日为两人结婚纪念日,乃在信中回忆此事。(《旅印家书》十六)

5月5日,接到汇自北京的三十英镑,但未能即刻取得。(《旅印家书》十七)

5月6日,得周俟松4月13日信和傅东华信,云《春桃》稿已收到,拟刊《文学》月刊7月号。致信周俟松,拟出夫妻相处的六项准则,提议挂在卧房中。(《旅印家书》十七)

> ……妹看好不好?妹请人写起来,挂在卧房里,好不好?"① 夫妇间,凡事互相忍耐;② 如意见不合,在说大声话以前,各人离开一会;③ 各以诚意相待;④ 每日工作完毕,夫妇当互给肉体和精神的愉快;⑤ 一方不快时,他方当使之忘却;⑥ 上床前,当互省日间未了之事及明日当做之事。"还有一两条,不甚重要,不必写。妹妹,你想这几条好不好,咱们试试吧。(《旅印家书》十七)

5月13日,游览印度狮子堡。(《旅印家书》十八)

5月14日,致信周俟松,决意"钱来便走",嘱其"此信到时,如还筹不着钱,即想法电汇四十磅做路费到上海"。(《旅印家书》十八)

5月15日,得到甘地的追随者 Kashiuarh M. Deshpande 和 Narayau M. Deshpande 赠送的甘地所著《我的早年生活》(*My Early Life*)一书。[冯锦荣:《许地山(1893—1941)与世界宗教史研究——以许氏旧藏书中有关摩尼教研究文献为中心》]

5月,得博晨光和燕京大学会计处信。燕大告知原先许诺的两千美元已用完,如再行支取,只能算从薪水中借。博晨光称,许地山的所有作品,哈佛燕京学社均有权先印,对许地山自行将《道教史》交由商务印书馆出版表责问之意。①

> 同时收到燕京两封,一是傅[博]晨光先生的,一是会计处的,说的都是关于钱的事。学校只应许借,因为原许的二千美金已经用完,金水落得厉害,所以不敷。……我把《道教史》交给商务印书馆,他写信来说我应当问哈佛燕京社要不要,因为所有我的作品,哈佛燕京有权先印。(《旅印家书》十九)

5月21日,致信周俟松,对哈佛燕京学社在自己作品版权方面的限制表示不满,下学年不准备在燕大授课,再申去意。

> 这一来,连小说都要算在内。咱吃他几百块,还要吐东西还给他,实在有点不愿意。我要写信给博晨光先生,如果学社要,得给钱。告诉吴文藻先生,说不要给我定功课,我来学年不教书。我真想自己出来干一干,燕京是靠不住的。(《旅印家书》十九)

5月27日,赶在雨季之前参拜佛教遗迹,马车回程经过丛林时遇豹(或虎),幸有惊无险。(《旅印家书》二十)

6月9日,得燕大信,许诺一千元的经济补贴。致信周俟松,谈前次遇险事,对身边印度人的贪利之举有所抱怨,询问燕大住房的分配情形,交代《大藏经》出售等事。(《旅印家书》二十)

6月13日,致信周俟松,谈来日旅程安排,宣告回程将赴山东一行,并将整次游历写成《孔子西游记》一文。

> 我也要到山东去一去。因为我这次底游记,用孔子做主角,我是跟孔子游历底人,书名大概就用《孔子西游记》。漂亮不漂亮?内容丰富,裕有兴趣,没眼睛底可以不用看。曲阜没到过,所以头一章还没动手。(《旅印家书》二十一)

6月20日,致信周俟松。后前往戈亚(今印度格雅)和马德拉斯(今印度金奈),在两地为亲友买物。(《旅印家书》二十二)

6月,《道教史》由商务印书馆出版。

7月1日,在马德拉斯附近的古黄支国遗址一游。(《旅印家书》二十三)

同日,《春桃》,刊《文学》月刊第3卷第1号。

7月2日,致信周俟松。下午在马德拉斯基督教青年会作关于中国的讲演。(《旅印家书》二十三)

除此次外,在印期间,多次受邀讲演,以满足当地人对中国情势的兴趣,深感他们对中国问题了解之匮乏与中国国际宣传之不足。

> 该国人士,虽数次请余至其大学中讲演中国情势,听众尚感兴趣。然对中国情势,至为不明,且□□以"当今皇帝是谁?"为问,即其国之大学生,亦每不明中日韩关系,称中日韩为一国者有之,称中国为日之属国者亦有之,对满洲问题,则并不知满洲为中国一部,多以为日本由苏俄攫夺而去,略惹纠纷而已。该国对中国学者,亦多不佳印象,一次,余会出席一讲演会,主席当余之面,于致介绍词时,竟称中国之在欧洲者,多行为

---

① 博晨光时任哈佛燕京学社北平办事处干事。

不检,惰于□学,奢于生活,学亦无所专长云云。其国中一部份人,亦怀疑满洲苟为中国领土,则何以不求收复。余就我国现况,详为阐述,彼□似始稍为明了——此亦可见我国国际宣传缺乏运用之一斑。(许地山口述,张铁笙整理:《最近之印度》)

在某次讲演会上见到甘地。本欲私下交谈,经友人劝阻而止。

某次,余于一讲演会中见甘地,欲与作私人谈,友人力阻之,盖英警必力加注意,且有多人以余为外国侦探,或以余为日密探,与甘地接近反不妙也。(许地山口述,张铁笙整理:《最近之印度》)

7月,因经济的考虑,动身离印返国,留印两载以潜心研究的计划被迫中辍,夙愿未偿,甚感遗憾。

许君讲述至此,似颇感慨,谓中国教印度哲学史者,不过伊一人,欲留印二年,多所研探,亦因经济之困难,未偿夙愿,不及一年而返,再度赴印,尚未知何年月日,苟有友人而为庚款委员且知中印之关系紧要,印度文化之值得国人研究,盖资取法或为殷鉴者,或可介绍得稍许资助,俾□研究之功也。(许地山口述,张铁笙整理:《最近之印度》)

7月12日,抵槟榔屿,住在中国人开办的钟灵中学,得到朋友们经济上的帮助。(《旅印家书》二十四)与李词傭、陈少苏、陈敏树等同游滨城公园,李赋《望海潮》一阕以记此事:

萍踪初聚,兰情方契,游心忽忆公园。猿啸暮云,花飞春榭,椰林萦带荒烟。瀑布正高悬,看凿池蓄水,移石成湍,曲洞斜桥,思量何处不奇观?

安排竟日流连,且寻幽选胜,直上岩巅。收入镜头,踏穿屐齿,几回煞费钻研?美景自年年,似绿肥红瘦,蝶后蝉前。正好吟笺醉袂,相与话沧田。(李词傭:《望海潮 陪许地山教授陈少苏内兄陈敏树内侄同游滨城公园》,《槟城乐府》,长风出版社,1936年)

7月14日,致信周俟松,云仰光大学邀请他担任汉文教授,暂未应允。(《旅印家书》二十四)

7月17日,抵棉兰,看望父亲许南英的坟地。(《旅印家书》二十五)

7月18日,搭船往槟榔屿。在"苏门答拉棉兰爱同俱乐部"致信周俟松。(《旅印家书》二十五)

7月27日,抵香港,接到周俟松催促回家的信。疑与周俟松之父周大烈病重有关。在友人陈作熙宅回信,拟次日出发北上。预计8月1日抵厦门,6、7日到上海,"如果船到得早,便赶车直上北京"。(《旅印家书》二十六)

8月11日,岳父周大烈病逝于北京,享年七十三岁。①

8月,回到北平。为操持岳父丧事,颇耗心力。

适许君以泰山新近逝世,哀思方深,身体亦感疲累,髭须未薙,长可逾寸,如数年前在燕大北大任教时同。(许地山口述,张铁笙整理:《最近之印度》)

---

① "君讳大烈,字印昆。……君生于清同治元年十月廿三日,卒于中华民国二十三年七月二日,年七十有三。"(陈叔通:《湘潭周印昆墓志铭》,《湘潭周大烈清故官诗一百首》)又杨树达1934年8月12日日记云:"周甥鸣珂来,言周印昆翁(大烈)昨日去世。……翁居医院数日,余以忙于研究未一往问疾,负疚之至……"可知墓志铭中忌日日期为阴历。(杨树达:《积微翁回忆录》,北京:北京大学出版社,2007年,第60页)

回京后,将一种印度面点的做法传授给燕大附近的"常三小馆",广受好评,人称"许地山饼"。

> 当年燕京大学校址在北京西郊。校东门外有家小馆,因掌柜的姓常行三而被称为"常三",擅长做一种面点,名曰"许地山饼",颇有名气。
> 这许饼确实是许地山先生从印度学来传授给"常三"的,所以又名"印度饼"。后来竟脍炙人口,成为该馆食单上的保留节目。它的做法是先炒鸡蛋,用铲铲碎,放在一旁备用。另起油锅炒葱头末,煸后加咖喱,盛出备用。再起油锅炒猪肉末,七成瘦,三成肥,变色后加入炒好的鸡蛋及葱头末,加食盐和白糖少许。因不用酱油,色泽金黄,故曰"葱屑灿黄金"。以此作馅,擀皮包成长方形的饼,近似褡裢火烧而较宽,上铛烙熟。烙时须两面刷油,所以实际上是一种馅儿饼。(王世襄:《许地山饼与常三小馆》,《锦灰堆》,北京:生活·读书·新知三联书店,1999年)

9月5日,容庚来访。

> 八时进城,至许地山及三弟家。(《容庚北平日记》,第382页)

9月6日,在燕大"新生指导周"上,发表题为"燕大园林及其附近"之讲演。(《燕大新生指导周 昨由许地山等讲演》,《华北日报》1934年9月6日)

9月,《北平晨报》记者张铁笙来访,与谈此次赴印经历,介绍印度的历史与现实,对其国民性、地缘政治特点,以及甘地倡导的非暴力不合作运动之现状都作了细致的分析,对印度的未来表悲观态度。记者笔录谈话内容,成《最近之印度》一文,刊《北平晨报》9月8、9、11、13日。

同月,着手创作《孔子西游记》,以新体裁写出中国人对东南亚各国的观察,拟在叶圣陶编辑的《中学生》上发表,但未刊出。本月《北平晨报》上刊出其写作计划和进展如下:

> 印度哲学专家许地山教授,此次由印度归来,对沿途所见所闻,颇多心得,现正着手创作长文一篇,题名为《孔子西游记》,拟在上海开明书局出版叶圣陶所编辑之《中学生》上发表。据许君云:"《孔子西游记》一文,乃以中国人之眼光,来观察印度缅甸诸国之问题,拟采笔新体裁而不用日记体,俾国人于醉心欧美政治经济之余,再看看亡国民族所遭之待遇及其挣扎之程度,以为借鉴。全文以地为题,以事为题,内容约为大连,上海,台湾,广州,香港,马来半岛,缅甸,印度,插图甚多,皆此行所收集,现已写至上海一段云。"(《许地山新著〈孔子西游记〉》,《北平晨报》1934年9月11日)

同月,燕京大学开学,但未担任具体课程。且因燕京大学限制兼课,遂只任燕大历史系教授。[茜蘋(贺逸文):《研究印度哲学的许地山》]

10月10—13日,在定县平教会参加关于中国乡村工作问题的讨论会。该会由许仕廉、章元善筹备,一百五十余名代表参会,晏阳初、梁漱溟等发表讲演。(乡村工作讨论会编《乡村建设实验》第二集,中华书局,1935年)

10月21日,下午二时,受北平知行社之邀,在女青年会礼堂作题为"甘地主义与印度"之讲演,谈印度的历史与当前面临的困难。(《许地山在知行社讲甘地与印度》,《北平晨报》1934年10月22、23、25日)

10月23日,在燕大师生全体大会上,发表题为"印度的政治运动和大学生"之讲演,介绍印度近期政治、经济和社会状况。(《一条围布应用无穷 许地山讲印度近况》,《燕京新闻》1934年10月25日第1卷第14期)麦携曾、石家驹记录讲词,刊于次日天津《大公报》。①

11月16日,在燕大宁德楼发表题为"观音崇拜之由来"的英文讲演,为燕大宗教学院所举行的系列学术讲演之首次。"因时间关系,未及完毕而散。演讲后陈列观音佛像,任人参观。"②(《许地山教授讲:观音崇拜之由来》,《燕京新闻》1934年11月17日第1卷第23期)讲词由梁嘉惠、石家驹记录,刊11月19、20日天津《大公报》。

12月1日,在燕大遇顾颉刚。(《顾颉刚日记》第三卷,第266页)

12月2日,与冯友兰、杨树达、吴宓等人赴燕京大学美国留学生卜德所请之酒席。

> 燕京大学研究生美国人卜德招饮。同座除冯芝生、许地山、吴雨僧诸君外,有美国人福开森。(杨树达:《积微翁回忆录》,第64页)

12月4日,在石驸马大街师范大学文学院大礼堂作关于"翻译"的学术讲演。(《师大定明晚请许地山讲演"翻译"》,《华北日报》1934年12月3日)

12月5日,《上景山》,刊《太白》第1卷第6期。

12月9日,顾颉刚来访,谈一小时。(《顾颉刚日记》第三卷,第269页)

12月,受刘廷芳邀请,赴正阳楼参加刘所主持的"近代文化欣赏班"(Appreciation of Modern Civilizaiton)聚餐,和燕大学生讨论《空山灵雨》《解放者》两部著作。《北平晨报》记者张铁笙同席,并将此事写成报道,刊《北平晨报》1934年12月11—13日。

> 刘博士一班学生,是两礼拜便聚一次餐……同时得读两本小说。……每人必须把两个礼拜里度过的小说,作出一篇书评,然后在聚餐的时候,尽着可能把原作者也请到,把这些批评和原作者一起讨论。这一次他们读的是落华生先生的《空山灵雨》和《解放者》两本小说,所以特地请了许先生来亲自讲述一点他创作小说的经过。(铁笙:《正阳楼肉肥火旺 落华生茹素谈作品》)

12月11日,午赴陈其田招宴,徐淑希、张印堂、吴其玉、吴文藻、顾颉刚等同席。

> 到陈其田处吃饭,并商边疆研究事。
> 今午同席:徐淑希 张印堂 吴其玉 吴文藻 许地山 予(以上客) 陈其田(主)(《顾颉刚日记》第三卷,第270页)

12月19日,《礼俗调查与乡村建设》,刊《北平晨报·社会研究》第65期。

12月22日,容庚来家中看所藏碑帖。

> 至许地山家看碑帖。(《容庚北平日记》,第394页)

12月23日,应北大哲学会邀请,在北大二院大礼堂作题为"怎样才能成为伟大的民族"的讲演。(《北大哲学会请许地山讲演》,北平《益世报》1934年12月21日)讲词略记先刊《世界日报》、天津《益世报》等处。③ 后经重写,刊《北平晨报·北晨学园》1935年2

---

① 《燕京新闻》报道记此次讲演日期为10月25日,然天津《大公报》已于10月24日刊载报道称讲演日期为"昨日"。当以后者为准。

② 此次讲演纪要于是年11月17日刊《燕京新闻》第1卷第23期。

③ 《怎样才能成为伟大的民族——许地山日前在北大之讲演》,许地山讲,沈大政记,《世界日报》1934年12月27—29日;《许地山昨在北大讲演:"怎样才能成为伟大的民族"》,天津《益世报》1934年12月24日。

月8日第779号,即《造成伟大民族底条件》一文。

> 冰森对我说这稿曾有笔记稿寄到报馆去,因为详略失当,错漏多有,要我自己重写出来。写完之后,自己也觉得没有新的见解,惭愧得很。请读者当随感录看吧。(许地山:《造成伟大民族底条件》,《北平晨报·北晨学园》1935年2月8日第779号)

是年,作圣歌《神佑中华歌》,次年杨荫浏为之谱曲。刊《紫晶》1935年9月1日第9卷第1期,亦收于《普天颂赞》一书。[联合圣歌编辑委员会编《普天颂赞(线谱本)》,上海广学会,1936年]

约是年,与梅贻琦一家、雷洁琼、卢惠卿、水建彤等同游十三陵。某天夏夜,又曾携水建彤去北海划船。(桑简流:《怀念落华生》)

1935年乙亥　民国二十四岁　四十一岁

是年,有写作《中国礼俗史》的计划,拟与江绍原、陶希圣、黄石等人合著,许地山负责中国的物质生活与礼仪习俗的历史部分。但事未果行。

> "现在答应了商务印书馆,写中国礼俗史。关于这一门学问如江绍原先生是撰述迷信方面,陶希圣先生是撰述社会经济方面,黄石先生撰述各种节气的。我所要着手的是中国的物质生活与礼仪习俗底历史。"(茜蘋:《研究印度哲学的许地山》)

年初,为海伦·F.斯诺等讲授宗教和中国园林等课程。

> 1934年我在北京时学会种植此草。那时我听佛教和道教的著名权威许地山用英文讲课。我和另外三个外国人,每天骑自行车行驶5公里到城里老师家听课。无论是刮黄土、下雨夹雪,还是气温降到零下,我们都不耽误上课。[1]
>
> 我第一次走进许地山老师家时,看见窗边有一张木头桌子,上面只放着一个小巧的扁扁的长方形的花盆,里面种的就是这种草。草很小,却冒着外面的寒风和结冰的天气生长着。许地山解释说,这象征勇气或挑战。我非常喜欢老师家的整个布置,至今记忆犹新。……许地山也叫张东生,后来成了我们的朋友。1937年1月,他参加我们杂志的编委会。[2](《海伦·F.斯诺的来信》,张锲:《寻梦录》,北京:昆仑出版社,2003年,第59页)
>
> 我在课上和他学习佛教、道教等等。许地山也为我开了一门讲授中国园林规则的一个人特别班,当时这是门独一无二的学科。后来多萝西·格雷(Dorothy Graham)(或某个差不多的名字)在写作一本关于这个课题的书;我就把我的笔记给了她,并把她介绍给许。她告诉我,这才使她有可能写成这本书。[3](毕绍福编著,安危、牛曼丽译《架桥:海伦·斯诺画传》,北京出版社,2015年,第39页)[4]

1月1日、2月1日,译作《二十夜问》及许地山所作小引,刊《文学》第4卷第1、2号。

---

[1] 海伦·斯诺在回忆录中亦谈及此事,叙述略有差异:"我们甚至在冰冷刺骨的寒风中,冒着迎面扑来的雨夹雪和迷眼的黄土,骑车8公里,进北平城去听许地山主讲的佛学和道教讲座。"(海伦·斯诺著,安危译:《我在中国的岁月》,北京出版社,2015年,第137—138页)

[2] "张东生"疑为"张东荪",但这二句仍不可解,当是翻译或回忆有误。

[3] 此书当指出版于1938年的 Chinese Gardens。

[4] 此处译文系笔者据原书同页英文重译,海伦·斯诺与许地山的合影亦见此页。

1月4—9日，胡适访问香港，香港大学副校长韩耐儿（Sir William Hornell）、文学院长佛斯脱（Dr. L. Forster）等招待。① 港大当局告知胡适改革中文教学的计划，及理想主持人选具备的四项条件。这些条件许地山大多符合，为受荐入港大任职埋下伏笔。②

> 我在香港时，很感觉港大当局确有改革文科中国文字教学的诚意，本地绅士如周寿臣、罗旭和诸先生也都热心赞助这件改革事业。但他们希望一个能主持这种改革计划的人，这个人必须兼有四种资格：（一）须是一位高明的国学家，（二）须能通晓英文，能在大学会议席上为本系辩护，（三）须是一位有管理才干的人，（四）最好须是一位广东籍的学者。因为这样的人才一时不易得，所以这件改革事业至今还不曾进行。[胡适：《南游杂记》，欧阳哲生编《胡适文集（5）》，北京：北京大学出版社，1998年]③

1月20日，《先农坛》，刊《太白》第1卷第9期。

1月27日，与沈从文、李健吾、熊佛西、顾颉刚等十九人在《北平晨报》上联名发表公开宣言，反对南京国民政府将以故宫博物院藏品为主体的古代文物运往英国，参加在伦敦举办的中国艺术国际展览会。（《平市学术界二次宣言反对古物运英展览》，《北平晨报》1935年1月27日）

2月初，接受天津《益世报》采访，就胡适南下香港发表讲演，反对广州推行的读经教育，引发中山大学国文系主任古直等人猛烈抨击一事发表意见。许地山表示"站在保存我国故有文化的立足点去读经，并不是不可以"，唯不赞成"拿整部的经书来只就字面去读"。继而对中山大学国文学系的教育方式和广东的教育风气，提出了整体性的批评。许氏认为，胡适受到广东方面攻击，除反对读经外，说"香港应作南方的文化中心，广东是中国的殖民地，也是引起反感的大原因"。

> 关于读经，我并不反对，不过我所赞成的读经，是要读的有点意义，站在保存我国故有文化的立足点去读经，并不是不可以，但是一个字一个字的去死念，毫无疑义的去死念，那末[未]免有些太无聊了，在左传，孟子，各经书上有好多有意味的故事，若是摘下来给中小学的学生去读，是很好的教材，但是拿整部的经书来只就字面去读，却有些不很妥当，再者经书上深奥难懂的字句，不妨另外增进字去，使它变成易读易懂，对于学生所得的益处，我想多些。广东方面的读经，我根本有点不敢赞成，尤其是中山大学国文系诸教授主张的读法。……他们只就字面，一字一字的去读经的办法，是不会有益处的，读了半天还是个莫名其妙，这样去读，读了又有何益，也不过多认识几个单字而已，并且有好些读了好几年经书，有时连句子都分不开的。

> 不过我国的学者，从来是很少作实际需要的工作的，……主持教育的人，也是这

---

① 见《胡适日记全集》第七册，第165—168页。

② 许地山祖籍虽非广东，但幼时曾在广东生活，能说粤语。叶启芳回忆两人初见时："出乎我意料之外的，是许先生用极纯粹的粤语向我打招呼。他一见如故地向我絮絮问及广州情况。他告诉我，他的幼年时代在广州东居留了一个很长久的时期。"（叶启芳：《忆许地山先生》）他也对香港合一堂牧师张祝龄说："先父曾在阳江做官，我在任生长，不但会粤语，且会读粤音"。（张祝龄：《对于许地山教授的一个回忆》）

③ 据胡适1934年5月18日日记："E. R. Hughs来谈香港大学中文讲师事，我写一信与Sir William Hornell。荐陈受颐与容肇祖两兄去考察一次，然后作计划。"同年6月4日日记："为香港大学中文部事，发两电，一与Sir Wm. Hornell，一与容元胎（肇祖）。陈受颐兄不日南行，将与元胎同视察香港大学的中文部，为他们设计。"（《胡适日记全集》第七册，第116—117、123页）知港大当局早已为中文系改革事与胡适接洽。

样,在广东的中小学用的国语课本,虽然是商务,中华出版的国语,但是读起来却□用广东音,结果他们读的国语,即[既]非国语,又非广东话,弄得广东人自己都听不懂,他们虽然用了国语写成的课本,却并不注意国音,对注音字母也并不认真……

至于胡适之先生这次为读经而引起广东方面的反对,原因不外和广东方面读经的主张冲突,并且他在香港大学里说香港应作南方文化中心,广东是中国的殖民地,也是引起反感的大原因。不过我觉着胡先生应当先到广东中山大学实地的观察一下,找着他们的弱点,然后发言,是比较自己站得稳固些的。(《许地山谈:读经意见——主张读经反对逐字死念》,天津《益世报》1935年2月7日)

此报道后为香港《工商晚报》转载,引发中山大学国文系主任古直强烈反应,连撰长篇布告加以驳诘。①

约2月,接受《世界日报》记者茜蘋(贺逸文)专访,为该报"学人访问记"系列之一。乃详述早年求学经历和当前的研究计划。长篇访问记《研究印度哲学的许地山》刊《世界日报》1935年2月23—26日。

3月初,在青年知行社发表讲演,谈对"读经问题"的正面主张,并倡议知行社员至文天祥祠堂瞻礼。

> 在本星期日,我提倡知行社员在文天祥祠堂瞻礼。我觉得文先生底正气歌,比论语感我底力量还大。[《许地山对读经之态度(一)》,《北平晨报》1935年3月8日]

3月3日,将在青年知行社讲演的讲词(北大刘问修记录)详加修改,附广东友人剪寄古直致中山大学校长邹鲁函原文,寄交《北平晨报》发表。此文旋以《许地山对读经之态度》之名,刊《北平晨报》1935年3月8、9日。

3月6日,《北平晨报》记者来访,以古直布告见示。遂再谈关于中山大学国文系提倡读经之意见,以及对古直布告的回应。

> 记者首于陟山门许教授私邸,晤许教授,许君方伏案作书稿。阅古直洋洋一篇古典布告后,大笑不止。继则称古之大文,并未述明何以本人(许自称)主张选读经书之不当,仅以严词厉色,咒人以"不智",求一种心理上之痛快,即算自己得胜,于吾人反对读经无何关系。并称中大以一赋一诗而毕业者,乃系万确事实,古始则坚不承认,继则为一诗一赋谈何容易,证明实有其事,亦颇可笑。总之,其主张读经,不外封建思想之余毒。盖广东于形式上自多采西方物质文明,而思想文化上则保守而落伍也。(《许地山昨谈读经 为封建思想余毒》,《北平晨报》1935年3月7日)

3月14日,下午在燕大生物楼发表讲演,讲题为印度佛教壁画。

> 历史学系教授许地山先生于星期四下午四时十五商[分]在生物楼讲演,讲题为印度佛教壁画,同时并用幻灯片照许氏所藏该地照为多种,由许氏加以说明,并述各画之故事至五时半始散。(《许地山讲演印度佛教壁画》,《燕京新闻》1935年3月16日第1卷第62期)

---

① 古直:《中国语言文学系布告》2篇,《国立中山大学日报》1935年2月22、26日。布告又为天津《大公报》《北平晨报》等转载。古直致中山大学校长邹鲁信,见《南北文人为读经起笔战》,《益世报》1935年3月6、7日。

3月27日,下午四时,受燕大社会学会之邀,在燕大讲演"庙宇祠堂与民间生活"。(《许地山讲庙宇宗祠与民间生活》,《燕京新闻》1935年3月28日第1卷第67期)讲词《祠堂庙宇与民间生活》由徐雍舜记录,刊《北平晨报·社会研究》1935年4月24日第81期。

3月29日,晚七时,受邀至北大二院宴会厅参加北大国文系三年级级友所组织的座谈会,再谈对"读经问题"的意见。文学院长胡适因病临时缺席。讲词纪要后刊《燕京新闻》(《许地山发表读经意见》,《燕京新闻》1935年4月9日)。①

3月31日,中国文化建设协会北平分会邀集北平"文化界代表人士"在中山公园来今雨轩讨论"中国本位文化建设"问题,许地山亦受邀,是否赴会未详。(天津《大公报》1935年3月28日)

4月6日,应邀在北平青年知行学社全体社员大会上讲演。(《知行学社定期召开全体大会并请许地山讲演》,《京报》1935年4月2日)是日清明,北平大学生四十余人至文信国公(文天祥)祠参拜,许地山到场讲演,并诵《正气歌》。②

> 今年清明节,北平有大学生四十余人,至文信国祠参礼,并有文学名家许地山先生,至而讲演,庄读《正气歌》,听者动容,斯为百年来创见之举,许先生之提倡,人尤比之朝阳鸣凤。(吴贯因:《中国本位的文化与外国本位的文化》,文化建设月刊社编《中国本位文化讨论集》,文化建设月刊社,1936年)

4月8日,容庚来,选购周大烈所藏拓本五十余元。

> 七时到许地山家,选购拓本五十余元。(《容庚北平日记》,第411页)

4月16日,送拓本至容庚处。

> 许地山送所购周大烈拓本来,共购六十元,九折。(《容庚北平日记》,第412页)

同日,《读书谈》,刊《北平晨报·北晨学园》第802期,后亦刊《读书季刊》1935年6月1日第1卷第1期。

4月23日,在燕大师生大会上讲演"古人读书法"。

> 大意为古人读书方法,若以今日眼光观之,颇为幼稚可笑,盖不外"背"与"记"是也。学习方面,分小孩及成年人读书法。小孩读书目的是认字,成年人读书则要用评注工夫。读书要由"博"而"略",此系中国传统的万能主义,要先读的多了,再依己性之所近,专"略"某一种。读书最要紧者即名师之指导及益友之切磋。选择书籍,亦极重要云云。(《燕京新闻》1935年4月25日第1卷第76期)

4月,为李勘刚作品所作序《序〈野鸽的话〉》,刊《新文学》第1卷第1号。

5月1日,郑振铎发表《世界文库发刊缘起》,宣告将编选出版一套包罗万象世界文学名著丛书。在"第一集目录"的"外国之部"中,当先两书《黎具吠陀》(Riga Veda)和《摩诃婆罗多》(Mahabharata),选译标注由许地山翻译。但似未译成出版。(郑振铎:《世界文库发刊缘起》《世界文库第一集目录》,《文学》1935年第4卷第5号)

---

① 此事报道亦见1935年3月31日天津《益世报》《北大国文系昨举行座谈会:许地山讲"读经问题"》一文,但记载不及《燕京新闻》详细。

② 许地山此前在知行社已有瞻仰文祠之倡议(见前),此日活动或即由此而起。

5月2日,北平当局欲以"维持风化"为由"取缔私中男女合校",许地山与高厚德均表示反对态度,意见发表于是日《燕京新闻》上。(《平市拟取缔私中合校 许地山以为道德空话不足感人 高厚德谓应注意学生领导劝诱》,《燕京新闻》1935年5月2日第1卷第79期)

同日,香港大学中文学院召开科务会议,会议后罗伯生报告聘请院长事,陈受颐、胡适皆不就,胡适来电改介绍许地山或陆侃如。①

> ……会议完,罗伯生报告关于聘请陈受颐乙事,已接到渠及胡适之两方面来电说"不能来",胡适来电改介绍许地山或陆侃如。陆侃如我知道他的甚少,许地山则似乎从前已有人提议过了。[陈君葆著,谢荣滚主编《陈君葆日记(下)》,第140—141页]

5月5日,偕燕大美籍学者、各系学生共三十余人,赴舍饭寺红卍字总会参观,会长熊希龄、夫人毛彦文等接待。(《许地山参观红卍会,熊毛任招待》,天津《益世报》1935年5月6日)

5月11日,《近三百年来底中国女装》,开始在天津《大公报·艺术周刊》上连载,至8月3日刊毕。②

5月18日,顾颉刚来访。(《顾颉刚日记》第三卷,第342页)

约5月,接受天津《益世报》采访,谈早年在北京求学时的学生生活。采访稿《学生的模范许地山》,刊天津《益世报》1935年5月25日。

5月26日,在北平东城女青年会讲演。(《许地山定期在女青年会讲演 讲题临时公布》,《京报》1935年5月24日)

6月1日,胡适宴请港大文学院长佛斯脱(Professor L. Forster),许地山等受邀作陪。(《胡适日记全集》第七册,第212页)

6月5日,顾颉刚来访,疑为请许地山去信聘老舍任燕京大学国学系教员事而来。

> 到地山处,遇之。
> 今日为国文系请教员,坐了一天的汽车。
> 舒舍予——地山出信。(《顾颉刚日记》第三卷,第351—352页)

6月8日,香港大学中文学院召开科务会议,议决依据校董会议意见,改聘许地山担任中文学院院长,与会众人一致通过。③

> 十点开科务会议,讨论依据校董会议意思决定改聘许地山担任中文学院院长事,罗伯辛教授说明了我的意见,对于许地山的学问资格及在中国学术界的地位说了一番后,于是大众遂一致通过胡适的建议。[陈君葆著,谢荣滚主编《陈君葆日记(下)》,第148页]

6月9日,顾颉刚、丁月波来访,看妇女衣饰画。

> 丁月波来,与同到地山处,看妇女衣饰画。(《顾颉刚日记》第三卷,第353页)

---

① 又见胡适1935年5月10日日记:"发一电一航空函与香港大学Sir William Hornell,推荐许地山与陆侃如。"《胡适日记全集》第七册,第198—199页。

② 分别刊载于5月11日、5月18日、5月25日、6月1日、6月15日、6月22日、7月20日、8月3日。

③ 据陈君葆日记,校长韩耐儿5月9日询问过他的意见,陈君葆认为"若果陈受颐不能来,能得许地山则更佳"。6月5日文学院院长罗伯辛再次就此事相询时,陈君葆认为即使许地山不会说粤语也不妨事。后来得知"许是福建人,而且懂得粤语",遂觉得"如此大概更合适了"。7月17日遇梁宗岱,他也认为"许地山比陈寿颐好"。[陈君葆著,谢荣滚主编《陈君葆日记(下)》,第143、147、154页]

6月15日,参加翁独健《元宗教之法律》论文口试。

  今日同试：洪煨莲 邓文如 许地山 张亮丞 赵紫宸(翁)
  翁独健——元宗教之法律(《顾颉刚日记》第三卷,第355页)

6月,《青岛私立圣功女子学校校歌》,Frank C. Huston作曲,许地山作歌,收于《青岛私立圣功女子学校校刊》。

7月14日,与香港大学文学院长罗伯辛、鲁贝尔上校(Major Rupel)、胡适、江冬秀、陈受颐、陆侃如、冯沅君、毛子水等同游西山,至晚始归。① 同行数人多与胡适、陈受颐受托荐人改良港大中文系事有关。乃确定赴港大任职。②

  与香港大学文学院长Robertson、Major Rupel、受颐、许地山、陆侃如夫妇、毛子水及冬秀同游西山。九点出门,七点归,作竟日之游。
  港大决定先请许地山去作中国文学系教授,将来再请陆侃如去合作。此事由我与陈受颐二人主持计划,至今一年,始有此结果。(《胡适日记全集》第七册,第260页)

时任燕大宗教学院院长的赵紫宸后来回忆,许地山的离职与校务长司徒雷登为维持办学,"向宗教学院开头刀"以缩减经费有关。

  宗教学院每年预算中最大的开支是中国教授们的薪金。一个教授的薪金一年就是法币4 000余元。西籍教授全是宣教士,薪金由其所属差会发付,学院不用费一文钱。拉几位西籍宣教士来填补中国教授们的缺,宗教学院就可省下一大笔钱来转移给大学用。司徒雷登对于要用而可用的人们是礼贤下士,十分"谦和虚心"的;对于曾经得用,但可以不再用的人,则一脚踢开,等于出售废物一样。……许地山是燕京宗教学院的毕业生,又是牛津大学文学学士,曾经研究人类学,对于宗教比较学是一个出色的学者。他看情形不对,在院内的功课不多,不得已想到香港大学去执教鞭,司徒雷登求之不得地把他送走了。(赵紫宸:《燕京大学的宗教学院》,中国人民政治协商会议全国委员会文史资料研究委员会编《文史资料选辑》第四十三辑,中国文史出版社)③

7月15日,开中国哲学会筹备会,到欧美同学会赴午宴,顾颉刚、林志钧、冯友兰、胡适、张荫麟、张崧年等同席。通过哲学会章程。

  今午同席(为开中国哲学会筹备会)：林宰平 冯芝生 张荫麟 张真如 张崧年 许地山 予(以上客)适之先生 金岳霖 子通 瞿菊农(以上主)(《顾颉刚日记》第三卷,第367页)

---

① 合影见《北平画报》1935年7月23日第1273期。
② 据说此前许地山曾亲向港大投函求职,并得老同学应巂从中斡旋,但事为校长韩耐儿搁置而未成。[陈君葆著,谢荣滚主编《陈君葆日记(下)》,第156页]
③ 赵紫宸此文虽显受时风影响而作,对宗教学院和司徒雷登多所贬抑,但关于此事,因其言出有据,又在局中熟知内情,较值得参考,亦可与许地山《旅印家书》中对燕大当局经济和人事方面的抱怨互参。周俟松多年后声称,许地山之去职与当时抗日形势日趋严峻的背景下,和司徒雷登意见不洽有关,恐不确。她说:"1935年'一二·九'青年革命运动爆发,抗日形势逼人,当时燕京大学新旧学联斗争激烈,地山因与教务长司徒雷登不洽被解职。地山在燕大是学于斯,教于斯,是有深厚感情的,所以离去时悲愤交集。"(周俟松:《回忆许地山》)但"一二·九"兴起时,许地山早已离职;且他的离职,在当时是以"本学年休假,拟赴香港大学任教职"的名义进行的,而非"被解职"。(《燕大本年度教职员之更动》,《北平晨报》1935年8月18日)周作人则认为:"许之去港,为的燕京大学不肯重用,因为燕京有一个坏习惯,不重视本校毕业的人,无论这个人后来留英留美,学问超群。"(亢德:《知堂小记》,《文坛史料》)

午时,哲学会聚餐,到的十三人。把哲学会的章程通过了。(《胡适日记全集》第七册,第260页)

7月19日,拜访吴文藻,与在吴宅赴宴的顾颉刚等交谈。

与履安同到文藻家吃饭,饭后地山来谈。(《顾颉刚日记》第三卷,第368页)

7月22日,致信胡适,感谢他向港大举荐自己,函附相片一张、《窥园留草》一册,并向其求字一对。

谢谢您给我底相片,我底也不好,奉上一哂。这次承您介绍,心感之极。只是一旦离开北平,和知识朋友倒有一点舍不得。附上先父诗集一册,您与台湾有点关系,想必喜欢一读。集中好歹全收,因为我自己是个外行,不敢轻易删削,先父底朋友也多不在了,无从请教。希望您指示。前日在秘魔崖所见底对子"发上等愿结中等缘享下等福",就请为我照写一对如何?(耿云志主编《胡适遗稿及秘藏书信》第33册,合肥:黄山书社,1994年,第100—102页)

7月28日,午赴郭绍虞夫妇家中招宴,吕健秋夫妇、梅贻宝夫妇、赵肖甫、顾颉刚同席。

今午同席:吕健秋夫妇 梅贻宝夫妇 许地山 赵肖甫 予(以上客) 郭绍虞夫妇(主)

地山问我:"待君久矣,何不至?"予叹忙,彼笑谓:"你乃学术上的多妻主义者。"谓予太贪多也。(《顾颉刚日记》第三卷,第372页)

7月30日,容庚来访,不值,借《武梁祠题签》一册而去。

饭后访许地山未遇,借《武梁祠题签》一册。(《容庚北平日记》,第425页)

同日,赴欧美同学会,贺马鉴之女结婚。

履安来,与同到欧美同学会,贺马季明之女出阁。

今日所见贺客:适之先生(证婚) 周诒春 司徒雷登 蔡一谔 陈颂平 朱士嘉 博晨光 田洪都 许地山 容希白 郭绍虞(《顾颉刚日记》第三卷,第373页)

8月2日,容庚来访。

一时进城,访许地山及三弟。(《容庚北平日记》,第425页)

8月4日,容庚来访,复借《武梁祠题字》拓本而去。

访许地山,复借《武梁祠题字》拓本。(《容庚北平日记》,第426页)

8月,赴香港大学确定任职事宜,办妥后返回北平处理搬家事务,将家具、个人物件等或出售或散发。①

地山在母校不得意,终于跑到香港大学去了。不记得是哪一年,他忽然给我一

---

① 周俟松晚年函告卢玮銮,谓许地山此次赴港在是年7月。但据上文,7月似无此暇,故暂系于8月。见卢玮銮:《许地山在香港的活动纪程》,《许地山研究集》。

封信来告别,并且附来了两件东西,一件是硬陶器所制的钟馗,右手拿着一把剑,左手里捉了一个小鬼,又一件则是一个浅的花盆,里边种着一种形似芋叶的常绿植物,这种植物一直种了十多年才死,也不知道它叫什么名字。(周作人:《许地山的旧话》)

今日进枣林大院一号新屋……有由地山买来之什物,转觉富丽矣。①(《顾颉刚日记》第三卷,第387—388页)

8月15日,顾颉刚致信许地山。(《顾颉刚日记》第三卷,第379页)

8月18日,上午,离平赴港。(《名教授许地山挈眷赴港,就职港大文学院长职》,《京报》1935年8月19日)并所携家眷共七人:许地山夫妇、子周苓仲、女许燕吉、女佣袁妈和刘妈、周大烈所遗姨太太。到港后,居罗便臣道125号。(许燕吉:《我是落花生的女儿》,第4页)

是年,容庚得到据称是唐大中五年的铜磬一件,外刻《心经》和《佛顶尊胜陀罗尼经》,以拓本赠许地山,并嘱其考证此物年代。乃作《大中磬刻文时代管见》,刊《燕京学报》1935年12月第18期。

---

① 顾颉刚1965年1月16日日记:"自屋子改好后……然仍嫌挤,故静秋招拍卖行人来售去若干,其中大冰箱一件,是许地山赴香港大学时售与我者……"(《顾颉刚日记》第十卷,第199页)

金传胜

刘延陵作品年表(1913—1938)*

1913 年

1月26日,《野外飞弹案》(小说)刊《小说世界》第1卷第4期,署 YL 译。

7月24、25、26日,《黄面和尔美斯传之一》(小说)连载于《大共和日报》,署"著者广南多尔,译者刘延陵"①;11月1日改题《窗中人》复刊《小说时报》第20期,署"延陵"。

1914 年

5月11至13日,《真画灵》(小说)刊《申报·自由谈》,署延陵。

5月15日,《伤心之夜》(小说)刊《小说时报》第22期,原著不详,署延陵。

5月21日,作《梦倩忆语》(文言散文),刊9月20日《学生》第1卷第3期,署"上海复旦公学高等文科二年级生 刘延陵"。

6月1日,《武灵尘》(历史小说)②,《中华小说界》第6期,署延陵。1916年10月收入上海文明书局出版、胡寄尘编《小说名画大观》第5册。

9月,《法国近世教育家绯靡林传(译欧洲教育界新史)》(译文),《南通师范学校校友会杂志》第4期,署刘延陵③;1915年3月25日改题《法国女教育家绯靡林传》复刊《中华妇女界》1915年第1卷第3期,署延陵。

9月20日,《题蔡琰图》(旧体诗)刊《学生》第1卷第3期,署"上海复旦公学高等文科二年级生 刘延陵"。

1915 年

1月1日,《故宫艳迹》(小说)刊《小说海》第1卷第1号,署延陵;12月复刊《复旦》第1卷第1期,署延陵。

1月2日,《蓝猿》(侦探小说)刊《礼拜六》第31期,署延陵。

6月12日,《莲台情劫》(言情小说)刊《礼拜六》第54期,署延陵;1916年6月复刊《复旦》第1卷第2期,署延陵。

---

* 本文受江苏省2018年"双创计划"资助。
① "广南多尔"与下文"柯南达里""柯南达利"现均通译作"柯南道尔"。
② 民初报刊小说常有编译改写之作而未署原著者的,刘延陵早期小说多有此种情形。此篇疑为译作,原著者待考。下文与此相类者,不再另注。
③ 文章凡署名刘延陵的,均不再另注。

12月,《孙子以宫女试兵论》(文)、《诗三首》,同刊《复旦》第1卷第1期。

1916年

3月,《哀弦新语》(小说)复刊《小说海》第2卷第3号,署延陵;6月复刊《复旦》第1卷第2期,署延陵。

6月,《朝鲜宫监吟》(诗)、《送梁任公赴美养疴序》(文言散文)、《SHALL CHINA ADOPT THE FEDERAL SYSTEM?》(署"William Liu 刘延陵"),同刊《复旦》第1卷第2期。

1917年

1月,《航海奇遇》(小说)刊《复旦》第1卷第3期①,署延陵。

5月5日,《鸳牒新语》(小说)刊《小说海》第3卷第5号,署延陵。

6月5日,《吾船归时》(小说)刊《小说海》第3卷第6号,署延陵。

8月1日,《婚制之过去现在未来》(文)刊《新青年》第3卷第6号。

10月,《荒岛》(小说)刊《小说画报》第10号,署延陵。

12月,刘延陵、巢干卿翻译编纂《围炉琐谈》由上海商务印书馆初版,英国柯南达里原著,1920年8月再版。

此年,《积极教育与消极教育》《说演述故事(或称童话)》(译文)同刊《南通师范学校校友会杂志》第7期;《积极教育与消极教育》1919年7月复刊《南通县教育会汇报》第9册。

1918年

1月15日,致陈独秀书信一通,与陈独秀复函合题《自由恋爱》刊《新青年》第4卷第1号。

3月25日,《哲学家言(柯南达利山窗碎墨之一)》(小说)与《迷宫(柯南达利山窗碎墨之二)》同刊《小说月报》第9卷第3号,署延陵。

3月,《奇女》(小说)刊《妇女杂志》第4卷第3号,署延陵。

4月25日,《信用之城》(小说)刊《小说月报》第9卷第4号,署延陵。

5月25日,《绯兰》(小说)刊《小说月报》第9卷第5号,法国康儿原著,署"延陵译"②。

6月25日,《断臂》(小说)刊《小说月报》第9卷第6号,署延陵。

7月25日,《此恨绵绵》(小说)刊《小说月报》第9卷第7号,署延陵。

8月25日,《海中宝箱(柯南达利山窗碎墨之三)》(小说)刊《小说月报》第9卷第8号,署延陵。

9月25日,《情话软福音软》(小说)刊《小说月报》第9卷第9号,署延陵。

10月5日,《畹儿》(小说)刊《妇女杂志》第4卷第10号,署延陵。

10月25日,《碧波村》(小说)刊《小说月报》第9卷第10号,署延陵。

---

① 此期注明"未完",但笔者所见《复旦》缺第1卷第4期。
② 内文题目前后标署"欧战中之名著""法国小说家康儿原作见巴黎学士院文艺杂志第三六四期"。

11月25日,《秋娘奇遇》(小说)刊《小说月报》第9卷第11号,署延陵。

12月25日,《画眉鸟之屋》(小说)、《奇士马波》(小说)刊《小说月报》第9卷第12号,署延陵。

1919年

1月5日,《亚梨》(小说)刊《妇女杂志》第5卷第1号,署延陵。

1月25日,《春》(小说)刊《小说月报》第10卷第1号,署延陵。

2月1日,《秋雨庵》(小说)刊《小说画报》第20期,署延陵。

2月25日,《时钟小劫》(小说)刊《小说月报》第10卷第2号,署延陵。

3月15日,《英国之战犬(译西报)》(小说)刊《东方杂志》第16卷第3号,署延陵。

3月25日,《清洁之钱》(小说)刊《小说月报》第10卷第3号,署延陵。

4月25日,《果园之仙》(小说)、《珠宫艳影》(小说)刊《小说月报》第10卷第4号,署延陵。

6月5日,《风雨秋心》(小说)刊《妇女杂志》第5卷第6号,署延陵。

6月25日,《两难》(小说)刊《小说月报》第10卷第6号,署延陵。

7月25日,《一页之日记》(小说)刊《小说月报》第10卷第7号,署延陵。

8月25日,《鸳鸯雪艳记》(小说)刊《小说月报》第10卷第8号,署延陵。

9月25日,《天之所佑》(小说)刊《小说月报》第10卷第9号,署延陵。

10月10日,《双十碑》(小说)刊《南通》第10版,署延陵。

10月25日、11月25日、12月25日,《奥国最近宫闱秘史》(小说)连载于《小说月报》第10卷第10至12号,Princess Catherine Radziwill原著,署"译辑者延陵"。

11月25日,《自由酒店》(小说)、《橡屋》(小说)同刊《小说月报》第10卷第11号,法国Baroness Orezy①原著,署延陵。

12月15日,《近代的合作运动》(文)刊《解放与改造》第1卷第8号,署延陵。

12月25日,《还家之征人》(家庭小说)刊《小说月报》第10卷第12号,署延陵。

1920年

1月15日,《坟墓制度的改造》(文)刊《解放与改造》第2卷第2号,署延陵。

1月25日,《鞋缘》(小说)刊《小说月报》第11卷第1号,署延陵。

2月25日、3月25日、4月25日,《石像记》(小说)连载于《小说月报》第10卷第2至4号,署延陵。

3月15日,《颉德氏的社会哲学论述》(文)刊《解放与改造》第2卷第6号,署延陵。

4月10日、25日,《德国工商业之将来》(文)刊《东方杂志》第17卷第7号、第8号,署延陵。

5月15日、6月1日,《廓尔的〈实业界的自治〉》(文)刊《解放与改造》第2卷第10、11号,署延陵。

5月25日,《空中事业新论》(文)刊《东方杂志》第17卷第10号,署延陵。

6月25日、7月25日,《磨坊之役》(小说)刊《小说月报》第11卷第6号、第7号,法

---

① 即林纾、魏易译《大侠红蘩露传》的作者阿克西夫人。

国左拉原著,署延陵。

6月26日,作《〈思痛录〉序》(文),刊同月印行、曹聚仁编辑的《浙潮第一声》。

7月1日,《政治的魔梦》(文)刊《解放与改造》第2卷第13号,署延陵。

7月1日、15日,《福来德的〈新国家〉》刊《解放与改造》第2卷第13号、第14号,署延陵。

8月1日,《克鲁泡特金的〈无治主义略说〉》(文,目录页题为《克鲁泡特金〈无治主义略说〉》)刊《解放与改造》第2卷第15号,署"延陵译"。9日至11日连载于上海《民国日报·觉悟》。1923年3月13日至19日复刊《国风日报·学汇》第137期至143期。

10月10日,《文化运动应当像两个十字》(文)刊于《时事新报·学灯·民国九年双十节增刊》。

11月10日,《发刊辞》(文)刊《浙江第一师范十日刊》第1号。

11月25日,《一段故事》(小说)刊《小说月报》第11卷第11号,Newbold Noyes原著,署延陵。

12月25日,《在柏林》(小说)刊《小说月报》第11卷第12号,美国奥莱尔原著,署延陵。

1921年

1月10日,《诗底用词》(演讲)刊《浙江第一师范十日刊》第7号,范尧深记。

2月15日,《基尔特解决法》(文)刊《改造》第3卷第6号,署"延陵译"。

3月1日,《现在美国最好的短篇小说》(文)刊《时事新报·学灯》,署延陵。

3月2至4日、3月5至10日、4月16至22日、6月13至17日、6月27至29日、7月2日、5日、7日,《现在美国最好的短篇小说》(共五篇)①,连载于《时事新报·学灯》,署"延陵译"。

3月15日、4月15日,《读都介尔之集合心理》(文)刊《改造》第3卷第7号、第8号,署延陵。

6月15日,作《琴声》(诗),10月11至11月11日连载于《文学旬刊》第16至19期。

6月23日,《刘延陵启事》刊《时事新报·学灯》。

10月11日,《归》(小说)刊《文学旬刊》第16期,法国Charles-Louis Philippe原著,署"Y.L.译"。

10月21日,与叶圣陶、朱自清等联合发表《中国公学中学部教员宣告此次风潮之因原始末》(文),刊《时事新报》。

12月21日,《论散文诗》(文)刊《文学旬刊》第23号,署"YL"。

1922年

1月1日,《姊弟之歌》(诗)、《夕阳与蔷薇》(诗)、《水手》(诗)同刊《诗》第1卷第1号。

2月15日,《美国的新诗运动》(文)刊《诗》第1卷第2号。

---

① 分别是《歌者周道威尔》《妈的小宝贝东西》《国民》《醒》《失去的绯波》。

3月10日,《失去的爱言》(译作)刊《时事新报·学灯》,Catolie Mendes 原著,署"延陵译"。

3月15日,《牛》(诗)、《梅雨之夜》(诗)、《等她回来》(诗)、《竹》(诗)、《诗泉灌溉的花》(文)、《现代的平民诗人买丝翡耳》(文)同刊《诗》第1卷第3号。

《去向民间》(文)、《诗与诗的》(文)、《论译诗》(文)、《小诗的流行》(文)同刊《诗》第1卷第3号,署"云菱"。

4月3日,《诗神的歌哭》(文)刊《时事新报·学灯》,署延陵。

4月15日,《接到一件浪漫事底尾声之后》(诗)、《旧梦》(诗)、《海客底故事》(诗)、《前期与后期》(文,署延陵)、《法国诗之象征主义与自由诗》(文)同刊《诗》第1卷第4号。

5月15日,《现代的恋歌》(文)、《铜像底冷静》(诗)与《编辑余谈》(署"Y.L.")同刊《诗》第1卷第5号。

6月,周作人、朱自清、叶圣陶、郑振铎、俞平伯、刘延陵、徐玉诺、郭绍虞等八人的诗歌合集《雪朝》由上海商务印书馆初版,收入刘延陵《新月》《落叶》《秋风》《新年》《河边》《悲哀》《姊妹底归思》等诗。

7月22日,作《〈蕙的风〉序》,收入上海亚东图书馆8月初版的汪静之诗集《蕙的风》。

8月5日,《科学之树底两片模糊的远景》(文)刊《学生》第9卷第8号。

11月,译著《社会心理学绪论》由上海商务印书馆初版,署"英国麦铎格①著,刘延陵译"。

1923年

3月8日,致谢六逸书信一封,21日以《声明》为题刊《文学旬刊》第68期。

3月10日,《不吉的小月亮》(小说)刊《小说月报》第14卷第3号,法国巴比塞原著,署"刘延陵译"。

4月,《活动的陈列所》(文)刊《南通师范校友会汇刊》第2卷第1期;1925年6月改题《巡回陈列馆》载上海亚东图书馆《我们的六月》。

6月10日,《十字勋章》(小说)刊《小说月报》第14卷第6号,法国巴比塞原著,署"刘延陵译"。

7月10日,《太好的一个梦》(小说)刊《小说月报》第14卷第7号,法国巴比塞原著,署"刘延陵译"。

9月10日,《诗一首》(诗)刊《文学》第87期。

11月10日,《兄弟》(小说)刊《小说月报》第14卷第11号,法国巴比塞原著,署"刘延陵译"。

11月,译著《柏格森变之哲学》(新智识丛书之二十四)由上海商务印书馆初版,英国卡尔(H. W. Carr)原著。

1924年

3月,《社会论》(百科小丛书第三十八种)由上海商务印书馆初版,1926年5月再版。

4月,《十九世纪法国文学概观》(文)刊《小说月报》第15卷号外。

---

① 麦铎格(William McDougall),今译作威廉·麦独孤。

9月10日,《葬曲》(小说)刊《小说月报》第15卷第9号,法国巴比塞原著,署"延陵译"(目录页署"刘延陵译")。

1925年

6月,《一封信》(诗)刊《我们的六月》,上海亚东图书馆初版。

8月30日,《现代的一位诗人》(诗)刊《文学周报》第188期。

10月18日,《小桥》(诗)刊《文学周报》第195期。

10月20日,《教育感言(一)论现在流行的教学法》(文)刊《教育杂志》第17卷第10号。

11月10日,《一个白衣素冠之客——奈克弱索夫和他的诗》(文)刊《小说月报》第16卷第11号。

11月20日,《教育感言(二)论智识界的空气与教育界的倾向》(文)刊《教育杂志》第17卷第11号。

1926年

2月10日,《恋歌》(诗)刊《文学周报》第212期。

5月,《社会论》由上海商务印书馆出版。

1928年

8月30日至9月1日,《党务政治的连环性》(文)刊《民国日报·觉悟》,署延陵。

1930年

4月10日,《檐溜》(诗)刊《小说月报》第21卷第4号。

6月10日,《一个秋晨》(诗)、《黄浦滩边的和平神像》(诗)同刊《小说月报》第21卷第6号。

1931年

3月1日,《重游通州敌楼》(旧体诗)刊《女铎》第19卷第10册。

1932年

10月3日,《九一八周年祭》(诗)刊《黄钟》第1卷第1期。

1933年

2月20日,《雪窗》(诗)刊《黄钟》第1卷第20期,署延陵。

3月1日,《母亲》(诗)刊《黄钟》第21期。

3月16日,《战士——为最近因文字贾祸者作》(诗)刊《黄钟》第22期。

4月1日,《理想》(诗)刊《黄钟》第23期。

4月16日,《沿溪行》(诗)刊《黄钟》第24期。

5月1日,《译诗三首》(含《高尚的天性》《摇篮歌》《眨哟眨哟小星星》)刊《黄钟》第25期,Ben Johnson等原著。

6月16日,《译诗三首》(含《金艇》《尸床》《沙滩坻》)刊《黄钟》第28期,Charles Van Lerberghe等原著。

7月1日,《祈祷逝者的安宁》(诗)刊《黄钟》第29期,署"王尔德著 刘延陵译"。

11月4日,应胡伦清之邀为浙江省立高级中学文学研究会演讲①,记录《文章如何构成》1934年1月1日刊《浙江省立杭州高级中学校刊》第91期,署"刘延陵先生讲演 王志敏记录"。

1934年

1月1日,《译诗八首》(含《群钟》《午夜》《赞颂》《穷人》《卡沙比扬卡》《雪》《海边》《暮》),《文艺月刊》第5卷第1期,梅奈儿等原著。

1月1日、2月1日、4月1日,《英文应怎样学习》(文)刊《中学生》第41期、第42期、第44期。

1月15日,《诗诗二首》(诗)刊《黄钟》第41期"新年特大号",俄国莱芒托夫(今译作"莱蒙托夫")原著。

1月31日,《箭与歌》(诗)刊《黄钟》第42期(版权页署"第4卷第2期"),美国朗佛罗(今译作"朗费罗")原著。

3月1日,《海涅诗三首》(诗)刊《文学》第2卷第3号。

4月,《林肯与其他》(文)刊《读书顾问》第1期。

6月1日,《升学与英文》(文)刊《中学生》第46期。

10月9日,《她》(诗)刊《东南日报·沙发》第2115期,比利时Paul Gerardi原著,署"刘延陵译"。

11月3日,《我的床像只小船》(儿歌)刊《东南日报·沙发》第2140期,B. L. Stevenson原著,署"延陵译"。

11月4日,《温和的风》(摇篮歌)刊《东南日报·沙发》第2141期,A. Teningson原著,署"延陵译"。

11月20日,《"十月"家的跳舞会》(儿歌)刊《东南日报·沙发》第2156期,George Cooper原著,署"延陵译"。

11月30日,《厨房里的老钟》(儿歌)刊《黄钟》第5卷第8期,Anu Hawkahawe原著,署"刘延陵译"。

12月1日,《介词用法举例》(文)刊《中学生》第50期。

1935年

1月31日,《杂花一束(诗十首)》刊《黄钟》第6卷第1期,比利时梅特林克等原著;其中《遗言》《邂逅》《街灯》《树》等略经改动后,5月10日与《无题》《她》《沙漠》合题《杂花一束》同刊《新文学》第1卷第2期"翻译专号"。

6月1日,《春游》(文)刊《中学生》第56期。

同日,《所望于杭州作者协会》(文)刊《东南日报·沙发》第2342期。

6月3日,《岳王墓》(诗)刊《东南日报·沙发》第2344期。

---

① 据1933年11月11日《浙江省立杭州高级中学校刊》第86期《文学研究会第三次常会纪略》。

6月30日,《夜市》(文)刊《学校生活》第109期。

8月,《英语动词》一书由上海开明书店初版,署"刘延陵编",后多次再版。

11月1日,《高级职业学校国文之教学》(文)刊《教与学》第1卷第5期。

1936年

2月15日,《搬迁》(诗)刊《黄钟》第8卷第1期。

2月下旬,作《夜车中闻口琴声》(诗),1937年2月1日刊《文学》第8卷第2号。

6月7日,《从头说起》(文)刊《社会日报》第1版。

7月16日,《论新诗——序〈德明诗集〉》(文)刊《黄钟》第9卷第1期;后载上海北新书局10月初版的何德明诗集《德明诗集》。

1937年

1月1日,《英文的繁简》(文)刊《中学生》第71期。

1月29日,致函陈大慈,与《黎明》译文(Ljudevit Vulcvic 原著)同刊2月2日《东南日报·沙发》第2916期。

2月1日,《咏冬的英文诗》(文)刊《中学生》第72期。

2月15日,《某个乡村的庆祝会》(文)刊《黄钟》第10卷第1期,英国 A. A. Milue 原著,署"刘延陵译"。

3月1日,《怎样翻译》(文)刊《中学生》第73期;《绿洲》(诗)刊《文学》第8卷第3号;《紧邻》(散文)刊《新时代》第7卷第3期,美国 F. M. Colby 原著,署"刘延陵译"。

同日,《洗礼》(诗)刊《文艺月刊》第10卷第3期,15日再刊《月报》第1卷第3期。

5月,编注《明清散文选》(国文精选丛书之一)由正中书局初版。

8月1日,《英雄气概》(文)刊《教与学》第3卷第2期,美国爱墨生(今译"爱默生")原著,署"刘延陵译"。

1938年

3月5日,《印度·中国·日本》(文)刊《新阵地》第1期。

10月15日,在中国语文学院演讲《中国语文》,演讲大意载16日《南洋商报》第10版《刘延陵氏讲演中国语文在三角埔语文学院》。

11月29日,在中国语文学院演讲,演讲摘要载30日《南洋商报》第10版《刘延陵在中国语文学院演讲人格问题》。

金传胜

《苏雪林年谱长编》补正*

2017年,值苏雪林诞辰120周年之际,安徽文艺出版社推出了沈晖先生的《苏雪林年谱长编》(下文简称《长编》)。该书共计50万字,是沈晖先生潜心十余年搜求整理资料,耗时六年编撰完成。沈先生长期致力于搜罗苏雪林生平创作的第一手史料,并与晚年苏雪林有频繁交往,直接推动了大陆读者重新阅读与认识这位女作家。他先后编选出版了《苏雪林选集》《苏雪林文集》《绿天雪林》等书,公开发表苏雪林研究方面的学术论文数十篇,成为海内外苏雪林研究第一人。《苏雪林年谱长编》"以编年体事录注的方式,逐年逐月逐日撮其重要事迹,忠实记录苏雪林的人生之旅"(见本书序言),材料翔实,信息丰富,是目前苏雪林生平文献研究的集大成之著。笔者近来阅读此书,受益良多,但在查览的过程中,亦发现书中对于苏雪林的若干著述时有遗漏,所载史实存在考订不确或错误的情形。据悉,沈先生目前已编迄《苏雪林书信集》,《苏雪林评传》《苏雪林著作系年》《苏雪林年谱》亦即将脱稿,最终目标是完成40卷本的《苏雪林全集》。这样看来,沈先生的"长编"可能用的是"初稿"的本意,"年谱长编"之后再出"年谱"。本文拟就《长编》中的遗漏与谬误之处略作补正,以供著者与阅者参考,希望能使此书更臻完善,更具使用价值。

一、失记篇目及发表情况

苏雪林一生笔耕不辍,创作了大量的小说、散文、诗歌、戏剧、翻译与学术论文。《长编》力图记录苏雪林毕生的著译成果,但因文献史料的缺失、不易搜寻等原因,本书对谱主发表在各种报刊上的著述篇目多有失记或著录不详的情形。现依时间为序,将书中遗漏或交代不详的著译作品(其中一些篇目未见前人载录)及其发表情况胪列如下。

1919年

5月14日 《人口问题之研究》刊《时事新报·学灯》,署灵芬女士。
5月22日 《再论人口问题》刊《时事新报·学灯》,署灵芬女士。

1921年

2月21日至24日 《雪地里的两个孩子》刊《京报·青年之友》,署天婴女士。

---

* 本文得到扬州大学"语文教育课程群教学团队(培育)"项目、江苏省2018年"双创计划"、扬州市"绿扬金凤计划"的资助。

4月18日、25日,5月2日、9日、16日、30日,6月6日、13日、20日 小说《一个女医生》连载于北京《益世报·女子周刊》,署雪林。

5月9日 《最近的感触》刊北京《益世报·女子周刊》第25号,署苏梅。

5月12日 《答罗敦伟君〈不得已的答辩〉》刊北京《晨报》第7版,署苏梅。

8月7日 与钟少梅等联署的《来函》刊《京报·北京社会》。

1922 年

2月1日 《沉沦中的妇女》刊《民铎杂志》第3卷第2号,署灵芬女士。

4月30日 《生育限制运动声中的感想》刊《时事新报·学灯》增刊"节育运动号",署灵芬女士。11月10日《家庭研究》第2卷第2期"产儿制限问题号"转载。

1925 年

5月3日 《开发西北之我见》刊《京报·西北周刊》,署绿漪。绿漪是苏雪林常见笔名之一,暂列目于此,有待继续考证。

9月2日 《双斧下的孤树》刊《京报副刊》,署杜若。

9月3日 《夜半的祈祷》刊《京报副刊》,署杜若。

9月4日 《小猫》刊《京报副刊》,署杜若。

9月5日 《野山查》刊《京报副刊》,署杜若。

9月9日 《榻畔》刊《京报副刊》,署杜若。

9月12日 《誓》刊《京报副刊》,署杜若。

9月14日 《在海船上》刊《语丝》第44期,署杜若。

9月15日 《白玫瑰花》刊《京报副刊》,署杜若。

9月17日 《寿材》刊《京报副刊》,署杜若。

9月21日 《母亲账中的行猎》刊《京报副刊》,署杜若。

9月23日 《暮》刊《京报副刊》,署杜若。

10月12日 《归途》刊《语丝》第48期,署杜若。

10月19日 《猫的悲剧》刊《语丝》第49期,署杜若。

10月25日 《信》刊《京报副刊》,署杜若。

1926 年

9月 《溪行》《乘电车至犹丽亚齐 Uriaze 访一古堡》《春愁》《金园湖上书所见》同刊《国学专刊》,署苏雪林女士。《金园湖上书所见》改题《金头公园湖上书所见(高阳台)》,1929年1月25日再刊《天籁季刊》第18卷第16号,署雪林女士;《乘电车至犹丽亚齐 Uriaze 访一古堡》1936年12月15日再刊武昌《文艺》第3卷第6期,署苏雪林①。

1927 年

9月1日 《王荆公的诗——历代名家试论之一》刊《北新》第45、46期合刊,目录署雪林,内文署雪林女士。

---

① 以下文章凡署苏雪林,不再注明。

10月1日　《玫瑰与春》刊《北新》第49、50期合刊,署绿漪。1931年再刊《塔铃》第3期至第5、6期合刊。

同月　《李长吉的诗》《齐梁间音韵学成立之概略》《归有光的文学》《罗浮僧》等同刊《文哲季刊》第1期,目录署苏雪林,内文署雪林。《归有光的文学》1929年6月再刊《沪潮》创刊号,署雪林。

11月1日　《鸽儿的通信》刊《北新》第2卷第1号,署绿漪女士。

12月1日　《小小银翅蝴蝶的故事》刊《北新》第2卷第3号,署绿漪女士。

1928年

4月15日　《未来》刊《生活》第3卷第22期,署雪林女士。

5月13日　《苏梅女士来函》刊《时报》第3版。

6月10日　《心里不安》刊《生活》第3卷第30期,署雪林女士。

6月17日　《大家揩油》刊《生活》第3卷第31期,署雪林女士。

6月24日　《喝茶》刊《生活》第3卷第32期,署雪林女士。

7月1日　《忠恕》刊《生活》第3卷第33期,署雪林女士。

9月1日　《苏东坡的诗——历代名家试论之一》《忆旧（贺新郎）》刊《天籁季刊》第17卷第15号,署雪林女士。

11月4日　《〈楚辞·九歌〉与古代河神祭典》刊《现代评论》第8卷第204期,署雪林女士,至12月22日第8卷第206、207、208期合刊续完。

12月3日至5日　《看了潘玉良女士绘画展览会以后》①连载于《时报》第5版,署"沪江大学文学教授雪林女士"。

12月16日　《一位日本夫人的话》刊《生活》第4卷第5期,署雪林女士。

12月22日　《文以载道的问题》刊《现代评论》第8卷第206、207、208期合刊,目录署雪林女士,内文署雪林。

1929年

1月25日　《黄山谷的诗》《仲康假满东归,手写秋山送别图以赠,并缀小词（尉迟杯）》《吾家门前（采桑子）》《蜜酒（虞美人）》同刊《天籁季刊》第18卷第16号,署雪林女士。

3月13日　应邀为《沪江年刊》撰写《序言（二）》,后刊《沪江年刊》（又题作《沪江民十八年刊》,约6月底出版）第14卷,末署苏梅。

3月16日　《和孑的对话》刊《真美善》第3卷第5号,署绿漪。

5月5日　《瞎猫碰着死老鼠》刊《生活》第4卷第23期,署雪林女士。

5月12日　《吝惜不传》刊《生活》第4卷第24期,署雪林女士。

7月1日　《一个声明》刊《北新》第3卷第12期,署雪林。

6月10日　《孔子删诗的质疑》刊《沪潮》创刊号,署雪林。

6月23日　《豺狼当道安问狐狸》刊《生活》第4卷第30期,署雪林女士。

同月　《苏雪林女士诗》刊《小说世界》第17卷第2期"补白"栏目。

---

① 《长编》1928年12月1日条记有"撰《看了潘玉良女士绘画展览会以后》",但未交代初刊信息。

8月18日　《一段值得介绍的婚姻》刊《生活》第4卷第38期,署雪林女士。
11月3日　《国民的体格与年龄》刊《生活》第4卷第49期,署雪林。
11月10日　《康健的美》刊《生活》第4卷第50期,目录署雪林,内文署雪林女士。
11月15日　《行路难》刊《道路月刊》第28卷第3号。
11月17日　《一辆锈的脚踏车》刊《生活》第4卷第51期,目录署春雷,内文署春雷女士。
12月8日　《里面坏起》刊《生活》第5卷第2期,目录署春雷,内文署春雷女士。
12月22日　《有些变样了》刊《生活》第5卷第4期,目录署春雷,内文署春雷女士。
12月29日　《两位白发朱颜的雷女士》刊《生活》第5卷第5期,目录署雪林,内文署雪林女士。

1930年

1月26日　《高瑛案旁听感想》刊《生活》第5卷第9期,目录署雪林,内文署雪林女士。
2月16日　《医生打病人的奇闻》刊《生活》第5卷第10期,目录署春雷,内文署春雷女士。
4月13日　《旧小说的魔力》刊《生活》第5卷第18期,目录署雪林,内文署雪林女士。
4月23日　 为《振华女学校刊》(5月16日出版)撰写序言,署苏梅(目录署苏雪林)。

1931年

7月1日　《清代女词人顾太清》刊《妇女杂志》第17卷第7号,署雪林女士。

1932年

1月15日　《〈易经〉与生殖器崇拜》刊《武汉文艺》第1卷第1期。
3月1日　《春晖山馆笔记:〈子虚赋〉里的野马》载《新时代半月刊》第2卷第5期。
11月　《元曲概论》刊安庆《女钟》"二十周纪念特刊",署"第一届卒业生苏小梅"。

1933年

5月30日　《论诗人冰心》分上、下篇刊《女声》第1卷第17期、7月1日第1卷第19期,署雪林。
10月25日　《一个平凡的自述》刊《女声》第2卷第1、2期合刊。

1934年

1月1日　《南宋时陷金的几个民族诗人》刊《文艺月刊》第5卷第1期。1941年10月16日改题《南宋时陷金的民族诗人》重刊《宇宙风:乙刊》第54期,署"愚公",11月7日《中国商报》第4版转载。1948年6月15日再刊昆明《云南论坛》第1卷第6期。
10月3日、6日　《劳山游记》①刊《大公报·文艺副刊》第106、108期。

---

① 《长编》1934年9月15日谱文:"继续撰写游崂山记,完稿后,拟寄《大公报》副刊,沈从文屡屡函要稿,此或可应付文债。"但未注明此文发表时间。

11月　《原人的坟墓与巨人——春晖山馆笔记之一》刊《珞珈月刊》第2卷第3期。

12月1日　《自传文学与胡适的〈四十自述〉》刊《世界文学》第5卷第1期。

同月　《珞珈月刊》第2卷第4期发表《几个文学研究会旧会员的散文》。

1935年

1月5日　《小晏鹧鸪词》①刊《太白》第1卷第8期。

2月15日　《发刊词》刊《武汉日报·现代文艺》第1期,后收入1938年7月商务印书馆的《青鸟集》。

3月22日、29日,4月19日,7月12日,11月1日、29日,12月13日,1936年1月10日,2月29日,8月7日　《岛居漫兴》连载于《武汉日报·现代文艺》。

4月8日、9日　《〈孔雀东南飞〉剧本及其上演成绩的批评》刊《武汉日报·鹦鹉洲》第1649号、1650号,署雪林。收入1938年《青鸟集》。

4月16日　《演剧问题答向培良先生》刊《武汉日报·鹦鹉洲》第1657号,署雪林。后亦收入《青鸟集》。

6月7日　《我所见于诗人朱湘者》《〈朱湘遗诗〉引言》刊《武汉日报·现代文艺》第17期。

7月7日　《武汉日报·鹦鹉洲》第1739号在编者《更正》内刊出苏雪林致编者的更正函。

9月　《五四时代的几个诗人》刊《圣教杂志》第24卷第9期,署灵芬女士。至10月第10期刊毕。

11月1日　《论邵洵美的诗》刊武昌《文艺》第2卷第2期。

11月15日　《论胡适的〈尝试集〉》刊《新北辰》第11期。

11月16日　《诸圣节瞻礼记》刊《武汉光华报·青年专页》,署"灵芬女士"。1936年1月以《诸圣瞻礼节》(内页题作《诸圣瞻礼记》)为题再刊《圣教杂志》第24卷第9期。

12月7日　《县长下乡》刊《武汉光华报·青年专页》,署"都德著　雪林译"。

1936年

1月5日、6日　《新诗的两个时期——从诗体完全解放到声律的讲求》刊《武汉日报·鹦鹉洲》第1915、1916号。

2月1日　《弥撒和教友的生活》刊《武汉光华报》第5版,署"灵芬女士"。

3月16日　《母亲》②刊《宇宙风》第13期。

6月12日　《谈喻其先生的国画》③刊《武汉日报·现代文艺》第68期。

7月15日　《中国文学史导论》刊《新北辰》第2卷第7期,署灵芬。

10月4日　《读〈将军的头〉》刊《大公报·文艺》第226期。

11月1日　《卢丹赫山纪游》刊武昌《文艺》第3卷第5期。

---

① 《长编》1934年12月7日谱文:"年底临近,功课又忙,上海《太白》半月刊又来约稿,整理《中国文学史》讲义,稿成《论晏叔原〈鹧鸪天〉词》。"但未记此文发表情况。

② 《长编》1936年2月18日谱文云:"林语堂编《宇宙风》,屡屡写信来,要惠寄稿件给他。下午下床后,撰《母亲》一篇回忆散文,拟寄以偿林的文债。"但没有交代《母亲》及苏雪林在《宇宙风》上其他文章的发表情况。

③ 题中应脱一"炜"字。《长编》1936年6月7日条据苏雪林本年日记载及此文,但未交代发表时间。

11月14日　《法兰西短篇小说集》(书评)刊《商务印书馆出版周刊》新第207号。《法兰西短篇小说集》内收伏尔泰、梅里美、巴尔扎克等各种流派的作家共19篇作品,译者李青崖,商务印书馆1936年8月初版。

11月21日　《读书救国》刊《武汉日报·国难特刊》。

12月1日　《不信任自己》刊《宇宙风》第30期。

12月15日　《圣诞前夜的三部梦曲——仿南非Oline Schreiner沙漠间三个梦》刊《我存杂志》第4卷第10期。

1937年

1月12日　《对于本刊的希望》刊《武汉日报·鹦鹉洲》第2231号,署杜芳。

1月16日　《说妒》刊《宇宙风》第33期。

3月1日　《记袁昌英女士》刊《宇宙风》第36期。同日《〈理水〉与〈出关〉》于《文艺月刊》第10卷第3期发表。

3月15日　《论鲁迅的杂感文》刊武昌《文艺》第4卷第3期。

同月　《〈诗经〉的种种问题》在《圣教杂志》第26卷第3期开始登载,至6月第6期刊毕,署灵芬女士。

5月1日　《覆函》刊《将来的中国》第3卷第3期,署苏雪林。本文系苏雪林给成德小学学生自治会的回信。

5月8日　《武化与武德》刊《武汉日报·国难特刊》。

5月15日　《"吉诃德先生"的商榷》刊武昌《文艺》第4卷第5期。

5月16日　《文学有用论》刊《奔涛》第1卷第6期,署天婴。

6月　《雨天的一周》《埃及古史漫谭(一)》同刊《青年界》第12卷第1号。

1938年

1月18日　《献给阵亡将士的英灵》刊《武汉日报·追悼阵亡将士殉难平民并祈祷和平特刊》。

1月25日　《寄华甥——写给一个青年游击战士》刊《青年前线》第1卷第2、3期合刊,又载4月16日广州《青年动力》第2卷第4、5、6期合刊。

2月23日　《学生与从军》刊《中山周刊》第2期。

3月4日　《敌人惨杀我同胞的心理》刊武汉《奋斗周刊》第14卷第5期。同月25日《半月文摘》第2卷第3期转载。

3月8日　《敌兵暴行的小故事》刊《妇女文化战时特刊》周年纪念刊。

3月15日　《中国民族的潜势力》刊香港《大风》第2期。

10月24日　《乐山的国庆纪念日》(目录作《乐山国庆纪念日》)刊昆明《益世周报》第1卷第3期,署雪林,并题注"本社特约通讯"。

12月25日　译文《圣诞故事》刊昆明《益世周报》第1卷第12期,原著者不详。

1939年

8月27日　《清末智识阶级的宗教热》刊昆明《益世报·宗教与文化》新36期发表,11月1日《新南星》第5卷第11期节录转载。后收入1979年出版的《灵海微澜》第二辑。

1940 年

5月25日　《青春》刊重庆《新评论》第1卷第8期。

8月20日　《中年》刊重庆《新评论》第2卷第2期。

10月1日　《老年》刊《东方杂志》第37卷第19号。

11月1日　《当我老了的时候》《新诗话》刊《宇宙风：乙刊》第32期,分别署苏雪林、天婴。

1941 年

2月　袁昌英、苏雪林的散文合集《生死与人生三部曲》由重庆新评论社初版,作为"新评论丛书之三",收入袁昌英的《漫谈生死》与苏雪林的《青春》《中年》《老年》,4月再版。

3月　译文《诺丝凯亚》刊《妇女新运》第3卷第1期,署"勒买特尔著　苏雪林译"。

4月1日　《历朝伪太子与伪皇族案》刊《责善半月刊》第2卷第1、2期合刊。

4月16日　《偷头》刊《文艺月刊》第11年4月号。

4月30日　《写作经验漫谈》刊《黄埔》第6卷第5、6期合刊。

5月1日　《再论伪太子与伪皇族案》刊《责善半月刊》第2卷第3期。

9月5日　《埃及的宗教与神话》刊《文林月刊》第4期。

11月13日　贵阳《中央日报·文艺周刊》第47期"作家书简"栏刊出苏雪林来函一通。16日《武汉日报·星期集纳》转载。

1942 年

2月1日　《来鸿》刊成都《创作月刊》创刊号,署绿漪。本文系苏雪林致该刊主编希金的书简。

4月1日　《文艺青年》第3卷第3、4期合刊发表所译莫泊桑的小说《忏悔》。

同月　所译莫泊桑《补草椅的女人》刊《妇女新运》第4卷第3期。1948年3月15日再刊武昌《文艺》第6卷第2期。

7月　《评〈北京人〉》刊《妇女月刊》第2卷第2期,署雪林。后略加删节,改题《论〈北京人〉与中国旧文化》再刊1948年4月15日《文艺》第6卷第3期。

9月1日　《蝉蜕》刊《文化先锋》创刊号。

1943 年

2月20日　《秀峰夜话》刊《文艺先锋》第2卷第2期。

6月20日　《黄石斋在金陵狱》刊《文艺先锋》第2卷第5、6期合刊。

1944 年

2月　《让我们来盖七层宝塔的顶》刊《中外春秋》第3卷第1期。

4月　《致××先生函》刊《风雨谈》第11期"现代女作家书简"辑内。××先生应即陶亢德。

6月30日　《阿修罗与人类永久和平》刊《东方杂志》第40期第12号。

10月10日　《病榻述怀并序》刊昆明《中央日报·文艺专页》。

12月31日　《隐遯谈》刊《自由论坛》第14期第2版。

1946 年

2月1日　《月兔来源考》刊《宇宙风》新141期。

2月10日　《埃及的金字塔》刊《青年界》新1卷第2号。

3月10日　《埃及的日常生活》刊《青年界》新1卷第3号。1947年7月30日再刊《宇宙文摘》第1卷第7、8期合刊。

3月12日　《姊妹们 警觉》刊《世界晨报》第2版。

4月　《中、希乐歌故事》刊《妇女文化》新1卷第4期。

7月21日　《夹江圣神瞻礼及游踪》刊《益世主日报》第27卷第4期,署灵芬。

8月4日、25日　《玫瑰花串》刊《益世主日报》第27卷第6期、第9期,署灵芬。

1947 年

1月　《山鬼与酒鬼》①刊《知言》创刊号,未载完。

同月　《腊翅》刊《妇女文化》第2卷第1期,署绿漪。

3月12日　所译的莫泊桑《夜》刊《文艺先锋》第11卷第6期。

3月10日　《张自忠将军殉国三周年纪念》刊《武汉日报·文学副刊》第13期。

5月11日　《婚姻·恋爱·贞操》刊《武汉日报·妇女界》第1期。7月12日《新疆日报·妇女与家庭》转载。

8月3日　《哭神师徐宗泽》刊《益世周刊》第29卷第4期"追悼徐宗泽神父特辑"。

8月12日、24日、31日　《〈天问〉九重天考》分上中下篇连载于《中央周刊》第9卷第34期,第35、36期合刊和第37期。

8月24日　《愿为天主好儿女》刊《益世周刊》第29卷第7期。

12月　《惆怅词》刊《上智编译馆馆刊》第2卷第6期,署天婴,前有"民国十四年四月序于里昂"的小序。

1948 年

1月8日　撰写《〈北海偶遇〉序》,刊《上智编译馆馆刊》第3卷第3、4期合刊。《北海偶遇》是武汉大学董太龢著的中篇小说,曾在《武汉日报》上连载。

2月1日　《记战时一段可笑的幻想》刊《文潮》月刊第4卷第4期,目录署苏雪林,内文署雪林。

2月19日　在全国天主教教育会议上发表演讲《国语与国文在公教学校应有之地位》,中文讲稿未见刊发。法文版译本 La place que doivent occuper la langue et la littérature chinoise dans nos écoles catholiques,刊《震旦杂志》第9卷第3期;英文版译本 Chinese literature in Catholic Schools 刊《中国传教士》第1卷第3期。

---

① 《长编》1975年9月17日条:"接到台大中文系研究所博士班陈慧桦、古添洪来信,他们拟编一本《神话与文字的关系》,欲收《山鬼与酒鬼》一篇入编,遂寻出1947年7月号'中央'周刊,全文约两万字,校改后,写信附寄。"《山鬼与酒鬼》上下篇1947年7月8日、15日刊《中央周刊》第9卷第29期、第30期。

3月25日　《题周斯达先生南枝返魂图》刊《江苏建报·中华全国美术会江苏省分会成立暨庆祝美术节特刊》。

3月28日　《苏雪林女士引言》刊天津《益世报·宗教与文化》第71期,4月17日复刊上海《益世报·公教与人生》第81期,本文系《慈母的爱——女作家苏梅皈依公教的过程》(Dr. Jean Monsterleet, S. J.著,顾保鹄译)的引言。

4月15日　《读〈否极泰来〉》刊《文艺》第6卷第3期。《否极泰来》系作家胡绍轩创作的剧本。

6月6日　《敬书端木梦锡画集后》刊《武汉日报·鹦鹉洲·端木梦锡国画个展特刊》。

6月　《积石山与黄河之源》刊《文藻月刊》新1卷第6期。

7月16日　《辅仁迁校问题》刊《自由与进步》第1卷第4期。

9月1日　《一千五百种近代中国小说与戏剧》(书评)刊《自由与进步》第1卷第7期。

同月　《舒蔚青及其戏剧书刊》刊《青年界》新6卷第1号。

1949年

1月6日　《圣经智慧果与苹果》刊《武汉日报·文学》第14期。

5月　《教授国文经验谈》①刊《神职月刊》第1卷第2期;6月15日再刊《时代学生》第1卷第6号。后改题《怎样教授国文——国文问题谈话之四》收入台北光启出版社1959年版《读与写》。

6月15日　《古代世界七大奇工》刊《时代学生》第1卷第6号。

7月15日　《谈死》刊《时代学生》第1卷第7号,8月15日第8号续完。

8月15日　《识字,运用成语与典故》刊《时代学生》第1卷第8号。后改题《怎样识字及运用成语典故——国文问题谈话之一》收入台北光启出版社1959年版《读与写》。

1957年

5月18日　致函罗家伦,感谢罗氏赠送线装诗集《心影游踪集》。手迹载罗久芳编著《文墨风华　罗家伦珍藏师友书简》,北方文艺出版社2014年出版。

1959年

2月2日　《〈中印文学关系研究〉跋》刊《中央日报》第3版。《中印文学研究》(原名《中印文学关系研究》)为裴普贤所著,同年由台湾省妇女写作协会初版。1968年台北商务印书馆再版。

3月16日　《闻一多死于侄手》刊《自由青年》第21卷第6期"文坛话旧"栏。后收入文星书店1967年版《文坛话旧》。

1964年

4月10日　《中外圣字意义辨》刊《现代学苑》第1卷第1期。

7月10日　《我研究〈离骚〉的途径》刊《现代学苑》第1卷第4期。

---

① 《长编》1949年4月8日条:"撰《教授国文经验谈》",然未说明发表情况。

1965 年

5月10日　《五子与浇——〈离骚〉新诂》刊《现代学苑》第 2 卷第 2 期。

6月10日　《朝谇与夕替——〈离骚〉新诂》刊《现代学苑》第 2 卷第 3 期。

二、考订不确或失误之处

有感于一些名人年谱对于谱主接触、交往的人物及其重要事件不作注解,让读者徒增检索资料或查找相关书籍之烦恼,沈晖先生在编撰《长编》的过程中有意扬长避短,于年谱正文与注解中"说明事件的来龙去脉、交代与各色人等交往的疏密关系和时代背景,展现她生活的那个时代的历史风貌及她生活轨迹与内心世界的历史真实"。应该说,这一努力是值得赞赏的,显示了编著者严谨踏实的治学态度与精益求精的追求。《长编》在叙述谱主的个别生平活动或相关历史事件时,虽云"一一查找当时背景资料,核定史实,细致梳理"①,然而还是存在著录不确、考核失误的情况。以下就年谱正文与注解中的若干谬误,予以考正。

第 28 页注解④:"张鹤群《李义山与李道士恋爱事迹考证》,刊 1926 年东吴大学二十五周年纪念会会刊《回溯》。"关于文题与刊名均不确,文题应作《李义山与女道士之恋爱事迹考证》,发表于 1926 年东吴大学二十五周年纪念特刊《回渊》。将《回渊》误记为《回溯》,盖源自苏雪林晚年《我的教书生活》一文。

第 29 至 30 页谱文:"张宝龄因身体原因,没有与东吴大学续聘,一年教书的聘约到期,就回沪仍到江南造船厂担任工程师。夫妇二人离开苏州,回上海居住。回沪不久,在上海商务印书馆任职的六叔苏继庼,介绍她至上海沪江大学担任国文教员。"第 32 页 1928 年谱文:"是年暑假前,因不满意沪江大学浮华的学风,遂与沪江大学解聘,居家专心《棘心》的写作。"这两条涉及苏雪林就任沪江大学教席的时间欠准确。1928 年 9 月 1 日由沪江大学学生自治会出版的《天籁季刊》第 17 卷第 15 号刊载苏雪林的长篇论文《苏东坡的诗——历代名家试论之一》,并在编辑部名单中明确注明苏氏为编辑顾问之一。翌年《沪江年刊》第 14 卷中文部"记载"栏目内一篇署名奚均初的《沪江春秋》透露,1928 年 9 月 13 日沪江大学举行秋季开学典礼,刘湛恩校长发表讲话。训话完毕,刘氏向学生介绍新聘教授,有苏雪林女士等。苏雪林在《我的教书生活》中回忆:"民国十六年,外子返沪,我们又自苏州搬回。次年,经人介绍我到沪江大学教书,仅教一年便离开。"②综上可知,苏雪林在沪大讲授国文的时间达一个学年,即 1928 年 9 月至 1929 年暑假前。

第 31 页谱文:"3 月 10 日　《北新》半月刊第 2 卷第 5 期刊散文《小猫》,此篇为即将面世的《绿天》中的一篇。3 月 25 日　《北新》半月刊第 2 卷第 6 期,刊正在写作的长篇小说《棘心》中的一章《家书》。"《北新》第 2 卷第 5 号出版于 1928 年 1 月 1 日,非 3 月 10 日。《棘心》中的部分章节自 1928 年 6 月 1 日开始以"绿漪女士"为署名连载于《北新》,分别是:《母亲的南旋》(《棘心》之一)刊第 2 卷第 14 号,《赴法》(《棘心》之二)刊 6 月 16 日第 2 卷第 15 号,《光荣的胜仗》(《棘心》之三)刊 7 月 1 日第 2 卷第 16 号,《噩音》(《棘心》之四)刊 7 月 16 日第 2 卷第 17 号,《来梦湖上的养疴》(《棘心》之五)刊 8 月 1 日第 2

---

① 沈晖:《苏雪林年谱长编》,合肥:安徽文艺出版社,2017 年,序言第 2 页。
② 苏雪林:《苏雪林文集(第 2 卷)》,合肥:安徽文艺出版社,1996 年,第 85 页。

卷第 18 号,《家书》(《棘心》之六)刊 9 月 1 日第 2 卷第 20 号,《丹乡》(《棘心》之七)刊 9 月 16 日第 2 卷第 21 号,《白朗女士》(《棘心》之九)刊 1929 年 1 月 1 日第 3 卷第 1 号。

第 32 页谱文:"苏雪林时居苏州葑门百步街新居。离开沪江大学后,仍到苏州就聘于东吴大学,教授'诗词选读'。同时应苏州振华女子中学王季玉校长之请,在该校授每周六小时的'国文'。"如前所述,苏雪林离沪大约在 1929 年暑假前。是年 10 月东吴大学校刊《老少年》第 6 年第 5 期载《本期文理学院及一中新聘之教职员》,其中显示"苏雪林女士 词学""张宝龄先生 物理学",可知苏雪林与丈夫 1929 年秋同时赴东吴大学任教。1930 年 5 月 16 日出版的《振华女学校刊》"校闻"栏目下刊有一则《十九年春季大事表》,内云:"本学期新聘许兆硍陆繁沚苏雪林蔡震渊等先生",说明苏氏 1930 年 2 月起兼任振华女校教员。

第 33 页 1928 年 12 月 30 日谱文:"《生活》周刊发表《一双旧袜的忏悔》……"此文题目应为《关于一双旧袜的忏悔》,载《生活》第 4 卷第 7 期,署春雷女士。

第 34 页 1929 年 2 月 15 日谱文:"在苏州第二女中,聆听徐志摩《匆忙生活中的闲想——关于女子》的专题演讲,并与女中师生见面。"苏雪林曾在《我所认识的诗人徐志摩》一文中回忆此次演讲"是在苏州某女子中学",讲题"时隔多年,今已不忆"①。徐志摩的讲稿曾以《匆忙生活中的闲想——多半关于女子》为题刊于苏州女子中学 1929 年的校刊《苏州女子中学月刊》第 1 卷第 9 期(封底注明是 12 月 15 日出版,实际约出刊于 12 月底)"演讲"一栏,同期"纪事"栏目刊发的《本校大事记》记述了十一月四日至十二月二十三日的学校大事,十二月份内有"十七日下午一时请徐志摩先生来校演讲"的明确记载。故徐志摩的演讲时间与地点实为:12 月 17 日下午,苏州女子中学。讲稿后改题《关于女子——苏州女中讲稿》,1930 年重刊《新月》第 2 卷第 8 期。

第 34 页 1929 年 4 月 10 日谱文:"《新月》第 2 卷第 2 号刊发《爱国尚武的诗人陆放翁》,全文三万余字,分两期刊毕。"本期《新月》封面出版日期确为 4 月 10 日,但实际出刊于 6 月②。《爱国尚武的诗人陆放翁》文末注"一九一九,三,二改稿","一九一九"应作"一九二九"。初稿题为《爱国诗人陆放翁》,1929 年 1 月 25 日初刊沪江大学的《天籁季刊》第 18 卷第 16 号,署雪林女士。文末注有"十七年十二月卅日初稿",并附记:"本校《天籁季刊》编辑部问我要稿子,我就决定了介绍陆放翁,但不幸我月余以来发了脑贫血的病,近来更为剧烈,这篇文字写了两个星期才得完卷,自己读了一遍,十分的不惬意,因为有病的我,是不配介绍这位壮健的诗人的。但交卷期限已满,只有勉强交去,俟将来有功夫再改作而已。作者附志。"

第 40 页 1931 年 10 月谱文:"是年秋,武汉大学《文哲季刊》第 1 卷第 3 号(秋季号)及第 1 卷第 4 号(冬季号)连续发表苏雪林主要学术论文:第一篇是《〈饮水词〉与〈红楼梦〉》,第二篇是《丁香花疑案再辨》。"此处关于《国立武汉大学文哲季刊》的出刊时间有误。该刊第 1 卷第 3 号、第 4 号分别出版于 1930 年 10 月、1931 年 1 月,且两篇刊登时合题《清代男女两大词人恋史的研究》,署雪林女士。

第 58 页 1935 年 2 月谱文:"汉口轮底文艺社《文艺》第 2 卷第 2 期发表诗评《论邵洵

---

① 苏雪林:《苏雪林文集(第 2 卷)》,第 323 页。
② 王锦泉:《〈新月〉月刊出版日期考》,载上海文艺出版社编《中国现代文艺资料丛刊(第 8 辑)》,上海:上海文艺出版社,1984 年,第 365 页。

美的诗》。"此处系月不确,《文艺》第2卷第2期出版于1935年11月1日。

第60页注解③:"《旅杭日记》刊1936年第3期《圣教杂志》。"经查,此文刊于1936年4月《圣教杂志》第25卷第4期,署"雪"。

第73页1937年1月12日谱文:"1937年元月《武汉日报》副刊《鹦鹉洲》创刊,1月12日苏雪林撰《对于〈武汉日报副刊〉的建议》。"据徐迺翔主编《中国现代文学词典(第1卷)》,《武汉日报·鹦鹉洲》副刊1929年6月10日创刊①。笔者所见最早的《鹦鹉洲》为1931年7月16日第656号,则该刊约始于1929年秋。1937年元旦的《鹦鹉洲》副刊已出至第2203号,系"民族文艺专页"第一辑。《对于〈武汉日报副刊〉的建议》原题《对于本刊的希望》,载1月12日《武汉日报·鹦鹉洲》,撰写时间应是在12日前。

第76页1938年4月1日谱文:"苏雪林与张光人(胡风)、陈奇瀛(纪滢)、凌瑞棠(叔华)、曾虚白(曾焘)、曾孟朴(曾朴)、盛成中(盛成)、叶守功(君健)等97名文艺界人士联名在《文艺月刊》第9期发表《中华全国文艺界抗敌协会发起旨趣》。"曾朴先生早已于1935年去世,不在发起人之列。除曾虚白外,名单中另有一位曾姓作家——曾仲鸣。

第79页1940年4月23日谱文:"赵景深先生来函约稿,为《青年界》撰《埃及古史漫谈》。"据苏雪林1937年4月23日日记:"赵景深先生前日来信替《青年界》催《埃及古史漫谈》续稿,今日无课,将第五节写完"②,可知4月21日赵景深致函苏雪林,约她写《埃及古史漫谈》续稿。《埃及古史漫谈(一)》刊6月《青年界》第12卷第1号,共有三节,撰稿时间当在4月23日之前,第四、五节则完成于4月23日。因第12卷第1号后《青年界》休刊,《埃及古史漫谈》第四、五节续稿下落待考。

第89页1948年3月谱文:"上海文潮出版社《文潮》月刊第5卷第6期,发表苏雪林用现代白话翻译的英国诗人雪莱的诗歌《年青的女囚》。"本期《文潮》月刊出版于1948年10月1日,而非3月。同期刊有苏雪林写于8月26日的《关于〈年青的女囚〉》,对作者有所介绍:"安德来雪尼尔(Andie Chener)法国诗人,一七六三年生于君士但丁堡,就学于巴黎,曾入军队,又为《巴黎日报》记者。"可知原作者并非英国诗人雪莱。

---

① 徐迺翔主编:《中国现代文学词典(第1卷)》,南宁:广西人民出版社,1989年,第538页。
② 苏雪林:《雨天的一周》,《青年界》1937第12卷第1期。

捐赠与特藏

陈思和

编者按

　　过去图书馆特藏向以古籍善本为重，而在今天，特藏的概念扩大了，它逐渐成为图书馆藏书特色的重要标志，藏品无论古今。尤其是研究型高校图书馆，特色馆藏应该成为研究型高校的学科重点建设的基础和支撑，应该成为独一无二、别家图书馆无法复制的标志，更应该是多方位提高学生人文素养，培养未来专家学者的校园文化高地。

　　高校图书馆特藏除了依靠正常采购途径获取外，还有一条重要渠道：社会捐赠。捐赠人化私为公，广结善缘；图书馆丰富馆藏，守先待后；捐赠品静候知音，百世流芳。此乃大雅三美，千古盛事，绝非仅仅靠资金所能轻易购得的。

　　复旦大学图书馆起源于1918年戊午阅书社，同学自发捐款筹办图书馆，以后经过许多社会贤达慷慨捐款购书，尤其是洪深、高吹万、王大隆、赵景深、乐嗣炳等著名藏书家的捐赠，奠定了今天图书馆的藏书规模。我于2014年担任图书馆馆长以来，致力推动图书馆的特藏工作，有幸获得陈毅元帅的藏书及珍贵文献的捐赠，开始了"毅公书屋""望道书屋""归来——延安鲁艺版画"等红色馆藏建设，又先后获得北岛、鄂复明等捐赠的《今天》文献资料，卢新华捐赠的《伤痕》文献资料，周东璧捐赠的南社社员诗笺手稿，周密捐赠的周扬文库，彭正雄捐赠的无名氏文库，姜红伟、世中人、许德明等捐赠的中国当代诗歌文献资料等等，以及与著名印谱收藏家林章松先生合作建设印谱文献数据库；同时，医科馆同仁自抗疫以来，创造性地将捐赠与展览相结合，建设了"待到山花烂漫时——复旦大学抗击新冠肺炎疫情专题展""沈自尹中西医结合展"等等，可说是琳琅满目、美不胜收。图书馆从事公益活动，传播、普及文化知识，为责任所在。珍贵藏品，不敢独乐，收藏而外，尚有义务服务读者与社会，推动学术研究，回馈捐赠者。我们除了加紧制作数据库、线上公布、举办展览等形式外，今借《史料与阐释》一角版面，创办专辑，介绍藏品，表彰捐赠，与读者分享，为众乐之乐也。本期为第一期，重点介绍姜红伟先生所捐藏品目录，以及由此类文献资料所做的部分研究成果。

姜红伟

1977级、1978级大学生文学创作编年表（1978—1982）

【编辑说明】：

《1977级、1978级大学生文学创作编年表》为姜红伟先生所编撰。内容为"文革"后恢复高考的1977级、1978级两届学生在校期间创作、发表、出版的作品。时间为1978年2月到1982年底。体例如下：

1. 本年表以年、月为序立条目，每个月的条目里，先立同月期刊发表的作品；然后立报刊发表的作品，报刊以日期为序；再列著作及各类文学活动；缺少月份信息者，放在该年最后设立条目。

2. 作者以在校大学生为限。作者第一次出现时，人名前附加作者在读学校院系届别等身份，以后不再附加；如第二次出现时有两位作者以上者，而另外作者系第一次出现，仍然前附身份。

3. 列入作品的初次发表、被重要刊物转载、被改编影视剧、剧作公演、获全国重要奖项等，均单独立条目。

4. 列入条目的作品以公开发表为主。有许多在校学生的作品在校内公演、朗诵，以及校园刊物上发表，因找不到准确信息，无法入条目。希望以后有机会能再补录。

5. 此表为姜红伟先生所作，挂一漏万在所不免，欢迎读者指正缺漏，提供文献资料，由复旦大学图书馆诗藏中心统一作进一步的校订、补充。

6. 诗藏中心联系地址为：上海市杨浦区国年路300号　复旦大学图书馆　曹珊

1978年

2月，《人民文学》第2期发表湖南师范学院中文系77级韩少功的小说处女作《七月洪峰》。福建人民出版社出版诗集《毛泽东颂》收入厦门大学中文系77级陈志铭的长诗《太阳永远照耀着我们》。

4月，福建省龙岩地区文化局出版"闽西文艺丛书"之五——复旦大学中文系77级张胜友的散文集《闽西石榴红》，福建著名作家张惟撰写序言，收入《闽西石榴红》《登云骧阁》《长征第一山》《苏家坡抒怀》《周总理来到汀江畔》《金色的课堂》《闽西春来早》《禾花》《金色的路》9篇散文、小说作品。其中《闽西石榴红》后入选1979年福建人民教育出版社出版的《中学语文阅读文选》。《广东文艺》第4期发表韩少功的短篇小说《山路》。

5月，《诗刊》第5期头条发表武汉大学中文系77级高伐林的诗歌《师傅们的青春》。

6月,《诗刊》第6期发表南京大学中文系77级王建一的组诗《写在作文本上的诗》。

8月,11日 上海《文汇报》"新长征"副刊发表复旦大学中文系77级卢新华的短篇小说《伤痕》,轰动全国,成为新时期"伤痕文学"开山之作,被翻译成英、法、德、俄、日、西等十几国文字。22日 《文汇报》"文艺评论"副刊开设"评小说《伤痕》(来稿摘登)"专栏,头条位置发表复旦大学中文系77级陈思和的文学评论《艺术地再现生活的真实》。广东《作品》第8期发表北京医学院口腔系77级方晴(后用笔名止庵)的诗歌《给一位诗人》。宁夏人民出版社出版宁夏大学中文系77级刘国尧著诗集《山丹又红了》。广东人民出版社出版诗集《红珊瑚》收入华南师范学院中文系77级钱超英的诗歌作品7首。

9月,北京《文艺报》编辑部召开短篇小说讨论会,对《伤痕》等作品进行讨论。

10月14日,《文汇报》"文艺评论"副刊发表卢新华的创作谈文章《谈谈我的习作〈伤痕〉》。

11月,《上海文学》第11期发表卢新华的短篇小说《上帝原谅他》。《诗刊》第11期发表湖南师范学院中文系77级骆晓戈的诗歌《未知数》。

12月,《人民文学》第12期发表韩少功的短篇小说《夜宿青江铺》。《诗刊》第12期发表高伐林的诗歌《写在大型引进工地》。

是年,中央戏剧学院戏文系78级肖复兴在黑龙江《哈尔滨文艺》(期数不详)发表短篇小说《星星般的眼睛》。甘肃师范大学中文系乙班栾行健在学校壁报上刊登诗歌《雪花》,在校园内外引起争鸣。《云南日报》(日期不详)发表云南大学中文系77级邓贤的散文《青松赞》。

1979年

1月,湖南《湘江文艺》第1—2期合刊发表韩少功的短篇小说《战俘》。杭州《西湖》第1期发表杭州大学中文系77级李杭育的短篇小说处女作《可怜的运气》。14—20日,上海复旦大学哲学系77级景晓东参加由《诗刊》社在北京组织召开的诗歌座谈会。景晓东是参加此会的唯一一名在校大学生诗人。

2月,《安徽文学》第2期发表山西太原师范专科学校中文系77级蒋韵的短篇小说《我的两个女儿》。《诗刊》第2期发表湖南湘江师范学院大专班物理系77级徐晓鹤的诗歌《菊花三首》。《今天》第2期发表北京师范学院中文系77级万之(陈迈平)的短篇小说《瓷像》。4日 《甘肃日报》发表甘肃师范大学中文系77级彭金山的诗歌评论文章《〈雪花〉是一首好诗》,有关《雪花》的讨论,促进了甘肃省文艺界的思想解放。11日《文汇报》发表山西晋中师范专科学校中文系77级郑义的短篇小说《枫》,这是继《伤痕》后又一篇轰动全国的小说。

3月,上海《收获》第2期发表黑龙江省艺术学校编剧班77级张抗抗的短篇小说《爱的权利》。黑龙江大学中文系77级李龙云创作的四幕话剧《有这样一个小院》在北京公演,引起轰动和争议,《人民戏剧》杂志专门设立一个半年之久的专栏发表争鸣文章,在全国引起较大反响。26日 由《人民文学》编辑部举办的1978年全国优秀短篇小说评选颁奖大会在北京举行,卢新华的短篇小说《伤痕》获奖,是唯一的大学生作者。

4月,《人民文学》第4期发表韩少功的短篇小说《月兰》。《诗刊》第4期发表徐晓鹤的散文诗《野花》。《诗刊》第4期发表湖南师范学院中文系77级张新奇、贺梦凡合作的诗歌《带韵的盐》。3日 《光明日报》发表陈思和的文学评论《思考·生活·概念化》,同年《新华文摘》第4期转载。12日 《中国青年报》发表暨南大学中文系78级汪国真的组诗《学校的一天》。

5月，江苏《雨花》第5期发表南京大学中文系77级丁柏铨的文学评论《人性论乎？棍子乎？》。《湖南群众文艺》第5期发表骆晓戈的诗歌《爱照镜子的姑娘》，该作后获湖南省文化馆建国三十周年文学作品百花奖（三等奖）。《钟山》第2期发表上海师范大学中文系77级薛海翔的短篇小说《不为自己》。

6月，《诗刊》第6期头条位置发表吉林大学中文系77级徐敬亚的诗歌《早春之歌》。《今天》第4期发表万之的短篇小说《雨雪交加之间》。

7月，《北京文学》第7期发表北京大学中文系77级陈建功的短篇小说《京西有个骚达子》，在文坛引起较大反响。中山大学学生文学刊物《红豆》第2期头条位置发表中山大学中文系77级陈海鹰的小说《黑海潮》，后被1979年11月出版的全国大学生文学季刊《这一代》创刊号和广东《广州文艺》杂志第12期转载，引起较大反响。

8月，北京《读书》第8期发表陈思和的文学评论《捍卫诚实的权力——读〈重放的鲜花〉》。《诗刊》第8期发表北京大学中文系78级熊光炯的诗歌《枪口，对准了中国的良心》，并被中央人民广播电台转播，在全国引起较大反响。《上海文学》第8期发表贵阳师范学院77中文系谢赤樱的短篇小说《黑水河畔》。25日 中国作协书记处举行会议，卢新华被批准吸收入会，成为全国最年轻的、唯一一名在校大学生作协会员。

9月，广东《花城》第二集头条位置发表陈建功（与隋丽君合作）的短篇小说《萱草的眼泪》。《诗刊》第9期发表北京广播学院文艺系78级叶延滨的诗歌《冰下的激流》。《上海文学》第9期发表上海师范学院政教系77级陈村的短篇小说《两代人》，该篇小说曾被《剑桥中华人民共和国史》提及。《上海文学》第9期发表黑龙江牡丹江师范学院中文系77级陈放的诗歌《我们这一代》。《今天》第5期发表万之的短篇小说《开阔地》。广东《作品》第9期发表暨南大学中文系78级刘剑星的文学评论《也谈文艺作品必须坚持典型性和真实性》。6日《文汇报》发表郑义的创作谈《谈谈我的习作〈枫〉》。11日香港《新晚报》发表南京大学中文系77级徐克洪、陈颂合作的论文《人性问题初探》。上海文艺出版社出版复旦大学中文系77级晓明（陈晓明）的中篇小说《春鸣》。人民文学出版社出版华东师范大学中文系77级孙颙著中篇小说《冬》。

10月，四川《星星》诗刊复刊号（第10期）发表四川大学中文系77级萧萧的诗歌《流星》。南京《青春》创刊号发表南京大学中文系77级周晓扬的诗歌《一切刚刚开始》。《星星》诗刊复刊号发表四川大学中文系77级徐慧的诗歌《诗花一束》，后荣获该刊举办的首届星星诗歌创作奖（1979年9月—1981年12月）。《安徽文学》第10期设立"新人三十家诗作初辑"，发表方晴的诗歌《重逢》、安徽大学中文系77级蒋维扬的诗歌《黄金般的年华哟》。天津百花文艺出版社出版卢新华著中篇小说《魔》。29—31日 上海召开诗歌座谈会，景晓东作了题为《理解与探求》的发言。30日—11月16日 卢新华、韩少功参加全国第四届文代会。

11月，《花城》文艺丛刊第三集发表陈建功的短篇小说《流水弯弯》，后被《小说月报》1980年第2期转载。《花城》文艺丛刊第三集发表郑义的短篇小说《凝结了的微笑》。全国十三家高校联办大学生文学刊物《这一代》创刊号发表武汉大学中文系77级於可训的文学评论《潜在的潮流——近年来大学生文艺述评》。

12月，《安徽文学》第12期发表薛海翔（与黑子合作）的短篇小说《琴韵》。《北方文学》第12期发表黑龙江大学中文系77级李庆西(与沈祖培合作)的短篇小说《她在等待》。《汾水》第12期发表郑义的短篇小说《吴小梅》。《诗刊》第12期发表徐晓鹤、西安财经学院78级沈奇、黑龙江大学中文系77级孙玉洁的诗歌。《雨花》第12期发表江苏师范学院中文系78级徐乃建的短篇小说《杨柏的"污染"》,后被《小说月报》1980年第2期转载。《星星》诗刊第12期"女作者诗页"栏目发表骆晓戈的诗歌《湖光曲》、徐慧的诗歌《恋歌》(三首)、萧萧的诗歌《小白桦林》(外一首)、北京大学中文系77级杨柳的诗歌《海恋》《我是雨》和中国音乐学院音乐文学系宁静的诗歌《怀薛涛》。上海少年儿童出版社出版复旦大学历史系77级刘征泰小说《瓦夏的一家》。韩少功加入中国作家协会。徐敬亚加入中国作家协会吉林分会。徐慧加入中国作家协会四川分会。

是年,《南京大学学报》(期数不详)发表南京大学中文系77级顾文勋的文章《〈大风歌〉中的吕雉形象——兼论反面典型的塑造》。上海《解放日报》(日期不详)"朝花"副刊发表张胜友的散文《长征第一山》。

1980年

1月,《安徽文学》第1期发表万之的短篇小说《雪雨交加之间》。《太原文艺》第1期发表蒋韵的短篇小说《眼睛亮晶晶》。贵州《山花》第1期发表蒋韵的短篇小说《桔黄色的梦》。北京《诗探索》第1期设立《请听听我们的声音——青年诗人笔谈》专栏发表高伐林、徐敬亚、吉林大学中文系77级王小妮的短文。《诗刊》第1期发表王小妮的诗歌《农场的老人》。《湘江文艺》第1期发表张新奇、贺梦凡合作的短篇小说《报答》。《安徽文学》第1期发表北京师范大学中文系77级徐晓的短篇小说《一个女预审员的自述》。《作品》第1期发表广东中山大学中文系77级林英男的诗歌评论《吃惊之余——兼与黄雨商榷》。《上海文学》第1期发表孙颙的短篇小说《灰色日记》。北京《文学评论》丛刊第1期发表北京大学中文系77级李彤的诗歌评论《诗人,应该这样说》。人民文学出版社出版《一九七八年全国优秀短篇小说评选作品集》选入卢新华获奖短篇小说《伤痕》。根据郑义同名短篇小说改编的电影《枫》由四川峨眉电影制片厂拍摄上映,在全国引起强烈反响。

2月,上海《文汇增刊》第2期发表陈思和的书评《一个少女心灵的解剖——读〈春鸣〉》。陕西《延河》第2期发表卢新华的短篇小说《爱之咎》、蒋韵的短篇小说《判决》。《飞天》第2期发表蒋韵的短篇小说《可怜慈母心》。《今天》第7期发表万之的短篇小说《远方一雪》。《湖南群众文艺》第2期发表韩少功的短篇小说《人人都有记忆》。《诗刊》第2期头条位置发表东北师范大学中文系77级郑道远的诗歌《庄稼之歌》。

3月,《山东文学》第3期发表山东烟台师专中文系78级张炜的小说处女作《达达媳妇》。浙江《东海》第3期发表杭州大学中文系78级曹布拉的短篇小说《一切在默默中发生》。安徽《清明》第1期发表云南大学中文系78级李勃的短篇小说《年轮》。《福建文艺》第3期发表陈志铭的短论《几点看法》。《湘江文艺》第3期发表贺梦凡、张新奇合作的短篇小说《说话》,后被《小说月报》第6期转载。《广州文艺》月刊第3期发表中山大学中文系77级毛铁的短篇小说《那里,有一片牵牛花》。《上海文学》第3期发表陈村的短篇小说《我们曾经在这里生活》。

4月,《人民文学》第4期发表卢新华的短篇小说《表叔》。《作品》第4期发表中山大学中文系77级骆炬的短篇小说《过山瑶》。浙江《西湖》第4期发表北京师范大学中文系

78级方宇涵的短篇小说《大洋两岸的恋人》。《雨花》第4期发表北京师范大学中文系77级小燉的短篇小说《卖鸡蛋的小姑娘》。《诗刊》第4期设立"新人新作小辑"发表高伐林的《答——》、王小妮的《碾子沟里，蹲着一个石匠》、浙江宁波师范专科学校中文系78级孙武军的《回忆与思考》(外一首)。河北《大学生文选》杂志第1期发表河北师范大学中文系78级陈超的文学评论《做个真实情感的歌手》。《南京大学学报》第2期发表丁柏铨与同班同学沈祖方、张寿正合作的论文《瞿秋白与文学上的现实主义》。《青春》第4期发表张新奇的短篇小说《开头难》，后获《青春》编辑部颁发的1979—1980年短篇小说"青春"奖三等奖。徐晓鹤加入中国作家协会湖南分会。

5月，《星星》诗刊第5期设立"大学生之歌"栏目发表骆晓戈的《我真不懂》、高伐林的《单词卡》、萧萧的《夜题》、北京大学中文系77级郭小聪的《诗之魂》、湖南师范学院中文系77级田舒强的《爱情集》(八首)。《湘江文艺》第5—6期发表张新奇的短篇小说《比友谊多，比爱情少》。《湘江文艺》第5—6期发表贺梦凡的短篇小说《无价之宝》。《广州文艺》第5期发表毛铁的短篇小说《不仅为了爱》。《钟山》第2期发表孙颙的短篇小说《等待》。天津《新港》文学月刊第5期发表肖复兴(与孙广珍合作)的短篇小说《愉快的小合奏》。《上海文学》第5期发表韩少功的短篇小说《火光亮在夜空》。《青春》文学月刊第5期发表山东大学哲学系78级韩东的诗歌处女作《湖夜》(二首)。广东《海韵》诗刊第3期发表钱超英的诗歌《问》。《青春》第5期发表山东大学哲学系78级贾庆军的短篇小说《坟草青青》，后获《青春》编辑部举办的首届短篇小说"青春奖"一等奖。《安徽文学》第5期发表北京大学中文系77级黄蓓佳的短篇小说《黄昏，有一个小院》。湖南大型文学刊物《芙蓉》第2期发表韩少功的短篇小说《起诉》。《北方文学》第5期发表黑龙江绥化师范专科学校中文系78级邢海珍的诗歌《云》(外一首)。《四川文学》第5期发表四川大学中文系77级龚巧明的短篇小说《思念你，桦林》。《汾水》第5期发表郑义的短篇小说《漂逝》。《花城》第五集发表北京大学中文系77级李彤、梁左合作的论文《脂砚先生恨儿多——与徐迟同志商榷》。

6月，《北京文艺》第6期发表陈建功的短篇小说《盖棺》，后被1980年10月创刊的《小说选刊》创刊号选为头条发表。北京《文学评论》双月刊第3期以通信的形式发表陈思和与同班同学李辉合作的论文《怎样认识巴金早期的无政府主义思想》。《上海文学》第6期发表薛海翔(与黑子合作)的短篇小说《星期六的两盘棋》。《青春》第6期发表复旦大学中文系77级陈可雄和马鸣(陈静英)合作的短篇小说《杜鹃啼归》，后获1979—1980年短篇小说"青春"奖二等奖。《青春》第6期发表南京大学中文系77级程玮的短篇小说《钾·琴弦·春的歌》。《人民文学》第6期发表张新奇的短篇小说《呵，老师》。《诗刊》第6期发表徐敬亚的诗歌《别责备我的眉头》。贵州《苗岭》文艺双月刊第3期发表贵阳师范学院中文系77级穆倍贤的诗歌《青春断想》。《东海》第6期发表李杭育和黑龙江大学中文系77级李庆西合作的短篇小说《风筝和吃草的花猫》。

7月，《安徽文学》第7期发表薛海翔(与黑子合作)的短篇小说《软卧夜话》。《今天》第9期发表徐敬亚的诗歌评论文章处女作《奇异的光——〈今天〉诗歌读痕》。《今天》第9期发表万之的短篇小说《万之短篇小说两篇〈城市之光〉、〈噩耗〉》。《上海文学》第7期发表卢新华的短篇小说《典型》，后被《小说月报》第10期转载。《山东文学》第7期发表山东大学中文系77级李安林的短篇小说《道士的儿子》。《诗刊》第7期发表武汉大学中文系77级王家新的诗歌《写给这片土地》(三首)。《丑小鸭》第7期发表中国人民大学贸易经济系商品学专业78级王小波的短篇小说《地久天长》。7月20日—8月21日，《诗刊》社举办"青年诗作者创作学习会"（即"首届青春诗会"），叶延滨、徐晓鹤、高伐林、徐敬亚、王小妮、孙武军以及东北师范大学77级徐国静参加。

8月，《北京文学》第8期发表陈建功的短篇小说《丹凤眼》，后被《小说月报》第10期转载。《四川文学》第8期发表四川大学中文系77级戴善奎的短篇小说《棕熊》。《诗刊》第8期设立"春笋集"栏目发表王小妮的诗歌《印象二首》（《我感到了阳光》《风在响》）、徐晓鹤的诗歌《诗六首》以及河南某大学中文系78级陈守中的诗歌《老龟》（外一首）、黑龙江大学中文系77级贺平的诗歌《大学剪影》二首（《学生宿舍》《窗》）、安徽某大学中文系77级朱文根的诗歌《水乡春歌》（三首）、四川某大学中文系鲁鲁的诗歌《无题二首》、江西大学中文系78级卓凡的诗歌《贝多芬的愤慨》（外一首）。《吉林青年》月刊第8期"大学生的歌"诗辑发表徐敬亚的《晨光曲》、郑道远的《教学楼旁的杨树林呵》以及东北师范大学77级阿古拉泰（潘有山）的《寄草原》、东北师范大学中文系77级纪少华的《闪光的诗册》、东北师范大学中文系77级范力今的《大自然的启示》、东北师范大学中文系77级史秀图的《测绘员的红蓝铅》、东北师范大学中文系77级孟繁华的《啊，爱神》、东北师范大学中文系77级邓万鹏的《花开了》。《南京大学学报》第4期发表南京大学中文系77级张正宪的文章《从〈人到中年〉陆文婷的形象看社会主义新人的塑造》。《四川文学》第8期发表徐慧的短篇小说《浓雾》，后被《小说月报》第11期转载，并获四川省优秀文学作品奖（1976年10月—1981年2月）。《福建文艺》第8期发表雨寒（方宇涵）的短篇小说《芳子姑娘》。《西湖》第8期发表华东师范大学中文系78级时永刚、刘巽达合作的短篇小说《棋友》。《青海湖》文学月刊第8期发表青海师范学院中文系77级唐燎原（后用笔名燎原）的诗歌评论《严峻人生的深沉讴歌——读王昌耀同志的诗歌》。

9月，《上海文学》第9期发表陈建功的短篇小说《迷乱的星空》、张炜的短篇小说《操心的父母》和江苏师范学院中文系77级范小青的短篇小说《夜归》。《青春》第9期发表王小妮的诗歌《是我》、江苏师范学院中文系78级徐乃建的短篇小说《骑士大祥子》。吉林《新苑》第3期发表卢新华的短篇小说《落榜的孩子》。辽宁《芒种》第9期发表李庆西的短篇小说《玫瑰，还是月季》。《清明》第3期发表李庆西（与沈祖培合作）的中篇小说《生命之花》。《人民文学》第9期发表北京师范大学中文系78级李功达的短篇小说《小路》。《花溪》第9期发表毛铁的短篇小说《求索》。《诗刊》第9期发表徐敬亚的诗歌《海之魂》。

10月，《四川文学》第10期发表四川达县师范专科学校中文系77级雁宁（田雁宁）的短篇小说《小镇人物素描》，后获四川省优秀文学作品奖（1976年10月—1981年2月）。《雨花》第10期发表徐乃建的短篇小说《52次！52次！》。《汾水》第10期发表郑义的短篇小说《秋雨漫漫》。宁夏《朔方》文学月刊第10期发表李勃的短篇小说《爷爷的晚年》。《芳草》第10期发表卢新华的短篇小说《知音》。《延河》第10期发表甘肃师范大学中文系77级刘芳森的短篇小说《云》。《人民文学》第10期"青年诗页"栏目发表王小妮的诗歌《雨夜》和徐敬亚的诗歌《谁见过真理》。《诗刊》第10期"青春诗会"专栏发表叶延滨的叙事组诗《干妈》、徐晓鹤的《南方，淌着哺育我们的河流》（三首）、高伐林的《起诉及其他》（四首）、徐敬亚的《诗二首》、徐国静的《我愿·柳哨》、王小妮的《我在这里生活过》（三首）、孙武军的《我的歌》（二题）。《人民文学》第10期发表韩少功的短篇小说《西望茅草地》。《雨花》第10期发表南京大学中文系78级叶兆言的短篇小说《无题》。《青春》第 10 期发表叶兆言的短篇小说《舅舅村上的陈世美》。《长江文艺》第 10 期发表徐乃建的短篇小说《小聪和敏敏》。《西藏文艺》双月刊第 5 期发表内蒙古大学中文系 78 级南野的短篇小说《遗忘了的文件》。《作品》第 10 期发表华东师范大学中文系 77 级王小鹰的短篇小说《翠绿的信笺》。《山东文学》第 10 期发表贾庆军的短篇小说《早晨的喜剧》。《花溪》第 10 期发表四川达县师范专科学校中文系 77 级谭力的短篇小说《在新开放的浴场上》。《人民文学》第 10 期发表曹布拉的短篇小说《篱笆》。《今天》文学研究会《内部交流资料》第 1 期发表徐晓的短篇小说《带星星的睡袍》。陈志铭参加福建省作协和《福建文艺》编辑部召开的诗歌座谈会,专题讨论舒婷的诗歌创作。

11 月,安徽合肥《希望》第 11 期发表曹布拉的短篇小说《在绿色的湖边》。《青春》第 11 期发表南京师范学院美术系 77 级黄旦璇的短篇小说《赵平安轶事》,后获《青春》编辑部举办的首届短篇小说"青春奖"二等奖。《芒种》第 11 期发表李杭育的短篇小说《沉浮》。《钟山》第 4 期发表李杭育、李庆西合作的中篇小说《白桦树沙沙响》。《哈尔滨文艺》第 11 期发表李杭育、李庆西合作的短篇小说《瓦松吟》。《湘江文艺》第 11 期发表贺梦凡的短篇小说《卖"单簧管"的人》、韩少功的短篇小说《癌》和湖南师范学院中文系 77 级刘建安的短篇小说《十字架里的秘密》。《今天》文学研究会《内部交流资料》第 2 期发表万之的短篇小说《万之短篇小说三篇〈谜〉〈沙〉〈自鸣钟下〉》。

12 月,《西湖》第 12 期发表曹布拉的短篇小说《两对新婚夫妻》。《上海文学》第 12 期发表中央戏剧学院戏文系 78 级陆星儿的短篇小说《留在记忆中的长辫》。《福建文学》第 12 期设立"关于新诗创作问题的讨论"专栏发表陈志铭的诗歌评论《开拓诗歌的新领域》。《青春》第 12 期发表梁左的短篇小说《我的中学朋友》,后获 1979—1980 年短篇小说"青春"奖二等奖。《青春》第 12 期发表王小鹰的短篇小说《相思峰》。《西湖》第 12 期发表李杭育的短篇小说《太阳还在头顶上》。《清明》第 4 期发表蒋韵的中篇小说《仅仅是序曲》。江西《星火》第 12 期发表复旦大学中文系 77 级胡平的短篇小说《第一夜》。《福建文学》第 12 期发表黑龙江大学中文系 77 级曹长青的文学评论《愈是诗,愈是创造的》。《花溪》第 12 期发表北京大学中文系 78 级钱巍的短篇小说《插曲》。《柳泉》第 2 期发表复旦大学中文系 77 级王兆军的短篇小说《在水煎包子铺里》,后被《小说月报》1981 年第 4 期转载。《今天》文学研究会《内部交流资料》第 3 期发表北京大学中文系 77 级黄子平的文学评论《星光,从黑夜和血泊中升起——读〈波动〉随想录》。21 日《北京日报》发表肖复兴的短篇小说《书市余波》。

是年,徐敬亚创作完成长篇诗歌评论文章《复苏的缪斯》。四川大学经济系 78 级游小苏油印出版第一本抒情诗集《黑雪》收入诗歌作品 36 首,其中,《金钟》一诗风靡四川大学校园内外。《南京大学》校报第 28 期发表南京大学中文系 77 级左键的散文《芦笛的梦》。郑道远的长诗《庄稼之歌》获吉林省 1980 年度优秀诗歌奖。陈志铭加入中国作家协会福建分会。骆晓戈加入中国作家协会湖南分会。张德强加入中国作家协会浙江分会。王小妮加入中国作家协会吉林分会。薛海翔加入中国作家协会上海分会。江西大学中文系 78 级赖寄丹的散文诗《校园短歌》(四章)在江西省全省首届大学生文艺汇演中获创作及表演一等奖。

1981 年

1 月,上海《萌芽》复刊号发表孙颙的短篇小说《螺旋》、王小鹰的短篇小说《淡淡的木榉香》以及安徽大学中文系 77 级刘以林的短篇小说《马路求爱者》。《山花》第 1 期发表蒋韵的短篇小说《菊黄色的梦》。《东海》第 1 期发表雨寒的短篇小说《忏悔》。《青春》第 1 期发表韩东的组诗《昂起不屈的头》,后获 1981 年度"青春"文学奖。《青年作家》第 1 期发表谭力的短篇小说《一个星期六的晚上》。《青春》第 1 期发表扬州师范学院中文系 77 级王慧骐的诗歌评论《新诗创作如何"突破"》。《福建文学》第 1 期发表徐敬亚的评论《生活·诗·政治抒情诗》、高伐林的评论《探索之余谈探索》、王小妮的评论《我要说的话》。《安徽文学》第 1 期设立"大学生诗丛"专栏发表蒋维扬的诗歌《母亲》、高伐林的诗歌《我是地球》、徐敬亚的诗歌《微笑的日子》、王小妮的诗歌《一群乡下的孩子》和吉林四平师范学院中文系 77 级薛卫民的诗歌《黎明》。《文汇月刊》第 1 期发表北京大学中文系 77 级小楂(查建英)的短篇小说《最初的流星》。《河北文学》第 1 期发表徐晓的短篇小说《带蓝色小星星的睡袍》。《上海文学》第 1 期发表孙颙的短篇小说《灰色日记》。《山东文学》第 1 期发表山东大学中文系 78 级杨争光的短篇小说《霞姐》。《福建文学》第 1 期发表厦门大学中文系 77 级施群的短篇小说《夏天里的最后一朵玫瑰》。《安徽文学》第 1 期发表黄蓓佳的短篇小说《飘过身边的云彩》。《希望》第 1 期发表王慧骐(与王慧骏合作)的短篇小说《爱的交响曲》。《芒种》第 1 期发表骆炬的短篇小说《沃》。《长春》第 1 期发表王小妮的短篇小说《对于我,这是过去的事》、东北师范大学中文系 77 级杨若木的短篇小说《差子考试》,后者被《小说月报》第 6 期转载。《湘江文艺》第 1 期发表张新奇的短篇小说《我的队长,我的杨梅树》。《芳草》第 1 期发表韩少功的短篇小说《晨笛》。河南郑州《百花园》文学月刊第 1 期发表卢新华的短篇小说《我们之间》。18 日 《文汇报》发表薛海翔的短篇小说《青春的回响》。上海少年儿童出版社出版刘征泰小说《北飞雁》。四川人民出版社出版刘征泰著中篇小说《英王陈玉成》。

2 月,《新港》第 2 期发表陈建功的短篇小说《衷曲》。《钟山》第 1 期发表复旦大学中文系 77 级颜海平的十幕历史话剧《秦王李世民》,在全国文坛和剧坛引起轰动。《钟山》第 1 期发表海翔(薛海翔)的中篇小说《啊,生活的浪花——一个女大学生的日记》,被《新华文摘》1981 年第 5 期转载,并获"首届钟山文学奖",收入中国社会科学出版社出版《中国文学作品年编(1981)中篇小说卷》。《绿洲》文学双月刊第 1 期刊中刊"绿风诗卷"发表叶延滨、徐敬亚、王小妮、孙武军、徐晓鹤、徐国静、高伐林、王家新的诗歌作品。《济南文艺》第 2 期发表山东大学中文系 78 级贺立华的短篇小说《永远不能忘记》。《清明》第 1 期发表李勃的短篇小说《年轮》。《北方文学》第 2 期发表方晴的短篇小说《第 27 床患者》。《北京文学》第 2 期发表中央财政金融学院会计系 77 级徐小斌的短篇小说处女作《春夜静悄悄》。《湘江文艺》第 2 期发表贺梦凡的短篇小说《雪,悄悄地融化》。江苏《群众论丛》第 1 期发表丁柏铨、周晓扬、张寿正合作的论文《文艺批评的标准应当回到美学和历史的观点上来》和《要科学地评价鲁迅》。《湘江文艺》第 2 期发表田舒强的短篇小说《爱吧,但愿你懂得》。《文汇月刊》第 2 期发表黄蓓佳的短篇小说《公墓》。《青春》第 2 期发表韩少功的短篇小说《道上人匆匆》、范小青的短篇小说《上弦月》、苏炜的短篇小说《江南雨》、肖复兴的短篇小说《两个失恋人的一个夜晚》和方晴的诗歌《朋友》。《萌芽》第 2 期发表中国人民大学一分校中文系 78 级周进的短篇小说《严寒》。《星星》第 2 期发表徐晓鹤的诗歌《小冰晶——一个老知青的日记》。《人民文学》第 2 期发表骆晓戈的诗歌《呵,橡胶园》(三首)、王小妮的诗歌《插队,在一个小屯》(二首)及中山大学中文系 77 级马莉的诗歌《竹颂》。《诗刊》第 2 期发表王家新的诗歌《北京速写》。《星星》第 2

期发表西南民族学院中文系78级尚方的诗歌《渴望》。《奔流》第2期发表河南大学历史系77级刘学林的短篇小说《闪光点》。《百花园》第2期发表刘学林的短篇小说《爱妞儿》。《飞天》第2期设立"大学生诗苑"专栏,发表刘芳森的诗歌《北邙山拾梦》、彭金山的诗歌《我和你》、薛卫民的诗歌《给林浩英》、河南师大中文系77级峙军(王峙军)的诗歌的《诗誓》(外三首)、甘肃师大中文系78级于进的诗歌《灯下》(外一首)、甘肃师大中文系78级星梓(崔桓)的诗歌《冬天的诗》、安徽师大中文系78级黄大明的诗歌《企求》(外一首)、兰州大学中文系77级李春林的诗歌《浓荫》。

3月,《复旦学报》(社会科学版)第2期发表陈思和的论文《试论刘禹锡〈竹枝词〉》。《延河》第3期发表叶延滨的短篇小说《星星的河流》。《文汇月刊》第3期发表薛海翔的短篇小说《海的约会》。《萌芽》第3期发表河南郑州大学中文系78级陈贞权的诗歌评论《关于"朦胧诗"》。《四川文学》第3期发表南京大学中文系77级林一顺的评论《〈山高水远〉的语言特色》。《奔流》第3期发表刘学林的短篇小说《镜中缘》。《青海湖》第3期发表甘肃师范大学中文系我们诗社社员咏卒(于进)、晓苏(杜林)、子实、金晚、小野、子选(张子选)、长木(张津梁)、子国(朱子国)、秦放、王福顺、黄祈、杨雄等12人的诗作13首。《山东文学》第3期发表山东大学中文系78级朱幼棣的短篇小说《雪夜,他和她》。《青春》第3期发表陈可雄、陆星儿合作的短篇小说《世界的一半》。《青春》第3期发表骆晓戈的短篇小说《太阳刚刚升出湖面》。《北方文学》第3期发表孙玉洁的诗歌《爱的琴弦》。《飞天》第3期发表刘芳森的短篇小说《黑色的梦》。《广州文艺》第3期发表毛铁的短篇小说《那里,有一片牵牛花》。《萌芽》第3期发表华东师范大学中文系77级赵丽宏的组诗《跋涉者的沉思》。《东方》第1期发表武汉大学中文系78级方方(汪芳)的短篇小说《第三百六十一行"状元"》。24日,1980年全国优秀短篇小说评选发奖大会在北京举行,陈建功的短篇小说《丹凤眼》和韩少功的短篇小说《西望茅草地》获1980年全国优秀短篇小说奖。陈建功当选中国作家协会北京分会理事。

4月,《小说选刊》第4期发表陈建功的创作谈《〈丹凤眼〉点滴》。《诗刊》第4期发表薛卫民的诗歌《红高粱啊,红高粱》。

《四川文学》第4期发表萧萧的短篇小说《路》。《汾水》第4期发表河北师范学院中文系78级刘裕耀的短篇小说《失去的夏天》。《萌芽》第4期发表李安林的短篇小说《变异》。《飞天》第4期"大学生诗苑"栏目发表王家新的诗歌《紫云英》、扬州师院中文系78级曹剑的诗歌《我的太阳》(外一首)、郑州大学中文系77级李建波的诗歌《我和老犁头爷爷》(组诗)、甘肃师范大学77级黄祈的诗歌《道路》、庆阳师专中文科刘晋寿的诗歌《一次晚筵》、安徽淮南煤炭学院陈建林的诗歌《太阳的纤夫》、甘肃师大中文系董培勤的诗歌《沙漠·海·牧歌》、北京大学经济系吴稼祥的诗歌《我走出舞厅》(外一首)、甘肃师大中文系小野(王建勇)的诗歌《相信》、兰州大学历史系罗巴(文长辉)、刘勇的诗歌《春蚕》、中央民族学院汉语系那红的诗歌《晨歌》、甘肃师范大学政治系子国(朱子国)的诗歌《墓碑》。《淮北师院学报》第2期发表安徽淮北煤炭师范学院中文系77级张秉政的诗歌评论《也谈"朦胧"》。《福建文学》第4期发表徐敬亚的文章《新诗行进在探索之路》。《萌芽》第4期设立吉林大学诗辑《赤子心》专栏发表王小妮、徐敬亚、吕贵品、邹进、张丹的诗歌作品。《四川文学》第4期发表谭力的短篇小说《秋雨》、雁宁的短篇小说《水流东逝》。《西湖》第4期发表时永刚、刘巽达合作的短篇小说《雨》。《星火》第4期发表卢新华的短篇小说《一个大学生的隐秘》。《艺谭》第2期发表王小鹰的短篇小说《金泉女与溪水妹》，后被《小说选刊》第 6 期转载。《芒种》第 4 期发表骆炬的短篇小说《茅寮锁记》。《青海湖》第 4 期发表青海师范学院中文系 77 级杨志军的短篇小说《他在我心里永驻》。《人民文学》第 4 期"青年诗页"栏目发表吕贵品的诗歌《下雪了》、孙武军的诗歌《我是一棵无花果》、叶延滨的诗歌《失落的星星》。《诗刊》第 4 期发表邓万鹏的诗歌《田野的希望》（组诗）。《诗刊》第 4 期发表薛卫民的诗歌《雪花对土地这样说》及湖南师范学院中文系 77 级刘犁的诗歌《故乡二题》。《绿野》第 2 期发表陆星儿的中篇小说《美的结构》。

5 月，上海《小说界》创刊号发表陈建功的短篇小说《被揉碎的晨曦》。《钟山》第 2 期发表颜海平的创作谈《仅仅是开始——我写〈秦王李世民〉》。《长江文学丛刊》第 2 期发表郑义的短篇小说《蓝头巾？黄头巾？》。《星星》第 5 期发表薛卫民的诗歌《我心中的交响乐》和四川大学中文系 78 级杨泥（杨毅）的诗歌《我多想买一件红衣裳》。《百花洲》第 2 期发表华东师范大学中文系 78 级研究生许子东的短篇小说《可怜的人》、孙颙的短篇小说《幽灵》。《上海文学》第 5 期发表陈可雄、陆星儿合作的短篇小说《穿绿邮衣的姑娘》、王小鹰的短篇小说《感谢爱神丘比特》。《青春》第 5 期发表王小鹰的短篇小说《雾重重》。《江南》第 2 期发表颜海平的短篇小说《李世民选妃》。《安徽文学》第 5 期发表黄蓓佳的短篇小说《小姑所居》。《戏剧界》第 3 期发表安徽大学中文系 78 级潘军的话剧剧本《前哨》，后其自编自导的话剧《前哨》获全国首届大学生文艺汇演一等奖。《长春》第 5 期发表杨若木的短篇小说《除夕》。《新疆文学》第 5 期发表山东曲阜师范学院中文系 77 级阿贝保（与艾尔肯合作）的短篇小说《壁毯的故事》。《萌芽》第 5 期发表肖复兴的报告文学《球，落地生花——记国家女排一号郎平》。《东海》第 5 期发表曹布拉的短篇小说《静静的菩提弄》。广东人民出版社出版韩少功著中短篇小说集《月兰》，共计收入短篇小说《七月洪峰》《夜宿青江铺》《战俘》《吴四老倌》《月兰》《火花亮在夜空》《雨纷纷》《西望茅草地》及中篇小说《回声》。《诗刊》社编印出版《一九七九——一九八〇全国中、青年诗人优秀诗歌评奖获奖作品》，收录高伐林的获奖诗作《答》和叶延滨的获奖诗作《干妈》。武汉大学学生会编印《高伐林王家新部分诗选——征求意见稿》，收录高伐林的诗歌《写在新旧交替的时刻》《岁月与我》及王家新的诗歌《青春、岁月与梦：在长江边上》《殉难者——献给遇罗克烈士》等。6 日　韩少功的短篇小说《西望茅草地》在共青团湖南省委组织的青年征文评奖活动中获青年创作一等奖。25 日　全国中篇小说、报告文学、新诗评奖发奖大会在北京举行，高伐林的诗歌《答》和叶延滨的诗歌《干妈》获 1979—1980 年全国中青年诗人优秀诗歌奖。26 日　复旦大学第一届屈原奖赛诗会暨复旦诗社成立大会在复旦大学举行，复旦大学经济系 77 级韩云的诗歌《中国畅想曲》获创作一等奖。

6 月，《北京文学》第 6 期发表陈建功的短篇小说《飘逝的花头巾》，后被《小说月报》第 8 期转载。《中国青年》第 11—12 期发表陈建功的短篇小说《雨，泼打着霓虹灯》。《当代》第 3 期发表湖南师范学院中文系 77 级刘建安的中篇小说《白莲湖》。《萌芽》第 6 期发表华东师范大学中文系 78 级戴舫的短篇小说《泪竭》。《北方文学》第 6 期发表沈祖方的论文《漫谈短篇小说的裁剪艺术》。《新文学论丛》第 2 期发表南京大学中文系 77 级唐晓渡的文学评论《高晓声笔下两个农民形象的典型意义》。《小说选刊》第 6 期发表韩少功的创作谈文章《留给"茅草地"的思索》。《上海文学》第 6 期发表北京大学中文系 77 级王小平的短篇小说《冰花曲》。《汾水》第 6 期发表蒋韵的短篇小说《孙老先生》。《星星》第6期发表徐慧的诗歌《渴》、王小妮的诗歌《送甜菜的马车》。《人民文学》第6期发表王家新的诗歌《北京速写》。《艺谭》第2期发表沈祖方的论文《从单四嫂到爱姑——鲁迅小说关于妇女解放问题的探索》。《青海湖》第6期发表彭金山的诗歌评论《星光闪耀在青海湖上》。《青春》第6期发表张新奇的短篇小说《那绿色的山寨》。《萌芽》第6期发表华东师范大学中文系78级郑芸的短篇小说《背着十字架的姑娘》。《延河》第6期发表西南师范学院陈希的短篇小说《金竹花》。《人民文学》第6期发表北京师范大学中文系78级李功达的短篇小说《蓝围巾》。《北京文学》第6期发表李功达的短篇小说《乔迁》。《北京文学》第6期发表肖复兴的短篇小说《达紫香》。13日 《文汇报》发表中国人民大学中文系78级李黎的诗歌评论《"朦胧诗"与"一代人"——兼与艾青同志商榷》，《人民日报》《新华文摘》《诗刊》等均做转载，产生广泛影响。

7月，《收获》第4期发表陆星儿、陈可雄合作的中篇小说《我的心也象大海》。《诗刊》第7期发表韩东的诗歌《无题及其他》、云南师范大学中文系78级陈慧的诗歌《我甩掉过去》（外一首）、陕西某大学中文系78级田骥强的诗歌《啊，小翠》。《四川文学》第7期发表谭力的短篇小说《渠江流水长》。《飞天》第7期"大学生诗苑"栏目发表叶延滨的诗歌《大学生活剪影》、星梓（崔桓）的诗歌《也许》、李建波的诗歌《献给我经济调整中的祖国》（外一首）、河南师范大学中文系77级程光炜的诗歌《抒情诗四首》、沈奇的诗歌《写给朋友也写给自己》（外二首）、甘肃师大中文系77级长木（张津梁）的诗歌《普通的心灵》、安阳师专中文系77级刘德亮的诗歌《夜》、东北师范大学中文系77级于二辉的诗歌《面对自己的青春》。《人民文学》第7期发表杭州大学中文系77级吴晓的诗歌《诞生》。《中国青年》第13期发表韩少功的短篇小说《飞过蓝天》，后被《小说选刊》第9期转载。《新港》第7期发表肖复兴的短篇小说《追求》。《长春》第7期发表杨若木的短篇小说《兰子》。《青春》第7期发表苏炜的短篇小说《酒娘》。《萌芽》第7期发表湖南师范学院中文系77级钟铁夫的短篇小说《"花和尚"打赌》。《萌芽》第7期发表田舒强的短篇小说《走向沸腾的生活》。江苏人民出版社出版黄蓓佳的文集《小船小船》，收入《星空下》《小船，小船》《阿兔》《月光》《当我还在童年》《小河流过门前》《朋友们》《深山里的孩子们》《五(1)班的"备忘录"》《化装晚会》《高山和大海——马克思和恩格斯的故事》《他在成名之前——世界文豪高尔基》《心灵的凯旋——记伟大音乐家贝多芬》等小说散文13篇，著名作家丁玲撰写序言。1日 由颜海平创作、上海青年话剧团排演、胡伟民导演的大型话剧《秦王李世民》在上海演出。17日 中国剧协上海分会组织举办颜海平创作话剧《秦王李世民》座谈会。该剧本被《新华文摘》第12期转载。

8月，《汾水》第8期发表山西师范学院中文系78级张平的短篇小说《祭妻》，被《小说选刊》第10期转载，被评为《山西文学》1981年优秀短篇小说一等奖。《奔流》第8期"大学生作品专号"发表徐敬亚、俞民、于耀江、罗贵昌、王小妮、岳平、于二辉、丁红、彭金山、易殿选、李建波、朴康平、杨亚杰的诗歌和徐乃建的短篇小说《周末，还不到八点》、雨寒的短篇小说《我和罗安妮》、刘学林的短篇小说《"小和尚"还俗》、王小平的短篇小说《等》和《祭》、梁左的短篇小说《路途》、黄旦璇的短篇小说《来做模特的女人》、张平的短篇小说《象河流一样的泪水》、河北师范学院中文系78级刘裕燿的短篇小说《月球的另一面》、暨南大学外语系78级梅兰（蔡梅兰）的短篇小说《欠》以及南京师范大学中文系77级赵翼如的散文。《青春》第8期发表徐敬亚的诗歌《活着，并且发光》。《诗刊》第8期发表陈志铭的诗歌评论《为"自'我'表现"辩护》。《青海湖》第8期发表唐燎原的文章

《诗歌在新的时代面前》。《文汇月刊》第 8 期发表黄蓓佳的短篇小说《雨巷》。《安徽文学》第 8 期发表徐晓的短篇小说《舞台灯光》。《边疆文艺》第 8 期发表曹布拉的短篇小说《马厩里的"司令"》。《诗刊》第 8 期发表于耀江的诗歌《静静的小河下游》。福建省龙岩专区文化局局长、作家张惟组织举办文艺创作班,邀请活跃在大学生文坛上的作家——厦门大学中文系 77 级陈志铭、黄启章、施群、伍林伟、杨建新,复旦大学中文系 77 级张胜友,中山大学中文系 78 级何东平,福建师范大学中文系 78 级方彦富,华侨大学谢春池、林咏和福建师范大学王光明等参加学习。

9 月,《星星》第 9 期发表徐敬亚的诗歌《长征,长征》,后获该刊举办的首届星星诗歌创作奖(1979 年 9 月—1981 年 12 月)。《青海湖》第 9 期发表杨志军的短篇小说《百灵啁啾》。《飞天》第 9 期"大学生诗苑"栏目发表兰州大学杜宁的诗歌《父亲》、兰州大学尚春生的诗歌《家乡情》(二首)、兰州大学曹长林的诗歌《我是从海边来的》(三首)、兰州大学冯诚的诗歌《诗四首》、兰州大学高寒(高永中)的诗歌《爱的隐曲》、兰州大学秦放的诗歌《我住在黄河边》、兰州大学阎旭东的诗歌《校园灯光》、兰州大学成倬的诗歌《麦收》、崔桓的诗歌《原野》(三首)、于进的诗歌《插曲》(外一首)、彭金山的诗歌《绿色的歌》(二首)、甘肃师范大学张子选的诗歌《我,一个学生》(二首)、甘肃师范大学李江卫的诗歌《致春风》(外三首)、甘肃师范大学汪幼琴的诗歌《石像辞》(外二首)、甘肃师范大学雷宇的诗歌《黎明》(外一首)、甘肃师范大学宾雅(戴宾雅)的诗歌《瀑》。《人民文学》第 9 期发表韩少功的短篇小说《风吹唢呐声》,后被《小说选刊》第 12 期选载。《青春》第 9 期发表张胜友(与徐茂昌、宋超、许锦根合作)的报告文学《世界冠军的母亲》。《北京文学》第 9 期发表李功达的短篇小说《校花》。《青春》第 9 期发表田舒强的短篇小说《队长啊,我们的队长》。《小说界》第 2 期发表华东师范大学中文系 78 级沈乔生的中篇小说《月亮圆了》。《萌芽》第 9 期发表王小鹰的短篇小说《春到溪头荠菜花》。《东海》第 9 期发表浙江师范大学中文系 78 级骆丹、周向潮合作的短篇小说《被缚的维纳斯》。内蒙古《鹿鸣》文学月刊第 9 期发表蒋韵的短篇小说《无标题音乐》在,后被《小说选刊》第 11 期转载。《萌芽》第 9 期发表刘学林的短篇小说《洁白的脚印》。《湘江文艺》第 9 期发表田舒强的短篇小说《铃木摩托》、钟铁夫的短篇小说《父亲的忏悔》。《福建文学》第 9 期发表厦门大学中文系 77 级南帆(张帆)的短篇小说《在一个小站》。《诗刊》第 9 期发表邓万鹏的诗歌《田园小景》(二首)。百花文艺出版社出版陈建功短篇小说集《迷乱的星空》,收入《流水弯弯》《京西有个骚达子》《衷曲》《被揉碎的晨曦》《盖棺》《丹凤眼》《迷乱的星空》《雨,泼打着霓虹灯》《萱草的眼泪》《走向高高的祭坛》《甜蜜》《秋天交响乐》《飘逝的花头巾》等短篇小说 13 篇,著名作家王蒙作序。上海文艺出版社出版《1980 年全国优秀短篇小说评选获奖作品集》选入陈建功的《丹凤眼》、韩少功的《西望茅草地》。长江文艺出版社出版王家新与同班同学、武汉大学中文系 77 级张天明、徐业安、张水舟编选的《中国现代爱情诗选》。少年儿童出版社出版黑龙江牡丹江师范学院中文系 77 级韩乃寅儿童中篇小说《断线的风筝》。

10 月,《星星》诗刊第 10 期发表西南民族学院中文系 78 级吉狄马加的诗歌《送别》。《北京文学》第 10 期发表陈建功的短篇小说《辘轳把胡同 9 号》,后被《小说月报》第 12 期转载。《四川文学》第 10 期发表杨泥的短篇小说《春天奏鸣曲》。《安徽文学》第 10 期发表钱巍的短篇小说《老黑牛和它的主人》。《诗刊》第 10 期发表刘犁的诗歌《妈妈,请不要再提起这件事》。《东海》第 10 期发表浙江师范学院宁波分校中文系 77 级张建红(后笔名力虹)的诗歌《致台湾岛》。《飞天》第10期"大学生诗苑"栏目发表徐敬亚的诗歌《长城上》、韩霞的诗歌《草原短笛》(二首)、内蒙包建师专中文系英华的诗歌(乔世民)《我,也是孩子》、西北民族学院汉语系沙新的诗歌《笔》、西北师院中文系杨雄的诗歌《没有爱情的恋歌》、安徽师大中文系姜诗元的诗歌《铜铃》(外一首)、山西大学中文系董启荣的诗歌《三叶草》、甘肃教育学院中文系兰泉的诗歌《我和妻子》、武汉大学经济系张小红的诗歌《黎明,城市做着早操》、西北师院政治系曹昉的诗歌《在一只纸鸟失落的地方》(外一首)、庆阳师专中文系张智全的诗歌《补鞋匠》、辽宁大学历史系姜维平的诗歌《校园的黄昏》。《滇池》第10期发表王小鹰的短篇小说《闪亮,闪亮,小星星》,后被《小说月报》第11期转载。《青春》第10期发表肖复兴的短篇小说《日出》、许子东的短篇小说《英雄日记》。中国社会科学出版社《当代文学研究丛刊》第2期发表徐敬亚的文章《复苏的缪斯——三年来诗坛的回顾及断想》。《青春》第10期发表北京大学中文系77级岑献青的短篇小说处女作《盼》。《上海文学》第10期发表范小青的短篇小说《我们都有明天》。《萌芽》第10期发表胡平的诗歌《上海,在中国的阳台上》、赵丽宏的诗歌创作谈《追求的欢乐》。5日 《光明日报》发表顾文勋的文学评论《忠于原著,富于创新——评陈白尘改编的〈阿Q正传〉》。南京大学中文系编印出版《学生文学论文集》(1979—1981),收入唐晓渡、丁柏铨、沈祖方、龚放、张伯伟、陈雪岭、朱恒夫、孙月沐、孙玫、鲍榕宁、梁宝林、卢同奇、吴锦才、缪小星、姚松、刘承华、崔卫平的论文。

11月,广东《海韵》第6期发表钱超英的诗歌《诗两首》(《压路机,从我心上碾过》《鸽子》)。《青春》第11期发表黄蓓佳的短篇小说《山雨》。《青春》第11期发表王小妮的短篇小说《有一个小屯,有一个农民》。上海《文艺理论研究》第4期发表戴达奎的文章《试析当代青年诗歌潮流的艺术特征》。《星星》第11期发表徐慧的诗歌《船歌》(外一首)、高伐林的诗歌《真想》。《青春》第11期发表张新奇的散文《到妈妈身边去》。《诗刊》第11期发表张德强的诗歌《校园二题》。《十月》第6期发表徐小斌的短篇小说《请收下这束鲜花》,后获"首届十月文学奖"。《小说界》第3期发表小楂的短篇小说《镶着月亮的小河》。24日 《文汇报》发表陈思和的文学评论《农民的爱情——简评〈狐仙择偶记〉》。黑龙江人民出版社出版韩乃寅的中篇小说《箭娃》。

12月,青海西宁《雪莲》第4期发表唐燎原的论文《大山的儿子——昌耀诗歌评价》。《诗刊》第12期发表徐晓鹤的诗歌《我记着你,小城》。《群众论丛》第6期发表丁柏铨、周晓扬、张寿正合作的论文《重温鲁迅的拿来主义——兼评当前对待外来影响中的若干问题》。《钟山》第4期发表丁柏铨、周晓扬、张寿正合作的文学评论《一支鼓舞青年走向未来的歌——读中篇小说〈啊,生活的浪花〉》。《汾水》第12期发表张平的短篇小说《月到中秋》。《花城》第6期发表中国人民大学中文系78级顾晓阳的短篇小说《老泥瓦匠》。《作品》第12期发表王小鹰的短篇小说《香锦》。《人民文学》第12期发表孙颙的短篇小说《星光下》。《四川文学》第12期发表徐慧的短篇小说《我的同龄朋友》。《飞天》第12期"大学生诗苑"栏目发表戴达奎的诗歌《致维纳斯》、刘国尧的诗歌《别学我,新来的徒弟》、刘芳森的诗歌《我愿与你重逢》、于耀江的诗歌《送别》、邓万鹏的诗歌《田野的希望》(二首)、安徽师大体育系周国平的诗歌《我的童年》(三首)、安徽师大中文系刘人云的诗歌《脚手架》、安徽师大中文系沈天鸿的诗歌《初夏时节》、安徽师大中文系许辉的诗歌《小花》、河南师大中文系王剑冰的诗歌《织机·钢琴》、河南师大中文系胡述范的诗歌《脚手架下的黄昏》、河南师大中文系易殿选的诗歌《父亲的信仰》、河南师大中文系立立

(宋立民)、丽丽(刘宏)的诗歌《过山岗》、河北大学中文系邢凯的诗歌《集市上的笑声》、兰州大学中文系冯诚的诗歌《沸腾的市声》、兰州大学中文系李岩的诗歌《我们》(外二首)、西北师院中文系于跃的诗歌《地上的太阳》、武汉大学中文系刘少安的诗歌《我等你》、甘肃农业大学胡喜成的诗歌《读书杂咏》(三首)、新疆大学中文系宋哲峰的诗歌《轻装》、山东大学中文系曹庆文的诗歌《学步札记》。《飞天》第12期发表复旦大学中文系77级晨钟的短篇小说《国魂》、兰州大学中文系77级李民发的短篇小说《撞车记》、复旦大学中文系77级张锐的短篇小说《男婚女嫁》、宝鸡师范学院中文系77级汪保尔的短篇小说《路，本来是弯的》。《萌芽》第12期发表韩云的组诗《生活召唤着我》，后获1981年度《萌芽》文学创作荣誉奖，以及许子东的短篇小说《光》，同期推出"复旦大学诗辑——诗耕地专栏"，发表复旦大学中文系77级王云以及周伟林、王健、王煦、沈林森、许德民的诗歌。《西湖》第12期发表时永刚、刘巽达合作的短篇小说《别有蹊径》，后被《小说月报》1982年第3期转载，并获"西湖文学奖"。《北京文学》第12期发表韩少功的短篇小说《谷雨茶》。《诗刊》第12期发表王剑冰的诗歌《我是叮叮当当的洒水车》。《北方文学》第12期发表肖复兴的短篇小说《玉兰花开的时候》。《新文学论丛》第4期发表南开大学中文系77级黄桂元的文学评论《重评长篇小说〈火种〉》。中国青年出版社出版《青年诗选》第一集收入徐敬亚的诗歌《早春之歌》，叶延滨的诗歌《那时，我也是一个孩子》(三首)、《干妈》、《十万个为什么》，王小妮的诗歌《是我》、《我感到了阳光》、《农场的老人》，徐晓鹤的诗歌《南方，淌着哺育我们的河流》(三首)、《棋》、《找》，骆晓戈的诗歌《爱照镜子的姑娘》、《未知数》、《早晨》、《绿色的阳光》、《细雨淅沥》，孙武军的诗歌《让我们笑》、《我的歌》。人民文学出版社出版爱情诗选《恋歌》选入孙玉洁的诗歌《爱的琴弦》六首。

是年，陈建功的短篇小说《丹凤眼》被改编拍成电视剧。徐敬亚写作诗歌评论《崛起的一代》(后改名为《崛起的诗群》)。韩乃寅著中篇小说《箭娃》获黑龙江省1979—1981年优秀作品奖。韩乃寅加入中国作家协会黑龙江分会。孙武军加入中国作家协会浙江分会。王家新加入中国作家协会湖北分会。吕贵品加入中国作家协会吉林分会。

1982年

1月，《上海文学》第1期发表陈思和的文学评论《关于性格化的通信》。《北京文学》第1期发表叶延滨的诗歌《母亲的土地》。《青春》第1期发表程玮的短篇小说《哦，不，不是在月亮上》。《奔流》第1期发表雨寒的短篇小说《趁我们还年轻》。《飞天》第1期"大学生诗苑"栏目发表程光炜的诗歌《我们走向处女地》、曹剑的诗歌《序》、薛卫民的诗歌《一块岩石》、周伟林的诗歌《窗》、北京大学中文系黎宏的诗歌《你》、安徽矿业学院采矿系陈建林的诗歌《路徽》、安徽矿业学院采矿系周培玉的诗歌《复信》、兰州大学历史系朱昌平的诗歌《雨》、上海师院中文系俞民的诗歌《小岛》、郑州大学中文系王遂河的诗歌《爱之歌》、新疆大学中文系78级刘虹的诗歌《毕业证》(外一首)、西北师院政治系哲野的诗歌《煤》、西北师院中文系武志元的诗歌《雄鸡》。《丑小鸭》创刊号发表杭州大学历史系78级王旭烽的短篇小说《昨天已经过去》。《雨花》第1期发表方晴的短篇小说《迷》。《当代文艺思潮》第1期"大学生论当代文学"专栏发表西北师范学院中文系78级刘清廉的论文《文学观念与道德观念》和西北师范学院中文系78级李中流的论文《复归到哪里去》。《奔流》第1期发表王小鹰的短篇小说《邂逅之际》。《上海文学》第1期发表许子东的短篇小说《山谷》。《长城》第1期发表邢凯的短篇小说《玉壶冰心》。《诗刊》第1期发表刘犁的诗歌《茅棚·擂钵山》,后《茅棚》一诗获得《诗刊》1981—1982年优秀作品奖。《诗刊》第1期发表王家新的诗歌《希望号渐渐靠岸》。《新港》第1期发表王小鹰的短篇小说《宁儿》。《青年文学》第1期发表潘军的短篇小说《啊,大提琴》。《山泉》第1期发表曹长青的诗歌《儿童公园》。《诗刊》第1期发表熊光炯的诗歌《人字门》。《福建文学》第1期发表华东大学中文系77级方克强(与瞿新华合作)的短篇小说《书记算命》。《安徽文学》第1期发表蒋维扬的短篇小说《海思》。《芙蓉》第1期发表孙颙的中篇小说《余波》。《花城》第1期发表方方的中篇小说《活力》。21日 《文学报》发表王兆军的散文《家乡的炊烟》。

2月,《文学评论丛刊》总第十一辑"现代文学专号"头条位置发表陈思和、李辉合作的论文《巴金与俄国文学》。《飞天》第2期发表北京师范大学中文系78级陈传敏的短篇小说《舞会上的邂逅》。《飞天》第2期"大学生诗苑"栏目发表韩云的诗歌《给一个扫街的老伯》、韩霞的诗歌《阵地及其他》、吴稼祥的诗歌《我歌唱第一个直立行走的人》、安徽劳动大学中文系朱文根的诗歌《我走在祖国大地上》、宝鸡师院政教系王长乐的诗歌《人民——我找到了这两个大字》、中山大学中文系辛磊的诗歌《丰收的歌》、武汉师院中文系褚家生的诗歌《夜雨》、山东师大中文系谢迎秋的诗歌《摇篮》、兰州大学中文系闻民(曹闻民)的诗歌《磨道》、山西大学中文系周同馨的诗歌《我爱新的一天》、辽宁大学中文系程宏的诗歌《海忆》、兰州大学中文系于小龙的诗歌《眼睛》。《青年文学》第2期发表韩少功的短篇小说《反光镜里》。《东海》第2期发表骆丹、周向潮合作的短篇小说《而立之年》。《萌芽增刊》(电视·电影·文学)第1期发表陆星儿、陈可雄合作的中篇小说《我们已经长大了》。《诗刊》第2期"诗转载"栏目选载韩云的诗歌《卖馄饨的少女》。《北方文学》第2期头条位置发表辽宁大学中文系78级马原的短篇小说处女作《海边也是一个世界》。《长江文艺》第2期发表方方的短篇小说《大篷车上》,后被《小说月报》第4期转载。《青春》第2期发表复旦大学中文系77级周惟波(与许锦根合作)的报告文学《陈冲》。《希望》第1期发表范小青的短篇小说《屋檐下》。《青年文学》第2期发表韩少功的短篇小说《反光镜里》。《长春》第2期发表雨寒的短篇小说《燃烧的土地》。《小说界》第1期发表孙颙的中篇小说《他们的世界》。华东师范大学中文系77级陈丹燕的毕业论文《让生活扑进童话:西方现代童话的新倾向》获全国儿童文学优秀论文奖。

3月,《花城》第2期发表苏炜的长篇小说《渡口,有一个早晨》(上)。《东方》第1期发表张锐的短篇小说《金长胜赶集》。《新港》第3期发表天津师范学院78级宋安娜的短篇小说《渡》。《飞天》第3期"大学生诗苑"栏目发表阿古拉泰的诗歌《阿布》、于跃的诗歌《现在是零点》、中山大学中文系马莉的诗歌《你,我亲爱的小树林》、无锡江南大学中文系达黄的诗歌《太湖素描》(三首)、山东师大中文系朱伟的诗歌《金秋,收获正忙》(组诗)、武汉大学历史系唐长胜的诗歌《我要读书》、武汉师院中文系白德的诗歌《炊烟》、杭州师院中文系汪东根的诗歌《额头》、清华大学化学与化学工程系杜南的诗歌《一月一日》、北京广播学院文艺系陆健的诗歌《海的向往》、安徽师大中文系吴尚华的诗歌《红梅》、陕西师大中文系田玉川的诗歌《群星》、兰州大学中文系杜宁的诗歌《短诗二首》、山西大学中文系董启荣的诗歌《请买一个太阳灶吧》(外一首)。《山东文学》第3期发表杨争光的短篇小说《卖茶老人》。《星火》第3期发表黄蓓佳的短篇小说《嘀嘀嘀嗨》、孟繁华的诗歌评论《遒劲,有力——评徐敬亚的诗歌〈长征啊,长征〉》。《收获》第2期发表陆星儿的中篇小说《呵,青鸟》。《星火》第3期发表陆星儿的短篇小说《在生活的银幕上》。

《北方文学》第 3 期发表陆星儿的短篇小说《小清河流个不停》。《人民文学》第 3 期发表范小青的短篇小说《萌芽》。《诗刊》第 3 期发表杭州大学中文系 77 级吴晓的诗歌《旗杆》。《滇池》第 3 期发表辛磊的诗歌《我从昨天向你走来》。《花城》第 2 期发表姜诗元的诗歌《回乡》。

4 月,《星星》诗刊第 4 期发表吉狄马加的诗歌《童年梦——写给那遥远的苦难岁月》(三首)。《青年文学》第 4 期发表李功达的短篇小说《桔黄色的蒲公英》。《丑小鸭》第 4 期发表姜维平的诗歌《我走出伤痕》。《奔流》第 4 期发表北京大学中文系 78 级刘震云的短篇小说《月夜》、王兆军的短篇小说《车上人》。《萌芽》第 4 期发表许子东的短篇小说《早晨醒来》。《飞天》第 4 期"大学生诗苑"栏目发表许德民的诗歌《生活的回音》(组诗)、中央民族学院汉语系崔泽善的诗歌《我的北方》(六首)、安徽师大政教系陈春林的诗歌《希望》(外一首)、浙江师院中文系盛子潮、何蔚萍的诗歌《三封信和一封信》(四首)扬州师院中文系祁智的诗歌《写在那一张日历上》、山东大学中文系刘希全的诗歌《山村的希望》、北京大学地质系吴东升的诗歌《心海》(外一首)、西北师院中文系时志明的诗歌《林曲》(外一首)、西北师院中文系周铁山的诗歌《额的纹理》(外一首)。《柳泉》第 2 期发表南开大学中文系 77 级邓建永的中篇小说《一路平安》。

5 月,《花城》第 3 期发表苏炜的长篇小说《渡口,有一个早晨》(下)。《诗探索》第 2 期发表徐敬亚的诗歌评论文章《诗,升起了新的美——评近年来诗歌艺术中出现的一些新手法》。《鹿鸣》第 5 期发表山东大学哲学系 78 级耿志勇的短篇小说《主人》,后被《小说月报》第 7 期转载。《太原文艺》第 5 期发表张平的短篇小说《军长的女儿》。《飞天》第 5 期"大学生诗苑"栏目发表叶延滨的诗歌《投进绿色邮筒的心》(二首)、沈天鸿的诗歌《出诊》(外一首)、俞民的诗歌《海浪静了》、宋立民、刘宏的诗歌《清晨》、复旦大学中文系 78 级孙晓刚的诗歌《我们五颜六色地年轻》(组诗)、广西师院中文系罗贵昌的诗歌《走,沿着——》(外二首)、厦门大学中文系傅卓洋的诗歌《致 H》、吉林财贸学院金融系邢玉卓的诗歌《星》、昆明师院中文系马季的诗歌《走向五月》(外一首)。《诗刊》第 5 期发表张德强的诗歌《我常常设想》。《奔流》第 5 期发表南开大学中文系 77 级杨志广的短篇小说《中秋夜》。《安徽文学》第 5 期发表刘震云的短篇小说《被水卷去的酒帘》。《北方文学》第 5 期发表马原的短篇小说《他喜欢单纯的颜色》。《花城》(诗增刊)发表中山大学中文系 78 级陈小奇的诗歌《春天奏鸣曲》。

6 月,《剧本》第 6 期发表南京大学中文系研究生李龙云的剧本《小井胡同》。《诗刊》第 6 期发表汪芳(方方)的诗歌《我拉起板车》(外一首),后该诗获得《诗刊》1981—1982 年优秀作品奖。《萌芽》第 6 期发表朱幼棣的短篇小说《馄饨姐妹》。《安徽文学》第 6 期发表蒋维扬的短篇小说《猴戏》。《星火》第 6 期发表江西大学中文系 78 级南翔(与严丽霞合作)的短篇小说《"二百五"小传》。《飞天》第 6 期"大学生诗苑"栏目发表卓凡的诗歌《伫立》(外一首)、黄大明的诗歌《洁白而甜美的诗》(外一首)、华中工学院造船系杨晓峰的诗歌《春天在我心中萌动》、河南师大中文系刘跟社的诗歌《清理》、南宁师院外语系陈彦宜的诗歌《稻草窝里》、江苏师院中文系钱昌明的诗歌《鼦鼠》(寓言诗)、北京广播学院新闻系何敬君的诗歌《布谷之声》、湖南师院中文系颜昌海的诗歌《竹笛》、曲阜师院中文系李金平的诗歌《骑白马的战士》、兰州大学中文系王治平的诗歌《同学之歌》。《福建文学》第 6 期发表福建师范大学中文系 78 级陈章汉的短篇小说《借东风》。《东海》第 6 期发表骆丹、周向潮合作的短篇小说《灯火阑珊处》。《东方》第 2 期发表周向潮、骆丹合作的短篇小说《大学生"贺老六"》，后被《小说选刊》第8期选载。《山西文学》第6期发表张平的短篇小说《他是谁》。《当代》第3期发表北京大学中文系78级张曼菱的中篇小说处女作《有一个美丽的地方》，后改编为电影《青春祭》。

7月，《花城》第4期发表中央戏剧学院戏文系78级乔雪竹的中篇小说《北国红豆也相思》，后改编成电影《北国红豆》。《飞天》第7期"大学生诗苑"栏目发表曹剑的诗歌《告别我的大学》（外一首）、杨争光的诗歌《孩子和海》、王健的诗歌《石桥》、尚春生的诗歌《闪亮闪亮的小红灯》、湘潭师专中文系彭国强的诗歌《鸟巢》、北京师范大学中文系78级周雪峰的诗歌《嘱托》、香港中文大学宗教系冯颖贤的诗歌《匍匐者》、上海海运学院分院轮机系崔永进的诗歌《无题》、中国科技大学工程热物理系叶流传（简宁）的诗歌《湖畔》、华东师大历史系肖琦的诗歌《蝴蝶》（外二首）、内蒙古师院中文系安源的诗歌《我的醒悟》、宁夏大学中文系方怀南的诗歌《欣慰》。《北京文学》第7期发表李功达的短篇小说《哑巴说话的故事》。《长江文艺》第7期发表方方的短篇小说《啊，朋友》，后被《小说月报》第9期转载。《青春》第7期发表安徽师范大学中文系78级曹汉俊的组诗《中国，站在高高的脚手架上》。上海文艺出版社出版《1981年全国优秀短篇小说评选获奖作品集》选入陈建功的《飘逝的花头巾》和韩少功的《飞过蓝天》。

8月，《鸭绿江》第8期发表杨泥的短篇小说《白色"希望号"》。《青春》第8期发表杭州大学中文系78级金健人的短篇小说《锁》、韩东的诗歌《山民·山》（二首）。《奔流》第8期发表时永刚、刘巽达合作的短篇小说《在岔道上，在走廊上》。《飞天》第8期"大学生诗苑"栏目刊发表孙武军的诗歌《诞生》、陆健的诗歌《给长安街的交通警》、尚春生的诗歌《告别之歌》（外一首）、周成海的诗歌《雪，洗我》、西昌农专农学科周伦佑的诗歌《春节》（外二首）、西北大学历史系老嘎（徐晔）的诗歌《地头上的催眠曲》、西安师专中文科刘珂的诗歌《发奖》、复旦大学新闻系张真的诗歌《月台》、黔阳师专中文系李玉成的诗歌《穿米黄色连衣裙的少妇》、湘潭师专中文系赵坤的诗歌《大孩子写的歌》（三首）、华东师大中文系张黎明的诗歌《小道》、暨南大学中文系李珊利的诗歌《靶场》、吉林大学计算机科学系郭克俭的诗歌《忏悔》、山西大学中文系李坚毅的诗歌《无轨和有轨的电车》（外一首）、西北民院汉语系吴春岗的诗歌《脊梁》、安徽师大中文系王前锋的诗歌《校园之晨》。重庆出版社出版赵丽宏第一本诗集《珊瑚》。《诗刊》社在北京举办第二届青春诗会，刘犁、许德民和杭州大学中文系77级王自亮参会。

9月，《萌芽》第9期发表南帆的短篇小说《在那个小村里》、刘剑星的短篇小说《梦》。《北方文学》第9期发表肖复兴的短篇小说《车在戈壁飞奔》。《鸭绿江》第9期发表山东曲阜师范学院中文系77级汪家明的短篇小说《一个小姑娘到海边去》。《飞天》第9期"大学生诗苑"栏目发表叶延滨的诗歌《呵，高原》（组诗）、沈天鸿的诗歌《苦难》（外二首）、孙晓刚的诗歌《中国夏装》（外一首）、张海宁的诗歌《人生》（外二首）、尚方的诗歌《我曾是童声合唱团团员》、吴春岗的诗歌《写在入党宣誓后》、北京化工学院化工机械系雪海的诗歌《蜂巢》（外一首）、西北电讯工程学院技术物理系王思风（王志刚）的诗歌《夏之梦》、河北师院中文徐国强的诗歌《长夏》、福建师大中文系莱笙的诗歌《天空和湖水》。

10月，《当代》第5期发表张曼菱的中篇小说《云》。《青春》第10期发表复旦大学分校中文系78级贾亦凡的短篇小说《狗的故事》。《飞天》第10期"大学生诗苑"栏目发表卓凡的诗歌《我等着一个人》、彭国梁的诗歌《寄自瑞丽江畔的诗》（组诗）、史秀图的诗歌

《春的序列》(散文诗)、程宏的诗歌《船歌》、北京大学法律系 77 级苏力的诗歌《今夜,我解一道数学难题》(外一首)、安徽电大铜陵分校凌代坤的诗歌《江恋》(三首)、西北民院汉语系李淳之(李春俊)的诗歌《雕像》、厦门大学中文系峻翔的诗歌《岩松》、西南民院中文系张华的诗歌《夜市》、天津大学化学工程系黄荣的诗歌《致友人》(外一首)、安徽师大政教系马凌的诗歌《父亲的孙孙》、山西大学中文系李景耀的诗歌《建筑工地》、华东师大中文系 77 级李其纲的诗歌《草原上的虎爪子花》、河北大学经济系张雁池的诗歌《春景》、北京大学中文系 78 级朴康平的诗歌《路旁,一个青椰子》。《青春》第 10 期发表华东师范大学中文系 78 级陈德楹的短篇小说处女作《祭》。《萌芽》第 10 期发表朱幼棣的短篇小说《塞外古道上》。

11 月,《萌芽》第 11 期发表刘以林的短篇小说《入轨》。

是年,华东师范大学中文系 78 级编印毕业生诗歌散文集《西出阳关》收入徐海鹰、马开吉、沈韬、倪文锦、陈荣杰、陈文汉、陈静漪、刘新华、李满、辜也平、汤朔梅、严一鸣、周立军、陈建华、高开云、徐子亮、哈若蕙、王智奇、刘菲、吴建一、庄临安、夏志厚、赵丽芳、章黎明、王圣思的诗歌、散文。陈建功的短篇小说《飘逝的花头巾》荣获 1981 年全国优秀短篇小说奖。韩少功的短篇小说《飞过蓝天》荣获 1981 年全国优秀短篇小说奖。颜海平的十幕历史话剧《秦王李世民》获 1980—1981 年全国优秀剧本一等奖。《飞天》文学月刊第一届大学生诗歌评奖揭晓,获奖的作者及作品有:程光炜的《我们走向处女地》、吴稼祥的《我歌唱第一个直立行走的人》、韩霞的《阵地及其他(四首)》、陆健的《海的向往》、孙晓刚的《年轻人从百货商店出来》和《中国夏装》、尚春生的《告别之歌》、周伦佑的《春节》、张真的《月台》、叶延滨的《太阳与大地的儿子》、沈天鸿的《苦难》和《清晨,在沙滩》、武汉师院历史系白德的《炊烟》、中央民族学院汉语言文学系崔泽善的《我的北方(六首)》。叶延滨加入中国作家协会。

2020 年 11 月 21 日

曹 珊

"林海孤岛上的精神王国"

——姜红伟先生所藏诗歌资料访查介绍

一、探访之旅

早就曾听闻姜红伟先生的大名,也受益于他撰写的部分诗歌史料研究论文,但在2020年10月拜访前,我对姜先生的了解还仅仅停留在纸面上:姜红伟,1966年出生,黑龙江海伦县人。中国诗歌学会理事,诗人、诗歌文献收藏家、诗歌史学家。曾在《北京文学》《收获》《花城》等报纸杂志发表《海子年谱》等有关20世纪80年代诗歌史学研究文章两百余篇,撰写有关20世纪80年代诗歌史料书稿8部300万字,出版诗歌史学著作《寻找诗歌史上的失踪者》《大学生诗歌家谱》《诗歌年代》(上下卷)。

在2012年,姜红伟先生创办了中国第一家民办诗歌纪念馆——"八十年代诗歌纪念馆"。由于在大学时代有过创办公益诗歌图书馆的相似经历,我深知要靠个人力量办成一家馆藏丰富的专题馆有多么不易。除了创办者巨大的热情、专业的知识储备和高效的执行力等要素外,收藏馆所在地的交通、经济、文化氛围等等也非常重要。但在出发后,我的固有认知就被刷新了。

呼中区,位于大兴安岭腹地的一个林区,无霜期仅有80余天,历史最低气温达零下53.2℃,号称"中国最冷小镇"。姜红伟先生创办的"八十年代诗歌纪念馆",就位于小镇西侧的边缘,再往西走几步,美丽的呼玛河绕镇而过。最近的机场为加格达奇机场,从上海出发,只有一趟经停大连的直飞飞机,总航程5个多小时。到加格达奇后,已完全天黑,应乘坐次日凌晨的客运汽车,再经4个多小时抵达呼中镇。

当天晚上,我在加格达奇逗留,看到天气预报说呼中下雪了。出租车司机提醒到,因道路积雪结冰,客运汽车有可能停运,而当时才不过10月底。第二天一早5点左右,我便匆忙赶到汽车站等待消息,在听到站务员与呼中方面几番通话后,终于确认汽车取消发车了。呼中是20世纪60年代为伐木而设的林业局,曾为祖国发展输送了大量木材,包括姜红伟先生在内的多数居民,祖籍都不是本地。自从国有林区停止伐木后,呼中原有的日常客运火车也停开了,只剩一条公路连通外界。考虑到当地气候,只要一下雪,呼中便俨然成了一座林海孤岛。

几经波折,在耽误了一天等雪变小后,姜先生帮我联系了一辆私营出租车。天还没亮时,我就和几名陌生人拼车出发了。从加格达奇到呼中,海拔越来越高,在加格达奇虽只落过几片转眼即化的小雪花,一路上的雪却越来越厚,部分积雪则因已被碾压而重新冻成了坚滑的冰面。经历了由伐木向育林的政策变化,道路两侧的白桦林虽细长不大却密密丛丛,皑皑积雪填塞于林间。在某些海拔较高的山岗,大片的雪仍不停地飘落,小车在冰雪之路上缓慢拐弯、爬升,颇有身临深入林海雪原之感……

这些介绍听起来似乎与诗歌资料本身关系不大,但实际上并非如此。在与姜先生碰面后我才知道,除了地理上的天然闭塞,他还克服了生理上的巨大困难。由于多年来身体抱恙,姜先生的行动无法完全自理,行止、坐立及取用均须有人辅助。所幸的是,姜先生的诗歌收藏工作得到了姜夫人和家人温情而细腻的支持。姜先生对自己的收藏一清二楚,不管是一本诗集、一张报纸,还是一份通信、一页手稿,他都能准确地说出其位置分布。这也难怪姜先生能凭个人之力保留下如此丰富珍贵的诗歌资料,并持续不断地写作出文学史料方面的研究佳作。

要估量个体意志的能量,光靠想象还不够,必得了解其现实处境,才能有更深切的认知。所谓"非常之人""非常之事""非常之功",用在姜红伟的诗歌资料收藏和研究上恰如其分。而在对姜先生充满敬意之余,换个角度来看,这些工作其实又与其个人生命紧密相连。对诗歌事业的坚持,似乎也为姜红伟注入了源源不断的力量,使其能在呼中这样一个偏远"孤岛"构筑起一个自得的精神王国。我想,这大概就是诗歌的魅力吧。

二、资料概况

从内容上来看,姜红伟先生所藏诗歌资料大体上可以分为两大部分:一是"八十年代诗歌资料",另一是"汶川大地震诗歌资料"。前一部分尤为珍贵,后一部分则别具意义。

"八十年代诗歌资料"在主题上还可以分为20世纪80年代的"大学生校园诗歌资料""中学生校园诗歌资料"和诗歌相关报纸等其他资料,在形式上涉及民间报刊、通信、手稿、照片、活动资料和诗集等。由于收藏者本人同时也是文学史料的研究者,该批资料呈现了极强的专题性、系统性和完备性。其中大学生校园诗歌民刊、诗歌报纸的收藏为目前学界所知名;诗人通信、诗人照片体量很大,可供发掘的点较多;中学生校园诗歌资料则产生于收藏者本人所倡导的诗歌运动中,更是带上了收藏者独一无二的烙印。

在目前已知的全国各家诗歌资料收藏中,尚未见有其他集中关注20世纪80年代这一时间区段的收藏。这批资料是当代诗歌史料的重要构成。20世纪80年代以来,中国当代诗歌的发展及其研究还未得到充分展开。从文学史角度来看,这批一手资料有利于帮助文学研究者和学习者摆脱文学史观念的束缚,回到文学现场并拓展出新的研究思路。另一方面,该批资料还有社会学、史学上的意义。20世纪80年代以来的诗歌写作及其引起的争议影响很大,诸多思潮与诗歌有密切联系,而诗歌也是一个时代里众多人才施展能量的导口。借助于这一研究视角,我们还可以更好地管窥那一时代。

汶川大地震,是一个全民关注、倾注大量情感能量的事件,相关诗歌创作的涌现,形成了汶川大地震诗潮,姜红伟先生在事件发生后敏锐地觉察到了这一现象。据介绍,在当时他一经得到线索,便立马电话联络相应的诗人、朋友,请其代为搜集发表有地震相关诗作的报纸、刊物。由于一开始就自觉地将相关的各类报纸、刊物、诗集等诗歌资料汇集一处,该部分专题收藏蔚为可观,且难以复制。此外,收藏者本人还在其中起到了部分组织作用,其征集的诗歌手稿,既丰富了资料形式,也保留了原始的历史气息。该类资料既具有文学、社会学上的研究意义,也具有针对汶川大地震这一重大事件的纪念意义。

三、分类简表

表1：八十年诗歌资料

主题	细类	数量	说明
大学生诗歌专题	校园诗刊	约330种，共计约500册。	包含多所高校的珍贵诗歌民刊，如华东师范大学《夏雨岛》全套、北京大学《未名湖》1979年第1期、吉林大学《赤子心》、黑色封面《这一代》等，部分高校的诗刊收藏齐备。
	校园报纸	约40种，共计约70份。	如福建师范大学南方诗社《南风》、山西省大学生诗人协会《学院诗报》等。
	诗歌手稿	约30份，共计约110页。	其中邹进手稿时代较早，另有宋琳、许德民等诗人晚近誊抄的手稿。
	《飞天》诗刊	共128册。	《飞天·大学生诗苑》是自20世纪80年代起推介大学生诗歌的重要平台。收藏包含了自1981年起的原刊、合订本。
	诗集	约110册。	如《SJM大学生校园诗歌系列》，黑龙江大学冰帆诗社《启航时分》，华东师范大学夏雨诗社《蔚蓝的我们》等。
中学生诗歌专题	诗人通信	约1500份，共计约4400页。	姜红伟先生曾于20世纪80年代倡导中学生校园诗歌，创办《中学生校园诗报》，引起巨大反响，留有与大量诗人的往来通信。已知包含诗人于坚、韩作荣、王小妮、宋渠、宋炜、田晓菲、唐晓渡、马萧萧等的信件。
	诗歌手稿	约380份，共计约2900页。	该批手稿年代久远、体量丰富，有待辨识整理。除含有伊沙、马萧萧等多位诗人的手稿外，还有姜红伟先生本人的大量手稿。
	校园报纸	约20种，共计约100份。	包含多件油印诗歌报纸。
	中学生校园诗刊	10种，共16册。	如《云帆》《诗乡》等。
	诗集	约30册。	如姜红伟、仲立、雪村等诗人的自印诗集。
诗歌相关报纸	诗歌报纸	约370种，共计约1100份。	其中的《诗歌报》，可能是已知收藏中最齐备者。《华夏诗报》《黄河诗报》《春笋报》的收藏也较丰富，其中《春笋报》为中学生文学刊物。较为少见的还有《非非评论》。
	综合类文学报	约340种，共计约800份。	其中《深圳青年报》收藏颇为齐备，日期涵盖1986年3月至1987年2月。该报副刊由诗人徐敬亚主编，改革开放以来具有极大影响的"中国诗坛1986'现代诗群体大展"即由该报联合《诗歌报》举办、刊出作品。
纸质照片	诗人一寸黑白照片	共计约430幅。	背面大多带有诗人签名。包含诗人陈先发、敬文东、韩国强、飞廉等。
	诗人大尺寸生活照	共计约180幅。	包含诗人叶延滨、傅亮、海男等。
	其他翻拍照片	共计约200幅。	内容为刊物照片、人物生活照等。

续 表

主题	细类	数量	说明
其他纸质资料	海子自印诗集	2册。	诗人海子寄给姜红伟的两本珍贵油印诗集原件,分别为《传说》(1984)、《如一》(1985)。
	诗歌刊物	约70种,共计约150册。	包含《屏风诗刊》等民间刊物,以及《闽江》诗刊重排本。
	其他各类资料	共约200种。	活动资料、打印件、快递单、通知书、启事、信封、登记表、通讯录、证书、剪报等。
电子资料	诗歌民刊照片	约70种,共计约160份。	包含诗歌民刊封面及目录。

表2:汶川大地震诗歌资料

主题	细类	数量	说明
汶川大地震诗歌专题	诗歌手稿	约70件,共计约200页。	包含诗人桑克、叶延滨、安琪、严力等关于汶川大地震的诗作手稿。
	报纸	约160种,共计约330份。	发表有汶川大地震相关诗歌的各类全国性、地域性报纸。
	诗歌刊物	41种,共计44册。	发表有汶川大地震相关诗歌的各类全国性、地域性诗歌刊物。
	诗集	约60册。	以汶川大地震为主题的各种诗集。

肖 水

在这里"看见"整个中国新诗史

——复旦大学诗歌资料收藏中心的缘起、现状与愿景

一、缘起

　　复旦大学是中国新诗写作和研究的重镇。在一百多年的新诗史中,复旦大学贡献了以复旦师生为主体的"七月诗派""城市诗派"以及"复旦诗群",邹荻帆、绿原、冀汸、曾卓、许德民、孙晓刚、李彬勇、杨小滨、张真、甘伟、陈先发、韩国强、徐芜城、施茂盛、虹影、韩博、马骅、巫昂、洛盏、顾不白、徐萧、陈汐、曹僧、张存己、王大乐等优秀诗人是其中熠熠生辉的个体。同时,复旦近年也逐渐成为当代中文诗歌研究的前沿地带,除李振声、张新颖等著名学者之外,又有张定浩、木叶、陈昶、陈丙杰、王子瓜等一大批新锐的青年诗歌批评家相继涌现。由此,复旦不仅呈现弦歌不断、诗人辈出的面貌,还逐渐生出写作与研究相互激发的诗歌生态。复旦诗社在我与曹僧主导下,于2012年自主成立了"复旦诗歌图书馆",倡导收藏与写作、研究的良性互动,无疑是以上诗歌生态继续走向完满的应有之意。近十年来,复旦诗歌图书馆不仅是一个图书存储、借阅的场地——收藏了七八千册诗人捐赠的签名诗集、民刊和诗社自主购买的诗集供师生借阅,还是一个支撑复旦诗社日常活动的场所,社员之间的日常交流以及每个月举行一次的230诗歌奖匿名评诗会几乎都在这里举行。借助诗歌写得好、活动做得好等积累,近十五年复旦诗社举办了复旦诗歌节、红枫诗歌节、光华诗歌奖评选、江东诗歌奖评选等大量在青年诗人中间颇具影响力的活动,并有意识地保存了活动文本、活动照片、诗人手稿等形式的大量诗歌资料。其中值得一提的是,十一届复旦光华诗歌奖评选、颁奖、宣传过程中的纸质和电子文本,是洞察中国当代青年诗人写作生态和实绩的最重要的资料之一。此外,更有意义的是,复旦诗歌图书馆还是一个民间出版机构。从2014年3月开始,复旦诗歌图书馆持续推出了五十余辑"复旦小诗集",鼓励那些在写作中取得一定成绩的复旦年轻诗人。这些文本不仅成为他们成长轨迹的见证,同时也是探查完全成长在网络世界的90后、00后等世代的入口:从稀少的非公开出版物,观察一代人没有被社会规训的个人风格和个体思考。

　　2014年陈思和教授接任复旦大学图书馆馆长后,打破传统思维,重视对图书馆功能的拓展,大力收藏各种诗歌出版物以及与当代社会生活密切相关的文献资料。复旦大学作为中国新诗写作和研究的重镇,诗歌资料的收藏无疑是具有重大意义,并具有极其便利的条件。而且,那时我尚在复旦工作,洛盏、陈丙杰、曹僧等青年诗人兼批评家都在复旦大学图书馆工作,因此在复旦大学图书馆增设"诗歌资料收藏中心"似乎是水到渠成之事。2016年底,陈思和老师找我、陈昶、洛盏等人商量此事,我们都激动不已。我们深知,

我们在开启一项需要默默坚持又必将影响深远的事业。

2017年4月21日,坐落于复旦大学文科图书馆201室的复旦大学诗歌资料收藏中心(简称"复旦诗藏中心")正式成立。复旦大学党委副书记刘承功、图书馆党委书记严峰、馆长陈思和以及我,共同为复旦大学诗歌资料收藏中心揭牌,随后著名诗人欧阳江河为复旦诗藏中心题写了匾额,青年企业家胡嘉润又慷慨解囊设立嘉润诗藏基金,决定长期资助诗藏中心。

二、现状

有了复旦大学图书馆这个强大支撑,有了陈思和老师的鼎力支持,有了诸多同仁的积极参与,"诗藏中心"就不再是"诗歌图书馆"式的小作坊,它有了更远大的目标、更广阔的视野以及更强的行动力。

复旦大学诗藏中心旨在建立以当代诗歌资料为中心,勾勒出诗人个体的成就和谱系,并洞见中国诗坛全貌的诗歌资料收藏馆。其收藏将聚焦于新诗诞生以来重要诗人的手稿、书信、照片、电子资料和用品,以及各类民间刊物等诗歌资料,同时以公开出版的书刊等作为补充。可以说,我们希望在这里"看见"整个中国新诗史。

虽然已经成立四年,但复旦大学诗藏中心仍处于起步阶段,"资料收藏"恐怕是较长时间内我们最主要的目标。四年来,我们建设和完善了"中国当代诗人信息库",积极向各位重要诗人以及已故重要诗人的亲属发出诗歌资料的捐赠邀约。同时,我们还在图书馆和胡嘉润先生的支持下,购买了一系列通过捐赠无法获取的诗歌资料。目前已入藏复旦诗藏中心的诗歌资料主要有以下几个专题:

1. 许德民先生捐赠的诗歌与绘画艺术资料
2. 鄂复明先生、北岛先生等捐赠的《今天》杂志相关的纸质与电子资料
3. 高晓涛先生捐赠的马骅手稿等诗歌资料
4. 五十余位80后诗人捐赠的手稿等诗歌资料
5. 复旦诗社四十年诗歌资料
6. 姜红伟先生收藏的八十年代诗歌资料和汶川大地震诗歌资料
7. 世中人先生收藏的八十年代以来的民刊

这些诗歌资料有以下几个特点:

首先,在时间上,这些资料集中在20世纪80年代以来,它们不仅在连通当下诗歌写作上有其重要意义,还具有动态性,不断生成当代新诗研究新的可能。

其次,在藏品特征上,主体包括手稿、各类诗歌出版物、诗人日记、书信、照片、证书、其他实物以及诗歌社团资料,与川大"刘福春中国新诗文献馆"的新诗文献(以诗集、诗刊、诗报、诗论集)等为主体以及南大新诗研究所以民刊资料为主体相区别。

再次,在内容上,它目前形成了《今天》杂志相关诗歌资料、20世纪80年代以来的大学生诗群相关诗歌资料、20世纪80年代以来的各类诗刊、80后诗人诗歌资料、汶川大地震诗歌资料等五大专题收藏,其中通过举办"中国80后诗人手稿大展暨80后诗歌研讨会"收集的80后诗人诗歌资料具有独占性,而20世纪80年代以来的大学生诗群相关诗歌资料和汶川大地震诗歌资料则具有独一无二的完整性,归属大学生诗群相关诗歌资料的复旦诗社诗歌资料,不仅容纳许德民、马骅等众多诗人个体资料,还保留了从成立到近期横跨四十年的诗歌社团活动资料,是研究中国当代诗歌社团史无法绕开的门槛。

另外,复旦大学诗藏中心还很重视电子资料的收藏,我们藏有约60G的诗歌刊物相关电子资料,杨小滨先生还捐赠了50余张20世纪80年代和90年代诗人聚会照片的电子版;目前图书馆正在加紧制作当代诗歌数据库,以期尽快向读者开放。

总之,复旦大学诗藏中心以关注当下、专题鲜明、布局全面、数量庞大等为特征的原始诗歌资料收藏,为我们全面、深入认识20世纪80年代以来的中国新诗打开了一扇广阔的窗户。

此外,为让诗人们了解、信赖、凝聚复旦诗藏,快速推进"资料收藏",我们还举办了"纪念新诗百年:陈思和与食指对谈""抽天开象——许德民诗歌、绘画艺术作品展""中国80后诗人手稿大展暨80后诗歌研讨会""'温暖从明亮的树梢吹散':在语言的交汇处——国际诗人与复旦青年诗人交流会"等活动。其中"中国80后诗人手稿大展暨80后诗歌研讨会"的成果之一是我们邀请了17位博士对17位80后诗人进行了深入访谈,具有口述史意义的访谈稿结集为《为了漫长的告别与相遇:80后诗人访谈录》由复旦大学出版社出版,这无疑是复旦诗藏中心推进"资料收藏"的另外一种有效的方式。

三、愿景

诚然,我们的目标是建立以当代诗歌资料为中心、努力勾勒诗人个体的成就和谱系、洞见中国百年新诗全貌的诗歌资料收藏馆。但这里的"看见",并非是一种传统意义上的征集、入藏,而是一种在资料扩展基础上,对诗歌资料的全面整理、揭示与永续保存。

第一,资料征集与永续保存。以复旦大学为中国新诗写作和研究的重镇的优势,复旦大学诗藏中心在近期将继续推进"复旦诗社四十年诗歌资料",特别是推进复旦诗社历届社员个人诗歌资料的收藏。同时,复旦诗藏中心还将推进20世纪三四十年代主要活动于国统区、以重庆复旦大学师生为主体的"七月派"的诗歌资料的收藏。考虑到纸质诗歌资料逐渐呈现出的稀缺性和电子诗歌资料日益增长的重要性,复旦大学诗藏中心将加强70后和90后诗人的纸质诗歌资料的收藏,以及在电子诗歌资料收藏方面争取开创新的局面。此外,复旦诗藏中心也将不断扩展物理面积和改善保藏条件,并争取在即将开建的复旦大学图书馆新馆中建设一个集收藏室、展示厅与研究室为一体的新空间。

第二,数字化整理与展示。复旦诗藏中心还将利用信息化技术,将所有诗歌收藏资料进行数字化整理、碎片化加工与智能化关联,集成为开放式、网络化的"中国诗歌资料数据库",从而构建出集典藏、展示与互动于一体的新型数字特藏,并免费向全社会开放。

第三,社会服务。诗藏中心将在嘉润诗藏基金支持下,不定期举行各种诗歌类讲座、展览、研讨会、朗读分享会等,促进大众对诗歌的理解。目前为止,复旦大学诗藏中心已经邀请到北岛、舒婷、食指等著名诗人来复旦大学进行诗歌分享,并举行了"许德民诗歌、绘画艺术作品展""马骅手稿及遗物展""中国80后诗人手稿大展"等展览。

第四,理论研究。复旦诗藏中心将为诗歌研究者提供切实的资料支持和学科服务,推进诗歌批评,催发研究动力,未来还将设立课题,创设奖项,创设刊物,鼓励对诗歌资料进行研究。

悼 念

徐南铁

罗飞先生的佚作《关键词:"自信力"》

前不久,我写了一篇《罗飞先生与〈粤海风〉》给复旦大学出版社的《史料与阐释》,回忆罗飞先生与《粤海风》杂志的多年交往。文章写过之后,罗飞先生的往事久久盘桓心中。此后又注意到罗飞先生在《粤海风》100期纪念刊上发表的文章《关键词:"自信力"》。

记得那是2013年初,值《粤海风》新版100期。按照时下办报刊的惯例,作为自己的节日,这时总是要从远近请些人来排场一番,张罗一个会,而且一定要有领导出席,说几句话,还要发一点纪念品。最后在报纸上热闹喧哗一两个版面。可是按照《粤海风》的惯有的风格,对这类活动历来没有多大积极性,而我自己对此也没有什么兴趣,于是最后只不过编了本纪念专刊,请喜爱本刊的一些老作者赠言发话。或写长短文章,或作大小书画,均悉听尊便。且不论作者官大官小,名声远近,编排时全按姓名的音序排列。

得到邀约,罗飞先生很快就写来短文一篇。

这是一篇专为祝贺《粤海风》出版百期纪念而写的文章,写于2013年10月19日。文章的标题是《关键词:"自信力"》。行文质朴、清朗,没有什么客套和虚饰,体现着作者为人为文的姿态。

文章这样写道:

> 《粤海风》自1997年改版以来,出满百期实在不易。
>
> 我这"实在不易"四字并非谀词,是从我经历的编刊艰辛中得出来的判断。几十年来,我共编过四个期刊。其中同人刊物二,解放前后各一,解放后遵命编刊二个,人和刊物均命途多舛:要么批判后被迫停刊,要么识相点主动谢幕。说起出刊期数那更是汗颜:最少的只出过两期,最多的也只出到十二期。以我之狭窄眼光视今之《粤海风》,实在寒碜之至。当今期刊品种繁富,就质量而言,参差不齐,而重量轻质似成风气,就我有限的阅读范围来说,在众多文化批评类期刊中《粤海风》堪称佼佼者。记得王元化读到我在《粤海风》发表为阿垅辩诬文章后,有每期读到该刊之想,我将此意向徐南铁主编转达后,欣喜得到一份赠刊。元化常和我谈论《粤海风》刊物内容,颇想为它寄点稿子,但一直为眼疾困扰,终未能如愿,我俩均引为憾事。
>
> 我看当今期刊重量轻质现象之所以形成气候,原因多多。其表象如卖版面、稿稿交换及采用关系稿等,形成文化层面的"格雷欣(Thomas Gresham)法则"——劣币驱逐良币,影响于社会的是人文精神日趋失落。要在文化层面上提高人,使人有理想、有抱负、有道德,何其难哉!
>
> 《粤海风》从本身补钙做起,乃治本之道。记得徐南铁主编在2005年发表在《光

明日报》上的《编杂志者当有自信力》一文中说：

"我想，保留几种游离于圈子的杂志，保留一些于评职称和升迁无益，但却是严肃思考、认真操办的杂志，或许是维护学术生态环境的需要吧！我绝对不敢说自己办的杂志就属于这种需要，但是我衷心祝愿它的存在不至于毫无意义。"

他提出的"自信力"话题，这使我想起在20世纪30年代鲁迅先生就曾写过一篇《中国人失掉自信力了吗》的文章。那时的中国是外患频仍，统治者对内使用瞒和骗的手段愚弄人民，鲁迅先生发现"中国人现在是在发展着'自欺力'"。但他清醒地告诉人们："'自欺'并非现在的新东西，现在只不过日见其明显，笼罩了一切罢了。然而，在这笼罩之下，我们有并不失掉自信力的中国人在。"

下面紧接着是一段至今人们都经常引用的名言：

"我们从古以来就有埋头苦干的人，有拼命硬干的人，有为民请命的人，有舍身求法的人……虽是等于为帝王将相作家谱的所谓'正史'，也往往掩不住他们的光耀，这就是中国的脊梁。"

鲁迅近八十年前的话，当今依然在耳边回响。当我们提到"自信力"，重温鲁迅对中国人的"自信力"的高度评价，难道不会顿觉脊梁挺直了吗？

以文化批评为己任，立意"维持学术生态环境"的《粤海风》同仁豪迈地说："生为期刊，命中注定要亮出脊背让'发行量'的鞭子抽打，我们追求的不是一个短暂的片断，我们需要的是历史的总和。"——这没有点"自信力"能行吗？《粤海风》同仁明知"中国期刊市场，或者说中国人的阅读习惯都还不利于形成某种品位杂志的温床。在那些发行商的视野之外，我们有一份失落，几份悲壮，却又悄然夹杂着一丝特立独行的自得之情"。——这不禁使我对具有"自信力"的中国人肃然起敬。

仍用鲁迅先生的话说：

"这一类的人们，就是现在也何尝少呢？他们有确信，不自欺，

"他们在前仆后继的战斗，不过一面总在被摧残，被抹杀，消灭于黑暗中，不能为大家所知道罢了。说中国人失掉了自信力，用以指一部分人则可，倘若加于全体，那简直是诬蔑。

"要论中国人，必须不被搽在表面的自欺欺人的脂粉所诓骗，却看看他的筋骨和脊梁。"

录此近八十年前的陈言旧语，以赠今人，或有不伦不类之讥，但我无非以此祝愿《粤海风》诸君，以其坚实的足迹来证实自己的刊物，将是一份具有清醒的历史意识和独具学术个性的期刊，增强我们这个民族更多人的"自信力"。

这是对《粤海风》杂志的大鼓舞。

罗飞先生从20世纪40年代开始，先后参与过《未央诗刊》《起点》《文艺书刊》《女作家》等多种文艺期刊的编辑，甚至主编工作。"归来"之后，又主编过好些图书。作为资深的编审，他对杂志的理解充满洞见，话语里满溢着对后辈的鼓励和希望。但是在对期刊生存环境充分了解和理解的基础上，他关于办刊的态度依然充满激情，让人振奋。

从此文看，罗飞精神力量的源泉显然是鲁迅。尽管半生受难，但他依然追随鲁迅，依然愿做中国的脊梁。如果那些年他在黄土高原上给孩子们教外语的时光都可以纵情放歌，那时的中国诗坛想必会更多一分绚丽。

陈　沛

因为有你在

——小莲清明祭

> 因为有你们在,我带着一份满满的爱上路了,也许那里没有星星和月亮,但是身后有你们注视的目光,我知道死亡的道路不是一路黑到底的!祝大家迎着每一天的阳光,享受生命的意义和快乐,健康地活着!——摘自彭小莲的遗言

岁月像条河,它既不是"歌"也不是"乐"①,至少对于我们这一代中的一小群,甚至渺小得比不上沧海中的一粟,被漠视到微乎其微、边缘的边缘。每个人都有自己的蹉跎岁月,老一辈也好小一辈也是,没有一个能够逃脱和幸免,任其涤荡和汹涌。但令人惊异的是:有些人没有被污染,棱角还在,良心还在,信念还在,好像是浊浪淘洗过的金沙,偏安一隅发着光。其中小莲不愧于小一辈的翘楚,如荷塘圣洁的莲花,不染不污,亭亭玉立,难怪钟叔河老先生赞誉为:洁白小莲花②。就是这朵小莲花,你在哪里,听不到你的声音,看不到你的颜容。在哪里,在记忆里,在留下的影视和字里行间里,在心里。

小莲的才华横溢,坚守自己对胶片的执着和留恋,用真实的笔触和映像去展现当下,展示普通的平凡的人,普通和平凡的事和物,安静地拍片,默默地写字,她的《美丽上海》在2004年荣获金鸡奖,小莲依然故我,用她的美丽、低调和无声,不停地读、不停地写和不停地拍。美丽的上海,美丽的小莲,她使胶片有了温度,暖暖地贴心。她自编自导了九部故事片:《女人的故事》《上海记事》《假装没感觉》《美丽上海》《上海伦巴》《我坚强的小船》等。2017在罹患癌症情况下,艰难地拍了她最后的影片《请你记住我》,她在拼命,用生命续写对老一辈电影人致敬!随着时代的进步和技术的发展,暗室里的洗印灯熄灭了,片场里赛璐璐气味飘失了,宝通路449号(上影技术厂旧址)被淡忘了。2016年10月,有六十年历史的上影技术厂宣布将关闭最后一条胶片生产线……在小莲著作《胶片的温度》写道:"对于我,这就已经意味着全部,一个时代的终结。"小莲走了,她挚爱的也随她去了。

小莲睿智。受难之后,她冷静理智地探索其因果。以理性的思辨,千辛万苦地去求解求索,为纪录片《红日风暴》,踏千山万水,受百般之苦,终于了却了心愿。虽说改变不了什么,她真是尽心尽力,也为此付出代价,身心疲惫,伤痕累累。想到此能不落泪?能不心痛?小莲才是大气磅礴,超凡脱俗,至少她的格局、视角和学问远非我能所及,只能仰视地看着她,发自内心地赞美。

---

① 映像于电视剧《蹉跎岁月》主题歌。
② 摘自钟叔河先生为彭小莲题写的碑文。

因为父辈,我们都有近似的遭遇,对于父辈,我们都有相同的感触,但是她比我理性。对于父亲我除了疏离和陌生(我自幼在外婆家出生长大,5 岁四姨妈把我从成都带到北京,交给了父亲),在洗脑下,对父亲是哀怨和憎恨,没有爱和亲情,如同小莲对我说的那样:我们都是喝狼奶长大的。父亲对于我只是一个符号和枷锁,生死缠绵地"压迫"自己了二十五年(1955—1980),至于心理的扭曲和变态是终生的,以至于让人说道:心理障碍。我和父亲相处的日子,不过才短短的五年(1950—1955),其间我还住校,除了寒暑假和周日(那时没有双休日)真正在一起的日子屈指可数。小莲也是,1955 年她才两岁,和父亲彭柏山叔叔一起的时间也是一目了然。我父亲于"文革"中 1967 年 3 月 17 日死于狱中(有根据的消息,生前常常遭受真正犯人的发指地摧残和折磨);小莲父亲彭柏山叔叔亦在 1968 年 4 月 3 日在造反派的棍棒殴打之下致死。以至于在小莲写她最后一部著作《死亡代言》时,她对我讲:是在赎罪。我又应该怎么去赎罪?父亲临终前,公安局找到我,并通知:父亲病危,想见我。我决然毅然地回绝:拒绝相见。这个罪能够赎回吗!所以我理解小莲,同病同怜,一生的痛只能背负着。

在巨鹿路的陋室里,从头到尾都是小莲的书,除了两个旧沙发,连地上都摆满了。有很多是彭柏山叔叔和微明阿姨留下来的,夸张地说是书的海洋。小莲就在这片海洋里苦苦地求索,也历练了自己的文笔,以至于后来,文章锦绣,刻画出如歌如泣但又沉重的篇章,述说着往事和心路。我自己也有很多书,就数量而言不比小莲少,但是绝大多数是专业和技术书籍,父辈的书不多。看得很少,因为一看就痛,就像一些小辈高考填报志愿时父辈语重心长地命令:不许报文科。对我而言可以翻译为:不许读文学书籍,看了就怕,也看不下去。想想小莲是怎样越过这道坎,在"海洋"里苦读的。

因为有小莲在,我和大家才感受到她给予的满满的爱。由于众所周知的原因,父辈中有的人处境艰辛,小莲多次组织一部分后辈人,去帮助处于困境的叔叔阿姨,无论是精神上的,或者物质上的,她都亲力亲为。她念旧,她感恩,譬如她最后一部电影《请你记住我》,就是写老一辈电影人,不能忘记他们。最为令人心痛的是:在小莲重病在身时,除了家人和必须联系的人,她隐瞒了自己的病情。我自以为和小莲关系非常好,由于比她大几岁,自称为哥哥,也视小莲为妹妹。她的病情却一直瞒着我,在她生命的最后时刻还在写《死亡代言》,2018 年 7 月,小莲和我联系:要写父亲,需要材料。由于我耳朵不好,我们主要用邮件和微信,没有间断。和小莲最后一次微信的时间是 2019 年 6 月 8 日下午 19:30,此时小莲已经生命倒计时了,我却浑然不知,等到小莲离开,才魂如雷劈,泪流如注。小莲不是在笔耕,而是在用生命写作,在赎罪,在拼命,雪白的纸上字字泣血,犹如圣洁的白莲洒满猩红,就这样,写出了一部沾满血泪的死亡代言。

小莲治丧其间,听彭旻大姐和小辈介绍小莲和病魔抗争的经历,大姐和听者在长达数小时的通话中,时时被痛哭和抽泣打断。这就是小莲,她把所有的病痛和苦难自己全部担下,把满满的爱给了亲人和友人,能不让人撕心裂肺、肝肠痛断吗!

我以为:人之间的交往和关系,千种百种,其中包括血亲,其表现无非在相知相交,言谈话语,记忆中,纸面上,凡此种种,但是最高境界是在心里。小莲,你在大家的心里,也在我的心里,我们不会忘记你!直到永远!

生命都是有期限,小莲的人生是浓缩的,小莲用自己独特和具有深度、力度和广度的视角去写去拍,才成就了如此华彩的人生和乐章,用电影和文字完成了生命的永恒。

人总会离开的,犹如世间万物,到头来无非是一抔尘土,一缕青烟,面值人生,我不畏惧,我能想象到那一天,那是和小莲重逢的日子!能看见小莲的音容笑貌,听见小莲的欢声笑语,也因为有小莲在。

——写在后面:2020年2月9日,看到彭旻大姐发来小莲墓园的设计稿,居中是小莲生前的遗言。小莲的遗言充满了感恩、乐观和自信,但看了之后却满满的心痛,以至于泪流满面,最糟糕的是她流到了心里。我就想:虽然自己文拙笔劣不学无术,但也应该或者说必须为小莲写点,否则的话,太沉重和悲怆了,故以微文,献给小莲!想念小莲!

2020年清明

图书在版编目(CIP)数据

史料与阐释:邵洵美·黄逸梵·郁达夫/陈思和,王德威主编.—上海:复旦大学出版社,
2022.6
ISBN 978-7-309-16151-9

Ⅰ.①史… Ⅱ.①陈…②王… Ⅲ.①中国文学—现代文学史—史料②中国文学—当代文学—文学史—史料　Ⅳ.①I209

中国版本图书馆 CIP 数据核字(2022)第 044045 号

史料与阐释:邵洵美·黄逸梵·郁达夫
陈思和　王德威　主编
责任编辑/杜怡顺

复旦大学出版社有限公司出版发行
上海市国权路 579 号　邮编:200433
网址:fupnet@fudanpress.com　http://www.fudanpress.com
门市零售:86-21-65102580　团体订购:86-21-65104505
出版部电话:86-21-65642845
常熟市华顺印刷有限公司

开本 787×1092　1/16　印张 30.5　字数 722 千
2022 年 6 月第 1 版第 1 次印刷

ISBN 978-7-309-16151-9/I·1315
定价:100.00 元

如有印装质量问题,请向复旦大学出版社有限公司出版部调换。
版权所有　侵权必究